LE TESTAMENT
DE LA CORDONNIÈRE

Pauline Gill

LE TESTAMENT
DE LA CORDONNIÈRE

roman

www.quebecloisirs.com

UNE ÉDITION DU CLUB QUÉBEC LOISIRS INC.
© Avec l'autorisation de VLB Éditeur
© 2000 VLB Éditeur et Pauline Gill
Dépôt légal — Bibliothèque nationale du Québec, 2001
ISBN 2-89430-464-1
(publié précédemment sous ISBN 2-89005-736-4)

Imprimé au Canada

Avoir écrit, avoir aimé, avoir été
je, tu et nous,
et maintenant, à l'instant d'après,
on ne peut plus que dire et seul, ceci :
Vous…
Et attendre, à la nuit achevante, à l'heure insensible de l'aube,
les signes de Vous…

JACQUES BRAULT

CHAPITRE PREMIER

La gare de Yamachiche tremble sous les vrombissements du train en provenance de Trois-Rivières. Sur le quai, un couple entouré de ses cinq enfants s'apprête à y monter. En ce 20 juin 1890, habités de sentiments divergents, Victoire Du Sault et Thomas Dufresne quittent la Mauricie. Définitivement, croient-ils.

Chevelure nouée en chignon sous un chapeau de paille fleuri, la cordonnière de Yamachiche prend place dans l'un des luxueux wagons du Canadien Pacifique, à destination de Montréal où son mari compte faire fortune dans le commerce de la chaussure. Victoire porte une robe de taffetas émeraude qui rehausse un teint que ses quarante-cinq ans ont quelque peu terni. Frappés par son élégance, peu de gens remarquent la mélancolie qui voile son regard en cette journée pourtant mémorable.

Victoire laisse derrière elle des gens attachants, une clientèle établie et, espère-t-elle, tous les repères d'un amour interdit avec l'homme mort dans ses bras l'hiver précédent, son beau-père. Ne subsiste qu'une lettre enfouie dans son sac à main. En plus du déchirement qu'elle éprouve à quitter son coin de pays, elle ressent une certaine appréhension quant aux ambitions de son mari et aux exigences de la vie citadine. Comment les enfants s'adapteront-ils à la grande ville ? Et elle-même ?

Au cœur de la trentaine, Thomas Dufresne vit ce déménagement avec l'intrépidité et l'enthousiasme qui le caractérisent. Il ne doute aucunement de pouvoir faire sa place dans la métropole, voire de la conquérir et d'atteindre enfin le sommet d'une réussite impossible à envisager dans le petit milieu de Yamachiche. À ces raisons de se réjouir s'en ajoutent d'autres plus profondes et moins avouables. Tenant dans ses bras Romulus, turbulent comme tous les bambins de deux ans, Thomas multiplie plaisanteries et taquineries pour amuser ses trois autres fils, assis sur la banquette qui lui fait face. Oscar, ce jeune adulte de quinze ans qui travaille à Montréal depuis plus d'un an, s'occupe de ses deux jeunes frères, Candide et Marius, âgés de huit et sept ans.

Habituellement sensible à l'ardeur paternelle, Oscar épouse davantage la nostalgie de Victoire en ce jour où lui et son grand-père devaient réaliser un rêve nourri en secret depuis plus de deux ans. Lorsque la famille déménagerait à Montréal, ce serait sans Oscar ni Georges-Noël, car ce dernier projetait de racheter la maison et de tirer leur subsistance de la tenue du magasin général déjà fort rentable. Hélas ! Le 6 janvier a chambardé leurs plans et creusé un vide atroce dans la vie d'Oscar. Étrangement, cette mort subite de Georges-Noël Dufresne semble avoir affligé Victoire beaucoup plus que Thomas. Oscar observe son père, assis non loin de lui, en quête d'un signe qui dissiperait cette impression.

Agacé par la chaleur, et surtout par le col généreusement empesé de sa chemise blanche, Thomas en détache le premier bouton, retire son veston et s'apprête à remonter ses manches mais s'abstient, choisissant de se soumettre à ce qui sied à l'homme d'affaires réputé qu'il est devenu.

Les médaillons et les moulures du plafond de ce wagon évoquent pour lui l'opulence qu'il rêve d'atteindre en implantant une manufacture de chaussures sur la rue Lacroix, dans le quartier Saint-Jacques, fief des gens d'affaires francophones de Montréal. Non loin de là, au 32 de la rue Saint-Hubert, il a fait construire une superbe maison, inspirée des goûts de Victoire, cette femme dont il a croisé la route il y a près de vingt ans et qui l'a poussé à se surpasser, en lui offrant les conditions d'une ascension vertigineuse. Aujourd'hui, il veut lui rendre la pareille, persuadé que c'est dans le bouillonnement économique et culturel de Montréal que la personnalité et le talent de Victoire seront appréciés à leur juste valeur. Comme ses créations, d'ailleurs.

« Elle a rajeuni depuis que la petite est née », pense-t-il en la regardant prendre soin de cette enfant de huit mois avec une tendresse qu'il aimerait pouvoir exprimer aussi facilement. Comment s'étonner que des messieurs au regard admiratif s'arrêtent pour lui adresser la parole ? Que certains, sous le prétexte d'un jouet tombé par terre, manifestent leur courtoisie ?

Flatté d'être le mari de cette femme qui attire l'attention des distingués voyageurs, Thomas sent toutefois resurgir en lui une jalousie dont il se croyait à l'abri depuis la mort subite de Georges-Noël Dufresne. Événement tragique et déchirant, mais combien libérateur à certains égards pour Thomas qui nourrissait contre son père un ressentiment vieux d'au moins dix-huit ans.

Née de la désapprobation paternelle de son mariage avec Victoire Du Sault, leur voisine, cette rancune s'était intensifiée au cours de la soirée des noces ; Georges-Noël et la nouvelle mariée avaient dansé dans les bras l'un de l'autre... comme des amoureux. Au fil des années, l'empressement de Georges-Noël à fabriquer meubles et jouets comme s'il avait été le père des bébés attendus avait engendré une rivalité et éveillé chez Thomas une méfiance que les serments d'amour de Victoire parvenaient mal à dissiper.

Penché sur le bambin enfin endormi sur ses genoux, Thomas cherche de nouveau à comprendre le silence dans lequel Victoire s'enferme souvent depuis la mort de Georges-Noël ; lorsqu'on évoque la mémoire du défunt, une larme glisse sur sa joue. À bord de ce train qui l'emmène loin d'un passé marqué de nombreux deuils et de quelques tourments amoureux, Thomas s'enfonce dans ses réflexions. Il se souvient d'avoir eu, en de nombreuses occasions, le sentiment de ne pas mériter cette femme si convoitée qu'il a épousée alors qu'il n'avait que dix-huit ans. Maintes fois, il a cru devoir mettre les bouchées doubles pour susciter son admiration et garder son amour. Que Georges-Noël ait davantage convenu à Victoire lui semble tout à coup évident. Qu'ils se soient aimés, probable. Mais, en ce cas, pourquoi ne se sont-ils pas mariés ?

« Elle était pourtant sans prétendant le jour où elle m'a embrassé la première fois... », se rappelle-t-il avec émotion. Dans la cordonnerie tout juste sauvée d'un incendie, Victoire et Thomas avaient cédé aux pulsions d'un désir jusque-là réprimé. Avaient suivi de nombreux rendez-vous secrets à l'érablière et, quelques mois plus tard, un projet de mariage que Victoire avait elle-même proposé après des ébats amoureux auxquels elle avait initié son jeune amant.

Condamné à l'immobilité par la présence de son fils sur ses genoux, Thomas ferme les yeux, s'interroge sur l'homme qu'il est devenu et sur ses amours, sans la moindre tricherie. Cette femme, il l'a admirée depuis son enfance, désirée dans sa jeunesse et profondément aimée malgré l'attrait qu'il éprouvait pour la veuve Dorval, de dix ans la cadette de Victoire. Il ne pourrait vivre plus grande détresse que de perdre celle qui lui a tout appris, qui l'a propulsé au-delà de ses ambitions de jeune meunier, de commis voyageur, jusqu'à la direction d'une manufacture de chaussures dans la grande ville de Montréal. Le fait qu'il n'ait rien ménagé pour lui faire construire une maison à son goût et qu'il soit importuné par les attentions de certains passagers envers elle témoigne, croit-il, de la constance de son amour. Il savoure déjà le plaisir qu'il éprouvera à se promener à ses côtés dans les rues de Montréal, à l'accompagner dans des milieux où sa réputation l'a précédée, à l'escorter dans les soirées mondaines qui ne manqueront pas de se présenter. « Une nouvelle étape de notre vie amoureuse commence et ce sera la plus belle », se promet-il, confiant de plaire à cette femme qu'il a mis du temps à connaître vraiment et à bien comprendre.

Sur le front de Victoire, deux rides profondes ont creusé leur sillon comme aux jours de tourmente. Oscar qui l'observait profite pour s'approcher d'elle d'une accalmie, ses deux jeunes frères étant occupés à jouer aux cartes.

« J'ai bien peur que ce déménagement vous ait épuisée », dit-il avec cette prévenance héritée de Georges-Noël.

À la fois audacieux et sensible, loyal et mystérieux, Oscar fait preuve d'une maturité précoce que sa mère attribue à la perte, dès son jeune âge, de six de ses frères et sœurs, et à la grande complicité qui le liait à son grand-père.

« Ça va passer, répond-elle. Vider une maison, c'est beaucoup de travail... Heureusement que celle qui m'attend en ville est déjà organisée en grande partie, à ce qu'il paraît.

– J'aurais tant aimé que grand-père la voie au moins...

– Pourquoi au moins ? Tu as une drôle de façon d'en parler, comme si cette maison n'avait pas été construite autant pour ton grand-père que pour le reste de la famille... »

Victoire ignore le projet que caressaient son fils et Georges-Noël. Oscar souhaite le lui révéler, mais doutant de la pertinence du moment, il tourne son attention vers Cécile, sa petite sœur :

« Il aurait eu tellement de plaisir à la voir grandir », soupire-t-il.

Sa voix a perdu de son assurance et, dans son regard, la mélancolie née de la mort de Clarice, sa sœur aînée, se ravive. Tout comme son fils, Victoire ressent cruellement le vide que l'absence de Georges-Noël creuse encore dans sa vie et parvient difficilement à ne rien laisser paraître de son trouble.

« Encore chanceux, dit-elle, que Cécile soit venue au monde deux mois avant son temps... Il a pu la bercer plusieurs fois avant de mourir.

— La vie serait tellement différente s'il était encore là », murmure Oscar, se tournant vers la fenêtre derrière laquelle des forêts défilent à toute allure.

Une intense émotion interrompt leur échange et des pans entiers du passé se déroulent dans la mémoire de chacun. Au bout d'un long moment, la mère se penche vers son fils et lui dit à l'oreille :

« Je sais qu'il aurait été fier de toi…, qu'il aurait été fier de ce que tu deviendras. » Victoire affectionne particulièrement ce garçon que Georges-Noël avait chargé de nourrir les racines des Dufresne afin que pas une branche de cet arbre ne se dessèche avant d'avoir donné ses fruits.

D'Élisabeth Rivard-Dufresne, ancêtre de Thomas et de Victoire, descendaient de braves pionniers mais aussi bon nombre d'érudits, médecins, députés, notaires, avocats, hommes d'affaires et gens d'Église. Ce n'est pas sans émoi que Victoire avait écouté Georges-Noël lui expliquer : « En épousant un Dufresne, tu as relié, pour la quatrième fois, les deux branches de la descendance des Rivard-Dufresne établis au pays au milieu du XVIIIe siècle. » Aussi avait-elle promis à son beau-père de transmettre à ses enfants et à ses petits-enfants cette mémoire et cette sève qu'il voulait éternelles.

Le moment se prête à de telles évocations et cette diversion à sa nostalgie lui est agréable. Passionné d'histoire et de philosophie, Oscar ne se lasse pas d'entendre sa mère lui parler de ses ancêtres. En reprenant les mots de Georges-Noël, Victoire se sent envahie soudain par un tel sentiment de culpabilité qu'elle interrompt son discours. Oscar prend le relais :

« Grand-père m'a appris que le premier député de la Mauricie était Augustin Dufresne, mon arrière-grand-père. »

Il se tait aussitôt et devient songeur. La pensée de cet ancêtre dont la famille vénère encore le nom le renvoie à son propre avenir. Puis il ajoute :

« Je ne vois pas à quoi il sert de vivre si on ne laisse pas notre empreinte quelque part après notre mort. »

Victoire sourit.

« Les enfants qu'on met au monde en sont déjà.

— Je sais. C'est pour ça que je veux avoir une grosse famille. Mais je voudrais plus encore... Réaliser quelque chose qui fasse que notre monde soit beau et meilleur. Que les gens soient plus heureux.

— Mais tu as une âme de missionnaire, mon garçon !

— Non. Une âme de bâtisseur, prétendait grand-père. C'est ce qu'il disait de vous aussi. »

Devant le regard scrutateur d'Oscar, Victoire baisse les yeux vers sa fille endormie et demeure muette. Se douterait-il de quelque chose ?

∽

L'entrée du train dans la ville de Montréal provoque dans les wagons une excitation qui n'épargne pas les passagers Dufresne. La hauteur des édifices et la proximité des maisons surprennent Candide et Marius qui ont rangé leurs cartes et harcèlent leur grand frère de questions. Impuissant à rassurer le petit Romulus effrayé par tant de brouhaha, Thomas rejoint Victoire, visiblement émue de découvrir cette ville qui sera désormais la leur. Le train s'immobilise enfin à la gare Windsor. Marius et Candide pressent Oscar vers la sortie, promettant aux parents de les attendre à l'extérieur. Le long tunnel qu'ils doivent emprunter avant d'accéder à la salle des pas perdus, à l'étage supérieur, les fascine. De grands salons sont réservés aux dames qui souhaitent se refaire une beauté avant de sortir de la gare. Sa fille dans les bras, Victoire est invitée par un préposé qui se charge de ses sacs à s'y rendre en sa compagnie.

« Je n'en ai que pour quelques minutes », dit-elle à Thomas, en emboîtant le pas au guide qui caresse la tête de l'enfant et louange la mère.

En attendant, valises et sacs à leurs pieds, le tramway qui les conduira sur la rue Saint-Hubert, Victoire et les siens contemplent avec émerveillement l'impressionnante gare Windsor toute de pierres grises sur lesquelles le soleil couchant semble faire danser des milliers de feux follets.

« C'est tout plein de petites maisons sur le toit », s'écrie Marius en désignant les nombreuses tourelles qui surplombent l'édifice.

Le torse bombé sous son complet du dimanche, Thomas saisit l'occasion d'apprendre à ses fils que les plans de leur future résidence ont été tracés par le même architecte, M. Price. La fierté illumine son visage, avivant le bleu de ses yeux. Il enlace Victoire et murmure à son oreille :

« Tu seras toujours la plus belle femme de la place. »

Dans le regard de son mari apparaît cette même fièvre de vivre qui avait séduit Victoire lorsqu'elle avait rencontré Georges-Noël la première fois. « Il avait le même âge que son fils aujourd'hui », se dit-elle. Elle compte beaucoup sur le départ de Yamachiche et sur sa volonté de se tourner vers l'avenir pour aimer Thomas avec cette ferveur qu'elle avait éprouvée pour Georges-Noël, son premier amour. Mais la lettre que son beau-père lui a écrite quelques mois avant sa mort, et que le notaire lui a discrètement remise au moment de son départ de Yamachiche, ne risque-t-elle pas de détruire cette douce espérance ? Prise d'inquiétude, tiraillée entre le désir que cette lettre n'ait jamais existé et celui d'en connaître bientôt le contenu, Victoire plonge la main dans son sac pour s'assurer que l'enveloppe y est toujours, puis la retire vivement, comme si le papier lui avait brûlé les doigts. Les exclamations des garçons à l'arrivée du tramway traîné par deux forts chevaux l'arrachent à ce dilemme qu'elle devra résoudre tôt ou tard.

À bord du wagon de la Montreal Street Railway, Thomas aperçoit un visage connu, Honoré Thétrault, avec qui il a eu des démêlés au cours de l'année. Des différends qui lui donnent l'audace de prédire, sur un ton qui ne manque pas d'attirer l'attention :

« Cette compagnie achève de faire de gros sous avec nous. Dans un an ou deux, grâce à une entreprise canadienne-française, nos tramways rouleront à l'électricité, mes amis. »

Oscar se montre sceptique.

« M. Craig et son équipe y travaillent et y arriveront... », affirme-t-il.

La récente nomination de Louis-Joseph Forget au conseil d'administration de la Montreal Street Railway donne lieu de croire à la victoire des francophones. Dans un même courant d'optimisme, Thomas se sent le droit d'espérer que leur manufacture, l'une des premières à être équipées de machines à coudre électriques, sera des plus rentables. En février dernier, avec l'aide de Rodolphe Houle, son cousin maternel avec qui il était déjà associé dans la Dufresne & Houle, un commerce de machinerie agricole, il a entrepris la rénovation d'un entrepôt abandonné au 45 de la rue Lacroix. Deux mois plus tard, ils y ont installé une fabrique de chaussures, la Fabrique Dufresne & Fils qui compte déjà une douzaine d'employés.

« Notre quartier est le premier à utiliser des lampes à arcs électriques et à équiper les bureaux et les résidences de dynamos, déclare fièrement Thomas comme si sa famille l'ignorait. C'est encore à M. Craig que nous le devons », ajoute-t-il, pompeux.

J. A. I. Craig, un Canadien français fabricant de meubles, était revenu de l'Exposition de Paris de 1878 fermement décidé à réaliser cette expérience. Le soir du 7 mai 1879, il gagnait son pari et des milliers de Montréalais assistaient au Champ-de-Mars à un spectacle unique : les exercices militaires se déroulant à la faveur de lampes à arcs électriques. Il profitait de cet exploit pour annoncer que dans moins d'un an, sur les rives du fleuve, au port du Havre, les réverbères alimentés au gaz seraient supplantés par des lampes électriques et feraient l'envie des commerçants.

« Comme il fallait bien s'y attendre, les vautours rôdent », lance Thomas à l'intention de Thétrault, dont il connaît les opinions divergentes.

Devant le succès de l'entreprise Craig & Fils, des rivales ont surgi, dont la Royal Electric Ltd que les gens d'affaires francophones contestent, lui reprochant d'importer son matériel des États-Unis. Thomas a donc choisi d'implanter leur fabrique de chaussures dans ce quartier, en raison de son modernisme mais aussi pour la proximité du fleuve et de la voie ferrée.

À bord du tramway qui les emmène vers leur nouvelle demeure, Candide et Marius s'exclament devant le nombre des maisons et l'étrangeté de leur architecture. Mais ce qui les impressionne le plus, ce sont les réverbères qui illuminent la rue Saint-Hubert.

« Préparez-vous, c'est ici qu'on descend », annonce Thomas.

La nouvelle résidence des Dufresne, une superbe maison de trois étages, est recouverte de pierres grises ; le toit présente quatre lucarnes et l'entrée est éclairée par deux lanternes électriques fixées sur un socle de pierres identiques à celles de la maison.

Derrière la grille de fer forgé, sept personnes attendent impatiemment l'arrivée de la famille. Devant, vient Georgiana, la veuve de Ferdinand Dufresne, l'unique frère de Thomas, en compagnie de ses trois enfants, Délima, sa fille aînée récemment intégrée dans la famille, et les garçons, âgés de neuf et sept ans. Rien ne pouvait faire plus plaisir à Victoire que la présence de cette femme, de dix-huit ans sa cadette, mais pourtant sa plus grande amie. Derrière eux, se tiennent Jean-Thomas Du Sault, un neveu de Victoire engagé pour surveiller les travaux de construction, et deux servantes : Mariette Houle-Gervais, sœur de Rodolphe Houle, et Marie-Ange Héroux, fidèle domestique de la famille Dufresne depuis plus de dix ans. Marie-Ange s'empresse de s'occuper de la petite Cécile, ainsi que de Romulus qui l'a reconnue et a aussitôt couru vers elle.

L'émotion gagne Victoire qui pour un peu se croirait invitée, comme il y a dix-sept ans déjà, à ouvrir la marche nuptiale. Un spacieux hall d'entrée, véritable carrefour vers les autres pièces et l'escalier qui mène à l'étage, donne le ton à toute la résidence avec son médaillon en bois blond au centre du plafond d'où descend un chandelier à douze branches.

« C'est superbe ! » s'exclame Victoire à l'adresse de son mari, le regard ébloui.

Sur la gauche, deux colonnes baguées et cannelées se font face, marquant l'entrée d'un salon où, sur le plus large mur, se trouve une cheminée avec un manteau en marbre blanc. De chaque côté de l'ouverture de l'âtre en demi-cercle, des cariatides soutiennent la tablette et, au-dessus, un large miroir biseauté reflète le lustre du hall d'entrée. Ébahie, Victoire se demande si elle ne rêve pas.

Alors que les enfants explorent toute la maison, Thomas, Oscar et les quatre adultes qui ont accueilli la famille accompagnent Victoire, pressés de connaître ses impressions. L'enchantement est manifeste sur son visage et dans la délicatesse avec laquelle elle effleure meubles et bibelots, palpe les tentures de velours bordeaux assorties à l'épaisse moquette et aux fauteuils ornés de fils et de glands dorés.

« Il ne te reste qu'à suspendre tes cadres aux murs. Ça fait ton bonheur ? » lui demande Thomas, anticipant la réponse.

Oscar les observe, perplexe. « C'est d'un grand chic, mais ça ne pourrait compenser ce que maman vivait en Mauricie », pense-t-il.

Avant que Victoire ait le temps de se diriger vers la salle à manger où Georgiana l'engage à pénétrer,

Candide et Marius, surexcités, la supplient de les suivre. Une surprise l'attend au bout du long corridor que les garçons ont déjà traversé : une magnifique serre donne sur la cour arrière. Jamais Victoire n'aurait pensé que Thomas se souviendrait de ce désir qu'elle avait formulé lors de la construction de La Chaumière, cette maison nichée au cœur d'une érablière qu'ils comptaient habiter après leur mariage. Sous l'éclairage tamisé, des plantes dont elle ignore le nom, et même l'espèce, semblent tout juste arrivées des pays chauds. Ses fils et ceux de Georgiana l'entraînent maintenant vers l'écurie où leurs quatre chevaux ont été amenés de Yamachiche, la semaine précédente. Candide en déduit que la famille pourra se procurer un autre chien, comme Pyrus, cette chienne des montagnes des Pyrénées que son oncle Ferdinand avait reçue en cadeau d'un ingénieur français établi à Yamachiche et qu'il avait ensuite donnée à Victoire.

« On en reparlera », leur promet cette dernière, estimant le moment mal choisi pour leur causer une déception.

À l'appel de Georgiana, les garçons devancent Victoire dans la salle à manger où d'autres surprises leur sont réservées. Sur une longue table de quinze couverts, des chandeliers sèment des reflets lumineux sur la porcelaine et l'argenterie. Victoire est à la fois touchée et stupéfaite : cette vaisselle et cette nappe qu'elle n'a pas revues depuis le lendemain de ses noces appartenaient à Domitille, l'épouse de Georges-Noël. En dépit des remarques cinglantes de Ferdinand, alors âgé de quinze ans, elle les avait rangées dans des cartons au grenier, espérant ainsi se libérer de l'omniprésence du fantôme de Domitille dans cette maison.

Et comme si ce n'était pas suffisant, sur le buffet de style Renaissance trônent la photo de la défunte avec, à sa droite, un dessin des profils de Domitille et de Georges-Noël, légèrement en retrait l'un de l'autre mais regardant tous deux dans la même direction.

« Je n'ai jamais exposé ces dessins du vivant de M. Dufresne pour ne pas lui faire de peine, explique Georgiana. Mais comme il est allé retrouver sa bien-aimée et que Ferdinand n'est plus là depuis six ans déjà, j'ai pensé qu'il était temps que je vous les rende. Après tout, c'est à Thomas et à vos enfants que reviennent tous les souvenirs de madame Domitille. Tu es de mon avis, n'est-ce pas, Victoire ? »

Elle approuve du bout des lèvres, troublée par la résurgence de cette accusation de la grand-mère, Madeleine Dufresne, qui prétendait que Domitille avait été emportée par le chagrin... Un chagrin causé par nulle autre que « cette jeune dévergondée de Victoire Du Sault qui a tout fait pour lui voler son mari ». Afin de repousser ce triste souvenir, Victoire s'attarde devant une petite table circulaire à motifs floraux, sur laquelle est disposée une lampe-tempête.

« Les fleurs des globes sont peintes à la main », précise Georgiana.

Les murs lilas, dont la moitié supérieure est recouverte d'un papier peint à larges fleurs mauves et argentées, chatoient sous l'éclairage des appliques.

« J'ai choisi cette tapisserie chez Watson Foster, un magasin où les riches du Golden Square Mile vont s'approvisionner », ajoute Georgiana qui ressent un fréquent besoin de se replonger dans l'ambiance de la ville de

Montréal depuis qu'elle a élu domicile dans la résidence de Carolus Lesieur, à Pointe-du-Lac.

« Je t'en remercie de tout cœur. Je n'ai jamais douté de ton bon goût.

– Ça te plaît vraiment ? insiste Georgiana, inquiète de voir le visage de Victoire se rembrunir.

– Ça dépasse tout ce que j'imaginais, répond-elle, plus sincère que sa belle-sœur et amie ne pourrait le croire. Mais il y a deux couverts en trop », fait-elle remarquer au moment de prendre place à la table.

Son mari et Georgiana échangent un regard complice. Victoire n'insiste pas, préférant se tourner vers les gamins dont la gaieté et les espiègleries l'amusent. On entend des coups à la porte ; Jean-Thomas se précipite pour ouvrir. Victoire espère la visite d'André-Rémi et de sa fille Laurette qu'elle n'a pas revue depuis deux ans. Elle reconnaît bientôt la voix de Rodolphe Houle mais pas l'autre, cristalline et enjouée. Au feu qui empourpre les joues de son fils aîné, elle croit deviner... La jeune fille qui s'avance, élégamment vêtue et fort jolie avec sa chevelure d'un noir d'ébène et ses yeux émeraude, est chaleureusement accueillie par Georgiana qui la présente à la famille en évitant de regarder Oscar pour ne pas l'intimider davantage :

« Pour ceux qui ne la connaissent pas, c'est Florence, ma jeune sœur. »

« Elle n'aurait pas pu prendre l'autre chaise », se dit Oscar, contrarié de voir s'asseoir juste en face de lui cette Florence qui le convoite depuis leur rencontre fortuite sur le train, l'été précédent. Cette audace à manifester son attirance pour lui, tout en le flattant, le gêne beaucoup.

Entre Thomas et Rodolphe, dont les épais sourcils surmontent un regard fuyant, la conversation porte vite sur les affaires.

« Les dernières machines à coudre commandées sont arrivées et installées, dit Houle. On pourrait engager dix autres employés dès la semaine prochaine. »

Thomas se rebiffe :

« On avait décidé d'y aller progressivement pour que tous nos ouvriers reçoivent une bonne formation. »

Victoire, propriétaire et principale actionnaire de l'entreprise, approuve son mari. Rodolphe Houle ne cache pas son mécontentement.

À l'autre bout de la table, Florence, la jeune Délima et les quatre garçonnets échafaudent plus d'un projet pour le lendemain ; ils trouvent vite l'appui de Georgiana, venue passer quelques semaines à Montréal. Elle leur décrit avec verve le parc Sohmer. Victoire, qui prête une oreille attentive, est complètement séduite en apprenant qu'une cinquantaine de musiciens, dirigés par M. Ernest Lavigne, y interpréteront du Verdi, du Strauss, du Gounod et du Schumann. Les occasions d'entendre de la belle musique jouée par un orchestre sont si rares. La décision est prise, on ira les entendre et passer l'après-midi du dimanche dans ce parc aux multiples attractions, comme les ascensions en ballon et les spectacles d'acrobatie et de marionnettes vivantes. Les enfants trépignent d'impatience.

« Savais-tu, Oscar, à qui on doit ce beau parc ? demande Florence qui fréquente assidûment ce lieu dans l'espoir qu'on l'invite à y chanter.

– À un Canadien français, j'espère.

— Chapeau, Oscar. M. Lavigne est en effet né au Québec et il a voyagé partout en Europe et aux États-Unis où il a remporté un prix à l'Exposition de Philadelphie. Il vit maintenant de sa musique. »

Se tournant vers Victoire et Georgiana, elle dit d'un ton amer :

« Si vous saviez combien de gens ont tenté de le décourager…

— C'est déplorable, mais sa réussite prouve que la ténacité est toujours récompensée, fait remarquer Georgiana.

— Et que le talent n'a pas de frontières, ajoute Victoire.

— Je sais, madame Victoire. Ma sœur m'a raconté, à votre sujet… C'est un peu grâce à votre exemple et à celui d'une demoiselle Lajeunesse de Chambly que je m'entête à ne pas lâcher prise. Vous entendrez bientôt parler d'elle et vous verrez qu'une petite chanteuse de la campagne peut faire le tour du monde avec sa voix. »

Tous connaissent les aspirations de Florence, son rêve d'une carrière de chanteuse, et les encouragements fusent autour de la table. Oscar sait fort bien que Florence attend les siens avant d'exprimer, comme il se doit, sa reconnaissance. Il hésite à y aller d'un bon mot, car elle se méprend toujours sur ses intentions et il en a assez de ses crises de larmes chaque fois qu'il doit lui rappeler qu'il peut adorer sa voix sans pour autant être amoureux d'elle.

« Un repas comme je les aime ! » s'écrie Thomas à l'arrivée des plats, conscient qu'un malaise risque de s'installer.

Le repas est animé. Tout le monde parle en même temps, chacun voulant ou faire valoir ce qu'il connaît de Montréal ou obtenir réponse à ses questions.

Plus menue que la majorité des fillettes de dix ans, Délima demeure discrète comme l'ont été sa naissance et sa petite enfance. Que Georges-Noël ait désapprouvé le projet de Ferdinand d'épouser une jeune fille de quinze ans avait incité le couple à taire la première grossesse de Georgiana et l'arrivée de cette enfant qui, au dire des médecins, ne devait pas survivre en raison de graves problèmes cardiaques et respiratoires. La crainte que leur soit imputé le piteux état de santé de leur fille avait rendu Ferdinand et son épouse prisonniers de leur secret. Hospitalisée pendant plus de six mois, l'enfant avait ensuite été confiée à une bienfaitrice, célibataire fortunée et infirmière, qui lui avait prodigué tant de soins que la fillette avait réagi presque miraculeusement à un traitement expérimental.

Délima allait avoir quatre ans lorsque ses parents qui lui rendaient régulièrement visite apprirent qu'au terme d'une autre année de soins, la petite pourrait mener une vie normale. Promesse fut alors faite de la reprendre sitôt sa guérison assurée, mais la mort emporta Ferdinand avant que cela se fît. Foudroyée par ce deuil, accablée par la responsabilité d'élever seule ses deux garçonnets, Georgiana ne prit sa fille avec elle qu'une fois remariée. Accueillie comme une princesse, Délima fut choyée par tous comme une enfant longtemps attendue. Victoire éprouve une affection spontanée et indéfinissable pour cette fillette, jolie, fragile et à plus d'un égard comparable à sa grand-mère Dufresne.

Le dessert n'est pas encore servi qu'alléguant la fatigue de la petite Cécile, Marie-Ange propose de mettre l'enfant au lit et de passer la nuit dans sa chambre, histoire de la sécuriser. Oscar saisit cet excellent prétexte pour quitter la table et déclare que le jeune Romulus a droit à de semblables faveurs. Une demi-heure plus tard, Florence en conclut qu'Oscar ne reviendra pas les trouver. Elle se lève et annonce :

« Je dois vous quitter. Je travaille de bonne heure demain matin. »

Les paroles courtoises adressées à la famille Dufresne cachent un dépit qui n'échappe pas à Georgiana.

La fatigue de la journée et l'heure tardive incitent les aînés à envoyer les plus jeunes se coucher, leur promettant d'en faire autant. Les émotions de la soirée ont également eu raison de l'endurance de Victoire qui choisit de remettre au lendemain la visite du reste de la maison. Il lui tarde aussi de se retrouver seule avec son mari, dans l'intimité de leur chambre. Thomas l'y précède.

« Ferme tes yeux et attends que j'aie fait de la lumière avant de les ouvrir », lui demande-t-il.

Un instant, Victoire appréhende une déception : Thomas aurait-il disposé autrement de cette pièce qui devait être meublée du lit à baldaquin hérité du grand-père Joseph Desaulniers et des commode, vanité et chiffonnier fabriqués par Georges-Noël ? Parviendrait-elle à dissimuler son mécontentement ?

« Tu peux regarder, maintenant », permet Thomas.

Victoire est ravie. Les murs recouverts d'un papier peint à fleurs fuchsia sur fond bleu pâle, la moquette d'un bleu plus foncé et les tentures de velours du même ton, nouées de cordons dorés, l'ont conquise. Les meubles qu'elle souhaitait voir dans cette chambre s'y trouvent et la rendent plus harmonieuse encore.

« Que je suis gâtée ! » s'exclame-t-elle, pressée de s'asseoir dans un fauteuil de style Louis XIV placé entre les deux grandes fenêtres.

Après avoir échangé quelques paroles affectueuses avec son mari, elle ferme les yeux. Elle voudrait se détendre, mais tant d'imprévus ont marqué cette journée que le sommeil ne vient pas. Croyant Thomas endormi, elle est surprise de l'entendre lui avouer :

« Moi qui pensais tomber comme une bûche sur mon oreiller, je n'arrive pas à fermer l'œil.

— Quelque chose t'inquiète ?

— Au contraire ! Je ne me suis jamais senti aussi bien », affirme-t-il en marmonnant d'aise.

Thomas se lève, allume une bougie et la dépose sur la table de chevet de Victoire près de qui il s'assoit. Ses doigts délicatement glissés dans la chevelure soyeuse de sa bien-aimée, il éprouve un plaisir comparable à celui de ce dimanche de juillet 1873 où, sur le bord de la rivière aux Glaises qui longeait l'érablière, ils avaient cédé à leur convoitise.

« Tu vas peut-être me trouver ridicule, mais c'est comme si on s'était remariés aujourd'hui, confie-t-il à Victoire qui le regarde, admirative. Je me sens si amoureux de toi que j'ai l'impression que plus rien ne pourra nous éloigner l'un de l'autre. »

Leur étreinte les emporte au-delà de leur fatigue, dans une plénitude amoureuse tout à fait exquise. « Une véritable fusion », pense Victoire qui aurait aimé s'y enfermer pour toujours.

Le lendemain, jour du solstice d'été, Candide et Marius, éveillés tôt, n'attendent pas le lever des parents pour réclamer qu'Oscar les amène visiter le quartier. Empruntant la rue Saint-Hubert, à leur grand étonnement bordée de trottoirs de bois, les garçonnets croisent la rue Craig et poursuivent, en sautillant, leur randonnée vers le sud. De la rue Lacroix, ils aperçoivent de l'autre côté des voies ferrées ce que Candide croit être le lac Saint-Pierre.

« À la différence qu'on voit des maisons de l'autre côté », souligne-t-il.

Oscar leur fait miroiter tous les avantages d'habiter près de ce beau fleuve Saint-Laurent où passent des bateaux, « dix fois plus gros que sur le lac Saint-Pierre », présume Candide.

« Ne parlez pas si fort ! Les gens dorment encore », leur rappelle Oscar en les dirigeant vers la rue Saint-Jacques. Ils sont tout simplement éblouis par la hauteur et la majesté des édifices.

Pendant que les plus jeunes et leurs cousins s'en donnent à cœur joie dans la cour arrière ou dans la salle de jeu, Marie-Ange prend soin de Cécile, Mariette sert le déjeuner à Georgiana et à sa fille, les dernières à se mettre à table, et Victoire poursuit la visite du premier et du deuxième étage de la maison, au bras d'un mari fier de ses réalisations. Dans le boudoir aux tons clairs et orné de dentelles, elle retrouve avec bonheur son mobilier de Yamachiche.

« Je sens que ce sera encore un endroit où j'aimerai me retrouver…

– … dans la solitude », précise Thomas déterminé à ne plus prendre ombrage de ce besoin chez son épouse.

Il l'entraîne vers les deux autres pièces du rez-de-chaussée. Victoire s'étonne que la porte soit verrouillée.

« Ce n'est pas la place des enfants, ici, allègue-t-il en tournant la clé dans la serrure.

– C'est d'un grand chic », s'exclame-t-elle à la vue de cette pièce lambrissée de boiseries, dont tout un mur est couvert de bibliothèques vitrées.

Victoire y reconnaît sa collection de revues de mode importées des États-Unis, plusieurs volumes que sa mère lui avait donnés et tous ceux que possédait Georges-Noël. La table de travail en chêne est recouverte d'un cuir bordeaux. Une cheminée délicatement ouvragée ajoute à l'élégance du décor. « C'est ici, sur cette console, que je devrais exposer la photo et les dessins de ma mère. Il serait temps que je rende hommage à ses nombreux talents », dit-il, presque repentant.

Victoire s'empresse de l'approuver.

« C'est dans cette pièce, enchaîne-t-il, solennel, qu'on parlera d'affaires. »

D'un pas allègre, il la guide vers une deuxième porte verrouillée, entre le salon et la salle à manger.

« Tu ne devines pas ? » lui demande-t-il.

L'esprit encore brumeux, faute d'avoir bien dormi, Victoire renonce à chercher. La porte s'entrouvre sur une pièce occupée par deux fauteuils et une petite table en noyer.

« Entre », la prie Thomas.

Victoire est ébahie. « Il vient de chez les Normandin où Georgiana prenait ses cours de piano, lui apprend-il. C'est pour notre petite Cécile. Tu te souviens que mon père, du fait qu'elle est née le jour de la Sainte-Cécile, prétendait qu'elle serait douée pour la musique… »

Victoire acquiesce d'un signe de tête, se dirige vers le piano de bois clair et effleure doucement le clavier. Puis elle laisse glisser ses doigts sur des touches. Des notes rappelant un air connu surprennent Thomas.

« Je ne savais pas que tu jouais du piano !

– Si peu ! corrige-t-elle aussitôt. Tu ne te rappelles pas que nous en avions un chez mes parents ? Ma mère aimait tellement jouer… »

Et, pour se distraire de la mélancolie qui déjà la gagne, elle se tourne vers Thomas, cherchant les mots pour exprimer sa gratitude. Elle ne peut que l'enlacer pour le remercier.

L'après-midi, Victoire et sa belle-sœur se rendent seules au parc Sohmer. De la terrasse qui donne sur le Saint-Laurent, Georgiana admire le paysage comme si elle le voyait pour la première fois :

« Regarde ! N'est-ce pas magnifique d'apercevoir d'ici l'île Grosbois, Boucherville, Longueuil, l'île Sainte-Hélène, Saint-Lambert et même Laprairie », dit-elle en balayant l'horizon du regard.

Elle s'attarde ensuite sur les édifices de la Canadian Rubber, de Viau, de Molson et enfin de Pagels & Ferguson qui fournit les cigares vendus au parc Sohmer. Victoire en déplore la présence. « Il faut regarder plus loin et plus haut », lui conseille Georgiana. Les vapeurs transatlantiques et de superbes voiliers sillonnent le fleuve. En compagnie de cette femme parfois exubérante, Victoire apprivoise cette ville dont elle redoutait tant le tumulte.

Cette journée riche en émotions atteint son point culminant lors du concert d'orgue de Barbarie donné dans ce même parc. Littéralement emportée par la musique, Georgiana s'extasie lorsque les musiciens interprètent *El Capitan March* de Philip Sousa.

« S'il existe un paradis, il ne peut être autre chose qu'une salle de concert. Un pur enchantement, murmure-t-elle après une salve d'applaudissements. Ce soir, il ne manque ici qu'un spectacle de danseurs pour que mon bonheur soit céleste. »

Victoire comprend alors les raisons du si grand dévouement de son amie envers les jeunes filles de talent comme Florence ; elle les souhaiterait aux côtés des vedettes venues des États-Unis et du monde entier.

« Il ne faut pas que tu manques le récital du couple Morel, dit Georgiana, à la fin du spectacle, regrettant de ne pouvoir y assister. N'oublie pas aussi que M. Lavigne doit faire revenir Mlle Phillips, une soprano qui chante divinement la "Romance des filles de Cadix".

— Je les écouterai pour deux, lui promet Victoire.

— Tu ne peux savoir comme ça me manque depuis que j'habite à Pointe-du-Lac. Faible consolation s'il en est, je vole de temps à autre des instants de rêverie où je ferme les yeux pour mieux me souvenir des concerts entendus en compagnie de Ferdinand. Il en était aussi passionné que moi, le savais-tu ?

— Non. Ton mari était un homme plutôt mystérieux pour les membres de sa famille.

— Et pour toi ?

— Pour moi aussi. Aussi mystérieux qu'attachant. »

Sur le chemin du retour, les deux femmes continuent d'échanger des souvenirs de Ferdinand, au grand plaisir de Georgiana qui confesse avoir épousé Carolus même si elle était persuadée qu'aucun homme ne pourrait aller à la cheville de son défunt mari.

« Mais l'aimes-tu ? s'inquiète Victoire.

— Oui, bien sûr. Mais je ne reste pas moins persuadée qu'on ne vit qu'un grand amour dans une vie. »

Victoire voudrait bien la convaincre du contraire, mais elle risque de susciter des questions auxquelles elle ne souhaite pas répondre. Pas encore, du moins, même si elle vit avec sa belle-sœur une réelle et profonde amitié. Elle n'aurait aucun lien de parenté avec Georgiana, qu'elle éprouverait moins de réticence à lui révéler son amour fou pour un beau-père qu'elle devait épouser.

∽

Au moment de faire le bilan de ce premier mois à Montréal, Victoire constate que ses appréhensions ne se sont pas confirmées : sa vie amoureuse est si empreinte de la jovialité de Thomas qu'aucune nostalgie n'a pu se frayer un chemin dans son quotidien ; les enfants se sont vite sentis à l'aise et se sont fait des amis dès les premiers jours ; de nouvelles commandes de chaussures marquent le début de chaque semaine et l'atmosphère de la Fabrique Dufresne & Fils est au beau fixe. D'autre part, les profits de la Dufresne & Houle augmentent grâce à Rodolphe qui assume aussi la sous-direction de la fabrique de chaussures. C'est ainsi que juillet leur a filé entre les doigts comme l'eau de la source qui serpentait dans leurs terres de Yamachiche et de Pointe-du-Lac.

Le dimanche, la famille aime se rendre au parc Sohmer où des spectacles et diverses attractions sont présentés. Victoire préfère cette fois rester à la maison. À Thomas qui s'inquiète de sa santé, elle répond :

« Ne t'en fais pas. J'ai seulement besoin d'un peu de solitude.

– C'est bien normal », dit-il, rassuré.

Un claquement de porte, des voix enjouées se perdent en direction du parc Sohmer : Victoire n'attendait rien de plus pour monter dans sa chambre et goûter à loisir ce décor qu'elle avait souhaité. Calée dans son fauteuil, elle s'abandonne à l'état de béatitude que lui inspire la lumière chaude qui miroite sur la moquette bleu foncé. Sous son corsage de lin bleu poudre bat un cœur débordant d'émotions.

Comme elle se languit de la présence de Georgiana : si la mort n'était venue chercher Ferdinand aussi brutalement, elles auraient vécu ensemble dans cette ville. « Georgiana est beaucoup mieux disposée que je ne le suis pour apprécier les plaisirs citadins », songe Victoire. De fait, ce ne sont pas les majestueux monuments ni les superbes salles de spectacles qui l'ont le plus impressionnée à son arrivée dans cette ville. De découvrir, à quelques rues des demeures opulentes, au fond de cours nauséabondes, des taudis dans lesquels vivent des familles de plus de dix enfants l'a profondément attristée. C'est sans compter ces ouvriers qui, ne gagnant guère plus de neuf dollars par semaine, n'ont pas d'autre choix que de faire travailler leurs enfants dès l'âge de huit ans pour nourrir la famille. « Jamais, de mon vivant, il n'entrera un enfant de moins de seize ans dans notre manufacture », a-t-elle juré à son mari et à son fils aîné. La souffrance des femmes qui se font mourir à gagner des salaires de famine ne l'indigne pas moins. Plusieurs d'entre elles préfèrent loger des chambreurs plutôt que de reléguer leurs enfants dans des salles d'asile pendant qu'elles sont au travail. Les hygiénistes ne semblent pas comprendre que dans cette ville la pauvreté est responsable du taux si élevé de mortalité infantile. Le manque de ressources condamne ces familles à une mauvaise alimentation et à des logements insalubres, véritables foyers de maladies contagieuses. La typhoïde tue leurs enfants tant l'eau qu'ils consomment est mauvaise. Victoire a déjà perdu six enfants et elle tremble pour ceux qui restent, surtout les deux plus jeunes. À la campagne, ils n'avaient pas à craindre les maladies qu'engendrent la pollution provoquée par les cheminées d'usine et les détritus qui traînent le long des rues.

Le nombre élevé de chômeurs l'inquiète aussi. Assistant à un concert de l'orchestre Montreal Philarmonic ou regardant jouer la grande Sarah Bernhardt, elle ne peut s'empêcher de penser à ces centaines de pères de famille qui se réfugient dans l'alcool, faute d'avoir l'éducation et les moyens de se sortir de leur indigence. Autre constatation douloureuse : l'écart immense entre les pauvres et les riches. Les dames de la bourgeoisie anglaise peuvent être repérées de loin par leurs robes de soie, de satin ou de velours frappé inspirées de modèles européens.

À son grand regret, s'ajoute le problème de la langue et de la nationalité. La majorité des Anglais se cantonnent dans leur Golden Square Mile, les Irlandais dans leur City Below the Hill, les Juifs dans leur ghetto. Les Canadiens français se partagent le Sud-Est, se demandant qui de tout ce monde gagnera le plus de terrain.

La rencontre de Lady Lacoste apporte une touche de fraîcheur à ce sombre tableau. Contrairement à ces femmes qui n'ont rien d'autre à faire que de surveiller leurs domestiques, prendre le thé et se pavaner au Victoria Rink ou dans des bals masqués, Lady Lacoste profite de sa liberté, de son instruction et de son aisance financière pour soulager la misère et promouvoir les arts et la culture. En sa compagnie, Victoire fait la connaissance d'autres femmes qui exercent leur droit à la liberté d'expression et qui militent pour que ce droit soit respecté.

Lorsqu'elle apprend que l'abbé Casgrain s'autorise à censurer la littérature, provoquant ainsi l'exil de certains poètes, telle Mme Duval-Thibeault, elle s'indigne. « Je ne puis croire que les seules voix capables de se faire entendre soient celles de ces femmes, la plupart religieuses, qui croient parvenir, à force de dévouement, à étouffer leur colère et leur chagrin », se dit-elle. Victoire a l'impression qu'il n'existe plus qu'un genre dans la société depuis que sa mère et les femmes de sa génération ont perdu les droits que leur accordait la coutume de Paris. Tout est dicté et organisé par les hommes et pour leur plus grande satisfaction. Les autorités religieuses s'imposent à grands coups d'interprétations bibliques. Après avoir tant désiré donner naissance à des filles, voilà que Victoire tremble pour sa petite Cécile. « Que de combats elle aura à mener », constate-t-elle. La perte du droit de vote qui ne devait durer que le temps de mettre en place le Parlement canadien est de ceux-là. La *common law*, imposée depuis 1867, prive la femme mariée de ses droits juridiques et la traite en inapte. De quoi révolter Victoire Du Sault qui, à l'instar de sa mère, a mené ses combats comme les hommes qui l'entouraient. Elle rêve du jour où, comme eux, les femmes auront leur mot à dire à l'Assemblée législative.

Oscar lui avait pourtant dit que les Montréalaises s'affirmaient davantage. Elle en cherche encore la preuve. De fait, dans cette ville, rares sont celles qui assument des responsabilités dans les entreprises, à part les journalistes et, paradoxalement, les prostituées qui obtiennent facilement la complicité de la police pour exercer leur métier. Victoire n'est pas sans espérer que ses fils seront suffisamment heureux en amour pour ne pas chercher à satisfaire leurs besoins auprès de ces jeunes femmes qui passent dans les bras de centaines d'hommes.

Ce faisant, elle ne peut s'empêcher de repenser à cet amour interdit, son plus grand tourment et l'une de ses plus grandes sources d'inspiration. Le goût lui vient soudain de tirer de sa cachette le cahier dans lequel elle couche ses pensées les plus intimes. Elle en caresse la couverture de maroquin, hésite, mais ne l'ouvre pas. Une fois terminé, ce cahier ira rejoindre ceux qu'elle entasse dans une malle depuis trente ans. De son tiroir à secrets, elle sort ensuite un coffret de lettres et retrouve l'enveloppe que le notaire lui a remise de la part de Georges-Noël, lors de son départ de Yamachiche. Ses mains tremblent sur la boîte qu'elle est tentée de replacer dans le tiroir. « S'il fallait que mon amour pour Thomas s'en trouve ébranlé », se dit-elle, résolue pourtant à faire aujourd'hui la lumière sur ce mystère. « Vaut mieux en avoir le cœur net », se dit-elle enfin, après s'être assurée que la porte de sa chambre était bien verrouillée. De ses doigts fébriles, elle ouvre l'enveloppe, stupéfaite d'en trouver trois autres de formats différents. Sur la plus petite des enveloppes, rien n'est écrit. La plus grande lui est adressée et l'autre est destinée à Emmérik, cette enfant que Georges-Noël croyait sienne, morte avant d'avoir atteint quatre ans. Datée de janvier 1877, cette lettre avait donc été rédigée avant le premier anniversaire de la fillette.

Ma petite Emmérik,

Je t'imagine, le jour de tes douze ans, quand tu recevras cette lettre, ou de ma main si je suis encore de ce monde, ou de celle de ta maman si je devais mourir avant mes soixante-cinq ans. Tu étais née depuis une semaine lorsque je t'ai vue pour la première fois. Rien qu'à écarter tes mèches blondes sur ton petit front lisse et rosé, j'ai senti monter en moi un tel regain de vie que je me serais cru à trente ans. J'ai su dès ce moment que tu serais une fille exceptionnelle, l'incarnation de la douceur, intelligente comme ta mère et généreuse comme mon fils.

Je sais qu'on ne remplace pas un enfant disparu par un autre, mais ta naissance aura été pour moi la plus grande consolation de ma vie même si pour des raisons que je ne te dévoilerai que lorsqu'on se retrouvera dans l'éternité, j'ai beaucoup souffert après ta naissance. Je retrouve en toi ce que j'aimais le plus de ma petite Georges-Cérénique emportée à trois ans et demi. Je prie le ciel qu'il te donne longue vie. Sache que je serais prêt à donner la mienne n'importe quand, pour que tu sois heureuse.

Quand je ne serai plus là, je voudrais que tu prennes bien soin de ta mère. Tu n'auras pas assez de toute ta vie pour découvrir et apprécier ses qualités. J'aimerais aussi te donner un conseil : n'accepte que l'amour pour maître.

Celui qui t'aime plus que tous les grands-papas de la terre,

Georges-Noël Dufresne

Victoire ferme les yeux et presse le feuillet sur sa poitrine avec l'impression d'étreindre à la fois son enfant et celui qui lui en avait fait cadeau. Leur présence est presque palpable. Elle s'en laisse envelopper, immobile, reconnaissante. Tout n'est que silence, fluidité et plénitude. Elle voudrait bien les retenir, mais voilà que Georges-Noël la quitte déjà. Un sanglot monte dans sa gorge. Victoire demeure les yeux clos, imprégnée de la présence de cette enfant qui aurait dix-huit ans. « Que serait devenue Clarice, se demande-t-elle, et Laura, née un an après Oscar ? » Elle sourit à la pensée de se balader dans le parc Viger en compagnie de ces trois jeunes femmes, de leur acheter d'élégantes robes dans les plus beaux magasins de Montréal, de partager avec elles espoirs, déconvenues et succès. Les siens. Ceux de toute la famille. Victoire prend cruellement conscience du désert qu'elle a dû traverser, la main sur le cœur, la respiration comprimée pour ne pas trop souffrir de la perte de ses enfants. *Mes filles me manquent affreusement,* confie-t-elle à son carnet. *Élevée dans un monde d'hommes, c'est contre eux que j'ai dû me battre pour devenir cordonnière et le demeurer. J'apprécie qu'après la mort de maman, deux femmes m'aient apporté amitié et compréhension. Tout récemment, Lady Lacoste, et depuis dix ans, Georgiana. Malgré la distance qui nous a longtemps séparées, les nombreux deuils qui nous ont accablées et le fait que Georgiana est remariée et qu'elle habite Pointe-du-Lac, notre amitié n'a pas perdu de sa fer-*

veur. Aujourd'hui, j'apprécie encore plus cette femme et je comprends que Ferdinand, si intelligent, subtil et sensible, l'ait tant aimée. On la croirait quelque peu éthérée tant elle respire la fraîcheur et la joie de vivre. Comme si la musique pour laquelle elle se passionne rythmait ses pas et modulait sa voix. Elle nous donne envie de chanter notre vie, de la danser. Lorsque je l'ai connue, elle n'avait que quinze ans et j'ai cru que sa jovialité s'atténuerait avec l'âge, mais voilà qu'elle en a vingt-sept, qu'elle en est à sa sixième grossesse et qu'elle n'a rien perdu de son enthousiasme. Que de leçons elle me donne !

Victoire dépose sa plume, retire de l'enveloppe adressée à son nom la lettre que Georges-Noël lui avait écrite, et prend place dans son fauteuil.

1er décembre 1889

Ma chère Victoire,

Tant de fois j'aurai repris cette lettre avant de te la livrer telle que tu la liras après ma mort.

En arrivant dans ce monde... sûrement meilleur, je ne serais pas surpris que Domitille soit la première à m'y accueillir. Elle me laissera lui expliquer, sans pleurer cette fois, que je l'ai toujours profondément aimée, que je n'ai rien fait pour te séduire et que mon attirance envers toi s'est développée à mon insu. Elle me croira quand je lui jurerai que c'est pour voir clair en moi et me libérer de l'emprise que tu exerçais sur moi que j'ai écrit, en mauvais anglais, des textes que j'ai cachés au fond d'un tonneau d'avoine et qu'elle n'aurait jamais dû lire. Après sa mort, lorsque j'ai ouvert le coffret de métal, j'ai découvert qu'elle les avait trouvés, lus et compris. Je devais les brûler le lendemain, mais l'inondation survenue cette nuit-là a charrié le coffret jusque sur vos terres, et il s'est retrouvé entre tes mains.

Tu avais dix-neuf ans et tu venais de rompre tes fiançailles avec Isidore quand j'ai commencé à me douter de quelque chose... Tu te rappelles nos leçons d'anglais avec le quêteux savant ? À ta façon de me regarder, au temps que tu mettais à partir de chez moi à la fin de la soirée, j'ai compris que je devais être très prudent avec toi. Je mentirais si je te disais que je n'ai jamais été tenté de provoquer les occasions de t'observer discrètement, de te parler, sous prétexte de t'aider. J'ai succombé quelques fois, notamment lorsque je t'ai offert mon aide pour exposer tes chaussures à Trois-Rivières. Je refusais de me l'avouer, d'y penser même. Tu incarnais l'émerveillement, et Domitille, le reproche. Après avoir lu ses carnets, je me suis senti coupable et honteux. J'avais du mal à regarder mes fils, à leur laisser poser toutes les questions qui leur passaient par la tête. Lorsque, pour ne pas retourner au pensionnat, ils m'ont demandé de t'engager pour venir prendre soin d'eux, je me suis rendu compte que je te voulais chez moi, non pas comme servante mais comme épouse. Comment aurais-je pu me le permettre ? Je n'avais même pas traversé ma première année de veuvage. Lorsque nous en sommes enfin venus aux aveux, j'ai cru que je pourrais enfin t'épouser. Je t'aimais comme un fou et je sais que tu m'aimais autant. J'en ai longtemps voulu au père Frédérick. Je t'en ai voulu aussi de ne pas être capable de te défaire de sa condamnation et n'écouter que ton cœur. Tu avais, me semble-t-il, la force de caractère pour y arriver. Même si tu ne me l'as jamais dit, j'ai pensé alors que certains aspects de ma personnalité t'in-

quiétaient, ou te déplaisaient. Que j'ai souffert de te voir choisir Thomas ! Je ne te cache pas qu'un goût de prendre ma revanche m'a plus d'une fois effleuré l'esprit. Je me suis souvent demandé si ce n'est pas pour ça, justement, que je n'ai pas refusé que vous veniez habiter chez moi après votre mariage. Tu comprendras que je ne pouvais pas ne pas me sentir coupable après notre défaillance. Inconsciemment, je l'avais souhaitée, mais je ne savais pas que ce serait aussi dur de vivre avec cette tricherie sur le cœur le reste de ma vie. Après quinze ans de vie commune, si on peut dire, il est grand temps que je vous laisse, Thomas et toi, vivre une vie de couple normale, en toute liberté. C'est pourquoi Oscar et moi avons tout prévu pour reprendre le commerce de Yamachiche et vous laisser partir à Montréal, sans nous.

En souvenir de notre amour et pour te remercier de tout ce que tu m'as apporté d'audace, de fierté et de tendresse, je te fais cadeau du médaillon d'argent que j'avais offert à Domitille pour nos fiançailles. Je laisse aussi pour Oscar et Cécile une somme d'argent que tu voudras bien leur remettre. J'ai glissé une clé dans la petite enveloppe, et j'ai noté l'endroit secret où tu pourras trouver la boîte dans laquelle j'ai tout rangé.

Quand le moment sera venu pour toi de venir me rejoindre, tu te présenteras aussi belle et plus encore qu'avant, parce que tu seras sans remords, sans amertume et sans peur. Je serai le premier à t'accueillir dans cet au-delà où l'amour ne connaît ni frontières ni douleurs.

Je t'attends.

Georges-Noël Dufresne

Une béatitude à peine teintée de nostalgie envahit Victoire, coule dans ses veines et dessine un large sourire sur son visage. Elle ferme les yeux, abandonnée à cette paix enfin retrouvée. Pour ne plus jamais en être privée, pour en imprégner tous les pores de sa peau et le moindre repli de son être, elle tourne le dos au temps et à l'espace.

Cette passion qu'elle a souvent comparée à la rose n'en a plus que l'arôme et la grâce.

Victoire est sur le point de jeter tous ces papiers, mais un doute la retient. Elle ne les détruira qu'après avoir récupéré ce qui est caché à l'érablière. *Et pourtant, écrit-elle, je suis consciente de courir le risque de le regretter, comme ce fut le cas pour Georges-Noël. D'écrire ce nom me fait une impression si étrange... Je ne crois pas l'avoir fait depuis mon mariage. Non pas que je n'aie jamais parlé de lui dans ma correspondance ou ailleurs, mais je l'ai toujours désigné comme le père de mon mari ou le grand-père de mes enfants. Par pudeur, je crois, ou pour ne pas abuser de l'intimité que nous avions connue.*

C'est avec la même réserve que le dernier samedi d'août, par une température exquise, Victoire invite son fils aîné à l'accompagner à Pointe-du-Lac. Elle explique à Thomas son besoin de revoir son frère, Louis, ses neveux et nièces.

Victoire ne tarde pas, une fois dans le train, à parler à Oscar de l'héritage que lui a laissé son grand-père. L'émotion est vive chez le jeune homme qui cependant s'explique mal que Georges-Noël ait caché des choses aussi précieuses dans la maisonnette de l'érablière.

« Tout aurait pu passer au feu ou être volé avant qu'on puisse mettre la main dessus...

– Ce n'était pas rare que les gens de sa génération agissent ainsi, riposte-t-elle, spontanément portée à défendre Georges-Noël.

– Vous savez ce qu'il vous a laissé ?

– Non. Je le découvrirai en même temps que toi, dit-elle, impuissante à cacher son émoi.

– Vous avez encore de la peine, vous aussi ?

– On ne se console pas facilement d'avoir perdu un être aussi exceptionnel. Un grand-père aussi dévoué, s'empresse-t-elle de préciser.

– Ma vie a été chambardée par son départ. Tous mes projets réduits en fétus de paille...

– Si je les avais connus, je ne sais pas si j'aurais moins souffert de son absence que de sa mort », souffle-t-elle.

Oscar pose sur sa mère un regard perplexe, cherchant à comprendre des propos qui lui semblent lourds de conséquences.

Victoire manifeste le besoin de dormir un peu avant que le train entre en gare à Pointe-du-Lac. Quarante minutes durant lesquelles elle pourra éviter les questions de son fils, ses observations ou un échange qui pourrait la compromettre. Quarante minutes à regretter quelques paroles, à imaginer les interprétations qu'Oscar peut en faire. « Et ce n'est que l'entrée en matière d'une pièce de théâtre où aucune chance de reprise n'est permise pour la comédienne que je n'ai jamais été », se dit-elle, rongée d'appréhension.

Au terme d'une visite de quelques heures chez les Du Sault qui leur prêtent un cheval et une calèche, Victoire et son fils empruntent le rang de l'Acadie, puis le rang Saint-Joseph. Cette petite route ombragée les conduit au domaine Garceau privé de son érablière depuis la vente conclue en 1860 entre Georges-Noël et Euchariste Garceau. L'émotion est vive lorsque l'attelage s'engage sur le petit pont qui mène à la rivière aux Glaises et emprunte le chemin de terre battue qui les conduira à La Chaumière.

« J'avais oublié que c'était si beau », dit Oscar, en passant sous l'arche que les branches des érables ont formée au-dessus de la route.

La dernière courbe aussitôt franchie, il tend le cou vers la maison, pousse un soupir de soulagement et saute de la calèche pour ouvrir la porte… qui résiste jusqu'à ce que Victoire la fasse céder d'un tour de clé. Elle tire les rideaux des larges fenêtres qui donnent sur l'étang, ferme les yeux et offre son visage aux tièdes caresses du soleil qui inonde la pièce principale de La Chaumière. « Quel dommage qu'on ne soit jamais venus vivre ici », pense-t-elle, s'imaginant entourée d'enfants à jamais héritiers du souvenir de ce décor champêtre. Oscar voudrait déjà grimper dans le grenier pour y dénicher la précieuse boîte, mais de voir sa mère ainsi pensive l'en dissuade.

« J'aimerais bien revenir pour y passer quelques jours », dit-elle au jeune homme qui n'attendait qu'un mot pour lui faire remarquer qu'il restait moins de deux heures avant le prochain train pour Montréal.

Par la trappe accédant au grenier, Oscar monte, se dirige vers l'angle sud-ouest du toit et en revient avec un coffre de métal bosselé, rouillé et dont la serrure est demeurée solidement verrouillée. Victoire le dépose sur la table, le fixe, immobile.

« Qu'est-ce qu'il y a, maman ? Avez-vous oublié la clé ?

– Non, non. J'essayais seulement de me rappeler où j'ai déjà vu cette boîte... »

Le temps de sortir de son sac à main l'enveloppe dans laquelle Georges-Noël avait glissé la clé, le souvenir lui revient de ce jour où, après l'inondation qui avait rassemblé cinq ou six familles sous le toit des Berthillaume, elle avait aperçu ce coffre parmi les biens de Georges-Noël retrouvés dans les débris. C'était en 1865. Domitille était morte peu avant, ses deux fils vivaient dans un pensionnat de Trois-Rivières et elle, Victoire, se languissait d'amour pour son voisin, et cela bien avant qu'il ne devienne veuf. À cette réminiscence s'ajoute celle de ce soir de pluie où Georges-Noël l'avait rejointe sur la véranda et avait déposé un châle sur ses épaules avec des gestes aussi suaves que les paroles murmurées à son oreille.

« Vous l'ouvrez, maman ? » demande Oscar, prêt à le faire pour elle.

Deux tours de clé et le couvercle biscornu grince. De la pochette de velours noir placée sur le dessus, Victoire sort un médaillon d'argent et d'ivoire enroulé dans une feuille de papier. Ses yeux courent sur la dizaine de mots écrits de la main de Georges-Noël : *Tu mérites le bijou le plus précieux qu'un homme puisse offrir à une femme.* Son cœur est sur le point de flancher ; elle enfouit le mot dans la poche de sa robe, prend ce médaillon qu'elle avait plus d'une fois admiré au cou de Domitille et le glisse dans la main d'Oscar qu'elle tient dans la sienne.

« C'est le premier cadeau que ton grand-père a offert à ta grand-mère Domitille. Tu l'offriras à ta fille aînée », déclare-t-elle, déterminée à ne plus revenir en arrière.

Au bord des larmes, Oscar la supplie :
« Pourquoi ne pas le garder pour vous ?
— Il te portera bonheur, mon grand. »

Subjugué par la beauté du bijou, il n'a pas à lever les yeux sur sa mère pour communier à cet amalgame de tendresse et de nostalgie qui a fait trembler sa voix et ses mains. Accepter ce don, c'est s'interposer entre son grand-père et sa mère. C'est poser la main sur le couperet qui pourrait anéantir le dernier lien qui les unissait au-delà de la mort. Oscar s'y refuse.

« Vous devez le garder, maman, dit-il en lui tendant le pendentif.
— Je suis sûre de ne jamais le regretter, Oscar. Prends-en bien soin, lui recommande-t-elle », refermant sa main sur celle de son fils.

Pour la seconde fois, Georges-Noël venait de mourir dans les bras de Victoire.

Serrant les lèvres sur sa douleur, elle sort de son coffret les deux rouleaux d'écorce renfermant les billets, l'un destiné à Oscar et devant d'abord servir à racheter la demeure familiale de Yamachiche. Sur l'autre, le nom de Cécile est gravé à même l'écorce de bouleau retenue par un cure-pipe. Le coffret est aussitôt rangé dans une armoire de la cuisine. Oscar prend son rouleau et le glisse dans la poche intérieure de son veston sans même en faire le compte, tant il est chamboulé.

Victoire quitte l'érablière avec le sentiment que la dernière page de son idylle avec Georges-Noël Dufresne vient d'être tournée.

Délivrée d'un passé lourd d'interdits, Victoire peut s'adonner pleinement à un présent trépidant et à la construction d'un avenir prometteur, tant pour les siens que pour l'entreprise. Exception faite de Cécile qui n'a que trois ans, les enfants fréquenteront l'école en septembre, permettant ainsi à la cordonnière de consacrer plus de temps à la conception de nouveaux modèles de chaussures.

Oscar manifeste à son égard dévouement et bienveillance. « Un trop grand attachement pourrait lui nuire », craint-elle, au courant de son indifférence à l'égard de jeunes femmes qui mendient son amour. À part Laurette, elle ne s'explique pas qu'il tourne le dos à des filles aussi talentueuses et charmantes que Florence, les demoiselles Lacoste, Rolland et combien d'autres. Aux allusions de son père à ce sujet Oscar objecte qu'il dispose de toute la vie pour trouver une épouse. « De toute manière, rien ne presse tant que je n'aurai pas construit ma maison », a-t-il déclaré récemment.

Deux ans d'opération auront donc suffi pour que la Fabrique Dufresne & Fils suscite l'envie par la qualité de ses produits. En outre, l'ambiance qui y règne est exceptionnelle, une commission au prorata de la production de chaque ouvrier étant réinvestie dans le capital-action de l'entreprise. Les sentiments d'appartenance et de solidarité ainsi favorisés, Victoire et son mari peuvent compter sur l'entière loyauté de leur personnel. Telle était leur conviction… jusqu'à ce matin d'avril 1892. Le pied alerte, sifflotant comme à l'accoutumée en se rendant au 46 de la rue Lacroix, Thomas trouve la bâtisse vidée de plus de la moitié de ses matériaux, des chaussures prêtes à être livrées et de tous les outils de cordonnerie. Sur son bureau, un bout de papier placé bien en vue lui fournit l'explication de ce désordre : *Cherchez-nous pas. Avec les dix employés qui ont signé leur nom sur cette feuille, j'ai décidé de former ma propre manufacture bien loin d'ici plutôt que de travailler comme un esclave à enrichir un patron déjà riche. Pour aider mes futurs employés, j'ai retiré les parts qui me revenaient et j'ai pris tout ce qui pouvait équivaloir aux intérêts et aux profits qu'elles vous ont rapportés... Adieu. Rodolphe.*

Atterrés, Thomas et Victoire comprennent pourquoi, deux mois plus tôt, Rodolphe leur annonçait abruptement sa décision de se retirer de la Dufresne & Houle, un commerce pourtant rentable. Directeur de cette dernière et directeur-adjoint de la Fabrique Dufresne & Fils, il semblait pourtant assumer aisément les deux fonctions. Thomas aurait bien souhaité reprendre à son compte le commerce de machinerie agricole, mais le prix lui semblait exorbitant et ses responsabilités à la manufacture l'accaparaient déjà suffisamment. Les vœux de Rodolphe furent exaucés : l'entreprise ferma ses portes et toute la machinerie fut vendue à l'encan. La répartition des recettes provoqua une animosité jusque-là insoupçonnée de la part de Rodolphe : il en réclamait les deux tiers, alléguant un plus gros investissement dans l'administration du commerce. Pour éviter la foudre de ses menaces, Thomas lui consentit les sommes réclamées.

Devant une telle escroquerie, les Dufresne songent d'abord à poursuivre leur cousin, mais Nérée Duplessis, leur ami et avocat, ne les y encourage guère.

« Le temps de retrouver les fugitifs est difficile à évaluer et les chances de récupérer une compensation financière appréciable sont fort minces, prétend-il.

— Je ne tirerais pas un sou avec cette poursuite que je l'engagerais quand même, affirme Thomas.

— Moi aussi », déclare Victoire.

Nérée caresse sa barbichette, visiblement très embarrassé.

« Il y a autre chose… »

Le regard inquiet de ses amis le pousse à s'expliquer.

« Je soupçonne un lien entre cette fugue et le meurtre de Clarisse Houle survenu à Pointe-du-Lac l'année dernière. »

L'intimé n'était nul autre qu'un des fils de Rodolphe. La victime, une femme âgée de quarante-deux ans, avait épousé, il y avait de cela moins de cinq ans, l'oncle de Rodolphe. Certains membres de la famille et plusieurs voisins savaient que cette femme fortunée avait quitté le Massachusetts pour échapper aux menaces d'un amoureux éconduit qui, pour se venger, avait juré qu'elle mourrait par sa main. Un jeudi soir de septembre, debout près d'une table appuyée contre une fenêtre, la pauvre femme était abattue de quatre balles dans la tête. Au terme d'une enquête bâclée, au dire de Nérée, on soupçonna Sévère, le fils cadet de Rodolphe, qui logeait chez cette grand-tante depuis un certain temps et avec qui il avait eu quelques démêlés. Incarcéré pendant des mois comme suspect, le pauvre Sévère devait finalement à son avocat, Nérée Le Noblet Duplessis, de l'avoir sauvé de la pendaison ; faute de preuves suffisantes, en effet, le jeune homme ne pouvait être accusé de ce meurtre même s'il était le légataire universel de sa grand-tante Clarisse.

« Avec ce que vous venez de m'apprendre, je ne jure plus de l'innocence de Sévère Houle », avoue Nérée.

L'escroquerie de Rodolphe l'incite à jeter un regard nouveau sur un fait négligé par la Cour : une lettre très compromettante trouvée dans la chambre de Sévère orientait les soupçons vers un proche de la famille.

« Même si le tribunal ne l'a pas retenue, je la verrais maintenant comme un indice de la complicité de Rodolphe Houle dans ce crime.

— Oscar nous avait fait remarquer que notre cousin était bizarre depuis que sa tante avait été assassinée », dit Victoire.

Pour des raisons obscures, Rodolphe, qui avait quitté sa femme depuis quelques années, se rendait souvent dans son village natal par le train de nuit, pour revenir discrètement à la manufacture le lendemain matin. Enfin, autre étrange coïncidence, Sévère avait disparu quelques semaines avant son père, sans laisser de trace. Nérée avait appris la nouvelle par Me Barbeau, l'avocat de la Couronne, venu le prévenir d'un possible rappel de la cause devant les tribunaux.

« Je n'en reviens pas, s'exclame Thomas. Mon cousin, un criminel ?

— L'appât du gain peut mener loin, reprend Victoire. L'histoire en rapporte plus d'un exemple.

— Je veux bien, mais je n'arrive pas à croire que j'ai travaillé tout ce temps-là avec un escroc, peut-être même un assassin.

– Attention, Thomas. On n'a que des soupçons sur sa complicité. Il faut des preuves pour tirer une telle conclusion », lui rappelle Nérée.

Cette nuit-là, Thomas n'a pas sommeil. Enfermé dans son bureau après s'être tourné et retourné dans son lit pendant des heures, il analyse sa relation avec Rodolphe Houle depuis les premières années de camaraderie à Pointe-du-Lac jusqu'à ce jour. « Que j'ai été naïf », se répète-t-il, se souvenant de certains événements tels que Rodolphe insistant pour que l'inventaire de la manufacture soit fait deux mois plus tôt que l'année précédente. Accablé et déçu, il jure de ne plus jamais accepter d'association dans ses entreprises, si ce n'est avec ses fils. Cherchant à réconforter son esprit, il se met en quête d'un plan qui sauverait la Fabrique Dufresne & Fils. Il en imagine un premier, additionne des chiffres et le rejette pour passer à un deuxième, puis à un troisième tout aussi irréalisable. La maisonnée va bientôt sortir de sa torpeur nocturne lorsque, la mort dans l'âme, il reconnaît que les minces profits générés par l'encan et ses propres avoirs sont nettement inférieurs aux sommes nécessaires au réaménagement de la manufacture de chaussures.

Après avoir cogité entre les draps glacés, Victoire juge opportun de rejoindre son mari. Passant devant la salle à manger, quelle n'est pas sa surprise d'apercevoir Oscar, attablé, la tête entre les mains.

« Qu'est-ce qui t'a éveillé sitôt ? lui demande-t-elle.

– Qu'est-ce que vous avez l'intention de faire pour la manufacture ?

– Si on allait en discuter avec ton père, au lieu de jongler chacun dans son coin. »

Thomas ne se montre nullement surpris de les voir entrer dans son bureau.

« Qu'est-ce que vous en pensez, vous autres ? leur demande-t-il, devinant la raison de leur insomnie.

— Je pourrais investir une part de l'argent que m'a laissé mon grand-père », dit Oscar.

Mais Victoire s'y oppose fermement :

« Rien ne nous met à l'abri d'une autre escroquerie. Je ne me pardonnerais pas de t'avoir fait perdre deux mille dollars. Quand tu seras majeur, tu assumeras toi-même la responsabilité de tes investissements. »

Victoire préfère acheter quelques terrains dans la ville de Maisonneuve, les morceler et les revendre, prévoyant que les profits lui permettront de sauver la Fabrique Dufresne & Fils.

« En attendant qu'on puisse remplacer les machines à coudre et les outils volés, y aurait-il moyen de livrer la marchandise déjà commandée ? demande-t-elle.

— Je ne vois pas comment on pourrait y arriver, riposte Thomas.

— Moi non plus, reconnaît Oscar. Pas avec dix ouvriers en moins.

— Le temps que je trouve l'argent pour acheter quelques machines à coudre, Jean-Thomas et Marie-Ange pourraient aller vous donner un coup de main. Je m'arrangerai bien ici avec Mariette, propose Victoire.

— Je retournerai travailler après le souper », décide Thomas, aussitôt soutenu par son fils.

La majorité des ouvriers restants décident de les imiter et acceptent que les salaires ne soient rajustés que lorsque l'entreprise en aura les moyens. Mais voilà qu'un bruit se répand comme une traînée de poudre : les Dufresne auraient été punis pour s'être vantés de diriger une entreprise modèle. Un discrédit est jeté sur la famille et sur la Fabrique Dufresne & Fils. Des clients les abandonnent, des fournisseurs hésitent à leur faire crédit, comme si Thomas et Victoire étaient des fraudeurs. Pis encore : la forte concurrence et la lente revente des terrains interdisent à Victoire de racheter d'autres machines à coudre. Le faible volume de production détourne les détaillants qui s'approvisionnaient chez eux. Six mois après la fuite de Rodolphe, la manufacture doit fermer ses portes.

Scandalisée par la conduite de son frère et affligée pour la famille Dufresne, Mariette souhaite partir et Victoire ne tente pas de la retenir.

« Tu ne mérites pas de souffrir à cause de ton frère, lui dit-elle.

– Ce sera mieux pour vous et pour moi », remarque la jeune femme, pleurant à chaudes larmes au moment de dire adieu aux enfants.

Conscient que Victoire a tenté l'impossible pour sauver la fabrique, Thomas lutte pour cacher sa désolation. À la recherche d'un emploi dans le domaine de la chaussure, il lui arrive souvent de bifurquer vers le fleuve pour y déverser le trop-plein de son désarroi. Ce soir, le cramoisi et le violet de l'automne qui le charmaient naguère n'évoquent plus qu'une longue période de froidure et de stérilité. Nombreuses à s'ouvrir, les portes des entreprises se sont toutes refermées devant l'une des conditions qu'il posait, à savoir que l'employeur accepte d'engager également les dix pères de famille demeurés sans salaire depuis la fermeture de la Fabrique Dufresne & Fils.

~

Thomas rentre tard à la maison, dans l'espoir de trouver Victoire endormie. Sa déception n'a d'égal que la tendresse avec laquelle elle l'accueille.

« Tu t'en fais trop, mon chéri. Je suis persuadée qu'avant longtemps quelqu'un saura reconnaître tes qualités.

– Je ne m'en fais pas tant que ça, crâne-t-il. J'ai pour mon dire que ce n'est qu'une mauvaise passe, je suis né pour la réussite.

– Je croyais que ce soir tu serais capable de ne pas réagir qu'avec ta tête… »

Un mot de plus et il ne pourrait se retenir de fondre en larmes. « Elle en supporte assez comme ça », se dit-il en serrant les poings.

Ce n'est que des mois plus tard, lorsqu'il est embauché avec ses anciens employés chez Pellerin J. I. & Fils, Boots & Shoes, que Thomas lui dévoile ses véritables sentiments. Venu la rejoindre dans le jardin au retour du travail, il approche une chaise de la sienne et, les mains posées sur les genoux de sa bien-aimée, il lui confie :

« L'échec est plus difficile à vivre à trente-cinq ans qu'à vingt ans. Je me suis senti plus humilié que lorsque M. Garceau m'avait enlevé mon poste pour le donner à son frère au moulin de la rivière aux Glaises. »

Thomas Dufresne n'a connu que des réussites, mis à part de légers déboires à la mairie de Yamachiche et, de ce fait, il s'est cru à l'épreuve de toute déconvenue en affaires.

« Ce coup dur m'aura appris, entre autres choses, à considérer les recommandations de mes proches avec plus de sérieux et à me montrer plus méfiant en affaires, conclut-il, la gorge nouée.

— D'avoir besoin de notre aide t'a rendu plus attachant encore, lui assure Victoire. Ton humour et tes taquineries se faisaient plus rares, mais tu parvenais encore à t'amuser des moindres événements cocasses », ajoute-t-elle, admirative.

Thomas avoue toutefois avoir éprouvé plus de difficulté dans ses relations avec Oscar :

« Je me demande s'il me pardonne de ne pas l'avoir écouté, alors qu'il m'a mis en garde à plusieurs reprises... Penses-tu que je ferais bien de lui en parler ?

— Je ne trouve rien de plus noble et de plus édifiant qu'un homme qui reconnaît ses torts, déclare Victoire. Je souhaiterais que tous commettent une erreur sérieuse dans leur vie... »

Thomas fait la moue.

« Comme j'aimerais lui citer son père en exemple, se dit Victoire. Même si je ne considère pas notre défaillance comme une faute grave, Georges-Noël l'a vécue ainsi et ça lui a donné une compassion, une tolérance et une sensibilité dont très peu d'hommes font preuve. » L'idée lui vient alors d'évoquer le cas de Rémi Du Sault, son père :

« Parce qu'il n'a pas su admettre ses erreurs avant sa vieillesse, mon père a été sous-estimé, même de ses proches, reprend-elle.

— Tu as déjà fait de ces faux pas regrettables ? » demande Thomas, se doutant bien que sa réponse sera négative.

Au bord de l'affolement, Victoire tente de trouver dans ses souvenirs des bévues étrangères à sa passion pour Georges-Noël.

« Oui. Quand je n'écoutais que mon audace », répond-elle enfin.

Thomas réclame un exemple.

« Je n'oublierai jamais ce 2 novembre 1862. Malgré les avertissements de ma mère, j'avais apporté un de mes modèles de bottines les plus extravagants pour la criée des morts.

– Et puis ?

– J'ai été la risée de tout le monde sur le parvis de l'église et je me suis attiré les paroles les plus empoisonnées dont ta grand-mère, Madeleine, était capable. »

Thomas s'esclaffe, évoquant avec humour d'autres souvenirs de cette pauvre bigote si bien intentionnée.

Victoire est ravie de l'habileté avec laquelle elle a retourné la question de Thomas. Le graduel détachement de son passé amoureux lui offre une autre raison de se réjouir. L'aisance avec laquelle elle en a parlé à Lady Lacoste, cette nouvelle amie, confidente à certains moments, en témoigne.

La veille, pour la première fois, Victoire l'invitait à venir prendre le thé dans le jardin. Désolée de voir de si belles fleurs vouées au gel, Marie-Louise a évoqué le souvenir d'une douloureuse idylle dont elle disait être sortie plus forte. « Comme le feront nos vivaces, au printemps prochain », a-t-elle ajouté, le regard nostalgique. Les rondeurs qu'elle exhibait n'altéraient en rien son élégance naturelle. À son tour, Victoire a dévoilé sa relation avec Georges-Noël comme on évoque une belle histoire déchirante qui passe dans la vie d'une femme pour lui laisser, en récompense, cet univers magique dans lequel elle peut se réfugier.

« Je vous comprends, réplique Marie-Louise Lacoste. J'ai vécu un amour très spécial, moi aussi, mais avant d'épouser mon Alexandre. »

Victoire l'incite à se confier.

« Vous ne devinerez jamais avec qui, reprend-elle en riant.

— Un personnage public..., suppose Victoire.

— Ça va de soi, confirme Lady Lacoste, visiblement peu habituée à ce genre de confidence. Avec, tenez-vous bien, M. Louis-Joseph Papineau.

— Mais il était beaucoup plus vieux que vous, s'écrie Victoire, très surprise.

— De plus de quarante ans. Vous imaginez mon embarras ? Sans parler de mes neuf ans de pensionnat chez des religieuses qui m'avaient enseigné le mépris de ma féminité...

— J'ai vécu cette expérience, moi aussi, mais je revenais chez mes parents chaque fois que j'en avais la permission, tant j'étouffais dans leur carcan de pudibonderie... »

Lady Lacoste grimace aux propos de Victoire et enchaîne :

« Mais si vous saviez ce que cet homme m'a apporté. L'admiration qu'il me vouait a fait naître en moi une telle fierté d'être femme que je lui dois d'être aujourd'hui l'épouse d'un homme extraordinaire. Jamais, sans cette idylle, je n'aurais accepté de fréquenter un prétendant du rang de mon Alexandre », avoue-t-elle, vibrante de l'admiration qu'elle éprouve pour le conseiller de Sa Majesté.

Partager de si grands secrets nourrissait l'amitié réciproque de ces deux femmes, malgré leurs divergences quant à la pratique religieuse.

« Je n'aurais pu faire de telles confidences à Georgiana, même si je l'aime beaucoup, déclare Victoire.

J'espère que Ferdinand, son mari, ne lui a jamais soufflé mot de ce qu'il avait découvert…

– J'avoue que je ne voudrais pas être à votre place. Je prie pour que ce grand amour ne vienne jamais aux oreilles de votre mari ni de vos enfants », conclut Marie-Louise, frémissante de peur.

∼

Une pluie diluvienne tombe sur Montréal en cette fin d'octobre. Toute la maisonnée en est anesthésiée, pourtant Victoire n'a pas sommeil. Il est minuit passé lorsqu'elle descend à la cuisine pour se préparer un bouillon de poulet. À peine perceptibles, puis de plus en plus audibles, des pas se font entendre sur la galerie arrière, puis des gémissements. Un frisson lui traverse le dos. « Signe infaillible qu'un malheur rôde », se dit-elle, transie dans son déshabillé de satin mauve. La lumière éteinte, elle pourra mieux voir à l'extérieur. Victoire traverse la serre, soulève le rideau de la porte, et aperçoit sur la galerie une personne toute recroquevillée qui sursaute au bruit de la clé dans la serrure. Une jeune fille à la chevelure longue et bouclée, aux vêtements trempés, une valise à ses côtés, s'éponge la figure en sanglotant.

« Vous êtes souffrante ? » lui demande Victoire.

De grands yeux verts rougis et tuméfiés la supplient de la laisser entrer.

Visiblement honteuse de son apparence, la jeune fille refuse d'avancer au-delà du tapis sur lequel Victoire place une chaise. Aux questions posées, elle ne fait entendre à travers ses sanglots que des bribes de réponses. Au mieux, Victoire parvient à saisir que la personne se prénomme Colombe et que c'est Florence qui, l'ayant trouvée en détresse dans l'entrée d'un café où elle venait de donner un spectacle, lui a conseillé d'aller frapper au 32 de la rue Saint-Hubert.

Née d'une mère francophone et d'un père anglophone, riche industriel du Golden Square Mile, Colombe n'a, selon Victoire, aucune raison d'errer ainsi.

« Je vous en supplie, madame, ne me renvoyez pas. Je suis prête à faire n'importe quoi…
— Nous n'avons plus les moyens de payer deux servantes, mademoiselle.
— Je suis prête à travailler pour vous sans salaire…
— Et vos parents ?
— Je ne peux plus compter sur eux… »

Victoire consent seulement à la garder pour la nuit. La chambre de Mariette étant libre, c'est là qu'elle l'installe après lui avoir servi un verre de lait chaud et quelques biscuits. Sur la pointe des pieds, Victoire retourne à sa chambre, en souhaitant que Thomas n'ait rien entendu. Elle s'endort, peu avant l'aube, avec la ferme intention de rejoindre Florence à la première heure.

Ce matin-là, dès le déjeuner, Oscar sent flotter quelque chose de mystérieux dans l'air. Chemin faisant vers la Pellerin J. I. & Fils où il vient, à son tour, acquérir de l'expérience dans l'industrie de la chaussure, il apprend de son père qu'une jeune fille en difficulté avec ses parents est venue se réfugier chez eux la nuit dernière. C'est tout ce que Thomas en sait.

Fait exceptionnel, il tardait à Victoire, pressée de retrouver Florence, que les deux hommes partent pour la manufacture et les enfants pour l'école. Une demoiselle

Normandin, avec qui Florence partage un appartement sur la rue Mont-Royal, lui apprend qu'elle est partie à Ottawa pour quelques jours.

Victoire doit se résigner à attendre les aveux de Colombe, faute de quoi elle devra trouver la manière et le moment propices pour l'amener à se confier. D'une grande discrétion, Colombe s'empresse de prendre ses repas avec la famille, comme les Dufresne l'exigent de leurs domestiques, pour retourner aussitôt à ses tâches de lessive ou de repassage. Oscar le déplore en secret, fasciné par le mystère de cette fille dont la tristesse est à la mesure de sa beauté et de son raffinement.

Trois jours passent avant qu'elle prie sa bienfaitrice de la suivre dans la chambre qui lui a été assignée. Calée dans le fauteuil au pied du lit, Victoire attend. Muette comme une carpe, visiblement déçue de ne pouvoir révéler ce qui l'a amenée dans cette maison, Colombe se remet à pleurer.

« Tu es ici depuis trois jours déjà, déclare Victoire, et tu n'as encore rien expliqué de ta fugue. Il faudra que tu le fasses si tu veux dormir ici ce soir. »

Colombe se ressaisit, ébranlée par cette menace.

« J'aimerais seulement que vous acceptiez de m'héberger encore quelques semaines, madame. Une tante va m'envoyer porter des vêtements et de l'argent.

– Qui me dit que tu es une fille honnête et que je ne risque pas de regretter de t'avoir hébergée ? »

Aux longs silences de la jeune fille et aux sanglots qui secouent ses épaules, Victoire déduit qu'elle a quitté sa famille pour des motifs beaucoup plus graves qu'une simple dispute avec ses parents.

Au bout d'une heure, l'approche toute tendre de Victoire a raison du mutisme de la jeune femme. Colombe, qui vient d'avoir dix-sept ans, raconte :

« Sur les ordres de mon père, je devais suivre des cours d'équitation d'un domestique, fils d'une famille depuis longtemps amie de la nôtre. Un célibataire, dans la vingtaine. Il a commencé par exiger de monter sur le même cheval que moi et, un jour, il s'est permis de… promener ses mains sur ma poitrine, et j'en passe. »

Recroquevillée tel un fœtus, Colombe grelotte. Victoire sort de la chambre et revient avec un châle de laine dont elle lui recouvre les épaules.

« Pour éviter de me trouver en sa compagnie, reprend Colombe, j'ai d'abord fait semblant d'être malade. Au bout de quelques semaines, cette excuse ne pouvait plus tenir et j'ai affirmé détester l'équitation. Mon père m'a alors proposé de prendre des cours de voile ou de tennis, toujours avec le même instructeur. Prise au dépourvu, incapable d'avouer les véritables motifs de mon désaccord, j'ai choisi le tennis, résolue à repousser mon maître et à le dénoncer à la première tentative… Mais après quelques cours, prétextant mon peu de talent, il a convaincu mon père qu'il devait plutôt m'apprendre à faire de la voile. Les deux premières séances s'étant déroulées dans le plus grand respect, je suis partie confiante, ce samedi matin de juillet, sur le lac Saint-Louis. Pourtant, plus on s'éloignait de la rive, plus la peur me gagnait. Et plus la peur me gagnait, plus je le sentais comme un vautour prêt à s'abattre sur moi. J'avais beau essayer de diriger notre bateau vers la rive, il le ramenait au large. J'étais loin du rivage et je ne savais pas suffisamment nager pour sauter à l'eau. »

Après une longue hésitation, Colombe confie avoir été bâillonnée et forcée de se soumettre aux fantasmes érotiques de cet homme, avant d'être sauvagement violée. Victoire reçoit cet aveu comme un coup de poignard en plein cœur.

« Je ne croyais pas que de telles machinations pouvaient exister chez nous, et encore moins dans les familles d'un rang aussi noble que la tienne », s'écrie-t-elle, bouleversée et combien plus révoltée.

Les questions s'entremêlent dans sa tête. Le regard lourd d'appréhension, Victoire attend la suite.

« Après, il m'a dit que je n'aurais pas d'autre choix que de l'épouser, que mon père était déjà consentant à lui accorder ma main. »

Colombe pleure maintenant comme une enfant. Victoire la rejoint sur le bord du lit et caresse son dos secoué de sanglots.

« J'aimerais mieux mourir plutôt que d'épouser cet homme-là, madame. »

Colombe dit avoir sombré dans un désespoir que ni ses proches ni le médecin n'arrivaient à expliquer. Autour d'elle, on redoutait le suicide.

« Un jour, j'ai tout révélé à ma mère, mais elle m'a traitée de menteuse et de tous les noms imaginables… »

Devant l'évidence de sa grossesse, Colombe s'avoue prête à tout pour ne pas mettre au monde l'enfant d'un viol. Victoire fait face à l'un des plus grands dilemmes de sa vie. D'une part, elle comprend ce choix et, d'autre part, elle risque, en aidant Colombe à se libérer, de passer tout comme elle le reste de sa vie derrière les barreaux.

« J'ai besoin de quelques jours de réflexion », répond-elle à la jeune femme qui réclame son aide.

Victoire connaît plus d'une substance abortive, mais de la rose de Noël, de la sabine, de la quinine ou de l'ergot de seigle laquelle est la moins dommageable ? Et si l'avortement présentait des complications ? Comme elle déplore être loin du Dr Milot, le seul qui accepterait de les secourir dans la plus grande discrétion. Lui écrire ou lui téléphoner comporte trop de risques. De plus, elle n'est pas sans savoir que plus elles retardent, plus l'intervention risque d'être douloureuse, voire fatale. Lui revient alors en mémoire le nom d'un médecin montréalais particulièrement humain et généreux dont Georgiana lui a déjà parlé. Irait-il jusqu'à les soutenir ? La question est posée en termes voilés dans un courrier express expédié à Georgiana. Le ton grave et urgent de la lettre de Victoire incite la jeune femme à prendre le train pour Montréal, avec son bébé de deux mois.

Jamais Georgiana n'a été autant attendue.

« Je regrette de te causer pareil dérangement, lui dit Victoire. Si tu savais comme j'apprécie...

— Ça me fait toujours du bien de venir à Montréal.

— Et tes garçons ?

— Délima est très fiable. Elle ne sera pas seule, ma belle-sœur ne demande pas mieux que de passer ses journées à la maison avec les enfants. Et j'avais tellement hâte de te montrer ma petite Yvonne.

— Quelle chance tu as, lui dit Victoire, penchée sur l'enfant, en tous points identique à sa mère. À l'âge où j'accouchais de mon premier bébé, tu as déjà six beaux enfants autour de toi...

— Huit, si je n'en avais perdu aucun. Maintenant, tu vas me parler de ce qui te tracasse ou j'entreprends une enquête auprès de tous ceux qui te connaissent », lui lance-t-elle, avec une fermeté égale à son humour.

Le bébé est confié à Marie-Ange, et toutes deux se rendent à l'île Sainte-Hélène, où elles pourront discuter en paix et discrètement.

« C'est au sujet de Colombe... »

Mise au courant du drame, Georgiana approuve Victoire de vouloir agir avec une extrême prudence. Le lendemain après-midi, elles accompagnent Colombe au bureau du Dr Blanchet et obtiennent la promesse de son absolue disponibilité advenant la moindre complication. Après avoir approuvé le procédé qu'elle entend utiliser, il remet à Victoire quelques sédatifs, trois comprimés contre la douleur et assez de somnifères pour une semaine. Les trois femmes conviennent avec le Dr Blanchet du jour et de l'heure de l'intervention, soit le lendemain soir, mais pas avant que tous les habitants du 32 de la rue Saint-Hubert soient plongés dans un profond sommeil. Sur le coup de minuit, Victoire a terminé la tournée des chambres.

« On peut y aller », annonce-t-elle à Georgiana qui est demeurée auprès de Colombe depuis le début de la soirée.

Colombe étant à jeun depuis près de douze heures, les effets du liquide abortif devraient se faire sentir dans les deux heures qui suivent son absorption. Tout est prêt dans la chambre et le moral de la jeune femme est rassurant. Mais voilà, à peine soixante minutes se sont écoulées qu'elle commence à ressentir de fortes douleurs. Un sédatif ne pouvant lui être administré avant la libération, pour ne pas empêcher les contractions, elle doit étouffer ses gémissements à l'aide d'une serviette humide posée sur sa bouche, pendant que Victoire l'exhorte à demeurer assise le plus longtemps possible. Inlassablement Georgiana lui masse le dos et l'incite à prendre de grandes respirations. Une autre contraction vient lui lacérer le ventre, l'amenant au bord de l'évanouissement.

« Il va falloir lui donner un calmant », décide Victoire.

Georgiana éponge le visage livide et couvert de sueur de la jeune femme étendue sur son lit, inerte… jusqu'à ce qu'une douleur violente la sorte de cette torpeur. Ce n'était qu'une accalmie. Arc-boutée, les mains cramponnées à son matelas, les mâchoires crispées, Colombe rassemble toutes ses forces… pour la dernière fois, avant de se laisser retomber.

« C'est fini, dit Victoire, debout au pied du lit. Avale ça, recommande-t-elle en déposant le calmant sur la langue de la patiente, et ne t'inquiète plus de rien. Quand tu vas te réveiller, tu ne ressentiras plus aucune douleur. »

Au lendemain de ce jour déchirant, et malgré une rigoureuse observation des recommandations du médecin, la pauvre Colombe sombre dans de fortes fièvres. Une visite clandestine du Dr Blanchet, au cœur de la nuit, leur est d'un grand secours.

« Avec les soins que je viens de lui donner et les nouveaux médicaments que vous allez lui faire prendre pendant quinze jours, l'infection disparaîtra », promet-il.

Après deux semaines de vives inquiétudes, Victoire et Georgiana célèbrent enfin le rétablissement de Colombe. Dans le petit salon attenant à la serre, un verre de sherry à la main, elles font le bilan avant de se dire au revoir.

« Je tremble encore quand je pense qu'elle aurait pu en mourir, comme tant d'autres femmes, avoue Victoire.

— L'enquête du coroner aurait vite révélé la véritable cause du décès. Tu nous vois toutes les deux, dans des uniformes rayés noir et blanc, en train de ruminer notre passé pour tuer le temps entre les quatre murs d'une cellule ? s'esclaffe Georgiana.

— Je t'admire d'être capable d'humour dans des circonstances aussi tragiques. Tu as ma reconnaissance éternelle, ma chère Georgiana. »

Les deux femmes lèvent leurs verres à cette mémorable délivrance.

« Ferdinand m'a beaucoup appris à le faire, dit Georgiana. Étrangement, c'est après sa mort que j'ai le plus pratiqué cette façon d'envisager la vie. Comme s'il m'avait laissé ce cadeau en héritage. Carolus dit que c'est ce qui l'a le plus séduit chez moi. »

Victoire allait l'en féliciter lorsqu'elle voit des larmes glisser sur les joues rondelettes de sa belle-sœur.

« Ferdinand ne m'a pas transmis que son humour, ajoute-t-elle, aussi vite ragaillardie. Son admiration pour toi, aussi. Il aurait pu t'en vouloir pourtant...

— M'en vouloir ? demande Victoire, estomaquée.

— D'avoir pris la place de sa mère... »

Les mots sont ambigus. Quelle place ? Dans la maison ou dans le cœur de Georges-Noël ? De crainte de se trahir, Victoire opte pour le silence. Georgiana enchaîne :

« Ferdinand m'a raconté que lorsque tu t'es installée dans la maison de notre beau-père, tu as rangé au grenier tout ce qui appartenait personnellement à Mme Domitille. Savais-tu que même s'il t'aimait beaucoup, ça lui a fait mal au cœur ?

– Oui. Il me l'a fait savoir sans ménagement. Comme il m'a toujours traitée, d'ailleurs. J'ai appris à le connaître et j'ai compris qu'il m'appréciait assez pour me dire sans détour sa façon de penser. »

Victoire tourne les talons, se dirige vers la cuisine, prétextant le besoin de boire un verre d'eau. Les réminiscences de Georgiana, si naïves soient-elles, ont ravivé en elle une douleur qu'elle croyait disparue. Cruelle comme l'absence, lancinante comme le souvenir qui resurgit des cendres. Sa chair appelle la caresse de cet homme, douce comme l'empreinte de l'amour sur sa peau. Sa volonté se cabre. Cette page tournée lors de sa dernière visite à l'érablière doit le demeurer.

~

Après un mois de convalescence, Colombe reprend avec bonheur le tablier de bonne au service de celle qui a sauvé son honneur et sa santé.

Ignorant toujours les circonstances qui ont amené cette jeune femme sous son toit, Thomas s'oppose au désir de Victoire de la garder à leur service aussi longtemps qu'elle le voudra.

« Elle me semble en parfaite forme, objecte-t-il. Qu'elle retourne chez ses parents ou qu'elle se cherche un emploi ailleurs… À moins que tu n'aies vraiment besoin de son aide.

– Les services qu'elle rend me coûtent si peu cher que je ne vois pas pourquoi je m'en priverais. Puis je crois qu'elle trouvera sa voie avant longtemps. »

« Ce qu'elle a vécu dans sa chair et dans son cœur lui a donné une maturité et une mansuétude qu'on rencontre rarement chez les femmes de son âge », aurait-elle aimé dire à Thomas.

« Avant longtemps, j'espère, reprend Thomas. Je n'aimerais pas du tout que notre Oscar s'amourache de cette fille.

— Tu la trouves si peu recommandable ? Qu'est-ce que tu as à lui reprocher, au juste ?

— Rien de précis. C'est une impression, tout simplement. »

Loyale et dévouée, Colombe s'attire l'affection de tous les habitants de la maison ; pourtant Thomas lui manifeste une réserve à la limite de la froideur. L'affabilité d'Oscar et sa reconnaissance pour la perfection avec laquelle elle blanchit ses chemises et presse ses pantalons compensent heureusement. « On les croirait sortis directement du magasin », se plaît-il à lui répéter.

À l'été 1893, grâce à la vente d'une dizaine des terrains acquis et revendus par Victoire, Thomas, son épouse et leur fils aîné peuvent s'offrir leur premier voyage à l'étranger. En toute confiance, ils chargent Colombe de seconder Marie-Ange dans ses tâches ménagères et auprès des enfants.

Attirés avant tout par l'Exposition universelle de Chicago, ils envisagent d'explorer également le marché de la chaussure de la Nouvelle-Angleterre et de se rendre dans le Rhode Island pour y admirer les somptueuses résidences.

« Il est grand temps de changer d'air », estime Thomas, déçu du climat de partisannerie qui persiste à la direction de la ville de Montréal malgré la venue à la mairie d'une de ses idoles, M. Alphonse Desjardins. La ville qu'il habite s'endette à un rythme vertigineux. Le maire précédent, M. James McShane, qui rêvait d'équilibrer le budget avec la venue à Montréal de l'Exposition universelle, a vu Chicago obtenir la faveur du jury. Depuis neuf mois déjà, le tramway électrique est mis en circulation à Montréal et M. L. J. Forget, propriétaire de la Montreal Street Railway, a décroché un contrat de trente ans avec cette ville qu'il vient de relier à Maisonneuve. L'expansion du territoire urbain est notoire, mais Thomas déplore que la « république des camarades » formée des conseillers Préfontaine, Rainville et Beausoleil, qui dirigent les comités de la voirie, des finances et de l'éclairage, ait érigé le favoritisme au rang de système. Ces trois conseillers favorisent toutefois davantage le développement de l'est de Montréal, soulevant la colère des anglophones qui s'insurgent contre ce qu'ils appellent le *french power*. George Washington Stephen, député provincial, surnommé le « chien de garde de l'hôtel de ville », les a dénoncés, mais il s'est bien gardé d'attaquer le maire à qui il voue allégeance. D'une intégrité incontestable, le maire Desjardins écoute les doléances et promet de s'acquitter de ses responsabilités avec impartialité. Dans l'intention de diminuer la dette de la ville, il appuie l'idée de Rainville d'annexer en bloc toutes les municipalités environnantes. Or, les municipalités les plus riches sont anglophones et elles rejettent radicalement un projet sur lequel plane le spectre de la majorité canadienne-française. Malgré le principe de l'alternance des maires anglophones et francophones à la direction de la ville de Montréal, les deux nationalités font preuve d'un antagonisme irréductible. Cette guerre que Thomas aimerait voir disparaître, il la redoute le moment venu de se présenter comme conseiller aux prochaines élections municipales.

Le plaisir de s'offrir le premier grand voyage de sa vie, en compagnie de Victoire et d'Oscar, a rendu à Thomas son enthousiasme des beaux jours. À bord du train qui les conduit à Chicago où ils séjourneront pendant une semaine, il est d'une telle fébrilité que Victoire se félicite d'avoir vaincu ses réticences de mère et consenti à ce voyage. Au premier soir de leur séjour aux États-Unis, elle écrit : *Je savais que rien ne pouvait faire autant plaisir à mon mari et à Oscar que d'assister à cet événement grandiose où exposent plus de cinquante pays invités. Nous sommes fiers de découvrir que le Canada compte parmi les seize qui ont fait construire un pavillon ; le nôtre est remarquable avec sa superficie de plus de soixante-dix mille pieds carrés.*

Il en coûte cinquante cents par jour pour visiter l'Exposition et aucune attraction ne dépasse ce prix. L'enchantement de découvrir Chicago vaut bien les vingt-neuf heures que nous avons mis à nous y rendre.

Cette ville dont plus de deux mille acres ont été incendiées en 1871 a été rebâtie en brique et en aluminium ; les édifices sont moins somptueux mais à l'épreuve du feu. L'enchantement des visiteurs est unanime à l'entrée du Jackson Park, site choisi couvrant cinq cent trente-trois acres et s'étendant sur deux milles en bordure du lac Michigan. Les promoteurs y ont érigé un édifice de style Renaissance française composé de quatre pavillons surmontés d'un dôme central de cent vingt pieds de diamètre et de deux cents pieds de hauteur. Les Dufresne sont en pâmoison devant l'entrée principale découpée en forme d'arc et ornée de magnifiques sculptures exécutées par un artiste de New York. Les différents thèmes traités, dont le commerce, l'industrie, la justice, la religion, la guerre, la paix, la science et les arts, les tiennent captifs pendant des heures.

La visite de certains pavillons comme ceux du Japon, de la Grèce et du Mexique les transporte dans un monde dont ils n'auraient pu soupçonner les us et coutumes. Oscar anticipe l'intérêt de Candide et de Marius, lorsqu'à son retour il leur racontera à quel point ils se sont amusés à découvrir le *Cracker Jack,* le sirop *Aunt Jemina,* la gomme *Juicy Fruit* et les hamburgers. Colombe les enviera, pense-t-il, d'avoir pu survoler en ballon la ville de Chicago, d'avoir dansé sur de la musique brésilienne, d'avoir dégusté des mets indiens. Il lui semble voir Laurette et Florence en extase devant les mosquées turques, les reproductions de tombeaux égyptiens, et plus encore devant les jeux de lumière de ces pavillons.

Les innovations telles que l'Intramural Railway, la Ferris Wheel et le Kinetograph impressionnent davantage Victoire, alors que Thomas et Oscar sont littéralement séduits par la White City, cet aménagement urbain sans précédent auquel ont collaboré des artistes, des architectes, des ingénieurs, des sculpteurs, des peintres et des paysagistes. Tous étaient tenus de respecter certaines consignes : corniches ne dépassant pas soixante pieds, édifices construits dans le style de l'architecture grecque classique ou de celle dite *Roman Imperial,* que l'on retrouve surtout dans les dômes, les arches et les arcades. Le mot d'ordre était proportions, harmonie et équilibre de l'ensemble.

« Un chef-d'œuvre digne de l'intelligence de l'homme », s'exclame Oscar.

Pour le trio Dufresne, le temps des repas est animé de tout ce que cette exposition offre de nouveauté et de modernité.

« Le modèle de la White City devrait être adopté dans toutes les villes occidentales », affirme Thomas, évoquant les projets de Barsalou et de ses alliés pour l'aménagement de la ville de Maisonneuve. Morgan, Bennett, Desjardins, Préfontaine, Létourneux et Léveillé souhaitent faire de ce petit village de mille deux cents résidants une cité modèle.

« Les conditions naturelles pour y parvenir sont là, dit Oscar, se référant à la superficie, à la concentration de trois grands cours d'eau, à la convergence de nombreuses voies de terre et à la richesse de la plaine qui l'entoure.

– On pourrait aménager des promenades le long du ruisseau Migeon », propose Thomas qui a été charmé par ce petit cours d'eau qui traverse la ville d'est en ouest, entre les rues Sainte-Catherine et Adam, et qui poursuit sa course jusqu'à la rue Nicolet avant de se jeter dans le fleuve.

Comme les six principaux propriétaires fonciers envisagent déjà la possibilité de le canaliser, il lui apparaît urgent d'intervenir.

« Il n'en reste pas moins que la seule façon de le faire efficacement est d'acheter certains des terrains que le ruisseau sillonne, dit Oscar qui en a les moyens, mais qui ne peut le faire sans l'autorisation parentale puisqu'il n'est pas majeur.

— Tu peux compter sur moi, promet Thomas. Tu seras ainsi en bonne position pour décrocher un siège au conseil d'administration de la ville. »

Cet emballement met Oscar au parfum des intentions qui ont motivé son père à effectuer un voyage aussi coûteux. L'Exposition universelle de Chicago fait écho à ses visions.

« Ce que je vois là m'inspire des projets d'avenir plus grands et plus prometteurs que tous ceux que j'ai envisagés, confirme Thomas, le regard lumineux.

— N'est-ce pas dans la ville de Maisonneuve qu'un aménagement semblable risque d'être le mieux accueilli ? demande Oscar.

— De toute évidence : avant longtemps, l'est de Montréal n'aura rien à envier au Golden Square Mile », clame-t-il, ébloui par les splendeurs de la White City.

Mais son enthousiasme s'estompe à la pensée d'imposer à son épouse un autre déménagement. Victoire les écoutait en silence, ravie de voir se développer entre ces deux hommes une si belle complicité ; elle n'allait surtout pas faire obstacle à leurs projets.

« Les profits générés par la revente de mes terrains devraient nous permettre de bâtir notre nouvelle manufacture dans cette ville d'ici cinq ans, envisage-t-elle, moussant l'optimisme de Thomas.

— Et peut-être même d'y construire une autre maison...

— ... et d'aller chercher enfin un droit de veto, enchaîne Oscar, tout aussi emballé.

— Je suis sûr qu'en cette seule semaine, on a accumulé plus de connaissances que pendant toutes nos années d'études », conclut Thomas, heureux du consensus autour de ce bilan.

Oscar l'approuve sans hésiter, citant l'exemple de ce qu'il a appris sur Christophe Colomb :

« En écoutant le guide nous expliquer la présence de sa statue devant l'édifice central, et nous révéler pourquoi Colomb portait l'étendard de Castille et d'Aragon dans sa main droite, j'ai appris plus à son sujet que dans tous mes cours d'histoire. »

Ce moment d'euphorie distrait Victoire de la nostalgie du foyer qui commence à l'envahir.

La dernière étape de leur séjour aux États-Unis, consacrée à la tournée des fabriques de chaussures, des magasins et des grandes villes américaines, intéresse davantage Thomas et Oscar. À peine ont-ils convenu de passer moins de temps à la visite des magasins qu'ils aperçoivent dans les vitrines de deux commerces des bottines pour dames portant l'étiquette Hole & Son Ltd., reproduction exacte des modèles de chaussures créés par Victoire en 1891. Lorsqu'elle demande aux deux marchands de lui donner l'adresse du manufacturier, ils lui jurent, affirmant ne parler que l'anglais, ne posséder qu'un numéro d'entreprise qu'ils ne sont pas autorisés à divulguer.

Rodolphe Houle a-t-il pu s'établir au Massachusetts, angliciser son nom et le prêter à cette manufacture ? Les Dufresne, d'abord tentés de le retracer à tout prix, renoncent devant l'ampleur de la tâche et les risques d'échec élevés. D'un commun accord, ils conviennent de confier l'affaire à Nérée Le Noblet Duplessis dès leur retour à Montréal. Victoire relate dans son journal : *Comme nous tenions à terminer notre voyage sur une note de beauté, nous avons quitté Chicago pour nous rendre dans le Rhode Island. Nous avons pu constater que les gens de chez nous qui y sont installés ne mentaient pas quand, dans leur correspondance, ils nous vantaient l'architecture des maisons et des édifices publics de leur pays d'adoption.*

Oscar et son père rentrent des États-Unis la tête pleine de projets, dont celui d'acquérir de nombreux terrains dans la ville de Maisonneuve. Bien que fort intéressant, ce voyage de dix jours a paru un peu long à Victoire. Il lui tarde de retrouver les enfants, surtout ses deux plus jeunes. Heureux de revoir leurs parents, les trois frères et leur sœur languissent de découvrir les présents rapportés des États-Unis. Victoire, qui a promis à Cécile un cadeau spécial pour son quatrième anniversaire, ne peut résister au plaisir de le lui donner dès leur arrivée. Cécile est émerveillée devant le moïse dans lequel est couchée une poupée aux longs cheveux ondulés, de la taille d'un bébé de huit ou neuf mois. Romulus, devenu plus raisonnable depuis qu'il va à l'école, attend son tour pour se jeter dans les bras de sa mère. Quant à Candide et à Marius, ils auraient souhaité que les parents repartent presque aussitôt revenus, tant ils ont profité de ce congé de l'autorité parentale.

« Ça veut dire que vous en avez besoin plus que jamais », conclut Thomas.

En effet, Candide ne cherche maintenant qu'à se soustraire à toute autorité et Marius se donne des airs d'adulte alors qu'il n'a que douze ans.

« Si tu avais cinq ans de plus, nous aurions accepté que tu viennes avec nous », précise Victoire, lorsqu'elle constate l'enthousiasme avec lequel il les écoute parler de ce voyage.

Mince consolation, s'il en est, Marius attend de son frère aîné un récit détaillé de tout ce qu'il a vu.

« J'en ai bien pour six mois à tout te raconter et à dessiner ce que je n'arriverai pas à t'expliquer autrement », dit Oscar en lui promettant un double tirage de toutes les photos du voyage : le train à destination de Chicago, les gares où il s'est arrêté, les paysages du Vermont et les villes visitées.

Rien ne pourrait lui faire plus plaisir.

À leur tour, ses parents lui présentent le cadeau qu'ils ont choisi pour lui. Marius s'extasie devant l'album de cuir noir dans lequel il pourra conserver ses photos et les nombreuses cartes postales qu'Oscar lui a rapportées. Au tour de Candide de se montrer reconnaissant pour les vêtements qu'il reçoit. Mais, tenant à se distinguer, il jure qu'un jour il fera des voyages plus extraordinaires encore et en rapportera de fabuleux cadeaux. Né après la mort de ses trois sœurs, Candide a été choyé par ses parents. Il y a pris goût et, faute de n'avoir pu conserver ce privilège, il proteste en manifestant de plus en plus de détachement envers les membres de sa famille. De son côté, Thomas estime Candide jovial et de bon jugement, mais il espère qu'il se montrera plus vaillant et moins prétentieux en vieillissant.

Ce retour de voyage n'était pas attendu que des enfants Dufresne. Georgiana accourait chez eux, la fin de semaine suivant leur retour à Montréal.

« Raconte-moi tout, supplie-t-elle, dès que les enfants sont endormis.

– On n'aurait pas assez de la nuit », reconnaît Victoire, sachant bien que maints sujets seront abordés au cours de leur entretien, dont l'attitude de ses fils qui la préoccupe depuis quelques semaines.

Mère d'enfants un peu plus âgés que les siens, Georgiana lui est de bon conseil.

« Candide se dit voué à la fortune et à la chance, mais on verra bien si le fait d'y croire est suffisant, lui confie Victoire. Depuis notre retour de voyage, Oscar se montre souvent taciturne. Je ne serais pas surprise qu'il soit attiré par Colombe, alors que Florence et Laurette font tout pour le séduire. Ta jeune sœur aurait-elle plus de chance de le rendre heureux ? Je n'en suis pas sûre.

— Elle rêve d'aller chanter à l'étranger, tu le savais ?

— Justement, Oscar ne pense qu'à faire des économies pour aider l'entreprise familiale et se construire une maison dans la ville de Maisonneuve. Cependant, il n'est pas indifférent au monde artistique ; cette semaine, il a encore généreusement contribué à la Fondation sociale d'opéra.

— Je pense que Florence est citoyenne du monde alors que ton fils souhaite demeurer proche de ses racines.

— La fréquence à laquelle il aime se retrouver à l'érablière le prouve bien, Georgiana. Nous n'étions pas encore rentrés de Chicago qu'il proposait d'y aller la fin de semaine de la fête du Travail.

— La nature y est si apaisante, la rivière aux Glaises, si généreuse et toute cette variété d'oiseaux, si enchanteresse…

— Ce qui m'intrigue toutefois, c'est l'insistance avec laquelle Oscar souhaite que Colombe soit du voyage, sous prétexte qu'elle n'a jamais mis les pieds en Mauricie. »

Victoire laisse courir des pensées qu'elle ne peut dévoiler à sa belle-sœur. « Les murs de cette maison, se dit-elle, et les érables géants qui l'entourent ont été témoins de mes plus grands aveux. Est-ce d'effleurer ces instants exceptionnels qui plonge Oscar dans un long silence chaque fois qu'il s'y trouve ? Il n'est pas surprenant que, sur le chemin du retour, il m'interroge toujours sur mon passé et sur celui de son grand-père. Qu'il est difficile de devoir me limiter à des fragments de réponse et de le décevoir. J'appréhende le jour où il se hasardera à me poser des questions qui m'obligeront à lui mentir. »

« Ce qui m'intrigue, moi, reprend Georgiana, c'est que tu pars dans la lune chaque fois qu'il est question de l'érablière. Je comprendrais Thomas d'en rêver encore, mais pas toi.

— Peut-être ne savais-tu pas que c'est moi qui avais tant espéré qu'on aille y vivre », trouve-t-elle à répondre sans toutefois dissiper les doutes de son amie.

CHAPITRE II

Oscar et Thomas jubilent. Moins d'un an après l'Exposition universelle de Chicago, l'Association des architectes du Québec adhère aux principes de la City Beautiful Columbian Exposition.

« Je vous avais bien dit qu'avant longtemps l'est de Montréal n'aurait rien à envier au Golden Square Mile », s'exclame Thomas qui, depuis la visite de l'Exposition, s'est penché des dizaines de fois sur les croquis que dessinait Oscar.

Maisonneuve se verra enrichie d'imposantes constructions de style classique, de nombreux jardins seront aménagés et des rues larges y seront tracées. Une ville est à bâtir et les Dufresne comptent bien y contribuer.

Mais pendant que devant les hommes s'ouvre la voie de l'évolution et du succès, leurs épouses et leurs filles ont l'impression de piétiner, les autorités civiles et religieuses s'opposant à leur affranchissement. Victoire est révoltée lorsqu'elle apprend qu'une loi vient d'interdire toute distribution des moyens de contraception. Dans une lettre adressée à Georgiana qui doit accoucher de son dixième enfant en avril prochain, elle écrit : *C'est donc dire que nous n'avons pas progressé d'un pas d'oie depuis vingt ans. En 1872, Mgr Bourget a jugé dangereux et injurieux le manuel traitant de sexualité et de reproduction dont l'auteur est un médecin français reconnaissant l'égalité des femmes et des hommes, de même que la nécessité des plaisirs sexuels des deux époux. Et voilà qu'en ce 14 février 1894, le D^r De Bey recommande aux femmes de céder à leur mari et d'aller jusqu'à simuler le plaisir.*

Il faudrait des centaines de femmes qui, comme Joséphine Dandurand, Caroline Béique, Marie et Justine Lacoste, osent dénoncer qu'en se mariant, la femme de chez nous est traitée comme une mineure, une inapte, qu'elle perd non seulement son droit d'exercer un métier différent de celui de son mari, mais le libre usage de son salaire et de son héritage. Savais-tu que le code civil nous interdit même de corriger nos enfants ? Je ne puis croire que nos filles auront à vivre dans une telle société. Il n'est pas étonnant que les cours du soir nous soient interdits, que les femmes qui doivent travailler en usine mettent six jours à gagner ce que leur mari récolte en une seule journée, que seules la faculté des arts et l'école normale soient accessibles à nos jeunes femmes fréquentant des universités anglophones et que nos universités francophones leur soient fermées.

Heureusement, il y a tous ces modèles de chaussures que j'espère pouvoir recommencer à dessiner. Il m'arrive de craindre d'avoir perdu l'inspiration. Ce deuil serait pour moi des plus cruels. Quand je crée un modèle, j'ai l'impression de posséder un pouvoir sur l'évolution des choses et des gens. J'éprouve une plénitude semblable à celle que me donnait l'enfantement. J'espère que toutes les femmes portent en elles ce second souffle de création. L'exemple de Colombe qui s'est récemment découvert un grand talent pour la couture et celui de ma petite Cécile qui fait des progrès étonnants dans ses leçons de piano le prouvent bien. Je sais que toi aussi, tu le possèdes, ma chère Georgiana. Puisses-tu trouver dans ta passion pour la musique un bonheur que rien d'autre ne pourrait te procurer.

Sa lettre tout juste postée, Victoire apprend, par télégramme, que sa chère amie vient de perdre sa petite Alice âgée d'à peine quatre mois. Meurtrie dans tout son être de femme et de mère, Victoire fond en larmes devant Colombe venue lui apporter ce message. Impuissante à la consoler, la jeune femme sanglote. Sur son propre malheur ? Sur celui de Georgiana ? Sur le chagrin de sa bienfaitrice ? Elle ne saurait le dire.

« Voudrais-tu prévoir des vêtements pour Cécile, puis l'habiller, lui demande Victoire.

— Vous ne partirez pas par un temps pareil... madame.

— Y a pas de danger en train.

— Laissez-nous la petite, au moins.

— Surtout pas. Si je devais mourir aujourd'hui, je ne voudrais pas que ce soit sans elle. »

Colombe est stupéfaite, impuissante, affolée.

Au moment de gravir l'escalier qui conduit aux chambres, elle entend entrer quelqu'un, se retourne, aperçoit Oscar dans l'entrée et se précipite vers lui.

« Ta mère est en pleurs...

— J'étais sûr qu'il se passait quelque chose de grave ici. Qu'est-ce qui est arrivé, dis-moi vite.

— Ta tante Georgiana a perdu son bébé.

— Une fausse couche ?

— Non. Pas celui qu'elle attend. Sa petite Alice.

– Je comprends que maman soit en larmes. Si tu savais tout ce que la mort d'un enfant peut représenter pour elle. »

Colombe s'inquiète, craignant qu'Oscar soit au courant de son avortement.

« Elle en a perdu six. Tu imagines sa peine ? Où est-elle ?

– Dans le petit salon », répond-elle, soulagée par l'explication qu'il vient de lui donner.

Oscar trouve sa mère assise sur le banc du piano, penchée sur le clavier, les mains posées sur ses genoux, le visage défait. Les mots consolateurs lui manquent.

« Par moments, dit-elle en gémissant, je trouve que l'existence n'a aucun sens. On enlève la vie à des enfants désirés et aimés alors que... » Sa phrase se perd dans un balbutiement inaudible, Colombe étant venue les rejoindre.

« Ta mère veut se rendre à Yamachiche aujourd'hui, avec ta petite sœur, lui apprend-elle.

– On ne voit ni ciel ni terre, maman. Pourquoi ne pas attendre à demain matin ?

– Je devrais déjà être près de ta tante, Oscar. »

Avant que son mari ait eu le temps de rentrer de la manufacture, Victoire a supplié Jean-Thomas de la conduire à la gare et pris le premier train en direction de Trois-Rivières. Une collation, quelques caresses et le bercement des wagons ont suffi pour plonger la fillette dans un profond sommeil. Penchée sur l'enfant que la mort ne lui a pas arrachée, Victoire laisse sortir toutes les larmes retenues à la mort de Clarice, de Laura, d'Emmérik et de ses garçons. Le crépuscule qui en février chasse tôt la clarté du jour lui épargne les regards indiscrets des passagers. Son estomac se noue à la pensée de retrouver sa meilleure amie aux côtés du corps inerte de sa petite. Comme elle déplore l'absence de Georges-Noël, qui savait si bien consoler en pareille épreuve.

Il est tout près de neuf heures du soir et la poudrerie qui soufflait sur Montréal agonise lorsque le train entre dans la gare de Pointe-du-Lac. Parmi les charretiers, se trouve Georges Du Sault qui s'empresse de faire monter sa tante et l'enfant dans sa carriole. À proximité de la maison de Carolus Lesieur, Victoire qui souhaitait n'avoir vécu qu'un affreux cauchemar constate que des tentures couvrent toutes les fenêtres. Aucune ouverture ne lui permet de distinguer le feu des bougies normalement posées aux pieds d'un petit défunt.

« Aimeriez-vous que j'aille les avertir ? offre Georges.
– J'apprécierais... »

Sans plus attendre, Victoire s'engage dans l'escalier, sa fille dans les bras. Dans le vestibule apparaissent Georgiana de noir vêtue et sa fille aînée, dont les courbes se dessinent sous son corsage. Délima s'empresse de tendre les bras à Cécile. Les sanglots se confondent et unissent les deux femmes dans un univers de souvenirs et de tourments inconnus de ceux qui les observent en silence. Des salutations écourtées pour Carolus, quelques paroles consolatrices pour les frères et sœurs de l'enfant morte d'une pneumonie et Victoire se dirige vers le salon. D'une main doucement posée sur son bras, Georgiana l'intercepte.

« Elle a été transportée au cimetière cet après-midi. On était loin de s'attendre à ce que tu viennes, avec la tempête qu'il faisait ce matin. »

Victoire essuie de son mouchoir brodé les larmes qui glissent sur ses joues creusées par la fatigue.

« J'aurais tant aimé la voir avant...

— Si j'avais su, dit Georgiana. On aurait pu attendre à demain. »

Accablés par le chagrin, tous vont au lit, à l'exception de Victoire et de la maman éprouvée qui se laissent tomber dans une causeuse près du poêle qui ronronne. Georgiana étend sur leurs jambes une courtepointe doublée de flanelle.

« S'il est une faveur que j'avais sollicitée, c'est bien celle d'être épargnée des épreuves qu'il t'a fallu traverser », lui avoue Georgiana, le visage crispé.

Il y a deux ans, elle avait perdu un fils de onze mois atteint de leucémie. La naissance d'Yvonne, six mois plus tard, la réconfortait sans délivrer sa chair de la douleur et de la crainte. Heureuse d'avoir donné à Carolus sa première fille, elle a été comblée à la naissance de la petite Alice, un bébé rondelet, paisible et d'une beauté comparable à celle de Délima.

« Tu veux vraiment savoir ce que je ressens, Victoire ? Une colère comme je n'en ai jamais éprouvé. »

Victoire l'écoute en silence. Les mots de Georgiana résonnent en elle alors que se redessine le souvenir de ce printemps 1880, où elle perdait ses trois filles.

« Tu trouves que ça vaut la peine de porter un enfant dans l'amour et l'espoir, de le mettre au monde dans la douleur pour se le faire enlever avant même qu'il ait eu le temps d'apprendre à marcher ? » ajoute Georgiana.

Le visage entre ses mains, Victoire proteste.

« La vie est traître, s'écrie Georgiana. Je la vois comme une vieille sorcière qui ricane en se préparant à nous arracher des bras l'enfant qui nous comble de bonheur. Comme si ce n'était pas assez cruel, elle nous le laisse suffisamment longtemps pour que des lambeaux de notre chair disparaissent avec notre enfant dans la mort.

— Que j'en ai éprouvé de la révolte, ma chère amie.

— Plus maintenant ?

— Oh, elle montre la tête chaque fois que j'apprends le décès d'un enfant.

— Si je comprends bien, tu t'es remise de la perte des tiens, quand même.

— Il le faut, Georgiana. Sinon, on se détruit, on prive ceux qui restent de son amour sans pour autant ressusciter ceux qu'on a perdus.

— Je n'ai pas ta force de caractère, Victoire.

— Ce n'est pas une question de force. »

Georgiana lève la tête, intriguée. Une lueur d'accalmie transforme son regard.

« C'est une forme de croyance. Georges-Noël et moi en avons beaucoup causé…

— Une croyance en quoi ?

— En une vie après la mort. Une forme de vie où le corps n'est plus nécessaire pour exister et communiquer.

— J'avoue que je ne vois là rien de bien consolant.

— J'y arrive. Il semble que dans ce monde, nos morts nous restent présents, à la seule différence qu'on ne les voit pas.

— Ils sont heureux, tu crois ?

— Seulement si on accepte qu'ils aient quitté notre monde, paraît-il. »

Georgiana s'est tue, visiblement habitée par cette perception de l'après-mort.

« Ça ne justifie pas la mort des enfants, dit-elle, de nouveau indignée.

— J'admets que cette croyance n'élucide pas tous les mystères de la vie. Je peux te dire, par contre, qu'à la pensée de pouvoir continuer d'échanger avec mes petits et les autres qui nous ont quittés, j'ai retrouvé la force de m'accrocher…

— … moi, ça me donne envie de mourir pour les retrouver au plus vite.

— Et tous ceux qui restent, qu'est-ce que tu en fais ?

— La solution qui me vient à l'esprit, Victoire, c'est de les emmener avec moi, tant j'ai le cœur en charpie. »

Après avoir sangloté dans les bras l'une de l'autre, les deux femmes conviennent que seul le sommeil pourra leur apporter un baume cette nuit-là.

Victoire ne quitte Pointe-du-Lac que quatre jours plus tard, le temps de s'assurer que Georgiana poursuivra sa lutte contre le désespoir.

Victoire s'arrête ; la vision fulgurante du modèle qu'elle cherchait à définir depuis des semaines lui apparaît enfin. Elle abandonne sa plume, court vers sa table à dessin pour ne pas perdre cette image d'un bottillon de daim montant à mi-jambe, présentant un contrefort et une empeigne de cuir verni, et dont les boutonnières sont découpées sur une bande du même cuir verni et dentelé. Elle dispose tout juste d'assez de temps pour en dessiner les différentes pièces avant que Thomas et Oscar rentrent du travail. L'un derrière l'autre, Marius, Candide et Romulus, de retour de l'école, réclament l'un une collation, l'autre de l'aide pour ses devoirs, et Romulus, une oreille attentive.

« Donnez-moi trente minutes », leur réclame-t-elle après avoir demandé à Marie-Ange de leur servir un goûter.

Après une demi-heure de relative tranquillité, les garçons retrouvent leur turbulence habituelle, à la différence qu'elle est doublée, ce soir-là, de l'exubérance de leur père arrivé du travail une heure plus tôt. Des pas gravissant l'escalier, une voix se fait entendre annonçant Oscar, qui semble d'aussi bonne humeur. Tous deux se dirigent vers le bureau de Victoire et posent aussitôt leurs regards sur les morceaux de papier jonchant la table et le plancher. Les deux hommes se regardent, étonnés.

« Comment l'as-tu appris ? s'écrie enfin Thomas.

— Appris quoi ? demande Victoire.

— Tu es à dessiner un nouveau modèle de chaussure, non ? Tu savais donc que nous en aurions besoin.

— Pas le moins du monde », réplique-t-elle, impatiente d'en apprendre davantage.

Impressionné par les talents de Thomas et enchanté de l'excellent travail de ses anciens employés, M. Pellerin, qui pouvait compter sur la relève de ses fils, venait d'offrir sa collaboration à Thomas : « Si vous voulez redémarrer votre propre manufacture, je suis votre homme », lui a-t-il annoncé en présence d'Oscar, en cette fin d'après-midi.

« À quelles conditions ? demande Victoire, avec prudence.

— Les deux premières années, il assume la direction et l'entreprise porte le nom de Pellerin & Dufresne, répond Thomas.

– Que son nom soit jumelé à celui des Dufresne ne peut que redonner confiance aux fournisseurs et aux clients, admet Victoire. Mais il devra accepter que tu sois le directeur-adjoint. A-t-il posé d'autres conditions ?

– Hélas, oui, dit Oscar, contrarié. M. Pellerin s'oppose à ce que nous allions implanter notre nouvelle manufacture dans la ville de Maisonneuve. »

Des rumeurs courent quant à ce projet d'annexion de Maisonneuve à la ville de Montréal. Les Dufresne, indignés d'apprendre que le maire et le curé approuvent cette fusion, aspirent à donner leur vote aux opposants. Mais encore faut-il figurer sur la liste des résidants ou des entrepreneurs de Maisonneuve. Or M. Pellerin met à leur disposition un bâtiment approprié sur la rue Craig, mais en a fait la condition irrévocable de sa collaboration.

« On peut toujours commencer là, suggère Victoire. Quand on aura les moyens de devenir indépendants on déménagera dans l'est. »

Les dernières économies de Victoire, les salaires de Thomas et d'Oscar suffiraient à peine pour acheter des matériaux et payer les salaires d'une trentaine d'employés pendant un mois. Fort heureusement, M. Pellerin offrait une part du capital. Le principe coopératif régirait de nouveau l'entreprise ; la moitié des ouvriers travailleraient de sept heures du matin à trois heures de l'après-midi, une autre équipe les remplacerait pour le dernier quart de travail. Cette utilisation maximale de la machinerie et de l'édifice serait possible grâce à l'alimentation en électricité dont le contrat avait été cédé en 1891 à la Royal Electric, malgré le fait que J. A. I. Craig eût présenté la plus basse soumission. « C'est de la magouille », avait déclaré Thomas en apprenant que, parmi les membres du comité chargé d'étudier ces soumissions, figurait Benjamin Rainville, actionnaire et futur administrateur de la Royal Electric.

Passionné de commerce depuis l'âge de seize ans, Thomas vibre à la seule pensée de reprendre la direction d'une entreprise familiale. « Je prends le titre, lui a dit M. Pellerin, mais c'est toi qui l'assumeras, je sais que tu en es capable. Je me réserverai la signature des papiers… » Thomas ne demandait pas mieux.

« Cette fois, promet-il à Victoire, je m'engage à tripler les mises en moins de cinq ans.

— Ce serait déjà un exploit de les doubler, réplique-t-elle, portée depuis la déroute de 1892 à plus de prudence que d'enthousiasme.

— Les dames de la haute société vont se l'arracher, prédit Thomas, fasciné par le croquis.

— Ce que je donnerais pour avoir le tiers de vos talents, dit Oscar. À vous regarder aller, vous, les femmes, on dirait que le Créateur s'est mieux appliqué…

— Tu penses à qui, à part ta mère ? demande Thomas.

— À elle surtout, mais à bien d'autres filles aussi, à commencer par Florence et Colombe.

— Colombe ? reprend son père.

— Oui. Florence pour le chant et Colombe pour la couture.

— Colombe en couture ? Je ne savais même pas qu'elle pouvait tenir une paire de ciseaux dans ses mains, rétorque Thomas qui n'éprouve toujours pas de sympathie pour cette jeune femme.

– Demandez à maman, elle vous le dira. »

Et se tournant vers Victoire, il ajoute :

« Elle vous a montré les robes et les manteaux qu'elle a taillés, sans patron, dans ses temps libres ? »

Victoire sourcille et pince les lèvres.

« Honnêtement, non », répond-elle.

Les joues en feu, Oscar reprend le nouveau croquis de bottillon et suggère de demander l'avis de jeunes femmes de goût comme Laurette, les demoiselles Lacoste, Normandin et Garneau.

Victoire approuve ; Thomas, le visage rembruni, flaire entre Oscar et Colombe une intimité que, d'instinct, il désapprouve.

Moins de deux semaines plus tard, Laurette, exubérante, se présente chez les Dufresne.

« Vous auriez dû voir mes amies Normandin quand je leur ai montré votre modèle de bottes. Elles sont emballées. Les filles Lacoste les aiment, mais leur mère encore plus », rapporte-t-elle.

Ravie, Victoire s'inquiète toutefois du silence de Georgiana à qui elle a aussi fait parvenir un croquis. Au bout de trois semaines d'attente un peu angoissante, elle reçoit une lettre de Délima : *Maman s'excuse de ne pouvoir vous répondre elle-même. Elle doit garder le lit pendant le reste de sa grossesse. Ces deux mois-là risquent de lui paraître bien longs, mais elle ne veut surtout pas perdre un autre bébé. Elle vous salue très affectueusement et vous invite à venir nous voir avec mon oncle Thomas.*

Victoire promet de lui rendre visite dès que les gabarits de son nouveau modèle de chaussures auront été confectionnés, éprouvés et seront prêts à être utilisés à la manufacture.

Le 10 avril au midi, accompagnée de sa petite Cécile, elle s'apprête à quitter la maison pour se rendre à Pointe-du-Lac, lorsque Jean-Thomas lui tend un télégramme venant une fois de plus de Délima. *Notre nouveau petit frère est mort à quatre jours. Maman a été très malade, mais le docteur dit qu'elle ne mourra pas. Elle aimerait bien que vous veniez, si vous avez le temps. Priez pour elle, ma tante, j'ai tellement peur de la perdre.* La main de Victoire tremble, sa vue s'embrouille et les larmes glissent sans retenue sur ses joues blafardes.

« Je ne me sens pas capable d'aller chez Georgiana sans toi, annonce-t-elle à Thomas, venu dîner avec sa famille.

— Pas encore une mortalité ! »

À la lecture du télégramme, il perd l'appétit.

« Je ne retourne pas à la manufacture cet après-midi. Oscar est capable de me remplacer quelques jours.

— J'aimerais qu'on emmène Cécile et Romulus.

— Hum ! je ne crois pas que ce soit une bonne idée de leur imposer le spectacle qui nous attend. »

Frappé par la détresse de Georgiana lors du décès de sa petite Alice, Thomas craint que cette autre épreuve l'ait plongée dans un désespoir profond. Après avoir multiplié ses recommandations auprès de Marie-Ange et d'Oscar, Victoire se résigne à partir seule avec son mari.

« Georgiana n'a pourtant aucun lien de parenté, elle, avec son mari. Comment expliquer qu'elle perde tant d'enfants ? dit-il, faisant allusion à celui qui le rattache à Victoire.

« Je n'ai jamais cru que le fait d'être cousins au quatrième degré pouvait être une cause de mortalité infantile. Pas plus que d'avoir des grossesses vers la quarantaine. Georgiana en est la preuve. Elle n'a pas encore trente-trois ans et elle a perdu trois enfants en trois ans. »

Désarmé, Thomas l'invite à profiter du trajet en train pour se reposer. Ses paroles tendres et sa propre tristesse la prédisposent au sommeil. Un sommeil que son mari voudrait voir durer jusqu'à l'entrée en gare à Pointe-du-Lac. Mais voilà que réveillée par un affreux cauchemar, Victoire n'a plus sommeil.

« Je l'ai vue couchée dans un grand cercueil, son bébé dans les bras, raconte-t-elle, plaintive.

– C'est l'inquiétude qui te fait faire des cauchemars. Le docteur l'a déclarée hors de danger.

– S'il fallait... Je crois que cette fois, c'est moi qui... »

Thomas la serre dans ses bras, la suppliant de garder confiance, au moins jusqu'à leur arrivée chez Carolus.

« Je vais essayer, parce que je t'aime. Et que nos enfants ne méritent pas de souffrir de ma lâcheté. »

Délima se présente seule sur la galerie. Victoire se sent le cœur tiraillé d'angoisse. Ses mains tremblent, ses jambes vacillent. Elle s'accroche au bras de son mari, souhaite disparaître, se fondre en lui tant elle éprouve d'appréhension.

Carolus arrive à son tour, les salue, prend leurs manteaux et leurs bagages après avoir reçu, en silence, les condoléances de Thomas. Victoire a trouvé juste assez d'énergie pour lui serrer la main. Face à l'entrée, la porte de la chambre des maîtres est entrouverte. Il faut longer le corridor pour se rendre au salon où les morts sont exposés. Délima et ses jeunes frères observent les visiteurs, muets comme des carpes. Seuls leurs visages amaigris et leurs yeux cernés parlent de la mort et de son lamentable cortège.

« Qui vient d'arriver ? » demande une voix chevrotante, à peine audible, venant de la chambre.

Victoire s'y précipite, les yeux brouillés de larmes. Elle pose ses lèvres sur le front blême de Georgiana, stupéfiée par ses lèvres exsangues. De ses mains tremblotantes, elle prend le visage de son amie et plonge son regard dans celui que la mort d'un poupon vient d'éteindre.

« J'ai eu si peur de te perdre, ma chère Georgiana...
— Je serais déjà partie si tu n'étais pas venue à la mort de ma petite Alice, murmure-t-elle avec sincérité.
— Qu'est-ce que tu veux dire ? s'écrie Victoire, affolée.
— C'est devenu une conviction pour moi... Ils sont tous ensemble, mes petits, et ils m'attendent avec mon cher Ferdinand. Je le sais. Je le sens plus que les douleurs que cet accouchement m'a laissées au ventre.
— Ne te fatigue pas trop, ma pauvre chérie. On est tous là pour s'occuper de toi et de tes enfants.
— Tu continueras de le faire si jamais je ne gagnais pas ce combat ?
— Tu l'as déjà gagné, Georgiana. Le docteur l'a dit. Repose-toi, je reste près de toi. »

Victoire demeure à ses côtés pendant la cérémonie des anges et décide de laisser Thomas repartir seul à Montréal. « Je devrais rentrer dans quatre ou cinq jours », lui dit-elle en l'embrassant sur la galerie où ils discutent du rétablissement de Georgiana.

∽

Après que les jurys eurent décerné à Thomas Dufresne les mentions qu'elle s'était méritées aux expositions de Lyon et de New York, après avoir découvert ses propres modèles signés Rodolphe Houle dans les vitrines de magasins américains, Victoire apprend que sa dernière création a été habilement copiée moins de six mois après sa mise en marché. Fogarty & Bro annonce dans le journal *Le Monde* la vente d'une chaussure lui ressemblant étrangement. L'illustration est élogieusement légendée : *Le pied des femmes fait l'objet d'attentions particulières. Les chaussures sont de plus en plus délicates. Celles-ci, boutonnées, sont offertes en kid pour un dollar la paire, soit pour la moitié du prix régulier. Ce sont les meilleures chaussures jamais offertes à ce prix.*

Victoire est furieuse.

« C'est ça le monde des affaires, conclut Thomas, fort de vingt ans d'expérience. Quand un produit se vend bien, les manufacturiers s'en emparent, le maquillent un peu et le mettent sur le marché comme s'ils l'avaient eux-mêmes créé.

— En plus d'être malhonnête, c'est un affront à l'intelligence humaine. Avec un peu d'imagination et un minimum de fierté, ils auraient pu trouver un autre modèle.

— Je te comprends, mais ce n'est rien de plus que le jeu de la concurrence… Il ne nous reste qu'à contre-attaquer. »

La Pellerin & Dufresne doit rajuster son prix à un dollar cinquante, alléguant que le contrefort et l'empeigne de cuir verni solidifient la chaussure et lui assurent ainsi une plus grande durabilité.

Victoire se rebiffe. « J'ai hâte de connaître l'impression de Georgiana », se dit-elle, réconfortée à la pensée que son amie sera au 32 de la rue Saint-Hubert accompagnée de sa fille cadette et de ses fils, Napoléon et Ulric, âgés de cinq et sept ans.

Les retrouvailles ont lieu à une heure de l'après-midi. En trois mois, Georgiana a repris son teint et sa vitalité. Victoire n'en demandait pas plus pour jouir pleinement de deux jours de partage et de convivialité. Pour accueillir sa tante à la gare, Oscar a pris congé.

« Je vous consacre mon après-midi, lui annonce-t-il. J'ai pensé emmener vos fils au parc d'amusement avec Romulus et Cécile.

– Tu irais avec qui ? demande Victoire.

– Colombe m'a dit qu'elle n'avait rien d'urgent à faire, cet après-midi. C'est vrai ?

– C'est exact, confirme Victoire.

– C'est fort gentil de votre part, enchaîne Georgiana. »

Ils n'ont pas refermé la porte qu'elle s'esclaffe :

« Mais ils sont en amour, ces deux-là ! As-tu vu leurs yeux ?

– À certains moments, je serais portée à en dire autant », admet Victoire.

Sous un ciel clément du début de juillet, les deux femmes s'installent dans le jardin, s'abandonnant aux caresses d'une douce brise, s'enivrant du parfum émanant des plates-bandes fleuries.

« Tu me sembles soucieuse, Victoire, fait remarquer Georgiana au bout d'une heure d'échanges.

— Je suis contrariée. Très contrariée, même. »

Le journal en main, Victoire explique son mécontentement.

« De voir mes modèles copiés, ce n'est pas aussi cruel qu'un deuil, mais c'est comme si on me forçait à donner mon enfant en adoption.

— En effet, répond Georgiana qui a vécu cette épreuve avec sa fille aînée. Montre-moi l'article. »

Il n'y a pas que l'illustration qui retient l'attention de Georgiana. Sur la même page, un article intitulé « Publicité » la fait sursauter : *Depuis quelques années, les femmes vivant dans les villes québécoises ont à subir les assauts d'une publicité où la moralité publique, l'honneur et le respect des personnes du sexe sont constamment négligés. Une lectrice de* La Presse *nous fait savoir ce qu'elle pense de l'affichage des théâtres : « Depuis longtemps nous essuyons, sans rien dire, la honte de nous voir exposées aux regards, aux remarques, aux quolibets, aux insultes basses d'un public sans cœur et sans honneur. N'est-ce pas assez longtemps couvrir de boue nos mères, vos femmes et vos filles ? Nous protestons aujourd'hui puisque de vous-mêmes, vous n'en faites rien, messieurs les gens du pouvoir et autres. Ah ! Cette belle moitié que vous prônez tant, qui vous est si chère, quand l'aimez-vous ?... Comment l'aimez-vous ? »*

« Il est temps que le comportement paradoxal des hommes à l'égard des femmes, ceux de la haute société en particulier, soit dénoncé, clame Victoire.

— As-tu lu ce qui est écrit dans la colonne suivante ? »

Laurette arrive à cet instant et demande à voir. Une dame pose, coiffée d'un superbe chapeau à plumes. Le texte qui l'accompagne reproche à la gent féminine de s'approprier *un attribut qui n'appartient en principe qu'aux oiseaux. Pour que les femmes puissent s'approvisionner en plumes d'autruche et autres, on tue des millions d'oiseaux de toute espèce.*

« En même temps qu'ils nous demandent d'incarner la beauté et l'élégance, ils nous reprochent d'en prendre les moyens et oublient qu'eux-mêmes tuent sans ménagement castors et chats sauvages pour afficher leur aisance financière », s'écrie Victoire.

Georgiana l'approuve.

« Tu ne partages pas notre avis, demande-t-elle à Laurette qui, l'air ennuyé, contemple les plantes du jardin.

— Vous ne parlez sûrement pas pour vous, choyées comme vous l'avez été par des hommes que vous aimiez et qui vous adoraient », lance-t-elle, un rictus aux lèvres.

Du coup, l'indignation de Victoire se transforme en stupéfaction. Que Laurette fasse allusion à Georgiana et à sa relation avec son défunt mari s'explique, mais en ce qui la concerne, Victoire ne trouve pas matière à être visée, à moins que… « Laurette aurait-elle écouté derrière une porte lorsque je me confiais à son père ? » se demande-t-elle. Lui reviennent en mémoire les propos que tenait la jeune fille sur les pièges de l'amour, alors qu'elle n'avait que quatorze ans : « Ça peut faire autant de ravage dans une vie que les deuils. Je vous jure qu'avant de me laisser aller à des sentiments amoureux, je vais prendre le temps de m'assurer qu'ils pourront me rendre heureuse pour la vie. »

Non moins embarrassée, Georgiana manifeste le désir d'aller causer un peu avec Marie-Ange afin de les laisser seules.

« Je ne vous fais pas fuir, j'espère ? demande Laurette dont la nervosité trahit un malaise que Victoire voudrait comprendre. Je suis venue pour vous parler de quelque chose de très important, ma tante. »

Elle hésite avant d'ajouter :

« Si je demandais Oscar… en mariage, pensez-vous qu'il accepterait ? »

L'attachement de la jeune femme pour Oscar était connu, mais personne ne s'en était soucié ; enfants, en effet, ils avaient passé de nombreux étés ensemble à Pointe-du-Lac.

Le silence de Victoire l'engage à poser une autre question :

« Pensez-vous qu'il m'aime autant que je l'aime ?

— Lui seul pourrait te le dire, ma pauvre Laurette.

— Je ne me décide pas à le lui demander. Sa réponse me fait peur…

— Il le faudra bien, à moins que tu sois assez patiente pour attendre des signes de sa part. Tu risques de te faire bien du tort…

— Vous pensez que j'ai peu de chances, c'est ça ?

— Il vous faudrait une dispense si…

— Quand il ne restera que ça ! »

Son visage se rembrunit et, au bord des larmes, Laurette avoue :

« Je l'aime tant que je me demande comment je pourrais vivre sans lui. »

Victoire lui interdit de penser ainsi et lui conseille de se distraire.

« S'il y a une personne qui devrait me comprendre, c'est bien vous… », dit encore Laurette, dépitée, laissant derrière elle une femme désarmée.

~

Au bout de quinze mois d'opération, la Pellerin & Dufresne, en incessant progrès, devient la propriété exclusive de Victoire qui, avec les profits de la vente de ses terrains, a pu rembourser le prêt de M. Pellerin. Fière de cette réussite, elle se rend au bureau d'enregistrement pour apporter les modifications concernant l'entreprise qui, toutefois, conserve la même raison sociale. Marie-Victoire Du Sault, manufacturière et commerçante, signe comme seule propriétaire de la Pellerin & Dufresne.

« Quand je me retirerai, on remettra tout à ton nom, déclare-t-elle à Thomas, en quittant le bureau.

– Ce n'est pas pour bientôt, j'espère.

– Le temps qu'il faudra pour donner à nos fils toutes les chances de réussir. »

Tôt le lendemain matin, Oscar et son père se rendent à la manufacture, déterminés à devancer le plus matinal des ouvriers.

Jamais encore les employés de Pellerin & Dufresne n'ont vu Thomas les attendre à la porte de la manufacture du 474 de la rue Craig. « Quelque chose d'étrange se passe ici ce matin », chuchote-t-on à quelques pas de l'entrée.

Portant chemise blanche et pantalon noir, accompagné d'Oscar ainsi vêtu, Thomas vient leur apprendre sa nomination à la direction de l'entreprise et celle d'Oscar au poste d'adjoint. Le regard franc et la poignée de main ferme malgré un naturel timide, Oscar Dufresne salue chacun des vingt-quatre employés qui défilent devant eux. La « cérémonie » terminée, il gagne avec bonheur son bureau du deuxième étage où Victoire l'attend, immobile près de la table de travail. Devant le cahier de comptabilité, les carnets de commandes et les catalogues des fournisseurs, deux photos, celles de Georges-Noël Dufresne et d'Oscar, viennent tisser un lien entre le passé et ce dernier lundi de juillet 1895. L'événement se prête bien à l'évocation de ces cinq années à Montréal, tissées tantôt d'instants euphoriques, tantôt d'épreuves et de trahisons.

« J'ai cru, par moments, que nous serions forcés de tout abandonner et de retourner à Yamachiche, avoue Victoire. Je l'ai même souhaité, à certains jours, mais je crois maintenant que c'est ici, à Montréal, qu'on a le plus de chances de réussir. Rodolphe nous a assez fait mal pour nous rendre plus vigilants, à l'avenir.

– Je le souhaite... »

Après avoir indiqué à Oscar les particularités de certains comptes et factures, Victoire l'invite à se lever et lui présente ses félicitations et ses vœux de réussite en l'enlaçant.

« Ce n'est pas parce que tu occupes ce poste que je vais renoncer à chercher de nouveaux débouchés et à dessiner des modèles de chaussures pour Pellerin & Dufresne », lui dit-elle.

La chaleur qui l'accueille à la sortie de la manufacture l'invite à un alanguissement dont elle avait oublié les bienfaits. L'y incite aussi la satisfaction de voir l'entreprise familiale se solidifier et les chiffres de vente grimper malgré une concurrence farouche. Se baladant dans les rues avoisinantes avant de rentrer à la maison, elle retire son chapeau de paille pour laisser sa chevelure argentée chatoyer sous les rayons du soleil. Ce matin, la rue Saint-Denis lui paraît plus sympathique, ses maisons plus coquettes et les gens particulièrement courtois. « Une nouvelle étape commence pour moi aussi, se dit-elle, en se rappelant qu'elle a eu cinquante ans en avril. Même si j'ai réussi presque tous mes projets, j'ai l'impression qu'il me reste encore beaucoup de choses à rattraper. J'aimerais posséder les talents musicaux et la culture de Georgiana, la sagesse de Lady Lacoste et l'instruction de sa fille, Marie, sans pour cela négliger mes enfants et le succès de nos entreprises. »

∼

André-Rémi jure n'avoir rien dévoilé des secrets que Victoire lui avait confiés et avoir pris grand soin de détruire ses lettres dès qu'il lui avait fait parvenir sa réponse. Perplexe, il ajoute :

« J'en ai peut-être laissé dans la poche intérieure de mon manteau pendant quelques jours, avant de trouver le temps de t'écrire.

— Tu n'as jamais remarqué si l'enveloppe avait été déplacée ?

— Franchement, non, Victoire. Ça ne m'est jamais passé par la tête, pas plus que de soupçonner Laurette de nous écouter derrière une porte. Je me demande pourquoi tu t'en fais autant. Georges-Noël est mort depuis cinq ans, et tout va bien entre toi et Thomas…

— Les allusions de Laurette cachent quelque chose et m'agacent. S'il fallait que Thomas ou Oscar l'entendent, parfois…

— Bon, je vais parler à ma fille. Je la connais suffisamment pour deviner, rien qu'à son regard, si elle me dit la vérité. »

Quelques semaines plus tard, André-Rémi exhorte sa sœur à ne pas s'inquiéter. Victoire n'éprouve pas moins une vague appréhension à l'idée d'entreprendre le voyage prévu dans deux semaines : pour célébrer la Saint-Jean-Baptiste, André-Rémi et son épouse, Thomas et elle-même s'offrent quelques jours au château Frontenac récemment construit à Québec. Oscar et Laurette viendront aussi. Sitôt dans le train, cette dernière se déclare heureuse de s'asseoir avec sa tante. Thomas et son fils discutent affaires. La première heure passée à causer de choses et d'autres est exquise. Laurette est une jeune femme d'une grande finesse, aussi fascinante dans sa jovialité que dans ses considérations sur le sens de la vie. Particulièrement jolie, elle ne semble pas sensible aux regards flatteurs que lui jettent les jeunes hommes. Souvent, elle se tourne vers le siège qu'occupent Oscar et Thomas puis revient à sa conversation avec Victoire.

« La vie est drôlement faite, vous ne trouvez pas, ma tante ?

— Qu'est-ce qui te fait dire ça ?

— On dirait qu'on est toujours attiré par l'impossible. »

Victoire est sur le point de s'alarmer de nouveau, mais elle parvient à se cramponner à l'idée que Laurette ne sait rien de son idylle avec Georges-Noël, et elle tente de discuter allègrement.

« D'un côté, explique sa nièce, je voudrais profiter au maximum de ma liberté et de la vie ; de l'autre, j'ai l'impression qu'une femme ne peut être vraiment heureuse si elle se prive de la maternité.

— Tu te demandes si la liberté apporte plus de bonheur que l'amour et la maternité ?

— Je pense qu'il faut être prête à sacrifier beaucoup quand on choisit d'aimer. Vous en savez quelque chose... »

Victoire se ressaisit une fois de plus et dit :

« Je connais bien des gens qui n'hésiteraient pas à troquer leur liberté contre un grand amour.

— Il paraît que les plus belles histoires d'amour, ce n'est pas dans le mariage qu'on les vit.

— Tu lis trop de romans, Laurette.

— Comment voulez-vous que je lise trop de romans d'amour ? On n'en trouve pas plus d'une douzaine en français et il me faut une journée pour lire une dizaine de pages écrites en anglais.

— À t'écouter, je ne serais pas surprise que tu te sois nourrie de romans comme ceux de Laure Conan. Les femmes ne sont pas toutes destinées à devenir des Angéline de Montbrun, tu sais.

— Non, mais admettez avec moi qu'elles sont plus nombreuses que les autres. À part ma mère, j'en connais peu autour de moi à qui l'amour a apporté plus de bonheur que de chagrin.

— Qu'en sais-tu vraiment ? » riposte Victoire, prête à s'emporter.

Mais elle doit bien reconnaître que l'exemple de Françoise, sa mère, de Domitille, de Madeleine, de la grand-mère de Thomas ou de Lady Marian confirme les opinions de sa nièce.

Victoire soupçonne Laurette de la classer parmi ces femmes que l'amour a fait souffrir. Le courage lui manque pour poser la question et elle choisit d'orienter la discussion sur Québec. Laurette ignore presque tout du château qu'ils vont visiter ; Victoire lui apprend que pour construire cet édifice en forme de fer à cheval, on s'est inspiré des châteaux français. Ouvert à Noël, en 1893, ce chef-d'œuvre architectural offre cent soixante-dix chambres munies de cheminées, près d'une centaine comprenant une salle de bain en marbre. Le décor et l'ameublement en chêne rappellent le style Louis XVI.

« On raconte, reprend Victoire, qu'en sortant du château, un visiteur célèbre a déclaré : "On ne devrait plus dire : Voir Naples et mourir ; mais plutôt : Voir Québec et trouver une nouvelle inspiration à la vie." »

De la gare à la colline parlementaire, les six visiteurs montréalais s'émerveillent devant la citadelle qui domine le fleuve Saint-Laurent, les dizaines de canons sur le pourtour du cap Diamant et le château Frontenac, ce bijou d'allure médiévale avec ses hauts toits de cuivre, ses tours, ses tourelles et son revêtement de calcaire bleu et de brique d'Écosse réceptif à la lumière et au soleil.

Au moment de passer sous une arche de pierre pour pénétrer dans la cour intérieure, Oscar glisse un bras autour de la taille de Laurette et l'accompagne ainsi dans le grand hall aux parquets délicatement travaillés. De chaque côté, un magnifique escalier donnant sur une mezzanine les conduit à la salle à manger où une large cheminée de marbre est surmontée de la devise de la ville de Québec : *Natura Fortis, Industria Crescit*, et vers l'une des trois luxueuses suites réservées aux visiteurs prestigieux. La première, l'« Habitant », avec ses catalognes et ses armoires à pointes de diamant, impressionne moins les visiteurs que la « Chinoise », meublée d'objets orientaux, et que la « Hollandaise », décorée de tuiles de Delft, de meubles et de tableaux flamands. Avant de reprendre l'escalier de droite, Oscar s'arrête devant les armoiries de Frontenac ; un guide en quête de visiteurs s'empresse d'expliquer :

« Vous remarquez, au centre de l'écusson, le bouclier bleu azur sur lequel sont surimposées trois pattes de griffon aux serres aiguës ; la couronne qui surmonte cet écusson est sertie de neuf diamants posés sur de courts points d'or. De chaque côté, deux griffons ailés rampants supportent le bouclier. Le griffon symbolise la magnanimité et la vigilance d'un valeureux combattant qui préfère défier tous les dangers, même la mort, plutôt que de devenir captif. Comme sa mission est de protéger de précieux trésors, dont la perle de la sagesse et le joyau de la lumière, il est apparenté au chérubin qui avait la garde de l'arbre de vie au paradis terrestre.

— Je m'excuse, monsieur, mais un blason ne devrait-il pas refléter le travail du personnage qu'il honore ? demande Oscar, que ses parents et la famille d'André-Rémi ont rejoint.

— Justement, réplique aussitôt Laurette, visiblement charmée par la repartie de son cousin. Nos cours d'histoire nous ont appris que Frontenac était un diviseur et non un rassembleur. »

Le guide fronce les sourcils, prêt à réfuter ses propos, mais Laurette reprend :

« Il a eu de sérieux démêlés avec Mgr Laval, avec les Jésuites, avec les intendants et même avec le Conseil souverain…

– Mademoiselle connaît bien son histoire, admet le guide. Mais peut-être a-t-on oublié de lui expliquer la cause de ces démêlés ? »

Oscar intervient :

« La question de l'eau-de-vie qu'il troquait contre les fourrures les a déclenchés, mais cela ne lui donnait pas le droit d'exiler quatre conseillers pour défendre ses intérêts personnels dans ce commerce.

– Je dirais même, ajoute Victoire, qu'il désirait renflouer sa fortune personnelle plutôt que de développer et protéger notre pays.

– C'était un homme d'énergie et d'action », reprend le guide, quelque peu ébranlé.

Oscar se tourne vers Laurette et chuchote : « Le roi de France a fait croire à Frontenac que c'était pour lui permettre d'échapper à ses créanciers qu'il l'envoyait chez nous mais, en réalité, c'était parce qu'il voulait l'éloigner de la cour. » Et le guide d'enchaîner :

« Le gouverneur Frontenac a été un homme de génie, envié des Anglais, avant d'être compris par ses compatriotes… »

Thomas et André-Rémi se sont déjà éloignés, incitant leurs épouses et les deux jeunes à les suivre.

« J'aurais envie de faire signer une pétition, déclare Thomas, le regard espiègle. Ce château devrait s'appeler le château Dufresne.

– Pourquoi Dufresne et non pas Du Sault, riposte Laurette, un brin sarcastique.

– Parce que mon arrière-grand-père, Augustin Dufresne, a été le premier député de la Mauricie à siéger au Parlement.

— Ah ! Et du côté des Du Sault, papa, vous pouvez me dire qui s'est distingué ?

— C'est du côté de ma mère, chez les Desaulniers, qu'on compte des personnes célèbres.

— Comme qui ? insiste Laurette qu'Oscar a délaissée pour s'approcher de Victoire.

— En plus de François Desaulniers, il y a eu trois ou quatre députés, des notaires, des avocats ; sans parler de Sévère Rivard, notre cousin, qui a été maire de Montréal il y a une quinzaine d'années, puis une panoplie de prêtres et de religieux.

— Ça ne bat pas les Dufresne, réplique Thomas, taquin.

— De toute manière, précise Victoire, les deux familles viennent de la même souche... Puis, j'ai bien envie qu'on continue notre visite. Il y a tellement de belles choses à voir dans cette ville. »

Oscar l'approuve et lui emboîte le pas, son père offrant de les guider dans les rues de la ville. Pour y avoir vécu pendant quelques mois durant l'été 1880, Thomas est moins surpris mais tout aussi émerveillé de revoir de chaque côté du fleuve les deux chaînes de montagnes dressées comme des barricades autour d'un promontoire géant dominant l'estuaire, s'ouvrant sur la mer et se prolongeant vers l'île d'Orléans, l'une des plus fertiles du Québec.

« Quelqu'un sait ce que veut dire le mot Québec ? » lance-t-il au moment où ils admirent, de la terrasse Dufferin, les dizaines d'embarcations sur le fleuve.

Victoire est seule à savoir que ce nom signifie détroit et qu'il a été donné à la ville à cause du rétrécissement du fleuve à cette hauteur.

« Mes enfants, reprend Thomas, solennel, vous êtes devant le plus grand fleuve du monde. De la belle eau salée, et des marées qui montent jusqu'à vingt pieds, les jours de tempête.

— Ce que je donnerais pour voir ça, murmure Laurette.

— C'est aussi beau l'hiver, explique André-Rémi que son travail sur le train amène chaque jour dans cette ville. Les rives du fleuve sont réunies par un pont de glace délimité par des épinettes et on y organise toutes sortes d'activités, même des courses de chevaux.

— Grand-père Dufresne y serait-il déjà venu ? demande Oscar.

— Je ne pense pas. C'est à Montréal et à Trois-Rivières qu'il emmenait ses chevaux, répond Victoire, regrettant aussitôt de ne pas avoir laissé à son mari le temps de répondre. »

D'un regard furtif à Laurette, Victoire constate que, fine mouche, celle-ci l'observe.

Thomas les emmène vers l'intérieur de la ville, les défiant de gravir à pied la côte Gilmour qui, bordée d'ormes et d'érables, serpente sur plus d'un mille et demi vers le parc des Champs-de-Bataille. À l'intérieur des vieux murs, les rues s'entrecoupent avec fantaisie, comme si elles se plaisaient à déjouer les piétons. Leurs noms amusent Oscar et Laurette qui marchent ensemble et cherchent l'origine des rues du Trésor, des Grisons, du Sault-au-Matelot. Quelle n'est pas leur surprise d'apprendre, en montant un escalier au flanc de la falaise, que vingt-sept autres ont été ainsi construits pour unir la basse ville à la haute ville.

Cet exercice a creusé les appétits.

Le dernier repas pris dans une salle à manger au mobilier élégant leur inspire un irrésistible goût de revenir au château Frontenac.

Sur le train en direction de Montréal, Laurette fait la moue, ce qui n'étonne guère Victoire.

« Tu as froissé ta cousine en venant t'asseoir près de moi, Oscar.

— On est libre de s'asseoir où on veut, non ?

— Bien sûr, mais je la comprends d'être déçue ; tu lui as tellement donné d'espoir depuis deux jours.

— Espoir en quoi ? »

« Le moment ne pourrait être mieux choisi », pense Victoire qui apprend à son fils les sentiments que Laurette éprouve pour lui. Oscar est estomaqué.

« Si j'avais su, je me serais montré beaucoup plus réservé avec elle », dit-il, affirmant que ses gestes affectueux n'étaient nourris que de l'allégresse de partager de si bons moments avec une cousine des plus charmantes.

Oscar sent pourtant monter en lui une fièvre comparable à celle qu'il ressent en compagnie de Colombe.

∼

Depuis quelques semaines, Thomas est songeur. Pour que son air préoccupé n'inquiète pas Victoire, il allègue une fatigue passagère causée par son travail acharné à la Pellerin & Dufresne.

Moins de deux ans après l'ouverture de la nouvelle manufacture, le souvenir percutant de sa tentative d'exil aux États-Unis l'incite à taire les regrets qui le tenaillent. « On aurait mieux fait d'accepter l'héritage d'Oscar au lieu de s'en remettre à M. Pellerin et d'être soumis à ses choix et à ses exigences », pense-t-il, convaincu que cette somme, ajoutée aux économies de Victoire, leur aurait permis d'implanter leur manufacture de chaussures dans la ville de Maisonneuve. La déception de Thomas est vive lorsqu'il apprend que les entrepreneurs qui s'établissent dans cette ville obtiennent, non seulement de généreuses subventions, mais une exemption de taxes pendant vingt ans. De plus, il est fort à craindre que le mandat d'Hubert Desjardins à la mairie de Maisonneuve ne soit pas renouvelé et qu'une nouvelle administration coupe ces subventions. Ce maire ne possède pas l'ascendant d'Alphonse, son père, ex-maire de Montréal. Un vent de cabale annonce que les futurs candidats sont déjà en pré-campagne.

En dépit des recommandations d'Alphonse Desjardins, Thomas est venu implanter sa première manufacture dans le quartier Saint-Jacques, et plus précisément sur la rue Lacroix, pour son électrification et par considération pour M. Craig dont il admire la personnalité et approuve les ambitions. Mais voilà que cette ville de l'est de Montréal se fait maintenant beaucoup plus alléchante. Desjardins, Viau, Bennett, Morgan, Barsalou, Béique et Bruyère, propriétaires de la majorité des terrains, voient leurs mises décupler grâce à l'érection de structures portuaires avantageuses pour le transport des marchandises, grâce à la production de leur propre électricité et au prolongement d'une voie ferrée traversant leur ville d'est en ouest. La ville de Maisonneuve offre maintenant tous les privilèges convoités par Thomas en 1889, en plus des avantages fiscaux et des exemptions de taxes. Mais comment en profiter sans trop sacrifier les investissements consentis depuis cinq ans ? Comment faire part à M. Pellerin de ce désir de quitter ses bâtiments sans être accusé de mordre la main qui l'a nourri ? A-t-il le droit de fermer les yeux sur les efforts exigés de la famille pour s'intégrer à ce quartier après avoir quitté Yamachiche ? D'ignorer les soucis et la fatigue qu'un déménagement imposerait à Victoire alors que la nomination d'Oscar au poste de directeur-adjoint vient tout juste de lui accorder un peu de répit ?

Croyant son épouse en balade sur la grève, en ce dimanche soir de la fin août, Thomas s'étonne de la retrouver sur un banc du jardin Viger, visiblement charmée par les reflets des fontaines sous les rayons du soleil couchant. De l'entrée du jardin, il l'observe, hésitant à se manifester. Les amoureux déambulant dans les allées fleuries ne sauraient le distraire de celle qui, malgré les ridules que le temps a dessinées autour de ses yeux et de sa bouche, le séduit toujours. Qu'après vingt-deux ans de vie commune une part de mystère persiste encore chez cette femme le trouble. S'il lui est arrivé de s'en plaindre, il reconnaît, ce soir, que tous ses non-dits n'ont pas été moins éloquents que les serments qu'il a mendiés lorsque le doute et la jalousie lui labouraient le ventre. À force d'expérience, il a compris son langage. Quand le regard volontaire de sa bien-aimée se teinte de tendresse, il la sait habitée d'un bonheur profond. Ses mains qui tentent de lisser ses bouclettes rebelles témoignent d'un amour avide de se manifester. Une caresse sur ses épaules l'exhorte au courage et à la persévérance. Sous le coup d'épreuves particulièrement affligeantes, Victoire attend la nuit pour étouffer ses sanglots, blottie entre ses bras. Après nombre de malentendus, il sait maintenant que les silences de Victoire ne tiennent pas lieu de reproches. Thomas envie cette force tranquille qu'elle possède et dont il souhaite bénéficier dans les années à venir. La crainte que Victoire ne le quitte avant qu'il y soit parvenu ramène à sa mémoire les prédictions de Mme Siffleux, une tireuse de cartes, consultée dix ans plus tôt : « … une autre femme entrera dans votre vie ». Thomas avance doucement vers celle qui, dans la lumière orangée du soleil couchant, lui apparaît comme une déesse dont il a trop peu apprécié la présence à ses côtés. Le désir de l'étreindre lui donne l'audace de la tirer de ses rêveries, de lui tendre son bras et de l'inviter à le suivre pour joindre leurs pas à ceux des autres couples qui, portés par la tiédeur des dernières soirées du mois d'août, s'offrent quelques moments de romance. Étrangement, Victoire ne semble nullement surprise de sa présence. D'un large sourire, elle acquiesce à son désir, s'accroche à son bras et prend un plaisir manifeste à appuyer son épaule contre la sienne dans un rythme de valse musette.

Après quelques minutes de marche silencieuse et de regards langoureux, Victoire laisse tomber le fruit d'une longue réflexion :

« Je savais qu'à quarante ans, tu serais devenu l'homme que j'admirerais le plus au monde. »

Thomas lui déclarerait bien son ardeur amoureuse, mais craignant de la distraire du propos dont il ne se lasse pas, il s'en abstient.

« Ils sont rares, les hommes de tête et de cœur comme toi.

– Je suis allé à bonne école », rétorque-t-il aussitôt, tant il lui tarde de lui exprimer son admiration.

Manifestement touchée, Victoire enchaîne sans plus de complaisance :

« Vers la mi-septembre le décor de l'érablière est féerique et les nuits ne sont pas assez froides pour nous empêcher de dormir à La Chaumière. Je me disais qu'y passer quelques jours te reposerait et réjouirait les enfants.

— Et toi ? demande Thomas, forcé de déduire que Victoire a perçu chez lui des signes de tension.

— Tu sais que cet endroit est paradisiaque pour moi, comme pour Oscar, d'ailleurs. »

La proposition charme Thomas ; en plus du plaisir à retrouver ses racines, il souhaite faire quelques rencontres, notamment avec des gens susceptibles de lui donner des nouvelles de Houle et de son neveu. Il n'a pas le temps de le dire à Victoire qu'ils croisent le juge Lacoste et son épouse venus eux aussi profiter de cette belle soirée d'été.

« Vous sembliez bien préoccupé, mon cher Thomas », dit Lord Lacoste dont le haut front dénudé, la moustache généreusement fournie et le ventre proéminent ajoutent à sa prestance et à son titre. Thomas relate alors la fugue de Rodolphe Houle tandis que les femmes ralentissent et causent entre elles.

« Les meurtres non élucidés, comme celui de Pointe-du-Lac, cachent souvent des intérêts non avouables. Je parierais que des pots-de-vin ont été perçus dans cette cause…

— Ce qui veut dire que vous m'encouragez à pousser l'affaire ?

— Bien au contraire. Faute de bien s'y connaître, on risque de tout perdre à ce jeu. »

Lord Lacoste jouit d'une réputation qui en impose à Thomas : admis au barreau depuis 1863, conseiller de la reine depuis 1876, élu membre du Sénat quatre ans plus tard et nommé juge en chef de la Cour d'appel depuis 1891. Tout récemment, il a été appelé au Conseil privé, et fait chevalier de Sa Majesté. Son expérience et sa réputation incitent Thomas à croire que l'honorable juge peut lui être de bon conseil. Au terme d'un long exposé juridique, Thomas conclut :

« Si je comprends bien, c'est comme si vous me déconseilliez de...

— De vous immiscer entre la justice et ceux qui l'administrent », précise Lord Lacoste.

Thomas se souvient d'avoir entendu son père lui tenir un discours semblable après la mort suspecte de Lady Marian, son amoureuse.

S'approchant du kiosque où la fanfare de la brigade des Fusiliers donne un concert, Lady Lacoste, parée de bijoux rutilants et dont l'élégance met ses formes en valeur, pose l'index sur sa bouche et tend l'oreille.

« Vous reconnaissez cet air-là, ma chère amie ? »

Victoire, incertaine, pince les lèvres.

« Mais c'est la bande sonore de *La Juive,* une pièce que j'ai eu la chance de voir à l'Opéra de Paris, de la loge même de la marquise de Bessano, en compagnie de M. et Mme Favre. »

Marie-Louise Lacoste, née Globensky, a consenti à accompagner son mari en Europe en 1888, s'arrachant difficilement à ses enfants dont les plus jeunes ont été confiés à Marie et à Blanche, alors âgées de vingt et un et seize ans. Depuis, elle profite de chaque occasion pour raconter une anecdote de ce voyage de trois mois qui l'a enchantée.

Les femmes écoutent avec émotion la suite du concert. À la fin, Lady Lacoste, quelque peu déçue, explique :

« Il faut être allé l'entendre dans une salle de spectacles où tout est sublimé par l'acoustique et les décors pour en apprécier vraiment la beauté.

– J'imagine…

– L'intérieur de l'Opéra est encore plus remarquable que l'extérieur, raconte Marie-Louise encore conquise par le grand escalier d'honneur, la salle de spectacles et les balcons à chaque étage. Imaginez d'ici l'heureux contraste : des marches en marbre blanc, des balustres en marbre rouge antique et la main courante en onyx d'Algérie. C'est de toute beauté. Il faut que vous voyiez ça.

– C'était notre intention d'aller en Europe après avoir visité un peu les États-Unis, précise Victoire, impressionnée par la culture de cette femme.

– Les fresques du plafond représentant Apollon sur son char et d'autres dieux de l'Olympe vont vous fasciner. Vous le serez davantage, je pense, par deux grandes cariatides, la Comédie et la Tragédie, au premier palier. Ces deux statues sont coulées en bronze et drapées de marbre de différentes couleurs. De véritables chefs-d'œuvre ! Par contre, je trouve l'ornementation de la salle d'opéra un peu excessive.

– Est-ce possible ?

– Vous partagerez probablement mon avis lorsque vous ne verrez que de la dorure, à l'exception des loges qui sont rouges. Je dirais la même chose du lustre qui compte plus de trois cents becs de gaz. Par contre, j'ai beaucoup apprécié la cheminée de l'Opéra, ornée de vingt médaillons représentant les danseuses les plus célèbres. J'ai été plus charmée encore par la voûte parée de mosaïques représentant Diane, Endymion, Orphée et Eurydice, Aurore, Psyché, Mercure, et j'en oublie.

— Vous avez une mémoire extraordinaire, ma chère dame. Il me reste quelques souvenirs de mes lectures sur la mythologie, mais jamais je ne pourrais vous nommer ces dieux avec autant de facilité, avoue Victoire.

— Ne vous en faites pas, je n'ai retenu que ceux qui avaient un sens particulier pour moi, dit Marie-Louise en s'esclaffant.

— Vous m'amusez beaucoup. À moins que cela vous ennuie, j'aimerais que vous me parliez de ces dieux. »

Les deux femmes s'assoient sur un banc pendant que Lord Lacoste et Thomas causent affaires près des kiosques.

« Je n'ai rien trouvé d'aussi fantaisiste que la mythologie, déclare Marie-Louise, plus enjouée que jamais. J'ai eu la chance de m'instruire et pourtant, les religieuses ne m'ont pas inculqué la moindre connaissance sur le sujet. »

Un retour nostalgique dans le passé la pousse, coquine, à déclarer : « Même si je suis très attachée à ma foi, je me permets quelques rêveries avec ces histoires de dieux et de déesses qui vivent tantôt des amours tourmentées, tantôt des amours interdites. »

Le regard de Victoire s'est assombri et Lady Lacoste le déplore. « Je m'excuse, ma chère amie. J'oubliais que ces idylles troublées n'appartiennent pas qu'aux dieux de la mythologie ancienne. D'ailleurs, puis-je me permettre de vous révéler que je vous ai toujours perçue comme une déesse des temps modernes ? »

Les rires fusent de nouveau.

« Si on revenait à ces personnages, suggère Victoire, ragaillardie. »

Lady Lacoste s'y prête de grand cœur.

« On raconte qu'Endymion aurait séduit Séléné et qu'elle lui aurait donné cinq filles. Puis, ne pouvant supporter l'idée que son amoureux meure, elle lui aurait fait subir le traitement que j'aurais aimé administrer à M. Papineau quand il me courtisait… »

Victoire la regarde, stupéfaite et intriguée.

« Vous rappelez-vous que, pour qu'il ne perde pas sa jeunesse et sa beauté, Séléné aurait enfermé son amoureux dans une caverne après l'avoir plongé dans un sommeil éternel ? J'aurais voulu que Séléné revienne et qu'elle redonne la jeunesse à M. Papineau pour que nous puissions nous marier…

— Et la beauté ?

— Je me serais contentée de celle qu'il avait. »

Victoire rit de bon cœur et presse Marie-Louise de continuer.

« Vous vous souvenez de Diane, la protectrice des femmes en couches ? Je la trouve intéressante, mais ma préférée, c'est Psyché, une fort jolie fille aimée d'Éros qui lui rendait visite chaque nuit et qui disparaissait à l'aube.

— Il vous est arrivé de l'envier ?

— Oh, que oui ! avoue Marie-Louise, impatiente de poursuivre : Éros, immortel, interdit à Psyché de poser son regard sur lui…

— Mais la curiosité l'emporte, enchaîne Victoire, et, une nuit, Psyché contemple le corps de son amant endormi à l'aide d'une lanterne d'où s'échappe une goutte d'huile brûlante qui réveille Éros et le fait fuir.

— Vous saviez ! s'exclame Marie-Louise, ravie.

— Ce que j'ai retenu de cette légende, c'est que Psyché est partie à la recherche de son amoureux, mais que chaque fois Aphrodite, la mère d'Éros, empêchait les retrouvailles d'avoir lieu.

— Une fin heureuse ?

— Telle que nous la souhaiterions pour toutes les amours de la terre : Psyché a retrouvé Éros et ils ont pu se marier. Mais vous ne m'avez pas raconté l'histoire d'Orphée, lui rappelle Victoire.

— L'histoire d'Orphée et d'Eurydice ressemble beaucoup à celle de Psyché et d'Éros, à la différence que c'est l'amant, Orphée, qui avait reçu l'interdiction de contempler le corps de la belle Eurydice avant le grand jour. Il n'a pu résister à la tentation et il a perdu sa bien-aimée pour toujours. »

Le firmament s'empourpre ; les deux hommes rejoignent leurs épouses et suggèrent, à la demande expresse de Lord Lacoste, de reprendre leur entretien à l'occasion d'une prochaine visite à leur somptueuse résidence du 1831 de la rue Saint-Hubert.

« Dimanche midi, avec vos enfants », propose Marie-Louise.

Lors de cette visite, Thomas est captivé par l'humour, la culture, le savoir et les récits de voyage d'Alexandre Lacoste. Comme Oscar, il apprécie la présence de son fils Paul, étudiant en droit. Ensemble, ils discutent de questions sociales. Henri Gérin-Lajoie, l'époux de Marie, et Jean-Philippe Landry, sénateur et fiancé de Blanche, se montrent fort courtois et tout aussi intéressants. Les deux femmes passent de délicieux moments à causer et à regarder les enfants s'amuser à leurs côtés, dans le luxuriant jardin des Lacoste.

∼

À la gare de Pointe-du-Lac, Thomas et sa famille attendent le train à destination de Montréal ; trois voyageurs semblent complètement étrangers à l'agitation des passagers. Oscar observe ses parents, inquiet du silence tout à fait exceptionnel dans lequel ils se sont confinés depuis la fin de ce dimanche après-midi. Le séjour à La Chaumière s'est pourtant déroulé dans la gaieté, et Thomas et Victoire semblaient heureux lorsqu'il les a quittés après la grand-messe pour aller prier sur la tombe de son grand-père Dufresne et de ses frères et sœurs. Que s'est-il donc passé au cours de cet après-midi durant lequel Oscar a préféré demeurer chez ses cousins Du Sault jusqu'au départ du train plutôt que de dîner chez sa tante Georgiana ? Oscar sait toutefois que ses jeunes frères souhaitaient vivement visiter la maison qu'ils avaient habitée à Pointe-du-Lac avant de déménager à Yamachiche.

Bien que généralement à l'aise avec sa mère, même lorsqu'elle lui semble soucieuse, Oscar n'ose aujourd'hui l'approcher pour engager une conversation. Une fois qu'ils sont montés dans le train, l'intérêt que Victoire manifeste à Cécile trahit, par sa démesure, un impérieux besoin de se distraire du mystérieux événement qui assombrit son regard et lui fait fuir celui de son mari. Assis un peu plus loin dans l'allée, dans un siège qui fait face à celui de Victoire, Thomas joue aux cartes avec ses trois autres fils. Entre les jetées, il étire le cou et lorgne son épouse, manifestement inquiet.

Qui aurait pu prévoir que ce congé attendu et enchanteur serait compromis par une rencontre impromptue ?

Pour clôturer ce merveilleux séjour à La Chaumière, Victoire et son mari se rendaient à leur ancienne maison avec les enfants, lorsqu'ils croisèrent, non loin du cimetière, une jolie dame. À sa vue, Thomas ne put cacher son émoi.

« Mais que faites-vous ici ? demanda-t-il en lui ouvrant les bras, ravi.

— Et vous donc, mon cher Thomas ? Dire que je m'étais résignée à ne plus jamais vous revoir de ma vie », s'exclama Mme Dorval qui étreignit alors Thomas.

Se ressaisissant, il se dégagea de la belle Antoinette à la poitrine opulente, et bafouilla :

« Je vous présente mon épouse…

— Mais nous nous sommes déjà rencontrées, riposta Victoire sur un ton qui ne prêtait ni à l'indulgence ni à la simulation.

— Vous en êtes sûre ? osa dire Mme Dorval.

— Plus que de l'honnêteté de vos sentiments, madame. Venez les enfants : allons au cimetière. »

Les garçons protestèrent. Victoire se tut et Thomas les suivit, humilié.

« Papa, pourquoi on ne va pas dans notre maison ? demanda Romulus à qui Candide fit signe de se taire.

— On va y aller un peu plus tard…, après la visite au cimetière », promit Thomas.

À peine venait-elle de s'agenouiller sur le sol où reposaient ses enfants disparus que Victoire fondit en larmes.

« Pourquoi maman pleure comme ça ? demanda la petite Cécile.

— Elle s'ennuie beaucoup de tes sœurs », lui chuchota son père, lui-même bouleversé.

Les trois frères se regardaient, désemparés, pendant que leur jeune sœur s'approcha de Victoire, glissa sa petite main sur ses cheveux, caressa ses épaules et la supplia de ne plus pleurer :

« Mon papa, puis mes frères, puis moi, on vous aime gros comme le monde, maman. »

Ce que Thomas aurait donné à cet instant pour se substituer à sa fille, emprunter ses mots, ses gestes tendres, son savoir-faire. Mais il restait là, immobile, à se demander s'il valait mieux demeurer à distance ou n'écouter que son amour et courir vers elle. Son cœur vibrait encore du serment qui les avait jetés dans les bras l'un de l'autre la nuit précédente. Devait-il le lui rappeler ?

Victoire n'aurait pu dire si le regret l'emportait sur la colère, le chagrin sur l'envie. Celle qui s'était plus d'une fois permis d'éconduire ses prétendants, qui n'avait jamais vécu l'odieux du refus, qui n'avait toujours connu que le privilège de choisir découvrait que Thomas avait pu lui préférer une autre femme, plus jeune, plus séduisante, plus expressive. Elle songeait aux outrages du vieillissement sur son visage, sur ses mains, sur sa poitrine et à sa taille. Emportée par l'amour des siens et sa passion pour son travail, elle n'avait pas pensé aux différences qui seraient de plus en plus apparentes aux yeux de l'homme qui, enfin dans la quarantaine, faisait tourner les têtes avec ses boucles argentées se baladant sur son front, rehaussant l'éclat de ses yeux bleus et de son sourire généreux. Sous un soleil de plomb, un frisson lui traversa le dos ; seule la main chaude et caressante de Thomas aurait pu la réconforter. Qu'attendait-il pour venir la soulever de terre et nicher sa tête au creux de son épaule ? Comment avait-il pu oublier que leurs regards et leurs gestes avaient écrit sur leur corps et dans leur cœur les plus beaux mots d'amour ?

Thomas demeurait debout derrière elle, se demandant comment agir. Il recommanda à Marius d'emmener ses frères et sa sœur au bord du lac pendant qu'il consolerait leur mère. Lorsqu'il se tourna vers elle, Thomas fut surpris de la voir marcher lentement dans une allée qu'il emprunta à son tour.

« Tu viens, Victoire ? Les enfants vont s'inquiéter... », dit-il d'une voix suppliante.

Encore trois pas et il aurait pu saisir sa main, ouvrir ses bras et lui jurer un amour éternel. Mais il la suivit passivement jusqu'à la porte du cimetière.

« Non, Victoire. Attends-moi. Ne pense pas que j'aie pu faire quoi que ce soit pour trahir ta confiance. Je t'aime. »

Elle se retourna, hocha la tête et lui tendit la main. À travers ses larmes, Victoire esquissa un sourire que Thomas reçut comme un pardon.

« Ça va aller, maintenant ? » demanda-t-il, pressant le pas.

Brusquement, Victoire retira sa main, indignée de se voir traitée comme l'enfant à qui l'on offre une friandise pour qu'il cesse de pleurer. Thomas n'avait pas su lui dire qu'il était désolé, qu'il la comprenait et qu'il avait l'intention de tout lui expliquer. Son intervention, comme une parenthèse qu'on referme, n'annonçait pas un tête-à-tête qui aurait pu dissiper le malentendu et engager une réconciliation. Songeant à la maille du tricot qu'on ne rattrape pas à temps, Victoire craignit une nouvelle faille dans leur relation, la déchirant à jamais.

Les garçons partirent visiter leur ancienne demeure avec leur père tandis que Cécile choisit de demeurer avec sa mère.

« On se retrouve à la gare », leur ordonna Victoire.

S'agrippant à la jupe de sa mère, Cécile la suppliait encore :

« Vous n'allez plus jamais pleurer, hein, maman ? »

Victoire sourit avec tendresse, sachant bien qu'il valait mieux le lui laisser croire, pour l'instant.

∽

En ce jeudi de mars 1896, des Montréalais célébreront en liesse au château de Ramezay. Les rénovations sont maintenant terminées et dans ses murs reconstruits à la suite de l'incendie qui a ravagé la vieille maison, l'année précédente, on inaugure en grande pompe une bibliothèque publique.

« Vous avez décidé de faire honneur au château, ce soir, déclare Oscar à sa mère, rayonnante et coiffée pour la circonstance.

— Il ne faut pas s'en faire avec les prétendus châteaux, tu sais. »

Le temps presse et elle donne un coup de main à Colombe pour terminer la couture de la cape et du chapeau mauve orné d'une voilette noire qu'elle doit porter pour cette sortie.

« Que voulez-vous dire ? demande Oscar.

– Il faudrait voir d'abord qui a décidé de le nommer château, et pourquoi… Puis ce n'est pas parce que l'édifice porte ce nom que la vie qu'on y a menée était pour autant confortable et agréable. Il faut entendre mon amie, Lady Lacoste, parler des châteaux qu'elle a visités en Europe pour s'en convaincre. Le Ramesay en est aussi un bon exemple.

– Vous me rappelez que je ne connais pas grand-chose des châteaux ; j'ignore même l'histoire de celui où nous passerons la soirée. »

Autour de la table, les questions fusent sur le sujet.

« Je sais, explique Victoire, que M. de Ramesay, un seigneur français débarqué ici à la fin du XVIIe siècle, avait fait construire ce manoir pour y loger ses seize enfants et leur mère. Une quarantaine d'années plus tard, le château aurait été vendu par ses descendants à la Compagnie des Indes orientales qui l'aurait agrandi.

– Un noble, le M. de Ramesay ?

– En France comme à Montréal, M. de Ramesay comptait parmi les nobles. D'abord nommé gouverneur de Montréal, il devint ensuite gouverneur de toute la Nouvelle-France, vers 1705. Lorsque la famille Ramesay quitta cette maison, des bureaux administratifs y ont été installés. Deux ans avant l'incendie, il appartenait à l'Université Laval.

– La ville de Montréal l'a pris en charge, à la suite du sinistre, a rénové les parties moins endommagées et l'a loué pour une chanson à la Société des numismates et des antiquaires, précise Thomas.

– Avoir su que la Ville ne tenait pas plus que ça à faire de l'argent avec ce manoir, je l'aurais acheté, déclare Oscar, à la stupéfaction de ses parents.

– Cette grande maison là ? Tu as de l'ambition pour dix, s'écrie Victoire.

– Pour dix enfants, oui.

– À ce que je vois, tu n'as pas changé d'avis sur ce point. Et qui sera leur mère ? demande Thomas.

– J'ai tout mon temps pour la choisir.

– Parce que tu as plus d'un choix ? relance Candide, sur un ton sarcastique.

– Absolument !

– Je peux te demander si Florence en fait encore partie ? risque Marius.

– Vous connaissez la réponse. Ça a toujours été non et c'est encore non.

– Et Colombe ? » ose Candide, profitant que cette dernière soit partie chercher du pain dans la cuisine.

Thomas lui lance un regard sévère.

« S'il y a trois filles intéressantes à Montréal, c'est beau », riposte Oscar qui, au retour de Colombe, ne peut afficher l'air détaché qu'il avait au début de la conversation.

À la manie qu'il a de remonter sa mèche rebelle sur son front, Victoire le sait fortement intimidé.

« Quand je pense que tu auras bientôt vingt et un ans. Ce sera l'occasion pour te faire connaître des jeunes femmes de belle allure, dit Thomas.

– Vous n'avez pas l'intention de m'organiser une fête à la Lacoste, j'espère.

– Tu n'apprécierais pas ?

– Oh, non ! Trop de fla-fla.

– Justement, Lady Lacoste, son mari et deux de leurs filles devraient être là, ce soir », annonce Victoire.

Oscar sourcille, de nouveau intimidé par les regards braqués sur lui, dont celui de son père.

« Qu'il s'agisse de Justine ou de Jeanne, une des deux filles du juge Lacoste ne le laisse pas indifférent », déduit Thomas, ravi.

Il ne s'en cache pas à Victoire qui l'a devancé dans la chambre à coucher pour revêtir sa tenue de sortie.

« Je ne me réjouirais pas si facilement, lui conseille-t-elle. Je ne suis pas sûre que les filles Lacoste conviennent à Oscar.

– Je ne comprends pas que tu t'entendes si bien avec la mère et que tu lèves le nez sur les filles.

– J'apprécie Marie-Louise et je l'admire, mais je ne partage ni sa dévotion ni son absolue soumission à ce qu'elle appelle la volonté de Dieu lorsque la maladie ou la mort frappe l'un des siens. »

Après avoir pensé qu'il était plus facile de se remettre d'une épreuve grâce à une foi aussi invincible que celle de cette femme, Victoire s'est ravisée en voyant quel chagrin l'habite encore quatre ans après la mort de son petit René ; si les blessures sont aussi douloureuses, les sources de consolation ne sont pas les mêmes. Non pas que Victoire rejette la possible existence d'un monde invisible hors du temps, mais elle se sent plus à l'aise de croire en un univers régi par des lois alchimiques depuis que Georges-Noël lui en a parlé.

« Ça ne veut pas dire que ses filles entérinent toutes ces croyances, réplique Thomas.

– Là-dessus je te donne raison, Thomas. L'autre jour, Marie-Louise me décrivait sa Justine comme une jeune femme secrète, tenace et d'une intrépidité presque téméraire. Elle a tout d'une femme qui fera évoluer la société, ai-je répliqué. Tu sais ce qu'elle m'a répondu ?

— Dis.

— "Peut-être, mais sera-t-elle capable de vivre une vie de couple dans le respect des écritures de saint Paul ? J'en doute."

— Et toi, qu'en penses-tu ?

— C'est tant mieux. S'il y a des passages à ne pas prendre à la lettre dans le Nouveau Testament, ce sont bien ceux d'un misogyne comme ce prétendu saint Paul.

— Alors qu'est-ce qui te refroidit par rapport à ces filles-là ?

— Je crains que des filles qui, tout comme leur mère, ont vécu dans l'absence constante de leur père n'accordent pas à leurs maris la place qui leur revient auprès des enfants. Aussi, je m'inquiète de l'influence qu'une femme comme Lady Lacoste, élevée dans une foi catholique aux couleurs ultramontaines, peut avoir sur elles. »

Lady Lacoste avait maintes fois approuvé les idéaux philanthropiques de Justine sans qu'il soit jamais question de l'opinion du père, peu présent en raison de ses occupations à Québec, à Ottawa et en Europe.

« J'aurais plus confiance en des filles dont le père a peut-être été de moins noble réputation mais plus près des siens », reprend Victoire.

Thomas quitte la chambre, l'air songeur dans son complet marine et sa chemise au col retenu par un nœud papillon.

Quinze minutes se sont écoulées lorsque Victoire entend son mari annoncer, de l'entrée, que la voiture est prête. Jean-Thomas Du Sault, coiffé de sa casquette, les attend dans la carriole des grandes sorties. Victoire n'a plus qu'à chausser ses bottes, sa dernière création.

« Ouais ! Je sens que je vais devoir surveiller mes intérêts, ce soir », s'exclame Thomas en admirant son élégance.

Depuis leur déplorable rencontre avec la veuve Dorval, l'automne précédent, Thomas ne tarit pas d'éloges à l'égard de sa bien-aimée. Tout événement devient une occasion de vanter ses talents ou de la complimenter sur un trait de sa personnalité. Convaincu que son épouse a deviné son ancien coup de cœur pour la jeune veuve, il a adopté un comportement encore plus amoureux. Or, Victoire croit reconnaître dans ces attentions les signes d'un sentiment de culpabilité né d'un désir ou d'un acte interdit. Mais comment, sans faire l'aveu de sa propre défaillance, lui dire qu'il n'a à craindre ni ses reproches ni sa rancune, bien qu'elle en souffre ?

Oscar rejoint ses parents dans le portique. Thomas demande :

« Où devons-nous aller chercher ta dame de compagnie, ce soir ?

— Je suis en très bonne compagnie avec vous deux...

— ... et au milieu des jolies filles invitées qui ne demanderont pas mieux que de se faire courtiser, enchaîne sa mère en donnant le bras à Thomas.

— Je ne prétends tout de même pas rivaliser avec les Masson, les Garneau, les Beaubien, les Gérin-Lajoie et les Taschereau qui ont gros à offrir à ces jolies invitées, comme vous dites.

— Tu n'as pas honte de tes origines, j'espère, s'écrie son père, prêt à s'indigner.

– Non, mais je suis capable de reconnaître leur supériorité sur bien d'autres points, notamment leur culture.

– Tu sauras, Oscar, que nos racines rurales sont aussi riches de culture que les leurs. Rien pour nous n'a été gratuit. Ce que nous possédons, nous l'avons bâti de nos mains...

– Que diriez-vous de poursuivre votre débat dans la voiture », suggère Victoire.

Thomas porte fièrement son paletot de chat sauvage, malgré la température clémente de cette première semaine de mars. De la banquette avant, Jean-Thomas et Oscar guident l'attelage.

« Le printemps s'en vient avec ses giboulées, dit Jean-Thomas, déplorant que si peu de temps soit donné aux Montréalais pour glisser sur la neige damée des rues.

– Je connais celui qu'il faudrait élire à la mairie pour que nos rues soient aussi belles que celles des États, déclare Thomas, habité par la fièvre des campagnes électorales.

– Tu penses à qui ? demande Victoire.

– À Raymond Préfontaine. Il n'en est pas à ses premières preuves. J'en ai entendu parler du vivant de Ferdinand qui l'a souvent côtoyé.

– En quel honneur ?

– Préfontaine a épousé une des filles de M. Jean-Baptiste Rolland, le patron de Ferdinand. Après, son beau-frère Damien lui a cédé la mairie d'Hochelaga. C'est comme ça qu'il est arrivé sur la scène municipale de Montréal et qu'il siège comme conseiller depuis une dizaine d'années. C'est notre Robinson Crusoé des chemins ; qu'ils servent aux trains ou aux chevaux, il les défend tous...

— Il y trouve sûrement son intérêt.

— C'est ce qu'on dit, mais je ne le crois pas. Il y a tellement de jaloux autour de lui depuis qu'il a été nommé président du comité des chemins que je doute que toutes les accusations portées contre lui soient fondées. Pour être passé à la mairie de Yamachiche, je sais que des postes comme ceux-là suscitent bien des rivalités.

— Il sera là, ce soir ?

— Évidemment ! Y a pas de meilleures tribunes électorales que des événements comme celui-là.

— Regarde-moi donc, Thomas Dufresne, lance tout à coup Victoire. Tu ne serais pas en train de te laisser gagner une autre fois par la démangeaison politique ?

— Vous avez vu la procession de carrioles devant le château ? » s'écrie le cocher, libérant Thomas de l'obligation de répondre à son épouse.

Devant le château de Ramezay, les Dufresne concluent qu'ils sont parmi les derniers à se présenter, au grand soulagement d'Oscar qui déteste être des premiers arrivés. Un personnel courtois vient les accueillir et les invite à se rendre à « la salle de Nantes », anciennement appelée « Galerie des portraits ». Une surprise attend Victoire. Georgiana, particulièrement élégante ce soir-là, vient célébrer cet événement. L'accompagne sa fille Délima, tout aussi ravissante.

« Je n'aurais pas voulu rater une telle fête, et surtout pas une occasion de revenir à Montréal et de m'accorder de bons moments avec toi », dit Georgiana en embrassant chaleureusement sa belle-sœur.

Délima vient d'avoir quinze ans, l'âge de sa mère quand elle a rencontré Victoire la première fois. Oscar s'empresse de céder le siège qui lui était réservé et en cherche un autre pour sa cousine.

« Nous ne repartons que demain soir », chuchote Georgiana, au grand bonheur de Victoire.

Aux fauteuils d'honneur qu'occupent le couple Lacoste et leurs enfants, Justine, Jeanne et Paul, il est à prévoir que M. le conseiller de Sa Majesté prendra la parole. Le public a répondu à l'invitation avec une telle ferveur que nombre de jeunes hommes, dont Oscar, doivent rester debout le long des murs au fond de la salle.

« Regarde, il est juste dans l'angle de vision des demoiselles Lacoste, murmure Thomas à l'oreille de Victoire.

– C'est peut-être un hasard, réplique-t-elle. Mais si ça te plaît de le voir autrement, tu en as toute la liberté, mon cher. »

À tout seigneur tout honneur : Mgr Fabre, en sa qualité de premier archevêque de Montréal, est invité à prendre la parole pour féliciter les initiateurs du projet d'une bibliothèque publique, honorer le directeur de la Société d'archéologie qui voit le jour en ce 9 mars 1896 et remercier la Ville de Montréal d'assumer les responsabilités financières de ce château officiellement promu au rang de musée. Après avoir émis quelques recommandations sur le choix des livres susceptibles d'élever l'âme et de nourrir la foi chrétienne, Mgr Fabre cède la parole aux politiciens qui attendent impatiemment l'occasion de vanter les mérites de leur parti respectif. Le libéral James McShane, nationaliste irlandais, député de Montréal-Centre à la Chambre des communes et vingt et unième maire de Montréal est invité à prononcer son discours. L'accueil est mitigé et Georgiana, étonnée, en demande la raison à Victoire.

« Personne ne semble avoir oublié les deux gaffes qu'il a commises quand il était maire.

— Je ne suis pas au courant, qu'est-ce que c'est ?

— Il a fait voter des morts à son élection de 1888, puis il a volé le collier d'office du maire après sa défaite. »

Les deux femmes retiennent un fou rire.

Mais James McShane connaît les jeux de la politique et son ouverture d'esprit lui vaut l'admiration de plus d'un citoyen. Commerçant fortuné, il ne rate aucune occasion de rappeler à son auditoire qu'il a été le premier à exporter du bétail canadien en Angleterre, et que les tramways électriques ont commencé à sillonner l'île de Montréal pendant son mandat à la mairie. Le conservateur Olivier-Maurice Augé, député à l'Assemblée législative, et le maire de Montréal, J. O. Villeneuve, élu sur sa promesse de lutter contre l'imposition de nouvelles taxes proposée par James McShane, lui succèdent sur la tribune, suivis de Lord Lacoste et du jeune Henri Bourassa, nationaliste et défenseur de la foi catholique. Sa verve lui vaut les applaudissements les plus enthousiastes de la soirée.

« Il les a mérités, murmure Victoire. À part notre évêque et le juge Lacoste, il est le seul à s'en être tenu à la cause qui nous rassemble ici…

— C'est normal, riposte Thomas, visiblement contrarié. Laisse-le vieillir et tu verras bien de quel bois il se chauffe. Avec le sang de Papineau qui coule dans ses veines, il ne pourra pas rester neutre bien longtemps.

– J'oubliais qu'il était le petit-fils de Louis-Joseph Papineau », admet-elle, pressée de retrouver Georgiana et sa fille parmi les invités à qui on sert vins, canapés et petits pâtés.

Son regard croise celui d'Oscar. La belle Jeanne Lacoste se pavane devant lui alors que sa sœur, Justine, se montre indifférente. L'une comme l'autre ont hérité des airs nobles de leur père et, de leur mère, cette philanthropie qui se reflète sur leurs visages et dans leurs propos. Absorbée par ces jeux de séduction, Victoire tarde à constater que son mari lui a faussé compagnie pour rejoindre un groupe d'acteurs de la scène municipale. Partant à la recherche de Georgiana, elle croise Florence. Offusquée, la jeune fille marmonne :

« Vous parlez d'une façon de faire… Je ne reconnais plus votre fils, madame Dufresne. »

Invitée à s'expliquer, elle ajoute :

« Oscar refuse que je l'accompagne, ce soir.

– Il t'en a donné la raison ?

– "Tu devrais en profiter pour te faire des relations", qu'il m'a dit…

– Ce n'est pas une si mauvaise idée… Tu veux mon conseil, Florence ? »

La jeune fille acquiesce d'un signe de tête.

« Montre-toi un peu plus indépendante. C'est dans la nature des hommes d'aimer conquérir…

– Si vous saviez comme c'est difficile pour moi. Ça va faire bientôt cinq ans que je l'attends. »

Aussitôt, elle aperçoit Oscar devisant joyeusement avec Justine et Jeanne Lacoste.

« Regardez.

– J'ai bien peur que tu perdes ton temps à espérer, ma pauvre fille.

– Tant qu'il se tiendra avec des pimbêches de ce genre, rétorque-t-elle, tout est encore possible. »

Victoire la regarde s'éloigner, quelque peu désemparée.

Tout à coup, elle se sent enlacée par Georgiana.

« Ne t'en fais pas pour Florence, lui conseille-t-elle. Cet après-midi encore, je lui disais que si son destin était lié à celui d'Oscar, les événements feraient en sorte qu'il en soit ainsi. Viens voir les nouveaux livres sur les rayons de la bibliothèque. Pour une fois, on peut trouver autre chose que des biographies de saints et des recueils de prières… »

Les deux femmes étouffent un rire qui aurait pu sembler déplacé et, déterminées à se frayer un chemin vers les étagères, elles abandonnent leurs verres de vin, plus avides de culture que d'alcool.

« Regarde, Victoire, toute cette rangée de romans. En français, en anglais, il y en a pour tous les goûts. Puis, tu vois, plus haut, les ouvrages de philosophie. »

Victoire ne sait où donner de la tête, quelque peu contrariée de ne pouvoir s'attarder davantage dans cette bibliothèque.

« Tu n'as pas vu les beaux livres d'histoire et de géographie ? Suis-moi », lui ordonne gentiment sa belle-sœur, euphorique comme un enfant devant un étalage de jouets.

À peine Victoire a-t-elle feuilleté deux ou trois ouvrages que Georgiana la sollicite de nouveau :

« Viens voir la grande nouveauté : des traités sur la connaissance de l'âme, de l'esprit, du comportement des humains. J'ai repéré un chapitre sur l'intuition, puis un autre sur les pouvoirs surnaturels. Si j'avais ta chance, je passerais le reste de ma vie à lire.

— Ma chance...

— Oui. Si je n'habitais pas si loin, maintenant. Mais où trouver le temps d'ici à ce que mes deux plus jeunes soient à l'école ?

— Je te comprends. J'ai presque vingt ans de plus que toi et tu vois, je ne considère pas que le temps soit venu de rendre mon tablier.

— Comment ça ?

— Il n'y a rien d'acquis dans le commerce. Du jour au lendemain on peut tout perdre. On en sait quelque chose. Je te dirai même que c'est à moi que revient le soin de jouer la sentinelle. Les hommes sont tellement pris par le quotidien qu'ils ne pensent pas assez à diversifier nos investissements pour ne pas qu'on se retrouve comme en 1892.

— Tu n'as donc jamais l'esprit tranquille...

— C'est ça. En général, les hommes dorment paisiblement sur leurs succès immédiats, tandis que les femmes occupent leurs veilles à chercher les moyens de les faire durer.

— Tu m'inquiètes, ma chère Victoire. J'ai le sentiment que tu me caches la véritable cause de tes insomnies. »

Victoire se contente de filer vers un autre rayon, choisit un livre d'anatomie humaine, consulte la table des matières et feint de chercher une page.

« Tu as des problèmes de santé, déclare Georgiana.

— Non, mais je me demandais si je ne trouverais pas quelque chose dans ce livre sur...

– Oh ! Je comprends. Au sujet de Colombe… »

Voyant venir Lady Lacoste vers elle, Victoire referme le livre et s'empresse de lui présenter sa belle-sœur. La conversation entre les trois femmes est charmante jusqu'au moment où Georgiana les quitte pour aller vers Florence qui bâille d'ennui en compagnie d'un homme de l'âge de son grand-père. Demeurée seule avec Victoire, Marie-Louise lui avoue qu'elle a beaucoup observé Oscar depuis la fin des discours.

« Je devine que votre fils a fait ses études dans une institution de qualité, dit-elle.

– Qu'est-ce qui vous porte à le croire ?

– Ses belles manières, puis l'intérêt que mes filles lui portent.

– Le Collège de Trois-Rivières a toujours eu bonne réputation, trouve-t-elle à répondre, agacée par cette prétention typique de plusieurs familles de la grande bourgeoisie. Vos filles déchanteraient-elles si elles savaient qu'Oscar n'a ajouté qu'une année de *high school* à son cours secondaire avant de s'engager sur le marché du travail ?

– Je n'ai pas voulu vous blesser, ma chère amie.

– Faut-il se sentir inférieur, enchaîne Victoire, du fait d'avoir préféré le travail à des études prolongées ?

– Ce n'est pas ce que j'ai voulu insinuer », jure Lady Lacoste, désolée.

D'une mansuétude émouvante, elle reprend :

« Vous me semblez fatiguée, ce soir, ma chère amie.

– Ne vous en faites pas, Marie-Louise. Certains préjugés ont seulement le don de m'exaspérer », avoue-t-elle.

Il tarde maintenant à Victoire de rejoindre sa belle-sœur et de convaincre Thomas et Oscar de rentrer à la maison.

« Il est déjà onze heures quinze. Jean-Thomas doit nous attendre depuis une bonne demi-heure… », fait-elle remarquer à son mari qui ne se sent pas pressé de quitter le château.

Oscar partage l'avis de son père. Victoire, Georgiana, sa fille, et Florence rentrent seules à la maison.

Une heure plus tard, Thomas et son fils trouvent les deux premières en train de causer dans le salon. Une théière fumante et un plateau de biscuits annoncent qu'elles ne sont pas près de gagner leurs lits.

∼

Victoire est inconsolable. Recluse dans son boudoir, elle n'a pas ouvert la bouche depuis la veille. Penchée sur son journal intime, elle tente, malgré les larmes qui brouillent sa vision, de se libérer de la trop grande douleur qui lui coupe le souffle. Georgiana, sa meilleure amie, n'est plus. Au terme de quatre jours de lutte acharnée, la jeune femme de trente-trois ans a succombé aux fortes fièvres qui sévissent dans toute la Mauricie. À ce vide s'ajoute la douleur de voir de si jeunes enfants à jamais privés de leur mère. *Je les prendrais bien avec nous si j'étais certaine que cela pourrait les consoler un tant soit peu*, écrit-elle.

Victoire imagine que Délima, Donat et Georges-Auguste seraient plus heureux chez elle qu'avec leur beau-père. Quant à Ulric, Napoléon et Yvonne, il est à prévoir que la famille Lesieur souhaite s'en occuper pour éviter de les séparer de leur père.

Je désespère d'avoir trouvé, d'ici demain matin, le courage d'affronter le spectacle qui nous attend. Je ne me résigne pas à voir la petite de quatre ans, entourée de ses quatre frères et de sa grande sœur, près du cercueil de leur mère. Comment pourront-ils la regarder descendre en terre sans mourir de chagrin ? Jamais épreuve ne m'a semblé plus cruelle. La perte de mes parents et de mes enfants, le décès de grand-père Joseph, ceux de Georges-Noël et de Ferdinand m'ont profondément affectée, mais je parvenais à puiser dans mon amour pour ceux qui restaient le courage de tourner la page et de regarder en avant. Mais ce deuil-ci me plonge dans une immense détresse ; où que je porte mon regard et ma pensée, je ne vois que futilité et désolation. La conscience vive de la précarité des choses et de la fragilité des humains me glace le corps et l'âme. Je ne saurais trouver attitude plus digne pour l'être humain que celle de choisir de quitter ce monde lorsqu'il lui est devenu absurde. Geste de désespoir, me dirait Lady Lacoste. Je me demande si une foi aussi grande que la sienne pourrait m'apporter une quelconque consolation.

Victoire pose la main sur le téléphone et hésite. Elle entend déjà Marie-Louise l'exhorter à accepter la volonté de Dieu, à lui offrir ses prières et celles de tous les religieux qu'elle fréquente.

« Je suis très peinée pour vous et ces pauvres enfants, lui répond-elle. Que de souffrances dans votre vie, ma chère Victoire ! Vous savez, n'est-ce pas, que le bon Dieu vous éprouve à la mesure de son amour pour vous ?

— Je vous avouerai que j'ai une autre perception de l'amour, parvient-elle à dire dans ses sanglots.

— Les desseins de Dieu sont impénétrables, les Saintes Écritures nous le répètent. Il faut prier, ma chère amie, pour que le courage vous soit donné ainsi qu'à son mari et à ses enfants en attendant d'aller rejoindre cette chère Georgiana auprès de notre Père éternel. »

Victoire la remercie, préférant ne pas prolonger un entretien qui, pour l'instant, lui inspire plus de révolte que d'abandon.

Doucement posée sur sa nuque, la petite main de Cécile apaise son esprit. Cette présence simple et aimante la comble de gratitude. De retour d'une réunion du conseil municipal dans lequel il aurait aimé siéger comme échevin, Thomas lui apporte à son tour son réconfort. Assis près de son épouse, il invite sa fille à prendre place sur ses genoux. Sa main vient chercher celle de Victoire et l'appuie avec tendresse sur le cœur de Cécile. Victoire ferme les yeux. Thomas croit que son chagrin se calme enfin.

« Qu'est-ce qui te ferait du bien, ma chérie ? » lui demande-t-il.

Elle ne répond pas.

« Tu aimerais bien qu'on garde les enfants avec nous après les funérailles ? »

Victoire éclate en sanglots. Elle reprend des bras de Thomas la seule fille qu'elle ait arrachée à la mort et la presse sur sa poitrine comme on étreint un naufragé sauvé de justesse.

« Je te promets que, de mon vivant, les enfants de Georgiana pourront toujours compter sur moi. Je ne les laisserai jamais dans la misère, lui jure Thomas.

— Je vous fais la même promesse, dit Oscar qui a profité de la présence de Thomas auprès de sa mère pour lui apporter un peu de consolation.

– De l'ouvrage dans notre manufacture, il y en aura toujours pour eux. On les logera au besoin, ajoute son père.

– J'aimerais qu'on les traite comme nos propres enfants, dit Victoire, soudain plus sereine. On le doit à Ferdinand d'abord. C'est ce qui pourrait le mieux me... »

Cette phrase inachevée persuade Thomas et Oscar qu'ils ne pouvaient mieux adoucir le sort de Victoire.

CHAPITRE III

Au terme de leur premier mois à Montréal, Donat manifeste le désir de travailler à la Pellerin & Dufresne, Délima veut retourner à Pointe-du-Lac pour prendre soin de sa petite sœur et de ses deux jeunes frères, alors que Georges-Auguste choisit de passer le reste de l'été en compagnie de ses cousins. À l'instar de son frère aîné, il prie Oscar de l'initier au travail d'artisan de la chaussure. « J'avais quinze ans quand j'ai commencé à travailler ici alors que ma famille habitait encore Yamachiche », lui apprend ce dernier en acceptant sa requête. Heureux de cette faveur, Georges-Auguste en réclame néanmoins une deuxième :

« Est-ce qu'il est trop tard, à douze ans, pour se faire adopter ?

– Tu te cherches des parents adoptifs ?

– Je n'ai jamais pu dire "papa" dans ma vie…

– Tu l'appelles comment, Carolus ?

– Je ne lui parle pas, et lui non plus. Maman aurait aimé qu'on le considère comme notre père, mais étant donné que Donat n'a jamais voulu, j'ai fait comme lui.

– Sais-tu pourquoi Donat a refusé ?

— Il le trouve trop sévère. Un soir, alors qu'il était puni, il a voulu qu'on se sauve de la maison avec Délima et il m'a dit : "Tu vois bien que Carolus ne nous aime pas, nous trois. Maman n'aurait jamais dû se remarier avec ce vieux garçon." »

Les propos de Georges-Auguste sont si sincères qu'Oscar n'ose en douter.

« L'auriez-vous cru ? demande-t-il à Victoire qu'il rejoint dans le solarium.

— Georgiana a toujours pardonné les brusqueries de Carolus sous prétexte qu'il s'était marié tard et qu'il trouvait difficile du jour au lendemain de s'habituer à vivre avec une ribambelle de marmots. Jamais Ferdinand n'aurait rabroué un enfant. Pas même un étranger. Ça me crève le cœur. »

Soucieux de rassurer son cousin, Oscar lui explique dès le lendemain que l'adoption n'est pas nécessaire : « Mes parents sont prêts à te faire une place comme si tu étais notre frère. »

Pour la première fois depuis le décès de sa mère, un large sourire illumine le visage du jeune garçon.

Cette journée se termine en beauté : Florence lui offre, ainsi qu'à son frère et à sa sœur, de l'accompagner à un spectacle de cirque au parc Sohmer.

De leur côté, selon l'habitude du samedi soir, Thomas, son épouse et leur fils aîné se retrouvent confortablement assis dans les fauteuils du solarium à lire les journaux de la semaine. Juin s'y prête bien ; de l'autre côté de la fenêtre, le vert tendre du lilas fait un pied de nez aux plantes qui, après avoir survécu à l'hiver, ne portent plus que quelques feuilles anémiées.

Victoire se délecte de cette fraîche odeur de floraison qui chatouille ses narines. La présence des trois enfants de Ferdinand l'a aidée à surmonter la détresse dans laquelle l'avait plongée la mort de Georgiana. Alors qu'elle a douté de parvenir à les réconforter, les mots les plus consolateurs qu'elle ait entendus ont été prononcés par Délima et ses deux frères. Cette jeune femme que la maladie a privée des plaisirs de l'enfance, loin des siens, envie Donat et Georges-Auguste, même s'il ne leur reste de leur père que des photos et quelques confidences reçues de leur mère. Toutefois, tous trois savent glaner les moindres petits bonheurs qui se glissent sur leur passage. Un arc-en-ciel les fascine, un bon repas les enchante et l'apparition d'une vanesse sur une marguerite les pâme.

Au bout d'une heure, lasse de voir Oscar et Thomas cantonnés à leur journal, Victoire engage la conversation : « À chaque printemps, je pourrais mesurer ma vitalité à la sève qui monte dans les branches des arbres, dit-elle.

— Moi, aux progrès qui se font dans notre ville », réplique Thomas, fier d'en trouver l'éloge dans *La Patrie* qu'il a parcourue de la première à la dernière page.

Il ne se cache pas d'avoir adopté ce quotidien par sympathie pour son fondateur plus que pour son contenu : il admire le cheminement d'Honoré Beaugrand, ancien maire de Montréal, qui s'est distingué pendant dix ans comme journaliste engagé, non seulement aux États-Unis, mais également en France et au Mexique. Victoire ne serait pas surprise que son mari l'envie.

Oscar préfère *La Presse* pour son survol sans prétention de l'actualité, et pour l'allégeance politique des deux hommes qui en assurent la direction à tour de rôle : conservateurs, Trefflé Berthiaume et J. Adolphe Chapleau ont, de plus, manifesté leur appui au développement des finances et du réseau ferroviaire.

Même si elle privilégie *La Minerve*, Victoire est demeurée fidèle au *Nouvelliste* qu'elle reçoit régulièrement de Trois-Rivières.

« Quoi de neuf en Mauricie ? demande Oscar.

– Rien de particulier, cette semaine. Mais dans *La Minerve*, je lis des choses scandaleuses. Jamais à la campagne ou dans une petite ville comme Trois-Rivières, l'écart entre les traitements faits aux femmes et les privilèges réservés aux hommes ne serait aussi flagrant. »

Devant le scepticisme de Thomas, Victoire fait état des accomplissements d'Aglaë Laberge et des deux sœurs Généreux qui, recrutées par des médecins, enseignent aux mères des quartiers ouvriers l'hygiène et les soins aux nourrissons. Pourtant leur action sociale n'est toujours pas reconnue comme profession.

« Ces femmes et combien d'autres se dévouent bénévolement jour et nuit, alors que messieurs les médecins bénéficient de gros salaires pour…

– … pour donner des ordres ? suggère Oscar.

– Et afficher leur aisance financière devant les petites gens », de renchérir Victoire.

Étranger à leurs propos et enthousiasmé par ce qu'il vient de lire, Thomas s'exclame : « C'est extraordinaire ! On habite la ville la plus importante du Québec. Écoutez bien : *Montréal est devenu le centre de transbordement entre la navigation fluviale et la navigation océanique.* »

Ses auditeurs demeurant muets, Thomas leur en met plein la vue : « Vous rendez-vous compte ? Notre ville est le trait d'union entre l'Ancien et le Nouveau Monde. Ceux qui voient loin l'ont compris, ils ont soutenu Rainville pour organiser ici l'Exposition universelle prévue en 1897. On a même voté un budget de cent mille dollars, sous réserve, bien sûr, d'une participation des gouvernements fédéral et provincial.

— Rien ne vous garantit leur appui, fait remarquer Oscar.

— On a des indices tout de même : le Grand Tronc et le Canadien Pacifique offrent le transport gratuit à la délégation et aux citoyens volontaires qui se rendront à Ottawa pour plaider en faveur de Montréal. On a donc bien fait de venir s'installer ici… »

Encore très attaché à Yamachiche, Oscar sourcille et vante les bienfaits de la campagne. L'ayant approuvé sur ce point, Thomas l'exhorte toutefois à prendre en compte les progrès réalisés en si peu de temps à Montréal :

« On a triplé la profondeur du chenal entre Montréal et Québec, élargi de quatorze pieds le canal Lachine, jeté des quais sur le littoral du fleuve sur une longueur de quatre milles vers l'est et, avec ça, on a fait grimper le tonnage des navires à un million et demi de tonnes. »

Victoire aimerait partager l'emballement de son mari, mais elle ne peut taire son indignation :

« Une ville qui se développe à une vitesse vertigineuse sur le plan commercial est inexcusable de négliger ses pauvres et de faire si peu de place aux femmes.

— Au contraire, Victoire. Savais-tu que la commission du Havre a mis à l'étude des projets visant les intérêts des petites gens autant que ceux des milieux d'affaires ?

— J'ai peine à le croire.

— Pour te donner un exemple, la commission s'est engagée à faire le nécessaire pour mettre fin une fois pour toutes aux inondations. Et pour avantager les commerçants, elle promet de bâtir des hangars en acier et en béton, tout près des quais.

— Il en faudrait dans l'est aussi », fait remarquer Oscar qui rêve toujours de déménager la Pellerin & Dufresne dans la ville de Maisonneuve.

Il n'y a pas que le nombre effarant de familles pauvres qui inquiète Victoire. L'immigration massive d'Européens à qui on a fait miroiter les richesses du Canada l'indigne. Elle ne saurait reprocher à ces pauvres Irlandais de fuir la famine, mais elle déplore qu'ils viennent grossir les rangs des indigents.

« Par contre, précise Thomas, les Anglais ne sont pas arrivés ici les mains vides ; ils avaient presque tous hérité d'une fortune de famille en plus d'être instruits et de posséder un bon métier.

— Mais qu'est-ce que vous pensez des Écossais qui contrôlent la majorité de nos entreprises et de nos finances ? lance Oscar.

— C'est à nous de prendre notre place. Quand ta mère a décidé d'ouvrir une cordonnerie, à l'âge de quinze ans, ne t'imagine pas qu'on a déroulé le tapis rouge devant elle. Mon père m'en a parlé... »

Jamais Thomas n'a révélé ce fait à son épouse. Victoire l'apprend avec une émotion qu'elle ne peut dissimuler. Si ses joues ne s'enflamment plus avec l'âge, son regard, lui, ne ment pas. Oscar le remarque et incite son père à poursuivre.

« Tout le monde était contre elle, sauf sa mère, son grand-père, Joseph, et mon père. Si tu savais le chemin qu'elle a fait depuis sa première vente... »

Les deux hommes posent sur Victoire un regard attendri.

« Grâce à ses chaussures, continue Thomas, j'ai été plus loin que je n'aurais imaginé... La même chance vous est donnée maintenant.

— Ton père est trop modeste. La mise en marché, surtout à Montréal, c'est lui qui l'a faite. »

Obéissant au souhait d'Oscar, Victoire et Thomas retracent les grands moments de leur parcours professionnel en le ponctuant de commentaires.

Tous trois se sont remis à leur lecture lorsque des craquements sur le plancher se font entendre.

« Je m'excuse, dit Colombe, avançant sur la pointe des pieds et rentrant visiblement d'une sortie importante. Je n'aurais pas osé vous déranger si ce que j'avais à vous dire ne vous concernait pas tous... »

Victoire se lève, Thomas et Oscar plient leurs journaux, intrigués par cette apparition à une heure tardive et, qui plus est, dans cette pièce où Colombe ne vient que sur invitation.

« Une chance inespérée m'est offerte... »

Le regard de Thomas s'allume, celui d'Oscar s'affole.

« Je prévois devoir vous quitter après les fêtes.

— Vous avez reçu une demande en mariage ! » s'exclame Thomas, le cœur à la rigolade.

Intimidée par de tels propos, Colombe proteste d'un geste de la tête.

« J'espère que tu ne te sens pas forcée de partir parce que mes neveux sont là, dit Victoire.
— Ne craignez rien, madame Dufresne.
— Un travail intéressant ? présume Thomas.
— Je n'appelle pas ça un travail, tant c'est excitant », précise Colombe, en évitant de croiser le regard d'Oscar qu'elle sent fixé sur elle.

Il l'entendrait dire qu'elle quitte le pays pour aller vivre en Europe qu'il n'en serait pas plus bouleversé. « Je sens que je pourrais la suivre jusqu'à l'autre bout du monde », songe-t-il, suspendu aux lèvres de la jeune femme qui se fait gracieuse et légèrement indécente dans un corsage qui bâille sur sa poitrine.

« Un grand couturier qui vend ses confections en Europe et aux États-Unis a besoin de modèles, déclare-t-elle avec une modestie qui ajoute à sa grâce.
— De modèles ? Veux-tu dire de mannequins ? demande Oscar avec inquiétude.
— Tu veux rire ? Je parlais de dessinatrices de vêtements pour dames. Je vais enfin réaliser un de mes plus grands rêves ! »

Victoire partage son enthousiasme : « Tu as de si grands talents en dessin et en couture… Mais serait-ce indiscret de te demander comment cette offre t'est venue ? »

Invitée par Thomas à prendre place dans un fauteuil faisant face à celui d'Oscar, Colombe raconte qu'elle a soumis à une grande dame ses dessins de mode dans le but d'obtenir quelques contrats de couture. Très impressionnée, celle-ci lui a confié la confection de robes de bal pour ses filles. Lors d'une de ses visites chez les Dufresne, après avoir demandé à voir ses autres réalisations, nulle autre que Lady Lacoste lui a déclaré : « C'est d'une telle perfection que je vous recommanderai volontiers à l'un de mes bons amis qui dirige une maison de haute couture sur Queen-Mary. Laissez-moi quelques-uns de vos dessins, et je vous rappelle dans quelques jours… »

« Mais elle les ramasse toutes sous sa jupe, cette matrone », se dit Oscar, contrarié de reconnaître tant de prévoyance chez une femme qu'il soupçonne d'ingérence dans les fréquentations de ses filles. À la séduction que Colombe exerce sur lui depuis plus d'un an s'ajoute, ce soir, l'agréable perspective de courtiser une créatrice de mode appelée à exposer dans des pays où il l'accompagnerait avec bonheur. Oscar en vient même à souhaiter que Colombe quitte leur résidence afin que leur intimité soit mieux protégée. « C'est une excellente nouvelle », s'écrie-t-il, en lui présentant ses félicitations.

Leurs mains se sont serrées suffisamment longtemps pour que Victoire décèle une flamme amoureuse dans les yeux des deux jeunes. Elle accompagne Colombe en silence jusqu'à la sortie où des amies doivent venir la rejoindre pour terminer cette soirée chez les Lacoste.

Longeant le corridor qui conduit au solarium, Victoire entend son mari inciter Oscar à la prudence : « … ce n'est probablement pas une mauvaise fille, mais le fait qu'elle s'est sauvée de chez elle à dix-sept ans et qu'elle est encore coupée de sa famille m'inspire une certaine méfiance ». Le sujet est brûlant ; Victoire décide de rester à l'écart et frappe à la porte de la chambre de Marius qu'elle trouve rivé à sa table à dessin. « Aurais-tu passé ta soirée enfermé ici, par un temps pareil ? »

Marius ne bronche pas.

« C'est étonnant qu'un gars de quatorze ans, intelligent et agréable comme toi, n'ait pas plus d'amis que tu n'en as.

— Qu'est-ce que ça me donnerait d'en avoir une dizaine ? J'en ai deux, puis maintenant j'ai mon cousin, ça me suffit, rétorque-t-il sans lever la tête. Ça se peut même que j'en laisse tomber un avant longtemps.

— De qui parles-tu ?

— … Alexandre Lacoste.

— Vous semblez pourtant vous entendre à merveille.

— Pas en politique. Les Lacoste votent rouge depuis des générations. »

Victoire est tentée de badiner mais, connaissant la susceptibilité de Marius, elle s'abstient.

« Qu'est-ce qui te porte à croire ça ? demande-t-elle.

— Je pense même qu'ils pourraient être aussi fanatiques que… Vous connaissez l'histoire de son oncle et de sa tante ?

— Il en a plusieurs. De qui veux-tu parler ?

— De ceux qui ont tout fait pour nuire aux Patriotes pendant les troubles de 1837. Alexandre en a parlé pendant un cours d'histoire. Le frère les a encensés, mais pas moi. »

Marius évoque alors l'histoire du lieutenant-colonel Maximilien Globenski et de sa sœur Hortense, que les journaux du temps ont surnommée « La chevalière des Deux Montagnes ». Pro-loyalistes, tous deux ont répandu une propagande acharnée contre les Patriotes, et ils ont exhorté le peuple à demeurer docile et fidèle au gouvernement. Hortense aurait poussé l'audace jusqu'à utiliser tout ce qu'elle avait pu réunir d'armes pour neutraliser les Patriotes et réagir contre la cinquantaine d'hommes qu'elle avait provoqués lorsqu'ils l'avaient relancée près de sa demeure.

« Il y a tout près de soixante ans de ça, mon pauvre garçon. Et puis ce sont l'oncle et la tante de Marie-Louise, pas les parents d'Alexandre.

– N'empêche. Je préfère Alphonse Raymond. Il est né à la campagne, comme moi, son père est marchand, comme le mien, et puis on a les mêmes idées politiques.

– Puis ton cousin ?

– Lui, ce n'est pas pareil.

– Que veux-tu dire ?

– Je ne sais pas, maman, répond-il, agacé.

– Qu'est-ce que tu dessinais ?

– J'essaie de modifier des plans qu'Oscar m'a rapportés des archives de la ville.

– Des plans de quoi ?

– De maisons. Oscar m'a demandé de lui en préparer un pour celle qu'il veut se faire construire. »

Sur une autre table à dessin, Victoire aperçoit une dizaine de plans de maisons huppées de Montréal et signés de l'architecte Maxwell : la maison des Meredith, récemment construite sur l'avenue des Pins, celle des McIntyre et Angus, rue Peel, et celle des Allan, rue Stanley.

« Ça fait longtemps qu'il t'a demandé ça ?

– Deux semaines.

– Tu ne te sens pas obligé, j'espère.

– Loin de là. Ça m'amuse. »

Victoire soupçonne que cette mission confiée à Marius cache un coup de cœur et que Colombe pourrait bien en être l'objet. Son affection pour cette jeune femme ne dissipe toutefois pas les réserves que lui inspire sa jeunesse tourmentée.

~

« J'ai l'impression qu'un autre changement se prépare, dit Victoire à Thomas. Un nouveau modèle de chaussures me trotte dans la tête depuis quelques semaines.

— Les affaires vont tellement bien que le seul changement que je vois venir, c'est la possibilité d'engager dix autres employés à la manufacture. »

Sur ces mots, devançant Oscar, Thomas part tôt. Ce matin de juillet est radieux : merles et pinsons l'accueillent de leur concert et, complice, il sifflote jusqu'à l'approche de sa manufacture. Des ouvriers s'affairent autour de la bâtisse voisine, obéissant au contrat d'en doubler la superficie. À quelle fin ? Pas un ouvrier ne peut répondre à cette question. « Ça ne sent pas bon », déclare Oscar en arrivant à son tour.

Trois semaines plus tard, une enseigne annonce que la J. Freeman, Boots & Shoes ouvre ses portes au 473 de la rue Craig. Alléchés par les outils de travail les plus modernes et les salaires nettement supérieurs de la Freeman, cinq employés de la Pellerin & Dufresne quittent leur poste.

Au conseil d'administration tenu d'urgence à la demande de M. Pellerin, les Dufresne soumettent des propositions pour stopper l'hémorragie qui menace l'entreprise. Étonné du silence de M. Pellerin, Thomas l'interroge :

« Vous avez d'autres suggestions, monsieur Pellerin ?
— Je dirais plutôt une nouvelle à vous annoncer. »

Ses doigts lissant nerveusement sa moustache ne les rassurent en rien.

« J'ai reçu une offre que je ne peux refuser. Un bon prix pour mon bâtiment.

– Et vous avez accepté ? demande Thomas, prêt à s'indigner.

– Vous avez jusqu'au 30 août pour vous reloger… »

Ainsi, la Freeman n'aura qu'à jouxter les deux bâtisses pour tripler sa superficie.

« Je suis désolé, mais vous savez comme moi que les affaires sont les affaires… »

M. Pellerin ne reçoit aucune reconnaissance des Dufresne tant ils sont atterrés par cette nouvelle.

« J'ai toutefois une proposition à vous faire, reprend M. Pellerin. J'ai un entrepôt que je loue occasionnellement et qui ne demanderait qu'un minimum d'aménagement… »

Le regard de Thomas s'illumine, Oscar s'adosse à son fauteuil. Les deux hommes échangent un sourire complice. Ils savent que la cité de Maisonneuve vient d'accorder des bonis à cinq entreprises, dont trois manufactures de chaussures, et osent espérer que cet entrepôt sera situé dans cette ville.

« Ce déménagement vous permettrait de faire suffisamment d'économies pour augmenter le salaire de vos hommes. »

Victoire, silencieuse, fronce les sourcils.

« L'entrepôt serait assez grand pour recevoir toute la machinerie et deux bonnes douzaines d'employés.

– Électrifié ? demande Oscar.

– Électrifié, avec un plancher de bois franc tout neuf, de l'espace à l'étage pour trois bureaux, et aussi près du fleuve qu'on l'est ici.

– À combien s'élève le loyer ? demande Victoire.

– De quoi couvrir les taxes, pas une cent de plus. »

« Les taxes ? » Thomas s'inquiète. La cité de Maisonneuve en exempte pourtant, pendant quinze ou vingt ans, les entreprises s'établissant sur son territoire.

« Et ce serait dans quel quartier ? s'enquiert Oscar.

– Au 125 de la rue Vitré. »

Ne pouvant cacher sa déception, Thomas est invité à s'expliquer. M. Pellerin est vexé, et pour cause.

« Vous êtes au courant des conditions que pose la ville de Maisonneuve aux industriels qui veulent s'établir sur leur territoire ? leur demande-t-il.

– J'en ai déjà discuté plus d'une fois avec M. Desjardins, dit Thomas.

– Dernièrement ?

– En 1889, avant d'emménager à Montréal.

– Cela fait sept ans », rétorque M. Pellerin.

Les dirigeants de la Pellerin & Dufresne conviennent donc de prendre rendez-vous avec les administrateurs de la cité de Maisonneuve. Ceux-ci sont courtois, mais, de toute évidence, la présence de Victoire les surprend, voire les contrarie. « Pardonnez-moi, messieurs, dit-elle, mais je crois essentiel de vous rappeler que je suis la propriétaire de l'entreprise, que je possède déjà des terrains dans la cité de Maisonneuve et que je suis à la veille d'en acheter d'autres sur Pie-IX et au nord de la rue Ontario. »

Piqué, le secrétaire-trésorier lui signifie d'un geste de la main qu'elle en a assez dit et se met à lire les derniers règlements entérinés par le conseil municipal : « L'industriel désirant se prévaloir d'un bonus de dix mille dollars et d'une exemption de taxes pendant vingt ans s'engage à acheter un terrain d'au moins soixante par cent vingt-cinq pieds, à y ériger une bâtisse en brique solide de même dimension, à y installer cinq mille dollars de machinerie, à verser au moins vingt mille dollars en salaires annuels, à faire en sorte que quatre-vingts pour cent des employés soient des résidants de la Cité et, enfin, à mener cette entreprise pendant un minimum de dix ans. »

Thomas se recroqueville sur sa chaise, Oscar ouvre grands les yeux, M. Pellerin prend de l'assurance et Victoire jongle avec ses pensées. D'un regard, tous conviennent qu'il leur est impossible cette année de remplir ces conditions. La Pellerin & Dufresne emménagera donc au 125 de la rue Vitré à la fin du mois d'août.

Ce soir-là, le soleil se couche derrière un ciel lourd d'orages. Faute de ne pouvoir prendre l'air dans le jardin, Victoire, son époux et leurs enfants, à l'exception d'Oscar sorti pour la soirée, se réunissent dans le solarium. Les plus jeunes jouent aux cartes avec leurs cousins, Cécile à la poupée aux pieds de sa mère qui griffonne inlassablement.

« J'ai l'impression de régresser une fois de plus, soupire Thomas, rompant enfin le mutisme dans lequel il s'est réfugié depuis la fin de l'après-midi.

— Laisse-moi faire mes calculs, et tu vas voir qu'avant longtemps nous aurons rattrapé le temps perdu », promet Victoire.

Thomas regrette de ne pouvoir, comme à vingt ans, boire ses paroles et embrasser ses convictions. Le souvenir des situations éprouvantes qu'ils ont traversées depuis leur mariage défile dans sa tête, ébranlant son optimisme naturel. Il regarde « cette lionne » additionner les chiffres, les multiplier… Elle prend une autre feuille, aligne encore une colonne de chiffres. La somme semble intéressante.

« Prends pour acquis que dans trois ans, nous pourrons nous établir dans la ville de Maisonneuve », déclare-t-elle.

Thomas doute du réalisme de cette projection, mais Victoire ne lui permet pas d'intervenir :

« Au lieu de faire l'incrédule, fais-moi préparer une publicité alléchante pour le nouveau modèle que je devrais terminer demain.

— Un nouveau modèle ?

— Tu te souviens ? Je t'en ai glissé un mot un matin, avant que tu partes travailler… »

Thomas la presse alors de lui en refaire une description.

« C'est un soulier grand confort pour dames », dit-elle en se penchant précipitamment sur le croquis dont elle vient de trouver l'élément manquant.

Thomas se rebiffe :

« Pourquoi un changement aussi radical dans la ligne de production de la Pellerin & Dufresne ?

— C'est un ajout, Thomas. On n'abandonnera pas pour autant la chaussure de toilette pour dames. »

Victoire considère qu'élargir leur éventail de modèles ne peut que favoriser la popularité de leur entreprise. « Il est tout à notre honneur de bien chausser la femme, au travail comme dans ses sorties. »

Thomas hoche la tête, Victoire doute de l'avoir convaincu.

~

Thomas semble à l'affût de la moindre incartade de la direction de la ville de Montréal pour exprimer son mécontentement. « Comment veux-tu que je sois fier d'habiter une ville où la politicaillerie et les pots-de-vin font la loi ? » s'écrie-t-il en revenant du marché Bonsecours sous un ciel de juillet ironiquement serein. Thomas en a contre J. O. Villeneuve ; celui-ci a vertement discrédité Raymond Préfontaine, le défenseur des petits propriétaires canadiens-français, pour les dépenses engagées à la direction du comité des chemins depuis 1886. Il en a aussi contre Richard Wilson Smith ; cet Irlandais, candidat des anglophones, a décrié l'administration des municipalités limitrophes et prôné leur annexion à Montréal.

« Il a quand même fait de bonnes choses, riposte Victoire pour ramener Thomas à de meilleures dispositions.

— Le seul bon point que ce maire a marqué, c'est d'avoir appuyé le conseiller Rainville quand il a proposé que l'Exposition universelle de 1897 se tienne à Montréal.

— Il l'a appuyé du bout des lèvres, rétorque Oscar qui les accompagnait depuis la sortie de la manufacture.

— Non, non. Devant toute l'assemblée, il a promis d'injecter cent mille dollars dans ce projet.

— Rien ne pourrait mieux favoriser la renommée de Montréal à l'étranger, s'exclame le jeune homme.

— Ça ne veut pas dire qu'il ne serve pas d'abord ses intérêts personnels et sa propre renommée, objecte Victoire.

— Tu prêtes de mauvaises intentions à tous les politiciens, lui reproche Thomas.

— Tu es vraiment d'un mauvais poil aujourd'hui, mon cher mari. »

Elle lui aurait bien rappelé sa course à la mairie de Yamachiche et le désir de popularité qui l'y avait poussé, mais afin de ne pas l'indisposer davantage, elle évoque le cas de leur oncle, Sévère Rivard. Montréal n'avait jamais vécu d'élection aussi paradoxale. Sévère Rivard, ultramontain, avait, malgré toute vraisemblance, détrôné l'invincible maire Jean-Louis Beaudry, non en vertu de ses qualités d'orateur et de politicien, mais bien en vertu de sa position libre-échangiste et de sa promesse de venger les protestants. Rivard devait surtout sa notoriété, auprès de l'élite anglophone, à sa participation, aux côtés d'Andrew Allan, à diverses tentatives d'achat du chemin de fer Québec Montréal Ottawa Occidental. Les milieux d'affaires lui donnaient raison d'attribuer au manque de débouchés la plus grande crise commerciale et financière du Canada. Pour sa part, Victoire lui reprochait d'avoir appuyé la décision de Mgr Bourget d'envoyer des zouaves défendre le territoire et les biens matériels du pape.

« Je n'y vois rien de mal, dit Thomas.

— C'est en récompense de cet appui que ton oncle Sévère a pu acheter les terrains qu'il voulait développer le long de la rue Rachel. »

Toujours en compétition, Mgr Bourget avait l'intention de fonder des paroisses pour affirmer la prédominance de l'évêché sur les Sulpiciens. Le maire Rivard et ses associés l'avaient gratifié d'un terrain pour construire une église. N'étaient-ils pas désormais assurés de faire fortune en vendant aux futurs paroissiens tous les terrains avoisinants ?

« Chacun a trouvé son profit sur le dos de la religion, conclut Thomas, plus serein.

— On a trop des doigts de la main pour compter ceux qui sont honnêtes en politique, constate Oscar.

— Raison de plus pour que ton père s'engage sur la scène municipale comme il en avait l'intention, il n'y a pas si longtemps, rappelle Victoire.

— Qui t'a dit ça ? demande Thomas, interloqué.

— Ça se voyait… entre autres, à la soirée au château de Ramezay. Je ne sais pas ce qui t'a fait reculer, mais je peux te dire que j'étais prête à t'appuyer. »

Se souvenant des réticences que sa femme a exprimées lors de sa course à la mairie de Yamachiche, Thomas est surpris d'un tel revirement. Force lui est d'avouer que l'espoir de se voir établi dans la ville de Maisonneuve pour les prochaines élections a pesé très lourd dans son désistement.

Au moment d'entrer dans leur résidence du 32 Saint-Hubert, Victoire déclare : « Même si j'adore cette maison et ce quartier, je ne crois pas qu'on y fêtera l'arrivée du XXe siècle. »

~

La neige a fait défaut en ce nouvel an de 1897, mais au grand bonheur des enfants, des carnavaleux et des sportifs, elle se met enfin à tomber. Une intention bien arrêtée en tête, Victoire a proposé aux familles Dufresne et Du Sault un rendez-vous aux glissades du Mont-Royal. Vêtus de manteaux de drap pâle à rayures bordeaux ou marine, les hommes portent la traditionnelle ceinture fléchée. Les dames, élégantes dans leurs longues pelisses et leurs chapeaux assortis, confient leurs jeunes enfants à leur père ou aux aînés qui les entassent dans les traîneaux dévalant les coteaux à vive allure.

Thomas, Oscar, Laurette et sa mère veillent sur les plus jeunes qui s'apprêtent à descendre une troisième fois l'une des glissades longues de près d'un mille. Victoire et André-Rémi s'engagent peu à peu sur la route ceinturant la montagne et offrant une vue panoramique de Montréal. Au bras de son frère dont les tempes trahissent ses soixante-trois ans, Victoire, insouciante, s'abandonne aux souvenirs qu'évoque pour elle cette balade. Comme elle s'est languie, dans sa jeunesse, de la compagnie de cet homme qui, pour avoir choisi, contre le gré de son père, de travailler dans le milieu hôtelier, avait été chassé de la maison. Pendant plus de treize ans, Victoire avait dû se contenter de lettres. Enfin, après l'inondation de 1865 qui avait saccagé plusieurs fermes du rang de la rivière aux Glaises, dont celles des Du Sault, son frère est revenu. Victoire prend aujourd'hui plaisir à l'observer, constatant qu'avec l'âge il incarne la ténacité de leur père et la douce compassion de leur mère.

Les rires et les éclats de voix des glisseurs s'estompent peu à peu, sous le chuintement de leurs pas sur la neige durcie. Le regard d'André-Rémi demeure soucieux.

« C'est ma belle Laurette qui m'inquiète », confie-t-il à Victoire qui s'enquiert de son tourment.

Toujours éprise de son cousin Oscar, la jeune femme envisageait ses vingt-cinq ans comme la fin de ses chances de trouver l'amour et, par conséquent, le bonheur.

« Elle me dit que les soirées mondaines ne l'attirent plus ; je crois plutôt qu'elle craint de croiser Colombe au bras de ton fils. »

Après avoir pris à la légère l'attirance de leur fille pour Oscar, ses parents déplorent maintenant cet attrait torturant.

« Sans vouloir diminuer les qualités d'Oscar, des garçons très bien lui ont été présentés par ses amies et elle les a tous éconduits après quelques semaines de fréquentation, dit André-Rémi, peiné.

— Ça me rappelle ma jeunesse, murmure Victoire.

— J'ai justement pensé que tu serais la personne indiquée pour raisonner Laurette…

— Cela n'a rien à voir avec la raison, André-Rémi. Chaque fois que j'ai tenté de l'aider, elle m'a lancé des répliques qui m'ont rendue très mal à l'aise.

— Des allusions à ton beau-père ? »

Victoire confirme d'un signe de la tête et avoue :

« Je voudrais tellement lui éviter les souffrances que j'ai vécues… »

André-Rémi risque une question qui le hante depuis les premiers aveux de sa fille :

« Si ce n'était de l'interdiction de l'Église, Laurette aurait-elle eu plus de chances de…

— Je ne crois pas. Plus d'une fois, j'ai vu Oscar poser un regard… intéressé sur Laurette. Mais depuis qu'il fréquente Colombe, non.

— Je comprends. »

Au bas de la montagne, la ville de Montréal se découpe en quartiers carrelés de rues d'où émerge un palais de glace chatoyant sous le soleil mordant de février.

« Comme cette ville a changé, dit André-Rémi qui l'habite depuis une quarantaine d'années.

— Pour le meilleur ou pour le pire ?

— Un peu des deux. Quand je suis arrivé ici, en 1853, il n'y avait ni pont Victoria ni place Jacques-Cartier et pas un des parcs qui font aujourd'hui notre fierté. Les rues étaient bordées de maisons plutôt homogènes, à part les églises et les couvents. La culture maraîchère gagnait même le nord-est et les rives du fleuve. Maintenant on est à se demander en quoi cette ville ressemble aux Canadiens français qui s'en réclament. Je comprends les étrangers de vouloir recréer leur pays d'origine et ils ne sont pas les seuls à avoir brisé l'harmonie qui existait. L'individualité et le besoin d'afficher sa réussite financière ont donné lieu, à mon avis, à des excentricités... déplorables. »

Victoire fronce les sourcils.

« Les édifices les plus prestigieux sont les banques, les commerces, les gares. Par qui ont-ils été construits ? Par des Anglo-Saxons.

— On peut être fiers de certains édifices, tout de même, pour ne nommer que la cathédrale Saint-Jacques, riposte Victoire.

— Pas plus. Pourquoi une lutte de pouvoir serait-elle plus louable parce qu'elle est religieuse ? Penses-tu sincèrement que les Montréalais sont plus croyants depuis que Mgr Bourget a fait construire sa cathédrale sur le modèle de la basilique Saint-Pierre-de-Rome ? »

Tous deux s'esclaffent.

« Je me demande, reprend André-Rémi, quand est-ce qu'on pourra admirer des œuvres de Canadiens français en se promenant dans les rues de Montréal.

— Avant longtemps », affirme Victoire.

N'y a-t-il pas promesse de créer des établissements d'enseignement supérieur plus axés vers les sciences que ne l'est l'Université Laval ? Elle croit également aux projets de Thomas et d'Oscar, depuis leur voyage à Chicago, et admire les talents de Marius pour l'architecture.

« André-Rémi, tu me fais prendre conscience de cette soif d'éternité qui m'habite. Un désir de voir ma vie se prolonger à travers mes œuvres. Une fureur de vivre me pousse à vouloir tout mettre en place pour que personne ne souffre de mon absence. Je les ressens davantage depuis la mort de Georgiana.

— Tu m'inquiètes, Victoire.

— Mon cœur se serre quand je pense à tous ceux que je devrai quitter un jour. Ma fille, surtout. J'aimerais tellement avoir le temps de connaître avec elle la complicité que j'avais avec notre mère.

— Tu l'auras, Victoire, tu l'auras, lui répète André-Rémi en la serrant dans ses bras. C'est le froid qui te fait trembler comme ça ?

— C'est l'émotion, je crois. »

∼

Dans son boudoir, Victoire revoit son budget et ses comptes de banque. Soudain, elle entend les éclats de voix de son mari, mêlés à ceux d'étrangers. L'enthousiasme semble au rendez-vous et pourtant Victoire se tracasse. Thomas revient en effet d'un voyage à Québec ; il est accompagné de deux messieurs qui, a-t-il dit, doivent vérifier la fiabilité de leur projet. « Je t'en ferai part à mon retour », avait-il promis.

« Messieurs, je vous présente mon épouse, la grande *boss* de la Pellerin & Dufresne », s'exclame Thomas, euphorique, en s'adressant à MM. Bourassa et Chevrolet.

Ce dernier est un ingénieur français et M. Bourassa, un homme d'affaires montréalais. Priés de passer dans le bureau de Thomas, les deux hommes cèdent le pas à Victoire. Elle hésite.

« As-tu quelques minutes ? lui demande Thomas. On aurait besoin de ton avis et de celui d'Oscar dès qu'il sera rentré du travail.

– Je préfère attendre Oscar et vous laisser discuter entre vous, pour l'instant. Je vous sers à boire, messieurs ? »

Aussitôt, Victoire demande à Marie-Ange d'ajouter deux couverts à la table et de rehausser quelque peu le menu du souper, puis lui confie la préparation de deux whiskys et d'un brandy. La table est rapidement recouverte d'une nappe de dentelle, du service de porcelaine et de la coutellerie en argent, par égard pour le digne Français dont la prestance et le raffinement lui rappellent M. Piret. Cet autre ingénieur européen avait découvert l'existence de puits de gaz naturel dans le sol de Yamachiche et de Pointe-du-Lac, et avait aussitôt gagné l'admiration de Ferdinand.

De la porte entrouverte, elle entend les propos de M. Bourassa : « On se contenterait, au départ, d'un investissement de cinq cents dollars… » « Pourvu qu'ils ne viennent pas chambarder mes projets », pense Victoire. Ces quelques mots suffisent à la mettre sur la défensive. Si elle avait disposé de cette somme, elle aurait pu acheter deux terrains fort convoités dans la ville de Maisonneuve. « Je ne peux les laisser aller en bas de deux mille dollars. J'ai mon acheteur à ce prix », lui avait affirmé Alphonse Desjardins. En effet, en sortant du bureau, Victoire avait croisé cet acheteur, Alphonse Valiquette, dont l'aisance financière et les spéculations étaient bien connues. Il fallait trouver les moyens d'acheter d'autres terrains et éviter, avant tout, d'investir dans quelque entreprise que ce soit.

Aussitôt arrivé du travail, Oscar manifeste son intention de prendre une bouchée en vitesse pour aller rejoindre Colombe.

« J'ai bien peur que ton père soit en train de se faire enfirouaper, lui souffle-t-elle à l'oreille.

— Je suis désolé, maman, mais on ne voudrait pas rater la soirée de lecture au château de Ramezay…

— Je t'en prie, Oscar, reste au moins le temps de savoir de quel projet il s'agit. »

Bien que contrarié, Oscar téléphone à Colombe pour la prévenir d'un possible retard. Revenu vers sa mère, il annonce, un sourire moqueur aux lèvres :

« On verra bien si c'est le projet de mon père ou le mien qui vous plaira le plus.

— Je te ferai remarquer que dans notre situation nous devrions chercher des subventions, pas des occasions d'investir », riposte-t-elle au moment où Thomas et ses invités se dirigent vers la salle à manger où les autres convives les attendaient.

Les présentations terminées, M. Chevrolet s'approche de Marius qui s'est déclaré passionné d'architecture et déterminé à faire son cours d'ingénieur :

« Jeune homme, vous vous intéressez sûrement aux nouveautés…

– Ça dépend dans quel domaine…

– Vous avez déjà entendu parler des diligences à vapeur ? »

Confus, Marius reconnaît son ignorance, donnant à l'ingénieur français l'occasion si convoitée de faire étalage de son savoir.

« C'est en Angleterre que les premières ont été mises sur la route, il y a vingt ans. Quelques années après, en 1878 précisément, chez nous, en France, on lançait la Mancelle d'Amédée Bolée, et, moins de dix ans plus tard, la Serpollet.

– Toutes des calèches à vapeur ? demande Marius.

– Toutes des calèches à vapeur. Pouvez-vous deviner ce qu'on installe, depuis maintenant six ans, dans nos diligences ? »

M. Chevrolet quémande de chaque convive une réponse qui ne vient pas. « Des moteurs à explosion, mes bons amis. Vous devriez voir la différence de vitesse ! »

Les détails abondent et Oscar lance à sa mère un regard d'impatience. Cette réaction n'a pas échappé au regard vigilant de M. Bourassa ; il interrompt une envolée de M. Chevrolet devant les jeunes, muets d'admiration : « On n'est pas loin, dit-il, de parvenir à des résultats aussi impressionnants au Canada. Il y a trente ans déjà, Georges-Antoine Belcourt se promenait sur les routes de l'île du Prince-Édouard avec un carrosse sans cheval qu'il avait fait venir de Philadelphie, mes amis. »

Jean-Thomas Du Sault, le cocher de la famille, l'écoute, les yeux comme des billes, interloqué d'apprendre que ce monsieur Belcourt était originaire de la Baie-du-Fèvre. « C'est pas loin de chez nous ! » s'exclame-t-il, se considérant toujours comme un citoyen de Yamachiche. Ce carrosse à un siège, muni de deux cylindres et d'une bouilloire, avait été transporté par bateau jusqu'à Charlottetown.

« C'est là que les problèmes ont commencé, poursuit M. Bourassa. Ce petit bijou devait être livré à Rustico. Mais ni l'homme de service, ni les membres de l'équipage, ni aucun des hommes rassemblés autour de l'engin ne sont parvenus à le faire fonctionner.

– Qu'est-ce qui est arrivé ? demande Marius, très intrigué.

– Qu'est-ce que vous en pensez ? reprend M. Bourassa, heureux de l'intérêt qu'il suscite.

– Ils ont attelé deux chevaux dessus, lance Jean-Thomas.

– Deux chevaux ? Non, messieurs. Quatre chevaux. Il en a fallu quatre pour tirer le carrosse construit aux États. »

Pris au jeu, Oscar déclare à l'ingénieur français :

« Dans les cantons de l'Est, il y a une dizaine d'années, un autre Québécois a réussi à créer un engin capable de monter et de descendre les côtes de la ville de Sherbrooke sans problèmes…

– … et de rouler douze milles à l'heure, enchaîne Victoire. Je m'en souviens, c'était l'été suivant la naissance de Romulus, en 1886 », précise-t-elle.

Jusque-là, Thomas s'est contenté de participer en silence, mais non moins ravi, à ces échanges animés. Il renchérit, d'un ton enjoué :

« On m'a raconté que les premières fois que l'engin est sorti dans la ville, tout le monde avait peur, puis les chevaux qu'il croisait prenaient le mors aux dents. Le maire a bien essayé de le faire arrêter par la police, mais les agents n'ont pu trouver de règlements qui mentionnaient, seulement, ce genre de calèche. »

Les rires fusent autour de la table. « J'ai appris, poursuit Thomas, qu'un Américain du nom de Henry Ford se serait inspiré de ce modèle pour créer le sien et démarrer une des premières, sinon la première grande usine de voitures à moteur aux États-Unis. »

M. Chevrolet profite de l'enthousiasme de ce moment pour annoncer le but ultime de sa visite : « Mais ce qu'on a vu aujourd'hui dans la ville de Québec est absolument exceptionnel. »

De nouveau, les regards se tournent vers lui, mais, cette fois, Thomas lui vole la vedette : « Un bruit infernal a fait sortir des maisons tous les gens de la rue Saint-Jean. Il fallait les voir plus épouvantés encore en apercevant la colonne de fumée noire qui se déplaçait. Des femmes criaient : "C'est le diable qui est monté des enfers !" Quelques braves s'avançaient en bordure de la rue pour mieux voir, mais ils ordonnaient à leurs enfants de rester sur le perron. À mi-chemin de la côte Saint-Jean, tout s'est arrêté, car l'engin n'arrivait pas à monter la pente à l'angle de la rue d'Auteuil.

– Le comble, reprend M. Chevrolet, c'est lorsqu'ils ont aperçu ce gentleman, soigneusement vêtu, descendre de la voiture et la pousser comme un fétu de paille. Il faut dire, enchaîne-t-il, que cette voiture n'a pas été conçue pour rouler dans la neige. Chez nous, en France, on ne connaît pas la neige.

– Vous n'avez pas d'hiver ? demande le jeune Romulus.

– On a un hiver, mais sans neige. »

M. Bourassa reprend :

« Je crois au défi du Dr Casgrain. »

Celui dont la réputation de « dentiste original » n'était plus à faire avait promis à des gens rassemblés autour de lui, les uns pour le ridiculiser, les autres pour l'envier, qu'en moins de cinq jours, il aurait remplacé les roues avant par des skis, la motricité des roues arrière suffisant pour s'élancer sur n'importe quelle route, et qu'ainsi, dans une semaine, sa voiture monterait la côte Saint-Jean sans le moindre effort.

« Avec une voiture pareille, Thomas, tu ferais d'une pierre deux coups, lui fait miroiter M. Bourassa. Le nom de ta manufacture serait gravé sur les deux côtés en grosses lettres ; tu pourrais offrir un service de livraison à domicile en plus de déposer des chaussures en consignation dans les magasins. »

Victoire constate que ces messieurs ont déjà convaincu Thomas et qu'ils ne causent plus que par diplomatie. Oscar, que la proposition séduit, attend de sa mère une réaction qu'il ne saurait prédire. « Une telle exclusivité nous démarquerait de tous les autres fabricants de chaussures », pense-t-il. Tous les regards sont rivés sur Victoire.

« C'est un retour en arrière, d'après moi, mis à part le fait que la voiture se déplace sans cheval. Nous sommes venus à la ville pour ne plus faire de porte-à-porte…

– Pas besoin de frapper aux portes ni de chercher à attirer les clients, riposte Thomas. Rien qu'à m'entendre venir, tout le monde sortira de sa maison. Épatés par la voiture, ils seront déjà plus disposés à acheter ma marchandise.

— Ce serait très différent, renchérit M. Bourassa. Il faut le considérer comme un service exclusif offert à ceux qui ne peuvent se déplacer ou qui préfèrent ne pas le faire.

— Vous avez oublié que nous deviendrions les concurrents de nos propres clients, les détaillants.

— Pas du tout, madame, s'empresse de corriger M. Chevrolet. Pas si vous leur promettez de ne pas vendre à l'intérieur d'un certain périmètre… »

Victoire admire sa diplomatie, sans plus.

« On a bien d'autres projets, et tout le temps d'en discuter, mon mari et moi, dit-elle, avec l'intention de clore le débat.

— Je dois rentrer en France dans trois semaines. D'ici là je suis à votre disposition pour discuter du modèle qui vous conviendrait… Je vous ferai également part des bénéfices que j'accorderai à mes premiers acheteurs canadiens », ajoute-t-il, se voulant persuasif.

M. Bourassa nuance aussitôt : « Comme je resterai en contact avec monsieur Chevrolet qui a la générosité de m'offrir ses livres de techniques sur le sujet, vous pouvez vous donner quelques semaines, quelques mois même, pour prendre une décision. »

« On croirait qu'Oscar en a oublié son rendez-vous avec Colombe », pense Victoire, à voir ses pupilles noires s'illuminer aux propos de ces messieurs.

Thomas se frotte le menton. Son épouse croit deviner son rêve. Aventurier, innovateur, il se voit déjà au volant de cette calèche magique qui le conduirait en un temps record aux quatre coins de l'île de Montréal. Il ne manque que l'assentiment de Victoire pour franchir cette nouvelle étape de son ascension sociale.

Les deux visiteurs n'ont pas sitôt pris congé des Dufresne qu'Oscar, impatient de retrouver sa bien-aimée, suggère de reporter ce débat au lendemain.

« Si ce n'était de ta sortie, on pourrait continuer d'en jaser, déplore Thomas.

— Je ne crois pas que ce soit une bonne chose, réplique Victoire. Il est préférable de laisser tomber un peu de poussière sur votre enthousiasme. »

Elle profite alors de la flamme qui anime Thomas pour le mettre au courant d'une démarche de la semaine précédente :

« Tu veux de l'avancement pour la manufacture ? Eh bien, j'en ai un à te proposer qui serait plus à notre portée, pour le moment, et qui nous ferait réaliser de belles économies. »

Désenchanté, Thomas attend les explications de son épouse.

« Un marchand est prêt à nous vendre son cuir pour aussi peu que cinq pour cent des profits de la Pellerin & Dufresne.

— Qui est-ce ?
— Ralph Locke.
— Un anglophone ?
— Oui. Y vois-tu un inconvénient ?
— Pas nécessairement, mais... »

Thomas demande quelques jours de réflexion.

∽

Montréal ne s'est pas encore relevé de ses trois premiers jours de tempête. Jean-Thomas doit trimer dur pour dégager l'allée menant de l'écurie à la rue Saint-Hubert. Deux traces de lames dans la neige se sont creusées depuis la veille. Certaines voitures s'enlisent, faute d'être suffisamment hautes sur leurs patins. Mais les Du Sault et Dufresne, habitués à la vie rurale et à des chemins boulants ou effacés sous quatre pieds de neige, possèdent des carrioles à toute épreuve.

Un dîner d'honneur est bientôt donné au château de Ramezay pour souligner le travail de M. Sansen, un grand explorateur du pôle Nord. Attiré par les arts, l'histoire et la recherche, Oscar a sollicité un congé. Il apprécie d'autant plus l'événement qu'il se déroule dans le décor de ce château. Colombe doit venir l'y retrouver si elle ne l'y attend pas déjà.

Un public de tous âges s'entasse déjà dans l'entrée. Près de Lady Lacoste se trouvent Jeanne et Justine qui empruntent le sombre corridor garni de portraits, de flèches et de tomahawks. Du portique, des voix connues prient Oscar et sa mère de les attendre.

« Je ne me souviens pas qu'il soit tombé tant de neige au début de décembre, dit André-Rémi, accompagné de Laurette.

– Ta mémoire commencerait-elle à faire défaut ? lance Victoire, taquine.

– Ma gentille sœur oublierait-elle que j'ai passé mes quarante-trois derniers hivers à Montréal ? Pas à Yamachiche ! »

André-Rémi s'étonne de ne pas voir Colombe au bras d'Oscar.

« Elle devrait être là d'une minute à l'autre, répond le jeune homme, la mine rayonnante de ferveur amoureuse. Et puisque vous êtes là, je vous annonce que nos fiançailles sont prévues pour bientôt. »

Victoire est interloquée. André-Rémi félicite son neveu, bientôt distrait par l'attitude de sa fille, qui s'est aussitôt éloignée d'eux.

« Et le mariage ? reprend-il, assuré que Laurette ne les entend plus.

— C'est la surprise qu'on vous réserve… Vous allez être avec nous au réveillon de Noël ? »

Victoire les délaisse pour rejoindre Lady Lacoste qui vient vers elle.

« Je suis heureuse de vous trouver en si grande forme, s'exclame Marie-Louise. Je vous ai crue mal en point ces derniers temps.

— Je n'en vois pas la raison, ma chère amie.

— Votre absence au pèlerinage organisé par Mgr Bruchési avant son départ pour Rome m'a inquiétée.

— C'est par principe que je n'y suis pas allée.

— Vraiment ?

— Je ne peux pas concevoir qu'un prélat s'oppose à ce que plus de Québécois apprennent à lire et à écrire.

— Vous dites ? demande Marie-Louise, décontenancée.

— Vous ne saviez pas que le projet de loi visant à rétablir le ministère de l'Instruction publique, voté à quarante-quatre voix contre dix-neuf, vient d'être rejeté par le Conseil législatif ?

— Oui, mais quel lien avec Mgr Bruchési ?

— Notre évêque s'est toujours opposé à ce projet sous prétexte que si l'instruction de nos enfants était confiée au gouvernement, comme il se doit, les crucifix seraient décrochés des murs de nos écoles. Et c'est justement pour rallier le pape à sa cause qu'il s'est rendu à Rome.

— Vous en êtes sûre ?

— Mais comme il n'a pas obtenu l'appui recherché, enchaîne Victoire, il s'est tourné vers M. Thomas Chapais et son équipe de conservateurs pour les convaincre de battre le projet en troisième lecture.

— Je comprends Mgr Bruchési. Il doit craindre qu'il nous arrive la même chose qu'en France… »

Victoire lui rappelle alors la promesse faite par le secrétaire provincial, au nom du gouvernement, de ne toucher à aucune des lois assurant déjà la sauvegarde de la foi.

« Vous n'avez pas lu ça dans les journaux ?

— J'ai été très occupée ces derniers temps, explique Lady Lacoste. Je ne comprends tout de même pas la nécessité de ce changement. Il ne me semble pas que nous soyons moins privilégiés que les autres provinces sur ce point.

— Hélas, oui ! Plus de deux cent vingt-cinq mille Québécois ne savent ni lire ni écrire. C'est ici que se trouve le plus haut taux d'analphabétisme du Canada. Vous comprenez, maintenant, ma chère amie, vous qui mettez tant d'ardeur à faire instruire vos enfants ?

— J'aimerais sincèrement que nous reprenions cette conversation, Victoire. Vous m'excuserez, je dois retourner vers mes deux filles et Mme Garneau qui m'attendent pour prendre place à la table. »

Femme très dévote et dévouée envers les pauvres, Lady Lacoste ne se permettrait jamais de critiquer un membre du clergé. Qu'un ecclésiastique ne se montre pas exemplaire ou qu'il soit blâmé l'afflige au plus haut point. Victoire souhaiterait toutefois que son amie soit moins résignée et plus libre de ses opinions.

Partie à la recherche d'Oscar, elle s'étonne de le trouver seul près de l'entrée du grand salon.

« J'ai téléphoné, dit-il. Son patron me dit qu'elle ne s'est pas présentée ce matin. Elle n'est pas chez elle, non plus.

– Elle a pu avoir un empêchement de dernière minute...

– Non, maman. Elle m'aurait téléphoné, je la connais. »

Victoire l'engage à venir s'asseoir, André-Rémi leur ayant réservé des places à la table.

« Épargnez-moi d'être assis près de Laurette, au moins, supplie-t-il, désemparé.

– Ne crains rien. Je ne suis pas sans savoir que ce serait aussi pénible pour elle que pour toi... »

Lady Lacoste et ses deux filles leur font face, au fond de la salle. L'une d'elles adresse à Oscar des regards veloutés et l'autre feint de ne pas le voir.

Au deuxième service, une hôtesse va retirer les couverts inutilisés, mais Oscar, la voix brisée, l'en empêche : « J'attends quelqu'un, mademoiselle. » Victoire appréhende le pire, car Oscar s'est surmené depuis quelques semaines. Cherchant à la fois à se distraire et à divertir son fils, elle tente de discuter de l'invention dont M. Bourassa leur a parlé la semaine précédente.

« N'empêche que je préférerais investir dans le projet de M. Tarte plutôt que dans celui d'une voiture motorisée », lui apprend Oscar, le regard toujours braqué sur la porte d'entrée.

En novembre dernier, un projet de construction d'un pont reliant Montréal et Longueuil, non loin du port du Havre, a fait les manchettes de *La Presse*. Une initiative d'Israël Tarte, un homme qu'on se plaît à surnommer le visionnaire de l'est de Montréal, le Protée intelligent. Combatif et patriote, Tarte rêve, depuis ses derniers voyages en Europe, de faire de Montréal le seul port franc d'Amérique avec tous les avantages sur Portland, Boston et New York. « C'est un homme qui voit au moins vingt ans plus loin que la majorité », reprend Oscar.

Victoire se félicite d'avoir capté son intérêt, lorsque Jeanne Lacoste s'approche de leur table. « Ma mère vous invite à la rejoindre quand ça vous conviendra », dit-elle, heureuse qu'un si honorable prétexte lui soit donné pour tenir compagnie à Oscar Dufresne.

Sans plus attendre, Jeanne sollicite la permission de s'asseoir à la place réservée à Colombe. Oscar se lève, tire la chaise qu'elle s'empresse d'occuper et la prévient tout de go : « Je dois partir dans une quinzaine de minutes. Le travail m'attend à la manufacture. » Oscar est impatient de se rendre chez celle qu'il souhaite épouser au cours de l'été 1899.

À l'autre table, Lady Lacoste raconte à Victoire ses merveilleuses vacances de l'été précédent dans la région de Kamouraska.

« Je n'imaginais pas que c'était si loin, Saint-Pascal-de-Kamouraska. Nous avons pris le bateau vers six heures, le mercredi 30 juin, et nous n'avons pu accoster à Lévis qu'à sept heures, le lendemain matin. Notre récompense a été d'apercevoir ma fille, Blanche, son mari et Bernadette qui nous attendaient et avec qui nous sommes allés déguster un copieux déjeuner. Il nous restait un train à prendre pour nous rendre au village de Saint-Pascal, puis une heure de voiture à cheval avant d'arriver à la maison que nous louaient les demoiselles Deschênes. »

Marie-Louise lui décrit Kamouraska avec le même ravissement dont elle a fait preuve en dépeignant Versailles. « Cette femme est exceptionnelle, pense Victoire. À la fois châtelaine et mystique, robuste et sensible, autoritaire et résignée... » Sa curiosité est piquée lorsque Lady Lacoste lui fait part des soirées fort plaisantes que ses enfants ont passées au Mikado.

« Au Mikado ? Je ne connais pas...

– C'est une salle où les jeunes peuvent danser à toute heure. Les musiciens se relaient à tour de rôle, et les parents aussi », explique-t-elle, afin de rassurer son amie sur la sauvegarde des bonnes mœurs dans ce centre de loisirs.

Et comme si le récit de ces mondanités la gênait, elle se targue d'avoir reçu de nobles ecclésiastiques, tels les curés des paroisses Notre-Dame et Saint-Jacques de Montréal, en vacances à quelques pas de la maison des demoiselles Deschênes. « Messieurs le chapelain des sœurs de la Congrégation et celui du Séminaire nous ont aussi fait l'honneur de leur visite. » Un tantinet précieuse, Marie-Louise prend une pause, puis son visage se rembrunit. « Le jeudi matin suivant notre arrivée, raconte-t-elle, je me rends à l'église vers les cinq heures pour faire mes prières, lorsque je me trouve par hasard à l'enterrement d'un enfant. » Des larmes glissent sur ses joues poudrées. « J'aimais beaucoup passer mes étés à Vaudreuil, mais j'ai apprécié ne plus y retourner, j'y revivais trop le pénible souvenir de la mort de mon petit René, décédé lui aussi en arrivant à la campagne. » Et, se ressaisissant, elle poursuit : « J'apprends de la bouche du célébrant que ce bébé est l'enfant de Mme Hackett de Montréal et qu'il est mort le lendemain de leur arrivée à la campagne. Que c'était triste de voir le petit mausolée drapé de mousseline blanche et orné de fleurs… »

La voix brisée, Marie-Louise sort de son sac à main son mouchoir brodé puis une enveloppe de fine texture dont elle tire une feuille qu'elle tend à Victoire. « C'est la prière que m'a inspirée la perte de mon enfant. Elle a été publiée dans plusieurs annales », dit-elle.

Oui, ange bien-aimé, il fut cruel ce jour où tu abandonnas mon toit pour un monde meilleur. Mais tu as obéi à Dieu qui t'appelait, je ne dois pas gémir. Prépare nos places afin qu'un jour je te possède à jamais. Dormez, âmes déjà moissonnées par le divin Maître. Dormez en paix à l'ombre de notre Église. Vous êtes bien gardées par une si bonne mère.

Émue et compatissante, Victoire ne peut toutefois communier à cette douleur imprégnée de soumission, de croyance en un destin divin et d'hommage à l'Église perçue comme une bonne mère. Elle remet la prière à Marie-Louise qui attend sa réaction.

« C'est très touchant…, trouve-t-elle à lui dire.

– Comme j'envie les mères qui, comme vous, n'ont pas eu à faire le deuil d'un enfant », lui confie Lady Lacoste.

Victoire baisse les yeux et pince les lèvres.

« Je vous ai vexée, madame Dufresne ?

– Non, non. C'est que j'en ai perdu six.

— Je n'aurais jamais imaginé. Dire que vous m'avez tant de fois écoutée et consolée alors que vous aviez encore plus de chagrin que moi. Où puisez-vous votre courage, ma chère amie ? »

Sous prétexte que les invités commencent à quitter le château de Ramezay, Victoire évite un entretien qui risquerait de décevoir la très pieuse Lady Lacoste.

∼

Depuis quatre semaines, Oscar est sans nouvelles de sa future fiancée. Ce long silence sera bientôt rompu, croit-il, lorsque, pendant le dîner, il reçoit un appel téléphonique.

« M. Oscar Dufresne ? Claire Normandin, une amie de Colombe.
— Enfin ! Où est-elle ?
— Colombe doit garder le lit pendant un certain temps et elle vous demande de ne pas insister pour lui parler ou la voir.
— Mais qu'est-ce qui lui est arrivé ?
— Seule Colombe peut répondre à vos questions.
— Il faut que je la voie le plus vite possible...
— Elle promet d'entrer en contact avec vous dès qu'elle le pourra.
— Mais vous ne comprenez pas, mademoiselle, nous devons... »

Mais Claire Normandin coupe la communication. Oscar tente de la rappeler, mais sans succès. Son inquiétude se transforme en indignation, puis en désespoir. Il saisit son paletot et sort de la maison, ne sachant trop quelle direction prendre. En réalité, ça n'a aucune importance. Où qu'il aille, tout lui parle de Colombe. Les cristaux de neige, lumineux comme les prunelles de ses yeux. La musique de Noël, suave comme les mots d'amour dont elle le saoulait. La frénésie des passants, pareille à la cadence de ses pas. Les rires des enfants, un écho à sa jovialité. Les rayons du soleil, caressants comme ses mains sur son visage. La nuit, enveloppante comme ses bras cherchant sa tête pour la nicher entre ses seins fermes et invitants, pareils à des fruits mûrs. Obsession enivrante. Vertigineuse. Délirante à force de silence.

Faute de pouvoir poser ses lèvres sur le cœur de sa bien-aimée, faute de pouvoir l'étreindre pour alléger ses souffrances, Oscar s'arrête chez le fleuriste et lui fait livrer la plus belle gerbe de fleurs. *À celle pour qui ces fleurs ne sont qu'un pâle reflet de sa beauté. Ton amoureux pour la vie, Oscar Dufresne,* écrit-il sur la carte accompagnant le bouquet.

Le lendemain midi, 13 décembre 1897, Victoire reçoit un courrier spécial, destiné à Oscar Dufresne.

L'angélus vient de sonner. Dans le portique, un tambourinement de pieds. Oscar entre, devançant son père d'une quinzaine de minutes. Il se dirige vers la salle à manger où Marie-Ange s'empresse de lui servir à dîner.

« Le courrier n'est pas arrivé ? » demande-t-il, sitôt son potage avalé.

Victoire, qui voulait lui laisser le temps de dîner, se voit forcée de sortir d'un tiroir du buffet l'enveloppe qu'elle lui tend d'une main hésitante. Oscar blêmit. Il repousse son assiette sans mot dire. Sa mère s'apprête à quitter la salle à manger, mais, d'un signe de la main, Oscar la retient. Il ouvre l'enveloppe de ses doigts tremblants et en retire un mince feuillet plié en deux. Il sourcille devant un texte d'une dizaine de lignes. Son regard balaie les mots en silence. D'un geste désespéré, il lance la lettre sur la table et se recroqueville sur sa douleur. À pas feutrés, Victoire s'approche. D'un signe de la main, il la prie de prendre connaissance de cette lettre qu'elle lit en silence.

Mon bel amour,

La maladie qui me tient captive nous inflige une cruelle épreuve : à dix jours de Noël, je me vois dans l'obligation de renoncer à nos fiançailles.
Sache que je t'aime plus que tout au monde.
Si tu en trouves le courage, durant cette période de réjouissances, profite des consolations dont je serai privée...

Je t'aimerai toujours
Colombe

P.-S. — Je t'en prie, ne me fais plus porter de fleurs.

Victoire ne trouve pas de mots dignes d'être prononcés. L'impuissance lui laboure le cœur. Elle ne peut offrir à son fils que la chaleur de sa présence.
« J'y vais, annonce soudainement Oscar.
— Où ?
— Chez elle.
— Tu risques de te faire du mal, mon pauvre garçon... »
Lorsqu'il frappe à la porte de l'appartement de Colombe, une jeune femme vient ouvrir.
« Vous veniez pour...

— Pour voir Colombe. »

La demoiselle le prie d'attendre, referme la porte derrière elle et revient quelques instants plus tard, une éternité plus tard, selon Oscar.

« Ce n'est pas possible... »

Il insiste.

« Puisque je vous dis que ce n'est pas possible », répète-t-elle, inébranlable.

Adossé à la porte qui s'est refermée derrière lui, Oscar sent la vie perdre tout son sens, la lumière du jour s'éteindre à son zénith. Il ne peut que demeurer cloué à cette porte jusqu'à ce que la voix de sa bien-aimée caresse son oreille et rallume son espoir. Il veillera à la fenêtre, si le crépuscule vient à descendre, jusqu'à ce que le vacillement de la chandelle fasse danser le profil de Colombe sur les murs du salon. Il attendra l'alanguissement de la nuit pour la prendre...

Dans la rue Jeanne-Mance, des passants se pressent, certains le remarquent, d'autres l'agressent de leur regard inquisiteur. « Y a pas un diable qui va me faire décoller d'ici... », se dit-il. Soudain l'idée l'effleure que Colombe peut être absente de son appartement, confinée à un lit d'hôpital ou confiée aux bons soins d'une parente. Une lueur d'espoir revient. Les hôpitaux sont peu nombreux à Montréal et il est relativement facile de s'enquérir de sa présence. Oscar rentre précipitamment chez lui. « Je suis un proche parent de Mlle Colombe Lavergne. Son cousin, Oscar Lavergne de Québec », prétend-il au téléphone.

Victoire appréhendait son retour, mais elle approuve cette initiative et soutiendrait toute démarche susceptible de nourrir l'espérance de son fils. Hélas, le nom de

Colombe Lavergne est absent de la liste des deux premiers hôpitaux. Un troisième appel ravive son espoir. Oscar s'accroche à sa dernière chance.

« Désolée, monsieur », lui répond-on une fois de plus.

Victoire n'ose exprimer le doute qui lui traverse l'esprit. Mais quelle n'est pas sa surprise d'entendre Oscar poser la question qui la hante : « Et si elle avait changé son nom de famille... ? »

Victoire hausse les épaules.

« Il faut faire quelque chose, s'écrie Oscar, exaspéré. Si vous alliez, vous, à l'appartement. Je suis sûr qu'elle vous laisserait entrer... si elle y est. »

Victoire hésite, habitée par le souvenir d'une semblable réclusion : un prédicateur à qui elle s'était confiée l'avait menacée d'anathème si jamais elle épousait Georges-Noël. Comment oublier ce refuge dans la maladie et ne pas penser qu'il pourrait en être ainsi pour Colombe ? Cette jeune fille n'y a-t-elle pas eu recours après l'agression qui l'avait amenée à se réfugier chez les Dufresne ?

« Comment se sont passées vos dernières rencontres ? demande Victoire.

— Un véritable conte de fées, avoue le jeune homme, le regard ravivé. Nos projets étaient en tous points semblables : elle souhaitait des fiançailles simples. Moi aussi. De nombreux enfants. Moi aussi. Elle était enchantée des plans que Marius avait tracés pour notre maison et du quartier où j'avais l'intention de la construire. »

Oscar convoitait un terrain sur la rue Pie-IX, un peu au nord de la rue Ontario. Il avait appris au secrétariat de la ville de Maisonneuve que ces trois lots appartenaient à une demoiselle Pelletier qui les avait reçus en héritage et qu'il pourrait probablement les racheter à un prix raisonnable.

« Elle a peut-être été prise de panique, après coup…, dit Victoire.

– C'est impossible. J'ai proposé qu'on annonce seulement nos fiançailles, mais elle a insisté pour que nous fixions aussi la date de notre mariage.

– Je n'y comprends rien, dit-elle, malgré les soupçons qui la tenaillent. Laisse-moi réfléchir quelques jours, tu veux bien ? »

Oscar reprend son paletot.

« Tu ne manges pas ?

– Pas faim.

– Où vas-tu ?

– Faire un tour. »

Oscar fuit vers la montagne. Le soleil laisse derrière lui une froidure qui s'infiltre sous son manteau matelassé. Il croise les bras sur sa douleur. La nappe or, fuchsia et rose qui jette son ombre sur la neige durcie des rives du Saint-Laurent semble narguer sa détresse. Oscar fait demi-tour et marche vers l'est ; la nature, maquillée de bleu et de violet, se fait plus compatissante. Trêve d'émotion, effort de lucidité, il ramène à sa mémoire les premiers instants de la présence de Colombe sous le toit des Dufresne jusqu'à son départ, l'année précédente. Apparition mystérieuse. Maladie demeurée secrète. Dévouement à des tâches bien en deçà de ses talents. Mutisme total sur sa famille. Et, depuis le soir de leurs aveux, des rencontres dont la tendresse a vite pris l'ardeur d'un amour passionné. Les mots et les regards en témoignaient. Une zone inaccessible persistait toutefois, fascinante. Oscar l'a attribuée à la réserve naturelle de sa bien-aimée. Un doute odieux le fige sur place. « Pendant qu'elle se déclare malade, Colombe est peut-être dans les bras de son maître couturier… Comment ai-je pu entendre tous les éloges dont elle le gratifiait sans jamais me douter qu'elle succomberait un jour ? »

Le goût amer de la trahison lui semble dès lors plus insoutenable que le mal d'amour. Épave charriée par des poussées de colère et de haine, par des vagues de détresse et de désespoir, Oscar rentre chez lui, se confine à sa chambre, cherchant dans les lettres jadis reçues de son grand-père Dufresne un apaisement qu'il n'a pu trouver ailleurs.

∽

Emmitouflée dans sa pèlerine mauve, parée de fourrure, Victoire attend que les hommes aient quitté la maison pour prendre la route. Lorsqu'une porte s'ouvre sur un petit appartement finement décoré et d'une propreté impeccable. Les mots restent noués dans sa gorge. Le salon est aménagé en salle de couture. C'est là que Victoire, la chevelure et le manteau couverts de la fine poudrerie qui souffle sur la ville, est reçue. Le visage émacié, de grands yeux cernés de bistre, la taille fuselée sous son déshabillé de satin rose, Colombe se jette dans les bras de sa bienfaitrice. Les mots se bousculent sur ses lèvres, mais ses gestes sont éloquents. Colombe traîne une chaise berçante devant le fauteuil qu'elle réserve à Victoire et déclare enfin, sans ambages : « Il y a des choses qu'on peut se dire en peu de mots… » Victoire l'approuve d'un battement de paupières. Les deux mains posées sur son ventre, Colombe lui

annonce d'une voix entrecoupée de sanglots retenus : « Je suis condamnée, madame Victoire. C'est fini...
— Tu ne veux pas dire que tu ne pourras jamais... »
Le silence de Colombe est affirmatif.
« Tu vas m'expliquer ça, ordonne gentiment Victoire qui refuse de croire que les conséquences de son avortement soient à ce point fatidique.
— C'est le docteur qui me l'a dit.
— Il t'a dit quoi, Colombe ?
— Qu'à moins d'un miracle, je ne pourrais jamais avoir d'enfant.
— Et pourquoi ? »
Un silence ponctué de soupirs, de hochements de tête et de mots mourant sur des lèvres frémissantes se prolonge. Colombe le brise enfin : « À cause de ce qui m'est arrivé à dix-sept ans... »
Il s'en faut de peu pour que Victoire ne fonde en larmes.
« Je ne peux pas croire..., dit-elle, catastrophée. Tu aurais dû, il me semble, avoir des problèmes de santé depuis. Es-tu sûre d'avoir bien compris ?
— Hélas, oui.
— Le médecin a pu se tromper, ça arrive, tu sais.
— Je le souhaiterais tant. J'en rêve chaque nuit.
— Je te comprends.
— Et je ne veux pas imposer mon malheur à Oscar. Il m'aime tant qu'il risque de prendre une décision qu'il regretterait, avec le temps...
— Et s'il préférait adopter des enfants plutôt que de renoncer à t'épouser ?
— Adopter des enfants ! Ce ne sera jamais comme les siens... »

Le cœur stigmatisé par la perte de six enfants, déchiré par la détresse de ceux que la société force à remettre entre des mains froides et rigides, Victoire proteste. Comment oublier les regards implorants des dizaines de bambins qu'elle a vus la semaine précédente à la crèche d'Youville ? Comment fermer les yeux et le cœur, tourner le dos à ces petits bras mendiant un peu de chaleur, faute de ne connaître de l'amour ni le mot, ni l'étreinte, ni le baume ?

« Colombe, on peut aimer follement des enfants qu'on a choisis d'aimer », dit-elle, prostrée sur une douleur logée au creux de sa poitrine.

« Je suis tellement perdue avec tous ces conseils qui me sont donnés de part et d'autre... »

Victoire se redresse, stupéfaite.

« Tu en as parlé à plusieurs personnes ?

– Non. À quelques-unes seulement, sans jamais mentionner de nom..., rassurez-vous.

– À Lady Lacoste ?

– Elle m'a été d'un grand support, avoue Colombe. C'est une dame si dévouée et si charitable... »

Victoire qui n'est pas sans redouter la sévérité de Marie-Louise en certains domaines est sidérée. « Comment a-t-elle pu être au courant de l'avortement de Colombe sans soupçonner l'intervention de celle qui l'a hébergée pendant plus de trois ans ? Et comment ne pas craindre que ses conseils soient imprégnés de jansénisme ? »

Avant de quitter l'appartement, Victoire promet de ne souffler mot de sa visite à Oscar.

De ses mains brûlantes d'affection et d'empathie, elle essuie les larmes qui coulent sur le doux visage de Colombe. Les deux femmes ont tremblé ensemble, en novembre 1892 ; elles pleurent au moment de se quitter, ce matin de décembre 1896.

De retour à la maison, Victoire n'a pas trop de son courage et de son imagination pour tromper l'inquiétude qui la ronge et distraire Oscar de son chagrin.

« Cette année, annonce-t-elle à son mari au moment d'aller dormir, j'invite Carolus Lesieur et tous les enfants de Georgiana à venir passer le temps des fêtes avec nous. La famille d'André-Rémi aussi.

— As-tu une idée du nombre de personnes qu'on devra loger si tout ce beau monde accepte ? rétorque Thomas, quelque peu réticent.

— Une vingtaine. Ce n'est pas plus compliqué que d'organiser des fiançailles...

— Tu es sûre qu'elles vont être reportées ?

— Vaut mieux oublier ça, Thomas », dit-elle, laconique.

Puis, de nouveau enthousiaste, elle poursuit :

« Tu imagines le bonheur des enfants s'ils se retrouvent tous sous le même toit en pareille occasion ?

— En autant que tu aies de l'aide supplémentaire, je n'y vois que des avantages », concède-t-il enfin.

Victoire embrasse son mari et ferme les yeux, épuisée par cette journée déchirante qu'elle doit assumer dans la plus grande solitude.

∼

Heureuse que Carolus ait accepté son invitation, Victoire engage une première domestique pour seconder Marie-Ange à la cuisine, et une deuxième pour veiller à l'entretien ménager et aux enfants.

Cécile vient de fêter son huitième anniversaire. Elle est heureuse de faire une place dans sa chambre pour la petite Yvonne, de deux ans sa cadette, alors que Romulus recevra Napoléon et Ulric. On réserve à Délima la chambre des invités, voisine de celle d'Oscar. Le bureau de Thomas, fermé pour la quinzaine, revient à Carolus qui s'y sentira à l'aise pour dormir, se reposer ou lire les nombreux livres et revues qui s'y trouvent. Si André-Rémi et sa famille décidaient de dormir sous leur toit, la serre leur serait réservée.

Apprenant ce rassemblement, Oscar regimbe. La présence de ses cousins ne saurait le distraire de sa bien-aimée. « Si ce n'était que de moi, se dit-il, contemplant la photo de Colombe, j'irais me réfugier à l'érablière, le temps que ceux qui ont le cœur à la fête retournent à leurs occupations quotidiennes. Me retrouver dans La Chaumière avec toi serait le paradis. M'y enfermer pour m'enivrer du souvenir de ton parfum. De ton souffle sur mon cou. De tes mains qui s'agrippaient à mon dos à force de désir. De ton regard scintillant de mille "je t'aime". Cela me serait moins pénible que de côtoyer tous ceux qui feront semblant de ne pas remarquer ton absence. » Celle qui devait être au cœur de ses réjouissances sera au cœur de ses retraits, car, pour Oscar, l'amour ne tolère pas de parenthèses.

La joie des retrouvailles, les éclats de rire des frères et sœurs accueillant leurs cousins, en cet après-midi du 24 décembre 1897, l'agressent. « Pas déjà », pense-t-il. Sitôt entrée, Délima s'inquiète de ne pas le voir venir au-devant d'elle.

« Il est occupé pour l'instant, mais il devrait nous rejoindre sous peu », dit Victoire.

« Je dois te délaisser, mais ce n'est que pour mieux te revenir », murmure Oscar en fixant la photo de Colombe qu'il glisse dans la poche de sa veste. Lorsqu'il trouve le courage de descendre pour saluer les invités au salon, Délima exhibe fièrement les charmes de ses dix-sept ans et se précipite vers lui. Le plaisir intense et confus de le revoir la conduit à se jeter à son cou. « Comme l'aurait fait Colombe », pense Oscar, étourdi par l'avalanche de mots gentils qui déferlent sur lui. Son regard croise celui de Victoire, rassuré, élogieux.

Ulric et Napoléon, âgés de dix et huit ans, s'attardent auprès de Donat, tant ils sont heureux de retrouver leur grand frère. Le jeune Romulus, qui les attend pour remonter à sa chambre, trépigne d'impatience. Yvonne, particulièrement timide, ne se fait pas prier pour suivre Cécile qui trouve enfin une complice pour jouer à la poupée. Avec ses tempes blanchies et sa chevelure poivrée, Carolus fait dix ans de plus que sa jeune quarantaine. « Il ne va pas rester constipé comme ça, toute la semaine, se dit Thomas. Je vais y voir, moi. Je vais commencer par lui faire enlever ce veston qui lui va comme un tablier à une vache, puis je vais lui envoyer un petit drink derrière la cravate... Il va changer d'allure ou je ne m'appelle pas Thomas Dufresne. »

Aux plus jeunes, il distribue des beignets saupoudrés de sucre, et aux adultes, des apéritifs. Après un deuxième verre de « bagosse », au lieu du scotch qui l'a fait grimacer, Carolus manifeste un intérêt de bon aloi. Voyant l'hésitation de Délima devant le verre de sherry qu'il lui tend, Thomas lui dit : « C'est le temps des fêtes, après tout. Puis, t'es plus une petite fille. » Oscar refuse toute consommation. « Pas maintenant », répond-il, laissant supposer un malaise passager.

Sans ignorer ses oncle et tante, Délima s'accroche à son cousin et lui demande des nouvelles de Colombe. D'un battement de paupières, il l'invite à le suivre dans le solarium où ils s'enferment jusqu'à l'arrivée d'André-Rémi et de sa famille.

Apprenant la maladie de Colombe, Laurette transmet à son cousin des vœux de Noël qui trahissent ses espoirs de conquête. Indigné, Oscar la fuit et s'isole de nouveau avec Délima.

Jour après jour, Victoire fait preuve d'un zèle exemplaire ; sous son toit, ses invités trouvent confort, chaleur et gaieté. N'ignorant pas les véritables motifs de cette vigilance, Thomas craint que son épouse ne s'épuise. L'inquiétude le gagne davantage lorsque, la veille du jour de l'An, Oscar s'enferme à clé dans son bureau et en revient profondément accablé.

« Elle va mieux ? ose demander Thomas, apprenant qu'il sort d'une conversation téléphonique avec Colombe.

– C'est ce qu'elle me dit, mais comment la croire ? Si je pouvais la voir...

– Dans quelques jours, peut-être.

– Que le ciel vous entende ! »

Colombe est parvenue à lui dire sans pleurer : « Pour l'an nouveau et pour tous ceux qui viennent, je te souhaite ce qu'on peut offrir de meilleur à un homme aussi extraordinaire que toi... » Oscar a dû se faire violence pour lui souhaiter, d'une voix audible : « Guéris très vite pour que nous puissions nous retrouver et ne plus jamais nous quitter... Je t'aime plus que tout au monde, Colombe. Promets-moi... » Mot fatal : elle avait raccroché alors qu'il voulait garder Colombe des heures au bout du fil, en attendant de l'étreindre.

Au moment d'échanger des vœux de bonne année, les adultes s'en tiennent tacitement aux formules d'usage avec Oscar.

« ... la réalisation de tes désirs les plus chers.

– De l'amour à revendre, dit Donat avec toute la ferveur de ses seize ans.

– La maison que tu souhaites, et plein d'enfants », dit Marius, d'un air complice.

Candide a perdu son tour, trop occupé à profiter de ce moment pour s'approcher de Délima et lui signifier son intérêt. Il revient vers son frère aîné et lui présente des vœux folichons. Les plus jeunes l'imitent, rivalisant d'humour avec le beau jeune homme qui, au grand réconfort de Victoire, s'y prête allègrement. Seule Délima s'autorise à lui chuchoter des souhaits à l'oreille, à poser sur sa joue un tendre baiser et à lui promettre de le revoir bientôt.

Ce moment délicat passé, Thomas et son épouse entrevoient la dernière semaine de festivité avec optimisme. Leur donne raison cette jeune complicité entre Délima et Oscar. Victoire s'en réjouit sans arrière-pensée jusqu'au moment où Délima, prête à partir, revient sur ses pas.

« Ma tante, je tiens à vous remercier encore au nom de ma petite sœur et de mes frères. On a passé un des plus beaux Noël de notre vie. Je veux vous dire aussi, chuchote-t-elle de peur que Carolus ne l'entende, que j'ai découvert que M. Lesieur cachait un grand cœur derrière ses airs sévères. Vous avez sûrement eu une grande influence sur lui...

– Vous méritez bien un peu de bonheur.
– Je comprends que maman vous ait tant admirée. Malheureusement, elle est partie avant d'avoir fini de me raconter votre vie. »

Au regard inquiet de Victoire, elle précise : « Ne craignez rien, ma tante. Je sais faire la différence entre une banalité et un secret de famille... »

« Pas une autre ! se dit Victoire, atterrée. Faut-il toujours qu'un nuage se glisse au firmament quand le soleil brille un peu ? »

Au lendemain des Rois, la vie reprend son rythme habituel ; Victoire fait le bilan de la quinzaine des fêtes. Mis à part l'insinuation de Délima quant au secret que Georgiana lui aurait révélé et « qu'elle ne pouvait tenir que de Ferdinand », se dit Victoire, elle trouve plus d'une raison de se réjouir. « Je ne croyais pas, confie-t-elle à son mari, qu'on puisse avoir tant de plaisir à s'étourdir de mille et un petits services rendus pour le bonheur de l'un et de l'autre. J'ai retrouvé la joie que je ressentais à regarder vivre mes petits, à voir se dessiner leur personnalité à travers des expressions bien à eux et une façon déjà personnelle de réagir face aux gens et aux événements.

– Moi aussi, je trouve qu'il n'y a pas plus grand bonheur que celui que nous apportent les enfants.

– Si tu devais partir avant moi, plutôt que de vieillir seule, j'irais me réfugier en quelque orphelinat pour prendre soin de ces pauvres petits, lui confie Victoire.

– Tu sais bien, Victoire, que nous allons mourir ensemble... »

CHAPITRE IV

Victoire se réjouit de l'ambiance de ce souper. Ce partage d'opinions politiques entre son mari, son neveu, Donat, et Jean-Thomas éloigne les tensions familiales créées par le silence de Colombe. Thomas semble porté par ce vent d'effervescence qui souffle dans le ciel montréalais en cette fin de février 1898. « Un nouveau siècle est à notre porte et il faut nous y préparer », clame-t-il à l'instar des politiciens, des gens d'affaires et des patenteux.

De fait, il n'y a pas que l'argent qui s'offre à qui rêve d'un avenir confortable et d'un poste prestigieux dans la société. Les Québécois de souche et les citoyens de différentes ethnies commencent à imposer leur brio intellectuel. En tournée électorale, Préfontaine promet : « Notre conseil de ville comptera deux fois plus de Canadiens français cette année. » Plusieurs alliés soutiennent que les Montréalais sont de plus en plus enclins à élire cet homme de carrière, avocat de formation et député depuis l'âge de vingt-cinq ans. Thomas reconnaît en lui l'homme de stratégie.

« Il n'a pas peur, dit-il, de fréquenter les bars et de distribuer des poignées de mains et des promesses à la classe ouvrière.

— ... où il compte aller chercher la majorité des votes, précise Victoire.
— Oui, mais pense au nombre d'ouvriers qu'il embauche pour la construction des rues. »

Peu d'électeurs patriotiques ont oublié son vibrant discours à l'assemblée du Champ-de-Mars, après la pendaison de Louis Riel.

« Il lui restait à gagner la sympathie de ses adversaires et il l'a fait », dit Thomas. Préfontaine venait d'adjoindre à son bureau d'avocat Lomer Gouin, président du club libéral Le National qui rassemble tous les amis du premier ministre, Honoré Mercier.

« Ce que j'apprécie le plus de M. Préfontaine, dit Oscar qui n'a pas encore émis son opinion, c'est sa lutte contre toute forme d'esclavage, tant des Blancs que des Noirs.

— S'il était élu, aurais-tu envie d'habiter Montréal encore quelques années ? demande Victoire à Thomas.

— J'espère que non, réplique Oscar, avant même que son père n'ait eu le temps de parler.

— Les projets du conseil de la ville de Maisonneuve sont encore plus intéressants que ceux de M. Préfontaine, soutient Thomas. Si ce n'était de l'entêtement du gouvernement fédéral, on aurait déjà commencé à construire un pont entre le quai du Havre et Longueuil. Ça fera bientôt vingt-cinq ans qu'on en parle, il serait peut-être temps de passer à l'action.

— Si longtemps que ça ? réplique Oscar, sceptique.

— Je ne peux pas me tromper, c'était l'année de ta naissance. Un groupe de citoyens montréalais avait présenté les plans d'un pont destiné aux trains et aux voitures. L'honorable Young les appuyait. On n'a, paraît-il, jamais trouvé les budgets pour le construire.

– Je ne comprends pas que le grand magicien des routes n'ait pas réussi à faire avancer ce dossier... », dit Victoire, ironique.

Thomas affirme que lorsque son candidat favori gouvernera la ville, il pourra réaliser ce projet. Pendant ce temps, deux Montréalais, libres de toute entrave politique ou administrative, se préparent à révolutionner les moyens de transport. MM. Rivard et Guillet ont l'honneur de conduire la première voiture motorisée à Montréal.

« M. Bourassa regrette amèrement d'avoir ébruité le projet mis sur pied avec son ami français, M. Chevrolet, dit Thomas.

– Rivard et Guillet sont loin d'avoir le mérite de M. Bourassa, ajoute Oscar. Ce n'est pas difficile de faire venir un engin pareil des États-Unis. »

Depuis la maladie de sa bien-aimée, Oscar impose sa morosité dans toute discussion. Victoire déplore qu'il ne puisse sublimer ses chagrins dans un quelconque champ de créativité.

Le lendemain, Oscar est invité chez Colombe.

Victoire lutte pour ne rien laisser paraître de son inquiétude, alors que sur les routes boueuses d'un printemps précoce, son fils se fait conduire par Jean-Thomas chez celle qui détient le pouvoir de le rendre heureux ou malheureux. Même si Colombe lui donnait le choix de l'épouser, la déception d'Oscar serait grande, car il devrait renoncer à son rêve d'avoir de nombreux enfants. Qu'elle ait tant tardé à lui accorder ce rendez-vous ne lui inspire pas confiance. « À moins qu'une erreur de diagnostic ait été découverte », pense-t-elle, réconfortée par cet espoir.

Malgré l'accueil réservé de Colombe, Oscar ne désenchante pas.

« Te revoilà en pleine santé comme avant…, et plus jolie encore », s'exclame-t-il, prêt à l'étreindre de toute la passion contenue depuis quatre longs mois.

Colombe le repousse délicatement. La douceur de son regard lui vaut le pardon instantané d'Oscar. Dans la cuisine, sur une petite table adossée à une fenêtre d'où l'on aperçoit un gigantesque sapin, elle a déposé deux verres et une carafe remplie de limonade. Avec un sourire affable, elle engage son invité à s'asseoir et prend place près de la fenêtre. La sérénité de ses gestes incite Oscar à poser sans plus de détours la question qui le torture :

« C'est pour bientôt la reprise de nos fréquentations ?

— Pas avant que j'aie clarifié certaines questions.

— Vas-y, je t'écoute, la supplie Oscar en croisant ses mains sur la table et en se penchant vers celle qu'il se meurt d'embrasser.

— Ce ne sont pas des questions qui te concernent, Oscar.

— Tu n'es plus sûre de m'aimer ou tu as d'autres plans à me proposer ?

— N'essaie pas de deviner, lui recommande Colombe.

— Je suis allé trop vite, c'est ça ? »

La jeune femme hoche la tête négativement. Son regard tourné vers la fenêtre puis un long soupir plaintif trahissent son malaise. Préférant l'attribuer à la santé encore fragile de Colombe, Oscar ose une proposition qu'elle ne pourra pas refuser, croit-il :

« Je t'emmène en voyage. Aux États-Unis, ou en Europe, à ton choix.

— Je reconnais ta grande générosité, Oscar ; même si cela ne me coûtait pas un sou, je ne pourrais faire ni l'un ni l'autre.

— Qu'est-ce qui t'en empêche d'abord ?

— Je ne peux pas te l'expliquer maintenant.

— Quand me diras-tu enfin ce qui t'arrive ? Quatre mois à t'attendre, à me faire du mouron, à me contenter de ta voix au téléphone alors que je ferais des milles dans la neige pour te tenir dans mes bras, tu ne trouves pas que c'est suffisant ? »

Colombe pose ses mains sur celles de son amoureux. Des larmes glissent sur ses joues. Oscar ne peut, à son tour, retenir celles qui gonflent ses paupières. Désemparée, Colombe se jette dans ses bras. La ferveur de leur étreinte révèle leur amour tourmenté mais partagé. Oscar couvre la nuque de sa bien-aimée de tendres baisers, caresse son front lisse et satiné et rapproche ses lèvres des siennes, mais Colombe se détache brusquement.

« Non, pas maintenant, Oscar.

— Oui, Colombe, maintenant. Maintenant ou jamais », proteste-t-il.

Ses bras fiévreux l'enlacent de nouveau, leurs souffles se mêlent et leurs bouches se livrent à leur passion. « Je ne cesserai jamais de t'aimer », murmure Colombe, la tête nichée sur la poitrine d'Oscar. Ses gestes désespérés sont ceux d'une enfant qui supplie sa mère de la reprendre en son sein.

« Tu veux toujours devenir ma femme ? demande Oscar, caressant avec délectation sa longue chevelure bouclée.

– Quoi qu'il arrive, tu seras toujours le seul homme que j'aie aimé, lui jure-t-elle, de nouveau tournée vers la fenêtre. Maintenant, il faut que tu partes, Oscar.

– Je peux te téléphoner ? »

Colombe acquiesce. Il quitte l'appartement, déterminé à ne retenir de cette rencontre que l'ardeur de leurs baisers. Victoire, qui attendait impatiemment son retour, est décontenancée de l'entendre conclure que tout est encore possible. « Colombe m'aime et elle n'attend que certains éclaircissements pour que nous reprenions nos projets là où nous les avons laissés…

– Des éclaircissements, à quel sujet ?

– Je ne sais trop, mais elle me racontera tout lorsqu'elle les aura. »

Victoire comprend que Colombe ne l'a pas mis au courant du peu d'espoir qui lui était laissé de mettre des enfants au monde. Serait-ce que l'erreur de diagnostic qu'elle souhaitait lui aurait été confirmée ? Une guérison inespérée serait-elle survenue ? Victoire n'attend que le départ de son fils, tôt le lundi suivant, pour solliciter un autre rendez-vous avec la jeune femme. Cette faveur lui est accordée, mais pas avant cinq jours. « J'aurai eu le temps, dit Colombe, de connaître les résultats de mes derniers examens médicaux. »

Colombe reçoit sa bienfaitrice avec un attachement qui ne se dément pas. Victoire la sent toutefois étrangement nerveuse.

« Ça va ? demande-t-elle.

– Un peu mieux depuis quelques jours. Mais j'ai cru que j'allais mourir.
– Qu'est-ce que tu as eu au juste ?
– Il faut que je vous explique d'abord pourquoi vous n'avez pas pu me joindre par téléphone pendant plusieurs semaines », dit-elle, le visage diaphane et les lèvres tremblantes.

Victoire retire son châle, le dépose sur les épaules de Colombe et toutes deux se dirigent vers cette même pièce où elles s'étaient retrouvées après les fêtes. Assise face à la jeune femme, Victoire reconnaît dans ses yeux cette détresse profonde qui l'avait tant bouleversée en octobre 1892 et qui l'avait incitée à la recueillir chez elle.

« Je t'écoute, lui dit-elle, aussi compatissante qu'en ce mémorable soir de pluie diluvienne.
– On m'a fait la grande opération… »
Ce que Victoire aurait souhaité ne jamais entendre de son vivant vient de lui être dévoilé.
« J'ai une question très importante à te poser, Colombe. Promets-moi d'être très franche avec moi. »
La jeune femme le lui promet d'un signe de tête.
« Est-ce que tu m'en veux de t'avoir secondée dans ta décision de ne pas garder l'enfant que tu portais ? »
La réponse se fait attendre. Colombe ne peut plus retenir les sanglots qui lui serrent la gorge. « C'était ma décision », dit-elle enfin.
Victoire demeure perplexe. Un doute cuisant se loge au creux de sa poitrine.
« Je dois vous avouer, reprend Colombe, que je suis très chanceuse malgré tout. J'ai toujours rencontré sur mon chemin des personnes comme vous, très géné-

reuses. Cet hiver, sans Lady Lacoste, je me demande ce que je serais devenue… »

Victoire apprend qu'à la nouvelle de son hospitalisation, Lady Lacoste avait offert à Colombe de l'accueillir chez elle pendant sa convalescence.

« C'est une sainte femme, reprend Colombe. Le bien physique mais surtout spirituel qu'elle m'a fait est indescriptible. Je suis maintenant de son avis et je ne pleure plus sur mon sort. J'ai compris que toutes les épreuves nous sont envoyées pour nous amener à nous dépasser.

– Tu m'inquiètes, Colombe.

– Vous ne devriez pas, madame Dufresne. Si je suis exaucée, ma vie sera beaucoup plus utile à l'humanité que je ne l'aurais jamais imaginé…

– J'ai peur de ne pas bien te saisir. Parle clairement, je t'en supplie.

– J'ai pris très librement la décision de ne priver ni Oscar ni aucun autre homme du bonheur d'avoir leurs propres enfants. J'aurai les miens sur un autre plan.

– Ma pauvre enfant, je crains que tu fasses une grave erreur, dit Victoire en s'approchant de Colombe. Ton sacrifice est admirable, mais il pourrait bien cacher une résignation malsaine. Je ne pense pas me tromper en soupçonnant qu'on t'ait recommandé le détachement et la soumission à la volonté de Dieu. Tout ça peut être bien, mais seulement après avoir tenté l'impossible pour surmonter les obstacles jalonnant ta route. »

Colombe l'écoute sans bouger, apparemment impassible.

« Certains actes jugés vertueux ne sont qu'une fuite camouflée, reprend Victoire.

– C'est ce que vous pensez de mon renoncement, madame Dufresne ?

– Ce n'est pas à moi de répondre à cela, mais promets-moi de bien réfléchir, sans égard aux personnes, si nobles soient-elles, qui pourraient influencer ta décision. »

Colombe baisse la tête, sans donner plus d'indices sur ses intentions.

« Oscar ne va pas trop mal ? demande-t-elle après un bon moment de silence.

– Tu lui as laissé plein d'espoir, Colombe. Pourquoi as-tu fait ça ? »

Les joues soudain empourprées, elle avoue :

« Ça a été un moment de faiblesse, madame Victoire. Vous semblez oublier que j'aime votre fils et que ce n'est pas de gaieté de cœur que je renonce à l'épouser. Je n'ai plus le choix...

– Tu as toujours le choix, Colombe. À moins que tu caches quelque chose...

– Je peux seulement vous dire qu'il n'existe plus pour moi de décisions faciles à prendre.

– J'aimerais croire que tu es bien conseillée, ajoute Victoire, au souvenir de l'interdiction qui a compromis sa propre vie amoureuse. Quand comptes-tu dire la vérité à Oscar ? »

Colombe fond en larmes.

« Je n'ai jamais voulu lui mentir, madame Victoire. Je n'ai cherché qu'à le protéger, en espérant un miracle...

– Moi aussi, j'ai espéré ce miracle. Je t'ai aimée comme ma propre fille », lui déclare-t-elle en la serrant dans ses bras.

Victoire la quitte avec la triste impression qu'elle ne la reverra plus. Rentrée chez elle dans la plus grande discrétion, elle s'enferme dans le boudoir, pressée de se libérer d'un poids qu'elle ne pourrait confier à personne, maintenant que Georgiana n'est plus là.

Victoire songe tristement au parcours de Colombe, marqué d'éléments dramatiques depuis le début. Son malheur a laissé derrière elle compromissions et déchirures. Que la vie lui semble dure par moments. La présence de sa chère Georgiana lui manque tant en ces heures cruelles. Thomas écoute avec une grande affection, mais Victoire pense qu'il est de ces choses dont seules les femmes peuvent mesurer la complexité. À preuve la réponse de Thomas : il existe à Montréal d'autres femmes qui sauront plaire à Oscar. « Il en guérira bien », affirme-t-il. Victoire le croirait aisément si Thomas avouait s'être vite consolé de ne pas avoir connu Mme Dorval avant de l'épouser.

Puisque Colombe ne lui a pas interdit de mettre Oscar au courant de leur entretien, Victoire estime sage de le préparer à être déçu. Elle ne sait toutefois ni quand ni comment le faire, mais elle cherche le courage et le doigté nécessaires. « Si vous m'entendez, maman, d'où vous êtes, vous qui avez toujours su user des mots et des silences avec tant d'à-propos, assistez-moi dans cette démarche », supplie Victoire.

Deux semaines s'écoulent sans qu'elle ne trouve le temps et l'occasion propices d'avoir un entretien sérieux avec son fils aîné. Ses préoccupations et ses énergies ont été consacrées à l'urgente nécessité d'apporter une touche d'originalité aux modèles de chaussures présentés le printemps dernier. Elle a heureusement puisé un réconfort dans cette activité. Les congés de la semaine sainte vont, croit-elle, favoriser ce genre d'échanges.

Des achats spéciaux s'imposent pour cette circonstance et Victoire tient à s'en occuper personnellement.

« Bonjour madame Dufresne. Comment allez-vous ? demande Lady Lacoste qu'elle croise au marché Bonsecours. Je voulais justement vous proposer de m'accompagner à un concert donné par Mlle Wixam, vous vous rappelez, la jeune pianiste aveugle ? »

Victoire hésite. Surprise, Marie-Louise l'interroge sur sa santé. Les propos de son amie la rassurent, bien qu'elle présente des signes de fatigue évidents. Elle suggère :

« À moins que vous ne préfériez le concert-bénéfice pour les aveugles qui se donnera au couvent, comme chaque jeudi saint.

— Désolée, ma chère Lady, mais je dois terminer un travail urgent pour la manufacture et j'attends de la visite de Pointe-du-Lac, la fin de semaine de Pâques…

— Votre bonne est là pour les préparatifs. La détente d'une soirée de musique fait tant de bien, venez donc. »

Victoire reconnaît l'indéniable bienveillance de Lady Lacoste et son zèle inlassable pour toute cause humanitaire. Touchée par la détresse d'autrui, Marie-Louise dépose chaque jour au pied de sa porte des piles de vêtements et de couvertures à l'intention des pauvres qui s'y pressent. Cette femme se distingue des bourgeoises qui ne savent tromper leur ennui qu'en allant dans les magasins ou en prenant le thé avec des femmes de leur rang. À la Providence, à la Miséricorde, à l'hôpital Notre-Dame, chez les Enfants-de-Marie-de-la-Congrégation, on ne saurait se priver du dévouement de Lady

Lacoste. Elle a fait de l'apostolat laïc sa principale raison de vivre tout en accomplissant ses devoirs de mère et d'épouse. Pour toutes ces raisons et pour son honnêteté, Victoire lui voue une grande admiration. Cependant, elle ne peut partager sa piété.

« J'y serai », consent-elle enfin, aussitôt invitée à une autre activité pour ce même jeudi saint :

« Mes filles et moi avons pris l'habitude de faire des stations dans sept églises différentes, en hommage à Notre-Dame-des-sept-douleurs, avant de nous rendre à l'église Saint-Jacques. La cérémonie sera présidée par Mgr Hébert, notre prédicateur du carême, aimeriez-vous vous joindre à nous ?

– Je pourrais difficilement me libérer en plein jour, lui rappelle Victoire, en continuant de cueillir ses denrées dans les allées du marché.

– Quelle chance pour nous de recevoir un père dominicain, cette année. Ne trouvez-vous pas que ces religieux surpassent tous les autres prédicateurs ?

– Ils en ont la réputation, en tout cas.

– Il a bien raison de nous demander de prier et de faire pénitence pour nos frères d'Espagne. Vous savez qu'il y a menace de guerre entre ce beau pays et les États-Unis ?

– Les journaux en parlent régulièrement, admet Victoire, distraite par l'impression d'avoir aperçu Colombe à l'entrée du marché.

– Le pape a promis d'intervenir pour demander aux deux nations de garder la paix. La guerre est une si triste chose. Que de sang, que de larmes versées. »

Victoire l'approuve d'un signe de tête, plus absorbée par le discours intérieur qu'elle lui inspire que par celui dont elle l'entretient. « Des choses qui font verser des larmes, il n'y en a pas qu'en Espagne », se dit-elle, de nouveau troublée par les épreuves que traversent son fils et Colombe. D'ordinaire discrète au sujet de la jeune femme, Victoire saisit l'occasion de tenter une ouverture : « Votre protégée va mieux ? » demande-t-elle d'un air détaché.

Marie-Louise, prise au dépourvu, se montre étonnée. « Vous voulez parler de Mlle Colombe ? Elle nous a quittés depuis plusieurs semaines déjà. J'ose croire que sa santé continue de se rétablir. C'est une si brave fille. Elle accomplira de grandes choses, j'en suis convaincue. Le repentir a mené saint Paul sur le chemin de la conversion… et en a fait un saint.

– Je ne vois pas le lien. Colombe a été tout simplement très malade, riposte Victoire.

– J'en conviens, ma chère amie. Mais, comme disait le père Hébert dans son homélie, dimanche dernier : les souffrances nous sont envoyées pour nous purifier de nos péchés et nous rapprocher de notre divin Maître. Il faut les accepter avec reconnaissance et en comprendre le message. »

Devant la mine désapprobatrice de Victoire, elle avance : « La nature peut se révolter, c'est humain, mais la soumission du cœur obtient miséricorde, nous assure le père Hébert. »

« Pas étonnant, se dit Victoire, que Colombe ait choisi la voie du renoncement. »

De crainte d'avoir contrarié une amie qu'elle apprécie grandement en dépit de leurs divergences d'opinion, Lady Lacoste entraîne Victoire sur un terrain qui leur est sympathique :

« Mme Alfred Thibaudeau m'a appris que vous vous étiez inscrite aux conférences données à l'Université Laval sur la poésie lyrique. Cela promet d'être fort intéressant.

— Je le crois aussi.

— J'ai eu la chance de prendre le thé, chez Mme Thibaudeau, en compagnie de M. Doumic, le célèbre critique qui donnera ces conférences. Il nous a annoncé qu'il traiterait de Lamartine, de François Coppée, d'Alfred de Vigny et de Victor Hugo. J'ose espérer qu'il ne s'attardera pas trop à Musset. Ce poète n'est pas toujours bon à entendre. »

Victoire fronce les sourcils, mais Lady Lacoste l'ignore et poursuit : « Le lieutenant-gouverneur, Mme Jetté et nos évêques ont promis d'y assister… »

Cette insistance sur la présence de personnalités ecclésiastiques agace Victoire. Pour n'en rien laisser voir, elle se dit pressée de terminer ses achats, mais elle est aussi hantée par la possible présence de Colombe. Après un rapide tour de la salle d'exposition, elle sent une main se poser son épaule : « Bonjour, madame Dufresne. Je ne voulais pas rater l'occasion de vous saluer avant de rentrer chez moi », dit Colombe, gracieuse dans sa pèlerine vert sapin et son petit chapeau à voilette noire.

Après quelques formules d'usage, elles entrent dans le vif du sujet :

« Tu as prévu rencontrer Oscar bientôt ? demande Victoire.

— Il n'a donc pas reçu ma lettre ? s'écrie la jeune femme, inquiète.

— Elle a été postée depuis plusieurs jours ? »

Colombe réfléchit. « Pas tant que ça, madame Dufresne. Je me rends compte que c'est moi qui trouve le temps long... »

Victoire, confuse comme après chacune de leurs rencontres, la regarde s'éloigner à la hâte. Il lui tarde de regagner son domicile ; le courrier étant livré en fin d'avant-midi, le temps lui sera donné de le saisir avant le retour d'Oscar. Victoire monte dans l'une des premières calèches alignées devant le marché, peu attentive aux éloges du cocher sur son élégance. Il a vraisemblablement reconnu Mme la manufacturière. Chez elle, avant même de se départir de ses sacs et de son manteau, Victoire examine le courrier et trouve en effet une lettre adressée à Oscar Dufresne. L'écriture, bien que très soignée, ne lui semble pas être celle de Colombe. L'originalité de l'enveloppe lui permet toutefois de déduire qu'elle provient d'une personne de sexe féminin et de belle éducation. En y regardant de près, elle découvre que cette lettre oblitérée à Pointe-du-Lac ne peut venir que de Délima dont la visite est déjà annoncée pour la semaine sainte. Victoire est soulagée que cette jeune femme soit de nouveau près d'Oscar au moment où il risque d'avoir besoin de se confier. « La vie fait bien les choses », se dit-elle, aussitôt prête à nuancer ce jugement...

Victoire se réjouit qu'Oscar rentre tard ce soir-là. En raison du printemps précoce, les commandes ont doublé pour la fête de Pâques.

« J'aimerais bien qu'on se réserve quelques moments, ce soir », dit-elle à son fils en lui remettant l'enveloppe qui lui est destinée.

Oscar le lui promet. Se doutant de la conversation qu'ils auront, lorsqu'il reconnaît l'écriture de Délima, il en reporte le moment. Quand il frappe à la porte du boudoir, vers neuf heures trente, disposé à reconnaître la complicité qui l'unit à sa jeune cousine, il tend en toute confiance la lettre à sa mère.

« Ce n'est pas nécessaire, Oscar. Délima va bien ?
— Très impatiente de se retrouver ici à Pâques. Justement, elle aimerait bien emmener sa jeune sœur et ses deux frères...
— Je croyais qu'elle se sentait encouragée de le faire. Tu te charges de lui envoyer un télégramme ? »

Cette question réglée, Victoire invite son fils à s'asseoir.

« Ce n'est pas pour te parler de Délima que je voulais te voir. J'ai croisé Colombe aujourd'hui. »

Oscar se redresse, visiblement anxieux.

« Attends-toi à recevoir une lettre de sa part, ces jours-ci.
— Elle avait l'air mieux ?
— Oui, mais ça ne veut pas dire que pour toi les nouvelles vont nécessairement être agréables.
— Je ne comprends pas.
— Tu savais, Oscar, que la maladie de Colombe entraînait de lourdes conséquences pour une femme qui...
— Je m'en doutais, maman. »

Oscar quitte aussitôt son fauteuil et se dirige vers la fenêtre donnant sur la rue Saint-Hubert, perdu dans des réflexions que sa mère imagine sans difficulté. Lorsqu'elle vient le rejoindre, après un long silence, il lui confie, atterré : « Je n'ai jamais eu de choix aussi difficile à faire. »

« Tu n'auras pas à faire de choix, voudrait-elle lui répondre. Il ne te reste plus qu'à accepter le sien. » Mais la particulière fébrilité de Colombe, au marché Bonsecours, l'en dissuade.

« Préférerais-tu qu'elle ait elle-même décidé... ?

– Elle ne ferait pas ça. Je connais ses sentiments pour moi. Puis elle sait que je serais prêt à tout..., ou presque, pour ne pas la perdre », ajoute-t-il, cherchant en vain une approbation dans le regard de sa mère.

Les mains dans les poches, la tête basse, Oscar quitte le boudoir et se réfugie dans sa chambre dont il verrouille la porte.

Impuissante et accablée de chagrin devant la souffrance de son fils, Victoire ne trouve d'autre exutoire que de prêter main-forte à Marie-Ange, le lendemain matin.

« On va préparer des cocos de Pâques pour les jeunes. Je vais t'aider. Je m'occupe de la sauce au chocolat pendant que tu vois à la pâte de sucre.

– Il vous en faut combien ?

– Au moins une douzaine. Tu sais faire des fleurs de pâte de riz ?

– Je n'ai jamais essayé.

– Je vais te montrer », propose Victoire qui s'active autour des chaudrons avec la ferme détermination de vaincre ainsi sa morosité.

Une fois les petits flacons de colorant alignés sur le comptoir de la cuisine, Victoire explique comment créer, à l'aide de fleurs à base de pâte de riz, un centre de table de circonstance que les convives pourront se partager à la fin du repas.

« Maman les faisait avec une pâte de pomme de terre, explique-t-elle. Mais maintenant qu'on peut se procurer du riz, c'est plus facile d'obtenir une pâte fine comme une peau de chagrin.

– Vous m'étonnerez toujours, madame Victoire. Vous savez tout faire : la cuisine, la couture, la chaussure...

– Il y a tant d'autres choses que je ne saurais réussir.

– Comme quoi ? demande Marie-Ange qui ressent un grand bonheur à travailler en sa compagnie, mais plus encore à causer avec elle.

– Guérir, par exemple. Tu imagines ? Si j'avais pu le faire, il y aurait deux fois plus de personnes autour de notre table, la fin de semaine prochaine.

– Tant que ça ?

– Compte. Mes six petits, Ferdinand, Georgiana, et M. Dufresne, peut-être bien... Il aurait soixante-treize ans maintenant, mais il n'avait jamais été malade avant d'être emporté par une crise cardiaque. C'est pour chacun d'eux qu'on va faire nos fleurs. Si la Résurrection a vraiment existé, je ne vois pas pourquoi on ne pourrait pas imaginer celle des gens que l'on aime, le temps d'un repas.

– Vous m'amusez beaucoup, madame Victoire. Ce que je donnerais pour vous avoir toujours à mes côtés, comme au temps où on vivait en Mauricie. »

Victoire prend soudain conscience du nombre d'années écoulées depuis le jour où Marie-Ange est entrée à son service. Pour éviter une nouvelle défaillance entre elle et Georges-Noël, Victoire avait alors cru bon, alléguant ses nombreuses tâches, d'engager une servante à la maison. Depuis, elle s'est à ce point habituée à voir Marie-Ange vivre à ses côtés qu'elle ne l'a pas vue vieillir.

« Dis-moi, Marie-Ange, tu n'as jamais eu envie de fonder ta propre famille ?

– Je venais d'avoir seize ans quand je suis arrivée dans la vôtre. C'est comme si elle était devenue la mienne...

– Et l'amour, dans ta vie ?

– J'en reçois beaucoup ici et j'en ai toujours ressenti beaucoup pour vos enfants et toute votre famille.

– Celui d'un homme ? »

Marie-Ange lui tourne le dos, manifestement intimidée. Ses gestes inutiles témoignent de son malaise.

« Tu n'es pas obligée de me répondre, Marie-Ange. Ça ne me regarde pas du tout, j'en conviens. Je me suis laissé aller à causer tout simplement, comme si tu étais ma fille.

– Seriez-vous scandalisée si je vous disais que je me suis toujours sentie très mal à l'aise avec les hommes ? On dirait même que j'en ai toujours eu peur. Pourtant, ceux que j'ai vus vivre à vos côtés étaient tous très corrects, rassurants même.

– Ton père était un homme sévère, si je me souviens bien.

– Il l'était tout autant avec maman, avoue Marie-Ange, la voix chevrotante.

– C'était fréquent, dit Victoire. Mon père non plus n'était pas d'un abord facile.

– Je ne pense pas qu'il ait levé la main sur vous ni sur votre mère. »

Ainsi, Victoire apprend que sa fidèle domestique a vécu ses vingt années dans sa famille comme la plus belle des libérations : elle avait pu fuir dignement un père incestueux et le spectacle déchirant d'une mère violentée.

« Je suis désolée, Marie-Ange. Je regrette profondément de ne m'être pas plus intéressée à ton enfance avant ce jour. Ce que j'aurais pu t'apporter de réconfort, dit-elle, en la serrant dans ses bras.

— Vous m'en avez beaucoup apporté, madame Victoire. Rien qu'à vous voir vivre, je peux comprendre que vous méritez tous les égards que les hommes vous ont toujours témoignés et vous témoignent encore. J'ai décidé de suivre l'exemple de votre générosité et de votre ténacité, mais pas pour m'attirer un amoureux. Je suis comblée ici.

— Une femme dans la trentaine peut encore espérer fonder un foyer, tu sais. »

Marie-Ange baisse la tête, de nouveau intimidée.

« J'aimerais que tu me promettes une chose, Marie-Ange.

— Quoi donc, madame Victoire ?

— De te sentir libre de demeurer ici et de partir quand bon te semblera. On aurait beaucoup de peine s'il fallait que tu nous quittes, mais il serait grand temps que tu penses à faire ta vie…

— Je vous répète que je suis comblée ici. Je ne vois pas ce que je pourrais aller chercher de mieux ailleurs. »

Une atmosphère de jovialité règne dans la cuisine jusqu'à ce que Candide vienne grignoter dans les découpures de pâte éparpillées sur le comptoir et lance sur la table, avec le courrier, la lettre attendue et redoutée.

∼

Les orgues de l'église Saint-Jacques se sont tues. À quelques minutes de l'office du Vendredi saint, les fidèles cherchent des bancs libres dans les allées centrales. Thomas, Victoire, les enfants et Marie-Ange se sont aisément résignés à prendre place au jubé. Mgr Bruchési, accompagné de deux autres diacres dont le père Hébert, fait son entrée dans le chœur, revêtu d'ornements noirs et mauves. Uniquement troublé par le tintement des chaînes de l'encensoir et le claquement des talons du célébrant sur le parquet, un silence lugubre tombe sur la nef. Les chanteurs de la chorale s'agitent, nerveux à la perspective d'interpréter les mélodies a capella comme il convient de le faire en ce jour commémoratif de la mort du Christ.

« Tu auras une bonne pensée pour Oscar, murmure Victoire à l'oreille de son mari.

– Qu'est-ce que vous avez dit à papa ? réclame Cécile.

– Prie pour que tous les membres de notre famille profitent bien des vacances de Pâques, lui répond sa mère.

– Et quoi encore ? supplie la fillette, curieuse.

– Chut ! La cérémonie va commencer. »

Cécile se tait mais sa mère sait fort bien que ce n'est que partie remise. « Tu n'es pas fouineuse pour rien, lui répète-t-elle souvent. J'aurais dû m'en douter à voir ton petit menton pointu et ton grand front dégagé, comme ton grand-père Dufresne. » Thomas lance un regard en direction de sa fille qu'il charme de son sourire et d'un clin d'œil complice. « C'est bien long, aujourd'hui », souffle la fillette, pendant que le père Hébert exhorte les fidèles à faire pénitence et à se soumettre à la volonté de Dieu pour expier les péchés du monde entier. « Jésus, notre divin modèle, a voulu, dans son agonie, nous apprendre à supporter la souffrance. Il se désole mais il se soumet. Voilà ce que nous devons faire. »

Victoire jette un regard furtif à Oscar ; les yeux baissés, les bras croisés sur sa poitrine, il esquisse une moue de désapprobation. Candide et ses deux frères attendent impatiemment la fin de l'homélie. Marius, qui se préoccupe sans arrêt de ses cheveux, cherche à en vérifier la perfection sur l'arrière de la croix de son chapelet. Romulus, onze ans, est de plus en plus espiègle et prend plaisir à lui donner des coups de coude juste au moment où Marius parvenait enfin à maîtriser une mèche rebelle.

À la fin de l'office, Cécile presse son père de marcher plus vite tant elle craint que ses cousins et cousines de Pointe-du-Lac les aient devancés à la maison. Victoire et Oscar se laissent volontairement dépasser par tout le monde. Une température des plus clémentes, en ce 8 avril 1898, les incite à goûter cette tiédeur printanière.

« La visite de Délima te fait plaisir ? demande Victoire.

– Je vais essayer de ne pas lui parler de mes embêtements.

– Tu veux parler de Colombe ? »

Sans plus de détours, Oscar lui dévoile l'essentiel de la lettre qu'il a reçue.

« Il me reste tout juste quarante-deux jours pour l'empêcher d'aller s'enfermer dans un couvent pour le reste de son existence, ajoute-t-il, moins désemparé que sa mère ne l'aurait cru.

– Je n'en reviens pas », laisse tomber Victoire.

Non pas qu'elle méprise ce choix de vie, mais le souvenir que lui en a laissé sa sœur aînée et la crainte que Colombe n'obéisse à de faux motifs l'affligent profondément.

« Tu penses réussir ?
— Il le faut, répond Oscar. Il le faut.
— Je ne peux oublier la tristesse de ma sœur religieuse. Pas plus que l'amertume de sa vieillesse et de sa mort.
— Que s'est-il passé pour qu'elle soit si malheureuse et si peu édifiante malgré les nombreux sacrifices qu'elle s'est imposés ?
— Je ne sais pas. J'ai tellement craint qu'un jour notre pauvre mère veuille aller la voir au couvent. Heureusement, la distance qui nous en séparait était grande, et elle s'est toujours contentée de ses lettres et des trois seules photos que nous avons reçues d'elle. Elle était souriante malgré le regard mélancolique qu'elle avait hérité de notre père. Maman avait choisi d'instinct le meilleur de ce que sa fille aînée pouvait lui apporter.
— Jeanne Lacoste s'est fait dire par sa mère que les filles sans instruction ne devraient pas entrer dans certaines communautés, lui apprend Oscar. "On ne les appelle pas sœurs converses pour rien, m'a-t-elle dit. Elles n'ont droit à aucun privilège, sauf à l'arrogance de certaines sœurs de chœur qu'elles doivent servir."
— Je ne serais pas surprise que Mathilde en ait terriblement souffert. Je ne connais pas la communauté qu'a choisie Colombe, mais j'ai bien peur qu'elle subisse le même sort.
— À moins que son appartenance à une famille bourgeoise lui mérite certains égards…
— Je redoute les véritables motifs de cette orientation », avoue Victoire, souhaitant que Colombe accepte une autre fois de s'ouvrir avec confiance.

Malgré toute l'estime que Victoire éprouve pour Lady Lacoste, elle craint qu'elle ait injecté à Colombe des sentiments de culpabilité. Sous le poids des tourments, Colombe a pu faillir à sa promesse de ne révéler le secret de son avortement qu'à son mari et à un médecin, en cas de nécessité absolue...

« J'en doute de plus en plus, pense-t-elle, au souvenir de la comparaison que Marie-Louise a faite entre la maladie de Colombe et le repentir de saint Paul. J'espère qu'elle acceptera de me rencontrer. À moins que... »

Oscar se referme sur son silence jusqu'à la maison. Soulagée que les enfants de Georgiana ne soient pas arrivés, Victoire glisse un mot à Marie-Ange et profite de ce que Thomas et le reste de la famille attendent les invités au salon pour monter à sa chambre et se préparer.

Des éclats de voix ne tardant pas à la sortir de sa réflexion, elle descend accueillir ses neveux et nièces. Leur exubérance est contagieuse et, du coup, Victoire se montre heureuse de fêter Pâques avec eux. Les enfants ont vite reconstitué les couples formés à Noël. « Carolus préférait ne pas quitter Pointe-du-Lac ; il veut préparer ses semences », explique Délima, manifestement enchantée de retrouver Oscar et ses parents. Victoire ne peut dissimuler son émotion en reconnaissant, sous son manteau, une des plus belles robes de Georgiana : « Trouvez-vous qu'elle me va bien ? lui demande Délima. J'ai pensé que maman serait heureuse de me voir la porter ; ça va faire bientôt deux ans qu'elle est partie. »

La jeune femme, encore affligée par ce deuil, constate qu'il en est de même pour sa tante. « Excuse-moi, je suis un peu fatiguée, je crois », dit Victoire, soucieuse de ne pas attrister sa nièce et surtout Oscar qui assiste, muet mais non moins troublé, à cette effusion. S'éloignant, Victoire demande, joviale : « Tourne-toi, Délima, que je te voie mieux. Tu ressembles tellement à ta mère ! »

Ses cheveux châtains sont retenus par une boucle de velours marine ; son corsage, orné de fines dentelles et d'une rose pourpre. Délima se différencie de Georgiana par la délicatesse de ses traits et de sa silhouette, et sa fragilité fait craindre à Victoire une mort prématurée pour elle aussi.

« Tu travailles fort ? lui demande-t-elle, redoutant la sévérité de Carolus à son égard.

– Je ne veux pas que mes frères et ma petite sœur soient négligés. Déjà qu'ils n'ont plus de mère...

– Et leur père, comment est-il avec eux ?

– Ça va. Il ne dit jamais un mot, mais je sens souvent son impatience dans ses gestes. Il voudrait sûrement que je cuisine aussi bien que maman, mais j'ai moins de talent.

– Tu aimerais apprendre quelques recettes ?

– Non, non, ma tante. Ça ne donnerait rien, on a toujours la même chose à manger... La campagne est bien différente de la ville, ajoute-t-elle, nostalgique.

– Justement, on n'a pas une minute à perdre. Il faut que tu en profites », dit Oscar, lui proposant diverses activités pour la soirée et pour les trois jours à venir.

Victoire les regarde s'éloigner avec soulagement, certaine que l'un et l'autre sauront se réconforter. Les trois enfants Lesieur, âgés de six, neuf et onze ans, s'en donnent à cœur joie sous le regard ravi de Thomas. « Je vais emmener les quatre garçons avec moi, demain : je veux leur montrer la voiture motorisée de Rivard & Guillet, ensuite le quai Jacques-Cartier en réfection, puis on ira voir si la fontaine est installée au square Saint-Henri. Les gars dehors, les filles en dedans », lance-t-il, taquin.

Victoire apprécie d'autant plus cette initiative qu'elle a l'intention d'emmener Cécile et Yvonne au marché de Pâques.

« Les enfants ont tellement de plaisir à se décorer de fleurs... J'aimerais aussi donner un coup de main à Marie-Ange à la cuisine.

– Si c'est par plaisir, ça va. Mais si tu penses qu'il serait bon d'engager une aide quelques jours, pas de problèmes. Je connais plein de jeunes filles qui ne demandent pas mieux que de se faire un peu d'argent.

– J'aime bien que nos deux familles se retrouvent ici avec le moins d'étrangers possible. Les grandes occasions sont précieuses... Je veux qu'on en profite pleinement tandis que les enfants sont encore tous avec nous », réplique-t-elle.

Cousu d'imprévus et d'activités de toutes sortes, le congé de Pâques file à toute allure. Lady Lacoste leur fait la surprise de venir acheter elle-même une dizaine d'exemplaires du nouveau trio manufacturé à la Pellerin & Dufresne. Son mari en a offert à quelques épouses de ses amis d'Ottawa, provoquant dans la ville un engouement pour les petits sacs à main assortis aux bottillons et aux gants de cuir fin. Comme il doit repartir à Ottawa tôt le mardi matin, Marie-Louise se charge avec plaisir de les lui procurer. Sa visite, toujours appréciée, serait une réjouissance s'il n'était question de Colombe :

« Je suis très édifiée par la piété et le courage de cette jeune femme, déclare Lady Lacoste, apprenant à Victoire qu'elle l'a reçue pour le dîner de Pâques. Je la sais de bonne influence auprès de mes filles, et plus particulièrement d'Yvonne. Je serais tellement reconnaissante à Dieu s'il daignait appeler une des miennes à la vocation religieuse.

— Pour certaines, c'est une vocation, pour d'autres, ce ne saurait être qu'un refuge ou une question de vanité, ose Victoire.

— Vos propos m'inquiètent, ma chère amie. Et pourtant, pour en avoir causé longuement avec Colombe, je peux vous assurer de la sincérité de ses intentions. Elle fait de grand cœur le don de sa vie au service de notre divin Maître. »

De peur d'éveiller davantage de soupçons dans l'esprit de Lady Lacoste, Victoire aborde un sujet qui ne manquera pas de lui plaire.

« Vous avez vu, dans *La Presse* et *Le Monde illustré*, la place que l'on a faite à nos poètes de l'École littéraire de Montréal ?

— Vous parlez des articles de MM. Firmain et Desaulniers ? Il était temps qu'on leur rende hommage », s'exclame Marie-Louise qui affirme préférer le « Poème sur la Résurrection » d'Albert Ferland.

Les prédilections de Victoire vont aux « Âges du cœur » de Germain Beaulieu et aux « Saisons de l'amour » de Jean Charbonneau.

« Les "Âges du cœur" ? demande Marie-Louise. Je n'ai pas vraiment porté attention. Vous l'avez ici ?

— Je l'ai même découpé, car je veux le copier pour certaines amies. »

Marie-Louise se met à lire le texte avec émotion :

À dix ans, l'on voit tout en rose,
On ne s'arrête qu'au présent ;
La vie est un songe amusant,
Et le cœur repose.
À vingt ans, l'âme est une lyre
Que fait vibrer le moindre vent ;
Dans le rêve, on se perd souvent,
Et le cœur soupire.
À trente ans, les beaux jours de fête
Perdent beaucoup de leur gaieté ;
Au printemps succède l'été,
Et le cœur regrette.

« C'est ce que je crains pour Colombe, murmure Victoire, profitant d'une pause.
— Je pense que vous éprouvez surtout du chagrin pour votre fils, Victoire, et mon cœur de mère ne saurait vous blâmer. Ne savez-vous pas que Colombe peut l'aimer mieux encore entre les murs de son couvent ?
— Je ne m'inquiète pas que pour Oscar, malheureusement. De toute manière, conclut-elle, désolée d'être revenue sur le sujet, chacun a sa part d'épreuves dans la vie…
— Et Dieu donne à chacun la grâce et la force nécessaires pour les bien vivre », ajoute Marie-Louise.
Victoire acquiesce d'un signe de la tête au moment où, à son grand soulagement, Thomas se pointe, les bras chargés des paquets attendus. « Je vais vous les porter dans la calèche », offre-t-il à la belle dame aux manières courtoises et chaleureuses.

Les commandes n'arrivent pas que de la capitale nationale en ce congé de Pâques. Une lettre surprise signée de M. Piret, de retour d'un voyage en sa France natale, leur apprend que des exemplaires du trio en consignation dans trois boutiques à Paris se sont vendus le jour même. *Vous trouverez, à l'endos de cette feuille, les adresses des commerçants désireux de vous acheter d'autres ensembles. Mon épouse vous salue affectueusement. À notre retour, nous avons eu bien peur de perdre notre cher montagnard des Pyrénées. Notre Frisk se fait vieux et notre absence lui devient de plus en plus difficile à supporter. J'ai salué mon cher pays avec le sentiment que je ne le reverrais plus. Ayant décidé de finir mes jours à Pointe-du-Lac, je n'en ressens aucune amertume, mais un peu de nostalgie.*

Ces débouchés inattendus permettent aux Dufresne d'espérer : « Tu avais raison, Victoire, de prévoir le déménagement de notre manufacture dans la cité de Maisonneuve pour l'an 1900 », dit Thomas. Il aligne alors les chiffres, les additionne et les multiplie. Devant les résultats obtenus, il croit enfin pouvoir réaliser un grand rêve : un voyage en Europe pour leur vingt-cinquième anniversaire de mariage.

« Oscar ne t'a parlé de rien concernant l'achat de son terrain ? demande-t-il à son épouse.

— Non. Je craignais même qu'il y ait renoncé…

— J'ai croisé Pierre Pelletier, hier, et il m'a dit que sa fille était disposée à en vendre une certaine partie…

— Tant mieux ! Oscar croit, comme moi, que Colombe peut encore changer d'idée…

— Qu'est-ce qui te permet de penser cela ?

— Les circonstances de son entrée au couvent, avoue-t-elle.

— Tu veux dire...
— Des circonstances que des membres du clergé interprètent comme un signe indéniable d'appel à la vie religieuse.
— Et tu crois pouvoir la convaincre du contraire ?
— Je ne chercherai à la convaincre de rien. Mais si je peux l'aider à voir clair dans ses motivations ou l'orienter vers quelqu'un qui pourrait la conseiller adéquatement, je le ferai.
— Es-tu certaine du bien-fondé de ce mariage ? »
Victoire soupçonne son mari d'en avoir discuté avec Oscar.
« Notre fils tient par-dessus tout à avoir des enfants, explique-t-il.
— Pourquoi m'a-t-il dit, en apprenant la nouvelle, qu'il ne lui restait que quarante jours pour la faire changer d'avis ? rétorque Victoire.
— Peut-être plus pour l'empêcher de s'enfermer dans un couvent que pour l'épouser. »

∽

Victoire est perplexe. Elle estime que l'entretien prévu avec Colombe dans deux jours au jardin Viger devrait être réservé à Oscar. Mais la jeune femme prétend que lors de leur dernière conversation téléphonique, Oscar a de lui-même choisi de ne plus la revoir. « Pour éviter qu'on se fasse mal inutilement », précise-t-elle.
L'attente paraît interminable à Victoire. Georgiana lui manque énormément. Elle se rend alors au bureau du Dr Blanchet dans l'espoir de se libérer de la cruelle appréhension qui l'a gardée éveillée une partie de la nuit.

« Ma chère dame, je dois, hélas, confirmer vos soupçons. C'est ce qui arrive dans quatre-vingt-dix pour cent des cas d'avortements pratiqués sans le support d'un médecin », lui répond-il, disposé à examiner Colombe si elle y consent.

Les deux femmes se rencontrent au jour dit. Leur étreinte trahit une nervosité frisant l'affolement.

« Il nous faut trouver un petit coin bien tranquille, dit Victoire en lui offrant le bras. Ici, suggère-t-elle, en apercevant une banquette adossée à un énorme érable argenté, face au fleuve. Tu comptes les jours, j'imagine ? »

Colombe l'approuve, pressée d'entendre ce qu'elle a à lui dire.

« Tu savais, en demandant d'être libérée de ton enfant, que tu t'exposais à ne plus jamais en avoir ?

– Le Dr Blanchet me l'avait dit...

– Es-tu sûre que c'est à cause de ça que tu...

– C'est ce que m'a dit le médecin.

– Et tu te crois, de ce fait, destinée à la vie religieuse ?

– Pas seulement pour ça, madame Dufresne. Je vous ai déjà expliqué, pour Oscar ; je vous ai parlé aussi de l'idéal qui a grandi en moi depuis que je sais... »

Victoire est désemparée. Elle voudrait tant lire derrière ses paroles et comprendre pourquoi ses déclarations mystiques sont empreintes de mélancolie.

« Tu crains pour toi et pour moi, Colombe ?

– Tant mieux si mon choix nous sauve de la prison, vous ne croyez pas ? Mais j'avais pensé, si jamais l'ombre d'une menace s'était manifestée, à partir en Europe. Personne n'aurait su.

– Tu souffres, pourtant. Que se passe-t-il, Colombe ? »

Après quelques instants de résistance, Colombe cède sous le poids de la culpabilité qui la tenaille. Victoire glisse un bras sur ses frêles épaules secouées de sanglots. « Je ne vous ai pas dit, madame Victoire, tellement j'ai honte. »

Ayant elle-même déjà éprouvé semblables sentiments, Victoire sait qu'elle doit faire preuve de beaucoup de patience et d'une immense tendresse. Elle se revoit, trente ans plus tôt, dans sa chambre de Yamachiche. Au matin des funérailles de Domitille, cette femme qu'elle était accusée d'avoir mortellement chagrinée, Françoise, sa mère, lui avait affirmé qu'il aurait été surhumain de renoncer à charmer Georges-Noël, de ne pas prendre plaisir à sentir ses bras l'enlacer au hasard de certaines danses. Victoire profite de ce souvenir pour révéler à Colombe son idylle avec un homme marié, alors qu'elle n'avait que seize ans.

« Justement, le plaisir, madame Dufresne. Rien n'est plus pernicieux que le plaisir ! Il s'infiltre jusque dans les gestes les plus honteux... », s'écrie Colombe, exaspérée.

Avec la fougue d'une rivière trop longtemps endiguée, Colombe crie sa colère :

« Madame Dufresne, vous avez la liberté de me rejeter à jamais, mais je dois vous dire que je ne suis pas celle que vous pensez. Je suis une pervertie, madame Dufresne. Avant de commettre le crime que vous connaissez, j'ai ressenti du plaisir à voir cet homme lutter contre la tentation de m'embrasser, de me toucher, de m'aimer chaque fois que je me trouvais en sa compagnie. Avant

de le fuir, je l'avais séduit. Je n'ai eu que ce que je méritais et je dois payer de ma vie...
– Non, Colombe, écoute-moi, je t'en supplie. »
Déchirée par des aveux si semblables aux siens, Victoire caresse en pleurant la chevelure de la jeune femme. La tête blottie sur ses genoux, Colombe n'est plus qu'une épave dérivant vers les murs d'un cloître. « Ne donne pas au désir un pouvoir qu'il n'a pas », avait dit Françoise à Victoire avant de rendre un dernier hommage à Domitille.
« C'est normal d'aimer séduire, Colombe. Tu n'étais qu'une toute jeune femme à la recherche de sa féminité.
– J'aimerais penser comme vous, dit Colombe, après un long silence, mais je ne peux pas. Je n'en ai même pas le droit. »
Victoire veut contester mais la jeune femme reprend aussitôt :
« Dieu s'est prononcé par la voix de son représentant.
– Son représentant...
– Oui, un prêtre de grande qualité vers qui j'ai été dirigée. »
Victoire sait que chercher à connaître son nom ne changera rien au fait que Colombe accorde à la parole de cet homme une crédibilité absolue.
« Mais rassurez-vous, reprend-elle, soudain ragaillardie. J'éprouve un très grand bonheur à l'idée de consacrer ma vie au service du Seigneur et de son Église.
– J'espère que tu te sentiras libre de revenir sur ta décision si jamais tu découvrais que tu t'es trompée », dit Victoire, taisant les doutes qui l'assaillent.
Colombe lui sourit, se lève et se dirige vers la sortie du jardin. Victoire lui emboîte le pas, livrée à un pro-

fond sentiment d'impuissance. Avant d'emprunter la rue Saint-Hubert, elle ouvre ses bras, mais Colombe lui présente une enveloppe minuscule. « Ouvrez-la tout de suite, je vous prie... » Une rose rouge est peinte sur le feuillet replié en quatre. À l'intérieur, quelques phrases de Colombe :

> *À celle qui fut pour moi la meilleure des mères*
> *que l'on puisse souhaiter sur cette terre,*
> *je redis toute mon admiration,*
> *ma gratitude et mon amour.*
> *Puisse le sacrifice de ma vie*
> *vous dégager à jamais de tous les remords*
> *que mes exigences auraient pu vous causer.*
>
> *Votre fille pour l'éternité*
Colombe

Après une étreinte silencieuse, les deux femmes se quittent sans se retourner.

En chemin, Victoire est soudain alertée. Une question surgit à son esprit : Colombe a-t-elle mis Oscar au courant de son avortement ? La crainte d'un reproche de sa part, voire d'une rancune jamais avouée, lui fait regretter de n'avoir pas pensé interroger Colombe à ce sujet.

Une autre idée, pour le moins hasardeuse, lui vient : trouver en cette ville, en ce pays s'il le faut, un prêtre qui comprenne et qui puisse expliquer à Colombe qu'elle n'a pas à renoncer à l'amour pour expier des désirs naturels ou des pensées impures courageusement matées.

∼

Victoire n'a plus sommeil. Dans la serre où elle a installé, le printemps dernier, un mobilier de rotin paré de coussins pêche et émeraude, elle savoure le dernier souffle de cette douce nuit de mai. Elle ouvre une fenêtre. Une odeur de fleurs et de rosée pénètre dans la pièce, accompagnée du bruissement du ruisseau et du roucoulement timide d'une tourterelle sans doute occupée à se nicher dans un des érables. Les pans de brume s'attardant au-dessus du fleuve et des prés se dissipent peu à peu sous le rideau pourpre qui glisse derrière l'horizon. « Que de splendeurs viennent et repartent sans que nous prenions le temps de les contempler », se dit Victoire, résolue à s'offrir ce spectacle chaque fois qu'un réveil hâtif le lui permettra. Sur la pointe des pieds, elle va chercher le dernier carnet de ses confidences, heureuse d'y trouver encore quatre pages blanches. *Tout cela ressemble aux six derniers mois de ma vie*, écrit-elle. *Comme cette ville endormie qui se prive chaque jour d'un spectacle adorable, j'ai l'impression d'être passée à côté de mille et un petits bonheurs quotidiens. Depuis janvier, je me suis laissé envahir par les problèmes de Colombe et d'Oscar, jusqu'à oublier de regarder vivre ceux qui m'entourent, ne laissant d'espace que pour les exigences du travail. Dieu sait pourtant combien je les aime. Comment ne pas admirer la patience de Thomas, sa particulière tolérance et son peu d'exigence à mon égard. D'instinct, il a pris auprès des enfants la place que mes préoccupations ont laissée vacante. Plus ils vieillissent, plus ils semblent apprécier son humour et sa flamme juvénile. Je devrais me donner plus d'occasions d'en savourer les bienfaits. À compter d'aujourd'hui, sans renoncer aux démarches prévues, je vais me consacrer davantage à ma famille et à la création de nouveaux modèles pour notre manufacture. J'ai négligé, aussi, de suivre de près les transactions de terrains dans la ville de Maisonneuve...*

Un craquement de planches et le crissement de la porte lui font glisser vivement le carnet sous son bras.

« Il t'arrive souvent, Oscar, de te lever à cette heure ? demande Victoire devant son regard si ardent qu'elle le soupçonne d'être éveillé depuis longtemps.

– J'ai beaucoup à faire, allègue-t-il.

– Plus que d'habitude ?

– Drôlement plus. J'ai décidé d'aller de l'avant dans la construction de ma maison. Papa m'a dit que la propriétaire des lots que j'aimerais acheter est disposée à recevoir une offre. Je dois rencontrer un évaluateur la semaine prochaine. Si c'est abordable, j'achète. »

Médusée, Victoire attend des explications.

« Quelque chose me dit que je dois faire ce qui a été prévu...

– Tu gardes espoir, mon grand ?

– En la vie, oui. Je ne sais pas encore si j'habiterai avec Colombe, avec une autre femme ou tout seul, mais je dois faire construire cette maison. Colombe a tellement de goût que n'importe quelle femme aimerait le plan tel qu'elle l'a modifié.

– Ce serait indiscret de te demander ce qui te permet d'espérer que Colombe te reviendra ?

– Et si elle n'aime pas la vie de couvent ? Si elle n'est pas acceptée pour ses derniers vœux ?

– Tu es prêt à l'attendre ?

– Ça va dépendre des événements... »

Ravie de cette attitude, Victoire trouve une raison de plus de se mettre à la recherche du prêtre à l'exceptionnelle indulgence.

La porte grince de nouveau, et voilà que Thomas, les cheveux hirsutes, vient s'étirer en bâillant dans la chaleur des rayons dorant le plancher. Oscar et Victoire le regardent, un sourire au coin des lèvres.

« C'est une sacrée bonne idée que de se faire servir à déjeuner ici ce matin, ma belle, lance-t-il. Je prendrais un bon thé chaud, dit-il en s'adressant à Oscar. Et pour ta mère...

– La même chose », répond-elle, spontanément complice.

Oscar s'exécute, tel un chevalier servant.

« Tu t'en fais trop pour les enfants, dit Thomas, se doutant bien de la cause de son insomnie. J'ai trouvé la potion magique qui te changera les idées. » Victoire veut protester, mais il la supplie de l'écouter :

« Tu ne pourras pas refuser ma proposition. Je n'ai pas de temps à perdre, mais je vais y arriver... Il faut que j'entraîne quelqu'un de responsable pour nous remplacer.

– Comment ça, nous remplacer ?

– Pendant notre voyage. En Europe. »

La surprise passée, Victoire admet que les profits de la précédente année et les commandes d'outre-mer leur permettent de s'offrir ce voyage. Toutefois, son peu d'enthousiasme inquiète Thomas.

« Si ce n'est pas une question d'argent, je ne peux pas voir ce qui te fait hésiter, lui dit-il, attendant sa réponse avant de s'enquérir des coûts de la traversée.

– J'ai mal à l'idée de laisser les enfants si longtemps.

– Ils ne sont plus des bébés, et on les confie à des gens fiables. »

Victoire se sent tiraillée. « Je comprends Marie-Louise », balbutie-t-elle, se souvenant des confidences que cette dernière lui a faites au sujet de ses trois mois d'absence, loin de ses petits et de son benjamin encore au berceau.

« Candide a seize ans, Cécile est sur le point d'avoir neuf ans... Avec Marie-Ange qu'ils connaissent depuis leur naissance, et Laurette à qui je demanderai de venir, on peut partir tranquilles. »

Victoire esquisse un sourire et Thomas, ravi, lance une boutade :

« Ça va leur faire du bien de s'ennuyer un peu de leurs parents. »

Devant le regard rembruni de son épouse, il veut lui changer les idées.

« Tu t'imagines à Paris, en train de jouer à acheter tes propres chaussures et d'entendre les compliments du vendeur ou les exclamations des autres clientes ? Je les vois d'ici lorsqu'elles apprendront que tu as créé ces modèles, dit-il, savourant d'avance le bonheur de son épouse. C'est la traversée qui t'inquiète le plus ou la peur de t'ennuyer des enfants ?

– Les deux. Puis je n'ai plus la santé que j'avais, tu sais. »

À ce moment, Oscar dépose sur la petite table deux tasses de thé, du pain grillé, du beurre et des confitures de bleuets. Au silence de ses parents, il comprend qu'ils apprécieraient un peu d'intimité pour leur petit déjeuner.

Soudain, Thomas prend conscience que Victoire est entrée dans sa cinquante-quatrième année : des ridules se sont dessinées au coin de ses yeux, son ovale s'est affaissé, et puis il se souvient avec inquiétude de certains malaises qu'elle a déjà éprouvés.

« On ne partira pas sans avoir consulté ton médecin, promet-il sur un ton grave.

— Combien de temps dure la traversée ? demande-t-elle, songeuse.

— De six à huit jours à peu près.

— S'il fallait que je souffre du mal de mer autant que Lady Lacoste... »

Les mains de Thomas cherchent les siennes et les pressent avec une ferveur rassurante. Victoire plonge amoureusement son regard dans celui de son époux et le prie :

« J'aurai besoin de toute ta joie de vivre et de ta force de caractère pour bien profiter de ce voyage, même si je sais qu'il est bon pour nous que nous le fassions. Pour moi, peut-être plus encore. Je me suis rendu compte, ce matin, qu'à force de vouloir sauver les amours des autres, je néglige le nôtre. Il est grand temps que nous nous retrouvions tous les deux, loin de tant de soucis. Je t'aime vraiment, tu sais, et j'ai de plus en plus de raisons de t'aimer.

— Moi aussi, Victoire.

— Un amour qui survit aux orages ne peut qu'en sortir grandi. »

Le regard suppliant de Thomas la presse de poursuivre.

« Le nôtre prend l'allure d'un rocher poli par le ressac des vagues, murmure-t-elle. Je le sais, à t'entendre employer certains de mes mots pour t'exprimer. À me voir emprunter tes gestes... »

Les mains croisées sur sa tasse, Thomas, ému, ne voit plus en Victoire qu'une femme sans âge. Une femme qui se blottit comme une enfant dans le confort de ses promesses. Cette femme qui fut sa mère, sa maîtresse, la mère de ses enfants. À lui maintenant de l'emmener là où elle l'a propulsé, dans un univers à la mesure de sa noblesse de cœur, de ses talents artistiques et de sa grande intelligence. Il lui est maintenant donné de la convier au repos, à l'enchantement et à la gratification.

« Ce serait vers quelle date ? demande-t-elle.

– J'ai pensé à la fin de juillet.

– Pour revenir quand ?

– Visiter Londres et Paris en dix jours, ce serait un peu court...

– Oscar s'occuperait de la manufacture ? »

Quelque peu embarrassé, Thomas lisse sa moustache et déclare :

« J'ai pensé que ça lui ferait grand bien d'être du voyage. »

Victoire ne peut cacher sa déception. Elle aurait préféré se retrouver seule en sa compagnie pendant qu'Oscar veillerait à la maisonnée et aux affaires.

« En plus de tous les avantages de ce voyage pour Oscar, ça lui ferait oublier Colombe, un peu », précise Thomas.

« Décidément, il ne croit pas à des retrouvailles possibles », constate-t-elle, désolée.

~

À un emploi du temps que Victoire a souhaité alléger s'ajoutent maintenant les préparatifs du voyage.

Oscar a reporté l'offre d'achat des terrains à son retour d'Europe. Compiler les renseignements sur les navires qui assurent la traversée et sur les lieux à visiter lui demande tout son temps libre et s'avère un exutoire à son chagrin d'amour.

« Comme j'ai l'ambition de construire quelque chose de solide et de beau, je pense qu'il est préférable que j'aie l'esprit libéré de certains problèmes », confie-t-il à sa mère. Ces mots ramènent à la mémoire de Victoire des paroles entendues trente-huit ans plus tôt : Georges-Noël chargeait Rémi Du Sault, son père, des rénovations de la maison ancestrale, léguée par sa mère. « Je veux du beau mais du solide aussi, à commencer par un solage d'au moins trois pieds de haut qui tiendra le coup au printemps », avait-il dit. Elle revoit avec bonheur les traits de cet homme qui l'avait séduite par sa dignité et sa force tranquille. Des traits qui sont devenus ceux de son fils. « Je veux cinq chambres à coucher, un grand salon double, une salle à manger, un solarium, un bureau et une grande cuisine en plus des deux chambres de bain ; je verrai plus tard aux divisions du sous-sol », dit Oscar en expliquant le plan que Marius a tracé à partir de celui de trois résidences bourgeoises et que Colombe a modifié.

« Si je comprends bien, tu n'as pas renoncé à avoir des enfants, ose demander sa mère.

– C'est mon plus grand souhait », avoue-t-il, attristé, laissant entendre qu'il envisagerait l'adoption s'il épousait Colombe.

Une semaine avant son départ pour l'Europe, Victoire résiste difficilement à la panique. Les résultats de sa consultation médicale ne sont pas inquiétants, mais elle a encore tant de choses à faire qu'elle doit en sacrifier quelques-unes, mais lesquelles ? Pendant que Thomas et Oscar veillent à être remplacés à la manufacture, elle doit s'assurer que personne ne manquera de rien en leur absence. *Comme ils sont imprévisibles, ces enfants !* écrit-elle dans son journal, faute de trouver le sommeil après une heure de lecture. *Alors que je redoutais leur réaction à l'annonce de notre voyage, ils s'en montrent heureux comme s'ils avaient quelque avantage à en tirer. La présence de leur cousine, Laurette, les ravit. Je ne serais pas surprise que Candide et Marius désirent ces quatre semaines d'une liberté rêvée. Comment le leur reprocher ? Quant à ma petite, elle ne semble pas se rendre compte que nous serons séparées pendant quatre semaines. Je devrais m'en réjouir, comme je me réjouis d'apprendre que M. Pelletier, son épouse et leur nièce seront du voyage, au moins à l'aller. Quelle coïncidence que ce soit de cette demoiselle Pelletier qu'Oscar devait acheter des lots ! Je dois trouver du temps pour voir Lady Lacoste qui tient à me recommander la visite de nombreux endroits et qui a un colis à me confier pour le père Pichon, son directeur spirituel. Je me demande bien comment il réagirait à la confession que je viens de faire à cinq autres prêtres. Qu'il soit de la congrégation des Pères jésuites ne m'incite pas à le croire plus indulgent. À en juger d'après ce que Marie-Louise m'en dit, je pense même qu'il se montrerait encore plus cinglant.*

Déterminée à venir en aide à Colombe, Victoire a en effet courageusement entrepris la tournée des confessionnaux de sa région, ceux des églises comme ceux des communautés religieuses d'hommes. Dès que le guichet s'ouvre, elle emprunte la voix hésitante d'une jeune femme et avoue :

«Au nom du Père et du Fils et du Saint-Esprit. Ainsi soit-il. Pardonnez-moi, mon père, parce que j'ai péché. Je me confesse à Dieu tout-puissant et à vous, mon père. Mon père, je m'accuse d'avoir ressenti un certain plaisir à voir qu'un homme, plus âgé que moi, dans mon entourage, me trouvait jolie et attirante.

– Vous avez fait quelque chose de particulier pour qu'il vous trouve attirante ? demandent tous les confesseurs, sans exception.

– Non, mais ça me faisait plaisir.

– Vous en avez éprouvé des pensées ou des désirs impurs ?

– Des pensées, je crois que oui.

– Vous saviez, mon enfant, que vous commettiez un péché mortel ?

– Non, mon père.

– N'avez-vous pas appris votre petit catéchisme et vos dix commandements de Dieu ?

– Oui, mon père.

– Récitez-moi le sixième commandement de Dieu, lui demande l'un de ses confesseurs.

– Œuvre de chair tu ne désireras qu'en mariage seulement.

– C'est le neuvième, celui-là. Impudique point ne sera de corps ni de consentement. Voilà le commandement que vous avez violé. Pour votre pénitence, vous ferez trois chemins de croix et vous réciterez votre rosaire. Avez-vous d'autres fautes à confesser ? »

Les autres confessions lui ont valu des pénitences semblables et l'ont dissuadée de passer à l'aveu suprême.

L'idée lui est venue, toutefois, de l'exprimer clairement à ce religieux que Lady Lacoste a souvent comparé au curé d'Ars pour son exceptionnelle bonté. « Au nom du Père et du Fils et du Saint-Esprit... Mon père, je m'accuse d'avoir pris les moyens pour rejeter de mon corps le fruit d'un viol. »

En cette nuit de parfaite solitude, Victoire le revoit se tourner vers la petite grille, d'abord abasourdi, et, après lui avoir demandé de répéter, entrer dans une colère telle qu'elle a quitté le confessionnal et la chapelle en toute hâte. *J'avais l'impression,* écrit-elle, *qu'il aurait pu m'enfermer là jusqu'à ce que des policiers viennent me passer les menottes. Je ne sais vraiment plus vers qui me tourner et pourtant, je ne me résigne pas à croire qu'il n'existe en notre monde aucun prêtre capable de compréhension et d'indulgence. Où se cache celui qui me dira : « Je crois que vous avez beaucoup souffert et que vous avez grand besoin d'aide. Venez me voir à mon bureau, nous prendrons le temps... »*

À une religieuse du couvent de Cécile, Victoire a demandé :

« Connaîtriez-vous un directeur spirituel capable de comprendre et d'aider une jeune fille en perdition ?

— Le père Dugal, à l'abbaye de Saint-Benoît-du-Lac, répondit-elle sans la moindre hésitation.

— Ce n'est pas à la porte, Saint-Benoît-du-Lac...

— Elle pourrait commencer par lui écrire.

— Vous accepteriez, pour sa protection, qu'elle fasse adresser sa réponse à votre couvent et à votre nom ? »

Victoire avait toutefois oublié que toutes les lettres étaient ouvertes et lues par la Mère supérieure avant d'être remises à leur destinataire. « Je vais demander la permission... », lui a promis la sœur. Cette réponse tardant à venir, Victoire n'y compte plus. « Qui sait si mon voyage ne m'apportera pas une autre solution », se dit-elle.

Victoire apprend, en entrant chez elle, que la une des journaux annonce que le *Bourgogne*, sur lequel ils devaient partir, vient de faire naufrage avec ses cinq cent soixante-huit passagers. Et qui plus est, la presse anglo-saxonne en attribue la cause à l'usure des paquebots de la Transat et à la lâcheté des marins français. Victoire est catastrophée.

« J'ai parlé à l'agent de la Transat. Il m'a promis de rembourser les billets, dit Thomas, se voulant rassurant. La liste des passagers de la Cunard affiche toujours complet, mais Étienne et moi venons d'obtenir la garantie que des billets nous seront réservés sur le *Campania* moyennant que nous les payions en argent comptant au moins douze heures avant notre départ. Nous devrons nous rendre à New York, donc partir d'ici deux jours plus tôt que prévu », débite-t-il, pressé de voir aux derniers préparatifs.

Au cœur de cette excitation, Lady Lacoste, informée de ces chambardements, leur conseille : « J'y verrais un signe de la Providence et je différerais ce voyage.

– On ne va pas régler notre vie sur de la superstition », rétorque Thomas, déterminé à ce qu'ils se rendent au moins à New York. « De là, il y aura sûrement un transatlantique qui pourra nous embarquer, quitte à attendre quelques jours dans un bon hôtel. »

CHAPITRE V

Une fébrilité sans pareille règne dans la salle d'attente de la gare Viger récemment inaugurée. Autour de Thomas et de son épouse s'agitent leurs cinq enfants, leurs neveux ainsi que Laurette et Marie-Ange, tandis que Jean-Thomas enregistre les bagages. Si le naufrage du *Bourgogne* a quelque peu refroidi l'enthousiasme des voyageurs dans un premier temps, les Dufresne vivent maintenant dans l'euphorie de ce départ pour New York, amorce de leur plus grand périple. Nerveux, Thomas pince sans cesse les pointes de sa moustache. Oscar commente les nombreux dépliants publicitaires dont il a laissé un exemplaire à son frère Marius pour le consoler de ne pouvoir les accompagner. À ses cousins, Donat et Georges-Auguste, il promet de rapporter des souvenirs des villes qu'il visitera en Europe. Marie-Ange et Laurette multiplient joyeusement les projets ; elles cohabiteront un mois rue Saint-Hubert. Leur exubérance a l'heur d'inquiéter Cécile ; elle s'agrippe à sa mère et la supplie de l'emmener avec elle. Romulus, malgré ses douze ans, serait bien tenté de l'imiter, mais il craint la moquerie de ses frères. Victoire l'y invite en posant affectueusement son bras sur ses épaules.

« Pourquoi je ne peux pas y aller, moi aussi ? demande-t-il à son tour.

— Tu serais bien trop malade, mon pauvre petit garçon ! Rien que d'aller en tramway te fait vomir…

— Tu guéris d'une grippe et tu en attrapes une plus forte, ajoute son père, espérant le voir sourire.

— De toute façon, dit Candide, qui a invoqué ses seize ans pour justifier son droit de visiter l'Europe avec ses parents, les grands voyages ne sont pas faits pour les fluets. »

Victoire se voit dans l'obligation de leur rappeler, à dix minutes du départ, les promesses de bonne entente, de docilité et d'entraide faites la semaine précédente. Sinon, ils ne sauraient se mériter un cadeau…

La famille Pelletier tarde à se présenter. Cela n'a rien pour calmer Oscar, déjà nerveux à la pensée de faire la connaissance de Mlle Alexandrine. Dans sa tenue noir et blanc des grandes sorties, il fait les cent pas, de l'entrée principale de la gare au guichet d'enregistrement, souhaitant que cette jeune femme soit assez agréable pour le distraire de Colombe dont il est toujours épris.

« Enfin ! Les voilà », s'écrie Thomas qui accourt au-devant de deux dames d'égale beauté en dépit de leur différence d'âge. Oscar glisse un doigt sous le col de sa chemise amidonnée, replace son nœud papillon et la mèche qui empiète opiniâtrement sur la ligne droite tracée au milieu de sa chevelure. « Madame Pelletier, voici Oscar, mon fils aîné, dit Thomas.

— Mes hommages, madame », fait le jeune homme, en s'inclinant devant cette femme.

Malgré ses quarante ans bien sonnés, elle a l'air aussi timide que lui.

En présentant la belle Alexandrine, Thomas Dufresne s'est dépassé en courtoisie et en jovialité. Pourtant l'effet espéré ne se produit pas. Sidéré par ce regard nostalgique et ces lèvres pulpeuses retenant un sourire, Oscar bafouille et échappe ses documents au pied de Mlle Pelletier.

La voix modulée au diapason de son insécurité, Geneviève Pelletier s'excuse au nom de son mari : « Il ne devrait plus tarder... Je lui ai demandé de jeter un dernier coup d'œil à nos bagages. Ce serait trop bête d'en avoir oublié à la maison. »

S'adressant à Oscar, Alexandrine pointe le doigt vers Victoire et ses enfants :

« C'est votre mère ? demande-t-elle.

— Oui. Venez que je vous la présente », offre-t-il.

Victoire a remarqué la jeune femme au visage fin et à la chevelure aux reflets d'automne retenue sous un petit chapeau de velours noir qui donne à ses yeux marron une douceur angélique. « Les yeux de Domitille », pense-t-elle, troublée. « On m'a dit beaucoup de bien de vous, madame... Dufresne ou Du Sault ? demande Mlle Pelletier.

— Je porte l'un ou l'autre nom, répond Victoire, soucieuse de mettre à l'aise cette jeune fille aux manières si raffinées.

— Les femmes qui ne prennent pas le nom de leur mari sont tellement rares que je me demandais si mon père ne faisait pas erreur lorsqu'il parlait de vous. »

Ne sachant si la remarque est un compliment ou un reproche, Victoire demande : « Pas trop nerveuse, mademoiselle Pelletier ?

– Assez, oui, surtout depuis la nouvelle du naufrage. Puis je n'ai encore jamais fait une aussi longue traversée. » Venue la rejoindre, Geneviève précise : « Ma nièce est d'une santé plutôt fragile...
– Vous exagérez, ma tante. J'ai mes petits bobos comme tout le monde, mais pas plus que ça. »

Victoire salue Mme Pelletier dont le sourire et les manières distinguées lui sont sympathiques. « Mon mari a fait l'Europe plus d'une fois, déclare Geneviève Pelletier, mais il a toujours eu pour son dire que ce genre de voyage était trop fatigant pour les femmes... C'est votre mari qui l'a convaincu de nous amener, ma nièce et moi. » L'étonnement de Victoire se teinte de méfiance lorsqu'au même moment, elle remarque les regards furtifs que s'échangent Étienne, le mari de Geneviève, et Thomas. Embarrassée, elle cherche une contenance en s'empressant de présenter ses fils, sa fille et ses neveux à la famille Pelletier.

Thomas est seul à connaître les intentions secrètes de M. Pelletier et il n'en a dit mot à Victoire. Ce dernier veut faire échouer le projet de mariage entre sa nièce et un certain M. Normandin. « Raoul Normandin est un bon garçon, mais ce n'est pas en barbouillant une toile qu'on peut faire vivre une femme convenablement, a-t-il confié à Thomas, de passage à sa boutique d'importations.

– Si je ne m'abuse, Mlle Pelletier a été habituée au grand confort du vivant de son père, a répliqué Thomas qui, depuis près de cinq ans, aime trouver dans cette boutique des cadeaux qui plaisent à Victoire.

– Plus encore après sa mort, a précisé Étienne. L'héritage qu'il leur a laissé, à elle et à sa mère, en a fait des bourgeoises. »

Geneviève soutenait cependant que l'amour demeurait la seule garantie de bonheur dans le mariage et que le rôle de tuteur n'autorisait pas Étienne à s'immiscer dans la vie amoureuse de sa nièce, majeure depuis près de trois ans.

« Il ne faudrait pas tarder à prendre place », suggère Oscar au moment où, d'une voix impérative, un agent ordonne aux passagers de se rendre au quai d'embarquement.

Candide, Marius, Laurette et Marie-Ange se jettent une dernière fois dans les bras de Victoire. Cécile se pend au cou de sa mère, incapable de retenir ses larmes. Thomas tente de consoler sa fille en glissant dans sa main quelques pièces de monnaie. « Emmenez-la à la boutique de friandises », conseille-t-il à Laurette et à Marie-Ange.

Je comprends Marie-Louise d'avoir eu le cœur en charpie au moment de quitter ses jeunes enfants pour trois mois, écrit Victoire, à bord du train qui file vers New York. *Je sais pourtant que si notre heure est venue, que nous soyons sur la rue Saint-Hubert ou en plein océan, nous allons quitter ce monde. Je crois profondément que si nous avons été épargnés du naufrage du* Bourgogne, *c'est que nous sommes destinés à faire un bon voyage. Je déplore qu'à huit ans ma petite Cécile ne puisse raisonner ainsi.*

Thomas multiplie les soupirs de satisfaction et la regarde écrire d'un air intrigué.

« Tu me fais prendre conscience que parmi tous les rêves que j'ai caressés dans ma vie, il y en a un dont je ne t'ai jamais parlé et qui dure depuis trente ans…

— Depuis trente ans !

— J'étais encore au Collège de Trois-Rivières. »

À l'instant, Victoire le revoit, de retour du pensionnat, courant à sa cordonnerie pour recueillir les félicitations que lui méritait son bulletin de fin d'année. « Ma mère aussi serait contente, hein, mademoiselle Victoire ? demandait-il, toujours réfractaire à cette vie d'internat à laquelle la mort de Domitille l'avait condamné.
— Ton père a dû te féliciter, présumait Victoire.
— Oui, mais pas comme vous. Il regarde vite, tandis que vous, mademoiselle Victoire, vous prenez le temps de tout examiner », ripostait-il en plongeant un regard curieux dans le corsage de sa jolie voisine.

Vivant en vase clos chez les frères dix mois par an, Thomas donnait pourtant des signes d'éveil sexuel précoce. Victoire le trouvait charmant, mais jamais elle n'aurait imaginé qu'il recevrait d'elle son premier baiser amoureux. Une attirance insidieuse, puis irrésistible les avait entraînés dans le labyrinthe des fantasmes sexuels dont Thomas avait également rêvé. La nuit venue, il pouvait, à la faveur de la lampe à l'huile, épier sa jolie voisine derrière les rideaux d'organdi de sa chambre à coucher. Des instants de pure jouissance. Quatre ans plus tard, Victoire avait eu le sentiment, en initiant le jeune homme de dix-huit ans aux jeux de la volupté, de tenir un rôle sacré. À la fois amante et mère, elle avait lucidement assumé cette responsabilité, quitte à le voir se précipiter dans les bras d'une autre femme, plus jeune, qu'il initierait à son tour... Mais le choix de Thomas avait été irrévocable.

En cet après-midi de la fin de juillet 1898, à bord du train, elle songe, soumise mais heureuse, à cette aventure à laquelle la convie cet homme intrépide et ingénieux qu'est devenu Thomas Dufresne. Victoire

s'abandonne entre ses mains, comme lui-même l'a fait, vingt-six ans plus tôt. « Jour pour jour », pense-t-elle en se tournant vers son mari qui l'observe en silence depuis de longues minutes. « Excuse-moi, j'étais distraite. Tu parlais de ton rêve de l'époque du collège…
— Je t'avouerai que je ne me sens pas très à l'aise de te le dévoiler.
— Même après plus de vingt ans de mariage ? Allons, un petit effort ! »
Thomas lui retire son crayon, prend sa main, la porte sur son cœur et déclare : « Je suis jaloux de ton carnet. »
Victoire le fixe, médusée.
« J'ai toujours rêvé d'être ton confident. Je sais que recevoir tes confidences est un grand privilège qu'on doit mériter.
— Mais tu es au courant de presque tout ce que j'écris, Thomas.
— Presque tout, mais pas tout. »
Les voyant se caresser des yeux, Oscar feint de vouloir se dégourdir les jambes pour leur laisser un peu d'intimité.
« Il ne faut pas que tu considères mon journal intime comme un rival. Au contraire. Il m'est arrivé souvent, en écrivant, de prendre davantage conscience de tes qualités, de ta valeur, de certaines de mes erreurs…
— Je devrais peut-être m'y mettre, moi aussi.
— Toi ?
— Pas pour te chercher d'autres qualités, sinon je devrai ramper devant toi… »
Les serments d'amour et les propos élogieux coulent des lèvres de Thomas avec une éloquence sincère.

Il est d'humeur si agréable que Victoire oublie la distance qui les sépare déjà de leurs enfants. « Tiens donc, s'exclame-t-il soudain. Notre jeune homme va mettre du temps à se rendre au dernier wagon. »

Oscar semble en grande conversation avec les Pelletier, assis un peu plus loin derrière eux. « Reste à savoir qui des trois l'intéresse à ce point… », lance-t-il, question de sonder l'opinion de Victoire. Et comme elle se montre avare de commentaires, il revient à la question du journal :

« Tu vas détruire tes carnets ou tu as l'intention de les laisser à la postérité ?

– Que ferais-tu à ma place ?

– Ça dépend de ce qu'ils contiennent… Comme je suis un homme qui n'a rien à cacher, affirme-t-il, moqueur, je les laisserais à ma famille.

– Ce n'est pas parce que tu es bien jasant, Thomas Dufresne, que tu livres vraiment ce que tu as dans les tripes. Je pourrais te donner des exemples, mais je crois que tu préfères ne pas les entendre… »

Et comme pour lui donner raison, Thomas ne l'écoute plus et sort de la poche de sa veste l'itinéraire tracé en compagnie de son épouse et de M. Pelletier, et auquel les Lacoste ont suggéré des corrections. Les intérêts d'Oscar reflétant ceux de ses parents, il allait de soi que la visite des chefs-d'œuvre d'architecture, des musées et des jardins devait occuper une place prépondérante dans leur voyage.

« J'ai hâte de voir le site des Halles, à Paris, et comment nos chaussures y sont présentées. Il est grand temps que les Français sachent qu'il existe chez nous une femme qui n'a rien à leur envier.

– Tu exagères, Thomas !

– Je ne parle pas que de tes chaussures. Tu m'as modelé autant que tes bottines, les premières années...
– Tu te considères comme un chef-d'œuvre ? lance Victoire, amusée.
– Je suis ta réussite », dit-il, triomphant, le menton pointé vers le ciel.

Victoire continue de le faire rire de bon gré, lorsque Oscar reprend sa place et déclare tout de go :
« Intéressants, les Pelletier.
– Leur nièce aussi ? demande Thomas.
– Un peu trop pincée à mon goût...
– Heureusement qu'elle n'a pas à être à ton goût, corrige Victoire. Qu'elle plaise à un monsieur de bonne réputation, c'est déjà pas mal. »

Moins étonné que contrarié, Thomas constate qu'il n'est pas le seul à posséder des renseignements sur Mlle Alexandrine Pelletier.

« Tu tiens ça de qui, toi, que la belle Alexandrine aurait un cavalier ?
– Hum..., attends. C'est Laurette, je crois, qui m'a appris qu'elle fréquentait un M. Normandin.
– À ce que je sache, ce n'est rien de bien sérieux.
– Ah, non ? Je les croyais fiancés ou sur le point de l'être.
– Des commérages », riposte Thomas, les sourcils froncés.

Oscar demeure impassible.

Fatiguée par les préparatifs du voyage, les inquiétudes et les émotions du départ, Victoire souhaite dormir un peu. Les paupières à peine closes, elle entend son mari vanter à Oscar les qualités des trois Pelletier : Étienne, propriétaire depuis une vingtaine d'années d'un commerce très florissant, est, selon lui, un homme de talent et d'une grande honnêteté, et son épouse, une femme dévouée, conciliante et très discrète. Leur nièce a reçu une éducation enviable et a été initiée à la peinture, à la musique et au théâtre. Aux grommellements d'Oscar et à l'empressement qu'il met à revoir ses objectifs de voyage, Victoire juge que son fils ne ressent bel et bien aucun penchant pour Alexandrine Pelletier.

~

« Je ne sais plus vraiment si je souhaite davantage partir ou retourner à Montréal. » Malgré la courtoisie du personnel et l'humeur fort plaisante des siens, le voyage en train a paru interminable à Victoire.

Dans l'espoir d'embarquer sur le *Campania* le lendemain matin, les familles Dufresne et Pelletier passent la nuit dans un hôtel à proximité du port de New York.

Après une nuit entrecoupée de cauchemars, Victoire attend le départ, anxieuse, clouée à la fenêtre de la chambre. Les hommes sont partis chercher les billets de la compagnie Cunard. « Jamais je ne m'habituerai à voir l'aisance et la misère se côtoyer si effrontément », songe-t-elle avec stupéfaction. Non loin de l'hôtel, cordages de goélettes, cheminées et mâts de transatlantiques pointent vers le ciel. En arrière-plan, clochers d'églises et dômes d'édifices prestigieux s'affichent sur une toile que le lever du soleil teinte de pourpre et de bleu. Les sirènes des usines fendent l'air et les klaxons des automobiles, mieux que n'importe quel fouet, collent les chevaux en bordure des trottoirs. Les étrangers déambulent, comme autant d'essaims d'abeilles. Par vagues successives, des odeurs d'ordures ménagères et de fumées d'usines parviennent jusqu'à l'hôtel. « Quelle désolation, cette ville ! » déplore Victoire, sursautant au grincement de la clé dans la serrure. « C'est toi, Thomas ? » Les éclats de rire d'Oscar la rassurent.

Thomas ne prend même pas le temps de faire part à Victoire des résultats de leur démarche, tant il est troublé par l'inquiétude qui ternit son regard et sillonne son front.

« Ça ne va pas ?
– Je voudrais être déjà en Europe sans avoir à traverser l'océan. Les dangers que nous courons sont si grands... »

« Je ne te reconnais pas », voudrait riposter Thomas. Se ravisant, il serre Victoire dans ses bras et la rassure quant à la traversée.

Non seulement Transat a remboursé le prix de leurs billets, mais la Cunard leur offre des cabines de deuxième classe sur un vaisseau en partance pour l'Angleterre.

« "Courtoisée de la commepagné", nous a rabâché l'officier de marine, ajoute Oscar. Vous auriez dû voir le monde qui attendait derrière nous...

– Dans moins d'une heure nous voguerons vers l'autre continent comme si nous avions toujours prévu partir sur le *Campania* », s'exclame Thomas, enthousiaste.

Ce 23 juillet 1898, au quai où les deux familles se sont rendues, accostent un navire en provenance de Liverpool et deux, d'Allemagne. Une masse d'étrangers, sous un soleil cuisant, sont venus accueillir les nouveaux immigrants pour les accompagner jusqu'à La Porte des nations. Ce nouveau centre d'accueil, construit en 1890 à Ellis Island, a remplacé le Castel Garden de Manhattan qu'une exploitation scandaleuse de ces étrangers avait dégradé.

« Saviez-vous, leur apprend Étienne, que les États-Unis ont voté des lois prévoyant des amendes pour barrer l'entrée des Irlandais et de tous les autres immigrants susceptibles de tomber à leur charge ?

— Ils en font quoi, après ? Ils les renvoient chez eux ? s'écrie Thomas.

— Tu penses ! Ils les envoient au Québec, s'esclaffe Étienne.

— Tu es sûr de ça ? » demande Thomas, indigné.

Étienne leur brosse alors avec feu le tableau des conditions misérables dans lesquelles voyagent ces immigrants au fond d'une cale ténébreuse et dans une promiscuité dégoûtante.

« Je comprends qu'ils nous arrivent si déprimés, dit Victoire.

— Par contre, reprend Étienne, je sais qu'une nouvelle réglementation interdit aux compagnies maritimes de prendre plus de deux cents passagers par cinq tonnes, les oblige à mettre une toilette par groupe de cent passagers et exige qu'il y ait toujours un médecin à bord. »

Dédaigneuse, Alexandrine s'inquiète :

« Il paraît que les voyageurs des deux premières classes sont à l'étage, tout simplement.

— Ce qui veut dire que nous ne sommes pas vraiment protégés des dangers de contamination, conclut sa tante, déjà transie d'appréhension.

— Il ne faut pas exagérer, rétorque Étienne. Maintenant, les émigrants sont examinés avant de monter à bord, et les commandants sont soumis à des amendes de cinquante dollars pour tout passager en trop et de dix dollars pour le décès en mer de toute personne de plus de huit ans.

– Faisons-nous partie de ces catégories ? lance Thomas pour détendre l'atmosphère.

– Il n'y a pas à s'inquiéter, dit Étienne, un tantinet prétentieux. Avec le pourboire que je leur ai laissé, on peut s'attendre à être traités comme des princes. »

Aux trois coups de sirène, les voyageurs tendent le cou vers les énormes cheminées rouges couronnées de noir, majestueuses et puissantes. Construit en Écosse en 1892, le *Campania* s'est mérité le « Ruban bleu de l'Amérique » en 1893 grâce à une vitesse record de vingt-deux nœuds et à sa jauge de treize mille tonnes.

Une voix de clairon prie les passagers de s'engager sur la passerelle. Papiers en main, Thomas prend le bras de Victoire et ordonne à Oscar de se tenir près d'eux. Les voyageurs se bousculent tant la fébrilité est intense. « *Passengers Doffrène*, baragouine l'agent de bord en examinant les papiers. *Lady and Mr. Thomasse and Oscar ? That's O.K.* »

L'inquiétude persistante de Victoire cède enfin le pas à l'euphorie.

Derrière eux, sous les applaudissements des curieux venus regarder partir le paquebot, les Pelletier gravissent la passerelle à leur tour. Une musique triomphale retentit, conviant les voyageurs à la fête. Le capitaine l'interrompt, le temps de souhaiter la bienvenue à tous ses passagers. Dans un français difficile à comprendre, il déclare qu'à bord le client est roi et que, pour cette raison, chaque couple aura à sa disposition un membre de l'équipage tout au long du voyage. Le mot d'ordre est donné au commissaire, aux grooms, aux maîtres d'hôtel, sommeliers, cuisiniers, femmes de chambre, garçons de cabine, coiffeurs, masseurs, lingères et serveurs de toute catégorie. Rien n'est négligé pour le confort du passager : soins médicaux, activités récréatives et spectacles.

« Ça te rassure ? murmure Thomas à l'oreille de sa bien-aimée.

– Dommage qu'ils ne puissent nous protéger des tempêtes…

– Ce navire, d'une force de trente mille chevaux, peut braver n'importe quelle tempête, ma chère. »

Victoire hoche la tête et riposterait, mais un officier, au français impeccable, annonce les services et les agréments du *Campania* : « Le petit déjeuner vous sera servi dans votre cabine. Les messieurs pourront pratiquer escrime, ballon, haltères dans la salle de gymnastique. Les dames auront le choix entre le *deck-tennis*, le *shuffle-board* ou le *sun-deck*. Une piscine longue de vingt mètres est à votre disposition, ainsi que des bains de vapeur et des services de massage. Comme l'avant-midi tire à sa fin, nous invitons les passagers à prendre place sur le pont des promenades où les grooms serviront un consommé chaud. Après quoi, il sera temps de passer à la salle à manger. Une sieste est fortement recommandée en début d'après-midi. »

L'heure du thé occupe une grande place dans les traversées, aussi le dîner n'est servi que vers huit heures. L'officier promet un spectacle grandiose chaque soir : pièces de théâtre, concerts, défilés de mode, galas et soirées dansantes avec orchestre. « La fanfare du régiment

La Fayette de New York, annonce-t-il, défilera dans les différents salons et sur la piste lumineuse. » Les habitués de ces traversées applaudissent.

« J'ai bien hâte de voir notre cabine », chuchote Victoire.

Les membres de l'équipage surgissent alors comme une légion de fourmis et prient les voyageurs de les suivre jusqu'à leur cabine respective.

« Je n'aurais jamais imaginé cela », s'exclame Victoire, ravie.

Sur le mur de gauche, une chaise berçante et un sofa cachant une baignoire ; sur le mur opposé, un portemanteau et des lits superposés dont les épais matelas sont couverts de couvre-lits assortis aux tentures. S'ajoute à ce décor une coiffeuse munie de deux lavabos ; au-dessus, un miroir, une petite armoire et une lampe aux reflets de cuivre. « Pour vous, madame la Marquise, dit Thomas qui fait joyeusement virevolter son épouse sur un pas de gigue. Je vous demanderais bien en mariage si vous n'y aviez déjà consenti », ajoute-t-il, déjà au diapason de l'atmosphère ludique de cette traversée. Moins de quinze minutes plus tard, quelqu'un frappe à la porte : « Tout est à votre goût ? demande une femme de chambre, s'efforçant de dissimuler un français médiocre derrière une articulation exagérée.

— *Very, very well*, s'empresse de répondre Thomas.

— Un *drink* de bienvenue sera servi au grande salon dans une démi-air, *ladies and gentlemen*, annonce-t-elle à ceux qui occupent les cinq ou six cabines avoisinantes.

— C'est peu, une demi-heure, pour suspendre nos vêtements, se recoiffer et se changer », estime Victoire.

Thomas s'enquiert auprès d'Étienne, qui loge à quelques cabines de la leur, de la tenue de mise. « Smoking et chemise blanche pour les messieurs et quelque chose d'aussi élégant pour les dames », conseille-t-il.

Les Pelletier attendent les Dufresne pour le cocktail dans un salon meublé à la François Ier, tout comme la salle à manger. Des vitraux teintés aux couleurs de l'arc-en-ciel se marient à merveille au bois de santal. Un charmant officier maîtrisant le français mieux que la majorité des Québécois précise : « Le santal pousse dans les régions tropicales. C'est un bois clair, blanc ou rouge. On en tire des essences parfumées, balsamiques, des poudres pharmaceutiques et une teinture rouge. Les lambris d'acajou ont été sculptés par des artisans de Palestine. »

— J'admire les hommes cultivés qui peuvent aborder n'importe quel sujet avec intelligence et justesse, dit Victoire en regardant l'officier se diriger vers d'autres passagers.

— Ce qui me confirme, reprend Thomas, que le manque d'instruction peut être compensé par les voyages...

— ... et la lecture, ajoute Oscar, surpris de trouver dans la bibliothèque un tel mélange de styles.

— Ici, tu retrouves un mobilier évoquant celui du Trianon, dans d'autres pièces, c'est du Louis XV... C'est comme ça sur presque tous les grands transatlantiques », dit Étienne, fier d'étaler sa culture.

Geneviève et sa nièce sont également très impressionnées par tout ce faste. Alexandrine réagit davantage aux propos d'Oscar. Cela ne surprend personne mais n'apporte qu'un faible espoir à Étienne qui aurait tant souhaité qu'un attrait irrésistible les rapproche.

∼

« Je n'aurais pas cru qu'un paquebot pouvait offrir tant d'activités, avoue Thomas.

— Les jeux de plein air sur les ponts ont toujours eu du succès, dit Étienne, mais pas autant que le tennis de table et le jeu de palet.

— J'ai bien aimé la compétition de traction de cordes, poursuit Oscar, mais j'ai trouvé le combat d'oreillers enfantin.

— Compte-toi chanceux d'être à bord d'un navire de la Cunard, réplique Étienne. Sur la majorité des autres bateaux, tu aurais eu droit au baptême des néophytes. Là, tu aurais eu raison de te plaindre.

— Ils font ça comment ? demande Victoire.

— Votre fils n'aurait pas apprécié les jeux d'eau et les barbouillages de toute sorte... Les navires de Transat, surtout, tiennent à ce que ceux qui traversent la ligne de l'équateur la première fois connaissent ce genre d'initiation.

— Ça ne me manque pas à moi non plus, riposte Victoire.

— Je pense que ça m'aurait amusé », lance Thomas, ironique.

Croisant le regard d'Oscar, Alexandrine sourit et manifeste son peu d'engouement pour tout ce burlesque. Geneviève commente la qualité des plats : « Je n'ai jamais rien mangé d'aussi raffiné que ce melon au sherry, dit-elle. J'aimerais bien avoir la recette.

— Tu ne sais pas encore qu'un chef ne donne jamais ses recettes, rétorque Étienne, méprisant.

— Il y a toujours des exceptions à la règle », corrige Victoire qui salive devant une côte de charolais rôtie à l'anglaise.

Alexandrine n'a presque rien avalé et voilà qu'elle boude la « bombe impériale », qu'elle a pourtant choisie.

« Tu as peur de grossir ? lance son oncle sous le regard désapprobateur de son épouse. Ça me fait penser, reprend-il, à ces fanatiques qui font des dizaines de fois le tour du paquebot à une vitesse folle pour perdre du poids.

— Je vois bien pire folie que celle-là, fait remarquer Oscar en parlant de certains joueurs.

— Je croyais que c'était défendu de jouer à l'argent », dit Alexandrine.

Étienne s'esclaffe.

« Pourquoi les règlements seraient-ils plus respectés sur mer que sur terre ? Des escrocs et des gigolos, il y en a partout. Les joueurs professionnels pleuvent sur les transatlantiques.

— Personne ne les dénonce ? demande Victoire, indignée.

— Qui aurait intérêt à le faire ? Les victimes ? Elles sont piégées. La culpabilité et la honte d'avoir été si naïves les empêchent de poursuivre les escrocs qui le savent bien. »

Thomas leur révèle alors avoir appris que les quelque deux cents chauffeurs chargés d'alimenter les foyers sur ces vaisseaux travaillent dans des conditions effroyables. « Ce qui explique, reprend Étienne, que les rixes sont nombreuses entre soutiers.

– Ainsi, où que l'on soit, on n'est jamais à l'abri du crime et de la misère, dit Geneviève, accablée.
– Sans parler des différences de classe qui s'affichent d'une manière éhontée… », ajoute Victoire.
En effet, le commandant se distingue à ses galons. Le commissaire principal, véritable maître de maison qui doit voir à tout, garder le sourire en toute circonstance et se comporter en fin diplomate, le seconde dans ses lourdes responsabilités. Les aristocrates se démarquent à l'aisance dont ils font preuve lorsqu'ils exigent le meilleur en matière de service, de confort et de gastronomie. Il n'est pas rare qu'ils se plaignent de ne pas trouver de quoi les satisfaire dans le menu. Cette aristocratie compte les magnats des finances et de l'industrie, des politiciens et des artistes. « Les passagers de deuxième classe, explique Étienne, en majorité chefs d'entreprises, médecins, avocats, architectes, professeurs, commerçants ou autres, allient souvent travail et tourisme. On reconnaît les dames habituées aux grands voyages et au luxe », ajoute-t-il. Vêtues de robes soyeuses, ces dames font des entrées très étudiées, par le grand escalier, avant de gagner leur table, guidées par un maître d'hôtel aussi digne qu'un archevêque.

Les échanges entre les trois femmes prennent ensuite un ton intimiste qui plaît à Victoire.

Au soir de cette première journée à bord du *Campania*, il lui tarde de confier ses premières impressions à son journal intime.

Journée inoubliable, écrit-elle. *Tous les passagers ont en commun courtoisie, élégance et jovialité.*

Ça ne m'aurait pas déplu, tout de même, de voyager, comme c'est déjà arrivé à M. Pelletier, en compagnie de personnalités comme le comte de Warwick. Notre privilège se limite à reconnaître et à croiser des millionnaires et des célébrités. Il n'en reste pas moins que tous ces gens succombent au charme du Campania. *Certains disent retrouver ici l'ambiance des demeures seigneuriales de la campagne anglaise.*

Oscar s'est montré plutôt taciturne aujourd'hui. Quand je lui ai dit qu'il aurait sûrement aimé faire ce voyage en compagnie de Colombe, il me l'a confirmé d'un simple cillement. Pendant plus d'une heure, il est resté accoudé au bastingage, à regarder les vagues. S'il était possible de lui transmettre un peu de bonheur, j'en demanderais à son père tant il est heureux sur ce bateau. Mme Pelletier est tout à fait charmante, sa nièce aussi, bien qu'aussi morose que notre fils, à certains moments, et pour des raisons presque identiques, si j'en crois ce que m'en a dit sa tante au petit salon de thé, cet après-midi. Je trouverai toujours déplorable que des parents ou des tuteurs dirigent les amours de leurs protégés, surtout quand il ne s'agit pas d'un cas dangereux. Il n'en reste pas moins que nos deux jeunes gagneraient à se soutenir dans leurs difficultés.

∽

Chaque dimanche matin, le capitaine récite les oraisons dominicales aux passagers. Tôt en matinée, les femmes de chambre ont fait le tour des cabines et invité les occupants à assister à la cérémonie religieuse dans le grand salon, en leur recommandant de revêtir une tenue de circonstance.

Thomas et son fils se présentent en complet noir et chemise blanche ; Victoire troque son tailleur marine et blanc contre une robe de taffetas bordeaux parée de dentelles claires ; elle a remonté sa chevelure cendrée sous un tout petit chapeau à voilette de velours noir.

Les femmes de chambre ont été convaincantes : dans le grand salon, on doit ajouter des fauteuils. L'assistance est en liesse au moment où, accueillis par une kyrielle de sonneries, des mariés avancent, avec leurs témoins et deux filles d'honneur vêtues de satin bleu ciel. Les musiciens, en smoking, n'attendent que le signal de leur chef pour interpréter une mélodie à faire vibrer les plus cartésiens : la *Marche nuptiale* de Mendelssohn.

Les Dufresne lorgnent leur fils, inquiets de sa réaction.

« Je ne serais pas surprise qu'on le perde de vue, souffle Victoire à l'oreille de Thomas.

– C'est ce que je ferais à sa place, avoue-t-il, peiné de voir son fils, la tête sur la poitrine, en proie au chagrin dont il était pourtant venu se distraire sur ce bateau.

– Touchante, la petite Alexandrine, tu ne trouves pas ? » demande Victoire.

La jeune femme suit la cérémonie, le regard flamboyant et le sourire exquis.

« Qu'est-ce que tu en déduis ? demande Thomas.

– Elle rêve, tout simplement. Si tu savais le nombre de fois où je me suis, moi aussi, imaginée à la place de la mariée, heureuse de témoigner de mon amour devant toute l'assistance. »

Thomas demeure bouche bée. D'anciens souvenirs de Victoire l'envahissent. Les soupirants qu'il lui a connus et les autres dont il soupçonne l'existence, qui étaient-ils ? Pourquoi ne lui en a-t-elle jamais parlé ?

Après avoir mis les fidèles au courant de la particularité de cette célébration du 25 juillet 1898, le capitaine invite le ministre du culte, passé jusque-là inaperçu, à bénir les alliances et à procéder à l'échange des promesses entre Mlle Douglas et M. Thomson. Des prières sont récitées à l'intention des nouveaux époux.

À voir son fils, Victoire le croirait momifié. Elle sait au prix de quels efforts il résiste à la tentation de regagner discrètement sa cabine. Un instant, le visage de Georges-Noël se superpose à celui d'Oscar. Le 22 octobre 1873, c'était lui qui baissait les yeux pour moins souffrir de n'être pas l'élu qui passait l'alliance au doigt de la mariée. « Si les morts ont quelque pouvoir auprès des vivants, supplie Victoire dans son for intérieur, viens lui apporter un peu de ton courage et de ta confiance en l'avenir. »

Un banquet est gracieusement offert aux passagers de première et de deuxième classe. Que les autres voyageurs soient privés de cet honneur indigne toutefois les Dufresne. « C'est normal, prétend Étienne. Nos billets nous coûtent deux fois plus cher que les leurs. » Oscar s'approche de Victoire. « Je ne me rendrai pas à la salle à manger, déclare-t-il, je n'ai pas faim. Je vais prendre un peu d'air sur le pont. »

Avant qu'elle n'ait le temps de l'en dissuader, il lui tourne le dos et quitte la pièce.

« Ne fais pas ça, Oscar, le supplie-t-elle en le rejoignant sur le pont. Je peux comprendre que tu n'aies pas envie d'assister à ce genre de festivités, mais tu ne te rends pas service en t'isolant. »

Oscar ne bronche pas.

« Je te conseillerais même d'y assister en te disant qu'un jour, c'est pour toi et pour la femme que tu auras choisie qu'on aura préparé un banquet.

— Vous me parlez comme si je devrais oublier Colombe...

— Pas forcément, mais si un concours de circonstances t'amenait à rencontrer une autre fille... qui te plaisait ?

— Je n'ai pas l'intention de courir ce risque...

— Oscar, tu sais comme moi qu'on ne peut mener une vie intéressante sans prendre un risque de temps en temps. Même celui de devoir renoncer à une personne que l'on a follement aimée », ajoute-t-elle d'une voix si émue qu'Oscar croit deviner qu'une telle épreuve a marqué la vie de sa mère.

Oscar porte la main à son visage pour cacher les larmes qui roulent sous ses paupières.

« Pensez-vous qu'on puisse se consoler un jour ? lance-t-il.

— Je crois qu'on a toujours le choix : s'apitoyer sur son sort ou tâcher de vivre pleinement ce qui est à notre portée, répond-elle, pressée de retrouver Thomas avant qu'il ne s'inquiète. Reviens à la salle à manger, Oscar. »

Il hésite. Alexandrine apparaît à son tour sur le pont, manifestement heureuse d'y trouver Oscar. Soulagée, Victoire les abandonne l'un à l'autre et rejoint son mari.

« À ce que je vois, dit la jeune femme en soupirant, monsieur Dufresne n'a pas le cœur à la fête.

— Vous l'avez, vous ? réplique Oscar.

– J'en ai peut-être l'air. Pourtant, je passerais le reste de la journée dans ma cabine si je ne craignais pas la colère de mon oncle.
– Ça ne regarde que vous, non ?
– Pas tout à fait. Mon oncle prend son rôle de tuteur au sérieux au point de…
– … mais vous êtes majeure ?
– Je le suis, mais sous prétexte de voir à mon bonheur, il fait tout pour m'éloigner de Raoul.
– Pourquoi ?
– Selon lui, Raoul ne pourrait pas me faire vivre convenablement. Comme si j'avais besoin du salaire d'un mari pour assurer ma subsistance… »

De ces propos, Oscar déduit que Mlle Pelletier, qui persiste à le tutoyer, jouit d'une bonne autonomie, tant sur le plan psychologique que financier.

« Et toi ? Qu'est-ce qui t'éloigne de ce banquet ? lui demande-t-elle inopinément.

– Une peine d'amour, si on peut dire. »

Alexandrine est décontenancée par cet aveu aussi direct. Les mots lui manquent pour consoler Oscar d'autant plus qu'elle ressent un plaisir confus à cette nouvelle. La vulnérabilité masculine, cette brèche dans la muraille, l'a toujours fascinée. Au fil de ses longues semaines de gestation créatrice et devant son impuissance à atteindre l'excellence rêvée, Raoul ne s'en est pas caché. Qu'Oscar Dufresne soit de cette espèce rare que les larmes n'humilient pas, chez qui les longs soupirs ne sont pas étouffés, les confidences permises, et cela pour d'autres raisons que des angoisses d'artiste, l'émeut. L'accompagner dans sa douleur lui semble un privilège qu'elle ne veut céder à personne d'autre.

« On devrait jouer le jeu, propose-t-elle, après un long silence.
– Vous voulez dire…
– S'imaginer, le temps de la fête, que la personne qu'on a dans la peau est assise à nos côtés.
– Décidément !
– Ça te choque ?
– Ma mère vient tout juste de me donner le même conseil. »

Alexandrine s'esclaffe.

« Un voyage, c'est fait pour s'amuser, non ? »

Oscar dodeline de la tête, esquisse un sourire d'approbation et lui emboîte le pas vers la salle à manger. Quelques sièges sont demeurés libres, loin des mariés et des deux couples qu'ils accompagnent.

Étienne, qui les épie depuis leur retour à la table, se penche vers Thomas et chuchote : « Regarde donc nos deux jeunes ! Il y a des grosses chances que nos vœux soient exaucés… »

Thomas l'approuve d'un petit sourire malicieux qui n'échappe pas à la vigilance de Victoire.

Le repas terminé, les convives passent au grand salon. L'orchestre est en place. Les mariés s'apprêtent à ouvrir le bal et l'assistance, à les applaudir, lorsque le capitaine réclame une minute de silence : « Par mesure de prudence, annonce-t-il, je vous demande, mesdames et messieurs, de regagner vos cabines immédiatement. Nous ouvrirons ce bal dès que les vents se seront calmés. »

Le ciel est lourd d'orage. La mer écume avec force et le *Campania* tangue. Le personnel de bord s'empresse de tendre des cordes de part et d'autre des salons et des ponts pour venir en aide aux personnes vacillantes.

Dans la salle à manger, d'autres employés humectent les nappes pour maintenir la vaisselle en place. La mer se montre de plus en plus violente et sa rumeur sauvage résonne sur la coque, faisant frissonner les coursives et ployer les hauts mâts. Quelques femmes paniquées croient que le navire donne de la bande. Plusieurs passagers, dont Victoire et Alexandrine, commencent à éprouver de fortes nausées. Femmes de chambre, garçons de cabine, serveurs, infirmières et médecins sont mobilisés. Vomissements, tremblements et perte d'équilibre clouent Victoire à son lit. Ni les médicaments, ni les égards dont elle est l'objet, ni la présence constante de son mari et de son fils auprès d'elle ne la délivrent de la peur de ne jamais revoir ses enfants. Thomas est désarmé. « Lady Lacoste t'a promis de prier pour qu'on fasse un bon voyage, dirait-il s'il ne doutait pas de l'efficacité de ce rappel. La tireuse de cartes m'en aurait parlé si elle avait vu un danger », aurait-il envie de lui dévoiler, se souvenant de Mme Siffleux qu'il avait consultée, vingt ans plus tôt, et qui lui avait annoncé toutes les mortalités tragiques qui affligeraient sa famille. Mais la crainte d'être ridiculisé ou ultérieurement questionné sur cette ancienne consultation l'en dissuade. Il pose sur son fils un regard suppliant. Oscar hausse les épaules et ne peut que promettre de passer la nuit au chevet de sa mère. Un silence inquiet s'installe entre les deux hommes. Seuls les gémissements de Victoire viennent le troubler. Semble-t-elle enfin dormir paisiblement, qu'elle est réveillée par d'affreux cauchemars où elle se voit emportée dans le naufrage du *Bourgogne*. Thomas apprend alors du médecin que certaines personnes réagissent mal à une composante du médicament administré.

« Mais c'est le plus efficace que nous possédions, explique-t-il.

— Vous parlez de quelle composante, docteur ?

— Un infime pourcentage d'opium, déclare le médecin, sur un ton rassurant.

— J'ai toujours pensé que l'opium rendait les gens euphoriques.

— Généralement, il détend le patient... »

Le lendemain soir, bien qu'encore fragile, Victoire peut quitter le lit, heureuse de retrouver un peu de bien-être. Elle déplore toutefois d'avoir manqué le bal des nouveaux mariés, mais plus encore de n'avoir pu se rendre sur le pont pour voir les îles Saint-Pierre et Miquelon. Mince consolation s'il en est, Thomas lui apprend qu'Alexandrine est encore aux prises avec le mal de mer malgré les médicaments, les petits soins prodigués par le personnel de bord et l'air du large qu'elle prend, confortablement allongée sur le pont. « Oscar s'est montré très attentionné envers elle », ajoute-t-il.

~

Aujourd'hui, le 27 juillet 1898, je sens mes forces et le goût du voyage me revenir, écrit Victoire. *Cette mer déchaînée que j'ai traitée de tous les noms, ces jours derniers, me fascine ce soir, avec ses ondulations aux reflets argentés et sa force sereine. Je n'éprouve pas moins une grande hâte de revoir un coin de terre. Heureusement, Thomas ne s'est pas trop inquiété à mon sujet et il a accepté de me laisser seule chaque fois que je le réclamais. Il ne sait où donner de la tête tant les rencontres intéressantes et les compétitions sportives se multiplient. « C'est dix jours de traversée qu'il me faudrait pour profiter de tout », me disait-il hier soir. Que j'aime le voir vivre un si grand bonheur ! Je me demande s'il est réaliste de penser qu'il puisse trouver ce bonheur en dehors des voyages. Je le regardais sur le* sun-deck *après qu'il s'était distingué au* shuffleboard, *et j'ai revu le visage de son père revenant de Montréal, en ce mémorable après-midi de novembre 1865 où son cheval avait gagné le concours à l'exposition de la Puissance. Exalté par ce succès, Georges-Noël était, pour la première fois, passé aux aveux. Ses caresses et ses baisers m'avaient transportée au septième ciel.*

Le capitaine nous a annoncé un grand gala pour le 29, notre dernier soir en mer. J'espère être suffisamment rétablie pour accompagner mon mari. Je me ferai belle et je danserai dans ses bras avec tout l'amour que je ressens pour lui, maintenant.

Fatigue et sommeil ont finalement raison de son ardeur amoureuse.

Aux petites heures du matin, Victoire est réveillée subitement. Quelqu'un a trébuché... dans le corridor. Non, là, dans l'entrée de leur cabine. La lampe vite allumée, Victoire découvre, stupéfaite, nul autre que son mari, dans son smoking de la veille, cherchant à se relever. « Veux-tu bien me dire ce qui t'arrive ? lui demande-t-elle.

— De la be-e-elle musique comme... ça, t'en as ja-a-a-mais entendu, ma... mignonne.

— Mais, tu as bu ?

— Pauvre É-é-étienne ! Y arrive pas à... danser sans, sans... l'enfarger », dit Thomas d'une voix pâteuse.

Suivent des propos mielleux entremêlés de gloussements qui ne laissent plus de doute sur son état d'ébriété.

« Que j'aurais aimé… que tu sois… dans mes bras, ce soir, dit-il, déposant sur la joue de son épouse un baiser fleurant le scotch. Mais, c'était bien… pour, pour Geneviève…

— C'est gentil pour ta femme, ça.

— Moi, je l'ai fait dan-an-ser, sa belle Gene… viève. »

Victoire étouffe un fou rire.

Après la fermeture du grand salon, l'orchestre était monté au grill et la joyeuse bande s'était remise à danser. À deux heures du matin, des membres de l'équipage leur avaient servi à manger. Non sans peine, l'équipe des nettoyeurs était parvenue, à l'aube, à faire sortir les danseurs sur le pont des promenades. L'air frais les avait dégrisés juste assez pour leur rappeler qu'ils étaient toujours en mer.

« Où est mon père ? demande Oscar qui se dirige avec sa mère vers la salle à manger.

— Je ne crois pas qu'il soit en appétit, ce matin, répond Victoire, un sourire moqueur aux lèvres.

— Il est malade ?

— Pas du mal de mer mais d'un mal de scotch… »

Les yeux écarquillés, bouche bée, Oscar n'en croit pas ses oreilles. Il s'indignerait, mais sa mère l'en dissuade. « Écoute… Ça lui est arrivé si peu dans sa vie, on ne va pas en faire un drame. Je souhaite qu'il s'amuse pendant ce voyage.

— Sans vous ?

— Oscar ! J'ai une confiance absolue en ton père. »

Ils sont à déguster leurs *pancakes* en silence lorsque, tout à coup, Victoire s'inquiète : « Dis donc, tu n'étais pas avec ton père, toi, hier soir ?

— Non. J'ai lu sur le pont, puis je suis rentré dans ma cabine pour terminer mon livre, passé minuit.

— Tu t'ennuies ?

— Je ne raffole pas de la vie en mer, confie-t-il, et j'ai hâte de visiter l'Europe. »

Dès qu'Oscar met un pied hors de sa cabine pour fuir sa mélancolie, il se sent agressé par le climat de faste et de réjouissances qui règne sur le *Campania*. Qu'Alexandrine souffre de semblables bleus à l'âme ne le réconforte que le temps d'en parler. Son originalité, ses attitudes parfois frivoles l'amusent, mais sans plus.

« À ma grande surprise, reprend Victoire, je trouve un certain plaisir, ce matin, à l'idée de jouer les bourgeoises. J'ai l'intention de faire de la chaise longue sur le pont supérieur et de me laisser choyer par le personnel de bord. J'adore laisser l'air marin me caresser le visage. »

Devant l'étonnement d'Oscar, Victoire précise : « J'aime la tranquillité de cette fin de traversée. Les deux semaines en Europe seront fort intéressantes mais fatigantes aussi. »

Après cette confidence, Oscar se retire en annonçant qu'il a l'intention de faire du sport.

Sur le pont, Victoire aperçoit Alexandrine allongée sur une chaise longue. La jeune femme a perdu un peu de sa pâleur et, du même coup, dirait-on, la fidèle compagnie d'Oscar. « La compassion était donc le seul motif de l'assiduité de mon fils », pense Victoire qui, n'osant déranger la jeune fille, s'installe plus loin et se met à sa correspondance. En ce jeudi tant attendu par certains voyageurs en mal de revoir un coin de terre, le *Campania* doit s'arrêter sur les côtes d'Irlande pour échanger les sacs de courrier avec un *steamer*. Les passagers désireux de visiter ce bateau peuvent le faire à la condition de revenir avant sept heures du soir ; les deux premières classes sont invitées par le capitaine à un banquet suivi d'une soirée. « Un programme digne des vaisseaux de la Cunard. »

Victoire ne peut cacher son étonnement en apercevant, en fin de matinée, un homme à la mine gaillarde qui vient vers elle comme s'il n'avait point souffert de ses excès de la veille.

« On récupère vite quand on est jeune, explique-t-il.

– Tu es encore sous l'effet euphorique de ta cuvée, ma foi.

– Qui sait ? s'exclame-t-il, prêt à s'en réjouir. Tu as des nouvelles d'Oscar ? »

Ce qu'elle lui apprend le surprend. « S'il a passé une partie de sa soirée à lire sur le pont, je te dirais que c'est avec Mlle Pelletier qu'il l'a fait, rétorque-t-il.

– Tu blagues, encore ?

– Non ! Je les ai vus ensemble pendant au moins deux heures. »

Perplexe, Victoire préfère clore ce sujet et laisser le temps clarifier la situation. « J'ai hâte de voir à quoi ressemble ce pays que tant de gens ont fui », dit-elle en parlant de cette Irlande victime de la famine.

Alors qu'elle s'attendait à ne trouver que des terres arides à perte de vue, Victoire est médusée devant les riches pâturages en pentes douces et les hauteurs couvertes de landes et parsemées de lacs. Tout au long de la côte découpée, une couronne de montagnes semble taillée pour affronter les mers orageuses.

« Je comprends qu'on ait déjà surnommé l'Irlande l'île d'Émeraude, fait-elle remarquer à Thomas, très impressionnée.

— Dire que tout ça, ils le doivent au Gulf Stream. Sans lui, à l'exception de la patate, pas grand-chose pousserait ici », lui apprend-il.

Avant même que le *Campania* accoste, une canonnade se fait entendre, le port prend un air de fête avec ses pavois, des musiciens accueillent les touristes avec des gigues endiablées et des airs folkloriques à la harpe et à la cornemuse. Un sourire illumine le visage d'Oscar, en grande discussion avec une Alexandrine à la mine ravie.

Un guide maîtrisant parfaitement l'anglais et le français leur parle de ce pays tout en le faisant visiter ; étant donné ses cinq mille ans de culture celtique, on le considère comme le flambeau de l'Europe. Les magnifiques manuscrits enluminés, conservés dans les archives, témoignent du génie créateur de ce peuple.

« On ne nous a jamais enseigné ça », dit Oscar, éberlué d'apprendre que les Irlandais ont été les premiers à débarquer en Amérique vers les années 578. Tous savent que ce peuple compte parmi les plus fervents catholiques, mais peu ont eu vent d'une probable apparition de la Vierge à Knock, dans le comté de Mayo, un lieu de pèlerinage. Thomas éprouve une particulière sympathie pour ces gens à la fois débonnaires, fanatiques et portés sur l'alcool. Grands parleurs, ils ont cette verve qui, comme le rapporte délicieusement le guide, « transforme une journée de pluie en une journée de douceurs, et un verre de *guinness*, leur boisson nationale, en une traînée de sang sur la lune, avec son filet de jus de cassis ».

Étienne s'est approché de Victoire et l'abreuve de ses commentaires alors qu'elle souhaite entendre le guide. « Nous avons raison d'être fiers de nos dons pour les ornements décoratifs subtils, dit le jeune Irlandais en leur montrant certains édifices.

– Leurs sculptures et leurs bijoux sont à l'image de leurs conversations... tarabiscotées, chuchote Étienne à qui Victoire lance un regard agacé avant de s'éloigner pour rejoindre Thomas que la visite de la ville enchante.

– Dans mon pays, reprend le guide, nous avons la passion des chevaux. Ils sont pour nous des objets de divertissement, mais aussi une source de gains et de célébrité. »

Le récit des championnats remportés sur les champs de courses britanniques fouette l'enthousiasme d'Oscar alors que Thomas s'en trouve profondément ému. « Tu imagines, dit-il, s'adressant à son épouse, le plaisir que mon père aurait eu à entendre tout ça. »

Victoire acquiesce d'un signe de tête, préférant ne pas lui avouer que sa pensée était aussi tournée vers Georges-Noël.

« J'aurais donc aimé assister à une course de haies et à une démonstration de *steeplechase* », dit Oscar au moment où le guide précise que ce jeu a été inventé par les Irlandais, cent cinquante ans plus tôt.

L'émotion gagne les Dufresne lorsque le guide évoque la désertion de leurs écrivains, peintres et dramaturges vers la France ou vers l'Amérique à cause des troubles politiques qu'engendre la domination anglaise.

« Je leur trouve plus d'un point de ressemblance avec nous », chuchote Victoire à l'oreille de son fils.

Dominés par la même puissance européenne que les Canadiens, les Irlandais doivent se battre pour conserver leur langue d'origine et, comme au Canada, plusieurs femmes commencent à se joindre aux militants les plus actifs.

Après la découverte d'une si triste histoire et la visite d'un si petit coin du pays, Victoire a du mal à revenir au *Campania* et à l'atmosphère de fête qui attend les voyageurs des première et seconde classes dans la salle à manger luxueuse. L'injustice lui est encore plus difficile à supporter lorsqu'elle prend connaissance des soixante-quinze plats au menu.

Le navire dispose en effet d'une chambre frigorifique contenant une quarantaine de tonnes de glace, de quoi conserver pendant deux semaines vingt mille œufs, deux mille poulets et pièces de gibier, sept mille livres de porc, bœuf et veau, sans compter les mets fins et les dizaines de milliers de bouteilles d'alcool.

Victoire s'en remet à son mari pour le choix des plats, trouvant beaucoup plus agréable de causer avec Mme Pelletier, assise à sa droite, de cette Irlande dont elle a foulé le sol. L'originalité des observations de cette femme, son raffinement et son tact lui plaisent. Quelque peu éclipsée par son prétentieux mari, Geneviève parvient, avec une dextérité peu commune, à se faire respecter. « Il y a tant de misère dans notre monde et tant d'égoïsme chez les riches... La vie me serait insupportable si je ne savais me distraire de mon impuissance à y changer quoi que ce soit », déclare-t-elle, vers la fin de ce repas.

« Comment peut-elle en être si affectée ? » se demande Victoire lorsque Geneviève enchaîne :

« J'aimerais faire plus que trente heures de bénévolat par semaine, mais je dois m'occuper à autre chose si je ne veux pas perdre le moral.

– Et vous vous distrayez comment ?

– Avec la musique... et la danse, chaque fois que la possibilité m'en est offerte. »

Les yeux pétillants de la jeune femme, braqués sur les musiciens qui s'affairent sur scène, en disent long sur ce plaisir, toutefois interdit par les autorités religieuses.

« Et que faites-vous du péché ? lui demande Victoire, un sourire ironique sur les lèvres.

– Je ne m'en confesse même pas. »

Les deux femmes s'amusent de la règle qu'elles se préparent à enfreindre une fois de plus.

« Je me promets d'en profiter ce soir, murmure Geneviève. Il y a de très bons danseurs parmi ces gentilshommes. Vous aimez la danse ?

– Beaucoup », répond Victoire dont le regard s'est perdu dans le souvenir de cette soirée de mai 1861 ; sur un air de grande valse, elle s'était laissé emporter par Georges-Noël dont elle avait reconnu la grâce et la sensibilité sous son déguisement à la Napoléon.

Dans le grand salon où l'orchestre a pris place, les dames rivalisent de coquetterie et les messieurs d'élégance. Quelques accords de clarinettes, quelques frémissements des cordes des violoncelles, un vrombissement de saxophones provoquent déjà les balancements des danseurs sur la piste que gagnent les couples Pelletier et Dufresne. Les invitations pleuvent autour des deux femmes. À peine Thomas s'est-il frayé un chemin dans la foule que sa partenaire est déjà accaparée par un galant danseur. Toute au plaisir qu'elle a décidé de s'accorder en cette soirée, Victoire s'interdit de se préoccuper d'Oscar. De retour à leur cabine, elle dissuade Thomas de lui en parler : « Je tiens à m'endormir avec toutes ces belles mélodies en tête », dit-elle en glissant sous ses couvertures.

∽

Neuf heures sonnent, le 30 juillet, lorsque le *Campania* accoste à Liverpool sous les acclamations délirantes des passagers. Avertis du brouillard qui pèse sur la ville, ils portent des lainages. Les nombreux docks longeant le littoral assombrissent ce port.

« Nous sommes devant le plus grand havre du monde, le plus alléchant, s'exclame Étienne, l'œil ironique, complètement étranger au malaise des deux jeunes gens. Ici, les marins sont choyés en bordels, *dancinghouses*, salles de spectacles et le gin coule à flots. »

Les installations portuaires vieilles de cinquante ans couvrent plus de huit cents hectares sur la Mersey. Tout a été pensé pour les marins : des hôtels, des hospices, des églises même voisinent avec les milliers de débits de boissons de Liverpool.

« Quelle drôle de logique, constate Victoire.

— Le bel édifice de trois étages que nous voyons là-bas, est la Maison des marins, poursuit Étienne avec la même hilarité. Elle a été construite au milieu du siècle pour améliorer leurs conditions de vie, mais surtout pour les protéger de la corruption...

— Sincèrement ? demande Thomas, friand d'anecdotes, alors qu'Alexandrine et sa tante demeurent impassibles.

— Penses-tu que les gérants de cette maison se privent des plaisirs que s'offrent les marins ? » lance Étienne en s'adressant directement à Oscar.

Le jeune homme se contente de dodeliner de la tête. Étienne ajoute :

« Ils sont des modèles de solidarité, si tu veux savoir. Dans le travail comme dans le plaisir. Pas surprenant qu'il leur ait fallu trois bâtiments pour se faire soigner.

— Ils ont été détruits ? demande Thomas.

— Non, non. Si le brouillard était moins épais, on les verrait d'ici. Celui du centre, c'est l'asile des vieux. On l'a surnommé le *six penny hospital*. »

Thomas veut savoir pourquoi.

« Chaque matelot qui arrive dans le port, explique Étienne, doit verser une contribution de *six pence* pour son entretien. On leur a aussi transformé un navire en chapelle. Mais ne pensez pas qu'ils y vont pour prier... »

Alexandrine s'éloigne de quelques pas, visiblement agacée par les propos de son oncle.

« Je ne croyais pas qu'il pouvait y avoir autant de docks ici », dit Oscar, pressé, lui aussi, de mettre fin aux allusions grivoises d'Étienne.

L'attention des Dufresne se tourne de bon gré vers ces bâtiments comparables aux prisons canadiennes, bordés de magasins à l'abri du feu dans lesquels les marchandises peuvent être stockées et protégées du vol en attendant d'être transférées. Des ponts pivotants permettent l'entrée des navires qui y déversent leurs précieuses cargaisons.

« Il vaut mieux se hâter vers la gare si on ne veut pas passer le reste de la journée ici, conseille Étienne, se souvenant de ses précédents voyages. Je n'ai jamais vu douaniers aussi lambins. »

Malgré cette vigilance, les deux familles montent à bord du train en direction de Londres après quatre-vingt-dix minutes d'attente. Les deux couples mariés se réjouissent de trouver, à l'arrière d'un wagon, six sièges libres, alors que les deux jeunes gens semblent contrariés. Oscar fait les cent pas sous le regard tourmenté d'Alexandrine. « J'aurais mieux fait d'écouter ce que Thomas voulait me confier, hier soir », se dit Victoire, inquiète.

Rongée par les regrets, les yeux rivés à la fenêtre du wagon, Alexandrine regarde défiler le paysage : magnifiques plaines bordées de longs chapelets de collines, jalonnées de vallons, de bassins argileux et de fleuves. Alexandrine est toutefois incapable de se laisser enchanter. La veille au soir, grisée par les cocktails du dernier repas en mer, elle s'est laissée aller à des épanchements avec Oscar : au hasard de quelques danses, elle a glissé une main sur sa poitrine et forcé un corps à corps qu'il a jugé inconvenant au point de déserter la piste.

Vers midi, un copieux repas chaud est servi aux passagers des chars-palais. Les couples Dufresne et Pelletier se montrent peu loquaces. Étienne et Thomas

vantent le bœuf à l'anglaise. Oscar et Alexandrine mangent en silence, leurs regards furtifs évoquant un malaise dont ils sont seuls à connaître la cause. Son repas terminé, Thomas quitte son siège et Étienne le suit jusqu'à un wagon-bar. Ils commandent un digestif. « Je n'ai pas l'impression que ça va finir par un mariage entre ma nièce puis ton gars, dit Étienne, dépité.
— Pourtant, je croyais qu'ils s'étaient beaucoup rapprochés depuis le banquet de noces.
— J'étais même sur le point de les croire amoureux, hier soir, au grand bal.
— À les voir aller ce matin, on dirait plutôt qu'ils font tout pour s'éviter, constate Thomas.
— Ça leur prendrait probablement plus d'une traversée, estime Étienne en se grattant la tête. Verrais-tu un inconvénient à ce qu'on suive votre itinéraire au lieu de partir tout de suite pour l'Italie ?
— Personnellement, non. Au contraire, même. J'apprécierais d'être guidé par un homme expérimenté. Mais je doute que ta nièce apprécie ce changement de dernière minute…
— Je me demande si elle se souvient même de notre programme. À partir du moment où elle a compris qu'elle ne pourrait pas nous convaincre d'inviter son peintre à se joindre à nous, alors qu'il n'a pas le sou, elle n'a plus montré aucun intérêt pour le voyage.
— Et Geneviève ?
— Elle serait enchantée de passer plus de temps en compagnie de ta femme.
— Nous avons prévu, rappelle Thomas, passer quatre jours en Angleterre et nous rendre à Paris, mercredi, le 4 août. Le 9, nous reprenons le train pour Londres,

de sorte que nous devrions rentrer à Montréal vers le 15 août.

— Quatre jours en Angleterre et cinq en France, c'est parfait pour nous. Après, on filera en Italie.

— Je crains aussi la réaction d'Oscar... »

Étienne ne dit mot, Thomas le laisse réfléchir à son aise et déguste son digestif. De retour au wagon, il trouve Victoire en grande conversation avec Geneviève et s'inquiète de l'absence d'Alexandrine et d'Oscar. Quel n'est pas son étonnement d'apprendre qu'ils sont partis depuis un bon moment déjà. Thomas ouvre son carnet de voyage et laisse son esprit vagabonder. Plus il y pense, plus il désapprouve la stratégie d'Étienne, véritable acharnement. Pour le convaincre d'abandonner son projet, Thomas dispose de quelques heures, mais les mots ne lui viennent pas à l'esprit.

Oscar s'est rendu dans un des wagons-bars, sur l'invitation d'Alexandrine, pour partager le verre de la réconciliation. « Aussi bien faire la paix tout de suite, dit-elle en commandant un scotch pour aussitôt changer d'idée en faveur d'une limonade. Ce ne sera agréable pour personne si on boude pendant dix jours... »

Oscar sourcille, sans plus.

« Mon oncle m'a appris pendant le déjeuner que nous n'irions en Italie qu'après avoir visité l'Angleterre et la France », lui annonce-t-elle.

Pas un mot. Pas l'ombre visible d'une émotion. Mais Oscar est sidéré.

« Tu es déçu ? » demande-t-elle en faisant une moue de gamine.

Flairant un piège, Oscar lui lance un regard outré.

« Pourquoi se mentir ? reprend-elle.

– Non, mais qu'est-ce que tu t'imagines ?
– Je n'imagine rien. Je déplore que tu ne profites pas d'une occasion d'améliorer ton sort.
– Améliorer mon sort ? Mais je ne t'ai rien demandé, à ce que je sache.
– C'est vrai. Mais j'ai bien peur qu'en t'emprisonnant dans ton illusion, tu perdes la chance de rencontrer une femme qui te rendrait heureux... »

Oscar doute en effet que le retour de Colombe soit probable. Du reste, il ne peut s'empêcher d'apprécier la compagnie d'Alexandrine. Il nie ce bien-être pour ensuite l'accepter et l'accueillir.

« On se retrouve ensemble sans l'avoir cherché ; il s'agit peut-être de la route de notre véritable destin... »

Oscar fronce les sourcils, incitant Alexandrine à s'expliquer.

« Je faisais peut-être une erreur en croyant que Raoul était l'homme de ma vie. Comme toi... »

Troublé, Oscar sort de sa poche quelques dépliants sur les parcs d'Angleterre, résolu à mettre fin à de si gênants propos. Dès les premiers instants de lecture, l'intérêt d'Alexandrine est manifeste. Oscar se réjouit d'avoir échappé à une intimité déconcertante, lorsqu'il sent la main de la jeune fille frôler la sienne puis leurs épaules se toucher jusqu'à l'union de leurs souffles. Instant de volupté. Vertige. Remords. Oscar se détache, sous prétexte de boire. Alexandrine lève aussitôt son verre en sa direction, d'un geste aussi séducteur que son sourire.

« J'ai bien entendu, tantôt ? Tu as parlé du verre de la réconciliation, rappelle-t-il.

– Tu aurais souhaité un verre plus... intime, rétorque-t-elle, un tantinet insolente.

– Je ne suis pas du genre à jouer dans le dos des fiancés.

– Si jamais on finit par se fiancer… »

Oscar demeurant muet, elle ajoute : « Je commence à me demander si ce n'est pas mon oncle qui a raison… Je mérite probablement mieux que mon beau peintre. »

Troublé par son regard flatteur, Oscar se voudrait doué de l'humour de son père ou de la vivacité d'esprit de sa mère pour servir à Mlle Pelletier une riposte digne de son audace. Il hésite à partir, craignant que cela soit interprété comme un aveu ou un acte de lâcheté. Un groom venant leur offrir d'autres boissons, il profite de l'occasion pour prendre congé. Mais Alexandrine proteste :

« Ce n'est pas parce que tu ne veux rien prendre que tu dois partir.

– Non, mais je crois que ce serait préférable…

– Tant pis, marmonne-t-elle, le saluant d'un petit geste de la main.

– À plus tard. »

Voilà que dans ce tourbillon d'attirances et de résistances, s'est glissé un tutoiement qu'il s'était juré de ne jamais s'autoriser avec Mlle Pelletier. Comment ne pas craindre que cette défaillance ouvre la voie à d'autres tentatives de séduction de sa part ? Cherchant la solution à son problème, Oscar n'a pas vu son père venir au-devant de lui.

« Alexandrine n'est pas avec toi ? demande Thomas.

– Je suppose que non », répond Oscar, sarcastique, en jetant un coup d'œil derrière son épaule.

Les deux hommes regagnent leur place sous les regards interrogateurs de Victoire, de Geneviève et de son mari venu la rejoindre.

Au garçon qui va leur retirer la théière et les tasses, Geneviève conseille de reprendre également le couvert destiné à sa nièce.

« Alexandrine boit rarement de thé entre les repas, explique-t-elle, prête à partir à sa recherche.

– Je m'en charge », déclare Étienne.

La vexation se lit sur le visage et dans les gestes de Geneviève. Victoire, qui serait froissée à moins, tente de la distraire en lui indiquant les châteaux à visiter dans la collection de gravures de Lady Lacoste. Oscar les observe, à l'affût d'un signe qui pourrait l'éclairer quant aux changements de leur itinéraire. Circonspecte, Geneviève ne laisse rien paraître. « Mais qu'en est-il de mes parents, se demande-t-il ? Seront-ils heureux que les Pelletier nous accompagnent jusqu'à notre retour au Canada ? »

Il doute que les caractères de sa mère et d'Étienne soient compatibles. N'est-ce pas l'alibi idéal qu'il pourrait fournir pour suggérer quelques jours de visite sans les Pelletier ? Il aurait alors le recul nécessaire pour juger de son attirance pour la belle Alexandrine.

Le train atteint Londres lorsque, précédée de son oncle, Alexandrine revient, plus exubérante que les Dufresne ne s'y seraient attendus. Afin de ne pas avoir à justifier les élans d'enthousiasme de sa nièce, Étienne s'évertue à attirer l'attention de ses compagnons de voyage sur l'élégance des gares et des restaurants jalonnant la voie ferrée. Avec acharnement, il les tient captifs à la fenêtre, comme s'il ne fallait rien perdre de ce qu'ils auraient pourtant l'occasion de visiter dans les prochains jours. Lorsque le train entre en gare à Londres, il propose même à Thomas de les aider, lui et sa nièce, à chercher des chambres d'hôtels. « Nous y verrons nous-mêmes, proteste Victoire, croyant qu'ils doivent reprendre le train pour Paris.

– Sans vouloir vous importuner, insiste Étienne avec une condescendance qui froisse le désir d'autonomie de Victoire, on a pensé que ce serait plus intéressant si on ne se rendait en Italie qu'après votre retour à Montréal.

– Les connaissances d'Étienne nous seront d'un précieux secours », allègue Thomas.

À l'instar de sa mère, Oscar demeure bouche bée. À voir son fils s'acharner à creuser un trou dans la terre avec son talon, Victoire décèle un mécontentement qui pourrait bien découler de ce revirement.

Les cloches des églises, des monastères et des abbayes entonnent déjà leur concert de six heures au moment où les deux hommes et Alexandrine reviennent bredouilles : aucune chambre pour loger les deux familles dans les hôtels moyennement luxueux qu'ils ont visités. Après avoir renoncé aux plus huppés, les Dufresne optent pour l'hôtel Windsor, rue Victoria, et les Pelletier pour le King's Road à moins de deux kilomètres du premier. C'est dans le hall du King's Road qu'Étienne donne rendez-vous aux Dufresne, le lendemain matin vers dix heures.

De retour à leur hôtel, Oscar réagit à peine aux exclamations de Victoire devant le confort de leur chambre. Invoquant une grande fatigue, il prend soin de prévenir ses parents : « Ne m'attendez pas pour souper. Je vais essayer de dormir... jusqu'à demain matin, si possible. »

Après un léger repas au cours duquel Victoire fait part à son mari de ses inquiétudes au sujet de leur fils, le couple Dufresne regagne sa chambre. Redoutant la perspicacité de son épouse, Thomas se glisse aussitôt sous les couvertures. S'il est parvenu au cours du repas à la distraire et à feindre l'ignorance quant aux motifs du changement d'itinéraire des Pelletier, il craint de ne pouvoir échapper à d'autres confrontations.

∽

Compte tenu du peu de temps dont ils disposent, les Dufresne ont prévu commencer leur tournée par la visite des palais et de deux des plus beaux jardins du siècle précédent. Ce samedi matin, 31 juillet, Victoire se réjouit que le soleil londonien soit au rendez-vous. Au moment où Oscar va frapper à la porte de leur chambre, Victoire en sort, l'œil vif et le pas alerte. « Ton père s'en vient », dit-elle en jetant un dernier coup d'œil à sa tenue. Élégante dans sa robe de soie turquoise ornée de fines dentelles ivoire, sa chevelure bouclée garnie de peignes assortis, elle se dirige vers la salle à manger au bras de son mari avec un empressement à la mesure de son intérêt pour les visites prévues.

« Les nuitées à l'hôtel te vont bien, lui fait remarquer Thomas.

— Tu ne savais pas encore que j'étais faite pour la grande bourgeoisie ? Mon grand-père Joseph me l'a toujours dit », réplique-t-elle, enjouée comme son fils l'a rarement vue.

Oscar approuve les suggestions du garçon et fait honneur au copieux déjeuner du chef : œufs, pommes de terre rissolées, gelées et fruits lui sont servis à la londonienne. « J'espère que M. Pelletier ne nous accaparera pas trop aujourd'hui », dit-il en s'adressant à sa mère. Victoire partage ce souhait.

« Qu'est-ce que tu veux dire ? demande Thomas, d'un air offusqué.

– J'aimerais qu'on puisse visiter les jardins à notre aise. Ses expériences de voyage sont peut-être intéressantes, mais il n'était pas allé à l'Exposition universelle de Chicago, à ce que je sache... »

Oscar a préparé avec soin la visite des jardins anglais ; il a l'intention de les comparer à ceux de cette exposition et de découvrir lesquels s'adapteraient le mieux au rêve qu'il chérit avec son père pour l'est de Montréal.

Après un petit déjeuner savouré dans la gaieté, les Dufresne rejoignent les Pelletier et leur emboîtent le pas en direction du train qui les conduit à Oxford. De là, ils parcourent en calèche les quelques dix milles les séparant de Blenheim Palace, la demeure des ducs de Malborough.

À Blenheim Palace, les couples se forment derrière les touristes. Alexandrine marche aux côtés de Victoire, et Étienne est forcé de tenir compagnie à son épouse, Oscar l'ayant devancé auprès de Thomas... Le regard lumineux, la jeune femme semble boire les paroles de Victoire. Oscar ne pourrait souhaiter meilleur arrangement.

Les six voyageurs s'extasient devant cet imposant palais orné de tourelles et de clochetons. Il en est de même du parc que traverse la rivière Glyme, surmontée d'un pont monumental. Brown a été l'architecte paysagiste de ce domaine, où un labyrinthe de haies conduit les visiteurs vers la colonne de la Victoire entourée d'allées de tilleuls.

« C'est parce que cette colonne porte votre nom que nous commençons par la visite de ce château ? demande Alexandrine, touchée par cette délicatesse de Thomas. Votre fils est-il aussi attentionné que son père ?

— On n'en espère pas moins de tous nos hommes. »

En route vers l'orangerie, Victoire se laisse voluptueusement bercer par cette symphonie de bruissements, de flux, de gazouillis et de jaillissements d'arômes, évoquant tantôt l'éclosion, tantôt le fruit mûr. L'odeur des orangers lui met l'eau à la bouche. Les gouttelettes d'une fontaine érigée au milieu d'une surface d'eau, bruine tiède et caressante, l'hypnotisent. Lorsque Thomas et Oscar s'approchent, carnet en main, elle est en extase. Alexandrine se fait discrète. Ils se dirigent ensuite vers un palais à la façade imposante, aux colonnes et aux escaliers majestueux. Ce château semble se fondre dans la campagne tant ses éléments décoratifs sont élégants et symétriques.

« Tout ce que le génie humain peut faire ! s'exclame Victoire.

— C'est incroyable, tout ce qu'on peut apprendre en voyageant, ajoute Oscar.

— C'est ce que je te disais », reprend Alexandrine, l'allure fière.

Un sourire complaisant vite esquissé et fort de connaître par cœur les dépliants touristiques, Oscar glorifie la création de deux autres jardins réalisés par John Vanbrugh.

« Dommage qu'ils soient situés dans l'extrême nord de l'Angleterre, dit-il.

– Où donc ? demande Alexandrine.

– Dans le Buckinghamshire. On écrit ici que le Stowe serait l'un des jardins paysagers les plus importants d'Europe. Écoutez ce qu'on en dit, je vais essayer de traduire… À moins que vous le fassiez à ma place, maman.

– Tu en es parfaitement capable, Oscar.

– Je peux te le traduire, si tu veux », offre Alexandrine.

Oscar s'objecte avec courtoisie, saute un paragraphe et, les sourcils froncés, résume le suivant :

« Si je comprends bien, dans ce jardin de cent acres, Vanbrugh applique le principe du haha pour l'harmoniser au paysage agricole.

– Le principe du haha ! » s'exclame la jeune femme, s'approchant suffisamment d'Oscar pour lire.

Une note explique qu'il s'agit d'un large fossé sec servant à reculer, tout en les dissimulant, les limites du parc.

« Écoutez ce qui suit, reprend-elle. "Son plan incorpore des sentiers, des plantations, différents plans d'eau et un grand nombre de fabriques de jardin se référant à des thèmes personnels, historiques, religieux ou mythologiques."

– Lady Lacoste adorerait, prétend Victoire.

– Comme c'est intéressant, dit Oscar. On retrouve encore le nom de M. Brown ici. Il a été engagé comme jardinier en chef et on l'a surnommé "Capability Brown".

– On explique pourquoi ? demande Victoire.

– Il tenait toujours compte de la capacité d'un site à se transformer en un jardin paysager… »

Oscar n'a pas terminé sa phrase quand Étienne, suivi de son épouse et de Thomas, les rejoint, pressé d'étaler son savoir en la matière. Une brochure en main, il explique avoir déjà visité le Castle Howard, autre réalisation de John Vanbrugh. « Il aurait transformé le bosquet en un labyrinthe naturel traversé de sentiers sinueux en remplacement des allées en forme d'étoiles, où arbres, statues, arbrisseaux et fontaines formaient un site pittoresque. Au bout d'une large allée en gazon, il a édifié le temple des Quatre-Vents que nous apercevons, ici, sur la première page.

– C'est de toute beauté, s'exclame Thomas.

– Même si on le reconnaît comme le pionnier du mouvement paysager, nuance Étienne, Vanbrugh n'était tout de même qu'un amateur…

– Amateur ! s'écrie Oscar, indigné.

– Ce n'est pas moi qui le dis… Ce serait dû au fait qu'il s'inspirait surtout de la poésie quand il…

– Si c'est comme ça que travaille un amateur, alors je souhaite le demeurer, clame le jeune homme, vexé. Je serai venu en Europe pour comprendre qu'on peut faire des chefs-d'œuvre même si on n'a pas fait de grandes études. Je m'en retournerais tout de suite, que je partirais gagnant.

– Tu ne ferais pas ça ? riposte Alexandrine. Tu imagines ce que tu perdrais s'il fallait que les huit autres jours nous réservent d'aussi belles découvertes ? »

Oscar se contente de sourire, occupé à glaner toute documentation mise à la disposition des visiteurs.

Moins par discrétion que pour mettre fin au malaise causé par les propos de son mari, Geneviève propose de prendre le thé : « Tant qu'à être en Angleterre, déclare-t-elle, aussi bien en adopter les coutumes, vous ne pensez pas ? »

Les deux familles reprennent la calèche en direction d'Oxford où abondent les cafés et salons de thé. Devant un plateau de délicieux biscuits, les conversations sont redevenues courtoises. Alexandrine a rapproché sa chaise de celle d'Oscar pour se replonger, tout comme lui, dans la lecture des brochures. Son doigt fin posé sur une illustration, ses commentaires intelligents, son souffle doux comme une brise matinale troublent Oscar. S'y soustraire, s'y abandonner ou… ? Il n'a pas d'autre choix que de feindre l'indifférence. Pour mieux y parvenir, il multiplie les calembours et les taquineries.

De retour à Londres, invitée par les Pelletier dans le grand salon de leur hôtel, Victoire exprime son désir de passer cette soirée seule avec son mari. « Tu seras des nôtres, Oscar ? demande alors Étienne. Le menu du souper vaut le détour, tu sais. »

Malgré quelques réticences, Oscar se sent tenté d'accepter l'invitation, curieux de se retrouver seul en compagnie des Pelletier.

« Vers quelle heure avez-vous l'intention de vous rendre à la salle à manger ? s'enquiert-il.

— Dans trois quarts d'heure…, répond Étienne, cherchant l'approbation des deux femmes qui l'accompagnent.

— J'y serai à cette heure si je décide de vous rejoindre. »

Une longue marche sur les bords de la Tamise ramène à la mémoire du couple Dufresne de tendres souvenirs. Il y a vingt-cinq ans, la petite rivière aux Glaises, discrète confidente de leur amour, transportait leurs rêves vers des horizons semblables à ce fleuve. « Que de changements depuis cet été 1873 ! » pense Victoire, soudain frappée par la constance de leur complicité, de leur soif de dépassement et de leur attirance réciproque. Entre la rivière aux Glaises et la Tamise, que de luttes menées pour retrouver la paix du cœur, étoffer un amour de plus de compréhension, de respect et d'admiration. La tendresse de Thomas, ses prévenances, sa magnanimité lui rappellent Georges-Noël sans le lui faire regretter. Aimer encore, aimer davantage, mieux et plus librement, lui apparaît comme le fruit de ce long combat.

Quelle superbe journée, écrit-elle, de retour à leur chambre d'hôtel. *Tu dois être fier de ta petite-fille, si tu me vois, grand-père Joseph, toi qui as adulé ta Marie-Reine pendant vos quarante ans de vie commune et au-delà de la mort. Je t'entends encore dire : « Comment le bon Dieu peut bien s'y prendre pour créer d'aussi belles créatures ? » Je te répliquerais aujourd'hui que j'ai l'heureux privilège d'en côtoyer plusieurs, d'en chérir et d'en apprivoiser. Je chéris mes enfants : leurs personnalités s'affirment différemment, et j'apprends à les connaître chaque jour un peu plus. C'est à la fois une source d'émerveillement et d'inquiétude. L'inconnu a souvent ce double pouvoir sur nous. Il l'a encore sur moi. La maladie et la perte d'êtres chers me font encore peur. Je me sens même plus dépourvue que par le passé pour affronter ces épreuves. Je ne peux m'empêcher, ce soir, de regretter que ce ne soit pas*

Georgiana qui m'accompagne au lieu de Geneviève, bien que cette dernière soit irréprochable. Très intelligente, raffinée et chaleureuse, Alexandrine m'est aussi d'agréable compagnie. Je crains toutefois qu'elle n'éprouve pour Oscar une attirance qui risque de la faire terriblement souffrir. Je crains aussi que sa grande sensibilité et sa candeur ne la rendent très vulnérable. Les pouvoirs qu'elle accorde à la maternité, bien que nobles, me semblent trop absolus. Je n'ai jamais cru que ce grand miracle de la vie guérissait toutes les blessures.

Ironiquement, chaque grand bonheur me ramène le souvenir de ceux que j'ai perdus. Chacun d'eux laisse une empreinte unique dans mon cœur. Celle de mes enfants aura été la plus douloureuse et la plus profonde. S'il existe une incohérence dans notre univers, c'est celle de permettre à des êtres de poser leurs lèvres sur la vie sans leur laisser le temps de s'en nourrir. Non loin d'eux, d'autres, blasés, les envient, traînant leur existence comme un haillon. La dignité humaine, voilà ce qui devrait régir les lois de la vie et de la mort.

Comblée au soir d'une journée aussi harmonieuse, Victoire referme son cahier, le range dans son sac à main et se glisse contre son mari qu'elle croit endormi. Thomas resserre son bras autour de sa taille et l'enveloppe d'une tiédeur qui la dispose à l'abandon. Une odeur de lavande, particulière aux draps de cet hôtel, caresse ses narines ; son imaginaire la transporte dans un de ces prés où parfums, trilles et voluptés se confondent. Élixir divin.

~

Tôt en matinée, Oscar retrouve ses parents à la salle à manger pour prendre un petit déjeuner à la hâte. D'une discrétion absolue, il semble à l'aise. Aucune allusion à sa soirée en compagnie des Pelletier, aucun indice permettant à ses parents d'émettre quelque hypothèse que ce soit. Thomas doit se faire violence pour ne pas pousser la curiosité plus loin que les formules d'usage. « T'as passé une bonne soirée ? » lui a-t-il demandé. « Pas mal. Et vous ? » a-t-il répondu, pressé de discuter du programme de la journée.

Il va de soi qu'en ce premier dimanche d'août, des visites particulières sont prévues, dont celle de la cathédrale Saint-Paul, en compagnie des Pelletier. Sur le conseil de Lady Lacoste, ils assisteront à l'office dans la petite chapelle Notre-Dame-de-France et se rendront ensuite à l'abbaye de Westminster, monastère bénédictin construit en 1042. Ce mausolée royal reflète l'histoire mouvementée d'un grand peuple et symbolise la continuité des institutions. « Les rois qui s'y sont succédé y ont apporté chacun agrandissements et enrichissements », leur a appris Lord Lacoste. « Vous ne pouvez passer en Angleterre sans visiter cette abbaye qui a accueilli dans ses murs un homme hors du commun, le poète Geoffrey Chaucer, auteur des *Contes de Canterbury* », leur a écrit M. Piret.

Thomas et son épouse sont heureux de faire ces visites en compagnie seulement de leur fils. À la petite chapelle Notre-Dame-de-France, Victoire observe discrètement Oscar et le soupçonne d'être à cent lieues de la cérémonie qui se déroule dans le chœur. Son regard se perd souvent dans la rêverie, ses gestes et ses soupirs trahissent son agacement. Il tarde à Victoire de lui parler. « La visite de l'abbaye de Westminster m'en donnera peut-être l'occasion », pense-t-elle.

Le style gothique de ce monastère en forme de croix latine les impressionne par son prestige, mais l'amalgame d'ambitions politiques et religieuses qu'il rappelle les scandalise. Un guide aux allures de druide leur explique que mille ans plus tôt, voulant édifier sur le lieu de sa résidence, entre marais et petits cours d'eau tributaires de la Tamise, un monument qui sorte de l'ordinaire, un roi d'Angleterre avait choisi d'en faire un monastère bénédictin.

« Comme quoi rien n'a changé, chuchote Thomas. Le pouvoir religieux et le pouvoir politique font encore bon ménage.

— Le roi Édouard le Confesseur, dit le guide, a mis dix ans à faire construire cette abbaye, ignorant qu'il préparait ainsi son sépulcre, devenu, au fil des siècles, un véritable objet de vénération.

— Mais comment cette abbaye est-elle passée du catholicisme au protestantisme ? demande Oscar.

— Henri III a été le dernier monarque à demeurer fidèle à l'Église romaine. Son successeur a rompu avec Rome en 1515 ; tous les moines ont été chassés de l'abbaye, exilés ou jetés en prison, et exécutés s'ils manifestaient la moindre résistance. L'abbaye a été transformée en cathédrale royale et sécularisée. Toutes les images considérées idolâtres ont été détruites, les missels, adaptés à la nouvelle liturgie et la bibliothèque a été dispersée. C'est à Marie Tudor, épouse de Philippe d'Espagne, surnommée Marie la Catholique ou Marie la Sanglante, que les bénédictins doivent leur retour dans cette abbaye. »

Oscar lance un clin d'œil élogieux à sa mère.

« Le saviez-vous ? lui chuchote-t-il à l'oreille.

— Ça manque à ma culture, répond Victoire, heureuse que le guide s'attarde à cette femme remarquable.

— Jugeant cette demeure profanée, ajoute-t-il, Marie Tudor décida, pour son couronnement, de faire laver à grande eau toutes les chapelles, commanda de l'évêque d'Arras une huile nouvelle et se fit livrer un nouveau trône, béni par le pape. Elle ouvrit ensuite le monastère aux bénédictins et, de nouveau, fit célébrer la messe en latin. Lorsque Élisabeth monta sur le trône à son tour, à l'âge de vingt-cinq ans, elle fit disparaître toute trace de catholicisme. Les bénédictins furent sommés de quitter le monastère à jamais. En 1560, elle signa une charte marquant l'entrée de l'abbaye dans les temps modernes et elle en fit un centre de rayonnement culturel. Depuis ce temps, l'évêque comme le doyen sont choisis parmi les savants de grand renom.

— Les femmes avaient du pouvoir, en ce temps-là, fait remarquer Oscar, à l'intention de sa mère.

— Celles-là, oui, mais je ne pense pas que la femme du peuple en avait autant », réplique-t-elle.

En pénétrant dans la nef centrale, Victoire apprécie le silence du guide, tant elle est bouleversée par la puissance du lieu.

« La place qu'occupent les morts dans cette abbaye m'impressionne, dit Oscar, devant les monuments funéraires des grands hommes d'État. »

Le tombeau du demi-frère d'Henri III, mort en 1296, surmonté d'un gisant en bronze doré, est décoré d'émaux champlevés. Celui d'Éléonore de Castille lui est comparable, mais pas celui du roi Édouard III, mort seul et oublié, à qui on a érigé un simple monument en marbre de deux étages.

Victoire frissonne lorsque le guide raconte que la tête du gisant, d'un réalisme poignant, a été modelée à partir d'un moule du visage même du roi défunt. Tout autour du tombeau, des niches accueillent des personnages en larmes. « Ce sont six des douze enfants du roi, explique le guide. Dans cette abbaye, Élisabeth est enterrée aux côtés de sa sœur Marie. Marie haïssait et persécutait Élisabeth, aussi a-t-on mis cette inscription sur leur monument. »

Victoire demande au guide de la traduire. *Unies dans le règne et dans la tombe, nous dormons ici, Élisabeth et Marie, sœurs, dans l'espérance de la Résurrection.*

Les rois et reines avaient leur chapelle et leur tombeau, les grands écrivains, leur épitaphe. Shakespeare, John Milton et une femme, Aphra Behn, à qui on reprochait une écriture trop rebelle aux bonnes mœurs, en furent privés.

« À voir le sort réservé à nos écrivains, on se croirait encore à cette époque », dit Victoire.

Le célèbre musicien Henry Purcell a subi un meilleur traitement en reconnaissance du chef-d'œuvre musical qu'il a composé pour les funérailles de la reine Marie, décédée de la variole : son corps est inhumé dans l'abbaye et sur son épitaphe on lit : *Ci-gît Henry Purcell qui a laissé cette vie pour se rendre dans un lieu béni, le seul où son harmonie soit dépassée.* Au siècle suivant, brillant dans l'histoire de l'Angleterre et de l'abbaye dès lors reconnue comme un panthéon national, des centaines d'épitaphes sont rédigées en l'honneur d'hommes politiques, d'artistes et de chercheurs, dont Newton.

« Les cendres de certaines autres célébrités ne furent toutefois pas admises à l'abbaye, précise le guide. Ce fut le cas de Nelson, ce marin britannique qui, avant de livrer des batailles, s'écriait : "La victoire ou l'abbaye de Westminster !" Ironiquement, une statue de cire témoigne de sa gloire, alors que David Livingstone est enterré au centre de la nef.

— Y a-t-il plus éphémère que la célébrité ? dit Oscar, aussitôt approuvé par sa mère.

— Tant pis pour ceux qui la recherchent, réplique Thomas, heureux de quitter ces lieux.

— Il n'y a pas que la richesse et l'harmonie qui m'impressionnent, dit Oscar. Je suis épaté par le talent et la patience que révèlent ces décors aussi méticuleusement travaillés. »

Les deux heures trente consacrées à la visite de cette abbaye ne suffisent pas à certains touristes ; les Dufresne s'attardent pour poser des questions. Au rappel de la peste de 1664 qui a fait soixante mille victimes, à l'évocation des incessantes dissensions entre rois catholiques et clergé protestant, ils comprennent pourquoi cette abbaye n'a pas connu que des heures de gloire. Ce qu'ils ont admiré n'est, concluent-ils, qu'une pâle lueur de ce qui existait avant que la vague de puritanisme fanatique du XVIIe siècle détruise tout sur son passage, sans épargner les cathédrales. Le guide dévoile cette réalité, visiblement attristé :

« Iconoclastes, certains souverains se sont acharnés sur les monuments, jugés trop voyants ou trop païens. Les troupes de Cromwell ont campé dans l'abbaye, brûlé les ornements d'autel, mis en pièces les orgues et en ont vendu les tuyaux en échange de faramineuses provisions de bière.

— C'est scandaleux ! s'exclame Oscar.

— Chez tous les peuples, des pans d'histoire vaudraient mieux être ignorés, ajoute le guide. Heureusement, un autre siècle est venu restaurer l'honneur et les murs de l'abbaye.

— Je viens de prendre mon meilleur cours d'histoire d'Angleterre », avoue Thomas en sortant de l'édifice.

La courte pause du dîner est appréciée.

« Je me demande si j'ai le goût d'une autre visite de ce genre, aujourd'hui, tant j'en ai la tête pleine d'images, dit Victoire.

— J'espère qu'on ne passera pas l'après-midi à la cathédrale Saint-Paul, souhaite Oscar.

— Étienne a parlé de superbes jardins près de Kensington Road. Si ta mère s'attarde trop en dévotions, on s'y rendra, toi et moi, propose Thomas.

— Dévotions ? riposte Victoire. Si nous étions avec Lady Lacoste, tu pourrais le craindre, mais pas avec moi.

— Chacun est libre de s'attarder à ce qui lui plaît, d'ajouter Oscar.

— Puis on ne s'obligera pas à passer nos journées en compagnie des Pelletier, marmonne Victoire.

— Ça te dérange qu'on se tienne avec eux ? demande Thomas.

— J'aurais préféré que les deux familles respectent leur programme, répond Oscar à la place de sa mère.

— Je partage ton avis…, avoue Victoire. Les Pelletier ne devaient-ils pas visiter l'Italie avant l'Angleterre et la France ?

— Qui a décidé de ce changement ? » demande Oscar en s'adressant à son père.

Thomas hausse les épaules, feignant l'ignorance. « Tout compte fait, dit-il enfin, j'estime qu'il y a plus d'agréments que d'inconvénients à voyager ensemble.

– C'est l'heure d'y aller », annonce Oscar, quittant aussitôt la table pour rejoindre les Pelletier qui ont donné rendez-vous à sa famille en début d'après-midi.

Près de la cathédrale Saint-Paul, Victoire tente de reprendre cette conversation, mais les réponses évasives de son fils la laissent perplexe. Elle l'est plus encore de voir avec quel empressement il se dirige vers Alexandrine ; dans la cathédrale et les sentiers du jardin d'horticulture, il lui tient compagnie. Devant les monuments et les figures de marbre représentant de grands artistes britanniques, tous deux s'amusent à parier : « Au nord les musiciens, à l'est les peintres, au sud les architectes et à l'ouest les sculpteurs », déclare Alexandrine, corrigée par Oscar qui reconnaît des noms de musiciens au sud, et d'architectes au nord.

« Regarde. Dans cent ans, c'est en ton honneur qu'on en construira une semblable », dit Alexandrine, devant une statue dorée de quatre mètres cinquante abritée sous un dais gothique que supportent des colonnes de granit et qui se termine par une flèche à trois étages couronnée d'une croix.

Oscar s'en défend avec une fierté mal dissimulée. Ils s'arrêtent ensuite devant un baldaquin en mosaïque bleue sur fond doré et lisent l'inscription à voix haute, avec un accent exagérément britannique : « *Queen Victoria and her people in memory of Albert...*

– *... of Oscar Dufresne,* reprend Alexandrine, *for a life devoted to the public good.* »

Avec la même gaieté, ils visitent le Royal Albert Hall of Art and Sciences, une rotonde immense de style Renaissance italienne réservée aux concerts, aux réunions scientifiques et aux expositions. « Je vois exposées ici les chaussures de ta prochaine manufacture », prédit Mlle Pelletier, jouant au devin.

Lorsque les deux couples suggèrent de se reposer au bord d'un petit lac du parc Saint-James, en face du palais de Buckingham, Oscar et Alexandrine filent vers une autre oasis. « On sera de retour dans une demi-heure », promet cette dernière.

« Notre nièce est méconnaissable depuis quelques jours, remarque Geneviève. Ce que je donnerais pour qu'elle reste aussi joyeuse à Montréal. »

Étienne et Thomas échangent un regard qui n'échappe pas à la vigilance de Victoire.

Après une escapade de quarante-cinq minutes, Oscar et Alexandrine reviennent, imputant leur retard à l'invitation de la duchesse de Cambridge et de la princesse de Baterman à visiter le palais. « Quel étrange revirement », pense Victoire, se croyant seule à s'interroger sur cette soudaine complicité.

De retour à l'hôtel, les trois hommes décident d'assister à une partie de rugby à treize au Cardiff Arms Park, ce dont Victoire ne saurait se plaindre. Le silence et la solitude lui sont nécessaires et surtout à la fin de cette journée ambiguë. Des images du début de ce voyage soulèvent plus d'un doute. « Ces deux jeunes gens auraient-ils été pris dans les filets d'une séduction plus ou moins consciente ? » Victoire ne peut concevoir qu'Oscar se prête à ce jeu tout en sachant qu'Alexandrine est promise à M. Normandin. « À moins, pense-t-elle, que ce soit elle qui soit tentée de trahir son amoureux... Si c'était le cas, elle pourrait avoir fait pression sur Étienne pour qu'il modifie leur programme, lui permettant ainsi de courtiser Oscar pendant dix autres jours. »

Bien qu'Alexandrine demeure, à ses yeux, honnête, fort intelligente et de bon jugement, Victoire se rebiffe à cette idée. Il lui semble que le moment ne soit pas venu, pour l'un et pour l'autre, de balayer leur passé amoureux et de s'engager dans une nouvelle relation. « Soit j'essaie de parler à Oscar demain, soit j'attends de le voir de nouveau en présence d'Alexandrine... », se propose-t-elle.

Au déjeuner, le lendemain, Oscar, plus alerte qu'à l'habitude mais moins en appétit, exprime à ses parents son besoin de solitude et de liberté. « J'imagine que vous allez apprécier, vous aussi, de vous retrouver seuls », dit-il pour se justifier. Thomas l'approuve spontanément. « Ça va apporter un petit côté romantique à nos projets de la journée, dit-il, cherchant un assentiment dans le regard de sa bien-aimée. Après tout, c'est le voyage de noces que nous aurions aimé faire, il y a vingt-cinq ans », ajoute-t-il, pour l'en convaincre.

Cette évocation rappelle à Victoire les critiques désobligeantes que leur mariage avait attirées : « J'entends encore les invités chuchoter entre eux : "C'est bien dix ans de différence qu'ils ont ?" » Et Thomas d'enchaîner : « Nos commères pariaient sur les motifs de notre mariage, tu te souviens ? »

Rien ne saurait davantage intéresser Oscar que cet échange de souvenirs. Aussi reprend-il doucement sa place à la table.

« Quand tu y penses sérieusement, se souvient Thomas, on avait tout pour faire parler les grandes langues.
— Qu'est-ce que vous voulez dire ? demande Oscar.
— C'était mal vu qu'une femme de vingt-huit ans ne soit pas encore mariée, à moins qu'elle travaille comme servante dans un presbytère, explique Victoire. Ce qui n'a pas aidé, dans mon cas, c'est que je pratiquais un métier réservé aux hommes et que je le faisais différemment, car je créais des modèles de chaussures que je confectionnais moi-même.
— Et vous, papa, qu'est-ce que les mauvaises langues avaient à dire contre vous ?
— Que j'avais épousé ma mère », répond-il en s'esclaffant.

Thomas prend alors conscience de la conclusion qu'un homme de vingt-trois ans peut en tirer. Non moins intimidée, Victoire revoit la scène où elle a promis au garçon éprouvé par la mort de sa mère de ne jamais l'abandonner, et celle de leurs premiers ébats amoureux.

« C'est vrai ça, maman ? demande Oscar.
— C'est exagéré… Je ne te cache pas que lorsqu'il était enfant, ton père a eu besoin de moi du fait que sa mère était malade et qu'il est devenu orphelin avant ses dix ans. Mais je t'assure que, débrouillard et travaillant comme il l'était, à treize ou quatorze ans il n'avait besoin des jupes de personne, pas plus des miennes que de celles de sa défunte mère. »

Un sourire malicieux se dessine sur les lèvres de Thomas. « N'empêche que je les ai zieutées, tes jupes, dit-il. Pas pour m'abriller… J'avais une quinzaine d'années. »

Victoire n'ajoute rien à cette insinuation qui fait sursauter Oscar :

« À quinze ans ?

— Bien oui. N'oublie pas qu'à cet âge j'avais commencé à travailler à plein temps au moulin de la rivière aux Glaises.

— Je veux bien, mais il ne me serait jamais venu à l'idée de tenter ma chance avec une femme de dix ans mon aînée... »

Oscar se tourne vers sa mère et cherche à percer son mystère. Trente ans plus tôt, elle aurait rougi de deviner les questions de son fils.

« Ton père faisait plus vieux que son âge, trouve-t-elle à lui répliquer.

— J'avais plus de qualités que tous ses cavaliers réunis », dit Thomas, souhaitant que cette blague mette fin au caractère un peu trop intime de leur entretien.

Mais Oscar persiste :

« Je ne serais pas surpris que vous ayez vécu une histoire d'amour peu commune, vous deux...

— À mon avis, une histoire d'amour n'est jamais commune... pour ceux qui la vivent, réplique Victoire. Ce qu'il y a de commun entre toutes, c'est qu'elles ne durent que si elles sont bâties sur du solide. »

Elle s'arrête là, envahie par le souvenir de sa passion pour Georges-Noël.

« Il faut du soutien mutuel, de la confiance réciproque, puis une bonne dose d'humour, ajoute Thomas.

— C'est votre recette ?

— En bonne partie, confirme Victoire. Je dirais aussi qu'il faut se permettre quelques erreurs...

— Un bon nombre d'erreurs », corrige Thomas.

Devant l'embarras de sa mère, Oscar s'en va.

Thomas, dont l'index a caressé cent fois les arabesques du manche de sa cuiller, porte sur son épouse des regards affectueux et admiratifs. « Oscar a bien raison de trouver que j'étais prétentieux en tentant de séduire une femme comme toi, dit-il. Je suis seul à savoir quel chemin tu m'as fait parcourir. Je savais marcher quand je t'ai connue, mais c'est toi qui m'as indiqué la bonne direction à chaque carrefour. Et quand je me suis rebiffé, les événements n'ont pas tardé à me prouver que tu avais raison. »

Thomas et son épouse s'attardent sur leurs souvenirs. Le menton niché dans sa main, le regard absorbé par les fleurs peintes sur sa tasse, Victoire reprend :

« Petit à petit, nos points de vue se sont rapprochés... Lorsqu'il a été question de déménager à Montréal, par exemple, je me suis d'abord opposée, mais j'ai vite constaté que ton idée était excellente.

— Tu ne peux pas imaginer comme cet événement a fait ma fierté, lui confie Thomas, l'émotion l'obligeant à faire une pause. »

Victoire aime cet homme qui a épousé ses rêves et les a projetés au-delà de ses propres ambitions.

« Je me sens maintenant capable d'aller plus loin et de bâtir...

— ... avec ou sans Victoire Du Sault, ajoute-t-elle, magnanime.

— J'ai l'impression d'avoir mis trente ans à devenir un homme.

— Et quel homme ! »

Respirant la même béatitude, ayant évité les mots qui risquaient de tout briser, Thomas s'approche de

Victoire, pose un baiser sur son front et lui tend la main :

« Madame, me feriez-vous l'honneur de m'accompagner aujourd'hui dans les plus beaux parcs d'Angleterre, jusqu'au British Museum ?

— Tout l'honneur sera pour moi, mon cher monsieur. »

Le bonheur serein qui les habite ajoute à la grâce des étangs, ponts et promenades qu'ils contemplent. Le tour du parc à dos de chameau prend une saveur de tour du monde. Le musée de South Kensington les replonge dans la féerie de l'enfance avec ses collections de meubles antiques et de voitures originales.

« J'ai l'impression d'avoir trois ou quatre ans, avoue Thomas.

— Peux-tu marcher sans que je te prenne la main ?

— Vos bras, madame, seraient pour moi le plus douillet des carrosses, réplique-t-il, avec autant d'application que s'il déclamait du Shakespeare.

— On ne se prête pas assez souvent à ces jeux naïfs, déplore Victoire.

— Il n'en tient qu'à vous d'y remédier, madame. Vous savez bien que rien ne saurait me plaire davantage que de jouer avec vous… »

Les premières heures de cette matinée sont plus suaves encore que celles de leurs fréquentations, parce que les chassés-croisés de leur cheminement les ont chaque fois ramenés l'un vers l'autre plus amoureux.

Fidèle à la promesse faite à Lady Lacoste, le couple Dufresne visite l'exposition italienne, s'attarde aux œuvres d'art florentines, aux maquettes de la ville de Naples, aux articles de verre et de poterie, et en achète quelques-uns, pressé de prendre une bouchée avant la célèbre promenade à Hyde Park.

« Lady Lacoste avait raison, dit Victoire. Il faut voir ses *Lords* et *Ladies* se pavaner avec apparat, les uns faisant preuve de raffinement, les autres, de pure excentricité.

— Regarde-le donc ! » s'exclame Thomas en désignant un noble de Turquie portant une robe verte et un turban violet, escorté de sa suite.

À l'autre extrémité du parc, des rires attirent leur attention.

« Thomas, regarde : Oscar, près des glissades.

— On dirait bien. Je crois reconnaître Alexandrine, aussi.

— Qu'est-ce qu'il faut comprendre ?

— Ils se sont croisés par hasard, ou ils ont décidé de passer la journée ensemble », suggère Thomas.

Oscar rentre si tard à l'hôtel que Victoire doit renoncer au tête-à-tête qu'elle souhaitait avoir avec lui. Après avoir reconnu ses pas feutrés devant leur porte, elle se rendort.

∼

Cette dernière journée à Londres s'annonce bien remplie. Au moment où le couple Dufresne termine son petit déjeuner, Oscar apparaît, glane fruits et biscottes en vitesse, retourne dans sa chambre pour chercher sa caméra et les effets nécessaires à la tournée prévue. Vingt minutes plus tard, les Pelletier n'attendent plus que lui dans le hall de leur hôtel.

« J'avais tellement hâte que ce mardi arrive, s'exclame Alexandrine, rayonnante. Les châteaux ! J'en rêve depuis que je sais lire.
– Il n'y a pas de mal à rêver, dit Thomas.
– À la condition de revenir sur terre…, précise Victoire.
– C'est une façon de parler, s'écrie Étienne, soucieux de préserver la réputation de sa nièce.
– Non, mon oncle. Je suis sérieuse. J'ai toujours cru que je deviendrais châtelaine un jour.
– Ce n'est pas avec ton Normandin que tu y arriveras, ma pauvre fille.
– Je prépare moi-même mon avenir, riposte-t-elle. Je n'ai besoin de personne.
– On y va ? » lance Geneviève, désireuse de conserver l'ambiance joviale de cette matinée.

Afin d'échapper aux regards, Oscar examine une fois de plus les toiles décorant le hall.

Compte tenu du peu de temps qui leur reste, les couples Dufresne et Pelletier privilégient la visite des châteaux demeures aux châteaux historiques décorés par les frères Adam en 1750. Ils se rendent dans le Derbyshire, au nord de Birmingham, puis dans le Yorkshire. Dans le train, Victoire s'est assise aux côtés de Geneviève, Oscar a pris place près de son père et, plus loin, Étienne et sa nièce semblent engagés dans une conversation très animée.

Enfin arrivés dans le Derbyshire, les Pelletier et les Dufresne succombent au charme de Kedleston House, un édifice en pierre grise de style romain, construit en 1761.

Les couples déambulent dans les jardins et s'extasient devant l'élégante orangerie, le pavillon de pêche et le pont d'une finesse féerique. « Ça leur ressemble », pense Victoire en regardant son fils et Alexandrine emprunter des allées florales édéniques.

« Les frères Adam avaient le don de créer une harmonie entre l'extérieur et l'intérieur, dit Thomas.

— Ce n'est pas pour rien, ajoute Étienne, qu'on les a sans cesse sollicités pour agrandir ou rénover des bâtiments. Ils savaient allier l'esthétique et le fonctionnel. »

Sitôt accueillis dans le hall du château, les touristes sont saisis d'admiration. Immense atrium d'inspiration impériale romaine, la Kedleston House est entourée de colonnes en albâtre veiné à chapiteau corinthien. Des niches abritent des statues représentant des dieux. Dans la voûte décorée des peintures monochromes de Rebecca, trois œils-de-bœuf laissent passer la lumière.

« Cette seule pièce me suffirait, dit Alexandrine à Oscar, la voix feutrée par l'émotion.

— Tu as remarqué la cheminée avec son socle en marbre et ses statuettes de vainqueurs ? »

Obnubilés, les deux jeunes gens sont les derniers à quitter ce hall pour la pièce attenante, vaste salon circulaire. Sur les murs, ils peuvent admirer les tableaux de Rebecca et les *Ruines* de William Hamilton. Des urnes et des chandeliers en métaux précieux remarquablement ciselés complètent ce décor enchanteur.

« Dommage que ces décorateurs ne soient plus de ce monde, murmure Oscar.

— Tu les engagerais pour décorer ta future maison ? présume Alexandrine.

— En avoir les moyens, je t'assure que oui. Jamais un style ne m'a autant touché.

— Te souviens-tu avoir lu dans le dépliant que Robert Adam avait séjourné en Italie ? demande-t-elle. Je ne m'y connais pas beaucoup en matière d'art, mais je ne serais pas surprise que cette petite touche chaleureuse et raffinée ait été inspirée de ce pays.

— J'avais oublié, avoue Oscar, agréablement surpris.

— Même s'il n'était pas noble, Robert Adam a fait le Grand Tour. »

L'intérêt d'Oscar est si vif qu'Alexandrine relate, sous les regards admiratifs de Victoire et de Geneviève, les grandes lignes de ce voyage.

Au milieu du XIXe siècle, le Grand Tour était devenu presque une obligation pour les nobles qui en profitaient pour élargir leur horizon intellectuel et leurs rapports sociaux. Nombre de chevaliers anglais un peu snobs mais passionnés d'art achetaient et collectionnaient des tableaux, des marbres, des frises, des urnes, des statues, des bronzes et les faisaient transporter par bateau en Angleterre. Robert Adam avait passé la majorité de son temps à Rome et frayé dans un cercle de découvreurs et de connaisseurs passionnés de l'Antiquité.

« Contrairement à beaucoup d'autres peintres et décorateurs célèbres, précise Alexandrine, les frères Adam se sont intéressés non seulement aux sanctuaires, mais plus encore aux maisons et aux palais.

— Une décoration plus modeste, quoi », conclut Oscar.

Mais la splendeur de la salle à manger témoigne du contraire. La voûte blanche prolonge au-dessus des portes sa dentelle qui réapparaît sur les bordures des tables et des consoles. Une superbe table en acajou, avec une vingtaine de chaises aux dossiers finement sculptés, surplombe un tapis blond à fleurs bordeaux.

« Penses-tu, Oscar, que cette table serait assez grande pour asseoir tous tes enfants ? demande Étienne.

— Ce n'est pas l'ambition qui vous manque, mon cher jeune homme, s'exclame Geneviève, avant même que l'intéressé n'ait eu le temps de réagir.

— Je n'ai jamais mis de chiffres là-dessus », riposte Oscar, à peine complaisant.

Les observations d'Étienne sont aussi agaçantes que sont agréables celles d'Alexandrine.

Précédant les autres au salon, Geneviève admire les urnes, les chandeliers, les miroirs, les vases et les lampes rehaussés de dorures ou de marbre blanc :

« Ce que je donnerais pour avoir cela dans mon salon !

— Moi aussi », déclare sa nièce.

Toute en guirlandes et en motifs de feuilles d'acanthe, cette décoration constitue une étonnante orchestration de noir et d'ivoire, d'ocre et de rouge, de vert vif et de bleu de Chine.

« Je ne peux pas croire qu'on puisse s'habituer à de tels décors, dit Oscar, pensif. Se réveiller le matin et n'avoir qu'à soulever une paupière pour avoir droit à tout ça, c'est...

— ... le paradis, enchaîne Alexandrine. Je n'ai plus le goût d'aller visiter autre chose, tellement je me sens bien ici. »

Captivé par les tableaux représentant des scènes apocalyptiques, Thomas déplore que leur voyage s'achève.

Ils s'embarquent bientôt pour le Yorkshire afin de visiter deux autres châteaux décorés par les frères Adam. À bord du train, les familles dégustent en silence les bagels farcis au bœuf fumé, suivis du traditionnel thé à l'anglaise. Puis certains causent doucement, tandis que d'autres s'accordent des instants de sommeil. Ainsi en est-il d'Étienne et de Thomas. Victoire en profite pour discuter avec Oscar.

« Tu es satisfait du voyage, jusqu'à maintenant ? lui demande-t-elle.

– Au-delà de mes attentes. »

Victoire espère vainement plus de confidences.

« Ce qu'on visite est très intéressant, tout le monde est en santé et de bonne humeur.

– Je craignais que tu trouves les Pelletier un peu envahissants.

– Ne vous en faites pas pour moi », réplique-t-il en se glissant sur son siège en quête de quelques instants de sommeil.

Aussitôt descendu du train, Oscar emboîte le pas à Alexandrine. Ils s'arrêtent longuement devant les tapisseries de Bruxelles dans la résidence Nostell Priory, commentent les *Ruines* de Zucchi et s'émerveillent devant la splendide décoration du salon.

Victoire et son mari demeurent en retrait.

« Je ne comprends plus Oscar, chuchote-t-elle.

– En quoi t'inquiète-t-il ? demande Thomas.

– Il est fuyant. Il me donne même l'impression, à certains moments, qu'il préférerait qu'on ne soit plus là.

– T'expliques ça comment ?

– Je me demande s'il n'est pas en train de se laisser séduire par Alexandrine.

– Je ne vois pas de mal à ça, répond Thomas avec un enthousiasme qui le trahit.
– Un peu plus, et je te soupçonnerais d'être content de voir Oscar s'éloigner de Colombe...
– Ce n'est pas que je déteste cette fille...
– Mais tu préférerais Alexandrine...
– Admettons... Mais ça changerait quoi ?
– Serais-tu allé jusqu'à comploter avec Étienne pour...
– Chut ! Ils arrivent.
– Ces jeux d'ombre et de lumière me font penser aux vallées et aux collines de nos campagnes, dit Oscar en pointant le plafond en coquilles, médaillons et demi-cercles or et bleu.
– Je serais bien en peine de dire pourquoi, lui confie Alexandrine, mais j'ai la bizarre impression de me sentir chez moi dans ce décor pourtant très vieillot. »
Uniques en leur genre, les décorateurs Adam, en effet, étaient parvenus à marier la masculinité du style classique à la féminité de la décoration rococo.
La dernière visite de la journée est réservée au Newby Hall, château datant de l'époque de la reine Anne. Son propriétaire avait rapporté du Grand Tour une précieuse collection de sculptures classiques et chargé les architectes Adam de concevoir un décor adéquat pour les accueillir.
« On dirait qu'ils ont voulu attirer toute notre attention sur ce tableau, dit Victoire qui ne se lasse pas d'admirer une magnifique scène pastorale signée Rosa da Tivoli et mesurant plus de six mètres de long sur quatre de large.

– Ses tons sombres et ses gros nuages annonçant la tempête sont en effet saisissants, ajoute Oscar.

– Il n'y a rien que j'aime autant qu'un ciel de tempête, murmure Alexandrine. Il me donne envie de me mettre au chaud comme si je retournais dans le ventre de ma mère. »

Intimidée, Geneviève jette un coup d'œil aux Dufresne, inquiète des jugements qu'ils pourraient porter sur sa nièce.

« Alexandrine est faite pour les grands voyages, reconnaît Étienne. Jamais on ne l'a vue aussi à l'aise de dire ce qu'elle pense…

– … quand on m'en donne la chance », réplique-t-elle.

Les aînés demeurent perplexes, mais le regard d'Oscar brille de l'étincelle de fierté qu'Alexandrine espérait.

Au moment de monter dans le train, Oscar déclare à son père :

« Je vous enlève maman pour le retour.

– Pas de problème, mon garçon.

– Mais que me vaut cet honneur ? s'exclame Victoire, bouleversée par les imprévus de cette journée.

– Vous ne regrettez pas d'être du voyage ? lui demande-t-il, tout de go.

– Loin de là.

– Qu'est-ce que vous avez aimé le plus jusqu'à maintenant ?

– Je te dirai, au risque de te surprendre, que c'est d'être retombée amoureuse de ton père, répond-elle, tout étonnée de lui faire cet aveu.

– C'est la première fois ?

– Non, mais ça n'a jamais été aussi fort avant...
– Ça ne doit pas être fréquent après vingt ans de mariage », dit-il, le regard soudain voilé de mélancolie.
Croyant l'atmosphère propice aux confidences, Victoire lui demande :
« Tu réussis à prendre du recul par rapport à Colombe ?
– Je me laisse porter par les événements.
– Ils te facilitent la tâche ?
– Le dépaysement, les merveilles que l'on découvre chaque jour me font grand bien.
– Et Alexandrine ?
– C'est très agréable de voyager avec elle. On a les mêmes goûts.
– Assez pour avoir envie de la revoir à Montréal ? »
Oscar penche la tête, sourit et répète :
« Je me laisse porter par les événements.
– Tu me pardonneras de te faire remarquer que tu lui as donné pas mal d'espoir à certains moments. »
Oscar fronce les sourcils, sa mère ajoute :
« Entre autres, au bal et au banquet de noces donnés sur le bateau, d'après ce que m'a rapporté ton père.
– Ah, non ! s'esclaffe-t-il. Nous avions décidé de jouer le jeu pour oublier nos problèmes ! »

∼

Ce mercredi 4 août 1898, à six heures du soir, Oscar Dufresne et ses parents voient enfin Paris. L'excitation les gagne et ils se sentent en plein conte de fées lorsque, de l'Observatoire, ils admirent la place de la Concorde et les Champs-Élysées.

« Un vrai gâteau aux mille bougies que cette ville ! s'exclame Victoire.

— Je commence à comprendre M. Piret, dit Thomas, lorsqu'il racontait que Paris témoigne à elle seule des progrès de la science et du talent des plus grands artistes et architectes du monde.

— Le temps est venu pour toi et Oscar d'y nourrir vos rêves, dit Victoire. J'espère vivre assez longtemps pour vous voir les réaliser.

— Mais ce n'est pas le temps d'être pessimiste, ma toute douce. »

La visite du Louvre fait l'unanimité pour cette première journée dans la Ville Lumière.

« Je ne m'attendais pas à ce genre d'architecture, déclare Victoire à la vue de cet immense édifice aux façades pourvues de colonnes cannelées, de frises et de niches ornées de statues.

— Philippe Auguste souhaitait fortifier sa ville avant de partir en croisade, explique Étienne, reprenant avec ostentation son rôle de guide improvisé. En plus d'y faire construire un donjon, poursuit-il, ce roi avait encerclé son château d'un fossé. Saint Louis y ajouta une chapelle et Philippe le Bel en fit le dépôt du Trésor. Trois siècles plus tard, le Louvre perdit sa fonction stratégique, car le roi décida d'y abriter les premières collections de peintures et une bibliothèque riche en manuscrits. »

Le regard de Victoire flamboie lorsqu'elle apprend que *Le Roman de la Rose* y est conservé.

« Je me souviens avoir lu que Charles V aimait s'entourer de gens cultivés et d'écrivains », dit-elle à Alexandrine, émue de découvrir le tableau de *La Joconde*.

Geneviève fait bientôt état de sa culture au sujet de Catherine de Médicis.

« Si j'en crois ce que m'a raconté mon mari, cette reine a fait ajouter ce qu'on appelle aujourd'hui le palais des Tuileries pour accueillir sa suite. Mais un horoscope défavorable lui aurait fait arrêter les travaux.

– Un horoscope ! s'écrie Oscar, scandalisé.

– Elle avait fait venir de Florence le plus célèbre des astrologues du temps... J'ai oublié son nom.

– Ruggieri, s'empresse de lui rappeler son mari.

– Sur son conseil, poursuit Geneviève, elle n'a jamais habité les Tuileries.

– Il faut être borné pour régler sa vie en fonction de l'horoscope, dit Oscar.

– Je ne serais pas prêt à dire ça, réplique Thomas. Pour le peu que j'en sais, l'astrologie repose sur une certaine science...

– C'est un domaine que nous connaissons si mal que je ne me sens pas portée à le condamner en bloc, renchérit Victoire. Tu te rappelles, Thomas, ce que Lady Marian avait révélé à ton père ? »

Oscar s'est rapproché, espérant en apprendre davantage, mais Étienne, ennuyé par le sujet, prend la parole :

« Ce n'est que vingt-trois ans plus tard que la petite galerie qui rattachait les Tuileries au Louvre a été terminée. Les guerres de religion, les caprices des rois et de certaines personnes ont plus d'une fois conduit ce palais à la décrépitude...

– Quel dommage ! » murmure Alexandrine, faisant écho aux regrets d'Oscar qu'elle ne quitte pas depuis le début de cette visite.

En plus des artistes qui occupaient ce palais, une cohorte de parasites, de cabaretiers et de bateleurs abîma les bâtiments. Au XVIIIe siècle, on songea à les démolir. Mais le frère de Mme de Pompadour chassa les intrus et fit restaurer le palais. Napoléon l'acheva et fit construire la rue de Rivoli. Les armées françaises ayant rapporté d'Italie, des Pays-Bas et d'Allemagne, une riche collection d'œuvres d'art, Napoléon fit ériger le Musée de la République et dressa un arc de triomphe pour célébrer ses victoires.

« De savoir qu'il a épousé Marie-Louise en 1810 dans un de ces salons me donne l'impression de voir ces personnages vivre, avoue Victoire. C'est ce qui manque chez nous : une meilleure connaissance de notre histoire. »

Oscar regrette que son grand-père Dufresne soit déjà parti. « Il connaissait tant les vieilles familles de la Mauricie, se souvient-il…

— Il n'en tient qu'à vous, les jeunes, de poser des questions à nos vieux, dit Thomas.

— Toutes ces histoires m'intéressent beaucoup, renchérit Alexandrine. Mais on n'a pas tous la chance d'avoir encore nos parents et nos grands-parents avec nous… »

Sa voix se teinte d'émotion. Jamais encore elle ne s'est exprimée quant à sa situation d'orpheline. Par sympathie et respect, les Dufresne se taisent et Étienne s'empresse de fermer cette parenthèse.

« Le Louvre compte tant de pièces que pour bien le visiter, il faut avoir un plan et y consacrer au moins trois heures, dit-il.

— Même si ça prenait six heures, je ne reculerais pas, dit Thomas à qui on apprend qu'un étage de l'édifice pourrait être sacrifié.

— Surtout pas le rez-de-chaussée, déclare Oscar ; c'est là qu'on devrait voir les chefs-d'œuvre de la sculpture et de la gravure.

— Et à l'étage, des faïences, des bronzes, des porcelaines, des bijoux et du mobilier élégant », reprend Alexandrine, impatiente de s'y trouver.

Le musée de la marine, le musée ethnographique et le musée chinois retiennent Étienne et Thomas pendant plus d'une heure.

Oscar est indigné d'apprendre que ce magnifique palais a été vandalisé jusqu'en 1870. Seuls les façades et les escaliers sont restés après l'incendie durant la Commune. Du domaine de Catherine de Médicis, il reste un jardin comprenant des labyrinthes, des bosquets, des ruisseaux, des fontaines et des reproductions des signes du zodiaque. Voulant expliquer à Oscar et à Alexandrine le sens de ces représentations, Victoire constate qu'elle a perdu beaucoup de ses connaissances astrologiques depuis que Georges-Noël n'est plus là. « Que de bons moments nous avons passés à en discuter lorsqu'il revenait de chez Lady Marian », avoue-t-elle, inspirant à Alexandrine des questions qui captent l'intérêt d'Oscar. « Quand je te disais, Alexandrine, que mon grand-père était un homme exceptionnel, tu vois bien que je n'exagérais pas », dit-il après que Victoire leur a confié quelques souvenirs.

La soirée passée au Cirque d'été des Champs-Élysées ramène de nouveau le souvenir de Georges-Noël. Victoire et son fils imaginent le plaisir qu'il aurait eu à voir les chevaux exécuter valses et quadrilles avec une virtuosité époustouflante. Portée par cette atmosphère excitante, Alexandrine colle son épaule à celle d'Oscar, sa cuisse frôle la sienne, leurs rires s'épousent. Oscar enlace Alexandrine ; leurs regards restent rivés sur le spectacle. Alors que Thomas applaudit les acrobaties d'une jeune trapéziste, Victoire observe Oscar et sa compagne ; ils sont soudés l'un à l'autre dans les allées des Champs-Élysées, jusqu'à l'hôtel Bellevue où logent les Pelletier.

Lors de la visite du Bon Marché, le lendemain, fort d'une assurance qu'on ne lui connaissait pas, Oscar fait l'éloge des chaussures créées par cette femme, Victoire Du Sault, qu'il leur présente avec fierté. Thomas vient de rater l'occasion tant attendue de rendre lui-même les hommages qui revenaient à son épouse.

∼

Afin d'oublier Alexandrine et faire taire les remords que sa convoitise lui inspire, Oscar se concentre, carnet et crayon en main, sur la documentation concernant le château de Versailles qu'il doit visiter, le lendemain, avec les Pelletier. Après avoir espéré un sommeil libérateur, il est assailli de cauchemars. Il se retrouve impuissant à sauver Colombe ; il assiste, déchiré, à un duel entre deux femmes qui veulent l'épouser. Au réveil, bouleversé, il regrette de ne pas être chez lui. « Une bonne marche au bord du fleuve me refroidirait les sangs », pense-t-il, n'osant pourtant s'aventurer dans les rues de Paris à trois heures du matin.

Vers onze heures, tous quittent l'hôtel de la rue de l'Opéra, en sachant qu'ils n'y reviendront qu'en fin de soirée.

Victoire n'est pas étonnée que son fils et Alexandrine soient près d'elle lors de la visite de Versailles, puisque ce château illustre quelques pages de mythologie et d'astrologie. Elle s'émerveille : dans une région d'étangs et de marécages, les architectes sont parvenus à construire cette résidence royale, célèbre dans le monde entier par son architecture, sa décoration intérieure et ses jardins.

« J'ai bien compris ? demande-t-elle à son mari. Il a fallu trente-six mille hommes et six mille chevaux pour terminer le terrassement, les jardins et le parc ?

– Exactement. Tout est fabuleux ici. Quelque six cents jets consomment à eux seuls dix mille mètres cubes d'eau en quelques heures, c'est inconcevable. »

La visite commence évidemment par le rez-de-chaussée du corps central, extrêmement luxueux. Dans la chapelle, véritable galerie d'art, sont exposées diverses scènes bibliques étonnantes de richesse et de perfection. Onze salles ouvrant sur le vestibule présentent des épisodes de l'histoire de France, de Charlemagne à Louis XVI.

« Je voudrais vivre cent ans pour avoir le temps d'approfondir l'histoire de nos ancêtres », déclare Victoire, qui s'arrête un peu plus loin, médusée, devant la pire horreur qu'elle ait jamais vue : des chevaux, des femmes et des enfants étouffés sous des tentes renversées, des troupeaux effarés, une négresse idiote jouant avec une pastèque. Ce tableau dénonce les cruautés lors de la prise de la smala d'Abd El-Kader qui renfermait vingt mille personnes.

« Que la soif du pouvoir peut rendre sauvage, déplore Geneviève, plaintive.

– C'est à se demander s'il existe un seul château dont l'histoire ne soit pas macabre », réplique Thomas, pressé, tout comme son épouse et son fils, de se rendre au centre du palais pour visiter les appartements du roi.

Quel n'est pas leur étonnement de découvrir des tableaux des batailles de Louis XIV, inspirés de scènes mythologiques : Hercule à son apothéose, Diane présidant à la chasse et à la navigation, Mercure sur un char tiré par deux coqs et, au plafond, Apollon sur un char traîné par quatre chevaux. À ce moment, Alexandrine et Oscar se retrouvent et demandent à Victoire de commenter ces œuvres.

« Lady Lacoste le ferait beaucoup mieux que moi, reconnaît-elle.

– Ce monde me fascine, dit Alexandrine en cherchant dans le regard d'Oscar l'approbation qui lui confirmera, comme la veille, la similitude de leurs sentiments.

– J'ai hâte d'avoir du temps pour lire sur ces sujets », répond-il, ébloui.

Alexandrine n'en demande pas davantage. Toutefois, elle demeure discrète.

En pénétrant dans le salon suivant, Thomas est catastrophé d'apercevoir au plafond un tableau de Lebrun représentant la France armée de la foudre et d'un bouclier arborant le portrait de Louis XIV, l'Allemagne à genoux, la Hollande foudroyée et l'Espagne épouvantée.

« Je ne comprends pas, dit-il, que de telles peintures n'aient pas ligué le reste de l'Europe contre le roi.

– On retrouve partout ce culte au roi, fait remarquer Oscar, en entrant dans la galerie des Glaces. Là encore, Lebrun glorifie Louis XIV avec son éternel cortège de divinités.

– Je ne crois pas, Dieu merci ! que nous ayons hérité de ce penchant pour l'adulation, dit Victoire.

– À peine nous prosternons-nous au moment de la Consécration, lance Étienne, moqueur, sous le regard réprobateur de son épouse.

– C'est une question de mentalité, affirme Geneviève. Après des siècles de monarchie, il est compréhensible que ce peuple vénère jusqu'à la chambre à coucher de son roi, surtout Louis XIV, qui a régné pendant soixante-douze ans. »

Les appartements de la reine n'ont cependant rien d'aussi remarquable. Les plafonds des sept pièces, symétriques à celles du roi, rendent hommage aux divinités de l'Olympe.

« Ça fait du bien de voir autre chose que des scènes de tueries, dit Oscar, admirant les tableaux des voussures qui évoquent avec délicatesse des femmes de l'Antiquité.

– Il me semble que l'art ne devrait être au service que du bien et de la beauté », ajoute Alexandrine, aussitôt approuvée par les deux autres femmes.

Ils admirent ensuite le somptueux coffre à bijoux de Marie-Antoinette. L'ébéniste Schwerdfeger y a gravé trois figures de la couronne royale : la Sagesse, la Prudence et l'Abondance.

« Quelle ironie ! s'écrie Victoire. Comment les rois ont-ils pu porter cette couronne et détruire pour assouvir leur soif de pouvoir ?

— Je n'aurais jamais imaginé que le peuple européen a pu s'adonner à tant de barbarie, avoue Oscar.

— Viens voir quelque chose de superbe, propose Alexandrine, en extase devant une armoire en marqueterie de bois de rose et de bois de violette, aux vantaux ornés de laque de Chine et encadrés de bronze doré.

— C'est une œuvre de Bernard Van Ryssen Burgh, précise le guide venu les rejoindre avec quatre autres touristes.

— Décédé ? demande-t-elle.

— Hélas, oui, chère demoiselle, répond-il, posant sur elle un regard de velours. Passons maintenant dans un des plus beaux salons du château », annonce-t-il en s'adressant à Alexandrine comme si elle était seule à l'écouter.

Oscar s'approche et murmure : « La surprise qu'on réservait à ma mère est ici. »

Ils retiennent leur souffle en découvrant les appartements de Mme Victoire. Dans la chambre de cette princesse, l'alcôve est recouverte d'un superbe taffetas chiné. Sa bibliothèque est unique au monde.

« La beauté des voyages, c'est de pouvoir se bercer d'illusions le temps d'une visite, dit Victoire.

— Tu te vois ici ? demande Thomas.

— Sans peine ! »

Le ravissement des visiteurs atteint son apogée au-delà des parterres ; deux escaliers de marbre de cent trois marches conduisent à l'Orangerie comptant trois galeries. Les touristes admirent la galerie de l'Empire, la salle des Rois tapissée des portraits de tous les souverains, et aboutissent enfin dans les jardins du palais. Oscar s'exclame devant les statues, les vases antiques et les fontaines décorées d'animaux en bronze. L'hiver, ces trois vaisseaux en pierre nobles et symétriques abritent les orangers, les grenadiers et les palmiers qui ornent le parterre en été.

« Imaginez comme tout cela serait beau et combien plus riche encore s'il n'y avait eu tant de guerres », dit Victoire, se prélassant devant le parterre d'eau.

Dans un grand bassin circulaire à gradins de marbre rouge, des sculptures de grenouille, de lézards et de tortues lancent des jets d'eau à Latone et ses enfants, Apollon et Diane. « On raconte, dit le guide en s'adressant à Alexandrine, que des villageois ayant refusé de donner à boire à Latone ont été transformés en grenouilles par Jupiter. »

Agacé par cette excessive courtoisie, Oscar s'approche de Mlle Pelletier et l'escorte tout au long de la visite.

Au nord-ouest du bassin de Neptune, les touristes contemplent le Grand Trianon. Louis XIV, qui aimait y passer les chaudes soirées d'été avec la famille royale, l'a fait construire pour Mme de Maintenon.

« Étonnant, pour ne pas dire décevant ! s'exclame Oscar, visiblement déçu à la vue de cet édifice bas.

– Ce palais n'a rien de comparable à ce qu'il était avant la Révolution, réplique le guide. Je vous ferai remarquer que les deux ailes du palais sont réunies par un péristyle, superbe véranda supportée par huit colonnes jumelées en marbre de Campan jaspé, d'où les visiteurs peuvent admirer les jardins. »

L'enthousiasme des visiteurs ayant diminué, le guide ajoute, le regard de nouveau braqué sur Alexandrine : « Même si Napoléon a restauré et remeublé ce palais en 1805, personne ne pouvait y ramener les œuvres d'art qu'il renfermait. Mais vous serez enchantés de la décoration des pièces et du mobilier. »

Oscar fulmine.

En pénétrant dans l'ancienne antichambre de la chapelle de Louis XIV, devenue le premier salon de l'impératrice Marie-Louise, le guide attire leur attention sur les boiseries représentant la tête d'Apollon et des fleurs de lys.

« Il ne faut pas oublier que le décor de cette pièce a été réalisé pour Louis XIV dès 1700, avant même que l'impératrice y installe son mobilier », ajoute-t-il, cherchant en vain à capter un regard admiratif de Mlle Pelletier.

Dans le salon des Glaces, Oscar voudrait posséder cette table circulaire de bois de chêne, dont le diamètre atteint presque trois mètres. Du sol au plafond, tout est œuvre d'art.

« Où qu'on pose notre regard, tout est sujet d'émerveillement, s'exclame Alexandrine. Imagine, Oscar, si tous ces décors étaient habités par l'amour… et par des enfants. »

Surpris et non moins troublé par cette dernière remarque, Oscar ne sait quoi répliquer. Des images se sont précipitées dans son esprit, le projetant en compagnie d'Alexandrine dans un décor fastueux.

« Pourquoi pas avec Colombe, dont les origines conviendraient mieux que celles de Mlle Pelletier ? » se demande-t-il. Mais cette dernière vient de parler d'amour et surtout d'enfants. Cela le concerne-t-il ? Doit-il déceler, derrière ce désir finement formulé, l'aveu de sentiments amoureux ? Oscar sent une tristesse l'envahir à la pensée de perdre, avec Alexandrine, cette joyeuse et saine camaraderie. Mais comment nier l'attirance qu'il éprouve pour une femme aussi jolie et délicate ? Il reconnaît que cette attirance s'étoffe au fil de leurs rencontres. L'imputer à l'ambiance du voyage et à la beauté des sites ne lui semble pas honnête. Il décide de se montrer plus réservé sans toutefois renoncer à la compagnie d'Alexandrine. Leur retour à Montréal et la reprise de leurs activités vont, espère-t-il, les ramener à leurs flammes respectives.

« Nous avons eu la chance de ne pas voir notre pays déchiré par des guerres, murmure Alexandrine qui le tire de sa réflexion. Mais nous sommes loin de posséder d'aussi grandes richesses.

– Nous avons encore le temps, nous sommes un jeune peuple, nuance Oscar. Et ce n'est pas tant la richesse que la finesse et le génie artistique qui me fascinent.

– Et moi donc ! »

Témoin discret de ces échanges, Victoire admire Alexandrine de faire valoir si habilement la similitude de leurs goûts. Oscar l'alimentera-t-il à son tour ? Elle prête l'oreille jusqu'à la visite du boudoir de l'Impératrice, dont la beauté l'éblouit. D'abord, ce bureau en arc de triomphe, rehaussé d'arabesques dorées, œuvre des frères Jacob pour Mme Bonaparte, puis, devant cette immense porte-fenêtre à carreaux, aux draperies beige et doré, une jolie table ronde et cinq fauteuils de velours couleur safranée.

« Ce boudoir est autrement mieux que le tien..., murmure Thomas.

– On aurait envie d'y passer ses journées », dit-elle d'une voix feutrée par l'admiration.

Le cabinet des Glaces offre tout autant avec ses riches tentures de satin bleu à franges dorées et ses vases japonais en porcelaine. Le petit salon de Napoléon Ier est remarquable avec sa table en mosaïque de Rome.

« Les tables de ce style m'ont toujours plu, dit Oscar.

– Je préfère celles du boudoir de l'Impératrice », réplique Alexandrine.

Victoire est à la fois étonnée et ravie que, pour une fois, le point de vue d'Alexandrine s'oppose à celui d'Oscar.

Dans le salon frais, ainsi désigné étant donné son exposition au nord, des vues de Versailles sont encadrées de dorures éclatantes. Le soleil ajoute encore à la beauté du parquet de bois dont les motifs allient losanges et triangles.

« Je retiens cette idée pour ma maison, dit Oscar.

– Je n'en ai jamais vus d'aussi bien agencés, reconnaît Alexandrine.

– Dans la maison de Lord Stephen, rue Drummond, il y en a de très beaux, même s'ils présentent moins de formes géométriques.

– Tu es déjà entré dans cette maison, toi ?

– Plus d'une fois. J'allais y livrer de la marchandise à quinze ans.

– Tu travaillais déjà à quinze ans ! s'exclame Alexandrine, avec une moue de déception.

– Il n'y a pas de mal à ça.

– Mais tes études ? »

Un sourire narquois aux lèvres, Oscar explique : « J'ai appris au collège et de mon grand-père tout ce qui pouvait m'être utile dans la vie. La pratique m'a donné le reste. »

Alexandrine pose un regard interrogateur sur Oscar. Ce dernier s'attarde à l'agencement heureux de vert olive et de doré dans le salon des Sources et dans la chambre de l'Empereur.

Discret, ce jour-là, Étienne manifeste un enthousiasme d'enfant dans le musée des voitures : des chaises à porteurs ainsi qu'une dizaine de berlines de cour, dont les plus anciennes remontent au sacre de Napoléon Ier et à son mariage avec l'archiduchesse Marie-Louise, y sont exposées. Thomas frétille devant celle du sacre de Charles X, restaurée en 1856, sous Napoléon III, pour le baptême du prince impérial.

« J'en apporterais bien quelques-uns », dit Oscar en examinant de près les traîneaux et les magnifiques harnais.

Les femmes attendent depuis plus de dix minutes lorsque les hommes viennent les rejoindre. Alexandrine les interpelle :

« Arrivez, qu'on aille voir les appartements de Marie-Antoinette.

— Qu'ils prennent leur temps », réplique le guide qui a profité de ces moments d'attente pour causer à mi-voix avec la jeune femme, loin des regards réprobateurs d'Oscar.

Hélas pour lui, le groupe se déclare prêt à se faire conduire au Petit Trianon. De loin, les touristes peuvent apprécier la façade du côté du jardin français.

« Ce domaine est une création de Louis XV, explique le guide, s'efforçant de retrouver un ton de bon aloi. Comme ce roi était passionné de botanique, il avait fait aménager un jardin de plantes, de nombreuses serres, un jardin français au centre duquel se dressait un élégant pavillon destiné au repos et à la conversation. Pour compléter ce décor enchanteur, il avait fait construire une salle à manger d'été et une petite ménagerie où il élevait des animaux domestiques de choix. En 1764, le roi a demandé à Gabriel d'édifier entre les deux jardins un petit château où il a fait de courts séjours... »

Oscar et son père en ont le souffle coupé.

« En avoir eu les moyens, c'est ce que j'aurais aimé aménager quand j'ai fait construire notre maison de la rue Saint-Hubert, dit Thomas.

– Il n'est pas dit qu'on ne pourra pas se reprendre dans la ville de Maisonneuve », réplique Oscar, approuvé par Alexandrine.

Et le guide de reprendre, soudain attristé : « C'est Marie-Antoinette qui a fait remplacer ce jardin botanique par un jardin anglo-chinois plus conforme à la mode du temps. C'est ici qu'elle pouvait mener, avec ses enfants et ses amis, la vie simple qu'elle avait connue à Vienne, enfant. C'est également ici qu'elle se trouvait, le 5 octobre 1759. La foule parisienne marchait sur Versailles, et elle a dû quitter précipitamment le palais pour n'y plus revenir. »

Avant de pénétrer dans le palais, le guide fait visiter un hameau en bordure d'un lac et comptant une dizaine de maisons rustiques, un presbytère, un moulin, une laiterie et la tour de Malborough.

« Un petit paradis », murmure Geneviève. Le guide lui prédit alors « un pur ravissement au pavillon du Rocher », à mi-chemin entre le château et ce hameau : « C'est dans ce pavillon octogonal que la reine aimait se reposer et prendre le goûter. » À quelques pas de ce petit belvédère dominant le lac, sous une verdure chatoyante, se cache le temple de l'Amour, une superbe construction circulaire en marbre blanc, datant de 1778. Sa coupole, sculptée aux emblèmes de l'Amour, est supportée par douze colonnes corinthiennes et abrite une réplique ancienne de l'Amour taillant son arc dans la massue d'Hercule. À voir la main d'Alexandrine posée sur son cœur et les joues d'Oscar s'empourprer, Victoire décèle leur émotion à fleur de peau.

« Tu sais ce qu'on devrait faire pendant qu'on est en Europe ? chuchote Alexandrine à l'oreille d'Oscar.

– Dis.

– S'acheter des livres de mythologie. Je suis sûre qu'il y en a plus ici qu'à Montréal.

– Très bonne idée. Nos librairies et nos bibliothèques sont tellement pauvres », admet Oscar.

L'émerveillement des six Montréalais est unanime lorsque les portes du château s'ouvrent sur un magnifique escalier qui les conduit à l'étage. La salle à manger les surprend encore avec ses fruits reproduits sur les boiseries et sur la cheminée. « C'est ici que Louis XV et, plus tard, Marie-Antoinette, recevaient leurs invités », dit le guide, laissant les visiteurs s'y attarder à leur aise.

～

Il ne restait plus que deux jours. Victoire aurait aimé pouvoir veiller aussi tard que les autres et profiter au maximum des dernières heures à Paris.

Il n'est que cinq heures trente du matin, écrit-elle, avant que Thomas s'éveille. *Il me reste encore une heure pour confier à ce carnet des émotions que je ne pourrais probablement exprimer à personne.* D'abord cette impression, depuis ce moment où je suis montée sur le Campania, que c'est mon premier et dernier voyage en Europe. Or Thomas ne cesse de souhaiter que pour le prochain, nous nous réservions deux mois, peut être trois, comme l'ont fait les Lacoste.

Aussi je mettrais fin à ce voyage dès maintenant pour déjeuner avec mes enfants. Il faudrait qu'ils soient autour de moi pour que je puisse partager l'enthousiasme de Thomas et d'Oscar. Leur absence ne saurait être comblée par la splendeur des palais et la féerie des parcs que nous visitons. L'enfant doté du pouvoir d'aimer, d'apprendre et de communiquer demeurera toujours, à mes yeux, la plus grande merveille du monde.

Une inquiétude au sujet d'Oscar m'habite depuis notre arrivée en Europe. À certains moments, je le comparerais à une barque sur une mer houleuse, retenue au quai par un mince cordage. Les huit derniers mois, si éprouvants pour lui, me font craindre que les moments de bonheur qu'il semble vivre ici ne soient le fruit d'illusions qui l'accableront à son retour à Montréal. Quel homme de vingt-trois ans ne serait pas flatté d'être l'objet de tentatives de séduction aussi habiles que celles qu'Alexandrine exerce sur lui ? Elle est attirée par ce M. Normandin que Geneviève décrit comme un homme doux, voire bonasse, désordonné et vivant au jour le jour ; serait-ce quelque chose de semblable qui la séduit chez Oscar ? A-t-elle su discerner, sous les dehors timides de mon fils, une main de fer dans un gant de velours ? Colombe aurait la force de caractère qui conviendrait à sa personnalité, mais je ne pourrais en dire autant d'Alexandrine. Je ne peux pas non plus fermer les yeux sur le penchant de cette jeune femme *pour l'alcool.* De toute évidence, elle n'en est pas à ses premières expériences et on dirait qu'Étienne manifeste à son égard une indulgence malsaine. Je le soupçonne d'ailleurs d'avoir offert ce voyage à sa nièce dans l'espoir qu'elle s'éprendrait d'un autre homme. Visait-il Oscar ? Thomas a-t-il été mis au courant ? Qu'en sera-t-il lorsqu'elle retrouvera les bras de son amoureux ? Il n'est pas dit qu'à ce moment-là Colombe aura décidé de revenir vers Oscar. Si Alexandrine et Oscar éprouvaient un sentiment sincère l'un pour l'autre, j'y trouverais une certaine consolation.

Je constate qu'Oscar a pris une place très particulière dans ma vie. Serait-ce dû au fait que j'ai eu tellement peur de le perdre en même temps que mes filles ? Je regrette de m'être toujours montrée plus élogieuse à son égard. Ses trois frères ont dû en souffrir, sauf peut-être Marius dont la susceptibilité et les talents très marqués ont attiré mon attention et provoqué mon admiration bien souvent. Pourtant, j'ai tout autant désiré la naissance de Candide et de Romulus. Je jure sur la mémoire de Georges-Noël de me ressaisir avec eux. Il fallait donc que je m'éloigne pour me rendre compte de cette injustice envers eux.

La naissance de ma petite Cécile m'a comblée de bonheur. Pas un mois ne passe sans que je revive ce 23 novembre 1889. Je ne me lasse pas de regarder cette photo où, penché sur son berceau, son grand-père s'extasiait devant ses yeux vifs, son front intelligent, sa bouche délicate comme une dentelle. Elle n'a pas encore ses neuf ans qu'elle promet déjà de ne pas se laisser marcher sur les pieds. J'espère être encore là à ses premières amours et être pour elle la mère que j'ai eue.

« Tu me lis ta dernière phrase ? ose demander Thomas, encore ensommeillé.
— Avec plaisir », répond Victoire.
Puis elle referme son cahier et se glisse sous les draps. Moments de tendresse et d'amour.
« Quel beau prélude à une journée d'intimité, dit Thomas, regrettant presque d'avoir insisté pour qu'Oscar les accompagne.
— J'apprécie que nous soyons seuls tous les trois…
— Toi et moi, nous apprécions. Mais je ne crois pas qu'Oscar en pense autant.
— Je ne vois pas pourquoi, dit Victoire, dans l'espoir de faire parler Thomas.
— J'ai cru comprendre qu'il ne détestait pas la compagnie de la belle Alexandrine.
— Vous êtes contents ? »
Thomas se redresse, interloqué.
« Pourquoi tu dis ça ?
— Tu le sais très bien, Thomas Dufresne. Je ne sais pas ce qu'Étienne a manigancé, mais ça se voit que vous avez souhaité cette idylle entre Oscar et Alexandrine. Vos petits sourires et vos clins d'œil pas très subtils vous ont trahis. Vous n'êtes pas très doués en finasseries. »
Désarmé, Thomas se gratte la tête, cherchant une réplique acceptable.
« Personnellement, dit-il, je n'ai pas de réelle préférence, mais c'est sûr qu'Étienne souhaite pour sa nièce un meilleur parti que Raoul Normandin.
— Tu as dit, réelle préférence ?
— Évidemment il vaudrait mieux qu'Oscar regarde une jeune femme bien comme Alexandrine plutôt que

de se morfondre à attendre une fille qui veut se faire nonne et qui ne pourra jamais lui donner d'enfants.

— Tu étais donc de connivence avec Étienne... »

Oscar frappe à la porte à l'instant : « Vous êtes prêts ? » demande-t-il.

Peu loquaces, les Dufresne prennent le bateau à destination de Sèvres. Ils y visitent une des plus grandes manufactures de porcelaine, dans l'intention d'acheter des vases et des bibelots. Victoire, son fils et son mari assistent avec intérêt aux opérations de coulage et de tournage avant de passer à la salle d'exposition et, de là, au musée. Victoire choisit des porcelaines pour Marie-Louise, Cécile, et une autre encore qu'elle dit garder en réserve. Thomas la croit destinée à Colombe.

« Si la fabrique de tapisseries est aussi intéressante, nous n'aurons rien perdu à ne pas suivre les Pelletier au cimetière du Père-Lachaise, dit Thomas. De toute façon, je ne comprends guère l'intérêt de passer une journée au milieu des morts, lance-t-il narquois.

— Je préfère les tapisseries aux épitaphes », rétorque Oscar, sur le même ton.

Contrairement aux attentes des Dufresne, les bâtiments et les métiers n'ont rien d'impressionnant. L'artiste les émerveille bien davantage par son extrême habileté à travailler une pièce à l'envers et à choisir la bonne couleur parmi les vingt-quatre pelotes de laine de la corbeille. Les meilleurs artistes n'atteignent pas plus de trente centimètres carrés par jour et ne voient leur œuvre complétée qu'après cinq ou dix ans de travail assidu. Même s'ils en avaient les moyens (chacune de ces pièces se vendant entre cinquante et cent cinquante mille francs), les Dufresne ne pourraient s'en procurer, un interdit de commerce les réservant à la décoration des maisons d'État, des édifices publics ou comme cadeaux aux souverains étrangers et aux ambassadeurs.

Après une dégustation de pain, de fromage et de saucisson, le trio se dirige vers les Halles, anciennement nommées la place de Grève. Quatre rois, dont François 1ᵉʳ, les ont fait agrandir et reconstruire, pour ensuite en faire un marché de denrées alimentaires. Le marché des Innocents y est adjoint dès 1788. Avide de nouveautés, Napoléon III ajoute une construction métallique de dix pavillons, terminée en 1866. « Je comprends les Français de ne pas apprécier ce lieu, tant il jure avec l'environnement, dit Thomas.

– Elles ressemblent à des parapluies de métal », fait remarquer Oscar pressé de filer vers l'hôtel des Invalides, la plus belle réussite de l'architecture française avec son dôme en plomb doré rehaussé d'une kyrielle de trophées.

Louis XIV a fait construire cet hôtel en 1670 pour loger des soldats mutilés. Les visiteurs s'exclament d'admiration devant cette construction de quatre étages, surmontée d'un arc de triomphe monumental commémorant les victoires de Napoléon.

D'ailleurs, vient le moment tant attendu par Oscar : la visite du tombeau de Napoléon. Il n'est pas entré dans la crypte que son attention est attirée par une inscription au-dessus de la porte. Il s'agit d'un extrait du passage emprunté au testament de l'empereur : *Je déclare que mes cendres reposent sur les bords de la Seine, au milieu de ce peuple français que j'ai tant aimé.* De chaque côté, tels des anges gardiens, des figures de bronze en forme de cariatides : l'une porte le globe terrestre sur un coussin, l'autre, un sceptre et une couronne. Deux sobres sarcophages portent les noms des maréchaux favoris d'Oscar : Duroc et Bertrand. Le jeune homme n'a d'yeux que pour ce sarcophage de porphyre rouge posé sur un socle en granit vert des Vosges.

« Tout est prétexte, en Europe, pour raconter une page d'histoire », s'extasie-t-il, en prenant note des sujets des dix bas-reliefs de la crypte : *Rétablissement de l'ordre, Concordat, Réforme de l'administration, Conseil d'État, Code, Université, Développement du commerce et de l'industrie, Légion d'honneur* et plusieurs autres.

Plus loin, il s'attarde surtout aux figurines rappelant les principales victoires de Napoléon.

« Je savais que je ne serais pas déçu, ici », dit Oscar qui n'en finit pas d'admirer cette pièce à la gloire des conquêtes de l'empereur.

Après cette longue visite, les Dufresne se dirigent en toute hâte vers la tour Eiffel. Empruntant la rue de Bourbonnais, ils se retrouvent devant ce chef-d'œuvre dépassant la tour de cent soixante-neuf mètres construite à Washington, en 1884, et le premier gratte-ciel construit à Chicago, en 1885.

« Ça dépasse l'imagination », s'écrie Thomas en apprenant que cette structure compte mille six cent cinquante-deux marches, pèse sept mille tonnes.

« La France n'y est pas allée de main morte pour impressionner le monde entier », constate Victoire.

~

Dernière journée à Paris pour Thomas et son épouse.

Pour Oscar, dernière journée en compagnie d'Alexandrine.

Après une nuit agitée (le sommeil n'étant venu qu'aux petites heures du matin), il maîtrise difficilement la fébrilité qui l'étreint. Jour d'adieu ou d'au revoir ? L'idée de consacrer l'après-midi et la soirée à la visite du faubourg Saint-Germain et du jardin du Luxembourg l'enchante, mais plus encore la pensée d'être accompagné d'Alexandrine. Pourtant il a ressenti durement la déception de la jeune fille, lorsqu'il lui a fait part de son niveau d'instruction. Oscar s'interroge. Osera-t-il ouvrir son cœur à Alexandrine ? Saura-t-il, le voyage terminé, combler l'attente qu'un tel aveu pourrait provoquer ? Colombe n'occupe-t-elle pas toujours une grande place dans son cœur ? Pourquoi l'idée même de ne pouvoir accompagner Alexandrine en Italie le chagrine tant ? Serait-ce la crainte qu'en son absence, faute de connaître ses sentiments, elle ne se tourne vers un autre homme ? Le soleil radieux nargue le brouillard qui s'abat sur son esprit. Comment ne pas envier Victoire dont le visage est empreint d'allégresse, et Thomas toujours euphorique et serein ?

Le goût de bien profiter de leur dernier petit déjeuner à Paris a motivé les Dufresne à se lever tôt. Devant un café au lait, l'ambiance est propice aux bilans.

« J'aurai vécu une des plus belles périodes de ma vie, conclut Thomas.

– Je pourrais presque en dire autant, réplique Victoire.

– Qu'est-ce que vous n'avez pas aimé ? s'empresse de lui demander Oscar.
– Tout a été formidable, mais j'ai déjà vécu des moments plus sublimes encore...
– Comme...
– Ta naissance, celles de tes frères et sœurs, et combien d'autres moments privilégiés.
– Que seul ton journal intime a le droit de connaître, suppose Thomas.
– Pas forcément. Mais j'aimerais connaître tes impressions, Oscar. »

L'index balayant son menton, Oscar toussote, prend une gorgée de café et lance :

« Voyage à refaire malgré certains désagréments...
– On peut savoir lesquels ? demande son père.
– Je verrai avec le temps si c'en était vraiment », se contente-t-il de répondre.

Et Thomas de reprendre :

« Je regrette juste une chose : ne pas avoir vingt ans de moins.
– Mais pourquoi ? s'inquiète Victoire.
– Les jeunes Anglaises sont si belles ! »

L'humour de Thomas est bienvenu ce matin.

« Les messieurs européens sont beaucoup plus courtois et chaleureux que je ne l'aurais cru, lance Victoire.
– J'ai remarqué », confirme Oscar qui se rembrunit au souvenir de certains guides.

Le repas terminé, les malles bouclées, les Dufresne résument le programme : office à la chapelle du père Pichon à qui ils remettront un courrier de la part de Lady Lacoste et visite de Notre-Dame de Paris puis de la Sainte-Chapelle. Vers deux heures, dans un petit café du faubourg Saint-Germain, ils prendront un repas avec les Pelletier et se réserveront plus tard une balade au jardin du Luxembourg. Vers neuf heures, ils embarqueront dans un train à destination de Liverpool et reprendront le *Campania*.

Victoire appréhende la visite de la plus célèbre cathédrale de Paris, car Lady Lacoste en a gardé un souvenir plutôt morose. « Je ne peux croire qu'un édifice qu'on a mis quatre-vingts ans à construire et un siècle à achever puisse nous décevoir », dit-elle à son mari en lui relatant les impressions de Marie-Louise.

À peine dans cette île de la Cité que des mains d'hommes ont agrandie de dix hectares, Victoire a l'impression que chaque pierre a son histoire, comme tout ce qui s'élève vers le ciel. Elle ne peut que s'extasier devant cette rosace de plus de neuf mètres de diamètre qui, comme une fine dentelle, orne la façade de la cathédrale. Et regretter ce temps où les compagnons, sympathiques et joyeux, se faisaient un point d'honneur d'édifier de tels chefs-d'œuvre dans la solidarité et l'enthousiasme. Et déplorer que ce temple ait été profané sous la Révolution, et ses chapelles latérales, transformées en salles d'orgie. À Oscar qui s'en dit révolté, Victoire réplique : « Le mal permet souvent au bien de se manifester. Pense à celui qui a fait restaurer ce lieu et plus encore à Victor Hugo qui lui a rendu un tel hommage dans un roman que le monde entier vient contempler la source de son inspiration. »

Dans la cathédrale, l'émotion force le visiteur au silence. Une centaine de fines colonnes encadrent de majestueux vitraux dont les reflets, sous les vifs rayons du soleil, sont d'une beauté divine. Victoire est profondément troublée, dans la sacristie, par les reliques des prêtres assassinés au cours des cinquante dernières années. Elle passe sans regret de ce lieu morbide au sommet d'une tour d'où elle peut admirer Paris qui couronne l'île comme un grand jardin d'eau aux paysages luxuriants.

Oscar n'est pas moins scandalisé d'apprendre que la chapelle basse, à l'éclairage réduit, était destinée aux serviteurs et aux gardes du palais, alors que la chapelle haute, superbe avec sa nef en verre, servait d'écrin aux saintes reliques. Il reconnaît toutefois que les scènes bibliques des vitraux, de la Genèse à l'Apocalypse, sont d'une précision et d'un chatoiement exceptionnels.

« Mais, nous ne devions pas être au café du faubourg Saint-Germain à cette heure-ci ? demande-t-il, contrarié à la pensée de faire attendre les Pelletier, et peut-être même de provoquer leur inquiétude.

– En moins de dix minutes on y sera par le pont du Louvre et la rue Dante », promet Thomas, non moins pressé de quitter les lieux saints.

Une retenue dans les gestes, une flamme dans le regard, un sourire à peine réprimé sur les lèvres, Oscar et Alexandrine s'accueillent avec un bonheur évident. Seul l'appétit manque au rendez-vous pour les deux jeunes gens qui, saisissant ce prétexte, décident de se rendre seuls au jardin du Luxembourg.

Alexandrine est d'une élégance parfaite. Oscar croit même que sa robe rose découpée de noir a été achetée à Paris, de même que l'ombrelle et le petit sac.

Fier de se balader dans les rues en compagnie d'une si ravissante jeune fille, Oscar brûle de prendre sa main, mais la timidité et un reste d'incertitude l'en empêchent.

« Tu savais, Oscar, que le jardin du Luxembourg a été commandé par Catherine de Médicis ? demande Alexandrine dont la voix trahit l'émotion.

– Oui. Et que les agencements des parterres incorporent son monogramme.

– Et qu'il était aménagé sur les terres de l'ancien couvent des chartreux ?

– Je sais tout ça, Alexandrine, et plus encore... »

La magnificence de ce jardin octogonal traversé d'allées de gravier et orné de grands grenadiers, de lauriers roses et d'orangers donne à Oscar un insurmontable cafard. Devant la grotte ornée d'une fontaine en trompe-l'œil surplombant un canal bordé de guirlandes de lierre, tous deux s'arrêtent et scandent de réflexions maladroites un silence lourd de craintes et d'élans réprimés.

« Je ne suis pas sûre de pouvoir t'accompagner à la gare, dit enfin Alexandrine, des trémolos dans la voix.

– Il ne faut rien forcer », murmure-t-il, cédant à ses pulsions et donnant à sa compagne le baiser brûlant qu'il retient depuis leur départ du café.

Les lèvres d'Alexandrine frémissent sous les siennes. Les mains d'Oscar se posent de chaque côté de son visage et il recueille avec une infinie délicatesse les larmes qui coulent sur ses joues.

« Je me suis trop attachée à toi pendant ce voyage, Oscar. Je n'aurais pas dû.

– Laissons la vie nous faire signe, tu veux bien, douce anémone ? »

Cette réplique d'Oscar évoque le murmure d'une source cristalline. Un enchantement pour l'oreille. Une caresse pour le cœur.

CHAPITRE VI

« Nous n'avons qu'à rendre grâce à Dieu de nous avoir ainsi protégés et favorisés », s'exclame Lady Lacoste, de retour de ses deux mois de vacances à Saint-Pascal.

Victoire sourit. « Marie-Louise m'étonnera toujours, pense-t-elle. À l'entendre, on croirait que c'est elle qui revient, saine et sauve, d'un voyage périlleux. »

En ce doux dimanche de septembre, le trajet entre l'église Saint-Jacques et le 32 de la rue Saint-Hubert s'avère trop court, tant les deux femmes ont à raconter sur ce mémorable été 1898.

« Pourquoi vous, votre mari et votre fils ne viendriez-vous pas veiller avec nous, ce soir ? Ce serait si agréable d'en causer à notre aise », propose Lady Lacoste.

Faute d'excuse pour refuser, Oscar accepte l'invitation que sa mère lui transmet une fois de retour à la maison. En proie, depuis son voyage en Europe, à un angoissant tourment amoureux, il ne se sent bien que dans l'agitation de la Pellerin & Dufresne ou dans le silence de sa chambre. Un signe de Colombe lui serait si utile ! Aussi s'est-il résolu, depuis deux semaines, à ne pas l'attendre passivement. Chaque soir, il se rend dans le quartier qu'elle habitait et le parcourt dans l'espoir de la croiser. Il est tenté de conclure qu'elle n'est pas sortie du couvent et qu'elle a renoncé à l'épouser, lorsqu'en direction de la demeure des Lacoste, en compagnie de ses parents, il croit l'apercevoir, à l'angle des rues Saint-Hubert et Ontario. « Je vous rejoins dans la minute », dit-il en leur faisant faux bond. Mais il revient aussitôt, honteux de sa méprise.

Même après dix ans, Marie-Louise garde des souvenirs impérissables de son voyage en Europe.

« Je suis contente de l'avoir fait, mais j'hésiterais encore à partir, avoue-t-elle. J'ai tellement besoin de me sentir entourée des miens. Heureusement que mon mari est là pour m'obliger à prendre des vacances, sinon je ne le ferais jamais de moi-même.

– Avec le confort des transatlantiques d'aujourd'hui et trois ou quatre jours de moins en mer, vous trouveriez plus agréable d'y retourner, réplique Victoire, aussitôt approuvée par Lord Lacoste.

– Mon père et moi pensons que le progrès est tel de décennie en décennie qu'il ne serait pas étonnant que nos petits-enfants puissent s'y rendre en un jour ou deux, dit Oscar, craignant que la conversation prenne un ton intimiste.

– Je mourrais de peur rien qu'à la pensée de monter sur un navire qui irait aussi vite », s'écrie Marie-Louise.

Sur ce, elle invite Victoire à la suivre dans le petit salon des dames, tandis que les hommes se retirent dans la bibliothèque de Lord Lacoste pour fumer des cigares et discuter de politique. Les deux femmes s'amusent à fabuler sur l'allure de ce vaisseau moderne et prennent un plaisir égal à échanger leurs impressions sur les lieux qu'elles ont visités. Marie-Louise envie son amie d'avoir pu apprécier les chefs-d'œuvre des frères Adam. Elle l'envie encore plus d'avoir eu le privilège de le faire en compagnie du père Pichon !

« Nous nous sommes très peu côtoyés, corrige Victoire. Cependant, avec mon mari et mon fils, il a participé à quelques parties de tennis de table et de jeu de palet.

— Je suis allée au Gesù, vendredi, lui présenter mes hommages à l'occasion de son vingt-cinquième anniversaire de sacerdoce. C'est un saint homme, n'est-ce pas ?

— Vous êtes mieux placée que moi pour le dire, Marie-Louise, mais j'ai su en effet qu'il était descendu quelques fois dans la cale des immigrants pour réconforter ceux qui souffraient du mal de mer.

— Quel homme courageux ! »

« C'eût été plus courageux encore de leur tenir compagnie dans leur cage », pense Victoire. Mais elle se tait par respect pour son amie.

« Nous avons été épargnés par la tempête au retour, reprend-elle, mais le sort de ces pauvres immigrants m'affectait tant que, le dernier soir de la traversée, je n'ai pas participé au grand bal du capitaine. »

Un malaise passe sur le visage de Marie-Louise ; elle ne tient manifestement pas à creuser le sujet.

« Et vos enfants, demande-t-elle, vous ont-ils beaucoup manqué ?

— Je ne trouve pas les mots pour décrire le bonheur de les retrouver tous, et bien portants.

– Votre fils aussi semble avoir fait bon voyage…
– Je suis persuadée que ce mois de vacances sera déterminant dans sa vie. Lui et son père sont revenus avec des projets plein la tête, et tant que j'aurai la santé, je serai là pour les soutenir.
– Vous ne pensez pas, ma chère amie, qu'il serait temps de vous ménager un peu, suggère Marie-Louise, avec une infinie bienveillance dans la voix.
– Me ménager pour quoi ? Je ne connais rien de plus digne et de plus enthousiasmant que de concevoir des projets et de travailler à les réaliser.
– Mais vous avez si peu de temps à vous, ma pauvre amie.
– Sincèrement, Marie-Louise, je serais malheureuse d'en avoir autant que vous. Je suis issue d'une race de défricheurs, vous savez, alors que votre famille appartenait déjà à la noblesse…
– Vous vous êtes plu pourtant dans le luxe des châteaux d'Angleterre et de France.
– J'aime le beau mais plus encore si j'y ai contribué.
– Vous êtes admirable, Victoire.
– Je ne suis que fidèle à moi-même. »
Lady Lacoste pose sur Victoire un regard perplexe. Les deux femmes se taisent un moment.
« Mais parlez-moi de votre visite de Notre-Dame de Paris… puis de celle de la Sainte-Chapelle », la prie Marie-Louise.
Au bout de deux heures, une lassitude gagne Victoire. Elle rentre seule à la maison. Son mari et son fils, sur l'insistance de Lord Lacoste, prolongent leur visite.

« Je crois que Marie-Louise et moi nous rejoignons le mieux dans notre recherche de la beauté, notre instinct maternel et notre besoin d'intériorité », se dit-elle en chemin vers sa demeure où elle trouve Candide, Marius, Donat et Georges-Auguste en train de jouer aux cartes.

« C'est bien plus passionnant de jouer aux dés. Heureusement qu'Oscar a rapporté ce jeu-là, s'exclame Candide.

— Ça ne vaut pas les livres et toute la documentation qu'il m'a trouvés, rétorque Marius.

— N'oubliez pas que c'est pour moi qu'Oscar a acheté ce jeu », leur rappelle Georges-Auguste, qu'un an passé avec ses cousins Dufresne a rendu nettement moins timide.

Donat profite de cette occasion pour remercier encore sa tante Victoire :

« C'est la première fois que j'ai hâte qu'il fasse froid, tant j'ai le goût de porter l'écharpe que vous m'avez rapportée d'Angleterre.

— Moi aussi, j'en ai reçu une, lance Candide.

— Oui, mais pour moi, c'est un bien plus grand cadeau… Je ne suis que le neveu.

— Mais un neveu qu'on aime beaucoup, précise Victoire. J'adorais tes parents, Donat, et je les remercie de t'avoir laissé un si bel héritage.

— Vous parlez de quoi, au juste ?

— De tes qualités. Tu es un garçon honnête, travaillant et très habile de tes mains. Même s'il n'est plus là pour te le dire, ton père est assurément fier de toi. Il t'a donné sa grande maturité, et Georgiana, sa sensibilité et son talent pour le bonheur.

— J'en connais qui n'ont pas comme vous préservé la mémoire de ma mère...
— Tu fais allusion à quelqu'un en particulier ?
— Oui. À Carolus Lesieur. J'ai appris la semaine dernière qu'il était déjà remarié. »

Touchée, Victoire fait comprendre à Georges-Auguste qu'en général les veufs se remarient moins de deux ans après le décès de leurs épouses.

« Il ne nous reste qu'à souhaiter qu'il ait choisi quelqu'un de bien, ajoute-t-elle.
— Vous la connaissez. C'est Marie Desaulniers, la veuve de François-Xavier Garceau.
— Bien sûr que je la connais, et Thomas plus encore. Il travaillait avec elle au moulin. Quand il va apprendre ça...
— Et que pensez-vous de moi, ma tante ? demande Georges-Auguste.
— Même à quatorze ans, tu nous donnes une bonne idée de ce que tu seras capable de faire si tu suis les traces de tes parents et de ton grand frère.
— Je veux devenir forgeron, ma tante. Et voyager beaucoup, comme vous autres.
— Forgeron ? D'où te vient cette idée ?
— De vous, ma tante. Délima m'a dit que vous gagniez beaucoup d'argent en travaillant de vos mains. Moi, j'ai le goût d'utiliser le métal. J'ai plein d'idées pour des pentures de porte, par exemple, hein, Marius ?
— C'est vrai, j'ai vu ses dessins. Ils sont vraiment beaux. Les modèles de chandeliers et d'ustensiles encore plus.
— Je veux faire comme Oscar dans quelques années : aller voir ce qu'ils font aux États-Unis et en Europe.

— Tu joues, Georges, ou tu passes ton tour ? » lance Candide, impatient.

Victoire les laisse à leur jeu et, avant de confier quelques impressions à son carnet dans l'intimité de son boudoir, elle s'arrête dans la chambre de Cécile.

« Neuf ans, et tu es encore là pour égayer mes journées et m'enchanter de ton esprit vif et de ta délicatesse, lui murmure-t-elle. Si tu savais mon bonheur rien qu'à te regarder dormir, ma petite chérie. Rien ne peut remplacer la plénitude qu'apporte le privilège de donner la vie et de voir grandir un enfant, mais parfois, ma belle Cécile, la douleur de perdre l'un et l'autre de tes frères et sœurs a été si grande que j'ai regretté d'être mère. Ce serait pire encore s'il fallait qu'un de vous me renie, un jour. Il ne peut exister pire épreuve pour une mère que de faire le deuil d'un enfant vivant, comme si on te le montrait derrière une vitre en te narguant. C'est mourir avec lui à petit feu sans avoir droit à la béatitude des bienheureux. »

Victoire se tait, muette de douleur en se souvenant que son frère André-Rémi a connu pareille difficulté. Elle caresse la chevelure bouclée de sa fille, pose un baiser sur son front et vient pour la quitter quand la main de la petite serre la sienne avec insistance.

« Vous n'irez plus jamais en bateau, hein, maman, la supplie Cécile.

— Tu t'es ennuyée tant que ça ?

— Je rêve souvent que vous êtes tous tombés à l'eau, dit-elle en sanglotant. Je viens encore de faire ce rêve-là.

— Je te promets de ne plus jamais aller en bateau sans toi, ça va ?

— C'est vrai ?

– Je t'emmènerais au bout du monde, s'il le fallait, mon trésor. Maintenant dors bien et demande à la fée des rêves de ne plus jamais t'envoyer de cauchemars. »

Dans la chambre de Romulus, une bougie brûle encore. Victoire découvre un garçon couché en travers de son lit, ses vêtements du dimanche sur le dos. Elle n'est pas surprise de constater qu'il s'est endormi en jouant de l'harmonica, son cadeau d'Europe. Pas une journée ne s'est écoulée depuis leur retour sans qu'il passe des heures dans sa chambre à reproduire des airs connus. « Tu as de l'oreille, Romulus. Aimerais-tu prendre des cours de musique ? » lui a-t-elle en vain proposé la veille.

Les caresses, les mots doux, les exhortations à s'installer plus confortablement ne suffisant pas à le réveiller, Victoire se retire. Dans son journal, elle n'inscrit que quelques lignes, sachant qu'elle ira au lit avant que Thomas soit revenu de chez les Lacoste.

Que j'aime mes enfants ! écrit-elle. *Je souhaite mon bonheur à toutes les femmes qui enfantent. Je ne crois pas que la paternité soit aussi intense que la maternité, mais je me sens triste à la pensée qu'Oscar puisse être privé de cette joie s'il épousait Colombe. Je crois que je cesserais de chercher un confesseur indulgent pour cette pauvre fille si je ne tenais pas tant à la délivrer de l'obligation qu'elle s'est imposée de renoncer au mariage. Je laisserais les événements suivre leur cours en me disant que si ces deux jeunes gens sont destinés l'un à l'autre, Colombe reviendra avant qu'il soit trop tard. Je crains parfois qu'il ne le soit déjà. Depuis notre retour d'Europe, Oscar sort beaucoup plus souvent, sans dire où il va. Il prend un soin particulier de sa personne et il a demandé à Marius certaines modifications au plan de sa maison. Peut-être s'est-il vraiment attaché à Alexandrine. S'il fallait qu'ils aient discuté de projets d'avenir… Le fait qu'Oscar évite de parler d'elle et qu'il s'est enquis de Colombe une seule fois depuis notre retour me porte à croire qu'il éprouve plus que de l'amitié pour la belle Alexandrine.*

∼

Victoire téléphone au noviciat des sœurs de la Miséricorde. On lui apprend que contrairement à ce qu'il en est chaque premier dimanche du mois, Colombe ne pourra pas recevoir de visiteurs.

« Des petits problèmes de santé, rien de grave, affirme la Mère supérieure.

– Je me contenterais de quinze minutes », insiste Victoire.

Puis elle explique que cette jeune femme qui a vécu sous son toit pendant plus de trois ans lui tient grandement à cœur et qu'il est à prévoir que sa visite lui fera beaucoup de bien.

« Seriez-vous cette dame Victoire ? »

Dès que Victoire le lui confirme, la sœur lui accorde la faveur implorée : « Je suis intéressée à vous rencon-trer, madame, ajoute-t-elle. Auriez-vous l'obligeance de me demander au parloir, après vous verrez un moment votre protégée. »

Perplexe, Victoire met Thomas au courant de sa sortie en le priant de n'en souffler mot à personne.

« Ce n'est pas la peine de retourner à la maison, j'en ai pour une vingtaine de minutes », dit-elle à Jean-Thomas venu la conduire à la maison mère des sœurs de la Miséricorde.

L'air frais des premiers jours d'octobre n'incommode aucunement les piétons qui se baladent, le cou tendu vers le ciel, admirant les érables cramoisis que dore un soleil encore chaud. Jean-Thomas a contemplé les arbres à souhait et la jument commence à piaffer lorsque, au bout de quarante-cinq minutes, Victoire sort enfin du couvent. Ses propos discrets et son empressement à rentrer témoignent de la gravité de la rencontre. À peine la calèche s'est-elle arrêtée devant le 32 de la rue Saint-Hubert que Thomas vient vers son épouse, lui tend la main et lui propose une promenade au jardin Viger. Bras dessus, bras dessous, ils tournent le dos à la maison et s'éloignent d'un pas tranquille.

« Oscar s'est inquiété de toi et semble deviner où tu es allée, lui apprend-il.

— Tu as bien fait de ne rien dire, je tiens à te parler avant de lui révéler ce que je viens d'apprendre.

— Je veux que tu me racontes tout, mais je dois te prévenir : Laurette t'attend à la maison. Elle a sûrement un problème. Elle a parlé longtemps à voix basse avec Marie-Ange dans la cuisine et quand elle a croisé Oscar, elle l'a regardé d'un air contrarié. »

Victoire fronce les sourcils.

« Puis parle-moi de Colombe, demande Thomas. Elle regrette, maintenant ?

— Difficile à juger. Elle dit aimer son nouveau style de vie, mais je n'arrive pas à la croire. Elle est très pâle, encore amaigrie, et son regard est triste à tirer les larmes.

— Qu'est-ce que la Mère supérieure en dit ?

— Elle est inquiète. Elle soupçonne Colombe d'être rentrée au couvent parce qu'un garçon l'aurait laissé tomber, ou pour…

— ... tu as dit la vérité ?
— Une partie.
— Quoi, au juste ?
— Qu'elle était amoureuse d'un garçon, mais qu'elle avait choisi de le quitter...
— Elle a voulu savoir pourquoi ?
— Bien sûr que oui.
— Tu lui as dit ?
— J'ai d'abord exigé qu'elle me révèle ce qu'elle savait et j'ai seulement confirmé que Colombe craignait d'être stérile.
— Elle accepte ça, la Mère supérieure ?
— Elle fait plus que l'accepter, elle se propose de féliciter Colombe. Elle souhaiterait même que je l'aide à "sublimer cet amour humain en amour divin", comme elle dit.
— Qu'as-tu répondu ?
— Tout simplement que je l'estimais beaucoup plus douée que moi pour y parvenir. Et que si elle ne réussissait pas, la place de Colombe n'était pas au couvent.
— Je suis de ton avis, dit Thomas. Qu'as-tu l'intention de faire ?
— Ne pas en parler à Oscar pour l'instant, et essayer de trouver un prêtre qui comprendrait la situation de Colombe.
— Et la faire sortir de là ?
— Pour lui expliquer qu'elle n'a pas à se punir...
— Tu veux mon avis ? Tu perds ton temps, Victoire. Tu sais bien que les curés vont approuver sa démarche ; depuis toujours ils mènent le monde avec la culpabilité. »

N'étant d'humeur à s'étendre sur le sujet, Victoire s'enquiert de Laurette.

« J'allais l'oublier, elle », s'exclame Thomas, suggérant qu'ils fassent demi-tour avant d'avoir franchi l'entrée du jardin Viger.

Victoire l'approuve, impatiente de connaître le but de la visite de sa nièce.

« Puis je veux passer du temps avec les enfants avant le souper, ajoute-t-elle.

– Changement de propos, dit Thomas, j'ai l'impression que M. Pellerin se retirerait de la compagnie si on le lui offrait.

– Ça me surprendrait.

– Il n'y a pas que ça. J'ai entendu dire qu'on lui avait proposé une location avantageuse de l'édifice qu'il met toujours à notre disposition pour la manufacture. Tu ne penses pas qu'il serait temps de le lui rendre ?

– Tu as raison. Après tout, il nous l'a offert dans des circonstances difficiles.

– Puis son nom aussi, il devrait le reprendre, rappelle Thomas.

– Ça, c'est plus délicat. Il faudrait un bon motif, puis son consentement, pour le rayer de la raison sociale de notre entreprise. J'aimerais mieux que ça vienne de lui, il a été si généreux envers nous.

– Le jour où il se retirera de notre conseil d'administration, peut-être », suggère Thomas.

Et, de peur de manquer de temps, il aborde aussitôt un autre sujet qui demande réflexion :

« J'ai appris la semaine dernière que Slater envisage une fusion avec une autre manufacture pour avoir droit aux subsides de la ville de Maisonneuve.

– Un autre gros compétiteur qui va s'ajouter à la liste, soupire Victoire.

— Il n'y a qu'un moyen de ne pas en souffrir... Devenir aussi gros, suggère Thomas.
— Il faut en avoir les moyens. »

Victoire et son époux sont à ce point occupés depuis leur retour d'Europe qu'ils se réjouissent d'avoir pris un mois de répit.

« Je trouve ça excitant et inquiétant à la fois.
— Et moi donc ! Je ne vois que des urgences autour de moi... et je m'essouffle plus vite qu'avant.
— Dès l'été prochain, on pourra enfin compter sur l'aide de Candide et de Marius.
— Candide, oui, mais pas Marius. Il veut faire des études et c'est important qu'on l'y encourage. De toute façon, la tâche nous revient de voir au succès de notre commerce », rappelle Victoire.

Thomas ressent une certaine lassitude dans la voix de son épouse et l'interroge à ce propos. « C'est de devoir toujours rester alerte qui commence à me fatiguer, explique-t-elle.
— Mais on est là, Oscar et moi...
— Je sais, mais ça prend une personne moins prise dans le quotidien de la manufacture pour envisager des perspectives d'avenir.
— Ce serait à moi de faire ça, Victoire. Il faudrait laisser plus de responsabilités à Oscar, et le dégager de la comptabilité dès que Candide aura terminé son cours.
— Quitte à lui payer des cours privés pour combler ses lacunes, suggère Victoire. Il est très doué pour les mathématiques et il n'y a que ça qui l'intéresse au collège.
— Je suis sûr qu'il en serait très heureux. »

Le couple aurait aimé discuter plus longtemps de ce sujet, mais Laurette, qui attendait leur retour devant la maison, accourt vers eux en les apercevant. Dès qu'ils sont entrés à l'intérieur, Laurette leur annonce « une nouvelle intrigante ». En visite chez les Normandin qu'elle fréquente depuis son enfance, Laurette a appris que Raoul vivait enfermé dans sa chambre depuis plus d'une semaine, refusant de manger et de parler à qui que ce soit. « "Il se noie dans l'alcool", m'a dit sa sœur. Il n'a pas touché à ses pinceaux, non plus. Toute sa famille est inquiète pour lui. Un si bel homme, bon comme il ne s'en fait plus, et bourré de talents...

— J'ai confiance que, solidaire comme elle l'est, sa famille l'aidera à s'en sortir », répond Victoire.

Thomas laisse les deux femmes jaser pour rejoindre les garçons qui ont commencé une partie de base-ball dans la cour arrière.

Puis Laurette s'enquiert d'Alexandrine et d'Oscar. Victoire ne peut témoigner que de leur joyeuse camaraderie au cours du voyage.

« D'après vous, ma tante, Oscar espère-t-il encore le retour de Colombe ?

— Lui seul pourrait te le dire.

— Quand je le lui ai demandé tout à l'heure, il m'a dévisagée comme si je venais de dire une bêtise.

— Tu l'aimes encore, c'est ça ?

— Hélas, oui. À certains moments, je reprends espoir, mais plus souvent qu'autrement, sa pensée empoisonne ma vie. Vous êtes peut-être la seule qui puissiez vraiment comprendre ce que ça fait... »

À cette nouvelle allusion à son passé amoureux, Victoire se rebiffe et rétorque sévèrement : « Chacun son lot de souffrances dans la vie, ma pauvre Laurette. Il faudrait peut-être que tu te résignes à regarder ailleurs. »

Mal à l'aise, Laurette prétexte une course urgente pour prendre congé. Victoire referme la porte derrière cette jeune femme dont la passion inassouvie pourrait bien ajouter aux tourments d'Oscar.

∽

Les fermiers ont rasé leurs champs, remisé leurs outils, rempli leurs greniers de provisions. Dans les vitrines des magasins, les vêtements d'hiver font bon ménage avec les jouets et les décorations de Noël.

De la gare centrale où elle est descendue, Victoire se rend sur la Côte-d'Abraham et frappe à la porte du patronage Saint-Vincent-de-Paul. Un entretien avec le père Lasfargue lui a été accordé.

« J'arrive d'un voyage en France où on ne dit que du bien de votre fondateur et de vos œuvres, déclare-t-elle au bon père français qui l'accueille aussi chaleureusement qu'elle l'espérait.

– Le père Prévost veut que ses fils aillent vers les plus démunis et les plus humbles, madame. En quoi puis-je vous être utile ? »

Victoire expose le problème de Colombe sans se douter que le père Lasfargue se préoccupe d'abord de celle qui a porté cette lourde responsabilité, en silence, pendant toutes ces années.

« Dieu est infinie miséricorde et Jésus a donné sa vie pour nous en convaincre, dit le religieux sur un ton paternel. Souvenez-vous, pour vous d'abord, que seules

les intentions comptent. Vous avez voulu bien faire, vous n'avez donc rien à vous reprocher. »

Victoire proteste, affirmant qu'elle n'éprouve aucune culpabilité, mais il l'interrompt : « Vous ne vous donneriez pas tant de mal si c'était le cas. D'autre part, c'est tout à votre honneur, madame, de vous être interrogée sur un geste d'une telle gravité. »

Cette fois, Victoire ne proteste pas.

« Votre paix, reprend-il, et celle de cette jeune femme méritent que j'aille la rencontrer. Notre Supérieur général songe à implanter notre communauté à Montréal et je dois en discuter avec votre évêque, Mgr Bruchési. Prévenez la novice de ma visite vers une heure, le 19 de ce mois. »

Victoire ne quitte le patronage qu'après avoir exprimé toute sa gratitude au père Lasfargue : « Permettez-moi de vous confier que vous êtes le premier prêtre qui ne m'a pas déçue... Vous êtes allé au-delà de mes attentes, père Lasfargue. »

∽

« Le seul agrément de novembre, c'est de nous mener au temps des fêtes, dit Victoire en rentrant du marché.

– Je suis bien de votre avis », répond Marie-Ange, penchée sur la liste des mets à cuisiner et congeler pour ces festivités.

Des chuchotements provenant de la bibliothèque de Thomas l'intriguent. « Deux heures ! Il devrait être à la manufacture normalement », pense Victoire. Quelle n'est pas sa surprise de trouver Oscar et son père concentrés sur des papiers de grandes dimensions. Son arrivée semble toutefois les contrarier. Ironiquement, Thomas lui lance :

« Tu as fait ça vite aujourd'hui.

– On avait l'intention de vous parler de tout ça, s'empresse d'annoncer Oscar, mais on voulait faire de l'ordre dans nos plans, avant. »

Thomas a négocié avec Alphonse Desjardins, par l'entremise d'Hubert, son fils et maire de Maisonneuve, l'achat d'un terrain très intéressant en bordure de la rue Pie-IX. « Il a passé l'après-midi à mon bureau hier, explique-t-il, fier comme un paon. Hubert a fortement insisté auprès de son père pour qu'on s'installe au plus vite dans sa ville.

– Ma foi, c'est à se demander si le Messie aurait été plus désiré, riposte Victoire, un brin sarcastique.

– Il n'est pas intéressé qu'aux emplois que notre installation va créer dans sa ville, précise Oscar.

– Il a été plus emballé encore par les idées qu'on a rapportées de nos voyages aux États-Unis et en Europe, ajoute son père.

– M. le maire aimerait bien voir papa siéger au conseil de ville...

– ... en attendant qu'Oscar soit en âge d'inspirer confiance à la population », corrige Thomas.

« La fièvre politique l'a repris », se dit Victoire, nullement surprise.

« Et ce terrain, reprend-elle, il est loin de celui que tu veux acheter, Oscar ?

– Tout près, maman. Presque voisin.

– En engageant le même contracteur, on sauverait beaucoup d'argent, affirme Thomas.

– À vous entendre, on croirait que ça fait des mois que vous complotez. Projets d'achat de terrains, de construction de maison, d'engagement de contracteurs... et quoi d'autre ?

– Je t'en ai glissé un mot il y a quelques semaines, quand Laurette est venue te voir, lui rappelle Thomas.

– L'occasion s'est présentée plus vite qu'on pensait, explique Oscar. On voulait... »

Victoire l'interrompt : « Un instant, Oscar. Je sens bien qu'on en a pour une bonne heure. Alors, laissez-moi le temps de glisser un mot à Marie-Ange et de l'aider à ranger les provisions. »

Ses mains s'affairent sur les sacs aussi vite que sa pensée tourbillonne autour de ce qu'elle vient d'entendre. Ce qu'Oscar s'apprête à lui révéler l'inquiète d'autant plus que le bon père Lasfargue a promis d'intervenir auprès de Colombe.

De retour dans la bibliothèque, Victoire n'a pas le temps de s'asseoir que son fils la prévient déjà : « Il faut se décider très vite. Les fondations doivent être faites tandis que le sol n'est pas encore trop gelé.

– De quelles fondations parles-tu ? demande-t-elle, agacée.

– Celles de ma maison, maman.

– Tu as pu acheter les lots qui t'intéressaient ?

– Pas vraiment... Ils appartiennent à Alexandrine et elle ne veut toujours pas les vendre.

– Tu en as trouvé d'autres, suppose-t-elle.

– Je sais que ce n'est pas la coutume, mais Alexandrine fournit le terrain, et moi, la maison.

– Tu veux dire que...

– Que nous allons nous marier, oui.

– Vous n'allez pas un peu vite ?

– En apparence, oui, admet-il. Mais les circonstances et le voyage en Europe ont fait qu'en quatre mois on a eu plus d'occasions de se connaître que si on s'était fréquentés pendant deux ans.

– Les Pelletier sont très heureux pour Alexandrine », précise Thomas.

Le visage de Victoire se rembrunit.

« Et Colombe ? » a-t-elle envie de demander. Mais Oscar a lu dans le regard de sa mère.

« Vous avez quelque chose à reprocher à Alexandrine ?

– Non, non, Oscar. Mais...

– Mais vous pensez à Colombe, et moi aussi. Je lui souhaite beaucoup de bonheur au couvent.

– Elle ne s'est pas encore engagée pour la vie, à ce que je sache, rétorque Victoire.

– Auriez-vous eu de ses nouvelles dernièrement ? demande Oscar, le regard affolé.

– Pas directement. Mais on m'a dit qu'elle consulterait quelqu'un de bien, et heureusement parce qu'elle semble éprouver quelques difficultés d'adaptation...

– Je ne vais quand même pas me condamner à l'attendre des années sans savoir ce qu'elle décidera, reprend Oscar. Et puis, vous connaissez mon désir de fonder une famille.

– Il faut plus que l'envie d'avoir des enfants pour être heureux en ménage... »

Thomas vient alors au secours de son fils :

« Écoute, ma chérie, Oscar a vingt-trois ans. Tu connais son sérieux. »

Victoire aimerait partager leur enthousiasme et leur assurance.

« C'est le fait que j'épouse Alexandrine qui vous contrarie ou le fait que je n'attends plus Colombe ? demande Oscar, très troublé.

— J'ai de la difficulté à croire que des amours arrangées puissent être durables. »

Thomas n'apprécie pas la réflexion de son épouse et souhaite l'atténuer lorsque son fils poursuit : « Au sujet du voyage ? Alexandrine m'a tout raconté à son retour. On en a bien ri, elle et moi. Ce n'est ni mon père ni son parrain qui auraient pu nous forcer à nous aimer...

— Autant te dire, reprend Victoire, que j'ai, moi aussi, tenté d'influencer tes amours... »

Le regard figé, le souffle court, immobile, Oscar écoute sa mère l'informer de ses démarches auprès de différents prêtres et de sa visite à la maison mère des sœurs de la Miséricorde. Cependant Victoire ne lui divulgue pas le viol et l'avortement que Colombe a subis.

« On reprendra ça plus tard, si vous voulez bien, papa », dit Oscar, repoussant les papiers au milieu de la table et quittant la pièce.

Victoire aurait bien aimé le retenir, mais Thomas l'en a dissuadée. Elle apprend alors, accablée, que les fiançailles auront lieu à Noël, exactement un an après celles prévues avec Colombe.

Effondrée dans un fauteuil, la tête dans ses mains, elle revoit les événements des dix derniers mois dans l'espoir de comprendre ce qui a pu amener Oscar à prendre une décision aussi précipitée.

Ignorant presque tout des drames vécus par Colombe et des gestes de Victoire pour la soulager, Thomas est plus enclin à lui reprocher un zèle excessif qu'à la réconforter.

« T'en fais trop, Victoire. Ça va finir par te jouer de mauvais tours.

— Les bonnes intentions, je ne suis plus sûre qu'elles excusent tout, dit-elle, affligée.

— Moi non plus. Il faut prendre les moyens pour faire le moins d'erreurs possible », réplique-t-il, loin d'imaginer le pesant remords dont il vient d'accabler sa bien-aimée.

Victoire fond en larmes.

« Je n'ai jamais eu de talent pour consoler », se dit Thomas qui cherche alors à distraire son épouse. Il déploie les plans des terrains d'Oscar et de ceux qu'il est sur le point d'acheter.

« Tu vois, on bâtirait à mi-chemin entre Ontario et Sherbrooke, aux côtés des Desjardins, Renaud, Bélanger et Pelletier, à deux pas du couvent de Cécile. En amont sur la rue Pie-IX, on n'aurait pas à craindre que l'eau monte jusqu'à nos portes au printemps. La voie ferrée passe au nord de la rue Ontario, assez loin pour qu'on n'en soit pas incommodés. Habiter près des quais sera très avantageux pour notre commerce.

— Tu la verrais où, notre manufacture ?

— Rue Ontario, si les terrains n'étaient pas si chers.

— Combien, penses-tu ?

— Étant donné ce qu'il nous faut, je serais surpris qu'on s'en sorte en bas de quatre mille piastres. Il ne faut pas oublier d'ajouter le cinq pour cent d'intérêts sur un prêt.

— Si je ne me trompe pas, ces lots appartiennent à M. Valiquette ?

— D'après le secrétaire de la ville, ils seraient passés des mains d'Alphonse Valiquette à celles de la veuve

Odilon Dupuis qui les aurait payés comptant, en mars dernier. »

Pensive, Victoire évoque la possibilité d'obtenir le bonus de dix mille dollars que la ville de Maisonneuve offre aux industriels, consciente toutefois que cela ne saurait couvrir l'achat des terrains et les frais de construction. « Il faudrait trouver un moyen de rentabiliser notre entreprise », suggère-t-elle, regagnant peu à peu sa fougue de « défricheuse », comme elle aime se décrire.

Thomas, soulagé, veille à ne pas la laisser sombrer de nouveau dans le découragement. Il voltige d'hypothèse en proposition pour le seul plaisir de retrouver dans son regard cette flamme dont il ne saurait se passer. L'idée lui revient d'offrir des cours privés à Candide le plus tôt possible, de sorte qu'à compter de janvier 1899, Oscar puisse se consacrer uniquement à la gérance de l'entreprise.

Cette longue diversion l'ayant apaisée, Victoire lance :

« Ça ne t'inquiète pas qu'Alexandrine et Oscar aillent si vite ?

— Oscar est très mature et il n'a pas l'habitude de prendre des décisions à la légère...

— Il l'aime d'amour, tu penses ?

— Je le croirais, Victoire.

— Pourquoi ne m'en a-t-il pas parlé ? » demande-t-elle, de nouveau attristée.

Thomas pince les lèvres, fourrage des doigts dans sa chevelure et dit : « Oscar sait que tu es très attachée à Colombe et il avait l'impression que tu étais prête à faire l'impossible pour qu'elle devienne sa femme... »

Ne pouvant nier ce fait, Victoire revient à leurs projets :

« Et le plan de notre maison, tu y as pensé ?

— J'en étais là, mais je ne le ferais pas sans toi, cette fois-ci. J'aimerais qu'on mette Marius dans le coup aussi, quitte à faire réviser ses ébauches par un architecte expérimenté. »

De concert avec son mari, Victoire discute des particularités de leur future demeure comparable à celle qu'ils habitent déjà.

Surprise par le retour de ses enfants, en fin d'après-midi, elle l'est plus encore lorsque Oscar lui tend une lettre adressée à Colombe.

« Tu sais que les Supérieures lisent les lettres des religieuses, le prévient-elle.

— Oui, oui. Merci de faire ça pour moi. Merci pour tout ce que vous faites, maman, ajoute-t-il, avec une émotion troublante. Ne m'attendez pas pour souper, je dois rejoindre Alexandrine dans une demi-heure.

— Tu vois comme il ne fallait pas t'en faire, il a déjà réglé son problème, dit Thomas.

— Que j'envie ton optimisme, parfois !

— Pourquoi ne pas croire au meilleur jusqu'à preuve du contraire ?

— Je ne pourrais pas dans ce cas-ci. »

Cette réflexion et bien d'autres sous-entendus permettent à Thomas de croire que son épouse porte un lourd secret. « Je ne la laisserai pas s'endormir, sans tenter de la faire parler », se promet-il.

L'ayant rejointe au lit plus tôt que de coutume, il craint qu'elle ne se soit déjà assoupie. « Tu pourras dormir ? lui demande-t-il, remontant sur ses épaules la couverture de laine qu'il a tirée en prenant place dans le lit.

— Je vais essayer.

— Si tu m'avouais ce qui te tracasse vraiment.

— J'ai promis de ne pas...

— ... on peut dévoiler un secret quand ça devient trop difficile de le garder pour soi. »

Dans les bras de son mari, Victoire pleure en silence. Thomas croit qu'elle se confiera à un moment plus opportun.

~

Mgr Bruchési et Raymond Préfontaine, maire de Montréal, se livrent à une lutte de pouvoir des plus musclées. Et pour cause : M. le maire a l'intention de supprimer graduellement les exemptions de taxes dont jouissent les propriétés religieuses. Au conseil municipal, l'évêque a prédit la ruine des églises, des hôpitaux, des asiles et de plusieurs collèges si ce règlement était voté. Les dissensions sont telles que la décision est reportée à la prochaine assemblée. Mgr Bruchési se félicite d'avoir le temps de recruter des sympathisants à sa cause. Après avoir résumé la situation à sa femme, Thomas ajoute en levant le nez de son journal :

« Je comprends qu'il serait bon de récupérer ces sommes. J'ai vu les chiffres de la ville de Maisonneuve lorsqu'il a été question d'annexion, il y a cinq ans, et ça dépassait les cent mille dollars. Imagine à Montréal. »

Débordée par les préparatifs des fiançailles d'Oscar et par la couture de vêtements neufs pour toute la famille, Victoire a prêté une oreille distraite aux propos de son mari.

« Comme ça, les travaux de la maison d'Oscar vont bon train ? demande-t-elle.

— Heureusement que la température est de notre côté, autrement je ne sais pas comment les ouvriers seraient parvenus à terminer la charpente avant les gros gels.

— Une chance qu'on n'a pas maintenu notre intention de construire notre maison en même temps que la sienne...

— L'essentiel est fait maintenant. Au pis aller, si leur maison n'est pas finie le 17 mai, ils n'auront qu'à faire comme nous, pendant quelques mois... »

Au souvenir des déchirements que lui a causés sa cohabitation avec son beau-père, Victoire retient sa véritable pensée. « Au pis aller, comme tu dis, ils n'ont qu'à se concentrer sur les pièces principales, quitte à terminer les autres après leur mariage », rétorque-t-elle.

Rentrant à ce moment de la manufacture, Oscar les entend discuter et vient les saluer. Après de brefs échanges, il leur lance : « On va s'arranger. Ne vous en faites pas pour nous », et il file aussitôt dans sa chambre.

Plein d'énergie, il grimpe l'escalier deux marches à la fois en sifflotant un air de *La Dame blanche*, un opéra de Calixa Lavallée qui a été présenté à Montréal à l'époque où il courtisait Colombe. Lorsqu'il redescend, moins de dix minutes plus tard, la chevelure impeccable et vêtu d'un complet de sortie, il les prévient : « Je vais chercher Alexandrine. On passe voir les travaux sur Pie-IX, puis on revient ici pour continuer de préparer nos fiançailles avec vous.

– Vous allez manger quand ? » s'inquiète Victoire. Mais Oscar, dans sa hâte, ne l'a pas entendue. Il attrape son écharpe, son manteau, et saute dans la carriole conduite par Jean-Thomas.

Les patins glissent allègrement sur la première neige, tombée le jour de la Sainte-Catherine. Les enfants se sont réjouis de déguster leur tire sur la neige. Oscar regarde les jouets dans les vitrines illuminées des magasins avec une émotion toute nouvelle. « Dire que dans une couple d'années, j'aurai peut-être le bonheur d'en acheter pour notre premier enfant », pense-t-il, transporté de joie. Cette perspective le console du sacrifice de son premier amour. « Renoncer à t'épouser n'est que t'aimer plus », lui a dit Colombe. À trois semaines de ses fiançailles avec Alexandrine, il lui donne raison, mais il demeure inquiet de son silence. En octobre, il lui a adressé comme réplique : « C'est t'aimer plus que ne plus t'imposer le poids de mon attente et de mon amour pour toi. » Il cherche encore le mot qui aurait pu la vexer ou l'affliger. Victoire, sur qui il comptait pour percer ce mystère, n'envisage pas de retourner au parloir du noviciat avant février. « Une dernière fois avant le carême, sinon ça ira à Pâques », prévoit-elle, apparemment plus détachée de sa protégée. « L'est-elle réellement ? » se demande Oscar. Il le souhaite, car il est désireux de voir Alexandrine accueillie aussi chaleureusement que l'aurait été Colombe.

Si son élan pour Mlle Pelletier n'a pas la fougue de sa première conquête, Oscar s'en réjouit. N'est-ce pas le signe d'un amour plus durable ? Lui reviennent en mémoire les craintes de sa mère quant à la jeunesse tourmentée de Colombe. Il a imaginé, tout au plus, un foyer de la grande bourgeoisie où l'argent l'emportait sur l'amour, et l'honneur, sur la joie de vivre.

« À part la perte de ses parents vers l'âge de quinze ans, Alexandrine n'a rien vécu de tragique dans sa vie », se dit-il, prenant appui sur ce passé pour croire en un avenir sans nuages. Oscar apprécie beaucoup d'entrer dans la famille Pelletier. Et il se rappelle encore qu'à moins de deux mois de leurs fiançailles, Colombe ne s'était toujours pas réconciliée avec son père et seules ses sœurs et sa mère devaient être invitées à la fête. Oscar sait qu'il aurait souffert de ce climat de discorde.

Le nez collé à la fenêtre, couverte d'une mante rouge à col de lapin blanc, Alexandrine a attendu son amoureux avec une telle frénésie que sitôt la carriole devant la porte, elle apparaît dans l'escalier, prête à sauter dans les bras d'Oscar. Il l'aide à s'asseoir sur le siège arrière, tous deux s'emmitouflent dans la couverture de mouton jusqu'au 444 de la rue Pie-IX, leur future résidence. Alexandrine n'a encore rien vu : elle est enchantée de la rapidité des ouvriers. Les trois étages de la façade, toute de pierres grises, sont complètement terminés et une rampe d'escalier en cuivre a été installée. Dans le hall d'entrée, sur la droite, un escalier mène à l'étage, alors que le salon et la salle à manger occupent le côté gauche de la maison. Au fond, une grande cuisine donne sur la cour arrière.

« Ça ressemble beaucoup à la maison de tes parents, excepté l'entrée, fait remarquer Alexandrine.

– Je t'amènerai un jour sur la rue Drummond, là où j'allais livrer des colis, à mes débuts à Montréal. Tu vas comprendre d'où m'est venue cette idée de réserver un grand espace au hall d'entrée.

– On va retrouver des souvenirs de notre voyage dans la décoration ?

– Ce ne sera pas très facile, vu les dimensions de la maison comparées à celles des châteaux. Mais on se reprendra dans la prochaine…

– Tu es vite en affaire, Oscar Dufresne. On n'a pas encore dormi ici une seule nuit que tu penses déjà à faire construire une autre maison. C'est le fait que le terrain m'appartient qui te chicote ? demande-t-elle, sur un ton pointu.

– Pas le moins du monde, ma pauvre chérie. J'ai été élevé, contrairement à bien d'autres, dans une famille où la femme en mène aussi large que l'homme sinon plus.

– C'est vrai, j'ai oublié. Je me suis emportée pour rien. M'excuseras-tu, mon amour ? »

Oscar couvre de baisers les joues, le front et les mains de sa future. Alexandrine retrouve sa jovialité.

Devant ce qui deviendra leur chambre à coucher, elle s'exclame : « Que j'aime ce genre de fenêtres ! Comment on les appelle, donc ?

– Des bay-windows. »

Deux autres grandes chambres débouchent sur une salle de bain. Alexandrine est ravie de ce qu'Oscar lui décrit : « Le plancher sera couvert de tout petits carreaux de céramique blanche. Les ouvriers vont en poser de plus grands sur les murs.

– Ce qui donne un choix fou pour la décoration », reconnaît-elle.

Alexandrine compte les mois. « Heureusement qu'il en reste encore quatre, il y a tant de travail à faire ici !

– Si tu es de mon avis, ce qui presse le plus, c'est de préparer nos fiançailles », dit Oscar, la faisant virevolter jusqu'au hall d'entrée et devant la voiture qui les attend.

Câlineries, éclats de rires et étreintes se succèdent comme dans un tourbillon de neige folâtre.

« Marie-Ange nous a sûrement gardé des petits plats au chaud », dit Oscar, pressant Jean-Thomas de les ramener vite à la maison.

Une surprise les attend. « Entrez vite, les tourtereaux, la soupe est prête », leur crie Thomas en apercevant la carriole devant la porte. À leur intention, la famille a retardé le moment de se mettre à table et Marie-Ange a préparé un repas digne des grands jours.

Suivie de sa fille, de ses trois fils et de ses neveux, Victoire se dirige vers le hall d'entrée et les accueille avec tant d'aménité qu'Oscar en déduit que sa mère a fait son deuil de Colombe. Bien qu'elles ne se soient croisées que sporadiquement, une sympathie s'est déjà installée entre Alexandrine et Cécile. « Elle est si jolie et tellement gentille, Mlle Pelletier », a dit la fillette en la regardant descendre de la voiture. Candide n'en pense pas moins et mise sur son charme naturel pour gagner les sourires de la jeune fille, alors que Marius ramène sans cesse la conversation aux plans de leur future demeure. Donat et Georges-Auguste se montrent discrets ; leurs regards suffisent à exprimer l'admiration qu'ils vouent à la future fiancée d'Oscar. Seul Romulus n'a pas trouvé sa place dans cette joyeuse assemblée. Il tente quelques bouffonneries qu'Oscar attribue à ses onze ans.

« Comme ça m'a manqué d'être entourée de sœurs, avoue Alexandrine, en prenant place autour de la table de la salle à manger. Je me suis tellement ennuyée, petite fille, à essayer de m'intéresser à ce que faisaient mes grands frères.

— Mais votre mère a dû prendre un soin fou de vous, présume Victoire.

— Elle m'adorait, mais comme elle m'a avoué sur son lit de mort, elle n'était pas faite pour avoir des enfants. Il aurait fallu qu'ils arrivent au monde tout élevés, qu'elle disait souvent, en riant. J'ai longtemps envié mes cousines... »

Et, se tournant vers son futur fiancé, elle ajoute : « C'est pour ça, entre autres, qu'on veut avoir beaucoup d'enfants. »

Une vive émotion envahit Oscar. Il presse la main d'Alexandrine sur son cœur avant d'y poser ses lèvres tendrement.

« Il va falloir commencer par bien manger si vous voulez mettre des enfants au monde », lance Thomas, rieur.

Après un repas animé comme Thomas les aime, les plus jeunes sont priés de laisser les aînés voir aux préparatifs des fiançailles.

La liste des invités, le choix du menu et des costumes, les projets de mariage occupent la soirée tant et si bien, que le charretier de la famille s'est endormi dans son fauteuil. Thomas doit atteler lui-même la jument et reconduire sa future bru à son domicile. Loin de s'en plaindre, il apprécie que ces circonstances favorisent au retour un tête-à-tête avec son fils.

« Comme Étienne et Geneviève tiennent à payer une grande partie du mobilier et de la décoration de notre maison, il me restera assez d'argent pour faire un voyage de noces, lui apprend Oscar.

— Ah, oui. Et vous avez l'intention d'aller de quel côté ?
— Aux États-Unis. Il y a tellement d'endroits qu'Alexandrine aimerait connaître. Pour ma part, je tiens à visiter une usine de voitures motorisées.
— Tu vas sûrement y trouver le modèle que les Rivard et Guillet ont acheté...
— Ce qui nous fait aussi choisir cette direction, c'est que M. et Mme Pelletier offrent une partie de leur terrain en Floride en cadeau de fiançailles. »

Distrait par son rêve d'acquérir une voiture motorisée, Thomas ne réagit pas.

« Ils mettent en plus à notre disposition leur maison sur le bord de la mer, renchérit Oscar.
— Leur maison de Floride ?
— Oui. Ils donnent une partie du terrain à Alexandrine et nous prêtent leur maison.
— Il est généreux pour de vrai, Étienne Pelletier. Mais pour revenir à l'usine que vous devez visiter... »

Leur passion pour cette invention qu'est l'automobile les fait veiller « au-delà du raisonnable », juge Victoire lorsqu'à deux heures du matin, Thomas se glisse sous les couvertures.

~

Ce mois de décembre commence sur une note désagréable pour les dirigeants de la Pellerin & Dufresne. Deux machines à coudre défectueuses, plusieurs ouvriers malades alors que les commandes abondent, tant de Montréal que de l'extérieur. Le fournisseur demande plus cher pour la location des machines à coudre qu'il en coûterait pour les faire réparer. « T'es rien qu'un opportuniste », lui a lancé Thomas, non moins tenu de payer.

« Du courrier pour toi, Oscar », annonce Victoire, lorsqu'il rentre avec Candide et leur père pour le souper. Oscar écarquille les yeux devant l'enveloppe marquée « confidentiel ». Le nom de l'expéditeur n'apparaît nulle part. Adossé à la porte du salon, Oscar sort lentement de sa poche un canif, souvenir d'Angleterre, et coupe avec minutie le rabat de l'enveloppe. Victoire veut s'éclipser, mais il la prie d'attendre. Une feuille pliée en trois porte un en-tête imprimé à l'angle supérieur gauche. Oscar sourcille, s'indigne et tend la lettre à sa mère. « Regardez ça, maman. Je n'ai jamais lu plus beau procès d'intention. » Le texte s'étale sur cinq paragraphes.

Monsieur Dufresne,

Nous vous serions très reconnaissantes, au nom de notre chère novice, de ne plus jamais tenter de l'importuner par vos propos tendancieux. Pensiez-vous nous berner en jouant de cette façon sur une relation passée et des sentiments... qui ne doivent être évoqués pour aucune considération ? N'avez-vous jamais appris que le fruit défendu est le plus désirable et que vous placez ainsi notre novice en occasion de péché grave ?

Votre ancienne amie a choisi de consacrer sa vie à Dieu et au service des plus démunis. Nous n'autoriserons personne, pour quelque motif que ce soit, à tenter de la détourner de sa vocation.

Pour cette raison, nous avons cru sage de ne pas remettre votre lettre à sa destinataire. Nous l'avons détruite.

Nous prions Dieu pour que vos actions ne soient désormais inspirées que par des intentions pures et édifiantes.
Si jamais vous éprouviez le besoin de donner suite à notre lettre, sachez que M. l'aumônier sera à votre disposition pour vous bien conseiller.

La lettre était signée de la main de la Mère supérieure.

« Qu'est-ce que tu as bien pu lui écrire ? » demande Victoire.

Oscar lui rapporte le contenu de sa lettre, qu'il s'est tant de fois remémoré. Victoire éclate de rire.

« C'est tout ?

— Je vous jure, maman.

— Tu vois bien qu'elles n'ont rien compris. Tu es malheureusement tombé sur une de ces religieuses qui dressent des barricades au simple mot "amour".

— Je veux bien, mais je trouvais essentiel que Colombe sache que je ne l'attends plus.

— Si tu y tiens vraiment, récris-la, cette lettre, et je la lui donnerai en main propre, quand j'irai la visiter.

— Et si la surveillante vous voyait ?

— Mieux que ça, je la lui lirai moi-même si tu me le permets.

— Quand ? demande Oscar, suppliant.

— Je ferai un effort pour y aller après les Rois. »

Au hochement de tête de son fils, Victoire comprend qu'il aurait souhaité qu'elle aille au noviciat à l'occasion de Noël. « Peut-être avant, si je peux trouver du temps », concède-t-elle.

Oscar ne pourrait trouver atmosphère plus appropriée à sa mauvaise humeur que celle qui règne dans la salle à manger ce soir-là. Thomas risque de perdre un client important, faute de pouvoir livrer la marchandise dans les délais exigés. Donat, Marius et Jean-Thomas lui offrent de l'aider tous les soirs, après le souper. Oscar les félicite et décide de sacrifier, lui aussi, trois soirées par semaine, réservant les autres à sa future fiancée.

« Et toi, Candide, tu ne pourrais pas venir ? demande Marius.

– Je travaille de jour, moi, pas de nuit.

– Tu ne vois pas que tout le monde fait sa part et que toute la famille va en bénéficier », lui fait remarquer Oscar.

Candide quitte la table, saisit son paletot, enfile ses bottes et sort pour ne revenir qu'en fin de soirée.

∼

Illuminée à l'extérieur et partout à l'intérieur, la résidence des Dufresne accueille gaiement la quarantaine d'invités aux fiançailles d'Oscar. Des Dufresne, Du Sault et Desaulniers doivent arriver par le train de Trois-Rivières. Deux voitures ont été mobilisées à la gare Windsor en cette fin d'après-midi du 25 décembre 1898. Les cousins Du Sault, de la même génération qu'Oscar et les enfants de Georgiana, sont attendus avec une fébrilité sans pareille. Donat et Georges-Auguste se réjouissent, eux, de retrouver leur grande sœur Délima, ainsi que leurs demi-frères et demi-sœur.

Dans la cuisine, les tourtières exhalent une bonne odeur de clou de girofle qui se mêle à l'arôme des tartes au sucre si remplies qu'elles coulent dans le four. Malgré les précautions de Marie-Ange et de Jacynthe, sa nièce, engagée à l'occasion des fêtes, des détails de dernière minute les font courir de la cuisine à la salle à manger. Deux tables y ont été dressées pour les adultes, et les plus jeunes ont la leur dans la cuisine. Aux feux des bougies de Noël répond l'éclat de l'argenterie de Georges-Noël et des verres en cristal rapportés d'Europe. Des guirlandes en papier de soie vert, rouge et blanc s'entrecroisent au centre de la pièce, retenues par une cloche de papier rouge constituée de minuscules losanges. Des plafonds, descendent des anges dorés, des étoiles argentées et des cristaux de neige qui saluent les convives au passage. Une affiche de Santa Claus grandeur nature tient lieu de rideau dans la porte d'entrée. Dans le grand salon trône un sapin décoré de guirlandes, de boules scintillantes et de boucles de satin aux multiples couleurs.

Assis près de l'arbre, Oscar et sa fiancée se préparent à accueillir les invités. « Je n'aurais jamais cru que ça pouvait être aussi intimidant », confie Alexandrine dont les joues se sont empourprées.

Elle a pris des airs d'adolescente avec son chignon châtain sur le dessus de la tête et retombant en minuscules boudins.

« Ne t'en fais pas, je suis aussi mal à l'aise que toi, avoue Oscar. À la différence que ça ne m'avantage pas, moi.

— Je n'ai jamais rencontré quelqu'un qui sache aussi bien mettre les autres en valeur.

— Avec toi, ce n'est pas difficile...

— Je t'ai entendu le faire avec d'autres plus d'une fois. Tu te rappelles... »

Des claquements de chaussures, des éclats de voix et la ruée des enfants vers le portique coupent la parole à Alexandrine. Elle tourne vers son fiancé un regard le suppliant de l'aider à contrôler sa timidité. Par bonheur, ce sont les enfants de Georgiana qui, les premiers, arrivent de Pointe-du-Lac. Les larmes coulent sur les joues de Victoire en serrant dans ses bras la belle Délima, vêtue du manteau et du col de renard de sa mère. Pressée tout contre elle, Yvonne, qui vient d'avoir cinq ans, se fait bousculer par ses frères, Ulric et Napoléon, qui escamotent quelque peu les politesses d'usage pour courir vers Romulus. Cécile n'a pas attendu que sa jeune cousine Yvonne la sollicite pour la prendre sous son aile... André-Rémi et les siens s'ajoutent à la dizaine de personnes réunies chez les Dufresne. L'absence remarquée de Laurette inquiète Oscar.

« Elle m'a prié de vous transmettre ses meilleurs vœux de bonheur, dit André-Rémi.

– Elle n'est pas malade, toujours ?

– Non, non. Ne t'en fais pas pour elle. Tu la connais, elle a préféré jouer la consolatrice, ce soir.

– La consolatrice ? lance Oscar, stupéfait.

– Vous êtes ravissante, mademoiselle Pelletier, dit André-Rémi, faisant fi de la question d'Oscar. Mes félicitations et mes vœux de bonheur, ajoute-t-il, posant un baiser sur la main de la jeune femme avant de se tourner vers la famille de Georgiana.

– Tu as entendu ce que mon oncle vient de dire ? chuchote Oscar à l'oreille d'Alexandrine.

– Mon chéri, je ne veux rien entendre de ce qui pourrait jeter une ombre sur nos fiançailles. On se l'est promis, tu te souviens ?... »

Oscar acquiesce, doutant toutefois de pouvoir tenir cette promesse toute la soirée. De deux choses l'une : Laurette a gardé espoir, après la rupture avec Colombe, et n'a pas le cœur à la fête, ou ladite personne affligée a pour elle une importance considérable. La rapidité avec laquelle Alexandrine a détourné son fiancé de cette préoccupation le laisse également perplexe. « Comme si elle savait quelque chose... », se dit-il.

L'arrivée du couple Pelletier distrait Oscar. M. et Mme Archambault, les grands-parents maternels d'Alexandrine, lui sont présentés avec une fierté toute particulière. Et pour cause, le fortuné M. Archambault a doté Alexandrine de nombreux biens, tout comme Georges-Noël l'a fait par testament pour Oscar.

Les demoiselles Lacoste et Van Horne font leur entrée. Elles sont suivies de la cohue des derniers arrivants de Yamachiche et, surprise, de Candide accompagné d'une ravissante jeune fille. « On s'est connus au parc Sohmer, l'automne passé, explique-t-il à son père qui les accueille. Viens, Nativa.

— Nativa qui ? demande Thomas.

— Nativa Barbeau, répond la jeune fille avec une charmante assurance.

— Avec les yeux et le sourire que vous avez, ma petite demoiselle, vous allez plaire à ma femme, s'exclame-t-il.

— Je suis sûr que tu lui fais penser à Clarice, une de mes sœurs morte à quatre ans, explique Candide.

— Elle était belle comme un cœur, renchérit Thomas.

— C'est moi qui lui ressemble le plus, lance Candide, histoire de briser la glace au moment de présenter sa jeune amie à sa mère.

– Si vous ne le saviez pas, mademoiselle, dit Victoire, visiblement ravie, Candide ne laisse jamais passer une occasion de faire valoir son charme.
– Je le sais, madame. C'est ce qui m'amuse le plus chez lui, répond la jeune fille à la chevelure noisette et au regard limpide comme le lac Saint-Pierre.
– Vous étudiez ? demande Victoire, supposant que la jeune fille a deux ou trois ans de moins que Candide.
– Oui, mais j'achève. J'ai hâte de me consacrer au chant et au piano. Votre fils a de la chance de commencer à travailler après le jour de l'An...
– Vous trouvez ? »

Victoire aurait aimé parler davantage, mais on la sollicite à la cuisine. Le repas étant prêt, elle invite les convives à occuper la place qui leur est assignée.

À l'extrémité de la grande table, Thomas prend la parole :

« Je souhaite la bienvenue à chacun de vous et je propose de lever nos verres au bonheur des fiancés.
– Vive les fiancés ! Vive les fiancés ! » répètent les jeunes, relégués à la cuisine.

Thomas ajoute, ému : « Ceux que nous aurions aimé voir à notre table ce soir, mon père, mon frère, mes six enfants, votre mère, dit-il en s'adressant aux enfants de Georgiana, ceux-là, au-delà des apparences, sont avec nous. »

Le silence tombe. On n'entend que des soupirs émus et le froissement de quelques mouchoirs épongeant les larmes qu'on ne peut retenir.

« Je tiens à préciser que le vin que nous buvons était le préféré de Georges-Noël Dufresne, grand-père et parrain d'Oscar. Levons nos verres à sa mémoire. Il a été pour nous plus qu'un père, plus qu'un grand-père, plus que... »

Sa voix se brise et Victoire n'est plus seule à fondre en larmes. Oscar tamponne ses joues mouillées et Délima sanglote, sa jeune sœur blottie contre elle.

Ressaisi, Thomas convie toute la maisonnée à la gaieté : « Bon appétit et n'oubliez pas que personne, sauf les fiancés, n'a le droit ici, ce soir, de... Qui devine ?

— D'avoir des cadeaux, répond Cécile.

— C'est vrai, mais quoi encore ?

— De s'embrasser », lance Romulus, qui, de toute évidence, ne détesterait pas être à la place de son frère aîné.

Les rires fusent et les fiancés s'assoient. Les jeunes convives n'attendaient que ce moment pour enfin se délecter des mets dont l'arôme excite leur appétit depuis plus d'une heure.

« Je ne suis vraiment pas fait pour jouer les vedettes », pense Oscar, intimidé par tous ces regards, même affectueux, rivés sur lui et sa fiancée. Les uns souhaitent croquer sur le vif un geste d'intimité, d'autres, chez qui un éveil sexuel précoce rend l'événement sensuel, réclament qu'ils s'embrassent sous les applaudissements déchaînés des plus jeunes.

« C'est curieux, mais il me semble qu'un siècle s'est écoulé depuis que nous étions les élus d'un semblable événement, dit Thomas en se tournant vers son épouse.

— Je n'aurais pas cru que vingt-cinq années pouvaient passer si vite », réplique Victoire, pour qui le bonheur qui illumine le visage de son mari et de ses enfants vaut les plus grandes fortunes.

Personne n'a encore terminé lorsque Marius et Ulric, en attendant le gâteau, repoussent leurs assiettes au milieu de la table et échafaudent déjà des projets d'architecture pour les années 1900.

Délima n'a cessé d'observer Alexandrine que pour répondre aux questions d'André-Rémi et de Nativa, assis près d'elle. Victoire n'est pas sans se souvenir de la joyeuse complicité qui unissait sa nièce et Oscar, un an auparavant, alors qu'il souffrait de l'annulation de ses fiançailles avec Colombe. Il n'est pas nécessaire d'évoquer ce nom ce soir ; plus d'une personne l'a à l'esprit.

Malgré le bonheur qu'il éprouve d'avoir choisi Alexandrine, Oscar est distrait par le souvenir de Colombe au moment de passer au doigt de sa fiancée la bague qu'il a échangée chez le joaillier. La logique lui rappelle aussitôt qu'il est gagnant à plus d'un égard d'épouser Mlle Pelletier. L'allégresse de la jeune femme, l'enchantement des parents Pelletier, les félicitations des grands-parents Archambault et les chances accrues de réaliser ses rêves le prouvent grandement. Si sa mère a préparé cette soirée avec tant de soins, c'est qu'elle nourrit de bons sentiments envers sa fiancée. Plus d'une fois elle a affirmé que seul le bonheur de ceux qu'elle aime comptait. Il lui tarde toutefois que Victoire rende visite à Colombe pour lui remettre la fameuse lettre qu'il lui a écrite en octobre. « Le dossier sera ainsi fermé », se dit-il, espérant extirper de sa chair et de son cœur le souvenir de cette femme exceptionnelle.

∽

Le temps des fêtes tirant à sa fin, Victoire éprouve déjà le besoin de coucher ses souvenirs dans son journal intime : *Quel beau Noël ! Quel banquet de fiançailles réussi ! Le lendemain fut tout aussi agréable. Les jeunes de Yamachiche et de Pointe-du-Lac ont visité, émerveillés, les grands magasins de la rue Sainte-Catherine et, le soir, ont participé au* skating party *sous les lanternes chinoises. Quatre jours se sont écoulés depuis et je me remets à peine des fatigues accumulées depuis le début de ce mois. Cette fatigue m'est toutefois douce à supporter en comparaison de la douleur que j'éprouve à voir souffrir un des miens. Le sort de Délima, de sa sœur et de ses deux jeunes frères m'inquiète cependant moins depuis que je sais que Carolus s'est remarié. Marie Desaulniers est une femme de bonne réputation. Je me demande toutefois comment Délima pourra bâtir son propre foyer avec toutes les responsabilités qui lui incombent déjà.*

La touchante allocution de Thomas au début du repas des fiançailles m'a prouvé une fois de plus que les grands moments de bonheur ramènent infailliblement à notre mémoire le souvenir des êtres chers qui nous ont quittés. Une dizaine, déjà, manquaient au rendez-vous. Je ne peux m'empêcher d'imaginer, en pareilles circonstances, ce que seraient devenues mes filles. La présence des demoiselles Lacoste, Van Horne et Barbeau me faisait ressentir ce manque plus douloureusement encore. Je souhaite l'arrivée dans notre famille d'autres brus aussi agréables qu'Alexandrine et Nativa. Quelle finesse, quelle candeur et quel talent possède cette demoiselle Barbeau ! C'est elle qui a confectionné tout ce qu'elle portait ce soir-là, sauf ses souliers... J'avoue avoir éprouvé une joie particulière en la voyant chaussée du modèle que j'ai dessiné pour Noël

1897. Ce geste reflète toute la délicatesse de Candide. En plus d'avoir hérité de la beauté physique de son grand-père Dufresne, il porte en lui sa tendresse enveloppante. Ce n'est pas étonnant que tous les enfants se sentent attirés par lui. Je ne doute pas, malgré certains traits de son caractère, qu'il s'acquittera avec doigté et compétence des responsabilités que nous lui confierons dans quelques jours. La tenue des livres est une chose, mais s'il est une tâche délicate, c'est bien celle de faire le tour de nos détaillants pour s'assurer que nos produits sont bien exposés. De nouveaux débouchés ne demandent pas moins de diplomatie. Son père saura bien le guider, lui qui s'y adonne avec succès depuis plus de vingt ans.

La fierté que m'inspirent mes trois aînés ne tient pas qu'à leurs talents. Leur personnalité me permet de croire qu'ils se distingueront comme pères de famille et citoyens. Je ne voudrais pas mourir avant d'avoir fait autant pour mes enfants que ma mère et mon grand-père Joseph ont fait pour moi. L'idée de remercier mon père ne me vient pas spontanément à l'esprit, mais il le mériterait. Les obstacles qu'il a mis sur ma route m'ont appris l'endurance et ses gestes chaleureux me rappelaient que les actes valent plus que les mots. À voir évoluer mes fils, j'ai tout lieu de croire qu'ils éviteront de porter des œillères comme il l'a fait pendant trop d'années. N'est-ce pas là un gage de bonheur et de réussite ?

~

Autour du château de Ramezay, une singulière effervescence contrarie le passage de ceux qui ont choisi de se balader sous un ciel clément. Quelques flocons de neige tourbillonnent dans l'air avant de fondre et, dans les rues de Montréal, il y a juste assez de neige pour que les patins des carrioles glissent sans gémir. La séance publique de l'École littéraire de Montréal ouvrira dans quelques minutes. Oscar et Alexandrine ne s'y arrêtent pas ; ils n'ont besoin ni de la poésie de Fréchette ni des romances de Nelligan pour se gorger de mots d'amour.

« Ce que donneraient ces poètes pour être à notre place s'ils se doutaient de notre bonheur, dit Alexandrine, blottie contre son fiancé.

– Tu as probablement raison. D'ailleurs, ils chantent davantage leurs malheurs que leurs extases amoureuses.

– À l'exception peut-être de Gonzalve Desaulniers et de Charles Gill.

– Ils ne disent rien d'aussi beau que les lettres que tu m'as écrites », lui déclare Oscar.

Dans ces lettres, Alexandrine lui a avoué que les vingt jours en sa compagnie en Europe avaient, comme une brèche dans la coque d'un bateau, fait sombrer son amour pour Raoul. Elle retrouvait chez Oscar ce qui l'avait attiré chez le peintre. Les ambitions concrètes du jeune Dufresne et son passé ne garantissaient-ils pas un avenir éminent ? Leurs premiers contacts sur le *Campania*, marqués par une commune nostalgie, lui avaient plu. De l'empathie, ils étaient vite passés aux confidences. Les noces célébrées sur le bateau avaient révélé le côté ludique d'Oscar. Alexandrine regrettait de s'être prêtée aux exigences des adultes qui constituaient son monde et d'avoir été trop vite arrachée à l'univers fantaisiste de l'enfance. Lors de leur escapade en Angleterre, à l'insu, croyaient-ils, des couples Pelletier et Dufresne, Alexandrine avait découvert en Oscar une profondeur de réflexion qu'il habillait de mots exquis, contrairement à Raoul qui n'avait que le pinceau pour communiquer ses pensées. « C'est une façon admirable de s'exprimer, avait rétorqué Oscar. Ce que je donnerais pour avoir ce talent et celui d'un musicien.

– Quant à moi, je n'aime pas creuser et formuler dix hypothèses avant de trouver la bonne. Avec toi, c'est simple, direct, et non moins admirable. »

Devant les fontaines, les jardins, la splendeur des châteaux anglais, elle avait été fascinée par les commentaires d'Oscar, mais plus encore par la flamme qui animait son regard et l'émerveillement qui modulait ses soupirs lorsqu'il ne trouvait plus ses mots. Au Grand Trianon, elle avait été troublée par la montée d'un sentiment amoureux qui la projetait dix ans, vingt ans plus tard dans un décor semblable en compagnie d'Oscar dont elle serait devenue l'épouse. Au même instant, il s'était tourné vers elle, s'était approché, et elle avait eu l'impression, leurs épaules se touchant, qu'ils retenaient un même élan. Sa main était alors venue chercher la sienne, comme s'il avait fallu apaiser l'ardeur de leurs désirs… physiques. Les larmes qui avaient glissé sur ses joues lors de la visite de la Sainte-Chapelle avaient trahi sa désolation. Dans quelques heures, elle saluerait Oscar et terminerait le voyage seule avec M. et Mme Pelletier. Oscar éprouvait-il le même chagrin qu'elle à cette séparation imminente ? Il lui avait furtivement suggéré, dès la fin du repas dans un café de Saint-Germain-des-Prés, qu'ils se réservent le reste de la journée. Le plaisir qu'Oscar avait manifesté à déambuler avec elle dans les allées luxuriantes du jardin du Luxembourg ne suffisait toutefois pas à conclure à des sentiments réciproques. La crainte de ne pas avoir été suffisamment démonstrative et celle de ne devoir attribuer cette idylle qu'à l'ambiance du voyage avaient incité Alexandrine à livrer par écrit à Oscar ses états d'âmes, depuis leur séparation, à Paris, jusqu'à leurs retrouvailles à Montréal.

Apprenant de Victoire, à la mi-septembre, qu'Oscar n'avait pas retrouvé Colombe, elle avait rendu visite à Raoul. À peine avait-elle entrepris de lui faire l'aveu de ses doutes quant à son amour pour lui qu'il lui avait ordonné de disparaître de sa vue. Ainsi, le premier samedi d'octobre, Alexandrine donnait rendez-vous à Oscar au jardin Viger. L'accueil du jeune Dufresne serait déterminant. S'il était chaleureux, elle lui remettrait ses lettres, sinon, elle lui ferait ses adieux. En l'apercevant au bout d'une allée, Oscar s'était précipité, l'avait soulevée de terre et ils avaient dansé sur la place comme des amis... ou comme des amants retrouvés ? Là était toute la question. Une vive appréhension avait vite chassé l'euphorie de ces merveilleux instants. Prise de panique, Alexandrine aurait voulu, avant de remettre ses lettres à Oscar, effacer ces lignes où elle avouait n'avoir passé aucune nuit sans qu'il habitât ses rêves, aucune veillée sans murmurer son nom, sans écrire des « je t'aime », humer son parfum sur le mouchoir qu'elle avait extirpé de son veston le soir des adieux, redessiner son visage, se remémorer sa démarche et ses gestes.

Dans le jardin Viger, s'arrachant à une étreinte qu'Oscar aurait souhaité prolonger, elle lui avait dit :
« Tiens, tu liras ça...
— Mais, pourquoi...
— Non, Oscar. Attends d'avoir lu. »

Elle avait filé vers sa demeure sans se retourner, s'était enfermée dans sa chambre, tourmentée comme un intimé qui attend son jugement. Le soir même, Oscar frappait à la porte des Pelletier. « J'aime votre nièce », aurait-il voulu crier en apercevant Geneviève, si les convenances et sa timidité ne l'en avaient empêché. « Elle est ici ? » s'était-il contenté de demander alors qu'Alexandrine, gracieuse et fébrile, descendait l'escalier donnant sur le vestibule. Le message d'Oscar était sans équivoque. Les semaines suivantes, ils s'étaient alors revus presque tous les mardis et jeudis soir à la résidence des Pelletier, et soupaient chaque dimanche chez les Dufresne. À la fin d'octobre, Alexandrine avait osé parler de fiançailles. Oscar avait exprimé quelques réticences, alléguant le peu de temps pour s'y préparer.

« On les fera chez nous si tes parents sont trop occupés, avait rétorqué Alexandrine. Je peux les comprendre avec les tracas de la manufacture...

— Il n'y a pas que ça, Alexandrine. Pour moi, des fiançailles, c'est comme le mariage ; il ne manque que l'anneau. Avant de prendre un engagement, j'aime bien peser le pour et le contre...

— Tu ne m'aimes pas assez pour qu'on se marie ? » s'était-elle écriée au bord des larmes.

Alexandrine craignait que Colombe ne réapparaisse dans la vie de son amoureux, et Oscar ne pouvait l'en blâmer. « Mon choix est fait », avait-il dit. « Même si Colombe sortait de son couvent aujourd'hui, je ne reviendrais pas en arrière », aurait-elle aimé entendre. Mais il n'avait pu que la prier de comprendre que le sérieux d'un tel engagement méritait qu'ils se montrent prudents tous les deux. « Je ne te demanderais jamais de répondre immédiatement à pareille question et je veux m'accorder quelques jours de réflexion, avait-il expliqué.

— C'est ma rupture avec Raoul qui te refroidit ? » avait-elle lancé, consternée.

Oscar n'avait pu le nier. « Quel inconvénient vois-tu à ce que nous prenions un temps de réflexion ? » avait-il suggéré pour ne pas l'accabler davantage.

« Oscar Dufresne est un garçon responsable. Ça paraît qu'il est en affaires », avait conclu Étienne, exhortant sa nièce à n'y voir qu'un bon indice pour leur avenir. Geneviève avait pourtant partagé les craintes d'Alexandrine, l'avait entourée de mille attentions durant la longue attente. « Trois jours plus longs qu'une année sans été », avait déclaré Alexandrine. Lorsque le dimanche midi, Oscar était allé frapper à leur porte après la grand-messe, implorant la faveur de partager leur dîner, Geneviève et Alexandrine avaient pleuré de joie.

∼

« Je suis contente de vous voir, madame Victoire ! » dit Colombe en serrant son amie contre son cœur.

Ses lèvres esquissent un sourire, mais son regard demeure si terne que Victoire craint d'en être la cause. « Je t'ai un peu négligée, ma pauvre enfant…

— Vous êtes toute pardonnée, madame Victoire. J'aurais été très surprise que vous trouviez le temps de venir me voir au cours des fêtes…

— Tu es au courant…

— … des fiançailles d'Oscar, oui », s'empresse-t-elle de déclarer avec tant d'aisance que Victoire doute de la sincérité de la novice.

« Peut-on apprendre le détachement comme on apprend à coudre une empeigne ? » se demande-t-elle, perplexe.

« Je lui souhaite beaucoup de bonheur et je prie pour lui chaque jour, ajoute Colombe, comme on récite une leçon.

— Tu ne pries que pour lui ? » demande Victoire.

Le visage de la jeune femme s'empourpre.

« La sublimation a ses limites », pense Victoire, soupçonnant les Supérieures ou le père Lasfargue, lors de sa visite, d'avoir orienté Colombe en ce sens.

« Tu as reçu de la visite de Québec au mois de novembre ? lui demande-t-elle.

— Au mois de novembre... de Québec... non.

— Un père de Saint-Vincent-de-Paul n'est pas venu te rencontrer ?

— Lui ! Mère Sainte-Cunégonde m'a informée qu'il avait téléphoné pour dire qu'il n'avait pas le temps de venir me voir, mais qu'il le ferait le deuxième dimanche du carême.

— Dans deux semaines, donc. »

Colombe confirme d'un signe de tête, promenant son regard sur Victoire et sur la surveillante du parloir qui les observe, telle une sentinelle.

« Tu vas tout lui raconter, j'espère.

— Ça donnerait quoi, madame Victoire ? demande Colombe, les yeux rivés sur ses doigts qu'elle ne cesse de croiser et de décroiser.

— La paix et la liberté de choisir ce que tu veux faire de ta vie. »

Colombe cherche, en se mordillant la lèvre inférieure, une réponse convenable. Victoire croit alors le moment venu de lui tendre la lettre qu'Oscar lui a écrite à l'automne. « Pourquoi ne me la donnez-vous qu'aujourd'hui ? demande Colombe.

– Parce que les autorités ont décidé de détruire celle qu'Oscar t'avait adressée en octobre au lieu de te la montrer. Il l'a récrite pour toi.

– Si mes Supérieures ont jugé qu'il valait mieux que je ne la lise pas, déclare-t-elle, redevenue très cartésienne, je préfère m'en tenir à leur décision.

– Tu ne souhaites pas savoir ce qu'il te dit ?

– Je dois me soumettre à la volonté de Dieu exprimée par mes Supérieures. »

« Elles sont en train de la gagner, ma foi », se dit Victoire, préférant laisser au père Lasfargue le soin de l'éclairer s'il en est encore temps.

Désolée de constater qu'au nom de la foi, une femme sensée puisse même renoncer à son propre jugement, elle glisse l'enveloppe dans son sac à main sous le regard fébrile de Colombe. « Donne-toi au moins le droit de changer d'avis et de me le faire savoir », propose Victoire à la jeune femme avant de la quitter sur un au revoir incertain.

∼

« Justement, les gars, si vous me donnez congé, je vais en profiter pour travailler avec votre mère à nos projets du printemps », dit Thomas.

Depuis la veille, une tempête souffle sur la ville et il est probable que seuls cinq ou six ouvriers habitant tout près de la manufacture s'y rendront. Oscar et Candide se réjouissent de pouvoir mener les opérations

sans leur père. « Ça doit être assez spécial de se sentir boss, marmonne Candide en chaussant ses raquettes.
— Spécial, oui, avoue Oscar. Certains jours, c'est stimulant, parfois tu donnerais ta place au premier venu.
— Tant que ça ?
— Il s'en trouve toujours qui ne font pas le tiers de ce que tu fais, mais qui cherchent la bête noire à la loupe…
— Il me semble que je n'aurais pas de peine à les mettre à leur place.
— Tu penses ? Tu apprendras bien assez vite que l'autorité et la liberté de parole sont deux mondes hostiles. Il y a également les décisions à prendre. Tu peux le payer cher si tu te trompes.
— Il faudrait avoir des dons de devin pour y échapper, déclare Thomas qui se tenait non loin d'eux. Je connais un homme qui, malgré sa longue expérience et ses nombreux succès passés, est sur le point de manger ses bas…
— À qui fais-tu allusion ? lui demande Victoire.
— À M. Desjardins. La Banque Jacques-Cartier en arrache ces temps-ci. »

Pour cette raison, Alphonse Desjardins, principal actionnaire et directeur de cette banque, lui a enfin cédé à bas prix un de ses terrains, situé au nord de ceux que possède Alexandrine. La famille Dufresne a dès lors envisagé de construire sa maison sur la rue Pie-IX, quitte à reporter le déménagement de la manufacture. Cependant, Victoire surveille de près le prix des lots 14-424 à 14-427, à l'angle des rues Ontario et Desjardins, site idéal pour la Pellerin & Dufresne, étant donné l'affluence des clients et la facilité de transport : la voie ferrée passe juste derrière et le port est situé dans ce secteur. « Ce pauvre M. Desjardins doit être sur le point de les laisser aller pour trois mille dollars », dit Victoire.

Du côté ouest de la rue Pie-IX, au 444, la construction de la résidence d'Oscar achève. Raphaël Locke fera construire la sienne au 450, Thomas au 452, non loin de celle d'Alphonse Desjardins, au 456.

« Peu importe quand on l'habitera, explique Thomas à Raphaël qui, malgré la tempête, est venu discuter du plan de cette maison. Il faut avoir un pied dans la ville si on veut décrocher de bonnes subventions pour nos entreprises.

– Sans oublier que le maire de Maisonneuve s'est montré beaucoup plus attentif que le maire Préfontaine aux projets d'embellissement que vous lui avez soumis, leur rappelle Victoire.

– J'avais bien confiance, pourtant », souffle Thomas.

Raphaël n'a pas la même opinion du maire Préfontaine : « C'est un homme ouvert au progrès, mais je lui reproche de ne fréquenter que des gens qui ont l'argent et le pouvoir, comme les Forget, les Thibaudeau, les Laurier…

– Peut-être, mais il n'a pas obtenu de poste ministériel de Laurier puisque Tarte en a décroché un, riposte Thomas.

– Un autre opportuniste, affirme Victoire. Il complote avec le gendre du chef de l'opposition à Québec, Raoul Dandurand, et ils vont tout faire pour que Flynn perde aux prochaines élections. »

Thomas craint que la discussion ne crée un froid avec M. Locke. « Vous auriez dû voir les échevins se pâmer, l'autre soir, devant le machin à vapeur que l'autre Dandurand veut mettre sur la route, l'été prochain », dit-il.

Après avoir réclamé la permission de circuler dans les rues avec sa voiture motorisée qu'il se vantait d'avoir payé six cents dollars, Ucal-Henri Dandurand a obtenu d'Hormidas Laporte un permis de bicyclette qu'il a payé un dollar.

« Ce que notre coq ne sait pas, c'est que Henri-Émile Bourassa se prépare à lui faire tout un pied de nez », laisse entendre Thomas.

De nouveau complices, Thomas et Étienne Pelletier suivent les travaux de très près. Étienne va jusqu'à mettre une somme d'argent à la disposition de M. Bourassa pour que rien ne retarde la préparation de la voiture. « Le mariage du siècle », répète-t-il en imaginant Oscar et Alexandrine dans cette calèche motorisée toute garnie de rubans de satin blanc et résonnant du cornet le plus tonitruant. « On leur réserve la surprise », ordonne le parrain de la future mariée. Craignant que cela n'intimide Oscar, Thomas suggère qu'on l'avertisse d'abord, mais Étienne le désapprouve. « Tu sais bien qu'il va refuser, modeste comme il est. Mais quand il verra la joie de ma nièce, il sera bien content. » Mlle Pelletier rechercherait-elle la renommée et le faste autant que le confort ? Son oncle l'affirme, ajoutant qu'elle le mérite bien. D'ailleurs, le choix du décor de leur maison révèle des goûts quelque peu bourgeois. « Comment les blâmer ? Ils en ont les moyens », juge Victoire, plus modérée à l'égard de la demeure du 452, rue Pie-IX que ne l'a été son mari pour le 32, rue Saint-Hubert.

Dans cette nouvelle résidence à trois étages, de cinquante pieds de profondeur et trente de largeur, le côté fonctionnel doit primer. « J'ai toujours été impressionné par les escaliers en colimaçon dans un grand hall d'entrée, reconnaît Thomas, à l'instar de son épouse et de M. Locke. J'en veux un sur Pie-IX. » Victoire souhaite les plus grandes fenêtres possibles à chaque extrémité de la maison. Raphaël Locke veut s'offrir des parquets de bois dur. « Un peu comme ceux qu'on a vus dans certains châteaux d'Europe, dit Thomas en s'adressant à son épouse.

– C'était aussi mon intention », déclare-t-elle.

Déjà harmonieux, les rapports professionnels avec M. Locke le sont plus encore lorsqu'il s'agit de discuter de la construction de cette maison jumelée, dont la beauté relève de l'équilibre et de la similitude des éléments extérieurs.

« Je me charge de tout expliquer à Marius », dit Victoire, après avoir noté les observations de chacun.

Sur les coups de midi, le calme est revenu. Thomas avale une bouchée en vitesse, pressé de se rendre à la manufacture, et Raphaël Locke s'excuse de devoir filer vers son magasin de cuir, avant que des clients se frappent à une porte fermée.

Dessins en main, Marius n'a pas tardé à tracer les plans de ces maisons et, très fier, deux jours plus tard, avant de se mettre au lit, il les présente à ses parents : « Je trouve intelligent et économique de construire de cette façon, dit-il. Vous sauverez tellement de temps et de matériaux…

– … et d'argent, ajoute Thomas, insistant toutefois pour que les arches et la galerie semi-circulaire soient maintenues quel qu'en soit le coût.

– Et les deux pièces côté cour pour Marie-Ange, rappelle Victoire. Après tant d'années de service, il est temps qu'elle ait son intimité chez nous. Vous devinez sa joie lorsqu'elle va découvrir qu'on lui a fait aménager un salon et une grande chambre à coucher tout près de la cuisine ?
– Elle ne voudra plus jamais nous quitter, dit Marius.
– Nous sommes sa famille. Ça fera bientôt vingt-trois ans qu'elle vit avec nous », précise Victoire, habitée par le souvenir de ce matin d'avril 1876 où, après avoir vécu des instants à la fois divins et déchirants avec Georges-Noël, elle avait décidé d'engager une servante, moins pour l'aider dans ses tâches que pour la protéger d'une autre défaillance avec son beau-père.

Tout juste entré dans sa quarante-cinquième année, Thomas rappelle la robustesse de Georges-Noël, son regard paisible et son sourire affable. Marius n'a attendu ni ses seize ans ni ses cours à l'École polytechnique pour analyser, comparer et construire des plans de maisons. Son grand-père semble lui avoir légué son ingéniosité et son talent. « Quelle chance d'avoir vécu avec des hommes aussi admirables », pense Victoire, appréciant la maturité de Candide et la nature généreuse et responsable d'Oscar.

∼

Il fait un temps sublime. « Un 13 avril comme on n'en a rarement vécu », s'écrie Victoire, heureuse de l'après-midi qu'elle s'accorde en compagnie d'Alexandrine. Jean-Thomas doit les conduire au château de Ramezay à une heure trente. « On va faire salle comble », dit-elle en songeant à la publicité que Lady

Lacoste a effectuée, et à celle des journaux de la précédente fin de semaine. Marie Lacoste, épouse d'Henri Gérin-Lajoie et mère de quatre enfants, donnera une conférence sur les femmes au XVIIe siècle.

« Pour rien au monde, je ne manquerais cela, dit Victoire, glissant dans son sac à main un carnet tout neuf et deux crayons. Tu as apporté du papier ? demande-t-elle à Alexandrine.

— C'est nécessaire ?

— Non, mais personnellement j'aime bien prendre des notes et préparer mes questions par écrit avant de les poser. »

Victoire est ravissante dans sa pèlerine parée de fourrure. « C'est mon cadeau d'anniversaire, déclare-t-elle à sa future bru qui la complimente.

— Oscar m'a dit que c'était dimanche prochain...

— Oui, mais Thomas est comme ça. Il a toujours aimé offrir ses cadeaux avant.

— Comme s'il tenait à être le premier partout », ose dire Alexandrine, le regard espiègle.

Les deux femmes rient jusqu'au moment où Victoire mesure plus que jamais à quel point son mari a dû souffrir de n'être pas encore propriétaire de leurs manufactures et d'acheter lui-même terrains et polices d'assurances. « Bientôt, il sera premier à la manufacture », se promet-elle, prévoyant mettre à son nom la majorité de ses parts de la Pellerin & Dufresne.

« Croyez-vous que ce soit difficile pour un homme de vivre avec une femme qui...

— ... qui mène la barque ? Tout dépend du caractère de cet homme et de la façon dont la femme conduit ses affaires.

– Moi, je sais que mon père n'aurait jamais accepté que maman lui soit supérieure en quelque chose.

– Ce n'est pas toujours une question de supériorité, mais un concours de circonstances, comme dans le cas de mon mari. »

Sitôt assise dans la calèche, Alexandrine relance le sujet : « Pensez-vous qu'Oscar est sincère quand il dit que ça ne le dérange pas que je reste propriétaire du terrain sur lequel notre maison est construite ?

– Je ne le jurerais pas. Il faut toute une vie pour connaître un homme.

– Parlez-moi d'Oscar quand il était enfant...

– C'était un petit bonhomme adorable, sensible, attentionné et très affectueux. À quatre ans, il aurait voulu tout comprendre de la vie... et de la mort. Il a été très marqué par la perte de ses petites sœurs. Heureusement que son grand-père était là pour tout lui expliquer avec des mots à sa portée. Que de nuits il a dormi près d'Oscar parce qu'il faisait des cauchemars terribles après la mort de Laura et de Clarice. Il l'emmenait partout avec lui... »

Victoire s'est laissé emporter par le souvenir de la première visite d'Oscar au domaine de la rivière aux Glaises, en compagnie de son grand-père, mais Alexandrine la ramène au sujet qui l'intéresse. « Je te dirais aussi, reprend Victoire, qu'Oscar a une intuition remarquable. Une intuition qui me mettait mal à l'aise chaque fois que j'aurais voulu qu'il ne sache pas certaines choses que je jugeais trop pénibles... »

Les confidences de Victoire charment Alexandrine et avivent sa foi en un avenir heureux.

Près du château, des groupes de femmes causent, d'autres pressent le pas. Les Lacoste, Globensky, Dansereau, Horne, Garneau, Lacoste, Langevin, Archambault, Robitaille, Marois et Macdonald gagnent déjà leurs sièges.

« Mais venez, madame Dufresne, dit Justine en l'apercevant dans les dernières rangées. Il me semble bien avoir vu votre nom sur un siège plus près de l'estrade...
– N'en faites rien, Justine. Je préfère demeurer en compagnie de... Justement, vous reconnaissez ma future bru : Alexandrine Pelletier.
– Bien sûr. Mes félicitations, mademoiselle. J'ai reçu l'invitation à votre mariage, hier.
– Comment se porte M. de Gaspé Beaubien ? demande Victoire.
– Très bien, mais il est très occupé. J'ai eu peur qu'il ne puisse même pas m'accompagner, le 16 mai. J'espère que l'an prochain, à pareille date, je serai devenue sa femme, chuchote-t-elle, rêveuse.
– Je vous le souhaite », s'écrie Alexandrine, courtoise mais fière de la devancer sur ce chapitre.

La conférence va bientôt commencer. Des auditeurs et auditrices s'amènent encore selon les prédictions de Victoire.

« Marie est une de ces femmes qui s'expriment admirablement, dit-elle à l'oreille d'Alexandrine.
– Vous l'avez déjà entendue ?
– J'ai surtout lu ce qu'elle écrit depuis cinq ans dans *Le Coin du feu*. »

Le regard interrogateur d'Alexandrine l'incite à poursuivre : « C'est la revue littéraire fondée par Mme Dandurand.
– Joséphine ? L'épouse de M. Ucal-Henri ?

– Sa cousine par alliance. Elle a épousé Raoul. Tu connais Ucal-Henri ?
– J'en ai entendu parler par mon oncle, avoue-t-elle en éclatant de rire.
– Mais, dit Victoire, savais-tu que Joséphine est la fille de M. Marchand, le premier ministre du Québec ? »
« Silence dans la salle, s'il vous plaît », ordonne un gardien en uniforme. Mme Marie Gérin-Lajoie est présentée par la journaliste Françoise avec tous les honneurs dus à son rang.

La conférencière n'en est qu'à sa troisième phrase que déjà Victoire voudrait graver dans sa mémoire ce qu'elle n'a pas le temps de transcrire. Héroïnes qui mériteraient de passer à l'histoire... On n'a pas idée du chambardement que l'arrivée des Européens a provoqué dans la vie des autochtones, des femmes surtout. Les Françaises fuyaient la misère de leur pays sans se douter de celle qui les attendait ici. Elles étaient réduites à vivre dans des cabanes avec des lits et une table pour tout mobilier. Les enfants couchaient sur des tapis de quenouilles, enveloppés dans des couvertures de poils de chiens ou dans des peaux d'ours. Plusieurs de ces femmes avaient été expatriées pour expier leur libertinage : elles devaient prendre mari dans les semaines suivant leur arrivée au Canada. Leur seul privilège résidait dans le choix du mari : il y avait alors mille hommes pour une femme. D'autres encore venaient au Canada, inspirées par un idéal mystique. Ainsi s'explique la fondation de nombreuses communautés religieuses dans les années 1600. Marie de l'Incarnation et Marguerite Bourgeois étaient des femmes d'affaires en France, si l'on peut dire. Marie Guyard, par exemple, avait géré le transport sur les quais de la Loire pendant dix ans.

Victoire et sa compagne s'adressent un sourire complice. « Une femme qui vous ressemble, chuchote Alexandrine.

— Aussi entêtée, mais beaucoup plus religieuse que moi, je crois », remarque Victoire en entendant Mme Gérin-Lajoie relater les nombreux affrontements entre Marie de l'Incarnation et le très autoritaire Mgr Laval.

Marguerite Bourgeois s'opposa aussi vivement à cet évêque lorsqu'il voulut fusionner sa communauté avec celle des Ursulines.

Son exposé terminé, Mme Gérin-Lajoie attend les questions de l'auditoire. Une femme lève aussitôt la main. « Les gens qui s'installaient ici, d'où tenaient-ils leur connaissance du Canada ? demande Victoire à la conférencière.

— Des *Relations* des jésuites, répond-elle. Chaque année, les jésuites publiaient les lettres de leurs missionnaires du monde entier. Ces lettres n'étaient pas lues que dans les couvents. Des femmes de la noblesse les découvrirent et c'est ainsi qu'elles entendirent parler du Canada. Les religieuses venaient ici pour convertir les Sauvages, et les bourgeoises, pour faire fortune. »

Une forte protestation se fait entendre dans la salle.

Marie Lacoste explique que lesdites bourgeoises géraient des commerces de fourrures, d'ustensiles, de tissus ou encore des débits d'eau-de-vie. « Un des trois fléaux apportés par les Européens », ose affirmer la conférencière, au risque de déplaire à quelques auditeurs.

« Et quels sont les autres fléaux ? » demande une jeune femme. Victoire note dans son carnet la réponse de Mme Gérin-Lajoie : les microbes de l'Ancien Monde et la prostitution. Les us et coutumes des Français s'opposaient à ceux des Indiens. Par conséquent, habitués à des structures sociales basées sur l'autonomie personnelle, où la punition des enfants n'existait pas, les autochtones ont eu beaucoup de difficulté à se soumettre à des structures basées sur le respect de l'autorité. L'idée de privilège apportée par les Européens divisa les clans. Élevés dans le partage, les autochtones étaient réfractaires au principe de la propriété privée.

« Sur le plan religieux, demande une auditrice, les disparités étaient-elles aussi grandes ?

– Hélas, oui. L'autochtone entretient une relation mystique avec la nature ; le plaisir et la satisfaction des désirs y jouent un grand rôle alors que la religion judéo-chrétienne prône le sacrifice et l'abnégation.

– Ça donne envie de retourner en arrière », s'exclame une dame de l'assemblée.

Des voix l'approuvent. Victoire est préoccupée de la réaction de Lady Lacoste aux propos de sa fille.

Les questions fusent, les esprits s'échauffent et les divergences d'opinions s'affirment dans l'auditoire. Victoire se hâte d'inscrire d'autres réflexions : la femme autochtone jouissait d'une grande liberté sociale. Elle négociait son mariage, menait les relations intimes dans le couple ; elle possédait ses enfants et c'est elle qui leur attribuait leur identité clanique ; elle décidait de l'admissibilité héréditaire d'un membre au Conseil, elle avait droit de veto en matière de guerre et de paix.

Victoire referme son carnet, obnubilée par l'éloge que Marie fait, ensuite, de certaines femmes laïques venues en Nouvelle-France.

« Sans le travail de Marguerite Legardeur de Repentigny, Jacques Le Neuf de la Poterie, son mari, n'aurait jamais connu de réussite financière. Mais seul le mérite des maris, fils et pères était reconnu », conclut Marie, indignée.

« C'est comme pour vous, madame Victoire, chuchote Alexandrine. Oscar m'a appris beaucoup de ces choses à votre sujet… »

Victoire baisse les yeux, ne pouvant s'enquérir de ce que son fils a pu dire.

La prestation terminée, Mme Gérin-Lajoie est félicitée par la responsable des chroniques littéraires de *La Presse*, Gaëtane de Montreuil. La conférencière reçoit les compliments de plusieurs auditrices, alors que presque tous les auditeurs sortent de la salle, offusqués.

Quelques femmes arborent un air rébarbatif. Elles aussi quittent rapidement le château, soupçonnant cette conférencière d'être membre du Montreal Local Council of Woman.

« Peu m'importe, affirme Alexandrine, moi, je veux lire tous ses écrits.

— On a besoin de femmes comme Marie pour faire avancer notre société, ajoute Victoire.

— Vous avez aimé votre après-midi ? lui demande Justine Lacoste lorsqu'elle l'aperçoit.

— Je l'ai adoré.

— Vous êtes bien une des rares femmes de votre âge à l'avoir à ce point apprécié… Notre mère trouve que Marie va parfois un peu trop loin.

– Aujourd'hui aussi, pensez-vous ?
– Plus que jamais.
– Votre sœur Marie est une jeune femme de grande valeur. Présentez-lui mes hommages », la prie Victoire.

Alexandrine s'attriste de ne pas être à la hauteur des femmes qui gagnent l'admiration de Victoire Du Sault.

∽

Les carillons de l'église Saint-Jacques sonnent une deuxième fois à pleine volée pour annoncer le mariage d'Oscar Dufresne et d'Alexandrine Pelletier. Thomas a revêtu son habit neuf depuis plus d'une heure, prêt pour la cérémonie, mais ce n'est pas le cas des autres résidants du 32, rue Saint-Hubert. Le retard du futur marié, surtout, impatiente son père. Et pour cause : dans moins de dix minutes, à l'insu d'Oscar, la voiture motorisée de M. Bourassa sera devant la porte pour le conduire à l'église. Elle ira ensuite chercher la future mariée. Du bas de l'escalier, Thomas appelle son fils pour la troisième fois. « Ça ne sera pas long, que je vous dis, s'entend-il répondre de nouveau.

– T'as besoin d'aide ?
– Non, non, j'arrive. »

Les minutes passent et toute la famille est rassemblée au salon, sauf Oscar. « Va donc voir, Victoire », supplie Thomas, déjà énervé de devoir donner à son fils aîné la traditionnelle bénédiction paternelle avant qu'il quitte la maison. « Il est neuf heures et dix, Oscar, tu descends ? » La porte de sa chambre s'ouvre sur les derniers mots de sa mère. Oscar a tiré sa montre de la poche de son pantalon et la fixe une dernière fois en descendant l'escalier d'un pas posé.

« Wow ! s'exclame Cécile. Tu es presque aussi beau que papa.

— Beau, mais pas nerveux, à ce que je vois, dit Thomas.

— Faut pas se fier aux apparences, papa, réplique Marius.

— Aurais-tu envie de changer d'idée ? » lui demande Candide, sur un ton moqueur.

D'un signe de la main, Victoire impose le silence, indiquant à Thomas que le moment est venu de tracer le signe de la croix sur la tête de son fils. « Que Dieu te bénisse et te protège… » L'invocation prend fin dans des paroles que l'émotion rend inaudibles. Oscar n'a pas eu le temps de se relever qu'un bruit de cornet dans la rue résonne une fois, deux fois. « Ah non ! Pas ça ! » s'écrie Oscar en apercevant la voiture arborant fleurs de papier géantes et rubans de satin devant l'entrée de la maison. « Ceux qui veulent monter, allez-y, dit-il. Moi, je me rends dans la calèche de Jean-Thomas.

— Ne fais pas ça, supplie son père. Tu offenserais Étienne. C'est lui qui a insisté pour te payer ce plaisir…

— C'est à lui qu'il a pensé, pas à moi, rétorque-t-il pendant que les jeunes, pâmés, envient sa chance.

— On va être en retard, Oscar. Il faut que la voiture aille chercher ta fiancée. Viens », lui recommande Thomas.

Oscar sent tous les regards braqués sur lui. Il donnerait cher pour que cette cérémonie qu'il souhaitait très intime soit passée. « Un mariage simple, avec ta famille et la mienne », avait-il souhaité, heureux de trouver l'approbation d'Alexandrine. La réaction d'Étienne était passée de l'indignation à l'ironie. « Quand on n'a rien à cacher, on fait un mariage digne de notre rang », avait-il clamé, en les prévenant qu'il y veillerait personnellement.

« C'est une petite noce à l'érablière que j'aurais aimée, a-t-il confié à sa mère, la veille.

– Drôle de coïncidence, c'était aussi mon souhait », a-t-elle révélé, émue.

Personne mieux que Victoire ne peut mesurer l'épreuve qu'il doit surmonter ce matin. « Toute sa vie, Oscar devra combattre cette timidité qui lui vient de je ne sais qui, peut-être de sa grand-mère Domitille », pense-t-elle.

Devant le firmament marbré de cumulus, Cécile s'écrie : « Regardez, maman. On dirait que le ciel a préparé des cadeaux pour les mariés. »

Dans la nef de l'église Saint-Jacques, plus d'une centaine de personnes occupent déjà les bancs du milieu, laissant les premières places à la famille proche. Les orgues, à souffle retenu, font entendre une mélodie religieuse. Certains se recueillent, d'autres, nombreux, ne cachent pas leur excitation, et quelques-uns, dont Victoire, éprouvent une joie altérée par d'incontrôlables relents de tristesse. Cette tristesse emprunte le visage de Colombe derrière les murs de son couvent, celui de Georges-Noël, digne et mélancolique, comme en ce lointain matin d'octobre 1873. La gorge de Victoire se serre au passage d'Oscar. Au bras de son père, Alexandrine, fort élégante dans sa longue robe de satin bleu, rayonne de bonheur. La voix cristalline de Nativa flotte sous la voûte de l'église, son chant évoquant la grâce et la souplesse du vol d'un ange. Et comme si le ton avait été donné à cette cérémonie, l'officiant récite ses oraisons comme on chuchote une comptine à l'enfant qui s'endort. Victoire se prête à cette sérénité. À ses côtés, un homme au torse bombé et au visage radieux ne quitte pas les mariés de vue. Thomas ne pouvait souhaiter mieux pour son fils que ce mariage avec Alexandrine Pelletier, fille fortunée, issue d'une famille de commerçants, tout comme eux. Une des rares blagues que Rémi Du Sault ait faites dans sa vie lui revient en mémoire. C'était après lui avoir accordé la main de Victoire qu'il avait dit : « Je vous félicite, mes enfants, de vous en être tenus au proverbe : Mariez-vous à votre porte avec quelqu'un de votre sorte. » Au souvenir de la grande nervosité avec laquelle il a affronté, à dix-huit ans, cet homme au visage anguleux et au regard capable de le faire ramper d'un seul clignement d'yeux, Thomas retient un éclat de rire. Son amour pour Victoire et sa détermination à l'épouser lui avaient donné tous les courages.

Derrière eux, la parenté et les invités assistent à l'interminable office, impatients de voir la mariée sortir au bras de son époux sur la musique de la *Marche nuptiale* de Mendelssohn.

Une ombre vient, hélas, se glisser au tableau. À l'écart, dans les bancs d'une allée latérale de l'église, se tiennent Laurette, Raoul et trois autres membres de la famille Normandin. Ils quittent précipitamment l'église sans saluer personne. « La seule façon d'expliquer l'attitude de cette chère Laurette depuis l'été dernier, dit Victoire à son mari indigné, c'est qu'elle se sert de l'alibi de la peine d'amour de Raoul pour assouvir sa rancune contre Oscar.

— Comme si les sentiments se commandaient... »

Pour la première fois depuis le mariage d'Oscar, je trouve quelques instants pour fixer mes souvenirs sur ces pages. Les préparatifs du mariage, la broderie des nappes et taies d'oreillers pour Alexandrine, la couture des robes pour Marie-Ange et Cécile, et l'achat des cadeaux de noces m'ont accaparée au plus haut point.

Contrairement à Marie-Louise qui éprouve une grande douleur à voir partir ses enfants pour fonder un foyer, je me sens heureuse pour Oscar, pleine d'espoir et d'enthousiasme pour les rêves qu'il nourrit. Peut-être le vivrais-je autrement si c'était ma fille ? Je ne suis pas sans ressentir une certaine crainte pour Oscar et Alexandrine, mais je les sais aussi armés que Thomas et moi pour surmonter les difficultés de la vie. Je suis toujours émerveillée de voir avec quelle force de caractère Oscar réagit dans les moments difficiles, comme ceux de paraître en public, recevoir des louanges ou témoigner son affection. Alexandrine, expressive pour deux, saura bien l'aider.

Je garde dans mon cœur et ma mémoire les instants si touchants de ce mariage : les chants interprétés par la jeune Nativa nous ont tiré les larmes tant sa voix vibre de sensualité et de candeur. Je souhaite que son affection pour Candide les conduise au pied de l'autel, car cette jeune fille a de belles qualités : douée pour les arts, distinguée, affectueuse, délicate et fort jolie. Que demander de plus ?

Les gages d'amour et de fierté qu'Oscar a reçus ce jour-là m'ont extrêmement touchée. Cette journée aurait été un pur ravissement sans Laurette. Chaque fois que son père et moi avons voulu la raisonner, elle a fait allusion à mon passé avec Georges-Noël. Je continue de croire que ses soupçons lui viennent d'une de mes lettres adressées à son père. À moins que Ferdinand... Que c'est agaçant de ne pas savoir...

Je profiterai des cinq semaines du voyage de noces pour penser à un nouveau modèle de bottes pour l'hiver prochain et pour avancer dans mes démarches auprès de M. Desjardins. Peut-être irai-je même rendre visite à Colombe.

∼

« Bonjour, révérende mère. J'aimerais voir sœur Colombe, s'il vous plaît.
— Vous voulez dire sœur Marie-de-la-Nativité... Qui dois-je annoncer ?
— Victoire Du Sault.
— Veuillez vous asseoir, je vais prévenir sa Supérieure », dit la religieuse qui s'éloigne en clopinant dans ce corridor qu'on dirait sans fin.

Une odeur d'encens, typique des couvents, s'est glissée jusqu'au petit parloir où Victoire attend. C'est la première fois qu'on l'y introduit. Devant deux grandes toiles brûlent des lampions posés sur un piédestal. Victoire reconnaît Mgr Bourget, le fondateur de la communauté, et la cofondatrice, Marie-Rosalie Cadron, ce que lui confirme l'inscription à l'encre dorée au bas des tableaux. Puis une fougère près de la fenêtre attire son attention : elle est tellement belle qu'elle en paraît artificielle. « Et pourtant, elle est en plein soleil, ce qui devrait lui faire du tort », se dit Victoire, pensant à la plante qu'elle a perdue dans sa serre l'automne précédent. Peut-être Colombe connaît-elle leur secret, ou la sœur portière... Victoire se promet de ne pas repartir sans le leur avoir demandé. Des pas se font alors entendre.

« Madame Du Sault... »
Victoire s'inquiète de l'absence de Colombe qu'elle souhaitait étreindre. Avec une froide poignée de main, elle demande à la maîtresse des novices :
« Colombe ne va pas bien ?
– Non et j'ai bien peur que vous y soyez pour quelque chose, madame. »
Devant l'étonnement de son interlocutrice, la religieuse, visiblement indignée, s'avance sur le bord de sa chaise, pince les lèvres, fronce les sourcils et fixe ses doigts lissant fébrilement la peau de ses mains ridées.
« Notre sœur Marie-de-la-Nativité est méconnaissable depuis... depuis la visite d'un certain révérend père. La pauvre enfant a enfin consenti à s'ouvrir un peu sur cette troublante rencontre et nous a avoué qu'il était venu lui parler... sur votre demande. Sachez, madame, qu'il n'est pas de votre ressort de choisir les directeurs spirituels de nos religieuses.
– Mais...
– S'il vous plaît, laissez-moi terminer. Sachez aussi que, dorénavant, vous ne pourrez voir sœur Marie-de-la-Nativité qu'en compagnie d'une religieuse. Ce ne sera pas aujourd'hui. Vous devrez désormais nous prévenir de votre visite et ne vous présenter que le premier dimanche du mois, entre deux heures et quatre heures. Maintenant, je vous prierais de bien vouloir vous retirer, j'ai beaucoup à faire.
– Puis-je vous demander de la saluer de ma part ?
– Je verrai. »
« Mais dans quel monde de fous vivons-nous ? se demande Victoire, outrée. Je n'irai pas jusqu'à mettre en doute le tact et la bonté du père Lasfargue. C'est à

croire que pour certaines gens une grande clarté peut être plus douloureuse à supporter que l'obscurité. Mais la douleur n'est-elle pas inhérente à la délivrance ? Toute la nature en témoigne. Se peut-il que certaines femmes qui ont consacré leur vie à la spiritualité ignorent ce que Aristote appelait catharsis ? Qu'elles s'y refusent ? Qu'elles en éloignent leurs recrues ? Bien avant de connaître ce mot, simple femme du monde, je l'ai vécu dans ma chair et dans mon cœur au moment cruel où j'ai avoué mon amour à Georges-Noël et mes désirs intempestifs pour lui, alors même que j'aimais celui que j'avais épousé. J'eus la certitude qu'en mourant dans mes bras, il me rendait ce corps qui m'avait tant fait vibrer. Futilité et plénitude se chevauchaient dans mon esprit, dans mes mains affolées recherchant un souffle de vie sur sa poitrine, sur sa bouche. Cette bouche dont j'aurais volontiers supporté l'inertie pour m'en assouvir une dernière fois. Sa mort me dévoilait sans ménagement l'élan animal, voire cupide, qui m'habitait. Et je compris le désespoir des grands amants de la mythologie grecque. Ils assistent, lucides, aux déchaînements de leurs passions. Ils nous prêtent leurs corps, gestes et paroles, le temps que nous écoutions leur histoire, pour que nous assumions nos propres désirs sans trop de honte, sans trop de remords. Quels sont donc les dieux dignes de ce nom ? Ceux des légendes qui reconnaissent et acceptent tous nos états d'âme ou celui dont ces " saintes " femmes disent honorer la loi d'amour, sévère et exclusive ? »

Dans la vie de Victoire, rarement le soleil a jeté une telle ombre sur son cœur. Et pourtant, en cet après-midi lumineux de la fin mai, déçue et confuse, elle

marche vers sa demeure d'un pas lourd. Cette déconvenue la replonge dans l'ambiance de la veille ; en compagnie de son mari, de Candide et de Nativa, elle a écouté un jeune poète à la chevelure hirsute et au regard habité de mondes subtils déclamer « La Romance du vin ». Sa voix rendait hommage à la suavité des mots qui traduisaient, avec une désinvolte lucidité, la contiguïté de l'ivresse et du désespoir. Les dernières lignes de la cinquième strophe viennent aux lèvres de Victoire et rythment sa marche :
De se savoir un cœur et de n'être compris
Que par le clair de lune et les grands soirs d'orage !
Ces mots réveillent en elle une douleur ancienne. Elle a éprouvé un semblable désespoir à la mort de Domitille, lorsqu'elle est allée supplier le lac Saint-Pierre de lui prêter un peu de sa limpidité. À demi blottie dans les bras de Georges-Noël, elle a envié la lune dessinant des faisceaux cristallins sur la nappe lisse du lac. Elle a mendié un peu de lumière à la voûte céleste qui, comme les champs d'asters émaillés de lucioles, brillait de mille petits feux. Elle leur a avoué ses désirs les plus voluptueux, ses nuits blanches à maudire le sort qui avait mis Georges-Noël sur sa route pour la livrer à un amour impossible. Près de trente ans plus tard, elle fait siens ces deux autres vers d'Émile Nelligan :
Serait-ce que je suis enfin heureux de vivre ;
Enfin mon cœur est-il guéri d'avoir aimé ?
« Qu'en sera-t-il de Colombe ? » se demande-t-elle, appréhendant plus que jamais une malsaine réclusion, une abdication tissée de résignation et d'assujettissement.

En ouvrant le journal, ce soir-là, elle s'indigne d'y trouver à l'égard de Nelligan plus de critiques mordantes que de propos obligeants. « Est-ce d'avoir chanté les vertus du bon vin qui a provoqué de telles réactions ? » se demande-t-elle. Rares sont ceux qui encensent le génie, nombreux sont ceux qui crient à la démence, constate-t-elle.

Bohème, amoureux de l'art, conscient de la muse qui l'habite et le torture, le jeune poète erre, ne sachant que faire de ce talent que trop peu savent reconnaître. Victoire s'inquiète du sort que la société réserve à ces marginaux.

∼

« C'est l'année des mariages ! » s'exclame Thomas en observant dans le miroir l'image flatteuse de l'homme qu'il est devenu à quarante-quatre ans. « Es-tu certaine d'avoir pris la bonne grandeur ? » demande-t-il à Victoire en tentant avec peine de boutonner sa chemise.

« Tu t'es un peu enrobé, ces derniers temps », remarque-t-elle en venant l'aider.

Thomas fait la moue, forcé d'admettre qu'elle a raison.

Invitée, ce 24 octobre, aux noces de Justine Lacoste et de Louis de Gaspé Beaubien, Victoire ne partage pas entièrement la gaieté de son mari. Marie-Louise lui a confié, la semaine précédente : « Encore une fois, mon cœur se brise à l'idée de me séparer de Justine. Pauvres mères que nous sommes ! La souffrance est notre lot, et le sacrifice, notre pain quotidien.

— De la savoir heureuse ne vous console pas ? lui a demandé Victoire.

— Ce sera toujours un moment d'émotion et d'amertume pour une mère de devoir laisser partir son enfant. Dans une semaine, j'aurai la douleur de voir sa chambre vide », a-t-elle ajouté, au bord des larmes.

Thomas, à qui Victoire rapporte ces propos, regarde sa femme d'un air étonné et demande :

« Elle t'a vraiment dit ça ?

— Mot pour mot, lui assure Victoire.

— Elle n'est pas au bout de ses peines, il lui reste encore cinq enfants à marier... J'espère que le mariage d'Oscar ne t'a pas été aussi pénible, ajoute-t-il.

— Loin de là.

— Tant mieux ! Je serais déçu de découvrir que...

— ... que ça me fait un peu de peine quand même de voir notre fils quitter la maison ? Mais toi ?

— Les mariages, les voyages, les retours de voyage sont des jours de fête pour moi. Il me semble qu'on ne peut être triste que si on désapprouve l'événement. Et j'espère que tu ne désapprouves pas le mariage d'Oscar.

— On peut approuver et être triste en même temps, tu sais. Tu aurais été aussi satisfait de voir Oscar épouser Colombe ? demande-t-elle.

— Si cela avait été son choix, je pense que oui.

— Dans ce cas, tu m'épates, mon chéri.

— Et que dire de toi ? riposte-t-il en nouant ses bras autour de la taille de sa femme, alors qu'elle en est à fixer son chignon.

— Ce n'est pas le temps, Thomas. Je vais être obligée de refaire ma coiffure.

— Si je m'écoutais, dit-il, l'œil malicieux, je t'amènerais avec moi, comme tu es, sur une île...

— ... sur une île comme à l'érablière ? réplique Victoire.

— C'est en plein ça, ma toute belle. Sur une île, comme à l'érablière.

— On va être en retard, Thomas, laisse-moi... »

~

Chaque dimanche soir, Oscar et Alexandrine se joignent à la famille Dufresne pour le souper, témoignant de leur amour et de leur bien-être.

La nouvelle mariée prépare son trousseau dans l'espoir, d'une semaine à l'autre, d'annoncer une grossesse en cours. « J'aimerais bien vous offrir ce cadeau au jour de l'An.

— Vous êtes encore jeunes, inutile de tant vous presser, répète Victoire pour modérer son impatience.

— Au contraire, riposte Oscar, j'ai du temps à rattraper si je me compare à mon père.

— Et de l'avance, si tu te compares à ta mère, lui rappelle-t-elle.

— Faut dire qu'on veut au moins six enfants, comme chez vous, dit Alexandrine. C'est tellement triste de n'avoir ni frère ni sœur...

— Moi, j'aurais mieux aimé ne pas en avoir, déclare Romulus.

— Tu irais loin, toi, sans tes frères, lui lance Candide.

— Fais attention à ce que tu dis, le prévient Oscar. Tu pourrais bien avoir besoin de nous autres, un jour ou l'autre.

— Cessez donc de toujours l'étriver », s'écrie Cécile, se portant une fois de plus à la défense de Romulus.

Ce dimanche soir de novembre 1899, Oscar et son épouse prolongent leur visite pour discuter de l'avenir de la Pellerin & Dufresne. M. Pellerin s'est retiré du conseil d'administration, mais son nom demeurera inscrit dans la raison sociale jusqu'à ce que M. Locke puisse acheter le tiers des parts de l'entreprise.

Selon les recommandations du maire Desjardins, Victoire doit signifier au conseil de Maisonneuve sa ferme intention d'implanter sa manufacture rue Ontario, à l'angle de la rue Desjardins. Propriétaire de l'entreprise, elle doit présenter une demande écrite pour obtenir un bonus et l'exemption de taxes pour les prochains vingt ans. Un bilan des dernières années ainsi que des projections d'avenir doivent accompagner cette demande.

Tandis que Raphaël Locke se joint à Candide, Oscar et leurs parents pour en discuter, Cécile profite de l'occasion pour parler avec Alexandrine. « Je vais pouvoir prendre ton bébé dans mes bras ? » demande-t-elle en établissant avec Alexandrine la liste des objets manquant au trousseau de l'enfant désiré.

Plus déçue de mois en mois, Alexandrine craint de ne jamais utiliser les tricots qui s'accumulent dans les tiroirs. « Distrais-toi pendant quelque temps, conseille Victoire. On a souvent vu qu'un trop grand désir d'enfanter crée un effet néfaste... » Alexandrine reprend alors ses leçons de piano, en compagnie de Nativa. « Pour le seul plaisir de l'entendre chanter, dit Alexandrine à sa famille, ça vaut la peine de me perfectionner. J'ai commencé à pratiquer des accompagnements et Nativa affirme qu'avec cinq ou six leçons je pourrai être sa pianiste quand elle ira chanter. »

Au fil des rencontres, une complicité s'installe entre les deux jeunes femmes. Alexandrine et Nativa formulent leurs vœux les plus chers pour la venue du nouveau siècle. Mlle Barbeau espère, pour ses dix-sept ans, rien de moins qu'une bague de fiançailles. « Sinon, un serment d'amour de Candide », avoue-t-elle à Alexandrine qui se remet à tricoter bonnets et chaussettes, et à broder la layette.

Exaltant les réalisations des dernières décennies, les journaux publient des articles enthousiastes à l'égard de Montréal, la décrivant à la fine pointe de la navigation océanique, au centre du système ferroviaire le plus complet au monde, et la consacrant premier port du Dominion. Politiciens et promoteurs exposent leurs plans pour hisser cette ville au rang des plus grandes métropoles nord-américaines. Israël Tarte, rêvant toujours que Montréal devienne un port comparable à Hambourg, présente à ses compatriotes ses visions d'un optimisme délirant : *Imaginez, chers amis et concitoyens, cette interminable succession de bassins, de jetées, de quais où se déversent les richesses du monde entier. Les navires de toutes les nations entrent, accostent et sortent sans qu'il leur en coûte un sou. Les plus gros viennent se ravitailler en charbon importé des États-Unis. De Chicago et de Vancouver arrivent des wagons chargés de denrées de toute sorte. Au moment où un train aborde le pont Victoria, un paquebot anglais croise un cargo norvégien. Un deuxième pont enjambe le Saint-Laurent vers Longueuil. Les maraîchers l'empruntent pour venir vendre leurs légumes aux commissaires des transatlantiques. Nous l'appellerons le pont de Maisonneuve, ou Jacques-Cartier, ou pourquoi pas le pont Tarte ? Des dizaines d'autres usines s'établissent. Des treuils grincent, des palans cliquettent, des ponts roulants s'ébranlent lourdement. Gloire de Montréal !*

Des journalistes plus modérés tiennent compte surtout des statistiques que Tarte avance, et qu'ils couchent sur leurs papiers, au grand plaisir de la famille Dufresne qui dévore les journaux et les magazines d'informations.

Le plus grand centre manufacturier du pays, Montréal compte effectivement plus de trente industries dont celle du coton contrôlée majoritairement par des capitalistes montréalais et dont le produit annuel dépasse les dix millions de verges d'étoffe, affirme Tarte. Le capital annuel des fonderies de cuivre, des raffineries de sucre dépasse le million, sans parler de la trentaine d'industries de tabac et de cigares qui importent leur matière première des Indes orientales, des États-Unis et de l'Archipel indien. Depuis vingt ans déjà, un service de téléphone est organisé par la compagnie Bell et des lignes relient Montréal à Toronto et Hamilton, à London, à Sarnia, à Détroit, à Buffalo, à Niagara, entre autres. Trois universités, des collèges théologiques de quatre appartenances religieuses différentes, plusieurs académies classiques et scientifiques, une école de médecine sont établis chez nous, à Montréal. Notre ville regroupe aussi des consuls et vice-consuls d'au moins vingt pays étrangers. Le moment est propice pour s'enorgueillir de posséder un évêché protestant en plus de l'archevêché catholique, de compter près d'une centaine d'églises de toutes dénominations et dont plusieurs sont des chefs-d'œuvre architecturaux.

Le clergé emboîtant le pas aux autorités laïques, le pape Léon XIII autorise une messe de minuit pour célébrer l'arrivée du XXe siècle. Mgr Bruchési officie à la cathédrale Saint-Jacques.

Sur les coups de minuit, ce 31 décembre 1899, Thomas, Victoire, leurs enfants et tous ceux qui les ont rejoints devant la cathédrale, bien emmitouflés dans leurs vêtements, témoignent d'une fébrilité toute particulière. Les plus cartésiens ont eu beau clamer que ce jour nouveau serait en tout point semblable au précédent, une exceptionnelle effervescence se manifeste dans les poignées de main et les souhaits échangés.

Sous un ciel à l'image de la féerie souhaitée pour ce nouveau siècle, et malgré le froid mordant, une foule exubérante s'attarde devant la cathédrale, le dernier coup du carillon ne s'étant pas encore fait entendre.

Les Lacoste et les Dufresne expriment leurs vœux à chaque membre de leur famille, lorsque Victoire aperçoit Laurette dans la foule, au bras de Raoul Normandin. « Je comprends qu'elle ne vienne pas réveillonner avec nous. Elle juge prématuré d'asseoir les anciens fiancés à la même table », pense-t-elle, confiante que le temps dissipera ce malaise.

Le réveillon chez les Dufresne dure jusqu'aux petites heures du matin. Toute la parenté, tous les visages aimés entourent Victoire qui, encore une fois, est bouleversée par toutes les marques de tendresse à son égard. La fête terminée, elle avoue à son mari, avant de s'endormir, que l'absence de Laurette l'a beaucoup chagrinée. « Il est normal que Raoul éprouve encore une certaine rancune envers Alexandrine et Oscar, déclare Thomas. Je suis persuadé, ajoute-t-il, que si cette amourette les conduit au pied de l'autel, on va les retrouver à notre table avant longtemps.

— As-tu parfois regretté d'avoir donné ton appui à Étienne quant à la rencontre d'Alexandrine et d'Oscar ?

— Jamais ! S'ils sont mariés aujourd'hui, c'est qu'ils devaient le faire, de toute façon.

– Et pour Laurette ?

– L'avenir nous le dira... »

Rebelle à tout apitoiement, Thomas ramène son épouse à des considérations plus enthousiasmantes : « Tout ce que nous réserve ce nouveau siècle ! Tu vas peut-être trouver enfantin ce que je vais te dire, mais depuis que les voitures de Bourassa et de Dandurand circulent dans les rues de Montréal, j'ai l'impression que tout est possible. On va faire des pas de géant dans les vingt ans qui viennent. Nos fils vont connaître des choses qu'on n'aurait même pas imaginées.

– Vingt ans... Tu crois qu'on va se rendre en 1920 ?

– Pourquoi pas ? Tes parents ont bien vécu jusqu'à soixante-dix ans, et si mon père n'avait pas tant souffert de la mort tragique de Lady Marian, il les aurait dépassés. Il était fort comme un cheval. »

Victoire constate une fois de plus que Thomas n'a jamais cru que leur départ de la Mauricie avait affligé Georges-Noël autant que la perte de sa bien-aimée. « Vaut mieux ainsi », conclut-elle, consciente des ravages que les remords peuvent causer.

Malgré la fatigue et l'heure tardive, Victoire éprouve le besoin de griffonner quelques lignes dans son journal personnel.

Quelle impression étrange j'ai ressentie en recevant des vœux de santé et de longue vie en cette nuit du premier de l'an 1900. L'urgence d'apprécier tout ce qui s'offrira de bon m'est apparue, comme après la mort de Georgiana. Je sens de nouveau la nécessité de remettre en question les priorités que j'ai adoptées depuis fort longtemps, voire depuis ma jeunesse. Moins de travail, plus d'attention aux *personnes, plus de réflexion, mais plus de temps aussi pour le plaisir que les arts m'apportent.* Prendre le temps, entre autres, de me réjouir davantage de l'harmonie qui existe entre mes fils et ma fille. Je ne crois pas le temps venu, toutefois, de me retirer de la Pellerin & Dufresne. Pas avant que nous ayons déménagé sur Pie-IX, que j'aie vu les murs de la nouvelle manufacture et que j'aie la certitude que Maisonneuve nous octroiera les privilèges promis. Si tout va bien, Marius commencera ses études d'ingénieur dans un an et demi et il ne me restera plus qu'à assurer l'avenir de Romulus et de Cécile, à moins qu'elle ne désire se consacrer uniquement au rôle d'épouse et de mère. Je n'en serais pas surprise, même s'il est difficile de prévoir l'avenir d'une fillette de dix ans. Quant à Romulus, je crains que ses problèmes respiratoires ne le briment dans ses choix. Il a de l'esprit, il aime la musique et il écrit très bien, mais trouvera-t-il une façon de faire fructifier ses talents ?*

Le 9 janvier 1900, Victoire reçoit une lettre de M. Écrement, secrétaire de la ville de Maisonneuve, dans laquelle il refuse de promettre un bonus tant que n'auront été fournis les plans détaillés de la bâtisse et les coûts de construction. Victoire est surtout vexée que cette lettre soit adressée, en dépit de sa signature personnelle, à MM. Pellerin et Dufresne. Ainsi les administrateurs de la ville se montrent de nouveau réfractaires à son titre. Le désir de leur tenir tête ne lui manque pas mais, de crainte de nuire à l'obtention des privilèges réclamés pour l'entreprise, elle se résigne à signer sa correspondance : Vos humbles serviteurs, Pellerin et Dufresne. Cela l'incite plus que jamais à accorder son appui à Marie Gérin-Lajoie et aux femmes qui militent pour le respect et l'avancement de la femme québécoise.

Le 3 février, dans la grande enveloppe grise à l'enseigne de la ville de Maisonneuve, Victoire ne trouve qu'une seule feuille de papier :

Ville de Maisonneuve

AVIS PUBLIC

AVIS PUBLIC est par les présentes donné que le Conseil de la ville de Maisonneuve a, le vingt-quatrième jour du mois de Janvier dernier (1900), passé un règlement concernant l'octroi d'un bonus de Dix Mille Piastres à Messieurs Pellerin & Dufresne, aux conditions énoncées au verso, et qu'à cet effet une assemblée publique de tous les électeurs municipaux, propriétaires de cette ville, aura lieu à l'Hôtel de Ville de Maisonneuve, à dix heures a.m. lundi, le cinq Février prochain, pour constater leur approbation ou leur désapprobation dudit règlement.

Donné à Maisonneuve, ce Premier Février, Mil neuf cent.

Le libellé signé de la main de M. Écrement porte en bas de page une note précisant que cet avis sera publié dans *La Patrie*, le 3 février 1900.

Le premier cinq mille dollars serait versé trente jours après la construction de la fabrique et sa mise en activité, et le reste, à raison de dix pour cent sur le montant des salaires des ouvriers durant l'année et jusqu'à épuisement des réserves.

« Il ne nous reste qu'à souhaiter que d'autres manufacturiers de la chaussure n'aient pas organisé de délégation contre nous, dit Thomas en apprenant la nouvelle.
– Vous avez un soupçon ? demande Candide.
– Plus qu'un. Je me suis laissé dire qu'un compétiteur de vingt ans d'expérience songeait à déménager sa manufacture, lui aussi.
– Je le connais ? s'inquiète Victoire.
– C'est Slater. Ses trois mille ouvriers sont en grève depuis un an et demi, et leur syndicat impose une amende à quiconque essaie de se faire embaucher... Il a tout à gagner en s'installant à Maisonneuve, et la ville aussi : en retour du bonus, la manufacture donne du travail à bon nombre de ses chômeurs.
– Je te comprends de ne pas déclarer la partie gagnée, dit Victoire.
– Si le règlement est battu une fois, je doute qu'il passe à un autre moment. À moins que...
– À moins que quoi, papa ? » demande Candide, l'air complice.
Victoire soupçonne l'intention de Thomas et le pousse à la dévoiler. « Je pourrais toujours aller discuter avec Slater...
– Pour arriver à quoi ?
– Proposer une forme d'entente...
– Qui ressemblerait à un pot-de-vin ? présume-t-elle.
– Pas nécessairement... Il existe plus d'un moyen de s'entendre.
– Thomas, si le règlement est renversé le 5 février, c'est ici que va se tenir la rencontre avec M. Slater. Je

tiens à ce qu'Oscar et Candide soient présents. Il ne faut pas oublier que ce sont eux qui vivront le plus longtemps avec les conséquences de nos décisions.

— Tu as raison. Sans compter que la force de frappe va être plus grande à quatre », admet Thomas.

Une pluie verglaçante ayant sévi toute la nuit du 4 février, les déplacements sont très difficiles. À l'heure prévue, seuls les échevins, leur secrétaire et les quatre membres du clan Dufresne sont présents à la salle du Conseil. Au grand désespoir de Thomas, le Conseil décide de retarder l'ouverture de l'assemblée de vingt minutes. Trois hommes se présentent, dont M. Barsalou, ami de Thomas, et Alexandre Michaud, ami d'Oscar. À dix heures quinze, trois inconnus, suivis d'Étienne Pelletier et d'Alexandrine, font leur arrivée.

« La partie va être chaude, murmure Victoire à l'oreille de son mari.

— On risque de se retrouver nez à nez.

— C'est le vote du maire qui va trancher... Es-tu sûr de sa loyauté ? demande-t-elle, soudain méfiante.

— Hubert Desjardins n'a qu'une parole... »

À dix heures vingt et une minutes, M. le secrétaire regarde sa montre et, sur un signe de tête du maire, lit l'avis et demande le vote. La prédiction de Thomas se réalise. M. Écrement doit demander au maire de voter à son tour. Le règlement est ratifié en faveur de la Pellerin & Dufresne. Soulagement et réjouissances se lisent sur le visage des Dufresne et de leurs sympathisants. Suit la lecture des conditions, dont l'obligation d'engager soixante-quinze pour cent des employés parmi les résidants de Maisonneuve, exception faite de celui qui exigerait un salaire supérieur à celui offert.

Sous la pluie qui a cristallisé les arbres, les Dufresne rentrent, vainqueurs, au 32, rue Saint-Hubert en compagnie d'Étienne, d'Alexandrine et de Raphaël Locke qu'ils invitent à dîner.

« Si vous n'aviez pas été là, on étaient battus », leur répète Thomas, triomphant.

Et, se tournant vers son épouse, il s'enquiert : « Il nous reste bien un peu de vin quelque part... Il faut fêter ça ! »

Oscar se hâte de lever son verre et de manger pour remplacer, à la manufacture, le contremaître improvisé. En raison du mauvais temps, il a l'intention de donner congé aux ouvriers pour le reste de la journée.

Victoire se sent écrasée sous la somme de travail que l'emménagement de la manufacture à Maisonneuve lui impose : finaliser l'achat des terrains de la rue Ontario, préparer la résidence du 450, rue Pie-IX pour l'été et magasiner les articles requis pour tous ces changements. « Où trouverais-je le temps de penser au modèle de chaussures de l'hiver prochain ? » se demande-t-elle quand l'idée lui vient de consulter sa bru.

Tôt ce matin-là, Victoire l'invite à s'asseoir dans la salle à manger où elle a étalé croquis et encarts publicitaires. « Tu as tellement de talents pour la décoration, j'ai pensé que tu pourrais me donner des idées, lui dit Victoire.

— Pour votre future maison ?

— Bien sûr, mais surtout pour le modèle de bottes que je dois présenter à l'automne. »

L'enthousiasme d'Alexandrine dépasse l'espérance de Victoire. Elle a trouvé une alliée sans pareille, et

Alexandrine, le moyen de se distraire de son obsession de maternité.

∼

« Mon père nous conseillait de toujours nous méfier des tempêtes de mars, rappelle Thomas, debout devant la fenêtre du grand salon.
— Pensez-vous que ça vaut la peine d'ouvrir la manufacture aujourd'hui ? demande Candide.
— C'est en y allant qu'on va le savoir. »
Il n'est que cinq heures trente, ce jeudi 1er mars 1900 et, déjà, l'activité de toute la maisonnée est calquée sur les rafales qui giflent les carreaux. « On va avoir une tempête », a prédit Victoire, la veille ; Marius et Georges-Auguste n'ont cessé de se disputer, et Cécile, d'exaspérer Romulus en trichant au jeu de whist. « On ne voit même plus la rue ! s'écrie Cécile, défiant son frère de venir jouer dans la neige avec elle. Viens, Romulus, on va braver le vent. » Il fait la moue, hésite, quémande l'avis de sa mère et prétexte qu'il fait encore trop noir.
« C'est ça qui est plaisant, rétorque Cécile.
— Tu sais bien, sœurette, qu'il se pâme pour un rien, ce fluet, dit Marius. Il étouffe rien qu'à entendre le vent. Je vais y aller, moi. J'adore les tempêtes.
— Moi aussi », décide Georges-Auguste.
Emmitouflés jusqu'aux yeux, excités, tous trois se sentent armés pour défier les rafales. Cécile insiste pour devancer les garçons. À peine a-t-elle tourné la poignée de la porte qu'elle est repoussée par une bourrasque et aveuglée par la neige. « C'est ça quand on se pense trop fraîche ! lance Romulus, heureux de prendre sa revanche.

— J'aurais voulu te voir, toi, quand ça tourbillonne comme ça dans l'entrée.

— Venez », dit Marius en entraînant sa sœur et son cousin.

L'escalier ressemble à une véritable glissoire. Ils roulent dans la cour jusqu'à la grille d'entrée dont les pics émergent à peine sous l'amoncellement de neige. Avec l'aide de son frère, Cécile réussit à grimper et, à moins de trente mètres de la maison, ils disparaissent dans la poudrerie.

« Je vais chercher les journaux, offre Jean-Thomas.

— Je doute que les nouvelles soient réconfortantes, dit Victoire. Lady Lacoste m'a appris hier matin que des soldats canadiens ont été faits prisonniers au Transvaal.

— Maxime Orsonnans, entre autres, précise Candide, indigné. Laurier n'a mobilisé nos soldats que pour assouvir la soif de pouvoir de la mère patrie... On n'a rien à faire dans cette guerre-là, nous autres.

— C'est ça la politique, mon cher, rappelle son père. Si on veut garder nos avantages avec la Grande-Bretagne, il faut faire ce genre de compromis.

— La situation de Laurier n'était pas facile, précise Victoire. Pris entre les Canadiens anglais et les Canadiens français... Il ne faut pas oublier qu'il s'est porté garant du dévouement des Canadiens à la Couronne britannique.

— Je veux bien, mais les Québécois ne lui pardonneront jamais de les avoir insultés comme il l'a fait, rétorque Candide, faisant allusion à la réponse de Laurier à Henri Bourassa lorsque ce dernier lui a demandé s'il avait tenu compte de l'opinion du Québec, et, prenant une voix nasillarde, le garçon ajoute : "Mon cher Henri, a répondu Laurier, la province de Québec n'a pas d'opinions, elle n'a que des sentiments." Comment on peut lui pardonner ça, papa ?

— T'as raison, répond Thomas. C'est honteux d'être gouverné par un homme qui nous méprise de la sorte. Le monde entier reproche à l'Angleterre de faire la guerre pour s'emparer des mines de diamants et d'or en Afrique, puis on va la soutenir à coups de millions de dollars en plus d'exposer huit mille des nôtres à la mort. »

Un débat politique sur la guerre des Boers s'engage, un peu plus tard, autour de la table où Jean-Thomas s'est assis avec le journal de la veille, le seul qu'il ait pu se procurer.

Les jeunes sont rentrés. Le froid et leurs jeux dans la neige les ont mis en appétit. À son tour, Candide se prépare à foncer dans la tempête, les raquettes sous le bras.

« Passez-moi les clés, papa, je vais à la shop, dit-il. Si des employés se présentent, je les ferai entrer en attendant de voir si ça vaut la peine de démarrer les machines.

— C'est pas de refus, mon homme. Ta mère et moi pourrions profiter de l'avant-midi pour travailler dans nos papiers. Disons que si tu n'es pas revenu au bout d'une heure, ça veut dire qu'on travaille.

— Je ne serais pas surpris qu'Oscar se pointe. Advenant que quelques hommes se présentent, on sera capables de leur trouver de l'ouvrage sans mettre toute la manufacture en branle.

— Tu préfères ça au lieu de les renvoyer chez eux ?

— J'en connais plus d'un qui n'ont pas les moyens de perdre le salaire d'une journée.
— Je suis de ton avis, dit Victoire. Il y a beaucoup de pères de famille dans cette situation et il faut s'attendre à en compter autant, sinon plus, quand on sera établis à Maisonneuve.
— Au pourcentage de résidants que le conseil de ville nous oblige à embaucher, je te crois », déclare Thomas.

Ils en oublient l'heure et la tempête lorsque, sur le coup de midi, Candide et Oscar reviennent en catastrophe, chevelures et sourcils givrés, haletants et outrés. Un groupe d'universitaires de McGill manifeste pour célébrer la victoire du Transvaal.

« Ils ont le culot d'entrer dans les maisons pour forcer les gens à hisser le drapeau britannique, explique Oscar.
— Ils vont venir ici ? s'inquiète Cécile.
— Je les attends ! défie sa mère.
— Ils arrivent, crie Donat.
— Du calme, ordonne Thomas. Ils n'oseront même pas mettre le pied devant la maison quand ils vont voir l'armée de mastodontes qui défendent notre porte. Vite, les gars ! On s'habille puis on sort...
— Attendez-moi, crie Romulus.
— Grouille-toi, répond Marius. Puis tiens-toi derrière papa. »

Des salves de coups de feu se font entendre avant même que se dessine à travers la poudrerie la troupe qui descend la rue. Des éclats de voix évoquent des affrontements. Plus les manifestants s'approchent, plus la bagarre devient évidente. Du haut de l'escalier, Cécile crie :

« Je veux voir, moi aussi !
— Contente-toi de regarder par la fenêtre », répond Thomas.

Une douzaine de silhouettes portant drapeaux apparaissent, puis une autre, puis plusieurs autres.

« Ils ne sont pas loin d'une soixantaine, estime Raphaël Locke qui, en route pour le domicile des Dufresne, les a précédés.

— Ça nous en prend plus que ça pour nous intimider, réplique Thomas.

— Je vous croyais de leur côté, M. Locke, ose dire Donat. C'est que votre nom de famille... » ajoute-t-il, craignant l'avoir offensé.

— Nos origines anglaises ne signifient pas qu'on pactise avec le despotisme.

— J'en connais bien d'autres, dit Oscar, qui, comme M. Locke, seraient outrés de ce qui se passe. Les Van Horne, les Morgan, les Smith... »

Un peloton va à la rencontre du groupe. Et à leurs invectives, Thomas comprend que ce sont des étudiants d'allégeance opposée. « Ce ne peut être que ceux de la succursale de l'Univeristé Laval qui s'amènent pour les boycotter, prétend Marius. Ils ont manifesté juste avant que Laurier cède.

— Tu as raison, s'écrie Thomas en distinguant le drapeau tricolore d'un côté et l'Union Jack de l'autre.

— Qu'est-ce qu'on a à envoyer nos jeunes se faire tuer en Afrique du Sud, s'indigne Donat. J'ai envie d'aller les rejoindre...

— Ça te manque de te faire casser la gueule ? lui demande Candide.

— C'est une question de solidarité, voyons. Aurais-tu oublié l'exemple que nos Patriotes nous ont laissé, il y a soixante ans ? »

À maintes reprises, Donat a été témoin de la prodigalité de son oncle et de sa tante. Candide lui a même confié avoir reçu l'ordre de Victoire de verser le salaire complet à un ouvrier démuni qui avait dû s'absenter pour cause de maladie ou pour secourir un membre de sa famille. Donat ressent pourtant une gêne grandissante de devoir sa subsistance et celle de son frère à ses oncle et tante. Il aspire au jour où il pourra s'assumer, prendre femme et emmener son jeune frère vivre avec eux. Il souhaite toutefois continuer de travailler pour la Pellerin & Dufresne, les salaires étant intéressants, et les conditions de travail, excellentes.

Devant le 32 de la rue Saint-Hubert, les esprits s'échauffent. Entre cousins, frères, père et associé, les opinions diffèrent quant à la façon de réagir.

« Je vais y aller avec toi, Donat, propose Georges-Auguste.

— Les gars, contentons-nous de regarder la parade et de refuser de sortir le drapeau britannique », leur ordonne Thomas.

À l'instant, devant la troisième résidence un peu plus haut sur la rue, une échauffourée éclate et des cris fusent de toutes parts :

« Arrêtez ça ! Arrêtez ça !

— Rentrez, Romulus et Georges-Auguste », commande Thomas.

De la fenêtre, à côté de Victoire, sa fille et Marie-Ange, les deux jeunes hommes, contrariés, assistent à de vives altercations entre les manifestants. « Pendant qu'ils se battent entre eux, nous évitons leur visite... », dit Victoire.

Le dimanche suivant, en sortant de l'église, Lady Lacoste s'emporte contre ces manifestants qui ont mis la ville en émoi, et ses habitants, sur le qui-vive.

« Ils ne voient rien au-delà de leur satisfaction, ces jeunes étourdis », déclare-t-elle à Victoire.

Cette dernière n'ayant ni l'envie ni le temps d'engager un débat l'exhorte à plus d'indulgence : « C'est leur façon d'exprimer leurs opinions. À part écrire dans les journaux, en connaissez-vous bien d'autres ?

– Ça ne les excuse pas de s'être bagarrés et de s'être conduits comme des insolents, rétorque Marie-Louise.

– Je suis de votre avis sur ce point.

– Changement de propos, saviez-vous qu'à la fin du mois, mon gendre, M. Gérin-Lajoie, donnera une conférence à l'Université Laval ?

– Sur quel sujet ?

– Les Hurons de Lorette et les Iroquois de Caughnawaga. À ce que m'en a dit ma fille Marie, il prépare une présentation hors de l'ordinaire.

– Si votre gendre est aussi doué que son père l'était, ça promet d'être une belle soirée. »

Oscar et son épouse y assistent, avec Victoire. Alexandrine est fascinée par cette grande toile éclairée par une sorte de lanterne magique représentant les cabanes et les huttes de deux villages. « Ce couple a la même chance que vous et M. Dufresne, dit-elle à Victoire, après le spectacle.

– Tu veux dire…

– Celle de travailler, mari et femme, dans le même domaine. Ah ! Toute la compréhension, tout le soutien qu'on peut s'apporter.

— C'est vrai en ce qui nous concerne, Thomas et moi, mais je doute que M. Gérin-Lajoie milite aux côtés de sa belle Marie pour que les femmes s'imposent dans la société. Marie assiste à ses conférences, mais je n'ai jamais vu son mari lui rendre la pareille...
— C'est pas juste, considère Alexandrine, une moue aux lèvres.
— Il y a pire depuis qu'on nous a imposé un nouveau code civil. »

L'intérêt de sa bru est tel que Victoire l'invite dans son boudoir où elle a commencé à rédiger la demande d'amendement des conventions entre Maisonneuve et la Pellerin & Dufresne ; la firme d'avocats Taillon, Bonin & Morin doit la présenter au conseil de ville, le 9 mai.

« Tu savais qu'en te mariant tu perdais presque tous tes droits, et que tu serais désormais traitée comme une mineure ? » demande Victoire.

Alexandrine s'indigne. « Mais ça n'a pas de sens : il faut être majeures pour se marier et on nous traiterait en mineures ? Je ne comprends pas.

— On a perdu notre droit de vote en 1849 et, en 1866, l'année de ma majorité, le nouveau code civil a fait un joli cadeau à la femme qui se mariait.

— Un cadeau ?

— Tu ne savais pas que depuis le jour de ton mariage, tu ne peux plus acheter de terrains ni administrer ceux que tu as sans le consentement écrit de ton mari ? Ni accepter un héritage ni faire de dons sans l'approbation de ton mari ?

— Qu'est-ce que vous m'apprenez là ?

— Que tu ne peux plus choisir le domicile familial, pas plus que tu n'as le droit d'exiger la séparation si ton mari te trompe, à moins qu'il amène sa maîtresse vivre avec toi ? »

Alexandrine est scandalisée.

« Même si nous sommes mariés sous le régime de la séparation de biens ?

– Pour ceux qui sont mariés en communauté de biens, c'est pire encore : en plus de perdre toute propriété personnelle de ses biens, la femme est responsable des dettes de son mari, mais il ne l'est pas des siennes.

– Pourquoi ne m'avez-vous pas dit ça avant ?

– Mais ta tante…

– Je doute fort qu'elle soit au courant. »

Victoire a sous-estimé les conséquences de ses propos, supposant à tort que Mme Pelletier avait expliqué tout cela à sa nièce.

« Heureusement que, contrairement à moi, tu n'as pas l'intention de gérer un commerce ou une entreprise. Tu n'aurais pu le faire sans la permission de ton mari.

– Mais vous le faites, vous !

– Parce que je l'ai racheté, ce droit, pensant le reconquérir une fois pour toutes… Je te dirais qu'on me l'a fait payer à plus d'une reprise. »

Victoire explique avoir dû recourir à la Cour du ban de la reine pour récupérer, une fois mariée, le droit de conserver l'héritage de son grand-père Joseph et d'exercer son métier de cordonnière. « Quand je pense, poursuit-elle, que ma mère jouissait d'une bien plus grande liberté sous la coutume de Paris.

– Elle faisait quoi, votre mère ?

– Elle était chapelière et professeur à certaines heures. Pendant des années, elle a été la seule femme du rang de la rivière aux Glaises à savoir lire. Mon père prenait beaucoup de décisions, mais elle, encore plus. De façon plus diplomate, plus douce. »

Le visage de Victoire rayonne au souvenir de Françoise. À part Cécile qui l'interroge souvent sur cette grand-maman qu'elle n'a pas eu le bonheur de connaître, peu de personnes lui offrent l'occasion d'en parler. Pas même André-Rémi qui, pour l'avoir quittée à l'âge de dix-sept ans, semble s'être vite consolé de sa mort en dépit de l'amour et de l'admiration qu'il lui portait.

« Parlez-moi encore de votre mère, demande Alexandrine.

– Elle a vécu quatorze ans sous la *common law* sans changer ses habitudes, mais elle déplorait que les femmes de chez nous soient méprisées à ce point. Elle était révoltée de voir qu'on nous avait même retiré le droit de corriger nos enfants. Nous ne pouvions que les surveiller.

– Ce qui veut dire que je ne...

– Ne t'inquiète pas, on nous a rendu ce droit dix ans plus tard. Pour le reste, on n'a pas gagné un pouce de terrain. Tu comprends qu'il est essentiel d'être solidaires de celles qui ont le temps, le courage, le talent et les moyens d'aller au front... »

Alexandrine est captivée par ce que Victoire lui décrit des luttes et des infimes conquêtes des femmes canadiennes-françaises. Elle aimerait s'attarder mais elle consent à reprendre cet entretien « un bon dimanche, lors d'une balade au jardin Viger ». Victoire, en effet, doit préparer les papiers requis par la ville de Maisonneuve et ceux qu'exige la compagnie chargée d'assurer la résidence de la rue Pie-IX.

« Si je pouvais acheter à mes enfants une police d'assurance contre l'échec, la trahison et la cupidité, j'y mettrais tous mes avoirs, se dit-elle. Je ne comprends pas que l'être humain ne soit pas aussi doué pour grandir dans le succès et le bonheur que dans les épreuves. L'action de grâce est sans doute trop absente de notre quotidien… »

∽

Soir de réjouissance pour Nativa Barbeau : au parc Sohmer, avec d'autres jeunes chanteurs désireux de faire carrière dans la chanson ou la musique, elle se fait entendre. Victoire Du Sault et Lady Lacoste profitent de l'occasion pour causer avant que cette dernière parte pour Saint-Pascal. L'année scolaire étant terminée, Marie-Louise est fière d'apprendre à Victoire que ses enfants et ses petits-enfants ont gagné des prix. Toujours aussi élégante, elle semble toutefois lasse et amaigrie. Victoire s'inquiète. Marie-Louise invoque la fatigue causée par les préparatifs des deux mois de vacances à Kamouraska et par le chagrin qu'elle éprouve à être privée chaque été de la présence de ses aînées, dont Marie et Justine. « Ce qui me console, c'est que les larmes d'amour valent une prière. » Victoire fronce les sourcils.

« Vous ne vous souvenez pas ? Notre prédicateur du carême l'a mentionné lors de l'explication des béatitudes…

– Peut-être bien. Je n'ai assisté qu'à quelques sermons…

– La foi nous apporte de bien grands réconforts, n'est-ce pas ? »

Avant que Victoire ait eu le temps de répondre, Marie-Louise lui confie l'émotion qu'elle a ressentie lors de la première communion de sa petite Marie, fille aînée de Marie Gérin-Lajoie : « Dès sept heures, ce vendredi matin, mon mari et moi nous sommes rendus à l'Académie Saint-Urbain où avait lieu la grande cérémonie. La petite chapelle, magnifiquement décorée, était déjà remplie de parents se recueillant avant l'arrivée des communiantes. Tout à coup j'ai vu apparaître, telle une vision céleste, le cortège de ces petits anges vêtus de blanc et portant à la main un cierge allumé. Ma chère petite Marie étant la première, nous avons pu la suivre de près. Avant la communion, le prêtre fit une touchante allocution. Puis vint le moment solennel... »

Marie-Louise est si émue qu'elle doit s'arrêter. « Comment exprimer l'émotion de nos âmes à ce moment ? Jamais la parole humaine ne pourra le faire... seules les âmes qui ont reçu le don et les faveurs intimes de Dieu en comprendront toute la valeur. Ma petite fille allait recevoir pour la première fois ce Jésus-Eucharistie, notre Dieu, notre Père, notre Tout. Je le priais d'épargner ce petit cœur de toutes les tempêtes du monde. Je la lui confiais et je me sentais pleine d'espérance. »

Victoire sent vibrer Marie-Louise du fond du cœur. Soudain, un voile de tristesse couvre son visage. « C'est à ce moment, dit-elle, désolée, que j'ai compris que je me trouvais dans une nouvelle phase de ma vie. Sans doute la traverserez-vous un jour, lorsque votre fils vous aura donné des petits-enfants... »

Victoire acquiesce d'un signe de tête, troublée par l'inquiétude qui, à ce sujet, ronge son fils et sa bru.

« Je n'aurai plus à m'occuper de ces événements solennels pour mes propres enfants, poursuit Marie-Louise, puisqu'une autre génération le fera. Comme le temps passe ! Comme nous avançons vite vers le rivage ! N'est-ce pas aussi votre sentiment ?

— Peut-être êtes-vous un peu fatiguée, ces temps-ci, répond Victoire, préférant ne pas contredire son amie. J'espère que cette soirée vous fera du bien.

— Que Dieu est bon de nous donner de si beaux moments, de temps à autre... »

Les artistes font leur entrée sur scène. Ravissante dans sa robe de satin couleur maïs, Nativa est la deuxième à se présenter sous les applaudissements. L'orchestre donne les premières mesures et elle chante divinement « La romance des filles de Cadix », interprétée sur cette même scène, dix ans plus tôt, par Mlle Phillips. Victoire vibre d'une émotion non moins intense que celle qu'a décrite Marie-Louise en relatant la première communion de sa petite-fille. Une ovation digne de Sarah Bernhardt lui est réservée, tirant les larmes de Candide, assis non loin de sa mère.

L'entracte est animé, chacun y allant de commentaires exaltés pour ces jeunes au courage et au talent méritoires. « Ça me fait penser à la magnifique bannière que les sœurs de Jésus-Marie ont faite pour le père Pichon. L'avez-vous vue ? demande Lady Lacoste.

— Malheureusement pas.

— Sur le fond de velours cramoisi se dessine l'image du Sacré-Cœur ; de chaque côté, des médaillons richement dorés et entourés de perles représentent nos figures illustres : Champlain, le père Brébeuf, Mgr Laval, puis en bas, Marguerite Bourgeois, mère d'Youville et mère Marie de l'Incarnation. Des feuilles d'érables brodées d'or voisinent avec les écussons de la France, de l'Angleterre et du Canada. En peu de mots, nous y lisons notre histoire.

– Ça lui fera un beau souvenir du Canada... »
La séance recommence et les jeunes s'exécutent avec un brio prometteur quant à leur avenir d'artiste.

∽

La résolution de Victoire d'apprécier chaque jour ce que la vie lui apporte semble influer sur les événements harmonieux des mois suivants. La vente du 32 de la rue Saint-Hubert s'est conclue à la satisfaction des deux parties, les enfants ont quitté la maison sans trop de déchirements et apprécient leur nouvelle demeure, somme toute assez comparable à la précédente. La demande adressée au conseil de ville de Maisonneuve visant à transformer une moitié du bonus en garantie sur un emprunt de dix mille dollars, est acceptée. Les avocats ont établi que la bâtisse de la Pellerin & Dufresne valait seize mille dollars, alors que le contrat ne les obligeait à faire construire que pour dix mille dollars.

Du reste, des milliers d'ouvriers de la chaussure commencent une grève à Québec ; les marchands de cuir et de chaussures de Montréal font coalition et cherchent une façon de pallier les pertes si jamais la grève se révélait aussi menaçante dans leur ville. « Il faut réfléchir à de nouveaux débouchés si on veut offrir de meilleurs salaires à nos ouvriers », conviennent-ils. À l'issue de cette rencontre, les journaux annoncent en grande pompe : *Trois Champions de notre Commerce Extérieur, MM. N. Tétrault, Jos Daoust et Oscar Dufresne partent en Europe dans l'intérêt de l'exportation canadienne. À la veille de leur départ, ils furent les invités d'honneur d'un banquet qui leur fut offert par les commerçants de cuir et de chaussures de Montréal.*

Ce fut une fête joyeuse et cordiale dont on gardera le souvenir.

L'allocution en français de M. Peter Doig fut particulièrement réjouissante. La santé du roi fut proposée par le président, M. M. W. A. Lane ; M. John McEntyre proposa ensuite la santé des « Manufacturiers » à laquelle répondit M. Tétrault. M. J. C. Acton leva son verre à la santé du Commerce du cuir et M. Walter Sadler lui répondit.

Les trois héros de la fête partent en Europe pour y rencontrer des acheteurs tant en Grande-Bretagne que sur le Continent, afin de favoriser dans les vieux pays le commerce du cuir et de la chaussure. Les maisons qu'ils représentent ont déjà fait des efforts considérables pour aider au commerce d'exportation, et le but de leur voyage est de soutenir les intérêts du commerce canadien en général, autant que le leur propre.

Il faut donner crédit du succès de cette manifestation de sympathie à M. R. M. Fraser qui se dépensa pour en assurer le succès.

À la fin de son papier, le journaliste a inscrit les noms de la soixantaine de convives présents au banquet : tous des hommes. La larme à l'œil, Alexandrine s'en désole en déposant le journal sur la table, puis elle regarde son mari qui salue les membres de sa famille un à un. Enfin, elle reconduit Oscar à la porte. Après un dernier baiser d'adieu, suivi de la promesse que son mari lui écrira, Alexandrine rejoint Victoire dans son boudoir. « Vous êtes pourtant la propriétaire de la manufacture, madame Victoire, dit-elle, pourquoi ne vous ont-ils pas invitée au banquet, au moins ?

— Personnellement, je n'y tenais pas, mais tu vois comme c'est important d'appuyer les femmes qui travaillent pour que justice soit rendue ? Tu en as eu la preuve.

— Ce que j'aurais donné pour accompagner mon mari en Europe. Les souvenirs qu'on aurait pu revivre ensemble... Mais, mon Dieu, s'il fallait que leur navire fasse naufrage... »

CHAPITRE VII

À sa table de travail, Victoire trie une liasse de papiers : factures à payer aux fournisseurs de matériaux de construction, salaires à verser aux ouvriers qui s'affairent à monter les murs de la nouvelle Pellerin & Dufresne, copies de conventions de la ville de Maisonneuve et d'actes notariés. Avec un émoi teinté de fierté, elle s'attarde à un texte de trois pages. La première feuille, intitulée DIVISION D'ENREGISTREMENT, couronne cinq années de labeur. Victoire relit la deuxième avec le sentiment d'avoir contribué à garder ses fils sur la voie de la prospérité et à faciliter la réalisation de leurs rêves. *Vente par l'Honorable Alphonse Desjardins à Marie-Victoire Du Sault, épouse séparée de biens de Thomas Dufresne, faisant affaires sous la raison sociale de Pellerin & Dufresne, à Montréal, le 18 avril 1900, des lots n*^{os} *14-427B et 14-428 avec usage de la ruelle, des lots n*^{os} *14-424 à 14-427 du même lieu, moyennant trois mille cinq cent quatre-vingt-trois piastres dont mille piastres comptant, la balance payable comme suit : quatre cent trente piastres et cinquante cents au vendeur, et deux mille cinq cent cinquante-deux piastres et cinquante cents au Crédit Foncier Franco-Canadien. La Banque Jacques-Cartier ratifiera les présentes…* « Je crois que c'est, de toute ma vie, mon plus beau cadeau de fête », se dit-elle. Celui que Georges-Noël lui a offert à l'occasion de son trente-troisième anniversaire effleure son esprit comme un souvenir dont on a fait le tour.

Un cadeau dont je pourrai chaque jour apprécier les bienfaits, écrit-elle sur la première page d'un cahier tout neuf, dont la reliure cartonnée grise aux coins de cuir bordeaux est à l'image de cette nouvelle étape de la vie des Dufresne. *Si Wilfrid Laurier s'est permis de prédire que le vingtième siècle serait celui du Canada, j'entrevois que la première moitié, du moins, sera celle des Dufresne. Voir partir mon mari et deux de mes fils chaque matin, regarder les ouvriers et les ouvrières sortir satisfaits chaque soir de la manufacture, voir s'additionner les chiffres sur les feuilles de paie et sur les relevés de production, tout cela me vaut les plus belles fleurs que la terre nous ait offertes et les plus beaux bijoux que le génie humain ait fabriqués. Que le nom de mon mari et de mes fils soit gravé sur les briques de ces murs, sur tous papiers afférents, sur chaque boîte de chaussures vendue, reste mon ultime récompense. Je suis fière des fruits de ces dix années de déracinement et j'en suis reconnaissante à Thomas. Je ne sais pas ce que nous serions devenus à Yamachiche, mais je sais qu'après dix ans de travail et d'entraide, nous avons bâti plus qu'au cours des vingt années précédentes. Notre entreprise n'est pas seule à avoir bénéficié de notre installation à Montréal. Le voisinage de deux cultures m'a beaucoup apporté. Côtoyer de si près la pauvreté et l'aisance a changé mes préoccupations et mes intérêts. Je me sens une citoyenne universelle, incapable d'oublier ce que la planète devient, ceux qu'on a délégués pour la protéger et ceux qui y mènent une existence malheureuse. J'ai la chance de pouvoir offrir à mes enfants des études et des activités artistiques. Mon présent et leur avenir m'incitent à me détacher de mon passé. Je ne renie pas ce que j'ai vécu, mais je ne me cramponne plus aux événements qui ont, jadis, nourri ma créativité et mon plaisir de vivre. Je retournerai à Yamachiche et à Pointe-du-Lac et je relirai ces pages du livre de ma vie avec un regard plus lucide sur mes bonheurs et mes malheurs, délivrée de toute nostalgie. Je crois comprendre que la générosité de l'instant présent va jusqu'à renoncer à s'approprier les fruits du mois dernier, de la semaine dernière, de la semence d'hier. Me reste-t-il encore dix autres années pour m'y exercer ? Par moments, j'ai cru ne pas voir ce jour de mes cinquante-cinq ans… Et voilà que des êtres plus jeunes, tels Ferdinand et son épouse, n'ont pas eu le privilège qui m'est donné de voir grandir mes enfants. Serait-ce trop demander à la vie que de la prier de m'être fidèle jusqu'au jour où ma fille nous quittera pour fonder un foyer ?*

Victoire range son cahier, prête à étudier les autres documents. Les confirmations des polices d'assurances atteignant quatre mille dollars chacune, de la Manchester Insurance Company, de la National Insurance Company of Ireland, de la Sun Insurance Office, et de la Compagnie d'assurance Mutuelle sont entrées ; un chèque de cinquante-trois dollars et cinquante-cinq cents doit être acheminé à chacune d'elles. À ces comptes s'ajoutent les factures des nouvelles machines à coudre achetées de Mackay et celles des outils et des réserves de matériaux. Victoire se félicite d'avoir obtenu un prêt de la Banque Jacques-Cartier, « sans quoi, dit-elle à Thomas venu la retrouver dans le jardin, les premières semaines de roulement seraient difficiles… »

Elle s'arrête, intriguée par sa mimique contrariée.

« Lis ça, dit-il, tous les journaux en parlent depuis quelques jours. L'industrie de la chaussure serait en déclin. La chute des ventes a de quoi alerter les quelques manufacturiers de chaussures de l'est de Montréal : de neuf millions et demi en 1881, elles seraient passées à quatre millions à cause de la concurrence américaine.
— Il est donc temps qu'on se tourne davantage vers l'Europe et d'autres continents...
— Ce n'est pas parce qu'Oscar est parti chercher de nouveaux débouchés qu'il va en trouver. »
Thomas est rarement pessimiste. « Il faudra encore se distinguer si on ne veut pas regretter de s'être autant endettés. »
Donat arrive à son tour, la mine non moins tourmentée. « Je suis content de vous trouver ici tous les deux, dit-il. Je suis très inquiet pour Georges-Auguste. Je l'ai aperçu sur la rue Sainte-Catherine en faisant une livraison hier, explique-t-il.
— Il n'était donc pas à l'école ? s'étonne Victoire.
— Qu'est-ce qu'il faisait ? s'enquiert Thomas.
— Il bavardait avec une jeune fille... que je pense peu recommandable.
— Tu ne veux pas dire qu'il était dans le coin de la rue Saint-Laurent ? » demande Victoire.
Donat le confirme. « Se peut-il que d'avoir perdu sa mère le porte vers...
— Des filles de mauvaise vie ? Je crois que oui », déclare Thomas.
Victoire nuance cet avis : « Ce ne sont pas toutes des filles de mauvaise vie qui se tiennent là. Je vous ferai remarquer que tant que les patrons ne donneront pas de salaires décents aux femmes, ils seront responsables de

certains de leurs choix. De jeunes Irlandaises et Écossaises, entre autres, n'ont trouvé que ce moyen pour survivre.

— De toute façon, je n'accepterai jamais que mon frère fréquente ces milieux-là. »

Sachant que Georges-Auguste manifeste beaucoup d'intérêt pour le métier de forgeron, Victoire propose d'intervenir auprès des Milot et des Bellemare de Yamachiche pour qu'ils l'engagent comme apprenti. « Peut-être que de retourner vivre auprès des siens lui ferait du bien.

— Sans compter qu'il n'y a pas ce genre de maisons à la campagne », approuve Donat, déterminé à parler à son jeune frère, le soir même.

Au moment où Georges-Auguste s'apprête à monter à sa chambre, Donat le prie de l'attendre dans la salle à manger, puis demande à Thomas et à Victoire de les rejoindre. Devant un tel décorum, Georges-Auguste se met sur la défensive. « Il n'est pas question que je retourne à la campagne. Je voudrais bien habiter avec Délima, à la condition qu'elle soit ici, déclare-t-il à Donat.

— Il est beaucoup plus facile de décrocher une place d'apprenti en milieu rural que dans les entreprises montréalaises, lui fait remarquer Victoire.

— Dommage que la fonderie Commiré ait fait faillite l'automne passé, dit Thomas. Je connaissais bien le propriétaire, il t'aurait probablement embauché…

— Peut-être même que tes bonnes idées auraient évité sa faillite, ajoute Victoire, pensive. Tu aurais pu rendre ses produits plus originaux et aller chercher d'autres clients.

– Pourquoi me dire ça aujourd'hui ? C'est l'année dernière qu'il fallait m'en parler ! Vous saviez que je n'aimais plus l'école... J'aurais voulu travailler, comme Candide. »

Victoire admet avoir malencontreusement cru qu'il ne s'agissait que d'un moment difficile à traverser.

« Tes résultats scolaires étaient si bons...

– Je me forçais, en pensant que vous alliez m'offrir des cours privés, comme à Candide, pour que je puisse faire un travail que j'aime.

– Ce n'est pas si facile de devoir gagner sa vie, rétorque Donat.

– Ce n'est pas gagner ma vie qui presse. C'est d'avoir de l'argent pour faire ce que je veux. »

Victoire constate que ce beau jeune homme au regard nostalgique a gagné, en moins de six mois, une taille digne de ses seize ans. « Que Candide, à qui il ne cesse de se comparer, ait une petite amie l'a sûrement influencé, pense Victoire. Il doit souffrir de ne pas avoir connu son père et de ne plus avoir de mère à qui se confier depuis quatre ans. » Georges-Auguste le lui confirme aussitôt : « J'aimerais vivre ailleurs, dans les pays chauds.

– Tu n'as pas idée de ce que c'est pour dire ça ! s'écrie Donat. On ne revient pas de là à la première crise d'ennui, tu sais.

– L'ennui ! Ça me surprendrait. De qui on peut bien s'ennuyer quand on n'a pas de famille ?

– Pas de famille ! » riposte son frère, scandalisé.

Thomas et son épouse écoutent Donat faire le compte de leurs générosités depuis la mort de Georgiana, et se déclarer honteux d'une telle ingratitude.

« Et moi ? Et Délima ? On est quoi sinon ta famille ? Réponds-moi, Georges-Auguste.
— Tu n'as pas compris ce que j'ai voulu dire... On peut apprécier sans être attaché. »

Supportant difficilement les conflits, Thomas y va d'une autre proposition : « Je connais l'assistant-gérant de la Warden King & Son. Je vais lui parler de toi demain.

— Si tu lui apportais certaines pièces de Georges-Auguste », suggère Victoire.

Une lueur d'espoir brille dans le regard du jeune homme.

« Je serais prêt à commencer quand il voudra, promet-il.

— J'espère bien que tu ne t'attends pas à recevoir un salaire les premiers temps, le prévient Donat.

— Je verrai à gagner de l'argent autrement, marmonne-t-il.

— Je ne comprends pas ton besoin d'argent. Tu es logé, nourri et habillé ici.

— C'est bon pour les enfants, ça. Pas pour un homme...

— Parlons-en justement des affaires d'homme. Qu'est-ce que tu faisais sur la rue...

— Je vais où je veux, ça ne regarde que moi », fulmine Georges-Auguste.

Victoire juge préférable de les laisser s'expliquer et fait mine de se lever : « Restez ici, ma tante, insiste Georges-Auguste. Si j'ai le goût de parler à quelqu'un, c'est à vous, pas à un écornifleur comme lui. Si ça peut te rassurer Donat, je te dirai que j'ai certains policiers de mon bord. »

Donat est catastrophé. Victoire n'est pas étonnée, à propos des plaintes portées par un groupe de femmes au sujet de la complicité de certains agents avec les tenancières et les employées de certaines maisons de rapport. Georges-Auguste les quitte, martelant avec colère chaque marche de l'escalier jusqu'à sa chambre.

~

Un hommage rendu dans plusieurs journaux de Montréal et de Québec soulève l'indignation de Victoire. En grande pompe, ceux-ci annoncent la création d'une première coopérative d'épargne et de crédit, et encensent son fondateur. M. Alphonse Desjardins de Lévis, *ayant à cœur de promouvoir un idéal collectif conforme aux aspirations des Canadiens français, a décrié la situation des milieux populaires et des petits agriculteurs qui, privés de l'accès au crédit des grands réseaux bancaires, deviennent la proie des usuriers.* Aucune mention n'est faite de son épouse, Dorimène Roy, qui a travaillé pendant plus de deux ans à apprendre aux familles de Lévis l'économie et l'entraide. Pendant que son mari, ancien journaliste devenu sténographe à la Chambre des communes, passait ses semaines à Ottawa, Dorimène, aidée de ses deux filles, Albertine et Adrienne, rassemblait dans sa cuisine tant les femmes qui administraient un budget enviable que celles qui peinaient à joindre les deux bouts. Grâce à leurs efforts, elles ont créé un type de coopérative qui trouve l'appui du clergé mais non des institutions. L'association des marchands détaillants et la Banque Nationale, bien qu'administrée par des francophones, n'a pas tardé à désavouer cette concurrente, à l'instar du gouvernement fédéral, employeur d'Alphonse Desjardins. Avec sa verve habituelle, celui-ci s'est contenté de souligner le bien-fondé de cette coopérative à laquelle il a donné son nom.

« J'admets l'apport essentiel de M. Desjardins dans le projet de son épouse, mais je suis choquée de voir qu'il ne mentionne ni sa contribution ni celle de ses filles », dit Victoire à son mari.

Sa réaction fait resurgir dans le cœur de Thomas un sentiment d'injustice analogue à l'égard de la créatrice anonyme des modèles de chaussures, de la propriétaire souvent contestée de la Pellerin & Dufresne. Aussi, faute d'obtenir la complicité du maire de Maisonneuve, Thomas Dufresne ira chercher celle de ses fils pour rendre justice à son épouse lors de l'événement public du lendemain. À cette même occasion, le couple réserve une surprise à Oscar.

∾

« J'aimerais t'accompagner à l'avenir, murmure Alexandrine, blottie dans les bras de son mari, revenu d'Europe la veille.

— Je ne demande pas mieux, si tu es en état de faire la traversée.

— Je me consolerais mieux si j'avais le bonheur de porter notre bébé… »

Oscar aussi a espéré cette bonne nouvelle à son retour. La peine de son épouse est telle qu'il dissimule sa propre déception : « Pendant mon voyage, reprend-il, il m'est venu une idée absolument folle. Un projet spécial qui pourrait bien t'amuser, toi aussi.

— Qu'est-ce que c'est ? demande la jeune femme soudain ragaillardie.

— Pour l'instant, je te dis seulement que j'aimerais importer des petites bêtes ici, les plus charmantes que l'homme puisse côtoyer.

— Mais pourquoi ?

— Je te l'ai dit, j'ai le goût de faire une folie. Je pense que je n'en ai jamais faite dans ma vie. Sans compter que mon projet est utile. »

Alexandrine aime jouer aux devinettes et prolongerait volontiers ce plaisir, mais il ne s'agit pas de traîner au lit en ce matin du 22 août 1900.

Au cours de la cérémonie d'ouverture de leur nouvelle manufacture de chaussures qui aura lieu à onze heures, le maire Desjardins, accompagné de Raymond Préfontaine, maire de Montréal, de notables et d'hommes d'affaires, coupera le ruban symbolique. Les Dufresne ont revêtu leurs plus beaux vêtements, les femmes se sont faites belles et le firmament est d'un bleu limpide. « Soixante-quinze beaux degrés rien que pour nous autres ! » s'exclame Thomas, insistant pour que Victoire accepte les hommages qu'il se prépare à lui faire devant les autorités, les employés et tous les invités. « Une main d'applaudissements, au moins, suggère-t-il.

— Qu'on soit parvenus à faire construire cette superbe bâtisse de soixante sur quatre-vingt-quatre pieds, à payer les matériaux et la nouvelle machinerie avec le budget qu'on avait prévu, est ma plus belle récompense, Thomas.

— Tous ceux qui ne savent pas encore qu'on te doit cette belle réalisation méritent de le savoir, même si les autorités de Maisonneuve vont continuer de bouder la place des femmes dans les affaires. »

Candide prévient sa mère : il n'attendra pas sa permission pour souligner son mérite en public.

« Au nom de tant de femmes privées de votre délicatesse, j'accepte », dit-elle enfin, non sans songer à Dorimène Roy.

Devant les quarante ouvriers, les notables et la famille Dufresne, Thomas attend avec fébrilité la fin des discours pour souhaiter la bienvenue aux anciens et nouveaux employés, remercier le conseil de ville de l'apport financier fourni à la Pellerin & Dufresne établie au 587 de la rue Ontario, et, enfin, souligner le mérite de son épouse : « Sans Victoire, dit-il, d'une voix émue, il n'y aurait jamais eu de manufactures de chaussures portant le nom des Dufresne, jamais de modèles fabriqués et exportés, jamais d'attribution de prix d'excellence aux Dufresne... »

Des proches applaudissent discrètement. Désolé, Thomas s'empresse de poursuivre : «... sans Victoire Du Sault, je n'aurais jamais pu vous présenter le nouveau gérant de la Pellerin & Dufresne, notre fils aîné de retour d'Europe : Oscar Dufresne. » On n'aurait pu souhaiter plus belle ovation. Cette acclamation ne saurait toutefois consoler les Dufresne du peu d'égard témoigné à Victoire de la part des officiels.

« Laissez-moi le temps de m'établir dans cette ville et vous verrez bien ce que je vais faire pour qu'on reconnaisse le mérite des femmes comme vous..., chuchote Oscar.

– Tu ne seras pas le seul », promet Candide.

Les membres de la direction convoquent les ouvriers pour la première réunion à une heure trente, dans la cafétéria de la Pellerin & Dufresne.

Thomas, Donat, Oscar, Marius et Candide prennent leur repas en toute hâte. Stressé par la responsabilité que son titre de gérant vient de lui incomber et occupé à préparer son discours aux employés, Oscar promène sa cuiller dans son potage. L'appétit lui manque tant qu'il repousse le bouilli de légumes servi par Marie-Ange. « Ç'aurait été mieux que tu le saches quelques jours d'avance, présume Alexandrine, attristée.

– Ça n'aurait rien changé, proteste-t-il. Ça m'a toujours énervé de devoir parler en public.

– Il me semble que ça doit être le fun, dit Candide.

– C'est ce que je pense, moi aussi, déclare Marius.

– Dans ce cas-là, prenez-la donc ma place ! » lance Oscar en quittant la table au milieu du repas pour se réfugier dans la bibliothèque de Thomas.

Victoire dissuade Alexandrine de le suivre : « Laisse-le seul quelques instants. Quand il aura bien préparé ce qu'il a à dire, il sera plus détendu. »

Les quatre hommes s'apprêtent à partir, mais Romulus, qui a assisté à la scène avec un sourire narquois, emboîte le pas à son père.

« Où vas-tu ? lui demande Victoire.

– À la manufacture.

– Pour quoi faire ?

– Écouter le discours d'Oscar.

– Tant que tu ne seras pas capable de te servir convenablement de tes dix doigts, ta place est ici, lance Marius sans ménagement.

– De toute manière, on n'a pas le droit d'engager des jeunes de treize ans », précise Candide.

Victoire tranche : « Reviens tout de suite après le discours de ton frère. Toi et ta sœur, vous allez m'aider à cueillir des framboises.

– C'est de l'ouvrage de fille, ça.

– Si ta mère le permet, offre Alexandrine, j'aurais du travail de gars pour toi, à la maison. »

Romulus retrouve son enthousiasme à la seule pensée d'accompagner Alexandrine qui lui a toujours témoigné une affection particulière. « Tu dis oui sans savoir, conteste Cécile, étonnée et quelque peu envieuse.

– Tu aimerais venir, toi aussi ? » demande Alexandrine.

Seule à la maison, Marie-Ange étant partie au marché, Victoire remet la cueillette au lendemain. Ces heures de solitude sont trop précieuses pour qu'elle les passe ailleurs que dans le jardin avec, pour seuls compagnons, son journal intime et les photos du voyage d'Oscar en Europe. Elle les range dans l'album de mariage de son fils lorsque l'une d'elles attire son attention. Près du palais du Louvre, Oscar s'entretient avec une jeune femme : « On jurerait que c'est Colombe de dos », pense-t-elle, troublée. Ses doigts trient la pile de photos. Elle ne retrouve pas la jeune femme, si ce n'est son épaule, tout près de celle d'Oscar, dans l'angle gauche d'un cliché laissant apercevoir la tour Eiffel.

Deux ans se sont écoulés depuis l'entrée de Colombe au couvent des sœurs de la Miséricorde, et plus d'une année depuis la dernière visite que Victoire lui a rendue. Le surcroît de travail occasionné par l'ouverture de la nouvelle manufacture et les propos désobligeants de la religieuse lors de sa dernière visite l'ont incitée à espacer ses visites. Le temps a filé : à Noël, Victoire lui a fait parvenir une carte de bons souhaits pour laquelle elle n'a reçu qu'un simple mot de remerciement et une promesse de *prier pour tous les membres de la famille Dufresne*. Victoire ne comprend pas qu'il faille devenir aussi laconique pour protéger sa vertu. Lady Lacoste, à qui elle s'est confiée, lui a expliqué que cette attitude relevait du détachement religieux, et lui a conseillé de rendre visite à Colombe uniquement sur invitation. « Quelle recommandation étrange! Que de mystères! » pense Victoire. Elle décide enfin de lui adresser un mot.

Le 22 août 1900

Sœur Marie-de-la-Nativité

Ma chère Colombe,

Espérant que ces quelques lignes te parviendront, je te les adresse pour que tu saches que ton bonheur me tient grandement à cœur et que je ne ferais rien qui puisse te causer des ennuis ou du chagrin.

Je m'inquiète de toi, de ta santé, de ton bien-être. Ma dernière visite m'a laissée dans le doute : je ne sais pas si tu souhaites que nous demeurions en contact et, si oui, de quelle façon. J'apprécierais une réponse de ta part.

Avec toute mon affection,

Victoire Du Sault

Après avoir lu et relu son texte, sobre et honnête, Victoire considère qu'il échappe à tout procès d'intention. Elle le glisse dans une enveloppe qu'elle prévoit confier à la poste en fin d'après-midi et reprend le classement des photos de l'album-souvenir. Mais Colombe la hante. Elle tente d'imaginer la réaction d'Oscar la croisant, par hasard, à l'autre bout du monde. « À moins qu'ils se soient donné rendez-vous... Non. Oscar n'est pas du genre à tromper sa femme, se dit-elle. D'ailleurs il aurait détruit cette photo ! »

Rien de mieux pour chasser son inquiétude que d'abandonner papiers, album et photos, et de préparer des confitures avec les framboises que Marie-Ange a cueillies dans la matinée. Lorsque cette dernière la surprend en train de brasser les petits fruits rouges et fumants dans une marmite, elle conclut que sa patronne est contrariée ou inquiète.

Une porte claquée, des pas vers la cuisine : Georges-Auguste apparaît, affamé et triomphant. Il présente une enveloppe à sa tante, impatient de voir sa réaction. « C'est très prometteur après un seul mois d'apprentissage, reconnaît-elle.

– Le *boss* m'a promis un salaire dans un ou deux mois maximum, si je continue comme ça », annonce-t-il.

Victoire l'entraîne dans le jardin, heureuse de saisir une si bonne occasion pour s'entretenir avec lui de sujets personnels. Loin de se montrer réticent, Georges-Auguste adopte un ton de confidence pour déclarer en se frottant les mains : « Avec le salaire de Donat et le mien, il est presque certain qu'après les fêtes, on va pouvoir se louer un appartement.

– C'est si urgent pour toi de partir d'ici ?

– Je suis bien traité, ma tante, c'est pas la question, mais plus ça va, plus je sens qu'on n'est pas du même monde...

– Qu'est-ce que tu veux dire ?

– Ça paraît que vous êtes faits pour les grandeurs, vous autres... Tandis que nous autres, on a tout eu contre nous. Tout pour comprendre qu'on devra toujours se contenter de... miettes. »

Georges-Auguste est sur le point de s'abandonner à un chagrin que Victoire connaît trop bien. Elle souhaiterait lui tendre les bras, l'inviter à venir poser sa tête sur ses genoux et caresser cette chevelure abondante héritée de Ferdinand. Mais elle n'ose qu'effleurer la main dont il se couvre le front. Georges-Auguste la repousse. « Y a pas une femme au monde qui va me chavirer le cœur, pas plus vous que les autres, balbutie-t-il, les dents serrées.

– Je ne te crois pas. Pas plus que je ne crois à l'indifférence que tu as montrée devant la tombe de ta mère », lui dit-elle.

D'un signe de la main, Georges-Auguste la supplie de se taire. « Tu m'as tellement fait penser à ton père, enchaîne-t-elle, déterminée à faire tomber son masque. À la mort de Domitille, combien ont jugé, à tort, que ce petit garçon de sept ans n'avait pas autant de peine que son frère, alors qu'il avait le cœur en charpie. J'avais déjà assez vécu pour savoir que les plus grandes douleurs sont muettes. Ton père a senti que je le comprenais et, à partir de ce jour-là, ça n'a plus jamais été pareil entre nous deux. »

Georges-Auguste a levé la tête et dans son regard Victoire aperçoit l'ouverture qu'elle souhaitait. « Dès ce jour, poursuit-elle, nous avons su que nous pourrions compter l'un sur l'autre le reste de notre vie et qu'il était inutile d'essayer de nous mentir. Notre fidélité et notre compréhension réciproque pouvaient se passer de paroles. Un clignement de paupières, un soupir, un signe de la main suffisaient. »

Le jeune homme ne se rebiffe plus. « Ça n'a pas toujours été facile, avoue Victoire. Je te dirais même que c'est parfois très embarrassant que l'autre lise dans ton cœur et ta pensée comme dans un livre ouvert. Mais quel réconfort lors d'une blessure profonde qu'aucun mot ne peut traduire. Et quel soulagement quand la honte courbe ton dos et que l'autre élève ton esprit au-delà des considérations étroites de la morale ou des jugements et t'exhorte à marcher la tête haute.

– Vous parlez de vous et de mon père ? » demande Georges-Auguste, détendu.

D'un signe de la tête, elle le lui confirme. Les lèvres du jeune homme esquissent un sourire et son regard s'illumine enfin.

« Je pense, mon garçon, que face aux coups durs, il n'y a que deux façons de réagir : par la haine ou par l'amour. Et je ne crois pas que ce soit l'amour qui te conduise auprès de certaines femmes depuis quelques mois. »

Le jeune homme la fixe, visiblement désarmé.

« Tu ne gagnes rien à te venger de ta mère avec toutes les femmes que tu vas rencontrer. »

Victoire enchaîne avant que Georges-Auguste proteste : « Tu aurais raison de lui en vouloir de t'avoir abandonné alors que tu n'avais que douze ans. Mais tu dois comprendre qu'elle n'avait aucun pouvoir sur sa mort. Les autres femmes n'ont pas à payer pour ça. Tu as peut-être l'impression de les dominer en les assujettissant à ton plaisir, mais tu ne fais que t'abrutir. »

Georges-Auguste a blêmi ; il écoute sa tante, sidéré par des propos si francs et si courageux. « Tu vas y laisser ta dignité... Réagis pendant qu'il est encore temps. Tu mérites de connaître le véritable amour.

Celui-là ne peut exister sans un minimum de fierté personnelle. »

Ces dernières phrases rallument la fougue de Georges-Auguste. Il se lève brusquement et quitte le jardin. Son absence à la table du souper intrigue les convives, étonne Donat et inquiète Victoire.

∼

« C'est ta responsabilité, déclare Victoire à Oscar venu lui faire part de l'obligation d'adresser une demande à la ville de Maisonneuve.

– Je n'ai jamais été bien fort sur le crayon, vous le savez.

– Je peux te faire un brouillon pour cette fois...

– Non. Je vais en écrire un, puis vous me direz ce que vous en pensez. »

Sur une feuille de papier qui porte l'en-tête *Pellerin & Dufresne, WHOLE SALE of BOOTS & Shoes, GAITERS & LEGGINS, 125 Vitré St, MONTREAL*, il rédige rapidement :

Montréal, Septembre 12, 1900

À son honneur le Maire et à Messieurs les Conseillers de la Cité de Maisonneuve.

Messieurs,

Comme nous avons plusieurs paiements à faire la semaine prochaine sur notre manufacture, nous vous demandons bien respectueusement de bien vouloir nous laisser toucher les $5000.00, si c'était possible pour le

17 courant. Cela nous éviterait de demander des délais et sachant que ça ne peut vous faire une grande différence, vu que les fonds sont déjà en Banque, nous osons espérer une réponse favorable.

Nous demeurons vos très humbles serviteurs,

Pellerin et Dufresne

Par OD

Agréablement surprise, Victoire n'a que de minimes corrections à suggérer : « Tu as oublié de changer le nom de la ville dans l'en-tête de ta lettre.

— Il faudrait voir aussi à changer notre enseigne, suggère Oscar.

— Oui, mais pas tout de suite. J'ai vu M. Pellerin hier, et il doit nous remettre une lettre dans laquelle il nous autorise à retirer son nom de l'entreprise.

— Vous avez une idée du nouveau nom ?

— Ton père et moi devions t'en parler... Ce serait la Dufresne & Locke.

— Bonne idée, compte tenu de la présence de M. Locke.

Contrairement à ses habitudes, Oscar ne semble pas pressé de repartir à la manufacture. Il saisit l'album de photos sur le buffet et le feuillette rapidement. Son regard reste fixe un instant et il referme l'album sans parcourir les autres pages. « Tu as reçu les autres photos de ton voyage ? demande Victoire.

— Oui, quand j'aurai une minute, je viendrai vous les montrer, promet-il, évitant le regard de sa mère.

– Aimerais-tu que je les place dans ton album ?
– Non, merci. D'ailleurs je vais le reprendre... Mais pas aujourd'hui, précise-t-il. Je dois filer. »

Les semaines passent et Victoire n'a toujours aucune réponse de Colombe. « Il me semble qu'on aurait réexpédié ma lettre si Colombe n'était plus là. À moins que les religieuses aient encore une fois refusé de la lui donner... », pense-t-elle, tentée de téléphoner au couvent avant la fin de l'après-midi.

Le courrier lui apporte une réponse non moins attendue, celle de M. Pellerin. « Ça ne pouvait mieux tomber. » Le lendemain, samedi, la manufacture ferme à midi et elle disposera de tout l'après-midi pour discuter avec Thomas des changements qu'elle suggère pour leur entreprise.

Tel un appel à la réjouissance et à la fraternité, la lumière fuchsia du soleil couchant donne aux coloris de la salle à manger des reflets envoûtants. Il ne manque plus que l'odeur du pain chaud pour combler les convives déjà affamés. Rares ont été les vendredis soir, en cet été 1900, où toute la maisonnée Dufresne a été rassemblée autour de la table. Georges-Auguste est du nombre, et sa jovialité est remarquable. À Donat qui le lui fait remarquer, il annonce : « Je prends le train demain matin pour Yamachiche.

– On peut savoir pourquoi ? demande son grand frère.

– Voir mes sœurs et mes frères puis rencontrer M. Bellemare, dit-il en se tournant vers sa tante.

– M. Bellemare, le forgeron ! s'écrie-t-elle, étonnée et ravie.

– Ton patron ne t'a-t-il pas promis un salaire dans quelques semaines ?

– J'en ai un à partir de lundi prochain, leur apprend-il, triomphant.
– Ce n'est pas le temps de partir, s'exclame Donat. Y a ton employeur ici, puis notre projet...
– Je comprends, mais j'ai envie d'une autre expérience... Aller vivre à la campagne au printemps prochain. M. Bellemarre pourrait bien avoir besoin d'aide à ce moment-là. Sinon, j'irai voir M. Milot.
– En as-tu parlé à Délima ? demande Donat.
– Ouais. Je ne te cache pas qu'elle est très très contente.
– Tu vas habiter chez Lesieur ?
– Pour commencer seulement, à cause de Carolus... »

Au cours de nombreuses semaines d'apparente bouderie, Georges-Auguste a cuvé les propos de Victoire et considéré qu'il valait mieux s'éloigner de la ville quelques années. « Le temps que je me trouve une petite mère qui a de l'allure », souffle-t-il à l'oreille de Victoire qui lui rend son plus beau sourire.

« Après tout, c'est peut-être mieux ainsi, dit Donat en songeant aux quelques frasques de son frère et au soutien qu'il pourrait apporter à Délima. Elle doit se sentir bien seule par moments, avec toute cette charge sur les épaules et un beau-père qui n'a pas l'air de lui faciliter la vie, affirme-t-il, visiblement inquiet.

– Comme ça, tout le monde est content », s'écrie Thomas qui reprend son rôle d'amuseur.

Pour agrémenter le tout, Marie-Ange leur sert son nouveau ketchup : « Il est encore chaud », les prévient-elle, flattée de les voir déjà se régaler de l'arôme des épices. Le cœur à la fête, étant donné les décisions de

Georges-Auguste, Victoire y va de ses prédictions avec un humour aussi délicieux que le rôti de boeuf fumant au milieu de la table. « J'ai toujours eu l'intuition que cette année serait la nôtre, dit-elle, attirant l'attention des garçons. On habite une des plus belles maisons de la rue, notre manufacture roule bien, tout le monde est en santé, puis nos jeunes ont des rêves plein la tête.
— Et nous autres ? lance Thomas.
— J'ai justement prévu un tête-à-tête avec vous demain après-midi, M. Dufresne, annonce-t-elle sous les regards amusés de ses enfants.
— Faudra-t-il qu'on sorte de la maison ? demande Romulus, taquin.
— Les grandes belettes comme toi, peut-être », rétorque Marius.

Cécile se sentirait laissée-pour-compte si Georges-Auguste ne proposait pas de l'emmener à Yamachiche. Avant même que Victoire consente, la fillette quitte la table pour aller préparer sa valise.

Le tête-à-tête du couple Dufresne a lieu au parc Lafontaine en cette superbe journée d'automne de 1900. Thomas est un peu nerveux. Victoire le devine à sa manie de pavoiser lorsqu'il appréhende un sujet de conversation. « Dire qu'il y a une dizaine d'années, il n'y avait ici que les grands champs de la ferme Logan. Deux ans plus tard, l'endroit était méconnaissable avec ses serres et la petite maison du jardinier. M. Drolet lui a donné la petite touche qui lui manquait et voilà qu'aujourd'hui, on a le choix entre deux étangs pour s'asseoir et rêver...
— ... ou causer, suggère Victoire.
— ... ou juste se reposer.

– J'aimerais marcher encore dans les feuilles mortes, propose Victoire. Ça me rappelle notre érablière.
– On devrait y retourner plus souvent. Ça te manque, hein ?
– Beaucoup moins qu'avant.
– Qu'avant… »
Thomas s'arrête, inquiet. « Qu'avant la fameuse rencontre avec… »
Victoire s'esclaffe, laissant Thomas béat.
« Mais non, mon pauvre chéri. Je voulais dire que ça m'a pris du temps à me détacher de notre petit coin de pays. Maintenant, j'aime le revoir mais je ne suis pas sûre que je retournerais y vivre.
– Moi non plus. Par contre, je suis content qu'on ait gardé l'érablière. Dès que j'y mets les pieds, je me sens revigoré comme si je venais de m'abreuver de la sève de nos magnifiques érables. »
Tous deux marchent main dans la main, silencieux, se laissant charmer par le chuintement de leurs semelles sur le sol jonché de feuilles cuivrées. Le soleil leur caresse le dos de ses dernières ardeurs et Victoire choisit, tout près d'un étang, un banc qui lui permettra d'en jouir tout en admirant les arabesques qu'il crée à la surface de l'eau. « On ne peut trouver meilleur décor pour ce que j'ai à t'offrir aujourd'hui », dit-elle, désireuse, après avoir parlé de l'avenir de chacun de leurs enfants, d'en venir au sujet de leur balade. Une entrée en matière aussi judicieuse dissipe toute l'appréhension de Thomas. Il manifeste à l'instant un intérêt tout nouveau. « Puisqu'on va changer de raison sociale, je crois le moment venu de mettre la manufacture à ton nom.

— Elle l'est déjà. C'est le tien qui n'y a jamais figuré.
— Je ne parle pas que de la raison sociale. »

Thomas fronce les sourcils, ignorant où Victoire veut en venir, ou plutôt refusant la seule hypothèse possible.

« Je te la vendrais pour une somme symbolique, propose-t-elle.
— Tu voudrais renoncer à...
— ... la propriété de la manufacture, Thomas.
— Il n'en est pas question, Victoire.
— Ne pense surtout pas que je me sacrifie en te l'offrant. Je sens tout simplement que le temps est venu de le faire.
— Me caches-tu quelque chose de grave, Victoire ? Tu sais qu'on a maintenant de très bons médecins à l'Hôpital Notre-Dame.
— Rassure-toi, Thomas, je ne suis pas malade. J'aimerais te voir propriétaire de la Dufresne & Locke de mon vivant. Tu as assez travaillé pour en jouir dès maintenant. »

La tête dans ses mains, Thomas cherche à comprendre les intentions de son épouse, persuadé qu'elle lui cache les véritables motifs de cette magnanimité. « Je me sentirais comme un manchot qui s'est donné le droit de couper le bras d'un autre, lui avoue-t-il.
— Fixe le prix, si tu préfères.
— Non, Victoire. Je ne veux pas. »

Thomas marche autour de l'étang. L'observant, Victoire se rappelle avoir dit à Alexandrine : « Ça prend une vie pour connaître un homme. » Après vingt-huit ans de mariage, celui qu'elle a mis du temps à aimer profondément lui réserve encore des zones cachées. « Écoute-moi bien, Victoire, la prie-t-il, de retour vers elle. Je sais que ce n'est pas très logique ni très viril ce que je vais te dire là, mais tu me sembles être la meilleure police d'assurance sur tous nos biens. Tu m'as toujours porté chance, Victoire. Toute ma vie. J'avais à peine cinq ans, je crois, que déjà tu me donnais l'impression d'être plus fort, plus beau et plus intelligent que je ne l'étais. Quand tu as proposé qu'on se marie, je n'ai pas fermé l'œil de la nuit tant j'étais fou de joie. Je me sentais le gars le plus chanceux de la planète. Il me semblait que plus personne ne m'intimidait. J'épousais la fille la plus en vue de la place, moi, le petit gars de dix-huit ans. Ce jour-là, en reconnaissance de ce privilège, j'ai fait serment de ne jamais me plaindre des difficultés qu'on rencontrerait dans notre vie de couple. »

Victoire est troublée par le souvenir des reproches que Thomas, jeune mari tourmenté, a faits à Georges-Noël : d'avoir dansé la grande valse avec Victoire le soir de leurs noces, de s'être précipité à son secours lors d'une séance de brayage, d'avoir pris l'initiative de meubler la chambre de leur premier bébé alors qu'il lui revenait de le faire. Jamais Victoire n'a pu expliquer sa démission à son atelier de chaussures de Yamachiche. En aucun moment de leurs vingt-huit années de vie commune, elle ne se rappelle avoir été blâmée par son mari. Thomas a donc respecté son serment. Mais à quel prix ? Qu'en aurait-il été s'il s'était marié à vingt-cinq ans ? Son admiration pour cet homme n'en demeure pas moins grande. Que Thomas ait cherché une compensation dans sa relation affective avec Mme Dorval, rien ne lui semble plus humain. S'il était allé jusqu'à se permettre une aventure avec la jeune veuve, c'était par un simple besoin d'équilibre, croit-elle aujourd'hui.

« Puisque vous y tenez, M. Dufresne, je resterai propriétaire de votre entreprise », déclare Victoire. Un genou posé par terre, telle une seigneuresse devant son seigneur, elle baise la main qui porte l'anneau de mariage.

Thomas se prête à son jeu, la soulève gracieusement, l'étreint passionnément sans se soucier des piétons venus se balader.

Deux semaines plus tard, Victoire rédige le texte que Ralph Locke lit avec reconnaissance et émotion :

Nous, soussignés, Dame Marie-Victoire Du Sault, épouse séparée de biens de Thomas Dufresne et de lui autorisée, et Ralph Locke, manufacturier, faisant ci-devant affaires sous les noms de « Pellerin & Dufresne », déclarons : Que la société qui existait entre nous, à Montréal, pour le commerce et la fabrication des chaussures et dont nous sommes encore les seuls et mêmes propriétaires, se continue dorénavant sous les noms et raisons de « Dufresne & Locke », et que le siège des opérations de ladite société est fixé en la ville de Maisonneuve, Comté d'Hochelaga, à l'angle de l'avenue Desjardins et de la rue Ontario, Montréal.

Marie-Victoire Du Sault

~

« J'aimerais, ma chère Victoire, vous compter parmi mes invitées, mardi soir prochain, le 6 novembre. Je recevrai Mmes Marie-Claire Daveluy, Eugénie Garneau et Anita Duchastel du Montrouge. »

Au bout du fil, Lady Lacoste a sa voix enthousiaste des beaux jours. Elle organise une soirée littéraire à son domicile. Sa fille Marie sera l'animatrice de la rencontre. Trois femmes de lettres et une dizaine de dames passionnées de littérature seront présentées. Victoire manifeste vivement son intérêt. Réjouie, Marie-Louise déclare : « Vous me manquez, ma bonne amie. Une chance qu'il y a le téléphone pour se donner des nouvelles, car depuis que vous habitez Maisonneuve, les occasions de se croiser se font plus rares...

— Encore six mois, et mes tâches seront nettement moins lourdes. Je me ferai un plaisir de participer davantage aux comités de bienfaisance et aux regroupements féminins », promet Victoire.

Des échanges courtois au sujet de leur famille respective sèment toutefois un doute dans l'esprit de Marie-Louise : « J'ai l'impression que vous n'avez pas appris la triste nouvelle à propos de Colombe...

— Colombe ! Mais qu'est-ce qu'il lui est arrivé ?

— Sœur Marie-de-la-Nativité n'est plus. »

Un silence glacial s'installe entre les deux femmes. « On ne m'a même pas prévenue de sa maladie », songe Victoire, atterrée. Un sanglot dans la gorge l'empêche de poser les questions qui la hantent : « Depuis quand est-elle morte ? Quelle maladie l'a emportée si jeune ? A-t-elle parlé de moi ? D'Oscar ? M'aurait-elle réclamée sur son lit de mort ? »

« Vous êtes toujours là, Victoire ? s'inquiète Lady Lacoste.

— Vous m'excuserez, je suis si bouleversée. Savez-vous quand c'est arrivé ?

— Je ne saurais vous dire. Ma fille Yvonne l'a croisée au parc Lafontaine, il y a deux ou trois semaines.

— Je ne vous suis plus, Marie-Louise.

— Ma fille me dit que Colombe était fort bien mise et qu'elle causait avec un jeune homme.

— Je comprends de moins en moins, avoue Victoire.

— Moi aussi, reprend Marie-Louise. Je croyais Colombe vraiment destinée à la vie religieuse et je le crois toujours. Hélas, les tentations de toutes sortes s'infiltrent jusque dans les couvents.

— Colombe n'est donc pas morte ! s'exclame Victoire, passant aussitôt des larmes au rire.

— La mort m'apparaît moins désolante que le viol de ses vœux, rétorque froidement Marie-Louise.

— Ses vœux ?

— Qu'elle avait prononcés à peine trois mois avant de quitter la vie religieuse, m'a appris sa Supérieure, la semaine dernière.

— Vous l'avez rencontrée ? s'informe Victoire.

— Je lui ai téléphoné... »

Après avoir promis d'assister à la soirée littéraire, Victoire clôt cette conversation qui a enfin levé le voile sur le mystère de Colombe. Deux hypothèses paraissent plausibles : on a fait suivre sa lettre à la nouvelle adresse de Colombe, ou la Mère supérieure a tout simplement détruit l'enveloppe et son contenu. Reste à savoir si la jeune femme apparaissant sur les photos du voyage d'Oscar est bien Colombe.

Victoire ne peut compter sur la présence fidèle d'Oscar et de son épouse au repas du dimanche soir pour amorcer le sujet. Elle se précipite soudain vers l'album de photos de son fils et l'ouvre. De nouvelles photographies ont été ajoutées, d'autres ont disparu, dont la plus compromettante. Cela n'est pas sans confirmer les doutes de Victoire. « Je trouverai bien le moyen de fixer un rendez-vous à mon pauvre garçon dans des conditions plus favorables », se dit-elle, lorsqu'elle apprend de son mari qu'Alexandrine, souffrant d'une grippe sévère, doit demeurer alitée pendant trois ou quatre jours. Oscar et son épouse ne seront donc pas des leurs ce dimanche-ci.

La soirée s'annonce tranquille. Malgré une pluie accompagnée de forts vents, les plus âgés sont sortis, comme souvent le samedi soir. Romulus et Cécile jouent aux cartes dans la salle à manger, tandis que Thomas épluche les journaux de la semaine, n'ayant pas eu le temps de les consulter chaque jour. Victoire a sorti un tricot, incitant son mari à exprimer ses opinions au fil de sa lecture. Ces moments rappellent ces soirées au cours desquelles sa mère faisait de même avec Rémi, pour qui la lecture était devenue un exercice fastidieux. Le fait de n'avoir fréquenté l'école que trois ans ne l'empêchait pas d'émettre des opinions bien arrêtées sur tous les sujets traités dans les journaux. Victoire se souvient, petite fille, d'avoir cru que son père détestait son épouse tant il s'emportait lorsqu'il était question des protestants et des Anglais. Les Desaulniers avaient eu maintes occasions de les côtoyer étant donné leurs professions libérales. Tel n'était pas le cas des Du Sault, pour la plupart agriculteurs et *self made man*. Victoire a mis du temps à découvrir les qualités de cœur de son père ; sa sévérité et son impuissance à exprimer son affection autrement que par un dévouement constant l'en empêchaient. Elle reconnaît que l'homme qu'elle a épousé l'a séduite par sa spontanéité, sa joie de vivre et son humour. Non pas que Thomas livre ses états d'âme fréquemment, mais ses quelques aveux et confidences l'ont chaque fois émerveillée. Victoire doute cependant qu'Oscar et Marius se sentent à l'aise d'exprimer leurs sentiments alors que, sur ce point, elle ne s'inquiète ni de Candide ni de Romulus, et encore moins de Cécile.

Les regrets que Thomas exprime quant au retour des conservateurs après le décès de Félix-Gabriel Marchand et la méfiance que lui inspirent les rumeurs sur la conspiration Parent-Laurier sortent Victoire de ses jongleries. Elle émet un petit grognement d'approbation. Le crépitement des bûches dans la cheminée l'enchante au point qu'elle retarde le moment d'aller dormir. Marie-Ange, contrairement à ses habitudes, n'est pas encore rentrée de son congé du samedi. Lorsque des pas se font entendre dans la cuisine, Victoire se précipite : la coiffure hirsute, du soleil plein la voix, Marie-Ange la met au défi de deviner qui elle a rencontré au marché Morgan. « Je n'oserais m'avancer…, dit Victoire qui n'a qu'un nom en tête.

— Je vous comprends, vous risqueriez de passer la soirée à chercher. »

Victoire hoche la tête. « Vous voulez que je vous le dise ? Colombe. Toute belle, rayonnante. Elle cherchait du tissu pour sa toilette des fêtes, elle aussi. On avait tant de choses à se dire qu'on a soupé ensemble…

— Chanceuse ! s'exclame Victoire, presque dépitée. Raconte-moi. »

Les deux femmes s'installent à la petite table de la cuisine, souhaitant que personne ne vienne les déranger. « Elle travaille ? demande Victoire.

– Oui. Son ancien maître couturier était très content de la reprendre, dit Marie-Ange, s'étendant sur leurs retrouvailles et les nouvelles tâches de Colombe.
– Elle t'a semblé en bonne santé ?
– Beaucoup mieux qu'avant, je vous dirais.
– Elle t'a parlé de...
– ... d'Oscar ? Vous auriez dû l'entendre ! Elle n'en finissait plus. »

Redoutant les réponses de Marie-Ange, Victoire résiste à la tentation de lui demander des détails ; elle préfère rencontrer Colombe le plus tôt possible. « Elle a demandé de mes nouvelles aussi, présume-t-elle.
– Hum..., je ne me souviens pas trop. »

Victoire insiste, n'arrivant pas à croire que Colombe ait passé tant d'heures avec Marie-Ange sans faire allusion à celle qui l'a accueillie et traitée comme sa fille pendant plus de quatre ans.

« Il faut dire qu'on avait beaucoup de choses à se dire, depuis le temps qu'on ne s'était pas vues...
– Elle ne t'a pas dit qu'elle viendrait nous voir ? ose encore demander Victoire.
– Non, mais j'imagine qu'elle va le faire quand elle aura le temps...
– T'a-t-elle demandé de nous saluer ? »

Marie-Ange hésite. « On s'est quittées dès que je me suis rendu compte qu'il était passé neuf heures. On a juste eu le temps de se dire : "À la prochaine !" »

Victoire est profondément blessée, d'autant plus que Marie-Ange ne semble pas s'apercevoir qu'elle souffre d'être cavalièrement écartée de l'existence de Colombe.

Thomas pose un pied dans l'embrasure de la porte, le temps de dire, ironique : « Ce doit être la vieillesse qui fait ses ravages, il est à peine dix heures et je ne tiens plus debout. Bonne nuit, les jeunes ! »

Victoire saisit l'occasion de prendre congé de sa servante. Passant par la salle à manger, elle constate avec satisfaction que Cécile et Romulus ont gagné leur chambre. Elle s'enferme dans l'obscurité de son boudoir. Les mains croisées sur cette déchirure en plein cœur, elle ressent le couperet du silence de Colombe. Est-ce reniement, reproche ou vengeance ? Les larmes qu'elle laisse couler et les sanglots qui secouent sa poitrine l'épuisent sans l'apaiser. Le poids de son passé et la peur de devoir l'expier l'accablent, assombrissant son regard sur la vie, sur l'être humain, sur ses propres valeurs. Certains hommes l'ont amèrement déçue, mais jamais une femme ne lui a causé un tel chagrin. Elle se souvient, non sans quelque rancœur, de toutes ses démarches pour aider Colombe, depuis ce soir pluvieux d'octobre 1892 jusqu'à l'automne de 1898 où elle est partie à la recherche de tout confesseur pouvant comprendre et bien conseiller sa protégée. Le sentiment d'avoir fait plus pour Colombe que pour tous ses enfants réunis provoque sa révolte et la convie à l'indifférence. Mais ne risque-t-elle pas alors d'adopter ce repliement sur soi et cet égocentrisme qu'elle a décriés toute sa vie ? Elle s'en laisse imprégner quelques instants, pour vite constater que ce retranchement ne lui apporte qu'un mince réconfort. Surgit soudain le besoin de crier sa douleur, d'étaler sur la place publique ces moments tragiques au cours desquels elle a risqué l'internement à vie, pour apporter à l'autre la libération implorée. De révéler les insomnies et les angoisses vécues, le mensonge consenti pour le bonheur de Colombe. La mort lui semble moins cruelle que la trahison.

Ses fils ont filé devant la porte fermée du boudoir, sans s'arrêter. Sur ce point épargnée, Victoire attend qu'un silence monacal s'installe dans la maison pour allumer la petite lampe qui éclaire son journal. *La perte de mes filles fut déchirante, celle de Georges-Noël et de Georgiana aussi, mais moins que cette insidieuse trahison. À quoi dois-je m'attendre maintenant ? À une dénonciation ? À des poursuites ? Dieu que l'existence est aride. Que sa logique est impitoyable. Que l'humain est bête ! Je pensais que la méchanceté n'était rien de plus qu'un cri de détresse. Je doute maintenant qu'il en soit toujours ainsi. Non pas que je minimise la souffrance de Colombe, mais je ne comprends pas qu'une fille si intelligente n'ait trouvé d'autres exutoires que l'aveuglement et l'ingratitude.*

Victoire sent son cœur prêt à mourir, mais son corps n'a pas renoncé à survivre. Une des dernières confidences de sa mère lui revient en mémoire : accablée par des deuils répétitifs et l'enlisement de son mari dans la morosité et le déclin, Françoise avait souhaité la mort comme cadeau d'anniversaire. *Comment un cœur meurtri et un esprit torturé peuvent-ils retrouver le goût de vivre ?* écrit-elle.

Sur la pointe des pieds, Victoire monte à l'étage, entrouvre la porte des chambres de ses enfants, écoute leur souffle pour ne pas succomber à sa détresse. Elle s'approche de Thomas, le regarde dormir. Quelle dérision ! Gardienne du fort, inébranlable, lucide, elle l'a toujours été, mais voilà qu'une envie folle de capituler la conduit à s'enfouir sous les couvertures, avec l'intention de ne se lever, le jour venu, que lorsque toute la maisonnée sera partie. Un grincement dans le matelas réveille Thomas qui glisse le bras sur ses épaules. « Mais tu es gelée, balbutie-t-il en la pressant contre lui. Qu'est-ce que tu as fait ? » Victoire se recroqueville dans ses bras et retient ses sanglots. La main de Thomas va couvrir les siennes nichées au creux de sa poitrine. Une telle présence a raison de la résistance de Victoire. Elle ne présume pas moins que ses révélations lui sembleront banales et que Thomas pardonnera à Colombe de ne pas être pressée de renouer avec la famille Dufresne. Mais voilà que ses aveux indisposent son mari : « Ce n'est pas la première fois, Victoire, que je te trouve dans un état pareil quand il est question de Colombe. Je te connais assez pour savoir que ce n'est pas ce seul manque d'égards qui te bouleverserait comme ça. Qu'est-ce qui t'est arrivé avec elle ? Vas-tu me le dire enfin ! »

Thomas s'assoit au bord du lit et, sans tenir compte des supplications de son épouse, il allume une bougie. « Tu m'as souvent promis de m'en parler. Le moment est venu. Ça ne peut plus attendre. »

Jamais Victoire n'aurait cru qu'il pouvait être aussi douloureux de divulguer un secret. Chaque mot que lui arrache son mari, telle une déchirure, avive la douleur que huit ans de silence n'avaient qu'anesthésiée. Thomas le sent bien après plus d'une heure d'écoute. Il se penche sur cette femme qu'il admire plus que tout au monde et couvre son front de baisers attendris. Sa détresse éclate enfin et des larmes coulent sur l'oreiller. « Je vais te chercher un petit remontant, dit Thomas qui revient avec un verre de vin de cerises. C'est notre dernière bouteille, chuchote-t-il. Je te la réserve, juste pour toi. » Victoire ferme les yeux et se délecte, s'abandonnant à la pure volupté du vin dans sa bouche. Un frisson secoue ses épaules. Thomas la couvre du châle de laine hérité de Françoise, encercle sa taille et assiste, silencieux, à la remontée de Victoire vers des eaux plus limpides.

« Je me sens si épuisée... », murmure-t-elle, se laissant choir dans les bras de son mari qui l'accueille avec une aménité presque paternelle. « Ce que je n'ai jamais connu », pense-t-elle, découvrant l'enfant en elle pour la première fois.

« Tant que je serai vivant, crois-moi, il ne t'arrivera rien », lui jure Thomas.

Victoire sent peu à peu son esprit s'apaiser, ses membres s'alourdir.

« Essaie de dormir maintenant, il est déjà quatre heures. Je n'irai pas à la messe avant midi. »

Victoire allait protester mais il insiste, lui promettant de veiller au départ pour l'église des deux plus jeunes.

Bouleversé par tout ce qu'il vient d'apprendre, impressionné par le courage et l'exceptionnelle générosité de son épouse, Thomas n'est pas moins tourmenté par la conduite de Colombe. Loin de la mépriser, il n'a toutefois jamais éprouvé pour cette jeune femme l'estime et l'affection que Victoire lui vouait. Pour ne pas froisser son épouse, combien de fois il a tu certains doutes à son sujet. Une stratégie discrète et très précise lui vient à l'esprit : il fera toute la lumière sur le passé de Colombe et sur ses intentions... et cela, dans les plus brefs délais.

∽

Quelle n'est pas la surprise de Victoire, le dimanche suivant, de voir arriver Oscar en début d'après-midi.

« Je viens vous kidnapper, maman, annonce-t-il.
— Mais pour aller où ?
— Vous aimez toujours l'opérette ?
— Bien sûr que oui. Mais où est ta femme ?
— Chez sa grand-mère, pour la journée.
— Tu me donnes le temps de m'arranger un peu ? » lui demande Victoire, un repos de quelques jours n'ayant pas suffi à lui rendre son éclat.

Le soleil est ardent, mais le temps, glacial pour un début de décembre. « Couvrez-vous bien, recommande Oscar qui, n'ayant vu sa mère pendant deux semaines, la trouve amaigrie.

— Ne t'en fais pas, j'ai de bons lainages. »

Devant sa garde-robe, Victoire se surprend à chercher ce qui l'avantagerait le plus, « comme si je recevais ma première invitation d'un amoureux », se dit-elle, saisie d'un fou rire. Il est vrai que depuis son mariage, Oscar n'a jamais comblé sa mère d'une telle faveur. S'ajoute le plaisir d'être seule avec son aîné et de retrouver peut-être une complicité qu'il lui semble avoir perdue depuis leur voyage en Europe. « Allons-nous commencer à rattraper le temps perdu ? » se demande-t-elle, débordante d'espoir.

Lorsqu'elle redescend l'escalier, magnifiquement coiffée et vêtue d'une robe de velours noir enjolivée de satin mauve, Oscar se sent envahi d'une fierté indescriptible. Son regard est si chaleureux que Victoire le trouve plus beau que jamais dans le manteau de chat sauvage qu'il a hérité de son grand-père Dufresne. Elle s'apprête à avertir Thomas de son départ : « Il est au courant, dit Oscar. Les jeunes aussi.

— Je vois qu'on manigance dans mon dos », réplique-t-elle, amusée.

Ils se rendent en calèche au château de Ramezay, au grand bonheur de Victoire que ce décor enchante. Si elle n'avait pas promis à Thomas au cours de la semaine de n'entreprendre aucune démarche concernant Colombe sans le prévenir, elle aurait profité de l'occasion, en attendant le début du spectacle, pour faire allusion à ce fameux dîner de novembre 1897 où Oscar avait désespérément attendu sa future fiancée. « Que de changements dans sa vie depuis ce jour-là », pense-t-elle, de plus en plus angoissée à l'idée que Colombe tente de le reconquérir. Mais un sourire sur le visage de son fils l'incite à chasser toute pensée pour Colombe et à se concentrer sur cette opérette qu'elle est venue savourer. Au cours du spectacle, quelques coups d'œil furtifs à son fils lui révèlent qu'elle n'est peut-être pas seule à lutter contre l'angoisse. De temps en temps, Oscar délaisse la scène et fixe ses mains croisées en agitant nerveusement ses doigts. Victoire aimerait croire que les tracas de son fils suffisent à expliquer son air taciturne : la concurrence du marché de la chaussure grandit en effet d'année en année. Slater, un autre compétiteur, a annoncé son déménagement non loin de la Dufresne & Locke, rue Ontario. Mais ces soucis dus au travail sont-ils les seuls à le préoccuper ainsi ?

La représentation terminée, Oscar se déclare pourtant ravi. La conversation est allègre tout au long du trajet qui les ramène non pas au 452 de la rue Pie-IX mais au domicile d'Oscar. « Tu as quelque chose à prendre ? demande Victoire.

– Non. Nous allons souper ici, tous les deux. J'ai tout préparé cet avant-midi...

– Tu m'étonneras toujours. »

« Tu ne peux pas savoir comme ça me fait plaisir », aimerait-elle lui dire, mais elle s'inquiète d'une si rare initiative. « Qu'a-t-il à m'apprendre ? » se demande-t-elle, incapable de surmonter une vive appréhension. Particulièrement affable, Oscar invite sa mère à s'asseoir au salon, lui sert un bouillon chaud et s'excuse de devoir la laisser seule quelques instants. « Le temps de mettre un plat au four », précise-t-il. Sur une petite table, des photos ont été oubliées ou déposées intentionnellement. Victoire brûle de les regarder, mais, réflexion faite, elle décide d'attendre la permission d'Oscar. Comme il tarde à venir, elle s'approche et reconnaît celles qui ont été retirées de son album. Un frisson parcourt son dos et elle s'empresse de regagner son fauteuil. Ses mains tremblent sur la tasse de bouillon qu'elle prend pour se réchauffer. « Je peux t'aider ? » crie-t-elle pour tromper sa nervosité. Mais Oscar revient avec un plateau de hors-d'œuvre. « Ce n'est qu'un début, annonce-t-il en réponse aux louanges de sa mère.

– Ma foi, on dirait que tu célèbres quelque chose, dit-elle.

– Je fête le courage d'une femme exceptionnelle... »

Oscar s'assoit face à Victoire, évitant de croiser son regard. Il dépose sa tasse sur la table et ses mains tremblantes viennent envelopper celles de sa mère. « Cette femme, c'est vous, maman », dit-il enfin. Un interminable silence suit avant qu'il parvienne à lui annoncer ce qu'elle redoutait : « Papa m'a parlé. J'aurais dû vous informer dès mon retour d'Europe. »

Victoire approuve d'un signe de la tête, souhaitant qu'il lui confie tout ce qu'il y a vécu avec Colombe.

« Je l'ai rencontrée par hasard à Paris, aux Invalides. Elle était aussi mal à l'aise que moi. »

Victoire se sent déjà rassurée.

« Nous n'avions pas l'intention de passer du temps ensemble. Comme elle savait à quel hôtel je logeais, elle est venue frapper à ma porte le lendemain matin. J'étais libre toute la matinée. Je lui ai demandé de m'attendre dans le hall. Elle a semblé un peu contrariée, mais j'ai insisté... »

Victoire scrute son regard, épie ses gestes et étudie ses silences, s'interdisant de l'interroger.

« J'avais besoin de temps pour choisir la bonne attitude à prendre... Je voulais aussi peser la portée des questions que j'allais lui poser. »

D'un signe de tête, Victoire approuve cette prudence.

« Lorsque je l'ai rejointe, elle m'a fait remarquer que ce n'était pas l'endroit idéal pour causer en toute discrétion. Nous nous sommes retirés dans une petite alcôve au même étage. C'est là qu'elle m'a appris qu'elle avait été victime d'une erreur de diagnostic. »

Victoire se redresse, sidérée.

« On ne lui aurait enlevé qu'un ovaire », déclare Oscar.

Sa mère ferme les yeux, ahurie.

« Mais pourquoi t'a-t-elle raconté ça maintenant ?
— À l'en croire, ses sentiments pour moi n'ont pas changé...
— Elle sait bien que tu es marié...
— Elle m'a dit qu'elle resterait disponible au cas où... »

Victoire est catastrophée.

« Ne vous en faites pas, maman, j'aime Alexandrine et c'est avec elle que j'ai décidé de faire ma vie.

— C'est parce qu'elle t'aime toujours que Colombe a quitté le couvent ?

— Je ne pourrais rien vous affirmer. Mais tout ça n'est rien comparé à ce que j'ai encore appris. »

Le souffle coupé, Victoire se met à trembler.

« Je ne connais personne au monde qui aurait fait pour une étrangère ce que vous avez fait pour elle. »

Comme sa mère se tait, Oscar enchaîne : « Je fais allusion au risque pris pour la délivrer...

— Depuis quand le sais-tu ? demande Victoire, refoulant ses larmes.

— Depuis la dernière fois que j'ai vu Colombe, à Paris, la veille de mon départ.

— Et tu ne m'as rien dit. Pourquoi ?

— Je n'ai pas jugé nécessaire de le faire, puisque Colombe m'a laissé entendre qu'elle cherchait du travail en France.

— Elle vit ici, et elle nous a complètement... »

Une infinie détresse dans le regard, Victoire met son fils au parfum des angoisses qui la rongent.

« À moins qu'elle m'ait joué la comédie, je ne crois pas que Colombe vous trahisse. Ce n'est pas plus dans son intérêt que dans le vôtre. »

Victoire promet d'essayer de ne pas trop s'inquiéter. « Et Alexandrine... ?

— Il faut la tenir loin de tout ça. »

Les dirigeants de la Dufresne & Locke sont fiers de présenter les états financiers des six derniers mois à la ville de Maisonneuve. Ils sont félicités d'avoir *payé à leurs employés une somme d'au moins $20 000, dont 80 % à des personnes résidant dans Maisonneuve. Nous avons trouvé à notre satisfaction que ces conditions ont été remplies de même que les conditions de leur contrat avec la ville. Par conséquent, ces Messieurs ont droit à la somme de $2845,36 qu'ils ont réclamée comme étant le deuxième versement du bonus à eux accordé pour l'année commençant au 25 août 1900 et finissant le 31 août 1901.*

« J'ai toujours estimé qu'un bon départ garantissait le succès d'une entreprise, dit Thomas, reconnaissant à Victoire de s'y être toujours appliquée.

— Ce qui ne donne guère d'espoirs à des gars comme nous », réplique Donat qui, attristé, se prépare à reconduire son frère à la gare.

Et pourtant, pour Georges-Auguste, le grand jour est arrivé. Les Dufresne célèbrent l'événement : Bellemare forgeron, de Yamachiche, lui offre du travail à compter du 1er mai. « Quelques semaines de services gratuits te donneront une chance d'être apprécié », lui a conseillé Délima, obtenant par la même occasion la faveur de voir son jeune frère devancer de deux semaines son arrivée à Pointe-du-Lac.

« Pourquoi tu ne viendrais pas retrouver la famille, Donat ? Il ne manquera plus que toi, suggère Georges-Auguste.

— Ce n'est pas l'envie qui manque. Mais je ne pourrai jamais trouver un travail aussi intéressant et un aussi bon salaire qu'à Montréal.

– Tu peux te permettre une petite baisse, non ?
– Non, Georges-Auguste. Il faudrait que je gagne encore plus cher pour obtenir ce que je veux...
– Elle te coûte cher, ta blonde », lance Romulus, frondeur.

Ce que tous ont pris pour une blague de mauvais goût fait bégayer Donat. Il renonce à se justifier.

« Comment elle s'appelle ? Comment elle s'appelle ? demande Cécile en trépignant.

– Hein ! Je le savais qu'il en avait une, reprend Romulus, aussitôt invité par sa mère à ne plus revenir sur le sujet.

– D'un autre côté, déclare Donat, je suis content pour toi, Georges, et pour notre sœur qui a grand besoin d'être épaulée. Quand on n'a eu ni chance ni fortune, on n'a que le choix d'être solidaires.

– Je te sens amer, Donat, dit Victoire.

– Je ne suis pas amer, ma tante. Je suis lucide. Je me demande si je vivrai assez longtemps pour voir la justice dans ce bas monde. »

Chaque retour du mois d'avril plonge Donat dans une grande mélancolie. Il n'avait pas encore ses trois ans qu'il perdait son père, le 6 de ce mois ; sa mère décédait le 7 de ce même mois, douze ans plus tard. De plus, il s'inquiète pour sa sœur Délima. « Je me demande si elle ne se sent pas étouffée à vivre avec Carolus, Marie et les cinq enfants. C'est à se demander si elle pourra un jour fonder son propre foyer, tant je la vois dépérir... »

Victoire n'a pas vu sa nièce depuis l'automne précédent. Soucieuse, elle charge Georges-Auguste d'annoncer sa visite le premier dimanche après Pâques.

« À moins qu'on aille tous à la cabane à sucre ce dimanche-là, suggère Romulus, approuvé cette fois par ses frères et sa sœur.

– Il faut attendre qu'Oscar nous invite maintenant, leur rappelle Thomas. Si ma mémoire est bonne, il doit organiser une partie de sucre pour leurs amis de Montréal à cette époque. »

Quoi qu'il en soit, Thomas n'y participera pas, étant donné la nomination des marguilliers à la paroisse du Très-Saint-Nom-de-Jésus et son intention de faire partie de la nouvelle administration de la fabrique. Depuis près d'un an, il est question d'ériger une nouvelle église, la chapelle de quatre cent cinquante places construite en 1888 ne suffisant plus à accueillir les quelque mille huit cents familles de la ville. Les promoteurs, Trefflé Bleau et Hubert Desjardins, expliquent que cette chapelle était temporaire et que Maisonneuve n'est plus la desserte de la fabrique d'Hochelaga.

~

Le séjour à Yamachiche est un pur enchantement pour toute la famille, sauf pour Victoire qui revient fort inquiète pour Délima. Sa santé et son bonheur futurs la tourmentent. Autre sujet alarmant : Colombe a parlé à Délima de l'agression dont elle a été victime à dix-sept ans. Malheureusement, la version qu'elle lui en a fait diffère de celle que connaît Victoire. D'après Délima, Colombe a caché sa part de responsabilité de peur d'être jugée et rejetée... Un affreux sentiment de culpabilité l'aurait incitée à entrer au couvent. « Mais pourquoi ne l'a-t-elle pas fait avant de courtiser Oscar ? a demandé Victoire.

— Elle y avait pensé, mais c'est la maladie qui a fini par la convaincre que c'était sa place...

— Mais pourquoi me fuit-elle ?

— Elle a honte de vous avoir menti. »

« Honte ou peur, a pensé Victoire. Peur que nos rencontres nourrissent son amour pour Oscar, ou que je lui reproche de s'être avouée encore amoureuse de lui. »

Quoi qu'il en soit, elle estime qu'une rencontre serait bénéfique, mais elle doute que son mari approuve une telle démarche.

Déçu de ne pas avoir été élu marguillier, Thomas écoute d'une oreille distraite les nouvelles que Victoire rapporte de Yamachiche et de Pointe-du-Lac. Il est préoccupé par le projet de construction de la nouvelle église dont les plans, signés Reeves & Mesnard, viennent d'être approuvés par Mgr Bruchési.

« Je ne comprends pas que l'évêché ait consenti à la construction d'un édifice coûtant cent mille dollars pour une petite ville comme la nôtre, dit-il en écrasant sur sa tranche de pain les cretons rapportés de la ferme des Lesieur.

— Sais-tu combien a coûté la chapelle actuelle ? demande Victoire.

— Moins de six mille piastres. Ça me semble exagéré de doubler la superficie et de donner à la nouvelle église cent quarante-cinq pieds de hauteur. Une vraie cathédrale !

— L'ambition règne dans le clergé comme chez les politiciens, fait remarquer Victoire. Il suffit de se rappeler la guerre entre Mgr Bourget et les Sulpiciens pour se rendre compte que rien n'a changé.

— La rivalité est pire encore entre les villes. Pense à tout ce que Montréal a fait pour enlever à Québec ce qui en faisait une métropole. »

Aux yeux de ses promoteurs, dont Israël Tarte, Montréal devait être la plaque tournante du marché international non seulement pour la province, mais pour le pays. Tout devait être fait pour que la circulation fluviale soit adéquate. Le parlement a accordé un million de dollars à la Commission du port de Montréal pour perfectionner l'outillage et la construction d'élévateurs. Le Grand-Tronc a complètement transformé le pont Victoria : désormais ouvert, sa largeur est passée de seize à soixante-cinq pieds, avec deux voies pour les voitures et deux pour les piétons. Le gouvernement fédéral a fourni cinq cent mille dollars. Les quais, dont le King-Edward et les jetées de bois, ont été remplacés par des quais de pierre.

« Israël Tarte compte plusieurs réalisations à son actif, dit Thomas, mais les propriétaires de filatures et de fabriques de chaussures ne peuvent le lui reprocher. Chaque fois qu'ils l'ont sollicité pour les protéger contre leurs concurrents de la Nouvelle-Angleterre, Tarte a accepté. »

Les ventes de la Montreal Cotton, en effet, sont passées de un million de dollars en 1892 à dix-sept en 1899.

Interviewé par un journaliste de *La Patrie*, Tarte déclare : *Ma pensée est que le tarif de notre pays doit être rajusté sur certains points, de manière à développer davantage nos industries nationales, de manière à créer un marché profitable et permanent pour la classe agricole et à donner plus de travail aux classes laborieuses...*

Thomas admire cet homme qui continue de se rendre dans les manufactures de chaussures et les filatures malgré le tollé de plusieurs, la haine que lui vouent les ministres anglais du cabinet fédéral et les attaques des journaux dont le *Globe* qui le compare à un bouffon changeant de rôle tous les jours. « Même si je n'approuve pas toujours ses façons de faire, je sais reconnaître que Tarte a fait faire à notre île un pas de géant en vingt ans », dit-il en relatant sa récente visite à la Dufresne & Locke.

Quelques semaines plus tard, les paroissiens de Maisonneuve forment une société légale, dont font partie, à titre de syndics, le maire, Hubert Desjardins, Trefflé Bleau, commerçant, William Richer, comptable, et Marie-Gustave Écrement, notaire. Thomas attribue son exclusion au fait de n'avoir pas caché sa désapprobation des coûts de l'édification de la nouvelle église. « M. Reeves ne signe que des plans de cette envergure, dit Marius dont les succès scolaires lui ouvrent grandes les portes de l'École polytechnique.

— Savais-tu que c'est dans une institution fondée par une femme que se sont donnés les premiers cours de sciences appliquées pour les francophones », raconte Victoire, ravie pour son fils.

Marius avoue ignorer ce fait, tout comme Oscar et son épouse, Candide et Nativa, et tous les autres membres de la famille rassemblés dans le jardin sous un soleil splendide.

« Ferdinand, poursuit-elle, m'a appris que, vers les années 1870, la seigneuresse de Terrebonne, épouse du sénateur Joseph Masson, avait engagé M. Pfister, un professeur français arrivant des États-Unis, pour donner des cours de sciences appliquées dans le collège qu'elle avait fondé en 1847. L'année suivante, Gédéon Ouimet, ministre de l'Instruction publique, déplora que les francophones fréquentent une université anglophone pour suivre un cours en génie ; il chargea un de ses amis de Montréal, M. Archambault, directeur de l'école Le Plateau, d'établir des cours de sciences appliquées aux arts et à l'industrie.

— Mon grand-père Archambault ! s'exclame Alexandrine, agréablement surprise.

— Tout juste. Ton grand-père connaissait M. Pfister et lui a confié la rédaction d'un projet de cours. Le ministère a mis moins de trois semaines à l'accepter.

— C'est le même cours qui est offert trente ans plus tard ? demande Candide, sur un ton pointilleux.

— Quand votre oncle Ferdinand l'a commencé, ce cours se faisait en trois ans et il comprenait quatre programmes. Génie civil, mécanique, industrie, et... Et quoi donc ?

— Mines et métallurgie, répond aussitôt Thomas. J'aurais pu oublier les trois autres mais pas celui-là.

— Pourquoi donc ? » demande Donat.

Thomas explique : « Ton père avait été bien impressionné par les découvertes de gaz naturel de M. Piret dans les sols de Yamachiche et de Pointe-du-Lac. C'est ce bon Français, lui-même ingénieur, qui lui a donné le goût d'entreprendre cette formation-là.

— Il ne l'a pas terminé ?

— Hélas, non. Pressé de gagner de l'argent, il a abandonné après sa deuxième année. Il avait toujours l'intention de reprendre, mais comme il est mort à vingt-six ans...

— C'est donc pour ça que ma mère disait que c'était l'amour qui avait empêché mon père de faire de longues études, se souvient Donat.

— Raconte, supplie Nativa qui, montrant toujours un grand intérêt pour les histoires de la famille Dufresne, s'est jusque-là contentée d'écouter.

— Ma mère était encore très jeune quand elle a quitté Batiscan pour venir travailler à Montréal. Ses parents étaient bien pauvres. Elle n'avait pas encore seize ans lorsqu'elle a rencontré mon père. Elle me disait avoir toujours menti sur son âge, même à grand-papa Georges-Noël.

— Elle s'est mariée à quel âge ? s'enquiert Nativa.

— Seize ans. »

La jeune fille lance à son amoureux un regard entendu.

Ému, Donat poursuit : « Ma mère me racontait qu'ils sont tombés amoureux dès leur première rencontre et qu'ils ne se sont plus quittés. » Des exclamations de surprise, d'indignation et de protestation se font entendre. « Ils n'ont pas habité ensemble tout de suite, mais maman m'a avoué qu'ils l'avaient fait bien avant de se marier parce qu'ils s'aimaient et parce que ça lui permettait d'envoyer plus d'argent à sa famille.

— Il ne faut pas oublier, précise Victoire, qu'ils étaient tous deux seuls à la ville et que Ferdinand avait trois ans de plus qu'elle.

— Même s'il avait terminé son cours, il n'aurait pu exercer son métier que deux ou trois ans, murmure Thomas, nostalgique.

— Je n'oublierai jamais, dit Victoire, le jour où il a rapporté de Montréal un texte de journal montrant la photo des cinq premiers ingénieurs sortis de cette école. "Dire qu'un jour, je serai de ceux-là", m'a-t-il annoncé. Je me rappelle un M. Vanier, un Papineau et un Pariseau », dit-elle, le regard perdu dans des souvenirs que Donat déplore de ne pouvoir partager.

Marius apprend que ce même M. Vanier offrait de dessiner gratuitement les plans de la future école, rue Saint-Jacques ; que leur cousin Sévère Rivard, ancien maire de Montréal, comptait au nombre des commissaires ayant joué un grand rôle dans l'instauration d'une école de génie pour les Canadiens français.

Nativa s'inquiète : « Les Dufresne ont toujours préféré les gens instruits ?

– Je ne suis pas une Dufresne, mais je peux te dire, déclare Victoire, que les notables sont nombreux dans leur famille : des députés, des médecins, des avocats, des notaires, quelques prêtres et beaucoup de religieuses. Du côté des Du Sault, c'est le contraire. »

Nativa ajoute : « Candide m'a dit que votre mère était la seule femme à savoir lire dans le rang.

– C'était une Desaulniers, et les familles Desaulniers étaient comparables aux Dufresne. J'aurais pu prolonger mes études, moi aussi, mais j'avais tellement hâte d'ouvrir ma cordonnerie...

– Moi aussi, enchaîne Thomas. Je me sentais prêt à travailler à quinze ans et je rêvais de devenir meunier, mais surtout de posséder le moulin que mon père avait vendu quand j'avais cinq ans.

– Vous regrettez de ne pas être plus instruit, suppose Marius.

– Parfois, avoue Thomas. Surtout depuis notre arrivée à Montréal. J'aimerais, entre autres, me débrouiller aussi bien que votre mère en anglais.

– On ne fait pas pitié, quand même, riposte Candide. Il n'y a pas que les études qui mènent au succès dans une vie : regardez ce que vous avez bâti en dix ans.

Ce qui importe, c'est de savoir ce qu'on veut et prendre les moyens pour y arriver.

— L'instruction sera toujours un outil, rétorque Marius.

— L'instruction, comme tu dis, ne rend pas plus intelligent. »

Invitant Nativa à le suivre, Candide les quitte pour faire une balade au bord de l'eau.

Enfants, Candide et Marius manifestaient une rivalité marquée. Victoire s'en inquiétait, mais Thomas, avec qui elle en discutait parfois, demeurait rassurant : « Laisse-les vieillir et tu vas voir que ces deux-là vont devenir complices. »

Victoire ne doutait pas de l'amitié d'Oscar et de Marius, mais n'aurait pas juré que Candide suivrait leur exemple.

« Il faut toujours qu'il se démarque de ses frères, fait-elle remarquer après son départ.

— Ils me font penser à Québec et Montréal : tout est prétexte pour se jalouser, lance Thomas. T'as vu dans les journaux, Victoire ? »

Les défilés, illuminations, feux d'artifices et réceptions grandioses soulignant la visite du duc d'York dans la Vieille Capitale font les manchettes. Montréal voulant offrir mieux que Québec somme Lord Strathcona de rentrer d'Angleterre ; sa résidence, l'une des plus somptueuses de Montréal, est idéale pour héberger les nobles visiteurs. À lui seul, l'escalier d'acajou à cheville de bois, évalué à cinquante mille dollars, justifie ce choix.

Le maire Préfontaine a consacré son été à préparer la visite du duc d'York. Louis Fréchette a l'honneur de composer un poème de bienvenue, et Wilfrid Laurier, celui d'écrire la réponse du prince aux religieuses de la Congrégation Notre-Dame. Mais Laurier confie cette tâche à Mgr Bruchési. « Vous trouverez mieux que moi les paroles que doit prononcer son Altesse dans un couvent », dit-il. La préséance est toutefois accordée à son Éminence, chargé d'accueillir le futur George V à l'université, le 18 septembre.

Dans une ville aux rues obstruées et résonnant des acclamations de la foule, les hôtes royaux descendent à l'angle des rues Dorchester et du Fort, à la résidence de Lord Strathcona. La salle de bal donne sur un vaste balcon aménagé pour permettre au duc et à la duchesse d'York de contempler les feux d'artifice tirés en leur honneur sur le mont Royal.

« On lui doit bien ce privilège si l'on pense aux neuf cent mille dollars que lui a coûtés la construction du Royal Victoria College, un de nos plus beaux collèges de filles », dit Victoire en se rendant, au bras de son mari, à la cérémonie marquant la visite du duc d'York.

L'occasion permet de réconcilier le parti libéral et les hauts dirigeants du Canadien Pacifique. Jetté, le lieutenant-gouverneur, et Thomas Shaughnessy, président de la puissante compagnie de chemin de fer, reçoivent le titre de sir. M. Parent, premier ministre de la province, et M. Préfontaine s'étant surpassés pour accueillir leur futur roi n'en attendent pas moins. Or, la distinction remise ne leur donnant pas droit au titre de sir, les politiciens la refusent au grand dam des organisateurs et sous les fous rires étouffés des spectateurs.

Au moment où les Dufresne décident de partir, le couple Lacoste, revenu de Saint-Pascal une semaine plus tôt, vient les saluer. « Comme mon mari a été désigné pour remettre le texte de reconnaissance à notre lieutenant-gouverneur, il tenait à s'y bien préparer, dit Marie-Louise.

— Vous avez passé de bonnes vacances ? demande Victoire, aussitôt tirée à l'écart.

— Oui et non. Grâce à la Vierge Marie, nous avons été épargnés d'un terrible drame. »

Victoire la prie de s'expliquer. La voix encore brisée par l'émotion, Lady Lacoste raconte : « C'est arrivé le 17 juillet. Il faisait un temps superbe. Invitées par les demoiselles Lemesurier, mes deux filles, Thaïs et Berthe, sont allées, en matinée, faire un tour de charrette sur la plage. C'était à marée basse. Comme elles avaient revêtu leur maillot de bain, elles ont pu pêcher. Vous auriez dû voir les beaux poissons et les superbes coquillages qu'elles ont rapportés. Pendant ce temps, Mmes Loranger, Archambault et Jeanotte causaient avec moi. »

« Où veut-elle en venir ? » se demande Victoire.

« Cette journée si bien commencée me réservait une bien grande épreuve... À l'heure du bain, tout le monde se rend à la plage joyeusement. La mer a monté plus vite que d'habitude, pourtant Yvonne s'y élance hardiment, le jeune Jules Jeanotte de même. Il s'aperçoit tout à coup qu'il enfonce, il se cramponne à Yvonne et l'entraîne avec lui.

— Il n'y avait personne avec eux ?

— Sur la grève, oui. Ma pauvre enfant s'agite et s'égosille, mais avant que son frère la repère elle disparaît deux fois sous la vague qui l'emporte encore plus loin.

– Et le jeune homme ?
– Lui aussi. Alexandre a plongé, suivi de M. Poliquin et de M. Archambault. Ils sont arrivés juste avant qu'elle s'enfonce définitive... »

Marie-Louise est encore si troublée qu'elle ne peut retenir ses larmes.

« Les hommes ont pu les ramener ?
– La Vierge Marie a sauvé ma fille. »

Devant le regard perplexe de Victoire, elle précise : « J'en suis convaincue et voici pourquoi. Quelques jours auparavant, Yvonne avait perdu sa médaille d'enfant de Marie en se baignant. Le matin de l'accident, une fillette l'a trouvée et me l'a rapportée. Tout heureuse, ma fille l'a glissée à son cou et s'est jetée à l'eau sans aucune crainte.

– Il a quand même fallu que des humains se portent à son secours.

– Je suis de plus en plus convaincue que c'est la Vierge Marie qui leur a donné la force de nager jusqu'à Yvonne. On a bien voulu me cacher cet épisode affreux, mais je sentais, lorsqu'ils sont revenus, qu'il s'était passé quelque chose. On a dû tout me raconter. Je n'ai pas dormi de la nuit. Le lendemain matin, je me suis rendue à l'église remercier Dieu. Vous ne pouvez pas savoir comme j'ai été touchée de voir ma chère Yvonne venir communier pour rendre grâce. Elle est étonnante, elle a tant d'énergie. Elle ne s'est pas laissé abattre un instant parce qu'elle sait où prendre ses forces.

– Ce devait être impressionnant d'entendre ces deux jeunes raconter ce qu'ils ont vécu, dit Victoire.

– Yvonne a frôlé la mort, vous savez.

– Il semble que les gens qui connaissent ces impressions sont marqués pour la vie », ajoute Victoire dans l'espoir d'entendre le témoignage des jeunes rescapés.

Mais Lady Lacoste n'en a que pour ses propres émotions. Détournant la conversation, elle annonce que sa fille Marie a reçu des encouragements de l'évêché pour terminer son texte d'amendement des lois. Victoire soupçonne Marie-Louise de ne pas avoir pardonné à Jules d'avoir failli bien involontairement entraîner sa fille dans la noyade, étant donné qu'elle refuse d'y faire allusion.

« Cette femme est animée d'une grande foi, comment expliquer que le pardon lui soit si difficile ? demande-t-elle à Thomas sur le chemin du retour.

– C'est comme pour les deuils qu'elle doit faire... Qu'est-ce qui est le plus fort chez elle, à ce moment-là ? Sa foi ou son attachement ?

– Qu'est-ce qui t'aiderait le plus à pardonner, toi ?

– Tu m'embêtes... Faudrait que j'y pense. Et toi ?

– Un mélange de foi. »

Thomas croit qu'elle badine.

« Foi dans les bonnes intentions de la personne à qui je dois accorder mon pardon, foi en la Vie qui, tôt ou tard, rend justice, et... »

Thomas l'interrompt : « Tu crois que comme ça, un bon matin, la Vie va décider de te rendre justice ?

– J'en suis aussi certaine que je suis convaincue de la loi du boomerang. Ça fait partie des lois naturelles.

– Pourquoi alors intenter des procès ?

– Parce qu'il faut faire ce qui est humainement possible.

– Tu penses à Colombe ? Tu lui en veux de t'avoir menti et de t'ignorer après tout ce que tu as fait pour elle ?

– J'ai plus de peine que de colère, maintenant. Ce qui ne veut pas dire que je ramperais devant elle si elle venait frapper à ma porte. Ma blessure m'a donné une certaine dignité. Un respect de moi-même. Une lucidité. Il y a Colombe mais il y a aussi tous ceux qui sont dignes de ma confiance et qui m'apprécient. Je n'ai pas à laisser le mépris et les affronts d'une personne gâcher ma vie. »

Le martèlement de ses pas fait écho à sa ferme détermination. Thomas y voit le signe d'une guérison prochaine.

∼

Le vent d'optimisme qui souffle sur l'Occident au début du vingtième siècle se maintient à Maisonneuve, *la perle des banlieues de Montréal, celle qui allait quadrupler sa population avant deux ans*, selon le journal *La Presse*. Un grand banquet est donné, le 8 février 1902, en l'honneur d'un des prophètes de ce progrès fulgurant. Thomas, Oscar et Candide y sont invités.

J'ai cinquante-quatre ans, dit le ministre des Transports, Israël Tarte, devant les princes de la finance canadienne, des sénateurs, des députés et des avocats. *Je ne crois pas présumer trop de la Providence en comptant vivre encore vingt ans. Avant de descendre dans ma tombe, j'espère voir la population de Montréal atteindre un million.*

Poussant plus loin ses prédictions, il affirme que dans moins de deux ans le port de Montréal sera complètement équipé et possédera un nombre d'élévateurs digne de son immense commerce et de sa position géographique exceptionnelle. Tarte ne se montre pas moins optimiste à l'égard de toutes les agglomérations en bordure du fleuve, plaçant en tête Maisonneuve qui « va devenir la région la plus prospère de l'île de Montréal ».

Oscar et son père s'adressent un sourire de satisfaction.

Cela est facile à prouver, dit Tarte. *En ma qualité de ministre des Travaux publics, j'ai enrichi le budget de la session actuelle d'une somme considérable pour construire la fameuse cale sèche qui me tient tant à cœur. Il faut considérer aussi la construction des immenses usines du Pacifique et celle du pont de Longueuil. La cale sèche, cela va de soi, sera construite en bas du pont de Longueuil, une partie dans Hochelaga, une partie dans Maisonneuve. Une fois réalisé, ce projet emploiera des milliers et des milliers de charpentiers de navires. Quant aux élévateurs monstres dont la construction s'impose vu la construction du pont de Longueuil et des usines du Pacifique, ils ne peuvent qu'accélérer le développement de cette partie de l'île de Montréal, s'étendant du ruisseau Migeon à la Longue Pointe, au sud, et de la rue Nolan à la rue Ontario, au nord.*

« On a bien fait de s'établir dans ce quartier », chuchote Thomas.

Les immenses usines du Pacifique, poursuit le ministre, *s'étendant de la rue Frontenac aux limites de Maisonneuve contribueront à développer la partie nord. Les propriétaires de terrains de cette partie de la florissante Maisonneuve se créeront d'importants revenus en construisant immédiatement les résidences privées que se disputeront des dizaines de milliers d'habitants.*

Candide fronce les sourcils, apparemment contrarié.

Ainsi, enchaîne le conférencier, *on peut affirmer que cette perle des banlieues quadruplera sa population en moins de deux ans. Le fondateur, M. de Chomedey de Maisonneuve, auquel on a l'intention d'ériger un monument sous peu, pourra tressaillir d'un orgueil bien légitime en contemplant, de l'endroit élevé où il sera placé, les immenses progrès du lieu qu'il foula à ses pieds, en débarquant sur l'île de Montréal, à l'endroit aujourd'hui appelé ruisseau Migeon.*

Oscar sursaute, craignant la disparition de ce ruisseau auquel il s'est attaché.

D'un autre côté, il ne faut pas oublier que Maisonneuve possède actuellement une immense raffinerie de sucre, la plus considérable du Dominion, la plus importante manufacture de tapisserie du Dominion, trois manufactures de chaussures des plus prospères, deux moulins, une manufacture de terre cuite, dix-huit hôtels et de magnifiques terrains de base-ball, s'exclame M. Tarte. *Maisonneuve a donc un avenir des plus brillants devant elle et il n'en tient qu'aux têtes dirigeantes de faire de leur petite ville de quatre mille cinq cents âmes une grande cité de trente à quarante mille âmes dans un avenir très prochain. Pour cela, il faudrait que les contribuables de l'endroit élisent des échevins, des hommes supérieurs et rompus aux rodages des affaires municipales, des financiers d'une expérience et d'une honnêteté à toute épreuve. Les divisions intestines devraient cesser complètement devant le bien commun.*

« C'est exactement le discours qu'il devait prononcer, dit Oscar, y trouvant un écho à ses projets et à sa philosophie.

— Reste à souhaiter que les gens d'affaires suivent », ajoute Thomas, quelque peu craintif.

Industriels et commerçants sont rassurés par un article du *Montreal Daily Star* rapportant que soixante pour cent des chaussures et des bottes fabriquées en Amérique du Nord proviennent de Montréal : deux millions cinq cent mille paires par année pour un chiffre d'affaires atteignant les quatorze millions de dollars.

∼

Les parts de Thomas, Oscar et Candide dans la Dufresne & Locke quintuplent de valeur. Doué pour les chiffres, Candide nourrit un projet, en discute avec Nativa et demande à sa mère de réunir le conseil d'administration. « Tu ne pourrais pas m'en glisser un mot avant ? demande Victoire.

— Je veux que mon projet soit traité professionnellement.

— J'ai beau imaginer n'importe quelle proposition, je ne vois pas ce que tu pourrais faire de plus dans la compagnie tant que tu ne seras pas majeur. »

Candide doit avoir vingt ans dans trois jours et Nativa les a eus.

« Ce n'est pas beaucoup, quinze mois, pour préparer un avenir intéressant.

— Vous avez l'intention de vous marier dans un an ? Mais qu'est-ce qui presse tant ?

— On a hâte d'organiser notre vie à notre façon puis de mener nos affaires indépendamment de la famille.

— Comme si la famille ne vous avait pas donné de chance.

— Ça n'a rien à voir avec vous autres, proteste Candide. Vous en faites assez pour tout le monde, puis vous êtes loin d'avoir fini, ma sœur n'a que douze ans. »

Victoire devine que son fils espérait des félicitations, mais elle attend de connaître son projet. « Je vais voir quand M. Locke peut se libérer, promet-elle.

— J'aimerais bien que ça se règle avant la fin de la semaine prochaine...

— Pour ton anniversaire ? Tu te prépares à demander un cadeau, si je comprends bien.

— Votre réponse pourrait le remplacer. »

En ce vendredi après-midi de la fin février 1902, Raphaël Locke, Victoire, Thomas et Oscar attendent dans le bureau de ce dernier l'arrivée de Candide. Ils sont préparés à différentes propositions. Accompagné de Nativa, Candide déclare d'entrée de jeu : « Ça nous concerne...

— Vous deux ! s'exclame Thomas.

— Mon père m'a offert mon cadeau de mariage d'avance, dit Nativa avec une candeur qui fait sourire Thomas et son épouse. Pour que nous ayons le temps de nous organiser...

— Avec ce cadeau, mes salaires de l'année dernière et mes économies de cette année, on peut acheter dix pour cent des parts de la compagnie », explique Candide.

Thomas veut poser une question, mais Candide l'interrompt : « Je sais que vous allez me demander d'attendre ma majorité, mais Nativa et moi avons fait des calculs. Si vous nous laissiez, à partir d'aujourd'hui, les bénéfices des parts qu'on veut acheter au lieu de les réinvestir dans l'entreprise, on en aurait assez pour acheter nos meubles, payer nos costumes et...

— Pour tout dire, précise Nativa, la revente de nos parts nous permettrait, dans quelques années, d'ouvrir notre propre commerce.

— Un commerce de quoi ? demande Thomas, suspicieux.

— Ce n'est pas tout à fait décidé, répond Candide.

— J'espère bien que vous ne pensez pas vous lancer dans la chaussure, rétorque-t-il, prêt à s'emporter.

— À moins que ce soit très différent de ce qu'on fait ici, avance Victoire.

— Puis encore, dit Thomas qui ne voit pas le projet d'un bon œil. Vous semblez oublier qu'il n'y a pas que des Dufresne dans l'entreprise. M. Locke est avec nous depuis près de quatre ans. »

Ce dernier apprécie la marque de considération de Thomas.

« Puis, enchaîne celui-ci, ce n'est pas le temps de se diviser quand des compétiteurs s'installent à deux pas de notre manufacture. Ça ne fait pas dix mois que la Slater est arrivée et nos ventes s'en ressentent. Je ne vous cache pas que je m'opposerai à tout ce qui pourrait vous permettre d'ouvrir un commerce dans la chaussure. »

Candide se tourne vers son frère. « Y en aurait-il un sur les quatre qui soit pour nous, lance-t-il, exaspéré.

— Je te ferai remarquer que ce n'est pas mon opinion qui aura le plus de poids dans la balance. De toute manière, je souhaiterais que vous nous laissiez du temps pour en discuter », suggère Oscar, aussitôt approuvé par les autres membres du conseil.

Candide et Nativa se retirent, dépités. Victoire s'inquiète.

À la maison, Marie-Ange l'accueille avec enthousiasme : « Mme Gérin-Lajoie a tenté de vous rejoindre pour vous annoncer une bonne nouvelle. Son livre sur la loi a été adopté non seulement par les frères du Mont-Saint-Louis et dans toutes les maisons des sœurs de la congrégation Notre-Dame, mais aussi par Mgr Bruchési.
— C'est parce que sa mère est la dévote Lady Lacoste, dit Victoire.
— Elle est même connue de l'évêque ! s'étonne Marie-Ange.
— Lady Lacoste s'investit dans toutes les œuvres de charité, participe à tous les bazars et ne manque aucune cérémonie religieuse.
— Même si elle est malade ?
— Elle est bâtie comme une cathédrale. »
Marie-Ange s'esclaffe : « C'est à force de les fréquenter, ajoute-t-elle, rieuse.
— Je dirais plutôt que c'est dû à son régime de vie.
— Vous voulez dire...
— Je me demande si, à part la couture, elle connaît d'autres tâches ménagères.
— Elle se comporte comme une princesse, reconnaît Marie-Ange.
— Mais tu es d'une humeur remarquable aujourd'hui. Je peux savoir ce qui te met dans un tel état ?
— Je ne sais pas si je fais bien de vous le dire...
— À toi de juger !
— Je suis allée aux fêtes sur le mont Royal.
— Ce n'est quand même pas la première fois. Qu'y a-t-il de si spectaculaire cette année ?
— On a glissé en traîneau comme jamais dans notre vie. Les pentes étaient si belles que lorsqu'on arrivait en

bas, dans un brouillard de neige, on ne savait plus où on était. Ça nous a rappelé le temps du carnaval, quand on allait dans le labyrinthe de la place d'Armes... »

« Elle était donc en très bonne compagnie, se dit Victoire. Je l'imagine mal, à son âge, avec un soupirant... »

« J'ai mis du temps à me laisser convaincre, tant il y avait longtemps que je n'avais pas patiné, explique-t-elle. Avec un bras pour me soutenir, après trois ou quatre tours de patinoire, je commençais à vraiment m'amuser.

– Ce ne devait pas être le bras de n'importe qui, lance Victoire. Je te connais assez pour savoir qu'il n'y a pas grand monde qui puisse te faire changer d'avis...

– Vous devinez ? »

Victoire baisse les yeux. Le silence de Marie-Ange et son embarras lui confirment qu'il s'agit de Colombe.

« Elle va bien ?

– De mieux en mieux. On a fait une promenade en sleigh, au son des grelots. Je pensais à M. Georges-Noël en regardant défiler les attelages à quatre chevaux et ceux en arbalète. »

« Essaie-t-elle de m'entraîner sur une autre piste ? » se demande Victoire, agacée de la voir aussi avare de commentaires sur Colombe.

« Vous auriez dû voir les belles carrioles toutes vernies devant la résidence de sir George Drummond.

– Ça me surprend que vous soyez allées dans le quartier le plus cossu de la bourgeoisie anglaise pour faire de la sleigh.

– Je ne serais pas allée seule. Pour Colombe, c'était normal.

— Est-ce que je dois comprendre qu'elle s'est réconciliée avec sa famille ?
— Elle l'avait fait au couvent. Enfin, depuis que les journaux lui ont appris qu'un certain monsieur à qui son père voulait la marier était décédé d'un accident...
— D'un accident ?
— Si on peut dire. Des rumeurs de suicide courent. »

Dans la tête de Victoire, c'est le chaos. Une autre version de l'énigme de Colombe ? « Combien y en aura-t-il ? À quand la prochaine ? Aussi bien ne pas la rencontrer avant de connaître le fin mot de cette histoire-là », se dit-elle, acceptant enfin cette absence douloureuse.

∼

Candide, toujours en attente d'une réponse favorable à son projet d'acheter des parts de la Dufresne & Locke, devient un peu moins morose en apprenant qu'une partie de ses vœux est exaucée. « Ta mère et moi avons finalement décidé, en attendant ta majorité, de te remettre, en mars prochain, dix pour cent des profits de notre entreprise, à compter de la date de ta demande, février 1902. Ce sera votre cadeau de noces. Après, si tu veux toujours acheter des parts, on discutera de majeur à majeurs.
— Nativa aussi aurait voulu en acheter.
— Je n'ai rien contre, mais à une condition, reprend Thomas avec une fermeté que Candide ne lui connaissait pas.
— Quelle condition ?

— Si ton intention est d'ouvrir, non pas un magasin, mais une nouvelle manufacture de chaussures, que ce ne soit pas à Maisonneuve. »

Candide est indigné. « Réalisez-vous que vous me privez du bonus et de l'exemption de taxes que vous êtes venus chercher ici ?

— À moins que ce soit un commerce qui n'entre pas en compétition avec la Dufresne & Locke, précise Thomas.

— C'est votre dernier mot ?

— C'est une résolution du conseil.

— Maman est de votre avis ?

— Oui, mon homme. Et si j'ai un conseil à te donner, tu ferais mieux d'apprécier ce qu'on t'offre parce que j'en connais d'autres qui ne cracheraient pas là-dessus. »

Thomas regarde son fils avec l'impression de se revoir lorsqu'à vingt ans, il a tenu tête à Euchariste Garceau, désireux de racheter le domaine de la rivière aux Glaises. « C'est primordial de prendre un bon pli en partant », a recommandé Victoire, prévoyant une même demande, tôt ou tard, des trois frères de Candide. L'entreprise est florissante et doit le demeurer, ont convenu les membres du conseil. Les salaires du dernier semestre en témoignent : plus de onze mille dollars versés à leurs soixante-quinze employés, dont Jean-Thomas Du Sault, Oscar et Candide à temps plein, et Marius et Romulus, à mi-temps. Maisonneuve versera donc à la Dufresne & Locke le bonus promis de deux mille cent cinquante-quatre dollars et soixante-cinq sous.

~

« Une société prospère comme la nôtre doit pouvoir améliorer l'instruction de nos jeunes de toutes les classes sociales, dit Victoire, de retour d'une réunion animée par Marie Gérin-Lajoie et à laquelle ont participé plusieurs laïques et religieuses enseignantes. On construit des églises, on ouvre des clubs nautiques, on multiplie les entreprises, mais on oublie de préparer nos ouvriers de demain. Notre industrie se développe à tel point qu'on doit recruter notre main-d'œuvre spécialisée chez les immigrés, nous a appris la conférencière. »

Alexandrine écoute Victoire religieusement. Une flamme apparaît dans son regard. « Si je suis destinée à ne pas avoir d'enfants, je pourrais peut-être enseigner…

— Peut-être, concède-t-elle, mais je serais surprise que les enfants des autres te suffisent. En tout cas, on a un grand besoin de bonnes institutrices laïques dans nos écoles francophones.

— Vous avez quelque chose à redire de l'enseignement des religieuses ?

— Elles font un travail admirable. Mais les religieux devraient suivre l'exemple du couvent d'Hochelaga qui offre des cours de biologie, de physique et d'astronomie. Le français, l'histoire, les mathématiques, la musique et les arts ménagers, c'est bon, mais il faut aussi être de son temps. Les familles ouvrières ne peuvent pas envoyer leurs enfants dans ces couvents. Nos jeunes Canadiennes françaises n'ont guère la possibilité, à moins d'être pensionnaires, de poursuivre leurs études en français. Ici on a le couvent d'Hochelaga, pour les jeunes filles de la bonne société, comme on dit ; à Montréal, le Mont-Sainte-Marie et Villa-Maria conviennent aux filles des familles bourgeoises désireuses de briller dans les meilleurs salons en attendant de se distinguer en Europe. Mais les familles ne pouvant payer qu'avec du bois ou des produits agricoles ne peuvent y inscrire leurs filles. »

Alexandrine pouffe de rire. « Il me semble voir un cultivateur se présenter à Villa-Maria avec ses choux ou ses sacs de farine sur le dos...

— Je compte suivre de près les projets de la Ligue de l'enseignement. Tu viendras avec moi à la prochaine réunion ? »

Victoire apprécie que la Ligue s'occupe de rendre l'enseignement primaire plus accessible. Que cette Ligue s'inspire des modèles américains lui paraît bien, dans la mesure où ses programmes d'études sont adaptés aux besoins du XXe siècle et qu'ils permettent aux professeurs de se perfectionner.

« Je ne comprends pas pourquoi le clergé est contre cette Ligue, avoue Alexandrine.

— Ce n'est pas la première fois qu'il obéit à la peur et à la soif de pouvoir.

— Peur de quoi ?

— De qui ? devrais-tu dire. Les politiciens et les gens d'affaires canadiens-français, membres de cette Ligue, sont aussi des personnes associées à l'Émancipation.

— L'Émancipation ? Je ne connais pas ce mouvement.

— Une loge maçonnique. Les autorités religieuses soupçonnent les francs-maçons de vouloir laïciser le Québec comme ils ont laïcisé la France. Mgr Bruchési a peur que le gouvernement lui fasse perdre son pouvoir.

— Il est spécial, ce Mgr Bruchési, vous ne trouvez pas ?

— Il faut peut-être connaître son passé pour comprendre ses valeurs.

— Ça m'intéresse, madame Dufresne. Racontez-moi.

— Mgr Bruchési a l'âge de mon mari. Il est né à Montréal mais descend d'immigrants italiens. C'est pourquoi il a fait son séminaire en France et en Italie, et qu'il a été ordonné prêtre à Rome. Ainsi il est nettement plus cultivé que la majorité de nos prêtres.

— Alors comment un homme si instruit peut-il désapprouver l'idée que la même chance soit donnée à tout le monde ?

— Une seule explication : le clergé s'obstine à vouloir garder le contrôle de l'éducation, sous prétexte que le gouvernement ne veut qu'une chose : sortir les crucifix des écoles.

— Mgr Bruchési aura beau s'opposer, il ne peut, à lui seul, empêcher le gouvernement de voter des lois.

— Mgr Bruchési n'est pas seul. Il a des relations avec les grands de ce monde, mais aussi avec de hauts personnages de la hiérarchie ecclésiastique. S'il veut bloquer un règlement, il se rend à Rome. Rien de moins. C'est ce qu'il a fait il y a cinq ans.

— Comme ça, la Ligue de l'enseignement a peu de chances de gagner sa lutte.

— Mgr Bruchési réussira sans doute à faire accepter que les commissaires catholiques soient élus par le peuple au lieu d'être nommés par le gouvernement et l'archevêché.

— Mais pour en revenir à mon idée d'enseigner, qu'est-ce que vous en pensez ?

— C'est à toi et à Oscar de décider. Mais avant de lui en parler, je te conseille d'en envisager toutes les conséquences. »

∼

« Je sens que 1903 sera mon année », songe Candide en recevant une réponse positive à ses démarches du printemps précédent.

Sensible à la déception de son jeune frère, Oscar a sollicité ses idées et sa collaboration, lors d'un congrès à Paris auquel il assistait à la demande de la ville de Maisonneuve, afin de trouver de nouveaux débouchés pour le commerce de la chaussure à l'étranger. Des trois délégués, Oscar est le seul à avoir prêté l'oreille à des commerçants égyptiens. Une occasion exceptionnelle pour la Dufresne & Locke. Avec Candide, entraîné depuis deux ans à la mise en marché, Oscar a étudié les besoins des Égyptiens, soumis une proposition et suggéré des modèles confectionnés dans leur manufacture. Un mois plus tard, des grossistes du Caire et d'Alexandrie passaient une première commande de chaussures à la Dufresne & Locke. Candide a touché vingt pour cent des profits.

« Si j'avais prévu qu'on puisse un jour exporter en Égypte, jamais je ne t'aurais accordé un si gros pourcentage », dit Thomas, rieur.

Dans la salle à manger, toute la famille est réunie pour le repas du dimanche midi. Candide avoue : « Je suis plus gagnant maintenant que si vous m'aviez accordé ce que je vous demandais, l'an dernier, jour pour jour.

– Ça ne veut pas dire qu'on ait renoncé à ouvrir notre propre commerce », prévient Nativa.

L'atmosphère se refroidit quelque peu.

« Je vous annonce aussi, poursuit Candide, que j'ai un autre débouché en vue. Comme j'y ai travaillé seul, je déciderai de la part qui me revient si ça marche.

– On s'en reparlera en temps et lieu », s'empresse de répondre Thomas qui n'aime pas discuter d'affaires au cours des repas.

« Le mal est fait », pense Victoire, se demandant si la revendication de Candide doit être imputée à l'insécurité, à une ambition démesurée ou au besoin de se démarquer du reste de la famille.

« On avait encore autre chose à vous annoncer », lance Nativa, cherchant l'approbation de Candide.

Cécile brûle de curiosité.

« On a choisi notre date, déclare-t-elle, laissant à son amoureux le plaisir de la divulguer.

– Laissez-moi deviner, prie Cécile. C'est en mai.

– Oui ! s'écrie Nativa.

– Autour du 16, comme nous, suppose Alexandrine.

– Le 25, pour être sûr qu'il fera chaud, précise Candide.

– C'est le mois le plus romantique de l'année, dit Nativa.

– Serait-ce parce que notre petite sœur Laura aurait eu vingt-neuf ans ce jour-là ? demande Oscar.

– Oui. Ce que je sais de Laura m'a toujours fascinée, déclare Nativa.

– Il n'a pas fini de nous surprendre, celui-là, dit Thomas en se tournant vers son épouse, visiblement émue.

— Si la réincarnation existe, ajoute Nativa, qui nous dit qu'elle ne nous choisira pas comme parents ? »

Un silence lourd d'émotion suspend la conversation. Cécile tente de comprendre par elle-même ces mystérieux propos. Un débat animé s'ouvre alors sur « l'après-mort ».

« Prouvez-moi que cette croyance n'est pas incompatible avec la foi chrétienne, exige Alexandrine. Mes parents sont au ciel et je ne souhaite pas qu'ils soient obligés de revenir sur la terre un jour. On a assez de vivre une fois, il me semble.

— L'existence t'est à ce point pénible ? rétorque Nativa, en guise de taquinerie.

— Tu verras bien quand ça fera trois ans que tu pries sans être exaucée », répond Alexandrine, au bord des larmes.

Oscar l'appuie, étonnamment plus attaché à la religion judéo-chrétienne que sa mère ne l'aurait cru. « Une des plus grandes épreuves que peut vivre un couple est de ne pas avoir d'enfants, déclare-t-il à son tour.

— Moi, dit Romulus, j'en aurai juste un. Comme ça, y aura jamais de chamaillerie dans la famille.

— Le moins d'efforts possible, c'est bien toi, ça, lance Marius.

— C'est bien plus important de faire marcher sa tête que ses bras », riposte le frère cadet, soutenu par Oscar qui reconnaît qu'il faut tout de même agir après avoir bien réfléchi.

~

En ce début de 1903, les agriculteurs tentent de se regrouper en coopératives, Olivar Asselin souhaite canaliser la révolte de la jeunesse contre les vieux partis, deux prêtres, Lionel Groulx et Émile Chartier, prêchent aux jeunes des valeurs religieuses et nationalistes. Par ailleurs, bien que condamnés par le clergé, les débardeurs et les employés des tramways, poussés par un vent syndicaliste, recourent à la grève pour faire respecter leurs droits.

À Chambly, une jeune chanteuse est appréciée des siens. Albani, de son vrai nom, Emma Lajeunesse, native de Chambly, a été formée en Europe et ouvre la saison. Candide, Nativa, Oscar et Alexandrine ont réservé leur dimanche pour assister au récital qu'elle doit donner dans sa paroisse natale. Victoire et Thomas les accompagnent.

Dès son apparition dans l'église bondée, elle est accueillie par des applaudissements spontanés de la foule.

« J'ai aujourd'hui le grand honneur, dit le présentateur en redingote, de vous présenter Mme Emma Lajeunesse. Cette petite fille de chez nous monte sur une scène de Montréal dès l'âge de neuf ans. Pianiste et chanteuse, elle devient la première musicienne canadienne à connaître une renommée internationale. Plusieurs d'entre nous se souviendront de son premier récital, donné en 1856 au Mechanic's Hall à l'angle des rues Saint-Pierre et Saint-Jacques. Malheureusement pour nous, Emma doit partir vivre avec ses parents aux États-Unis où elle est engagée à la paroisse Saint-Joseph d'Albany, comme soliste et organiste. Son extraordinaire talent lui mérite des bourses qui lui permettent, à vingt et un ans, de poursuivre des études musicales à Paris avec M. Duprez, et à Milan, avec M. Lamberti. »

Le public applaudit. Nativa est transportée d'allégresse et d'envie.

« À vingt-trois ans, Mme Lajeunesse commence sa carrière en Italie, à l'Opéra de Messine, triomphe à Florence et à Malte dans *Le Barbier de Séville*. L'année suivante, la prestigieuse salle d'opéra Covent Garden lui offre un contrat et Emma Lajeunesse lui reste fidèle pendant vingt-quatre ans. Durant cette période, elle chante dans des salles d'opéra très célèbres en Russie, en France, en Angleterre et au Metropolitan Opera de New York. Son immense talent lui permet d'interpréter du Wagner, de créer *Rédemption* de Gounod sous la direction d'un compositeur qui lui écrit l'oratorio *Mors et Vitæ* qu'elle présente au festival de Birmingham en 1885. La même année, elle chante sous la direction de Dvořák et, en 1886, elle interprète l'oratorio *La Légende de sainte Élisabeth* devant son auteur, Liszt. »

Le présentateur est de nouveau interrompu par les ovations du public.

« Avant de lui céder la scène, laissez-moi le plaisir de vous apprendre que notre grande artiste est l'amie personnelle de la reine Victoria et qu'elle a l'honneur de chanter dans ses soirées privées aux châteaux de Windsor et de Balmoral. »

De plus en plus exaltés, les spectateurs se lèvent et frappent dans leurs mains pendant près de deux minutes. « Je me serais crue au paradis si je n'avais pas tant souhaité être à sa place, s'exclame Nativa en sortant de l'église.

— Si tu étais née en 1847, dans sa famille, peut-être aurais-tu pu devenir aussi célèbre, répond Victoire.

— Je n'ai tout de même pas son talent. »

Candide la reprend : « Si tu avais eu la chance d'étudier avec des professeurs aussi talentueux, tu serais devenue aussi bonne, mais tu n'aurais pas eu le bonheur d'épouser l'homme le plus extraordinaire de la terre. »

Nativa s'élancerait bien à son cou, mais intimidée, elle se contente de poser ses mains sur ses épaules, son regard amoureusement plongé dans le sien.

Victoire ne doute pas des chances de bonheur de ces deux jeunes gens. « Enfin, une histoire d'amour sans déchirure », se dit-elle, encore troublée par celle d'Oscar et de Colombe.

Sur le chemin du retour, elle est tirée de ses jongleries par une proposition alléchante des futurs mariés : « Pourquoi ne pas venir entendre chanter les Botrel avec nous au château Frontenac, le mois prochain ?

– Mais ils ne doivent pas venir à Montréal ?

– Oui, mais ce ne sera pas la même ambiance qu'au château Frontenac... »

Victoire en convient ; Thomas accepte avec plaisir.

Le 28 avril, Thomas, Victoire, Cécile et Romulus prennent le train en compagnie des deux jeunes couples et s'offrent, par la même occasion, un petit séjour dans la ville de Québec. À la gare Windsor, les admirateurs du couple Botrel se distinguent des autres passagers et ils sont nombreux. Les occasions de se réjouir ne manquent pas. Pour Cécile, c'est le plaisir de partager sa chambre d'hôtel avec Nativa pendant deux nuits et pour cette dernière, c'est de fredonner certains airs des chanteurs bretons.

Le train quitte Montréal. Parmi les passagers, les Dufresne remarquent Florence, cette ancienne admiratrice d'Oscar. Les retrouvailles sont courtoises, même chaleureuses. Professeur de chant et de piano, Florence ne parle pas de sa vie privée mais elle semble heureuse. Après avoir salué Oscar et son épouse, fait la connaissance de Nativa et pris des nouvelles de toute la famille, elle s'excuse de devoir aller retrouver sa compagne de voyage. « Vous rentrez à Montréal le 31 ? Quel heureux hasard, s'exclame-t-elle, précisant qu'elles seront sur le même train. On pourra se reparler... »

Les gares succèdent aux gares, puis le train siffle enfin à l'entrée de Québec. Les voyageurs s'affairent à rassembler leurs effets. Manteau sur le bras, l'air frondeur, Cécile se précipite vers la sortie. Son père lui ordonne de faire demi-tour : « Tu nous attends, jeune fille. T'as pas idée comme c'est dangereux pour une belle fille de treize ans de s'aventurer seule dans cette ville », dit-il, sous les éclats de rire de la famille.

Debout entre deux sièges libres, Cécile regarde les voyageurs défiler sur le quai. « Maman, viens voir, c'est Florence... avec Colombe, on dirait », s'exclame-t-elle. Victoire tend le cou, suivie d'Oscar vers qui elle se tourne, ébahie. « C'est bien elle. J'aurais dû y penser. C'est Florence qui avait conseillé à Colombe de venir se réfugier chez nous, murmure-t-elle.

— Qu'est-ce que vous dites, maman ? » demande Cécile.

Victoire ignore sa question, toute à son émotion.

« Ça vous contrarie..., devine Oscar.

— Un peu.

— Mais vous aviez bien plus d'occasions de la croiser à Montréal que dans cette foule, vous ne pensez pas ?

— Je suis de ton avis. Ne t'inquiète pas pour moi, je ne vais pas m'en faire outre mesure : on a une si belle fin de semaine en perspective. »

Deux heures avant le récital, toute la ville est déjà en fête. Un cortège de fanfares, d'étudiants et de zouaves pontificaux accompagne Théodore Botrel et son épouse au château Frontenac.

Quelle soirée ! écrit Victoire à la lumière d'une bougie dans la chambre d'hôtel au luxueux décor. *Il est presque trois heures et je n'ai pas fermé l'œil, tant je suis remuée. Pourquoi fallait-il que Florence et Colombe soient assises dans la même rangée que nous ? Serait-ce le temps de faire les premiers pas vers Colombe ? Pour dire quoi ? Pardonner ? Je doute de pouvoir le faire correctement. Qu'elle ne prenne pas l'initiative de m'aborder me choque. J'aurais tant souhaité qu'elle demande à me voir, me présente ses excuses et me raconte tout. Sa volonté de rester derrière Florence toute la soirée indique bien qu'elle n'a pas l'intention de me parler. À moins que la honte et la culpabilité la paralysent... Je crois que si on confirmait mes doutes, j'irais vers elle pour nous libérer toutes deux du poids qui encombre nos vies. Je crains, toutefois, que Thomas me désapprouve. Je dois laisser le temps apaiser ma souffrance, être à l'écoute des signes que me donnent les événements, en faire une règle de conduite face à tous mes problèmes.*

Avant que Victoire souffle la chandelle, Thomas déjà glissé sous les couvertures se relève et propose : « Je vais mettre le carton sur la poignée de porte pour ne pas qu'on nous réveille demain matin. » Il enlace ensuite sa bien-aimée et l'amène vers le lit, désolé de la voir si tourmentée. Ses conseils comme ses mots d'encouragement lui semblent vains. Et pourtant Victoire s'est rarement sentie aussi bien comprise par son mari. Après l'avoir remercié, elle plonge dans un profond sommeil jusqu'au milieu de la matinée.

Lorsqu'elle s'éveille, l'air de *La Paimpolaise* trotte dans sa tête. Elle prend plaisir à le fredonner. « Celui qui m'est resté collé à l'oreille, c'est *Mon biniou* », dit Thomas qui chantonne, mimique à l'appui, son refrain favori.

Toute la famille Dufresne se retrouve dans la salle à manger pour le dîner. Les plus jeunes insistent pour écouter le récital des Botrel au manège militaire. Telle n'est pas l'intention de Victoire et de son mari. Pourtant, en y conduisant leurs enfants, ils sont pris au piège de l'ambiance. Le cortège de la veille accompagne le couple à la salle du manège, décorée aux couleurs françaises. Histoire d'offrir un peu de nouveauté au public, les chanteurs, revêtus d'excentriques costumes bretons, bercent le public avec leurs compositions, chantent la vieille France catholique. De quoi nourrir les nostalgies.

Victoire se laisse griser par leurs ballades, l'esprit libéré. Au moment de repartir, le lendemain matin, Candide sollicite un entretien privé avec sa mère : « À bord du train si possible.

— Sans Nativa ? demande-t-elle.

— Avec ou sans elle, ça ne change pas grand-chose...

— Rien de dramatique, j'espère ?

— Non, non. Mais comme il ne nous reste qu'un mois avant notre mariage, j'aimerais mettre certaines choses au clair.

— Pourquoi exclure ton père ?
— J'aimerais vous en parler d'abord », prie Candide.
« Ils se sentent incompris et mal jugés, dit Victoire à Thomas après l'entretien. Ce que nous pensons être une rivalité, une jalousie même, chez Candide, est un simple désir de s'assumer seul et de bâtir son avenir comme nous l'avons fait, nous deux.
— Je ne comprends pas qu'il tienne tant à se démarquer de la famille, réplique Thomas.
— Nativa, à qui j'ai fait cette réflexion, m'a répondu : "C'est une question de fierté personnelle. Comme nous voulons beaucoup d'enfants, il nous semble important d'avoir notre propre entreprise et de l'administrer à notre façon. Rien ne nous garantit que la vôtre soit à l'épreuve d'une faillite. S'il fallait que ça arrive une autre fois... On ne voudrait pas se retrouver dans la rue."
— Elle n'exagère pas rien qu'un peu, la petite ! Tu vois qu'elle ne fait que répéter les propos de Candide.
— Ses craintes sont inspirées d'une certaine sagesse, pourtant. Je te laisse y penser », dit Victoire en se dirigeant à la salle de bains.
« Mme Dufresne n'est pas avec vous ? » demande-t-on à Thomas quelques minutes plus tard. Cette voix a des accents qu'il connaît. Il replie son journal et aperçoit, posée sur le dos de son siège, la main de Colombe.
« Victoire devrait revenir dans quelques minutes. Si tu veux l'attendre... », fait-il en désignant le siège libre devant lui.
Colombe préfère demeurer debout. Les salutations d'usage à peine terminées, elle signifie son intention de revenir, avant que le train entre en gare.

« Qu'est-ce qu'elle voulait, papa ? demande Cécile, assise deux sièges plus loin, en compagnie de Candide et de Nativa.
— Prendre des nouvelles de la famille... »
Oscar qui a observé la scène s'approche de son père. Thomas lui confie : « Je pense bien n'en rien dire à ta mère. S'il fallait que mademoiselle ne revienne pas, elle se ferait encore du mauvais sang pour rien.
— Je vais avertir Cécile...
— Pourquoi ? demande cette dernière qui surveille déjà le retour de sa mère.
— Je t'expliquerai ça à la maison. Pour l'instant, retiens ta langue, jeune fille. »
Oscar est intervenu à temps. Il voit sa mère revenir, le sourire aux lèvres. « Je viens de parler à Florence, lui apprend-elle.
— Colombe n'était pas avec elle ? demande Oscar innocemment.
— Non. Et comme elle n'en a pas parlé, je n'ai pas posé de questions.
— Ah...
— J'aurais dû ?
— Non, non. Je croyais simplement qu'elles devaient revenir ensemble.
— Regarde ce que Florence m'a donné », dit-elle, rayonnante.
Une carte postale, représentant les parents Botrel et leurs deux enfants, lui a été personnellement dédicacée :
À Mme Victoire Du Sault, une dame exceptionnelle, au courage et aux talents exceptionnels.
« C'est Florence qui a pensé à ça ? demande Oscar, visiblement sceptique.

— Pourquoi pas ?
— Ce n'est pas son genre, il me semble.
— Tu es drôle, toi.
— Vous ne trouvez pas que ces mots-là sont forts, venant de Florence ?
— Ils ne viennent pas d'elle, mais des... C'est vrai. Elle a dû les dicter aux chanteurs. »

« Colombe serait-elle responsable de cette initiative ? » se demande Victoire. Dans le regard d'Oscar, elle lit le même doute. Que Colombe ait prononcé de telles paroles à son endroit la rendrait euphorique. Mais sa raison vient à sa rescousse, pour lui épargner une autre déception.

« Si jamais Colombe venait parler à ma mère, elle la trouverait bien disposée », se dit Oscar, rassuré.

Le train file, le temps fuit et Oscar lance à son père des regards tantôt inquiets, tantôt réjouis. Victoire leur semble si heureuse qu'ils souhaitent que Colombe ne se manifeste pas avant que le train entre en gare.

∼

« On dirait que l'univers entier s'est donné le mot pour que cette journée soit une des plus belles dans les annales des Dufresne », dit Thomas.

Le temps était superbe pour un 25 mai et les mariés resplendissaient de bonheur. Que d'émotions pendant la cérémonie religieuse ! La chorale leur a réservé la surprise d'une soliste à la voix sublime, Laura Larocque, cousine de Nativa. Cette demoiselle les a charmés pendant le banquet et jusqu'à tard dans la soirée où alors ce fut le tour de Romulus de lui chanter la romance.

« Je le soupçonne d'avoir réussi à la séduire, dit Victoire.

— Je n'en serais pas fâché, mais je trouve qu'à seize ans, ils sont un peu jeunes, estime Thomas.

— Par contre, je sais que Romulus retrouverait confiance en lui s'il avait la chance de prouver à ses frères et à ses copains qu'il peut attirer une jeune fille aussi jolie et talentueuse que Laura. »

Bien que Donat ait accepté d'accompagner Laurette enfin de retour parmi eux, il a dansé toute la soirée avec une demoiselle Dagenais n'a pas semblé s'en plaindre.

« Ce mariage a raffermi des liens fragiles et raccommodé ceux qui s'étaient rompus », pense Victoire qui n'aurait pas cru que Colombe accepterait l'invitation de Candide. Comme elle n'avait pas confirmé sa présence, la famille Dufresne avait conclu qu'elle ne viendrait pas. Qu'elle se soit présentée uniquement à la soirée de danse fut apprécié de plusieurs. L'endroit et le moment se prêtaient peu à une conversation, mais Colombe est allée vers Victoire et l'a saluée avec une courtoisie qui l'a profondément touchée. Quelle habileté aussi lorsqu'elle a proposé un rendez-vous discret au parc Sohmer à l'occasion de la séance cinématographique que M. Ouimet promettait de donner en juin ou juillet prochain. « Je suis sûr qu'elle s'est bien amusée et Georges-Auguste aussi. Ils ont dansé ensemble presque toute la soirée, dit Thomas en faisant le bilan de cette journée.

— La seule ombre au tableau, confie Victoire, c'est la présence de ce M. Mailhot qui accompagnait Délima. Je souhaite qu'elle ne s'en amourache pas. Il m'a semblé dur, pour ne pas dire violent dans ses propos, et possessif par surcroît. J'aurai bien l'occasion, au cours de l'été, d'en causer avec elle. »

∼

Le 25 juin, Candide et Nativa reviennent d'un « superbe voyage » à Terre-Neuve. « Un contrat en main », annonce le nouveau marié, faisant allusion au débouché annoncé l'hiver précédent.

« Je vous avoue, dit Thomas, que pour un voyage de noces original, c'en est tout un !

– Rien ne nous empêchait de joindre l'utile à l'agréable », rétorque Nativa, quelque peu vexée.

La famille est réunie dans la cour arrière, humant l'odeur d'un seringat en pleine floraison, Candide expose le libellé de l'entente avec un marchand de Saint John's. Il ne manque que les signatures de Victoire, propriétaire de la Dufresne & Locke, et des membres du conseil d'administration. « Vous vous souvenez des conditions de ce contrat-là ? Vingt-cinq pour cent des profits me reviendront, leur rappelle-t-il.

– Tout contrat se négocie, réplique son père.

– C'est à prendre ou à laisser, déclare Candide.

– Le mariage ne t'a pas rendu plus modeste, à ce que je vois. »

Victoire allait intervenir lorsqu'elle se souvient d'une semblable compétition entre son mari et Georges-Noël.

Thomas ne manifeste pas la compréhension que Candide souhaitait obtenir avant son mariage. « À vouloir brûler les étapes, dit le père à son fils, tu risques de commettre des erreurs regrettables.

— On a fait les nôtres, nuance Victoire.
— Oui, mais eux ont la chance de démarrer solidement dans la vie. On avait tout à bâtir, nous, alors qu'ils n'ont qu'à continuer ce qui est commencé.
— J'apprécie ce que vous avez fait et voulez faire pour nous, dit Candide, mais je ne veux pas me limiter au sentier que vous avez tracé. »

Le regard compréhensif et implorant de Victoire incite son mari à plus de tolérance.

Penché sur les papiers étalés sur la table, Oscar grommelle de satisfaction. « Ouais, le frère ! Tu n'as pas laissé tes talents de négociateur à Montréal... »

La réflexion attire l'attention de Thomas. Il examine les clauses du contrat et déclare plus conciliant : « C'est une très bonne idée d'exiger un minimum d'achats par année... et sur cinq ans, en plus. »

Sur des feuilles que Cécile lui apporte, Oscar jongle avec les chiffres et conclut : « On ne peut pas signer ce contrat-là...
— Quoi ? s'écrie Candide, prêt à s'emporter.
— Laisse-moi finir. On ne peut signer ce contrat si on n'agrandit pas notre bâtisse. Regardez bien. »

Oscar leur trace un sommaire des productions à sortir au cours des six prochains mois en tenant compte du contrat négocié par Candide et de ceux sur le point de se signer avec le Caire et Alexandrie.

« On ne devrait pas tarder à demander un nouveau bonus à la ville de Maisonneuve, propose Victoire.
— Et exiger que l'exemption de taxes soit attribuée aussi au nouvel immeuble, ajoute son mari.
— Vous voulez un plan ? Je suis votre homme, offre Marius. Je voulais justement vous annoncer mon

intention d'ouvrir un bureau sur la rue Lasalle, juste au-dessus de la Banque Toronto Dominion.
— T'ouvrir un bureau ? Tu ne serais pas un peu trop pressé ? demande Thomas.
— J'ai déjà des petits contrats, et nos professeurs nous ont encouragés à en décrocher pendant nos vacances. On va regarder ça avec eux à l'automne.
— Il suffit probablement de doubler la surface de l'immeuble. Je ne verrais pas d'objection à ce que Marius s'en occupe, déclare Oscar.
— J'imagine le prix d'un loyer dans cet édifice-là, reprend Thomas en s'adressant à Marius.
— L'image n'est pas à négliger », rétorque le futur ingénieur.

Oscar, Candide et Marius rapprochent leurs chaises, tracent des plans pour les dix ans à venir. À leurs ambitions financières s'ajoute la volonté d'embellir leur ville.

Oscar n'a pas renoncé à faire de Maisonneuve cette ville-jardin où il fait bon vivre. Avec Marius, il a esquissé des édifices, des parcs et des aménagements routiers. Candide les y encourage, bien que d'abord préoccupé par son propre avancement et par le confort qu'il rêve d'offrir à ses enfants.

« Ils vont trop vite, dit Thomas, lorsque Victoire en discute avec lui après leur départ.
— Je pense que tout ce qui arrive est normal. Ils veulent aller de l'avant, à leur manière et à leur rythme. »

Victoire s'arrête, un sourire narquois aux lèvres.

« Tu ne vas pas me dire qu'on commence à perdre la cadence ? rétorque Thomas.

– Qu'on se sente un peu bousculés devrait nous faire plaisir, tu ne penses pas ? Ils suivent tout simplement notre exemple, rappelle-toi... »

Une rétrospective des luttes qu'ils ont menées, trente ans plus tôt, pour réaliser leurs projets devrait réconcilier Thomas avec les ambitions de Candide et de Marius, mais la crainte que leurs initiatives mettent l'entreprise familiale en péril l'obsède. « Je ne voudrais pas, pour tout l'or du monde, revivre une autre fermeture, avoue-t-il. Candide et Marius sont trop jeunes pour s'en rappeler, ça paraît. Oscar est plus prudent. »

Thomas s'est rarement montré inquiet depuis l'ouverture de la Dufresne & Locke. Les progrès de l'entreprise, l'intérêt manifeste de ses fils lui ont apporté une sérénité que Candide ébranle depuis un an. « Vient un âge où il est presque inévitable de se sentir dépassé », déclare Victoire, annonçant qu'elle va s'allonger quelques minutes avant le souper. La soupçonnant d'être accablée par ces disputes de famille, Thomas est d'abord tenté de l'imiter, puis il choisit d'aller marcher sur la grève. « La solitude nous aidera à mettre de l'ordre dans nos idées », pense-t-il.

∼

Victoire est déterminée. « Avant que l'été nous tire sa révérence, je veux retourner à Pointe-du-Lac. Ce sera ma compensation », confie-t-elle à son mari, faisant allusion au rendez-vous que Colombe a repoussé à un moment indéterminé.

Cette fois, Thomas et Cécile, Alexandrine et Oscar sont du voyage. Chaque séjour à l'érablière ravive leur attachement pour ce coin où la nature féerique se renouvelle chaque saison. « La clairière s'est drôlement garnie », constate Victoire en se souvenant de la première fois qu'elle y a marché sans se douter de la présence de Georges-Noël. Trente ans se sont écoulés depuis. Oscar a repeint la maisonnette. Les murs et les châssis blanc et vert forêt la rendent plus attrayante encore. Les trois moulins sont fermés depuis le samedi midi, mais on devine leur fébrile activité. Des montagnes de billes destinées au bois d'œuvre et qui attendent d'être débarrassées de leur écorce sont cordées près du moulin à scie. « Je ne me rassasie pas de cette odeur », dit Thomas en passant devant le moulin à farine où il a fait ses débuts. Les poulies sont arrêtées, les courroies ne grincent plus, les moulanges ne tournent plus, mais il lui semble les entendre encore. Devant le moulin à carder, Victoire est assaillie par l'émouvant souvenir de sa mère. « Je suis renversée quand je pense qu'elle n'avait que deux ans de plus que Cécile lorsqu'elle a vécu toute cette violence...

— De quelle violence parles-tu ? demande Thomas.

— Ma mère ignorait tout de la vie quand elle s'est mariée. Elle se croyait déjà enceinte parce qu'un curé l'avait embrassée et caressée. Mon père lui a appris à sa manière et sans ménagement comment faire des enfants... »

Thomas l'écoute, stupéfait. « Mais on a de meilleurs souvenirs à partager, nous deux », reprend-elle en l'entraînant vers la rivière aux Glaises où ils trouvent un saule protecteur sous lequel s'asseoir. « Que de choses se sont à jamais perdues depuis cet été où nous nous sommes donné rendez-vous dans cette érablière...

– Mais toi, tu n'as rien perdu de ta beauté, dit Thomas. Elle est même plus impressionnante qu'en ce temps-là. »

Son épouse est surprise. « Je suis plus en mesure de t'apprécier, maintenant, explique Thomas. Sur tous les plans. T'as toujours dix ans de plus que moi, mais dix de moins dans ta tête et ton cœur. J'ai remarqué que tu te souviens mieux que moi de plein de choses. Entre autres, des risques qu'on a pris à l'âge de nos garçons… »

Un brin d'herbe entre les dents, Thomas poursuit sa réflexion sans que Victoire l'interrompe. « Ce n'est pas que je sois contre le fait de prendre certains risques. Celui avec l'Égypte est assez important, j'en conviens. Doubler la surface de notre bâtisse en vue de contrats avec des gens aux mentalités différentes en est un gros. Mais on a l'expérience.

– Ça ne nous met à l'abri ni d'erreurs ni de la malhonnêteté des autres.

– Es-tu en train de dire que l'expérience ne compte pas ?

– Elle limite le nombre de nos gaffes, mais si on n'est pas vigilant, on risque de regarder le présent et l'avenir avec les œillères de notre propre expérience…

– T'as raison, mais je voudrais tellement que nos enfants soient aussi heureux que je l'ai été grâce à toi », dit Thomas dont le regard amoureux a la brillance de la petite rivière miroitant au soleil.

Enlacés, ils reviennent vers la maisonnette où un copieux repas les attend. Dans ce site enchanteur, Oscar et Alexandrine ont momentanément oublié leur déception de ne pas être parents et ont cuisiné pour eux avec plaisir. « Comme dans le bon vieux temps », dit Thomas, ravi.

Il tarde à Victoire, le lendemain matin, d'aller rejoindre sa fille chez Délima avec qui elle a bien l'intention de causer tranquillement. Quelle n'est pas sa surprise de voir Cécile se précipiter au-devant d'elle en déclarant qu'elle aimerait repartir le plus vite possible. « Donne-moi au moins le temps de saluer Délima... »

Dans la cuisine d'été, Majorique Mailhot, visiblement ivre, et Carolus, dont le tempérament bouillonnant fait feu de tout bois, se disputent. Assis à la table, sur un banc collé au mur, Yvonne et Napoléon, respectivement âgés de onze et treize ans, ont reçu l'ordre de « rester tranquilles ». Délima s'affaire autour du poêle, malmenée par les propos désobligeants de Majorique sur la perversité des femmes. Lorsqu'elle se tourne vers Victoire, le visage tuméfié, elle a peine à retenir ses larmes. « Ça va bien, répond-elle à sa tante de peur d'être rabrouée par Majorique. Excuse-le, depuis hier soir il boit sans arrêt. C'est pour ça que Marie passe la journée chez une de ses soeurs avec ses enfants.

— T'as ben menti, espèce de putain, lance Majorique.

— Dire qu'il est si fin à jeun, murmure Délima.

— Chu à jeun. Laisse-moé pas m'lever, parce que je vas t'le montrer », rétorque Majorique dont le regard trahit des intentions lubriques.

Victoire est sidérée. Elle regrette amèrement d'avoir laissé partir Thomas au village. Il ne doit revenir qu'en fin d'après-midi pour filer à la gare. Sa présence aurait pu tempérer la violence des deux hommes et prévenir un geste regrettable. Victoire retournerait

bien à l'érablière, mais le besoin de protéger sa nièce la retient, impuissante et indignée de voir les trois enfants assujettis à un spectacle aussi dégradant. « Si tu lui servais à manger, chuchote-t-elle à l'oreille de Délima.
— J'ai essayé tant et plus...
— Venez vous asseoir dehors. Il fait trop beau pour rester en dedans, lance Victoire, innocemment.
— Toé, la vieille, crisse ton camp. Délima sortira pas de la cuisine. C'est moé qui mène icitte.
— Vous venez les enfants ? » reprend Victoire.

À pas feutrés, faisant un grand détour pour éviter de passer près de la chaise de Majorique, Yvonne et Napoléon suivent leur tante et sa fille. « Il faut trouver un voisin capable de raisonner Majorique, dit Victoire en implorant l'aide de Napoléon. Qui le connaît assez bien pour cela ?
— Il n'est pas de la place. Il n'a pas d'amis ici. »

Victoire laisse Napoléon sur la galerie au cas où Délima appellerait au secours et, prenant les deux filles avec elle, court chez les Garceau, assurée de leur collaboration. Elle n'a pas à s'éterniser sur les motifs de sa démarche pour qu'ils se mobilisent. « Il faut y aller à deux et sans qu'il se doute que c'est vous qui nous envoyez, dit Zoé.
— On pourrait apporter un sac de farine », suggère son frère en attelant le cheval.

Napoléon surgit alors épouvanté : « J'ai entendu Délima crier et pleurer, dit-il, au bord des larmes. Je pense qu'il voulait la traîner dans la chambre. »

Les deux enfants de Georgiana apprennent à Victoire qu'ils n'en sont pas à leur première scène de terreur ; leur père ne prend jamais la défense de Délima. « Je comprends maintenant que Georges-Auguste soit demeuré ici moins d'un mois et qu'Ulric soit parti depuis plus d'un an », pense-t-elle.

Quand Oscar et son épouse reviennent de leur promenade sur la grève, Victoire les informe de ce qu'elle vient de vivre. « Pourvu que les Garceau soient arrivés à temps pour cette pauvre fille », dit Oscar, la voix chevrotante d'appréhension.

Des sabots claquent sur la terre durcie. Alors qu'on attendait les frères Garceau, c'est la calèche de Thomas qui apparaît, ramenant une jeune femme humiliée et meurtrie.

« Tu restes ici avec les enfants tant que Majorique n'aura pas reçu son mandat de paix, ordonne Thomas.

– On va voir à leurs besoins, ne vous inquiétez pas, dit Zoé qui les suivait.

– Tenez, c'est pour leur acheter ce qu'il faut, dit Thomas en déposant sur la table des billets de vingt dollars.

– Voici, au cas où ce ne serait pas suffisant », dit Oscar, qui en rajoute.

Victoire, retirée dans une chambre avec Délima, sort ses vêtements de sa valise ainsi que ceux de Cécile. « Prends cela. Je vais t'en envoyer d'autres par le train dès demain. Mon frère va venir te les porter.

– Garde ta porte verrouillée, recommande Thomas, au moment de la quitter pour se rendre à la gare.

– On va voir à leur sécurité, promettent les frères Garceau.

– J'ai bien envie de rester ici, dit Victoire.

– Ce n'est pas nécessaire, madame Dufresne, assure Zoé. Ma sœur va venir avec notre berger allemand... »

Victoire doit se marcher sur le cœur pour quitter les deux enfants après les avoir serrés dans ses bras en pleurant. Délima, honteuse et souffrante, n'est pas sortie de la chambre. « Vous ne méritez pas ça, mes pauvres enfants », dit Victoire, déplorant de son cœur de mère que Georgiana ne soit plus de ce monde.

CHAPITRE VIII

« J'ai hâte de voir la tête de ceux qui se sont moqués de moi », dit Oscar, brandissant une lettre du gouvernement. Sa mère et Donat sont invités à dîner pour célébrer l'événement avec lui : la demande d'importer de France des chèvres de race alpine a reçu enfin un accueil favorable du ministère de l'Agriculture. Le premier troupeau à immigrer au Québec lui sera livré dans six mois, soit avant la fin de l'été 1904. À cette bonne nouvelle, deux autres s'ajoutent, plus réjouissantes encore : les commandes d'Égypte triplent, et la Dufresne & Locke a acquis la Royal Shoe Co. La ville de Maisonneuve ayant négocié pour prolonger ses voies ferrées et offrir un meilleur service d'électrification et d'approvisionnement en eau potable à ses citoyens, les Dufresne se voient justifiés de diversifier leurs intérêts et par là même, leurs revenus.

Sur un terrain à l'angle des rues Pie-IX et Rosemont, Oscar confie à Donat le soin d'aménager un enclos, de construire un bâtiment et de l'équiper de tous les accessoires nécessaires à l'entretien et à la traite des chèvres. Il lui tarde de conduire, tôt après le dîner, Donat, Victoire et Alexandrine sur ce terrain, qu'ils arpentent avec intérêt. Une flamme dans l'œil, Oscar explique : « Il faut calculer une surface au plancher de quatre pieds carrés par tête, plus une salle de traite, une laiterie et une pouponnière.

— Donc une bâtisse d'au moins huit cents pieds carrés, dit Donat, fort de son expérience et de son talent.

— Il faut l'isoler : une température continue de cinquante-cinq degrés doit être maintenue en hiver et ne pas dépasser quatre-vingts degrés l'été. Je ne veux pas perdre une seule de ces petites bêtes là. »

Oscar ajoute, un large sourire aux lèvres : « Vous allez découvrir qu'une chèvre peut être plus attachante qu'un chien.

— Je n'en ai jamais vu, mais ça me surprendrait, réplique Donat.

— Moi aussi, dit Alexandrine, sceptique.

— Vous verrez bien, riposte Oscar, rassuré par les paroles de sa mère à qui il est venu se confier : " Qui sait si en s'occupant de cette façon, Alexandrine ne se libérera pas du blocage qui l'empêche de devenir enceinte. " Pour en revenir au bâtiment, poursuit Oscar, il ne faut pas oublier que l'éclairage est essentiel à la survie des chèvres.

— Il faut aussi prévoir des trappes de ventilation, dit Donat.

— Très important : la chèvre dégage près de deux onces d'eau par heure. On gagnerait en construisant le bâtiment perpendiculairement aux vents dominants de l'été. Je veux un plafond en pente pour qu'on puisse installer deux cheminées sur le toit. »

Dans la carriole qui les ramène tous à la maison, Alexandrine, assise à côté de Victoire, demande l'avis de celle-ci. « Vous ne perdez rien à essayer, répond-elle.

Même si vous ne sauvez pas tout le troupeau, vous aurez au moins un lait plus riche que celui des vaches. Sans compter que...

— Vous êtes drôle, madame Dufresne. Vous parlez comme si c'était aussi mon projet. Je l'ai appris seulement ce matin, quand Oscar a reçu sa lettre.

— Tu connais ton mari, il voulait sûrement te faire une belle surprise », dit Victoire.

Alexandrine s'esclaffe. « Même si le ministère de l'Agriculture avait refusé, ça ne m'aurait pas déçue, vous savez. »

Sitôt arrivés, attablés dans la salle à manger, Oscar et Donat examinent les plans de Marius, décident des matériaux requis et évaluent les coûts sous les regards amusés des deux femmes.

« Il me reste maintenant à vous faire part de la partie la plus intéressante du travail », dit Oscar. Et s'adressant à Alexandrine, il déclare : « J'ai besoin de toi pour réussir cette expérience.

— De moi ?

— C'est en pensant à toi aussi que je voulais un troupeau de chèvres. »

Alexandrine s'inquiète.

« Savais-tu que les chèvres sont mieux élevées par l'homme que par leurs mères ? Que c'est l'animal d'élevage le plus docile, le plus sociable, le plus productif ? En plus, la chèvre est parmi les rares animaux à accepter de mettre bas devant un inconnu.

— La chèvre vit près de l'homme depuis dix mille ans, précise Victoire. Elle s'est adaptée à tous les climats et sait d'instinct choisir ce que la nature lui offre de mieux pour nous redonner sa peau et son lait.

— Sans parler des pouvoirs thérapeutiques de ce lait, enchaîne Oscar. En Allemagne, on l'utilise dans les sanatoriums. Les estomacs fragiles le supportent mieux ainsi que ceux qui ne peuvent pas boire celui de la vache.
— Je ne vois toujours pas en quoi ça me concerne, fait remarquer Alexandrine.
— J'y arrivais.
— J'aime mieux te prévenir, Oscar, tu ne me feras pas traire tes chèvres...
— Loin de moi cette pensée, même si ça pourrait être très amusant. Je te demanderais seulement de leur rendre visite tous les jours, de leur parler, d'apprivoiser leurs petits...
— Ce qui veut dire ?
— Souvent on doit les faire boire au biberon. À mon avis, tu ne pourras rester indifférente à la plus élégante de toutes les races de chèvres. »
Le visage d'Alexandrine s'est illuminé. Oscar s'empresse de lui décrire ladite bête : « Élancée, de petites oreilles dressées, elle est souvent tachetée de blanc, de fauve, de gris, de brun, de noir ou de roux. Les pleurs d'une chèvre naissante ressemblent étrangement à ceux d'un jeune enfant. Si on en croit ce qui est expliqué dans mon livre, elles ne demandent pas mieux que de rester dans nos bras. »
Alexandrine sourit.
Victoire les quitte à demi convaincue de l'intérêt de sa bru.
La fin de la journée passe à mettre la main aux plans de construction, à étudier les cultures propices à l'alimentation de ces mammifères et à fabuler sur la venue de centaines d'autres troupeaux au Québec.

Cette ambition n'est pas seule à nourrir l'optimisme d'Oscar. L'expansion vertigineuse de sa ville ravive son espoir d'en faire une *City Beautiful* sur le modèle britannique du Garden City. Des amis, dont Bennett et Desjardins, mais surtout Alexandre Michaud, commerçant de grains et exportateur, encouragent ses vues et promettent de l'appuyer. Nombre d'articles, dont celui de *La Patrie*, le 20 février 1904, justifient de telles aspirations. Oscar en fait la lecture à son épouse en cette fin de journée d'un froid sibérien. Les pieds sur un tabouret, près d'un crépitant feu de cheminée, Alexandrine s'emmitoufle dans sa robe de chambre, prête à l'entendre. Certains extraits devraient, croit-il, lui inspirer confiance. « Écoute ça : *En moins de cinq ans, la population de Maisonneuve a triplé. On reconnaît que c'est grâce aux têtes dirigeantes et aux manufacturiers qu'on doit la prospérité que connaît notre ville depuis une quinzaine d'années.* Et dans l'autre paragraphe on écrit : *Ils ont été critiqués dans les débuts et plusieurs d'entre eux ont essuyé des défaites injustes devant leurs électeurs pour avoir travaillé dans l'intérêt et pour le progrès de leur municipalité, avec toute l'énergie que sait inspirer la conviction d'hommes de prestige qui n'ont pas peur d'affronter les obstacles.*

— Un éloge de ta famille ne serait pas différent », dit Alexandrine, fière d'en faire partie depuis bientôt quatre ans.

Oscar reprend la lecture avec un enthousiasme débridé : « *C'est l'industrie qui fait progresser une ville et Maisonneuve progresse et progressera encore grâce à ses établissements industriels. Maisonneuve renferme aujourd'hui dans son sein la plus grande raffinerie du Dominion. La St-Lawrence Sugar Refining Co. paie deux cent vingt-cinq mille dollars de salaires par année. La manufacture de tapisserie Waston Foster & Co. a remporté le premier prix à la dernière exposition de Paris.* »

Oscar lève les yeux, le temps de s'assurer que son épouse l'écoute bien. « L'article fait mention aussi de la Terra Cotta Lumber, de la Kingsbury Footwear et de Lanthier qui emploierait deux cent vingt-cinq hommes et soixante-quinze femmes à qui il verserait un salaire annuel de soixante-quinze mille dollars.

– Est-il question de la Dufresne & Locke ?

– Bien sûr. Pas mal comme publicité, déclare-t-il. Le lecteur qui se donnera la peine de comparer les chiffres découvrira qu'avec deux fois moins d'employés, la Dufresne & Locke verse les deux tiers des salaires payés chez Lanthier.

– Tu as bien lu ?

– Lanthier, soixante-quinze mille dollars et nous, cinquante-cinq.

– Tu le savais ?

– Évidemment. La Slater et la Royal Shoe ont toujours, comme nous, versé des salaires supérieurs aux autres entreprises. Je suis content qu'on publie tous ces chiffres dans *La Patrie*.

– Il faut que tu montres cet article à ta mère.

– En parlant de ma mère, je ne saurais dire où elle a pris ça, mais elle prétend qu'entre vingt-huit et trente ans, une personne prend un tournant important dans sa vie, dit Oscar, rayonnant d'optimisme.

– Si j'en crois ses prédictions, j'ai intérêt à faire une croix sur la famille, dit-elle, dépitée, avant de se servir un verre de scotch. Je t'en sers un ? » demande-t-elle, bien que son mari refuse chaque fois.

« Il y a toujours une ombre au tableau », songe Oscar, peiné qu'Alexandrine boude toute initiative depuis qu'elle craint d'être à jamais privée du bonheur d'être mère. Elle a même renoncé à l'enseignement, pour ne pas que la fatigue ou le stress empêche une éventuelle grossesse. Le projet d'aujourd'hui saura-t-il rallumer en elle son enthousiasme ? L'inquiétude d'Oscar se double d'un sentiment d'impuissance chaque jour plus envahissant. Depuis un an, il lui arrive fréquemment de rentrer du travail et de trouver Alexdrine dans un état d'euphorie dû à l'alcool. Ce qui le trouble davantage, c'est son acharnement à nier son ivresse, alors que son haleine la trahit. Oscar regrette de ne pas lui avoir caché la cause de sa rupture avec Colombe et souhaite plus que tout au monde qu'elle n'apprenne jamais l'erreur de diagnostic qui avait déclaré cette jeune femme stérile. Lui vient à l'idée de demander à Victoire d'inciter Alexandrine à s'investir dans des œuvres de bienfaisance en attendant l'arrivée du troupeau de chèvres. Mais comment le faire sans lui en dévoiler la raison ? « Elle est hantée par cette histoire d'enfant, déclare-t-il à sa mère le lendemain midi, devant la manufacture. Il faudrait qu'elle s'occupe...

— T'as un peu de temps ? Viens donc en discuter à la maison », suggère Victoire.

Oscar refuse rarement une invitation de sa mère. Plus encore quand il s'agit du bonheur d'Alexandrine.

« Ton épouse est en santé, d'après son médecin. Elle a des amis chez les cousins Pelletier et elle est choyée comme peu de femmes le sont par leur mari, dit-elle. Qu'elle ne puisse te donner d'enfants de son propre sang est triste, mais ce n'est pas un drame. Tellement de petits auraient besoin de parents comme vous... »

Oscar, qui souhaitait des propos plus engagés, ne cache pas sa déception.

« J'ai l'impression que tu me caches quelque chose, ajoute Victoire. »

Dans le boudoir de sa mère, lieu privilégié pour leurs tête-à-tête, Oscar marche de la chaise à la fenêtre, réticent à lui confier la raison de ces ridules sur son front. Sur l'insistance de Victoire, il répond : « S'il fallait qu'elle apprenne au sujet de Colombe... Vous ne pensez pas qu'elle se ferait encore plus de mauvais sang ?

— Qu'elle apprenne quoi, au juste ? Tant de choses pourraient la bouleverser.

— Je sais, mais je ne voudrais surtout pas qu'elle découvre...

— Votre rencontre en France ? Je ne suis pas sûre qu'elle la croirait accidentelle.

— Si Colombe peut finir par se marier.

— Tu la croyais sincère lorsqu'elle t'a dit qu'elle t'attendrait ?

— À ce moment-là peut-être, mais bien des choses ont changé depuis.

— Tu savais qu'elle m'a invitée à souper ce soir ? »

Interloqué, Oscar sent l'urgence de poser les questions qui le torturent. Mais attendre les résultats de cette rencontre serait plus approprié, lui semble-t-il. « Vous êtes sûre qu'elle ne changera pas d'avis à la dernière minute, cette fois ?

— Elle est prête maintenant. On a causé une bonne demi-heure au téléphone, hier.

— C'est ce qui vous rend aussi sereine ?

— J'ai un très bon pressentiment. Je t'en reparlerai. À moins que tu préfères que non... »

D'un signe de tête, Oscar fait comprendre à sa mère qu'il s'intéresse à cet éventuel entretien et lui confie aussitôt ses intentions professionnelles : informé du débat entre la ville de Maisonneuve et les deux compagnies de tramways, Oscar appuie George Slater dont la manufacture est également située rue Ontario. La Montreal Street Railway s'est engagée en 1893 à installer des lignes de tramway sur les rues Ontario et Sainte-Catherine. « Depuis quatre ans, rien n'a été fait. Pire encore, la compagnie, par la voix de son *managing director*, W. G. Ross, exige de la ville un nouveau contrat en sa faveur, prétextant que la construction de ces lignes et l'augmentation des services entraîneront des dépenses considérables qui ne rapporteront de bénéfices à leur entreprise qu'à très long terme.

– Des exigences acceptables ?

– Loin de là, elle veut l'exclusivité. »

Le conseil municipal a sommé la compagnie de prolonger, tel qu'entendu, les lignes de tramways avant un mois, sous peine de voir interdire le passage de leurs chars urbains sur les rails déjà construits.

« Les industriels et les commerçants des rues en question sont sur les dents : ce conflit dure depuis dix ans. C'est du gaspillage, et ça divise la population », conclut Oscar.

Un débat semblable a lieu avec la Royal Electric Co. Celle-ci fournit l'électricité à la ville depuis 1897 et un contrat d'exclusivité lui a été refusé avant de lui être concédé trois ans plus tard. En 1901, après la fusion avec deux autres compagnies en un gigantesque trust de gaz et d'électricité, la Royal Electric Co. a changé de nom et, deux ans plus tard, a racheté un autre conglomérat. La

Montreal Light, Heat and Power Co. s'est approprié le contrôle du marché de l'énergie à Montréal. « Ce n'est pas bon que deux ou trois têtes contrôlent les grandes sources de revenus et les services publics, reconnaît Victoire. On ne pourrait trouver meilleur exemple que celui de Forget et de Holt. »

Ces deux hommes ont formé la Montreal Light, Heat and Power Co. : Forget siégeait au conseil d'administration de la compagnie de gaz et d'électricité présidée par Holt. À son tour, Holt faisait partie du conseil d'administration de la compagnie de tramways présidée par Forget. James Ross, leur ami commun, comptait au nombre des administrateurs de la Banque de Montréal, alors que Holt se joignait à ceux de la Banque royale du Canada.

« Ce n'est pas tout, s'écrie Oscar, indigné. Forget vient de décrocher un poste d'administrateur au Canadien Pacifique.

— La politique n'échappe pas plus aux jeux d'influences que le monde des affaires. Parles-en à ton père. Il a trempé dans les deux.

— Je verrai », dit Oscar en s'éloignant d'un pas lourd.

∽

Victoire se rend chez Colombe, rue Saint-Denis, au nord de Cherrier, vers cinq heures, tel que convenu. Le soleil couchant dessine le contour des maisons sur un fond rosé. Des serpentins ouateux montent des cheminées et zigzaguent vers le ciel. Une odeur de feu de foyer invite le passant à entrer se réchauffer par ce froid atteignant vingt degrés sous zéro. Dans l'appartement de

Colombe, une lampe luit derrière des rideaux de dentelle. « Elle est là. Tu peux repartir », dit Victoire à Jean-Thomas. Une ombre se dessine à la fenêtre, puis disparaît. Au bas de l'escalier conduisant au vestibule, Victoire hésite : « Le simple plaisir de me savoir invitée n'aurait-il pas été préférable ? Les révélations ressemblent aux salamandres, se dit-elle. Elles séduisent mais laissent des brûlures mortelles. » Un passant s'arrête : « Vous cherchez quelqu'un, madame ?

— Merci, monsieur. J'ai trouvé. »

Trois coups de heurtoir, un claquement de talons sur le plancher et il n'est plus possible de reculer. Dans une robe de taffetas ocre, Colombe apparaît, sourire accueillant, traits tirés, chevelure nattée. « Tu vas bien ? demande Victoire.

— Assez bien. Entrez vite, madame Dufresne. Je commençais à m'inquiéter. »

Dans le petit salon bleu finement décoré, deux fauteuils Louis XV, une petite table et une bibliothèque créent une atmosphère d'intimité. Sur les murs, des dessins de vêtements sophistiqués, signés du nom de Colombe. « Ils sont récents ? demande Victoire.

— C'est ma collection d'automne. Je n'ai pas eu le temps de faire encadrer les modèles que j'ai présentés pour le temps des fêtes. Vous connaissez le métier… Au fait, dessinez-vous encore pour votre manufacture ?

— Moins depuis que nous fabriquons aussi des chaussures Goodyear et Welts. »

À la réponse de Victoire, le regard de Colombe s'est rembruni.

« Je vous offre des petites bouchées avant de passer à table », dit la jeune femme en se dirigeant aussitôt vers la cuisine d'où elle tarde à revenir. Ses mains tremblent sur le plateau qu'elle dépose sur la petite table. « J'avais peur de ne pas être capable de vous raconter, alors j'ai écrit », balbutie-t-elle en tendant une enveloppe à son invitée. Victoire s'étonne. « Vous pouvez attendre de la lire chez vous, si vous préférez », dit Colombe. Sa lèvre inférieure tremble et son visage s'empourpre. Partagée entre le besoin de se libérer et la peur de briser à jamais cette relation privilégiée, Colombe détourne son regard de sa bienfaitrice. Victoire décachette l'enveloppe et en retire une feuille.

Madame Victoire,

Quand vous aurez terminé la lecture de cette lettre, peut-être m'accorderez-vous le pardon que j'implore. Je vous ai caché des choses, j'ai menti sur d'autres, parce que j'avais trop honte. Ce n'est pas le domestique qui a fait tout ça. C'est mon père. C'était de lui que j'étais enceinte.

Victoire, sidérée, fixe Colombe. Comment croire à cet odieux et invraisemblable drame ? La jeune femme couvre son visage de ses mains. Ses épaules sont secouées de sanglots. Victoire poursuit sa lecture.

Lorsque j'ai enfin trouvé la force d'en parler à ma mère, elle m'a fait une telle crise de larmes et de colère que je croyais qu'elle allait en mourir. Elle m'a traitée de menteuse et de bien d'autres mots que je n'oserais jamais répéter. Je comprends maintenant qu'elle préférait continuer de faire confiance à son mari. Persuadée que je mettrais un enfant infirme au monde et craignant les jugements de la société en pareil cas, j'ai choisi l'avortement. Je voulais épargner ma famille de la honte et me donner une seconde chance dans la vie.

J'ai pensé, en vous dévoilant toute la vérité, que vous étiez la seule femme au monde qui pourrait me comprendre, une fois de plus.

Je vous demande de pardonner toutes mes maladresses, les inquiétudes que je vous ai causées et la peine que je vous ai faite sans le vouloir.

Votre fille de cœur,
Colombe

Victoire ouvre les bras à celle qui attend sa réaction avec une angoisse déchirante. Étreinte. Larmes. Réconciliation.

« Je t'aime plus encore, déclare Victoire.

– Vous comprenez que j'avais besoin de quelqu'un qui ne se contenterait pas de me délivrer de cet enfant, ce qui est déjà énorme, mais qui m'aiderait à me reconstruire. Vous l'avez si admirablement fait que j'ai failli devenir votre bru. »

Les deux femmes éclatent d'un rire libérateur.

« C'était trop beau, reprend Colombe, chagrinée. Quand M. l'aumônier m'a appris que je ne pourrais jamais avoir d'enfant et que c'était un bon motif pour me consacrer à la vie religieuse, je l'ai cru.

– C'est lui qui a fait ça ! C'est révoltant ! s'écrie Victoire.

– J'avais prononcé mes vœux lorsque, à la suite de nouvelles complications, des examens médicaux m'ont révélé que j'avais encore un ovaire. J'ai vécu une grande révolte…

– C'est pour ça que tu as quitté la vie religieuse ?

— En partie. Mais un autre événement est survenu... »

Colombe ferme les yeux, serre les lèvres et hoche la tête, manifestement atterrée.

« Ton père vit encore ? ose demander Victoire, supposant que c'est de lui que la jeune femme a tant de mal à parler.

— Non, justement. Quelques mois avant de sortir du couvent, j'ai été appelée à son chevet. Je savais ce qu'il voulait. Durant les quatre jours de son horrible agonie, il a attendu mon pardon.

— Tu le lui as accordé ? »

Colombe le lui confirme d'un signe de la tête. « Du même coup, avoue-t-elle, ma vie au couvent a perdu son sens. J'ai alors saisi ce que le père Lasfargue voulait me faire comprendre. Je sais maintenant que la culpabilité n'est pas bonne conseillère.

— Pas plus que la peur, d'ailleurs. »

Un silence serein, cette fois, ponctue leurs échanges.

« Aujourd'hui, poursuit Colombe, radieuse, mes frères et mes sœurs se montrent très généreux envers moi. Comme s'ils se doutaient de ce qui m'est arrivé. Ils ont payé mon voyage en Europe, pour m'aider à repartir du bon pied... »

À l'évocation de ce voyage, Victoire ne peut cacher son inconfort. Colombe regrette peut-être d'avoir abordé ce sujet, car elle ajoute : « S'il n'est pas trop tard, offre-t-elle, je voudrais commencer à payer ma dette envers vous.

— Tu n'as pas à...

— ... c'est vital pour moi, madame Victoire. Je crois avoir trouvé un moyen qui pourrait vous convenir : je confectionnerai des robes pour vous et votre fille, et je vous les ferai livrer dans la plus grande discrétion. Vous n'aurez qu'à me dire ce que vous voulez et pour quand. »

Victoire comprend qu'il y va du mieux-être de Colombe et se plie à ses désirs. Adossée à son fauteuil, épuisée, elle prend de bon gré une gorgée de thé chaud. La tendresse et la compassion imprègnent leurs gestes.

« Mon souhait le plus ardent est de suivre vos traces pour le reste de mes jours, déclare Colombe.

– Le mien est qu'aucune de nos filles ne vivent pareils drames... »

Personne n'a encore fait allusion aux enfants qu'elle pourrait mettre au monde et Colombe en est profondément touchée. Des larmes glissent sur ses joues avec la douceur d'une pluie printanière. « Comme j'aurais aimé vous en donner », pense-t-elle, sans trouver le courage de le dire. « Si on allait manger maintenant ? » propose-t-elle enfin.

L'appétit n'est pas au rendez-vous. Victoire apprécie la qualité des plats mais retourne, désolée, son assiette à moitié remplie de pot-au-feu. « Il m'arrive souvent de me sentir lasse au début de la soirée, mais ça passe », explique-t-elle. Et de peur que Victoire ne la quitte, Colombe demande des nouvelles de Délima.

« Je pourrais faire quelque chose ?

– Peut-être. Mais c'est très délicat. »

Colombe promet de lui rendre visite. « Mais je crains de ne pouvoir me libérer avant Pâques.

– Elle serait enchantée que tu lui apportes des retailles de tissu et des accessoires de couture, affirme Victoire.

— Je vais ajouter des vêtements, aussi.

— N'y va pas seule...

— Je crois que Laurette accepterait de m'accompagner. »

Avant que Colombe ait eu le temps de se rendre à Pointe-du-Lac, Georges-Auguste arrive chez les Dufresne avec Yvonne et Napoléon. Heureuse de les accueillir pour ce congé de Pâques, Victoire ne cache pas moins son étonnement : Donat a pris le train la veille pour se rendre chez Délima et voilà que les trois autres enfants de Georgiana s'amènent à Montréal. « Serais-tu en querelle avec ton frère ? demande Victoire.

— J'aimerais mieux vous dire que c'est ça », avoue le jeune homme, laconique.

Résistant à l'envie de harceler son neveu de questions, Victoire voit d'abord à faire préparer une soupe et des biscuits. Puis elle annonce leur visite à Cécile et à Romulus qui viennent tenir compagnie à Yvonne et à Napoléon. « Suis-moi dans la salle à manger », dit-elle à Georges-Auguste, ce qu'il fait. Et elle referme la porte derrière eux. De la fenêtre, un faisceau de lumière éclaire le regard du jeune homme et creuse les rides sur son front. Victoire détache un pan de la draperie de velours et s'assoit face à son neveu. « Je suis très surprise de vous voir ici : ton frère est parti hier dans ses plus beaux atours.

— Il ne vous a rien dit ?

— Il aurait dû ? demande Victoire dont l'inquiétude tourne à l'exaspération.

— À moins qu'il l'ait pas su avant, marmonne-t-il.

— Parle, Georges-Auguste. »

Un clignement d'yeux, des craquements de doigts et un soupir plaintif laissent présager le pire. « C'est lundi matin, au Cap-de-la-Madeleine, qu'ils vont faire ça.

– Faire quoi ?

– Se marier.

– Pas avec ce…

– Oui, ma tante. C'est un père qui les marie presque en cachette dans une petite chapelle. Donat va servir de témoin à Délima.

– Je suis sûre qu'il ne le savait pas, dit Victoire, le cœur trituré. Ils l'ont caché à Yvonne et à Napoléon aussi ?

– Majorique voulait ça. Il décide de tout. C'est pour ça que ma sœur m'a demandé d'amener les deux jeunes ici. »

Victoire apprend que, si un mandat de paix a été émis à l'endroit de Majorique, il n'a pas été maintenu.

« Comment se conduit-il avec eux, à jeun ? demande-t-elle en quête d'un peu de sérénité.

– Pas très bien. La jalousie le porte à soupçonner les deux jeunes de lui cacher des choses.

Victoire se retient de pleurer devant lui. « Pauvres enfants… C'est aussi bien que leur mère ne voit pas ça », gémit-elle. Une fois de plus, le spectacle de la misère humaine creuse son ventre. « C'est criminel de s'attaquer à des êtres innocents, crie-t-elle dans sa douleur. Laisse-moi seule », le supplie-t-elle.

Pourtant elle le retient encore. « Dis à Marie-Ange de s'occuper des jeunes. Qu'elle voie à tous leurs besoins en attendant que je la rejoigne. »

Désemparée, Victoire laisse tomber sa tête dans ses bras croisés sur la table. Il ne lui reste que trois jours avant le moment fatal du mariage. Comment l'empêcher ? Elle irait bien à la cérémonie pour répondre affirmativement au moment où l'officiant demande si quelqu'un s'oppose à ce mariage. Mais encore faut-il que d'autres témoins de la violence infligée à Délima acceptent de se prononcer. De la salle à manger, elle file vers le boudoir et téléphone à Thomas pour le supplier de rentrer le plus tôt possible. « Prépare notre valise, on y va », décide-t-il aussitôt.

Afin que le congé de Pâques soit agréable aux quatre jeunes, Candide et Nativa se proposent de jouer aux parents pendant que Thomas, Oscar et leurs épouses seront à Pointe-du-Lac. Thomas compte bien sur les témoignages des Garceau : « Je les connais assez pour savoir qu'ils sauront nous appuyer », affirme-t-il.

Dans le wagon-salon où les quatre ont pris place, la conversation est discrète, tantôt empreinte d'espoir, tantôt criante d'impuissance.

« Si Colombe avait pu aller la voir plus vite, regrette Victoire qui a revêtu, défiant le mauvais sort, l'élégant manteau de drap bleu pâle et le chapeau assorti qu'elle lui a commandés pour Pâques.

— Elle n'aurait rien pu changer, soutient Thomas.

— Colombe était la mieux placée pour la convaincre de ne pas agir sous l'influence des remords.

— Des remords ? C'est Majorique qui devrait en avoir, pas elle.

— Il faut être femme pour savoir à quel point ces sentiments peuvent empoisonner notre vie. »

Thomas est bouleversé à l'idée que Victoire ait pu en souffrir, elle aussi.

Ravissante dans sa tenue vert pomme, Alexandrine a quitté son siège pour s'approcher d'elle. « Je vous comprends, madame Dufresne. J'ai vécu beaucoup de culpabilité à la mort de ma mère. "Tu vas me faire mourir", me disait-elle, chaque fois que j'avais le malheur de tacher mes vêtements, de briser un bibelot ou d'arriver un peu plus tard de l'école. Ça a été pire encore quand j'ai commencé à sortir avec des garçons. Je n'avais que seize ans. Elle n'avait pas du tout confiance en moi. »

Après une pause, Alexandrine déclare : « J'ai encore sa dernière maladie sur le cœur. Je me demande parfois si, inconsciemment, je n'aurais pas décidé de me punir en n'ayant pas d'enfants…

– Te punir ? s'écrie Oscar, outré.

– J'ai longtemps pleuré en pensant que je l'avais tuée. »

Les deux femmes échangent un regard complice. Cet entretien morose contrarie Thomas. Il use alors de ses talents de conteur pour relater des souvenirs joyeux de son enfance et de sa jeunesse. Plus le train fend les terres de la Mauricie, plus les anecdotes se font palpitantes.

Lorsque les Dufresne frappent enfin chez Carolus, personne ne vient ouvrir. La petite maison blanche aux volets verts semble vide. Les voisins qu'ils vont interroger prétendent avoir aperçu Carolus autour des bâtiments dans la matinée. Ils reviennent à la maison et décident que seul Thomas doit supplier Carolus de lui ouvrir. « Y a pu parsonne icitte, pis je sais pas iousse qui sont. Sacrez-moé la pa », entendent-ils. « Carolus est dans sa mauvaise passe », conclut Victoire. Ils se rendent alors au presbytère de Pointe-du-Lac pour obtenir des renseignements. Bien accueillis, ils n'en sortent pas moins bredouilles. À celui du Cap-de-la-Madeleine ils sont retournés comme une crêpe sur une tôle.

« Mlle Dufresne et M. Mailhot sont en retraite fermée jusqu'au moment de leur union devant Dieu, répond le Révérend Père. Aucune visite n'est permise.
— Permettez-moi de parler à ma nièce, ne serait-ce que dix minutes, implore Victoire. J'accepterais même de le faire en votre présence.
— Ne vous faites pas de souci pour elle. J'ai entendu sa confession et je peux vous jurer qu'elle est en grâce devant Dieu.
— Qu'elle soit en grâce devant Dieu ne m'étonne pas, riposte Thomas. Mais je vous dirai que Délima ne mérite pas de passer sa vie avec un malade comme Majorique Mailhot.
— Il n'appartient pas aux hommes de juger leurs frères en Jésus-Christ. »

Au bord de l'affolement, Victoire insiste : « Il faut protéger cette jeune femme, cet homme-là est violent.
— Dieu est miséricorde, ne le saviez-vous pas ? Je peux vous assurer que M. Mailhot est revenu à des dispositions chrétiennes et qu'il saura s'acquitter de ses responsabilités d'époux et de père.
— Nous avons des raisons sérieuses de douter que Délima se marie de son propre gré, mon révérend, reprend Victoire, espérant cette fois amener le religieux à plus de lucidité.
— Il est de ma responsabilité, et non de la vôtre, ma bonne dame, de m'assurer que les futurs époux s'unissent dans un parfait consentement. Dieu leur viendra en aide », répond le prêtre en leur indiquant la porte de sortie.

Déconcertés, les deux couples se demandent s'il vaut mieux rentrer à Montréal ou tenter de trouver des témoins pour le lundi matin.

« On ne sait pas à quelle heure aura lieu la cérémonie et il est peu probable que le curé nous laisse entrer dans la chapelle, déclare Thomas, souhaitant retourner à Montréal.
— Êtes-vous bien sûr que Délima soit forcée de le marier ? demande Alexandrine.
— Après ce que j'ai vu l'été dernier, je n'en doute aucunement, répond Victoire.
— Je suis de votre avis, confirme Oscar. Délima est une femme tellement douce et sensible. Cet homme-là la mène par la peur.
— Que de mystères, que de souffrances inutiles », déplore Victoire.

Tous conviennent d'une visite chez Zoé Garceau qui consent à intervenir à son tour. Cet espoir est vite dissipé lorsque Zoé revient du Cap-de-la-Madeleine. « Vous perdez votre temps. Le cher Révérend n'a voulu me donner ni l'heure de la cérémonie ni le droit d'y assister », dit-il. Après avoir vainement cherché à rencontrer Donat et Carolus, les deux couples capitulent.

Lorsque le train entre dans la gare de Windsor, quelle n'est pas leur surprise d'apercevoir Candide et Nativa qui les attendent sur le quai : « Vous n'avez pas l'air très joyeux, remarque Thomas, se précipitant au-devant d'eux.
— Comment va maman ? demande Candide.
— Très déçue de notre voyage.
— Pauvre elle ! Une autre épreuve l'attend. »

André-Rémi, le dernier de ses frères, son confident depuis quarante ans, est décédé subitement la veille. « Laurette est dans tous ses états, dit Candide. Elle était venue veiller chez nous avec son ami. En rentrant, elle a trouvé son père mort dans son fauteuil.

– Ne dis rien à ta mère pour l'instant », ordonne Thomas.

Épuisée par cette fin de semaine, Victoire apprend la nouvelle avec une sérénité empreinte d'une grande lassitude. Ce n'est qu'après l'enterrement qu'elle mesure le vide creusé en elle par le départ de son meilleur ami. Enfermée dans sa chambre, elle prend le temps de retirer sa longue robe de deuil avant de confier à son journal des sentiments trop lourds à porter.

Que de détachements me sont demandés en si peu de temps, écrit-elle. *Que de paradoxes sur cette terre. Jamais en cette fête de la Vie, la mort n'aura été aussi victorieuse. Daigneras-tu me pardonner, cher frère, si je t'avoue que ton départ m'est moins cruel que l'enfer auquel ma pauvre Délima se condamne sans que je puisse l'en épargner ? Le souvenir que tu me laisses est celui d'un homme qui a su aller au bout de ses convictions, sans œillères. Comment oublier qu'à part quelques confidences à Ferdinand, tu as été le seul à connaître mes désirs les plus intimes, mes appétits charnels et les élans de mon cœur. Jamais tu ne m'as jugée ni reproché d'être ce que j'étais. Ta présence a toujours été enveloppante ; tu as deviné mes soupirs et mes silences. Tes réponses à mes lettres de jeune femme tourmentée ont été d'une fidélité exemplaire. Le respect que tu as conservé à l'égard de notre père, en dépit des souffrances que son autorité excessive t'avait imposées, m'a souvent servi d'exemple dans ma vie. Je souhaite que ma fille trouve chez un de ses frères l'ami, le conseiller et le sage que tu as été pour moi. Si dans l'au-delà, tu peux aider quelqu'un, j'aimerais que tu t'occupes de Délima, sans oublier sa sœur et ses frères. Donne-moi la force de les laisser partir demain sans me sentir déchirée. Je voudrais accueillir sous mon toit tous ceux que la vie maltraite, mais je sais que mes forces me quitteraient. La détresse des enfants et des jeunes me lacère le cœur. La misère du monde me torture. Serait-ce que je perds cette capacité d'exister ? Serait-ce qu'avant longtemps, je délaisserai aussi cette arène où j'ai éprouvé de grandes satisfactions à me battre et à vaincre ? J'aimerais ne le faire que lorsque tous mes enfants seront armés pour faire face à leur devenir. Quant à Thomas, je ne m'inquiète pas. Je sais qu'il est de la race des gens doués pour le bonheur. De la race de ceux qui savent atteindre leurs buts sans sacrifier leur confort.*

À Laurette qui la visite la semaine suivante, Victoire propose une balade au parc Morgan. « Ça fait du bien de profiter de la nature quand elle reprend vie, dit-elle, humant l'air qui transporte des odeurs de terre fumante.

– Si vous saviez comme je regrette de ne pas avoir été auprès de mon père à sa mort, dit la jeune femme, toute de noir vêtue. Ma seule consolation est de penser, comme le médecin nous a dit, qu'il est parti dans son sommeil, sans souffrir.

– On ne pouvait souhaiter mieux à un homme aussi pacifique.

– Je vous envie…

– Mais pourquoi ?

– J'ai l'impression que vous étiez plus proche de lui que je ne pouvais l'être. J'aurais tant aimé qu'il soit mon confident…

– Presque toutes les jeunes filles en rêvent, alors que peu d'hommes y consentent.

– Pourquoi donc ?

– Une mauvaise éducation leur fait croire qu'un bon père de famille doit se montrer distant avec ses filles.
– Votre père était comme ça ?
– Hélas oui, mais j'ai eu la chance d'être entourée d'autres hommes beaucoup plus ouverts que lui.
– Mon oncle Thomas ?
– Les Dufresne en général. Oscar aussi », confie-t-elle.

Laurette se tait. Toutes deux prennent place sur un banc, face au fleuve que le dégel a ramené tout près du parc. « Je suis contente que vous me parliez d'Oscar, ma tante. Je voulais vous dire que je ne lui en veux plus, depuis tout près d'un an. Raoul aussi a fait la paix avec lui et avec Alexandrine. »

Victoire attend des explications.

« On en est venus à se dire que la vie fait bien les choses. »

Devant le regard intrigué de sa tante, elle poursuit : « Comme il est toujours difficile de savoir qui est stérile dans un couple, on risquait l'un ou l'autre de ne jamais pouvoir fonder une vraie famille… Raoul aurait été aussi malheureux que moi de ne pas avoir d'enfants.

– Vous comptez vous marier bientôt ?
– À la fin de mon année de deuil, la première semaine de juin.
– Tu n'es pas tenue, comme la veuve, de respecter ce délai, précise Victoire.
– Je sais, mais c'est une question à la fois morale et pratique pour moi. Je trouve que mon père mérite que j'attende une autre année. J'aurai le même âge que vous, finalement, ajoute-t-elle, avec un sourire admiratif.
– Et l'aspect pratique ?

— Le temps de réorganiser la maison de papa à notre façon. Raoul veut aménager un atelier de peinture dans la cuisinette d'été. Comme votre beau-père l'avait fait pour vous... »

Voyant sa tante agacée par cette insistance à établir des similitudes entre leurs vies, Laurette veut faire diversion en lui annonçant :

« J'ai commencé à trier des choses de papa. J'ai mis dans une boîte ce qui pourrait vous intéresser. Je vous la ferai porter quand j'aurai fini. »

Un clignement de paupières et un sourire vite effacé marquent l'assentiment de Victoire.

« Je voulais vous demander : pensez-vous que mon oncle Thomas accepterait de me servir de père, à mon mariage ?

— C'est à lui qu'il faut le demander, mais je serais surprise qu'il refuse. »

Laurette lui explique sa perception du mariage, le rôle actif qu'elle entend jouer et les projets qu'elle a conçus avec son fiancé pour leur foyer.

« Je souhaite de tout mon cœur que tes vœux se réalisent », dit Victoire, qui revient chez elle plus sereine après cette balade.

∽

« Une lettre de Délima ! s'écrie Victoire en dépouillant son courrier. J'aurais dû revenir plus vite au lieu de m'amuser avec vos chèvres, dit-elle à sa bru qui la raccompagne.

— Je vous laisse, madame Dufresne, déclare Alexandrine, discrète.

— Non, attends, s'il te plaît. »

Les mains de Victoire tremblent sur l'enveloppe qu'elle déchire sans ménagement. « Rien qu'une feuille datée du 25 juin, marmonne-t-elle, déçue. Elle est écrite des deux côtés, au moins. Ils sont venus à Montréal pour les fêtes de la Saint-Jean-Baptiste. Majorique ne se sentait pas à l'aise de nous rencontrer après ce qui s'est passé.
— Et de son mariage, elle en parle ?
— Attends. *Je m'excuse de ne pas vous avoir invités à notre mariage. On n'avait pas les moyens de faire de noces, puis le Révérend Père m'avait tellement aidée au cours des derniers mois que je ne pouvais refuser l'offre qu'il me faisait de rencontrer Majorique et de nous préparer à repartir du bon pied. Après trois jours d'homélies et de recueillement, je me sentais prête à faire face à l'avenir comme épouse de Majorique Mailhot.* »

Victoire s'arrête, indignée.

« Continuez, madame Dufresne.

— *Enfin mariée, il ne reste qu'à trouver une maison convenable pour que je puisse sortir d'ici et emmener Napoléon et Yvonne avec moi. Carolus ne sera pas content mais tant pis. Yvonne grandit bien mais je suis inquiète de la voir si triste et renfermée. Quand elle se retrouvera seule avec moi et mon mari, elle sera plus joyeuse. Je vais faire tout ce que je peux pour qu'elle le soit. Dès qu'on sera dans notre maison, je vous inviterai.*

Embrassez Donat pour moi quand vous le verrez et dites-lui que je le remercie encore pour tout ce qu'il a fait pour moi.

Votre nièce reconnaissante,
Délima Mailhot ».

Victoire replace la feuille dans l'enveloppe, accablée. « Je pense que je vais retourner voir les chèvres avec toi », dit-elle.

Cécile propose de les accompagner. Chemin faisant, elles échappent de justesse à un accident sur la rue Pie-IX, en direction de la rue Rosemont. Lorsque Oscar les accueille près de l'enclos, les trois femmes racontent la catastrophe qu'elles viennent d'éviter : « Le cheval a pris le mors aux dents quand un bonhomme masqué nous a dépassées avec son boggie sans cheval, raconte Cécile, encore tremblante de peur.

– Ce doit être Dandurand avec sa dernière acquisition, suppose Oscar.

– T'aurais dû le voir avec son cache-poussière, sa casquette de cuir puis ses grosses lunettes, ajoute Alexandrine, morte de rire.

– Il n'aurait pas pu rester dans son coin, notre Ucal Hisopompe, réplique Oscar.

– Comment tu l'appelles ? demande Alexandrine, amusée.

– Ucal Hisopompe. »

Ulric-Henri Dandurand, habitant une spacieuse maison à l'angle des rues Sherbrooke et Sainte-Famille, en est à sa cinquième voiture motorisée. Il roule maintenant dans une Dion-Bouton française qu'il estime supérieure à la précédente, une Colonial, fabriquée pour la guerre du Transvaal, laquelle dépasse la Crestmobile, aussi quinteuse, achetée précédemment. Il faut voir la famille se rendre à l'église du Gesù, le dimanche.

« S'il décidait de s'aventurer jusqu'ici avec son klaxon en cor de chasse, tes pauvres chèvres en seraient taries pendant trois jours, le prévient Victoire.

– Il a intérêt à se tenir loin s'il ne veut pas qu'on déshonore le nom de sa mère », riposte Oscar, amusé.

Propriétaire de la majorité des terrains avoisinant les usines Angus du Canadien Pacifique, Dandurand, agent d'immeubles, s'est empressé de lotir ce quartier tout neuf baptisé Rosemont en l'honneur de sa mère, Rose Philips.

Oscar vante maintenant son troupeau d'alpines, histoire de provoquer l'intérêt d'Alexandrine. « C'est le bouc qui me fait peur, avoue-t-elle.

– Donat lui a fait un enclos à part. Exprès pour toi.

– Ce n'est pas rassurant : ces bêtes-là sont des plus habiles à sauter par-dessus les clôtures.

– Si tu veux que je vienne t'aider à donner le biberon aux petits quand ils seront nés, tu me le diras », propose Victoire.

Faute de ne les trouver à la maison, Laurette les rejoint en toute hâte, curieuse d'observer ces « petits veaux bizarres ».

Fier de sa visite, Oscar se montre plus éloquent : « Une étude menée en Europe a prouvé que les chèvres élevées en contact étroit avec les humains sont plus productives et moins exposées aux maladies. À la condition, précise-t-il, l'œil malicieux, que les personnes soient sympathiques… »

Il plaît à Victoire de les voir se taquiner comme ils l'ont fait pendant leur enfance et leur jeunesse.

Sous le regard suspicieux d'Alexandrine, Laurette feuillette avec Oscar le livre concernant cet élevage. « Je n'ai jamais été attirée par les animaux de ferme, mais je pense que j'aurais du plaisir avec ces petites bêtes là, déclare-t-elle.

– C'est plus que des jouets, riposte Alexandrine. Ça demande beaucoup de soins.

– C'est comme des enfants », dit Oscar, reconnaissant trop tard l'impertinence de sa comparaison.

Sous prétexte de courses à faire, Laurette annonce son départ. « Tu avais affaire à moi ? lui demande Victoire.

– Je passais seulement vous dire bonjour. »

De son côté, délivrée du poids de la lettre de Délima, Victoire se sent disposée à reprendre le travail.

« Seriez-vous inspirée pour rédiger la demande au conseil de ville pour l'agrandissement de la manufacture ? s'informe Oscar avant qu'elle s'éloigne.

– Qu'est-ce que tu vas faire quand je ne serai plus là ?

– Je vais demander à ma belle Alexandrine. »

Victoire rentre chez elle, sereine. Se concentrer sur cette rédaction de textes lui fait du bien. Les nouvelles lettres à en-tête et les enveloppes à l'effigie de l'entreprise récemment imprimées lui inspirent la satisfaction d'un marathonien à l'arrivée. La représentation de l'édifice de cinq mille pieds carrés à la cheminée fumante et au drapeau flottant sur le toit, avec ses écriteaux Dufresne & Locke affichés sur son frontispice est particulièrement réussie. Au fond d'un tiroir, Victoire trouve quelques feuilles arborant l'ancien en-tête. Dix années de progrès constants se sont écoulées, fruits de multiples complicités, risques et compromis. « Le plus difficile, considère Victoire, a été de ne pas narguer inutilement ceux qui ont boudé mes droits de propriété et d'afficher en anglais pour obtenir un meilleur impact commercial. »

Plus bas, apparaît SPECIALITIES FELTS & CANVAS, mention qui lui tient à cœur et qui distingue leur entreprise. À droite, en grandes lettres stylisées, la raison sociale est reproduite, suivie du nom des villes de Maisonneuve et de Montréal. Victoire y inscrit la date du jour et, non sans une certaine indignation, les titres honorifiques exigés par ceux qui s'entêtent à ignorer le sien.

À son honneur le Maire et à Messieurs les Échevins de la Ville de Maisonneuve.

Messieurs,

Ayant l'intention de donner un nouvel essor à l'industrie de la chaussure à Maisonneuve par la confection de quelques nouvelles variétés spécialement pour l'exportation en Égypte, les deux essais faits dans le courant de l'année au Caire et à Alexandrie nous ayant donné de bons résultats, nous avons aussi en main quelques commandes pour Terre-Neuve.

Nous croyons être justifiables, Messieurs, en vous demandant aujourd'hui votre aide dans la nouvelle entreprise que nous vous proposons et voici en quoi elle consiste : nous bâtirons une nouvelle manufacture à trois étages, telle que la première, ayant 42 pieds de front sur 120 pieds de profondeur, avec un rétréci de douze pieds en arrière pour donner la lumière aux deux manufactures, cette dernière étant destinée spécialement pour les chaussures Goodyear tennis et Welts, ce qui nous permettrait d'employer une centaine d'employés en plus de ceux que nous avons aujourd'hui, ce qui aiderait encore au développement toujours croissant de la ville de Maisonneuve. En retour nous vous demandons, Messieurs, 1° d'enlever l'hypothèque que vous avez sur notre manufacture, 2° de nous accorder une exemption de taxes pour 20 ans sur la nouvelle manufacture, ce qui nous permettrait de mettre notre projet à exécution.

Espérant que vous trouverez notre demande juste et raisonnable, nous comptons, Messieurs, sur votre esprit de progrès pour avoir une réponse favorable.

Nous vous prions d'accepter, Messieurs, nos salutations distinguées.

Dufresne & Locke

Le conseil de ville oblige d'abord la Dufresne & Locke à fournir un rapport détaillé des salaires versés au cours des douze derniers mois, lesquels se chiffrent à quarante-deux mille trois cent soixante-neuf dollars et cinquante-sept sous. Deux semaines plus tard, une réponse de trois pages relève les considérants de la demande de Victoire et souhaite des modifications mineures quant aux dimensions de la bâtisse et à l'embauche des ouvriers dont quatre-vingts pour cent devront résider à Maisonneuve, exception faite *des incompétents et de ceux qui exigeraient un salaire plus élevé que ceux payés à Montréal*. Enfin, l'exemption de taxes est accordée aux conditions suivantes : *Advenant qu'ils seraient empêchés de faire fonctionner cette dite manufacture, ou discontinueraient à quelque époque des dits vingt ans, dès lors, la susdite exemption cessera de courir. En temps de grève, guerre ou épidémie, la présente clause ne s'appliquera pas.* La ville se réserve une priorité d'hypothèque de cinq mille dollars sur tous les lots achetés par Victoire pour la construction de la manufacture dont les dimensions doivent atteindre cent vingt-cinq pieds sur soixante pieds.

« C'est l'année des exploits, dit Thomas à Victoire venue lui faire part de cette lettre en présence d'Oscar et de Raphaël Locke.

— Tu en connais d'autres, toi, à part ceux réalisés par les Dufresne ? réplique Raphaël, l'allure espiègle avec son lorgnon sur le bout du nez.

— T'as pas lu les journaux, ces jours-ci ? rétorque Thomas. Pour la première fois, un des nôtres vient de gagner une médaille d'or olympique.

— Ah, oui ! Pas au courant.

— Attends un peu, je vais te chercher la page que j'ai découpée, dit Thomas, euphorique. Regarde : à Saint-Louis, Étienne Desmarteau est le premier Canadien à remporter une médaille d'or olympique en projetant un poids de cinquante-six livres sur une distance de trente-six pieds et six pouces.

— *Good, good !* s'écrie Raphaël qui a conservé l'habitude de passer allègrement du français à l'anglais. T'en as d'autres comme ça ?

— Pas dans le même domaine, mais il y a exactement un an, c'est chez nous que se tenait le congrès de toutes les chambres de commerce de l'Empire.

— Britannique ?

— Parlons-en de ce congrès, rétorque Oscar qui y a assisté comme représentant des manufacturiers de la chaussure. On aurait juré que les hauts parvenus de la finance n'étaient là que dans l'espoir de décrocher une distinction honorifique.

— Un titre de lord pour monsieur, et celui de lady pour madame, lance Thomas, amusé.

— Jusque-là, en effet, c'était plutôt cocasse mais quand ils se sont montrés plus impérialistes que les

délégués britanniques, c'est devenu ridicule. Je n'aurais jamais cru que notre sénateur Drummond aurait osé soumettre une résolution affirmant le devoir des colonies de participer aux guerres de la mère patrie.
— C'est normal, déclare Locke.
— La Chambre de commerce de Montréal s'y est opposée, j'espère ? » demande Thomas.

Oscar relate que le président et le vice-président, appuyés par le fondateur, M. Perrault, ont présenté une résolution contraire, et que Hormidas Laporte a dû transiger. Les Canadiens français n'ont réussi qu'à atténuer la motion du Board of Trade, et le Canada se doit, depuis, de participer à la défense impériale. L'événement a été critiqué dans nombre de journaux, surtout dans *La Presse*, et il a soulevé l'indignation des partisans de la Ligue nationaliste, une ligue jusque-là demeurée secrète. Fondée par une dizaine de jeunes militants, Olivar Asselin en tête, elle a révélé son existence par une manifestation au Théâtre national, avec le concours d'Henri Bourassa qui a déclaré : « Je ne désire pas une rupture avec l'Angleterre, mais si on nous impose de choisir entre la rupture et l'asservissement, eh bien, je dirai : choisissons la rupture ! »

« On comprend pourquoi, peu de temps après, Asselin est devenu chef des nouvelles à *La Presse* ! » s'écrie Locke.

Les fréquentes controverses politiques entre Thomas et Raphaël Locke ne ternissent en rien leurs relations professionnelles. Toutefois, Victoire les invite à discuter travaux d'agrandissements, achats de matériaux de construction et appels de soumissions.

« Une journée d'octobre comme je n'en avais pas vue depuis mon mariage, dit Victoire en rentrant d'une visite chez Lady Lacoste.

— C'était quelle date, au juste ? demande Marie-Ange, toujours friande d'entendre sa patronne évoquer des souvenirs de Yamachiche et de Pointe-du-Lac.

— Un 14 octobre, ma chère. L'été des Indiens pour nous tout le temps des noces, ajoute-t-elle, radieuse dans sa robe de lin, coiffée d'un petit chapeau noir qui met en valeur les reflets argentés de sa chevelure en chignon.

— C'est vrai que dans ce temps-là, les mariages devaient tous être célébrés le mardi. Je me suis toujours demandé pourquoi... »

Victoire s'esclaffe. « Pour ne pas que les gens fêtent trop. Le clergé pensait que les hommes tenaient assez à leur travail pour renoncer à prendre un coup.

— Ce qui n'était pas le cas...

— Au contraire, les noces duraient du lundi au jeudi et parfois tout le reste de la semaine. »

Elles échangent leurs souvenirs jusqu'à ce que Victoire aperçoive une jolie boîte à chapeau sur une des tables du salon. « D'où vient-elle ?

— De Laurette. Comme vous voyez, madame Dufresne, vous n'êtes pas seule à vous être payé une ballade, cet après-midi. »

Marie-Ange n'est pas sans remarquer le regard inquiet de Victoire, son empressement à saisir le colis et à s'enfermer dans son boudoir.

Victoire attendait cette livraison depuis six mois. Les doigts sur les cordons à dénouer, elle hésite. Dans une heure, on l'appellera de partout dans la maison : les uns rentrant de l'école, les autres du travail, Marie-Ange, pour le souper. Elle secoue la boîte et conclut : « De petits objets y ont certainement été déposés... Je vais au moins y jeter un coup d'œil, quitte à lui trouver une cachette, d'ici demain. » Une première découverte la fait sourire. « La pipe de... mais c'est celle de grand-père Joseph ! Ça ne peut être que la sienne ! » s'exclame-t-elle, sa main tremblant sur la pièce de porcelaine au fourneau en forme de tronc d'arbre. Elle la porte à ses narines et retrouve avec bonheur l'odeur de ce tabac cultivé derrière la cordonnerie de Joseph Desaulniers. Le lorgnon de Joseph l'amuse plus encore. Il était seul à en porter dans son entourage, seul aussi à la regarder pendant des heures, de ses petits yeux bleus affublés de lentilles ovales qu'un pince-nez en corne gardait en place. Deux étuis de cuir, fort probablement faits de sa main, s'y trouvent aussi : un pour ranger son lorgnon, l'autre servant de blague à tabac. Dans une enveloppe pliée en trois et retenue par un cure-pipe, Victoire découvre de longues aiguilles et du ligneul. « Je trouvais donc difficile, les premières fois, de percer le cuir avec ces aiguilles-là, se souvient-elle. Grand-père me disait chaque fois de rentrer ma langue, si je ne voulais pas qu'il la couse à son soulier... »

À pareille date, quarante-cinquante ans plus tôt, revêtue du tablier de son grand-père, Victoire découpait de ses ciseaux usés par un demi-siècle de métier, empeignes, contreforts, cambrures et trépointes. Une petite enveloppe, cette fois, aux contours brunis par le temps, adressée d'une main mal assurée à *André-Rémi Du Sault, 112, rue Jeanne-Mance, Montréal,* a conservé son contenu. Datée de 1856 et signée Joseph Desaulniers, elle se résume à trois petits paragraphes. « C'était bien lui, ça », pense Victoire, émue, en parcourant ces lignes où il promet à son petit-fils toute l'aide dont il aura besoin nonobstant le fait qu'il a été chassé de la maison familiale. *Crois-moi, fiston, ton père est un homme aussi droit que sévère et je suis sûr qu'il t'aime malgré ta désobéissance. Tu sauras me le dire un jour.* Une autre lettre de même dimension contraste par l'écriture soignée et par le texte qui, rédigé par sa sœur aînée, dame de la Congrégation, le recommande à la Vierge Marie et à mère Bourgeoys afin qu'il comprenne que le salut de son âme vaut bien qu'il quitte le milieu dangereux et pervers des hôtels. « J'aurais été surprise de ne pas en trouver au moins une de maman », se dit Victoire en reconnaissant l'écriture de Françoise sur la liasse d'enveloppes retenue par un lacet qui pourrait bien provenir de sa cordonnerie.

Les portes claquent, les voix de Cécile et de Romulus se font entendre, des questions sont posées à Marie-Ange au sujet de leur mère qui a l'habitude de les accueillir. Elle prend tout de même le temps de jeter un coup d'œil rapide sur ce qui reste. Des lettres, des photos et encore des lettres. « Je le savais », se dit-elle, en apercevant, tout au fond, trois enveloppes adressées de sa main à son frère et confident. Son cœur bat la chamade et ses mains moites s'agitent sur le couvercle devenu trop étroit. « Je peux entrer, maman ?

— Un instant, ma chouette », répond Victoire, donnant à sa voix un ton enjoué.

Au cours du souper, le bavardage des uns et des autres la distrait de ses troublantes découvertes. Elle met son peu d'appétit sur le compte des petites bouchées dégustées chez Lady Lacoste. Après le souper, elle consent à jouer deux parties de whist avec Thomas, Cécile et Romulus. « Je laisse ma place à un meilleur. Viens, Marius, dit-elle, hantée par ces enveloppes qu'elle n'a pas eu le temps d'ouvrir. »

Thomas abandonne le jeu à son tour : « Je voudrais bien lire les journaux avant de me coucher », dit-il après avoir ordonné à Cécile et à Romulus de réviser leurs leçons avant de dormir.

Victoire prévient Thomas : « Ne t'inquiète pas si je me couche tard, j'ai décidé de prendre le temps qu'il faut pour mettre de l'ordre dans ma correspondance... » À moins d'une situation d'urgence, elle est ainsi assurée de ne pas être dérangée. Dans le boudoir dont elle referme la porte à clé, Victoire allume seulement une bougie. Elle retire les trois enveloppes adressées de sa propre main et alignent les feuillets sur sa table par ordre chronologique : 18 août 1860, 5 juillet 1864, 26 juin 1876. Dans la première lettre, Victoire annonce la maladie de leur grand-père Joseph : *André-Rémi, ce qui vient d'arriver est plus terrible que personne ne peut l'imaginer autour de moi. Grand-père est paralysé et le docteur dit qu'il ne marchera plus jamais. Il ne parle même plus. Tante Émilie dit qu'il nous entend. Je n'en suis pas toujours sûre. Tu sais comme moi, que de tous mes projets je ne peux en réaliser un seul sans lui. Qu'est-ce que je vais devenir ?*

Victoire s'arrête. « J'avais quinze ans. Cécile en aura seize le mois prochain, pense-t-elle, frappée par la différence de leurs caractères. J'étais intrépide et prête à défoncer des portes si on ne m'ouvrait pas ; elle aborde les obstacles et les gens avec patience, douceur et doigté.

Mais elle n'est pas moins absolue dans ses convictions que je l'étais. » Son regard s'attarde sur le dernier paragraphe : *Je suis à penser que je pourrais faire des bêtises, comme dit maman, plutôt que de me voir enfermée au pensionnat pendant de longs mois, loin de grand-père, en plus. Tu as une solution pour moi, André-Rémi ? Réponds-moi vite, grand frère.* Victoire se souvient de son envie folle d'aller rejoindre son frère à Montréal pour échapper au pensionnat. « Dieu seul sait ce que je serais devenue », se dit-elle, en commençant à lire la lettre datée de juillet 1864. Pour la situer dans son contexte, elle doit revoir le premier paragraphe : *Une soirée comme je les voudrais à longueur d'année ! Quel beau coucher de soleil ! Je me dépêche de finir ma lettre pour aller le regarder de mon petit coin secret au bord du lac. On ira ensemble quand tu reviendras.*

Victoire prend plus que jamais conscience de l'importance de ce majestueux lac dans sa vie. Lors de ses promenades solitaires au bord du Saint-Laurent, elle a en vain tenté, depuis son arrivée à Montréal, d'en retrouver l'effet magique. Rien autour du lac Saint-Pierre ne venait troubler la quiétude du paysage. « Si ce n'était de mes enfants, j'irais y passer mes étés, se dit-elle. Quand elle avait vingt ans, quelques arbrisseaux et une grande pierre avaient suffi à créer cette oasis où elle aimait se réfugier dans ses moments de solitude et de rêverie. Lui revient en mémoire qu'en ce jour de juillet, Georges-Noël lui avait soumis un projet digne de ses ambitions : exposer ses chaussures dans une vitrine de Trois-Rivières où elle pourrait se rendre en sa compagnie, des affaires l'y appelant régulièrement. Ce même jour, Domitille, enceinte de quelques mois, avait failli mourir. Victoire avait été bouleversée par la pensée que cette femme porte un enfant conçu par Georges-Noël, cet homme dont elle s'était éprise. Elle avait tenté de se distraire de la jalousie qui la rongeait en écrivant à son frère pendant que Françoise assistait Domitille éprouvée par une fausse couche. Regard braqué sur la demeure des Dufresne, elle avait obstinément cherché à voir passer Georges-Noël d'une pièce à l'autre. *Ce qu'il y a de merveilleux, avec M. Dufresne, c'est que, sans quitter les miens, je peux lui parler tous les jours si je veux* avait-elle écrit. Ce soir-là, un goût d'interdit s'était infiltré dans sa chair, plus fort que la honte qu'elle éprouvait. Cette révélation de ses désirs refoulés avait mis cette réalité à jour : la famille Dufresne l'avait envahie à son insu ; les visites assidues de Thomas lui étaient devenues presque indispensables ; trop tranquille, Ferdinand l'inquiétait ; Georges-Noël avait pris d'assaut son cœur et ses projets d'avenir ; son épouse s'était logée dans sa conscience comme un incessant reproche.

Victoire pousse un long soupir. « Heureusement que je n'ai pas confié à mon frère les sentiments qui m'habitaient cette nuit-là », pense-t-elle, soulagée de s'en être tenue à de vagues propos. La troisième lettre la ménagera-t-elle autant que les précédentes ? « Le 26 juin était sûrement propice à l'évocation des souvenirs de la Saint-Jean », songe-t-elle quand une appréhension lui coupe le souffle. Incapable de se souvenir de ses confidences à André-Rémi en cette année fatidique, elle croit, étant donné le nombre de lettres, en avoir trop dit.

Seras-tu une des rares personnes sur cette terre à ne pas me juger ? a-t-elle écrit en guise d'introduction. *Je l'espère tant. J'ai peine à imaginer ce qui arriverait à notre grande complicité si jamais tu me reprochais ce qui m'est arrivé le matin de mes trente-trois ans. Les interdits ont fui ma conscience, ce matin-là, devant l'homme qui n'avait pas oublié mon anniversaire. Quand sa tête s'est blottie sur mon ventre, et que ses bras robustes ont encerclé ma taille, je n'ai pas été rebutée. Toi seul sais à quel point cet homme m'a hantée. Chaque obstacle attisait la flamme qui nous brûlait au-delà de l'attirance physique. Tu le connais assez pour deviner quel combat il a dû mener avant de succomber : sa fierté, ses principes, l'amour de son fils. Je voudrais tellement qu'il ne regrette pas ce qui peut être jugé comme une défaillance. Il m'a fait connaître une extase que je ne veux désormais partager qu'avec Thomas en souhaitant qu'il ressemble de plus en plus à son père.*

Victoire est sidérée devant cette lettre suffisamment explicite pour que Laurette ait tout compris.

L'ignorer ? L'affronter ? Le choix demeure imprévisible et périlleux. Épuisée, Victoire choisit d'observer l'attitude de Laurette avant de décider de l'attitude à adopter.

∼

Les manchettes des journaux fournissent à Oscar l'occasion de fulminer en ce début d'année 1905. « Vous avez entendu parler de ce qui vient d'être signé ? demande-t-il à Thomas après avoir passé en revue les états de compte de l'année. Les Forget n'avaient pas assez du contrôle de l'électricité et du chemin de fer, voilà qu'ils sont en train de mettre la main sur toutes les filatures de coton de la province. »

Louis-Joseph Forget et Rodolphe, son neveu, ne convoitent pas que les honneurs politiques. Ils se sont fait une réputation de marathoniens en réorganisation financière et coalition d'entreprises. Respectivement sénateur et député, ils n'échappent pas aux accusations de « mouillage » de capital. Herbert Samuel Holt, leur partenaire dans la fusion des compagnies de gaz et d'électricité, également propriétaire de la florissante Colonial Bleaching and Printing Company, est un allié de taille. Le sénateur Forget, propriétaire de l'importante Dominion Cotton Mills Company, propose de fusionner trois autres filatures : Montreal Cotton, Merchants Cotton Company, Montmorency Cotton Mills Company.

« Seuls les dirigeants de la Montreal Cotton se tiennent debout, enchaîne Oscar. Le propriétaire de la Merchants Cotton n'a fait que de petites vagues, un semblant de résistance. Avant de céder la Montmorency Cotton Mills Company, Charles Ross-Whirehead a expédié des robes aux Chinois, des burnous aux Arabes et des turbans aux Indiens. »

Le 4 janvier, une charte fédérale consacrait la Dominion Textile. La nouvelle entreprise possédait la moitié de tout l'équipement de l'industrie textile au Canada, soit huit mille trois cents métiers et trois cent soixante-dix mille fuseaux.

« Ça ressemble au coup de la Montreal Light, Heat and Power, constate Thomas, non moins indigné. Les financiers vont finir par contrôler nos industries et tous nos services publics.

— Tout est entre les mains d'une poignée d'hommes d'affaires : les Holt, les Forget, les Meredith et les Mackay, pour ne nommer que ceux-là.

— Il ne faut pas laisser passer le règlement municipal en faveur de la Montreal Street Railway. Les propriétaires doivent se prononcer le 9 mars », rappelle Thomas.

Deux comités sont formés : le comité du progrès, favorable à la Montreal Street Railway, est dirigé par Bennett et l'ex-maire Desjardins, et le comité des citoyens est animé par Adolphe Désilets et Walter Reed, candidat à la mairie. Les journaux affichent leurs préférences. *La Presse*, engagée dans la lutte contre le trust, dénonce une supercherie de la compagnie qui fait signer des pétitions en faveur d'un contrat d'exclusivité pour la Montreal Street Railway.

« Attends les élections municipales, grogne Thomas. La voix du peuple va se faire entendre.

– S'il n'y a pas trop de cabales ni de pots-de-vin » rétorque Raphaël Locke avant de regagner son bureau.

Une autre déception attend Thomas. Avec une forte majorité, les opposants à la Montreal Street Railway élisent Walter Reed, espérant que la Montreal Terminal Railway conservera ses privilèges. Une escalade de malentendus fait céder les administrateurs de Maisonneuve en faveur de la Montreal Street Railway, qui atteint un quasi-monopole au détriment de la Montreal Terminal Railway qui devait desservir les rues Adam et Ernest, Orléans et Sherbrooke.

« C'est plus qu'une lutte entre deux compagnies, s'exclame Oscar, c'est la victoire des grands propriétaires contre les petits. »

∼

Comme souvent, ce repas du dimanche midi a pris le ton d'une campagne électorale, au déplaisir de Cécile et d'Alexandrine qui ne tardent pas à quitter la table pour aller se balader rue Sainte-Catherine.

Au cours de la semaine précédente, des élections provinciales ont conféré à Lomer Gouin le titre de premier ministre du Québec. La déception de Victoire est vive. Lors de la campagne électorale, en effet, Lomer Gouin a promis à Mgr Bruchési de ne pas laïciser l'enseignement, « en d'autres mots, dit-elle, d'enterrer le projet de création d'un ministère de l'Instruction publique. Que le premier télégramme de félicitations adressé au nouveau premier ministre du Québec soit signé de la main de Mgr Bruchési n'est guère étonnant.

– Il n'y a rien à comprendre, répond Thomas. Il s'est comporté comme un anticlérical aux côtés de Godfroy Langlois pour réclamer une réforme scolaire, puis aux élections, il pactise avec le clergé.

– Le pire est qu'il n'y a pas qu'en politique qu'on manque de cohérence, rétorque Victoire. Regarde le cas de William Macdonald : il contribue au bien-être de notre population en finançant la construction d'une école d'agriculture et ruine la santé de milliers d'autres avec sa Macdonald Tobacco.

– Plus ça va, plus je trouve que la politique et l'argent ont la même odeur, dit Candide, désabusé. Nos politiciens n'ont plus la collectivité à cœur.

– Les femmes en donnent de beaux exemples pourtant, fait remarquer Victoire. Tu les vois se regrouper pour des causes comme le droit à l'instruction et à l'égalité, ou venir en aide aux familles démunies. Face à un objectif commun, les préjugés raciaux tombent, puis on ne sent pas cette soif du pouvoir...

— Pas d'arrière-pensées égoïstes ? demande Thomas, sceptique.

— Pense au Montreal Local Council of Women qui unifie les associations de femmes en dehors de toute partisannerie. Même si je n'approuve pas son zèle à défendre les rôles traditionnels de la femme, son engagement social est exemplaire.

— J'ai l'impression, avoue Oscar, que les Anglaises ont une meilleure marge de manœuvre que les Canadiennes françaises.

— Évidemment : tant que le clergé ne nous libérera pas de l'étiquette de gardiennes de la foi et de la langue de notre peuple... N'empêche que des femmes comme Marie Gérin-Lajoie, Caroline Béique et Joséphine Dandurand travaillent main dans la main avec des protestantes, comme Julia Drummond, notre première présidente.»

Victoire déplore que Délima ne vive pas à Montréal. « On serait bien plus en mesure de lui apporter de l'aide que dans le fond d'un rang de Pointe-du-Lac.

— Vous avez des nouvelles ? demande Oscar.

— Colombe est allée la voir la semaine dernière. Elle fait réellement pitié.»

Amaigrie, nerveuse, Délima ne retrouve son entrain que lorsque son mari sort de la maison. Tout visiteur est épié, ses propos sont passés au peigne fin, et ses intentions, scrutées à la loupe. « Majorique est un bon travaillant puis un homme de parole, aurait confié Délima à Colombe. Seulement, il ne faut pas le contrarier.

— Voulez-vous bien me dire ce qu'elle a pu trouver à ce gars-là ? lance Candide.

— Elle avait tellement besoin d'amour, déclare Victoire, que...

— Qu'est-ce que vous soupçonnez ? demande Nativa.

— Ce ne sont que des suppositions. Elle a pu se lancer aveuglément dans les bras de ce manipulateur et se réveiller trop tard... »

Après avoir tant cherché à venir en aide à leur nièce, Thomas et son épouse mesurent la complexité d'une intervention adéquate. « D'après Colombe, il ne faut même plus lui donner de vêtements ou de cadeaux devant son mari. Il affirme qu'il est capable de la faire vivre.

— Il a une certaine fierté, au moins », réplique Thomas.

Au mariage de Laurette et de Raoul annoncé pour le 4 juin, la présence de Délima est grandement souhaitée, celle de son mari, appréhendée. Étant donné son penchant pour l'alcool et sa conduite agressive, on craint que cette journée de fête ne tourne en bagarre. « Tel que je connais Délima, elle va se priver de venir plutôt que de nous mettre dans l'embarras, présume Victoire.

— S'il décide de venir, par contre, elle devra le suivre, déclare Oscar.

— Comme si on n'avait pas assez de se soucier de nos enfants, déplore Thomas.

— Ils sont comme nos enfants, corrige aussitôt Victoire. On a promis à Georgiana de voir à tous leurs besoins après la mort de Ferdinand. À plus forte raison maintenant que les deux sont partis.

— Ça donne envie de souhaiter que Délima n'ait jamais d'enfants, avoue Nativa. Y a assez d'elle qui mène une existence misérable... »

Sur ces propos, Victoire demande à prendre congé de la famille réunie, le temps de rédiger une lettre pour Oscar.

« Vous avez remarqué comme votre mère ne se fait plus prier pour rédiger des textes depuis qu'on a une machine à écrire », lance Thomas, taquin.

Victoire lui retourne un sourire amusé et convient avec eux de l'essentiel de la demande à la ville de Maisonneuve à la suite de l'acquisition de l'outillage de la Royal Shoe Co. : *Comme la mise en opération de cette nouvelle fabrique nécessite de nouveaux capitaux, nous avons pensé que votre Conseil pourrait nous faciliter de rentrer dans une partie de nos déboursés en transférant cette seconde hypothèque de $ 4 400. Attachée à la propriété de la Royal Shoe Co. contre une première du même montant sur la Dufresne & Locke, les salaires payés dans les deux fabriques devant contribuer à éteindre cette dette.*

Une deuxième feuille fait état d'un chiffre d'affaires de deux cent douze mille dollars à compter du mois d'août précédent, ce qui leur a permis de verser quatorze mille dollars pour l'acquisition du roulant de la Royal Shoe Co.

∽

Thomas ayant accepté d'être le témoin de Laurette, Victoire prend place près de la nouvelle mariée. Le banquet est servi dans la salle à manger du premier hôtel où André-Rémi a travaillé. D'une beauté exceptionnelle, Laurette fait l'admiration de tous les invités et l'envie de ceux qui n'ont pas encore trouvé l'élue de leur cœur.

Les conversations sont joyeuses jusqu'au moment où Laurette murmure à l'oreille de sa tante : « Je crois savoir à quoi vous pensiez en me souhaitant un bonheur limpide…

– À ce que je disais, ma pauvre enfant », répond Victoire, sidérée.

L'euphorie du moment, l'effet du vin d'honneur ou le désir de se rapprocher de sa tante lui ont-ils inspiré cette réflexion inopportune ? Toutefois, dans le regard de la jeune femme, Victoire n'a pu déceler qu'admiration et sincérité. Pour demeurer dans l'atmosphère de cette fête, elle concentre son attention sur ceux qui semblent s'amuser : Candide et son épouse, Romulus et sa gentille amie Laura sont de ceux-là. Non loin d'eux, Alexandrine promène un regard mélancolique sur les jeunes danseurs, fixe Colombe dès que celle-ci apparaît sur la piste de danse et ne se montre joyeuse qu'avec Cécile qu'elle affectionne particulièrement. Que Nativa soit enceinte et que nombre d'invités lui présentent leurs vœux la chagrinent.

Un peu plus tard, en retrait avec une vieille tante, un verre à la main, Alexandrine pleure. Informé par Cécile, Oscar quitte ses cousins avec toute la discrétion dont il est capable. Impuissant à consoler son épouse humiliée, il quitte la salle en catimini avec une femme titubant à son bras.

Thomas et Victoire se regardent, profondément attristés. Alexandrine pleure encore sur sa stérilité. Les chèvres n'ont été pour elle qu'une distraction passagère. En dépit de ses responsabilités à la manufacture et de ses engagements sur la scène municipale, Oscar lui a consacré toutes ses fins de semaine. Mais sa présence ne peut compenser le vide laissé dans le berceau préparé depuis bientôt cinq ans.

« Quand je pense que nous appréhendions la présence de Majorique Mailhot et que c'est notre bru qui est venue assombrir la fête », dit Thomas, la noce terminée.

Le mari de Délima a fait acte de présence en jouant au détective. L'air crâneur, il a suivi Délima à la trace, sans accorder à personne le privilège de danser avec elle. Étonnamment, il a refusé tout alcool. Il n'a vraisemblablement pas digéré les intrusions des Dufresne. Aussi a-t-il préféré dormir à l'hôtel plutôt que d'accepter l'hospitalité de Thomas. Victoire et ses proches ne sont pas pour autant rassurés sur ses qualités d'époux.

D'autres visages les ont réjouis, dont celui de la jeune femme qui a accompagné Donat, Mlle Albertine Dagenais. « Quel beau petit couple », disent ceux qui les ont observés.

Quelle semaine ! Que d'événements se bousculent dans ma tête, écrit Victoire, le dimanche suivant le mariage de Laurette, *alors qu'une course de chevaux a vidé la maison dès la fin du dîner. Je m'étais félicitée, jusqu'à ce jour, de ne jamais avoir fait allusion aux lettres que Laurette m'a remises après la mort d'André-Rémi, présumant qu'elle l'avait fait pour me faire comprendre d'où venaient ses allusions et y mettre fin. Je continue de croire qu'elle m'a lancé une dernière flèche lors du banquet.*

Je suis heureuse de me retrouver seule dans ce jardin. J'y passerais mon été tant la nature a le pouvoir magique de m'envelopper de paix et de plénitude. Je m'interdis de lever les yeux au-dessus de cette haie de cèdres qui me donne l'impression de posséder les arbustes, les allées de *fleurs et le soleil qui les réchauffe. Ici, mes problèmes prennent taille humaine.* Je peux les accueillir sans qu'ils s'emparent de ma lucidité, de l'ingéniosité dont j'ai besoin pour les résoudre. Je peux regarder chacun de mes enfants sans ne voir que leurs qualités pour ne pas souffrir. Je suis capable de reconnaître que Marius, qui vient de terminer son cours d'ingénieur avec un succès notable, n'a pas pour autant tous les outils nécessaires à la réussite de sa vie d'homme. Il est si sévère et ne trouve d'intérêt que dans le travail. En dépit de ses vingt-deux ans, les filles ne l'intéressent pas. Si on l'interroge, il a vite fait de répondre qu'il n'en a pas trouvé une qui avait de l'allure. Ma chère fille ne m'a pas encore donné d'inquiétude malgré ses seize ans et rien ne me porte à croire qu'elle le fera. Elle est si vraie, spontanée et douée pour le bonheur. Elle demeure toujours pour moi un grand cadeau de la vie. Je vois bien qu'elle ne sera pas, comme moi, une femme d'entreprise, mais je n'en suis nullement attristée. Elle goûtera davantage aux petits bonheurs quotidiens.*

Bercée par cette douce certitude et par les roucoulements des pigeons qui ont élu domicile dans le jardin, Victoire s'assoupit.

∽

L'été n'apporte aucun répit à l'équipe Dufresne. De Terre-Neuve et de l'étranger, les commandes affluent. Le développement industriel et urbain de Maisonneuve leur tient à cœur, de même que la lutte contre tout monopole.

La défaite du comité des citoyens dans le dossier des tramways les met sur un pied d'alerte quand vient le moment de changer le système d'éclairage des rues et de réduire le coût des lampes. La compétition s'annonce féroce entre les compagnies qui réclament le contrat. À la Montreal Light, Heat and Power Co, qui détient déjà le monopole du transport, s'ajoute la Dominion Light, Heat and Power Co. Parmi les membres de sa corporation, ce compétiteur compte Raphaël Locke, Raoul Lanthier et Marius Dufresne. « Notre compagnie, soutient Marius, peut fabriquer du gaz et de l'électricité pour tout Montréal, les distribuer et installer ses propres conduits, dont les poteaux et les fils. »

Mise au courant des malentendus entre sa concurrente et Maisonneuve, la Dominion Light, Heat and Power Co. voit l'occasion rêvée de construire une usine. Les contribuables se mobilisent afin de protéger leurs intérêts. Oscar et Marius divergent d'opinion sur la façon de mener cette campagne : le frère aîné opte pour cette force tranquille qui lui a toujours porté chance, alors que Marius, fougueux, envisage des interventions musclées. « Il faut d'abord essayer de régler les différends sans se mettre personne à dos, conseille Oscar, au retour d'une réunion du conseil de ville, un soir de novembre 1905.

— On n'arrivera à rien si on ménage la susceptibilité des uns et des autres.

— Je crois encore au bon vieux proverbe que répétait mon grand-père Dufresne.

— Qui est…

— On n'attire pas les mouches avec du vinaigre.

— Sauf que le vinaigre convient mieux à certains plats », rétorque Marius, persuadé d'avoir raison.

Marius prie son frère de venir prolonger cette discussion chez leurs parents.

« Alexandrine a passé la soirée seule, dit Oscar, hésitant.

– De toute façon, elle doit bien être couchée à cette heure-là. »

Oscar regarde sa montre et décide d'accepter l'invitation de Marius. Sous la porte de la bibliothèque de Thomas, une lueur les attire. Les deux frères sont d'autant mieux accueillis que leur père n'a pas pu assister à cette assemblée. Et c'est à trois qu'ils se mettent à discuter d'affaires.

Marius est maintenant de tous les projets et de tous les débats de Maisonneuve. De son côté, Oscar sait fort bien que ses rêves d'embellissement seraient facilités par l'obtention d'un siège au conseil d'administration. Cela garantirait la collaboration de son frère Marius. Jouissant d'une réputation d'homme d'affaires prospère et de citoyen ouvert au progrès compte tenu de ses exportations de chaussures et ses importations de chèvres, Oscar est conscient de son pouvoir. Il tarde à Marius, en quête d'une telle crédibilité, de décrocher des contrats d'envergure. « Je veux bien commencer par de petits travaux, mais je serais prêt à m'éloigner de Montréal pour signer des contrats intéressants, déclare-t-il, aussitôt sermonné par Thomas.

– Tu t'illusionnes en te croyant exempt de commencer au bas de l'échelle. Avant de vendre les chaussures de ta mère, c'est du lard salé puis de la farine que je vendais ; c'est là que j'ai appris mon métier.

– Ce n'est pas pareil, vous n'aviez pas beaucoup d'instruction, vous.

– Il y a des choses essentielles qu'on ne peut apprendre d'aucun cours universitaire, mon garçon. »

Marius attend la suite, sceptique.

« Si tu rates le premier contact avec une personne, oublie ta vente. C'est pareil pour les contrats. C'est ta personnalité que le client achète.

— Je ne pense pas que maman ait été du genre à modeler sa personnalité et, pourtant, regardez tout le succès qu'elle a eu.

— Je regrette qu'elle ne soit pas avec nous, elle aurait trouvé les mots pour te faire comprendre ce que je veux dire. »

La conversation, tantôt philosophique tantôt humoristique, se poursuit tard dans la nuit. « On devrait se rencontrer comme ça plus souvent », suggère Thomas, aussitôt approuvé par ses fils.

Au moment où Oscar s'apprête à partir, la porte du bureau s'entrouvre. Victoire apparaît, l'air bouleversé. « On t'a réveillée ? demande Thomas, empressé de s'en excuser.

— Non, non. J'ai fait un affreux cauchemar et je n'arrive plus à dormir.

— Assieds-toi avec nous, le temps que je te prépare un bouillon chaud », dit son mari.

Oscar retire son manteau et ne quittera pas sa mère avant qu'elle se soit apaisée. « C'était si réel, dit-elle, encore ébranlée au moment où Thomas revient avec un bol de bouillon de poulet.

— Raconte, demande-t-il.

— Je l'ai vu comme s'il avait été dans ma chambre, affirme-t-elle.

— Qui ?

— Majorique.

— Qu'est-ce qu'il faisait ?

– Il battait Délima, parvient-elle à dire, de nouveau en pleurs. Elle me demandait de la défendre mais je ne pouvais pas. Mes jambes n'avançaient plus. Puis Yvonne est arrivée pour porter secours à sa sœur et il s'est mis à la frapper jusqu'à ce que... Je ne sais pas comment, mais j'ai vu qu'elle était morte. J'ai voulu crier pour demander du secours avant qu'il tue Délima, mais j'en étais incapable. Pas un son ne sortait de ma gorge. C'est seulement lorsqu'il s'est approché de moi que j'ai pu crier... C'est ce qui m'a réveillée.

– Ce n'est qu'un rêve, maman, rétorque Marius. Voulez-vous qu'on fasse une partie de whist pour vous changer les idées ?

– Depuis quand aimes-tu ça jouer aux cartes, toi ? réplique-t-elle, narquoise.

– Ce n'est pas la première fois que votre mère fait ce genre de rêve, déclare Thomas.

– Qu'est-ce que vous voulez dire ? demande Marius.

– Ce que je vais vous apprendre en ferait sourire plus d'un, mais votre mère a déjà été informée par ses rêves d'événements qui allaient arriver. »

L'étonnement est plus évident dans le regard de Marius que dans celui d'Oscar.

« Dis-leur, Victoire.

– Entre autres, dit-elle, la voix plus posée, quand deux de vos petites sœurs sont mortes à quelques jours d'intervalle. Une autre fois, juste avant que votre père décide de travailler avec moi. Ces deux rêves là étaient très beaux.

– Racontez, la prie Oscar.

— Dans le premier, je voyais deux belles fillettes entourées de magnifiques papillons en train de jouer dans un étang si beau et si lumineux que je ne pourrais le décrire. Quand j'ai voulu les toucher, elles ont disparu...
— Puis l'autre ?
— J'étais invitée à un grand banquet quand, tout à coup, j'ai constaté qu'il était donné en mon honneur...
— Comment l'avez-vous su ?
— Une paire de souliers de satin, descendue de je ne sais où, est venue danser au milieu de la table, juste devant moi...
— C'est la première fois que vous faites un rêve aussi bouleversant ? » lance Oscar.

Marius aurait préféré que sa mère en reste aux deux premiers.

« Non. J'en ai fait au moins trois autres semblables. Quand votre père est allé travailler à Québec, au début de notre mariage, puis avant deux décès. Celui de Ferdinand et celui de votre grand-père Dufresne. Mais je n'ai pas vraiment envie de les raconter. Pas cette nuit, en tout cas. »

Thomas l'approuve, non seulement pour le mal qu'elle pourrait se faire, mais pour l'inconfort qu'il ressentirait à les entendre. Il ne tient pas à se remémorer cette nuit où, ivre, dans une chambre d'hôtel, il a connu une aventure absolument rocambolesque. « Je propose, dit-il, que nous allions tous nous coucher. La nuit porte conseil.
— Vous pensez pouvoir dormir, maman ? demande Oscar.
— J'aimerais bien...
— Ça vous aiderait qu'on parle de votre cauchemar ?

— De mes appréhensions, oui. »

Thomas se montrant contrarié, Victoire admet : « Ça ne changerait pas grand-chose d'en causer toute la nuit. Je vais m'arranger pour prendre des nouvelles de Délima demain.

— Comment ? s'inquiète Oscar.

— Je verrai avec Colombe… »

De retour chez lui, Oscar trouve Alexandrine étendue, tout habillée, sur le canapé du salon. Avançant sur la pointe des pieds, il se réjouit de la voir endormie quand, tout à coup, il aperçoit un verre sur le plancher. Son odeur d'alcool ne ment pas. Tenté de couvrir son épouse d'une couverture chaude, il se ravise. « Pas cette fois, se dit-il. Finie la pitié ! »

Oscar trouverait moins cruel de porter Alexandrine au lit et de taire cet incident. Mais de plus en plus souvent, son épouse passe ses soirées à boire. Manipulation pour le garder près d'elle ? Compensation pour l'enfant qui n'est pas là ? Mal de vivre ? De toute façon, il ne se rendra pas captif d'une femme, même s'il l'adore. La solution d'Oscar à leur problème de stérilité ne plaît pas à Alexandrine. Elle répète ne pas vouloir d'un enfant porté par une autre. Oscar ne sait que faire pour tromper ce mal de vivre qu'il croyait apaiser avec l'importation de son troupeau de chèvres. Depuis la fin de l'été, il lui a confié, à sa demande, toute la correspondance de l'entreprise. Cela ne suffit pas. Il jette un dernier regard à cette femme qui, six ans plus tôt, l'a séduit par sa beauté, sa sensibilité et sa finesse. Il éteint la lampe et monte à sa chambre, en proie à un doute lancinant.

∼

Une autre génération se construit autour des Dufresne et des Du Sault. Laurette doit accoucher dans quelques semaines ; Nativa vient de donner un fils à Candide. Thomas semble retombé en enfance auprès du poupon qu'il câline en gazouillant.

Victoire se montre plus discrète pour ne pas blesser Alexandrine. Que les nouveaux parents aient voulu qu'elle soit la première à poser le baiser de bienvenue sur le front de leur fils l'a profondément touchée, et lui fait croire à une relation privilégiée avec cet enfant. Un langage de l'âme a jailli de leur premier contact et reprend lors de chaque rencontre.

Candide et Nativa confient leur fils Georges à Victoire pour s'accorder une journée de répit. Ils ne sont pas sortis de la maison qu'elle s'installe dans un fauteuil berçant, en tête-à-tête avec son petit-fils. Ce petit être niché au creux de son bras, ces doigts potelés noués autour de son index, ce visage angélique la plongent dans un état de grand bonheur. Une contemplation différente de celle que lui inspiraient ses propres enfants. Une communication d'être à être. Une symbiose spirituelle.

« Et si c'était ça la vie des anges ? Des esprits après la mort ? Parfois, j'ai l'impression que ce petit homme est venu m'apprendre l'autre monde. Moi qui ai longtemps redouté la mort, voilà que je me surprends à la regarder comme une ambassadrice. Si j'avais le talent de Raoul, je la représenterais sous les traits d'une femme ailée libérant l'âme de son corps pour la hisser vers de plus hautes sphères d'existence. Autant je l'ai décriée et maudite quand elle m'a arraché mes enfants, mes amis, ma mère et mon grand amour, autant je la vois maintenant comme une complice, une libératrice. Comme il est étrange de voir la vie et la mort parler l'une de l'autre et se côtoyer de si près. J'ai l'impression que mon petit Georges m'exauce lorsque je lui demande de me parler de cet univers d'où il vient et vers où je vais. La profonde sérénité qui alors m'habite me le confirme. J'éprouve la plénitude que j'ai connue à faire naître... mes enfants, mes modèles de chaussures, mes projets. Quel privilège ! Merci à la Vie. »

« Une carte de Noël du presbytère de Saint-Hyacinthe ! Mais de qui est-ce ? » se demande Victoire en prenant le courrier que lui tend Thomas. Avec d'infinies précautions, elle dépose l'enfant sur le sofa. Ses doigts glissent nerveusement sous les rabats de l'enveloppe. Elle en sort une carte représentant une crèche, l'ouvre, lit, sourcille. « Bizarre ! Savais-tu qu'il y avait dans ta parenté un abbé Jean-Baptiste Houle ?

– Du côté de ma mère, oui. Qu'est-ce qui nous vaut une carte de Noël de sa part ?

– Délima. »

Thomas reste bouche bée.

« Qu'est-ce que tu conclus ? » demande Victoire en lui présentant le carton.

Monsieur, madame,

Un confrère m'a mis au courant des besoins de notre nièce. Sur sa demande, je vous prie de ne pas chercher à la voir pendant quelques semaines. Je l'ai accueillie au presbytère, le temps qu'elle se refasse une santé. Son jeune frère et sa jeune sœur sont sous les soins de Mme Carolus Lesieur.

Elle promet de vous rendre visite dès qu'elle aura repris ses forces.
Je ne saurais trop vous exhorter à prier pour elle et ses proches.

Jean-Baptiste Houle, curé

« Ça sent pas bon, déclare Thomas.
— Tu penses à quoi ?
— Récupérée par le cousin curé... Loin de Pointe-du-Lac... Malade... Ça ressemble drôlement à un cas de femme battue.
— Ce qui me vient à l'esprit est si horrible, Thomas, que j'irais tout de suite chercher Délima et les deux autres.
— Je te comprends. Le pire est qu'on n'a pas le droit de faire ça. Ces deux jeunes-là ont un père, et elle, un mari...
— C'est de son mari qu'il faut les sauver, justement. Tu sais à quel point il devient dangereux quand il se saoule ?
— Délima doit y consentir. Tu ne penses pas qu'elle nous aurait fait signe si elle avait voulu qu'on intervienne ?
— Ce n'est pas si simple que ça, rétorque Victoire. Cette femme-là est terrorisée.
— On n'a pas à s'en faire tant qu'elle sera avec le curé, d'autant plus qu'elle a promis de venir nous voir, une fois guérie...
— Guérie... on ne sait même pas de quoi, si jamais elle guérit », murmure Victoire, tourmentée.

Son cauchemar de la semaine précédente redouble son inquiétude. « Des lois civiles interdisent de nous en mêler, comme tu dis, mais il y a sûrement d'autres lois au-dessus de celles-là qui nous imposent de faire quelque chose pour s'assurer au moins qu'ils sont hors de danger. Quelle épreuve que l'impuissance », avoue-t-elle à travers ses soupirs plaintifs.

Faut-il prévenir Donat ? La volonté de préserver son bonheur depuis qu'il fréquente Mlle Dagenais les retient. « À moins qu'il souhaite se rendre à Pointe-du-Lac pendant le temps des fêtes, et encore, précise Thomas.

Faut-il que Délima soit amochée, dit Victoire, pour ne pas avoir écrit elle-même.

– À moins que le curé en ait décidé ainsi.

– Pourquoi ne pas essayer d'en savoir plus auprès de l'abbé Houle ? suggère-t-elle.

– Il n'est pas dit qu'on serait mieux accueillis qu'au Cap-de-la-Madeleine.

– Qu'est-ce qu'on fait ? s'écrie-t-elle, affligée.

– Donne-moi jusqu'à demain... »

Victoire apprécie de s'occuper du petit Georges jusqu'à la fin de la journée. Thomas demeure persuadé qu'il vaut mieux ne pas s'immiscer dans cette affaire. « Habille-toi, je t'emmène voir quelqu'un... », lui annonce-t-il le lendemain.

Peu encline à nourrir sa mélancolie, Victoire n'oppose aucune résistance. Elle s'empresse de se recoiffer et s'emmitoufle dans son manteau d'hiver pendant que Thomas fait préparer la carriole. « Devine », propose-t-il. Aucun essai ne la rapproche du but. Lorsque la voiture s'arrête devant la maison de Laurette, Victoire avoue ne rien comprendre. Raoul les reçoit avec une jovialité remarquable. Conduite dans la chambre à coucher du couple Normandin, Victoire est accueillie par une jeune femme radieuse qui lui tend les bras.

« Mon mari est tellement fier d'avoir un garçon comme premier enfant ! » s'exclame Laurette, les yeux brillant d'un bonheur que Victoire n'a pas oublié.

– On est chanceux de l'avoir sauvé, dit Raoul. Il paraît que les petits garçons prématurés s'en sortent plus difficilement que les petites filles… »

Oscar tarde à annoncer cet heureux événement à Alexandrine ; la mélancolie de son épouse s'aggrave à chaque naissance. Il ne baisse pas les bras pour autant. « J'aimerais tant qu'elle consente à l'adoption au moins une fois, confie-t-il à Victoire, le lendemain soir, avant qu'Alexandrine vienne les rejoindre pour une partie de cartes. Elle accepte un peu mieux qu'on en parle, mais… »

Oscar hésite.

« Ce qui m'ennuie, déclare-t-il, c'est qu'elle ne semble pas supporter que cet enfant ne soit pas de nous.

– Quelle honte y a-t-il à adopter un enfant ?

– Je ne la comprends pas. Ou plutôt je soupçonne quelque chose… »

L'air faussement détaché, il précise qu'Alexandrine lui demande souvent des nouvelles de Colombe. « Comme si je la voyais…

– Qu'est-ce que tu lui réponds ?

– La dernière fois, je lui ai conseillé de venir vous voir si elle voulait avoir de ses nouvelles, car j'avais bien d'autres chats à fouetter.

– Je pense qu'elle se sent menacée. »

Oscar grimace.

« Oui, Oscar. Menacée de perdre l'amour de son mari si ses anciennes blondes sont fertiles.

— Elle prend toute la responsabilité sur ses épaules, alors qu'on ne sait pas qui de nous deux a le problème. Le Dr Bélanger dit que notre cas est bien mystérieux. Lors de notre dernière consultation, il a justement suggéré l'adoption comme moyen efficace…

— Et si la recette ne réussissait pas pour vous ?

— J'adopterais jusqu'à trois ou quatre enfants, mais Alexandrine s'y oppose. Elle doute de pouvoir les aimer comme si elle les avait portés. Je me tue à lui expliquer que c'est un faux problème… »

Oscar commence à s'interroger sur la santé mentale d'Alexandrine. « Ça tourne à l'obsession. Elle ne pense qu'à ça, ramène tout à ça et gaspille les bons moments de la vie à cause de ça. Vous ne pourriez pas essayer de lui faire entendre raison ? Peut-être qu'entre femmes… »

De toute évidence, l'harmonie de leur couple est compromise. Oscar a vainement multiplié suggestions de voyage, d'entreprises nouvelles, de retour aux études. Alexandrine a tout rejeté. « Qu'est-ce que je pourrais faire de mieux ? » se demande Victoire tout de même désireuse de leur venir en aide.

∼

Les fiançailles de Donat et d'Albertine Dagenais sont célébrées à l'occasion de la Saint-Valentin, en toute intimité, au domicile de Thomas Dufresne. Les nouvelles que Donat rapporte de Pointe-du-Lac et de Saint-Barnabé, où il a vu Georges-Auguste pour lui présenter sa future épouse, sont plutôt rassurantes : « Les deux jeunes semblent très bien avec Marie, la femme de Carolus, affirme-t-il. Ils m'ont semblé plus en forme que lorsqu'ils habitaient avec Délima. Quant à Majorique, les uns racontent qu'il est parti bûcher dans les chantiers américains, d'autres laissent entendre qu'il gagne à ne pas trop se montrer. Quelques femmes n'ont pas hésité à déclarer que Majorique a beau être bel homme et bon travaillant, ça n'excuse pas son ivrognerie et sa jalousie maladive.

– Qu'il est difficile de rester sereine, dit Victoire. Tant de mystères persistent autour de cet homme.

– L'abbé Houle dit que Délima prend du mieux mais il refuse qu'on lui rende visite.

– Ou bien elle était à deux cheveux de la mort, ou bien elle est ailleurs qu'à son presbytère, ou bien ils nous cachent quelque chose de grave, présume Victoire.

– Qui nous dit que Majorique ne la retrouvera pas ? demande Donat.

– Comme j'aimerais, en pareilles circonstances, avoir la foi de Lady Lacoste, confie Victoire à son mari, la fête terminée. Il m'arrive parfois de ressentir une plus grande confiance envers nos disparus.

– Eh bien, moi, il m'arrive de me fâcher contre Georgiana qui ne semble pas faire grand-chose pour ses enfants. Que se passe-t-il dans cet autre monde, si jamais il existe ?

– Si on m'offrait de faire un vœu en m'assurant qu'il serait exaucé, je demanderais de pouvoir, après ma mort, apprendre aux miens ce qui se passe de l'autre côté. Colombe m'a dit qu'elle essaierait de me faire venir un livre de France sur le sujet. Jamais dans nos librairies et bibliothèques on ne laisserait passer des écrits de ce genre. On retire des étagères de simples brochures sur la conception et la contraception... »

Pour tromper son inquiétude, le lendemain, Victoire propose une sortie à Alexandrine après lui avoir recommandé, au téléphone, d'accrocher un magnifique sourire sur son visage. « Par un temps pareil ? a demandé Alexandrine sur un ton morose.

– Ce n'est qu'une petite poudrerie de février. Le soleil va se montrer le bout du nez cet après-midi, tu vas voir.

– Vous ne voulez pas me dire où vous m'emmenez ? Je m'habillerais en conséquence.

– Choisis dans ta superbe garde-robe une tenue à la fois sobre et élégante. »

Dans la carriole qui glisse dans les rues enneigées de Montréal en direction ouest, Alexandrine ne peut retenir sa curiosité :

« Ce n'est pas un quartier que je fréquente souvent, dit-elle, cherchant l'enseigne d'un quelconque commerce.

– Depuis une dizaine d'années, j'y viens presque tous les mois, lui précise Victoire lorsque la voiture s'engage dans l'entrée d'un gros édifice en pierre grise.

– C'est un couvent !

– Oui et non. On doit se rendre à la deuxième entrée. J'ai des sacs de vêtements et des médicaments à donner.

– Aux religieuses ?

– Oui, mais pas pour elles. »

À la crèche d'Youville, Victoire est toujours accueillie à bras ouverts. Sa générosité est connue.

Sans plus d'explications, Victoire sonne à la porte et demande : « On pourrait voir les enfants pendant que votre homme de service s'occupe de vider la carriole ? »

Cette faveur lui est aussitôt accordée. Victoire se dirige vers la pouponnière et ordonne à sa bru de la suivre, sans se soucier de ce qu'elle peut ressentir. « On enlève nos manteaux et on se lave les mains avant de prendre les poupons dans nos bras », la prévient-elle.

Alexandrine est bouleversée. Victoire n'en tient aucun compte. Le long des allées de couchettes, elles avancent à pas de tortue. Alexandrine n'ose pas imiter Victoire qui caresse les mains d'un bambin, redonne le hochet à un autre et essaie d'en consoler un troisième en lui offrant sa sucette. « Aujourd'hui, c'est ton tour, dit-elle à une petite fille aux traits émaciés, mais souriante.

– Elle ne doit pas avoir plus de trois ou quatre mois, déclare Alexandrine qui ouvre la bouche pour la première fois.

– Tu te trompes, ma chère. Ça fait au moins huit mois que je la vois ici. Pauvre enfant, elle a peu de chances d'être adoptée... »

Des larmes glissent sur les joues d'Alexandrine. « Tu veux la prendre ou tu en choisis un autre ? »

Alexandrine secoue la tête : « Elle me fait trop pitié, je ne suis pas capable, avoue-t-elle.

– Viens, je vais te montrer un petit bonhomme très enjoué », propose Victoire, la petite Camille nichée dans ses bras.

Alexandrine ne résiste pas au charme de cet enfant aux cheveux blonds ondulés comme des copeaux et aux yeux d'un bleu limpide qui lui tend les bras. « Ça paraît qu'il a eu la chance de vivre ses premiers mois près de sa maman, dit Victoire. Tu vois comme il est éveillé comparé à bien d'autres ? »

Alexandrine acquiesce d'un signe de tête. « Malgré leur bonne volonté et tout leur dévouement, explique Victoire, les religieuses n'arrivent pas à répondre à tous les besoins des enfants. Elles les nourrissent et les lavent, mais pour le reste, il faudrait des dizaines de bénévoles... »

Dans une autre salle, logent une cinquantaine d'enfants de deux à quatre ans. Tels des essaims d'abeilles, ils s'agrippent aux deux infirmières qui les examinent. « Quand on sait qu'un enfant qui manque de tendresse ne peut pas se développer normalement, on voudrait avoir trente-six heures par jour et une santé à toute épreuve, ajoute Victoire, invitant Alexandrine à aller vers d'autres petits alités.

— Vous pensez que s'ils recevaient les mêmes soins que nous donnons à nos enfants ils seraient aussi développés qu'eux ?

— J'en suis persuadée. »

Victoire n'a pas à se tourner vers Alexandrine pour deviner qu'elle est émue. Elle la voit s'attarder de nouveau près d'un petit garçon de quelques mois dont les mains et pieds s'agitent chaque fois qu'elle s'approche de son berceau. À un barreau, une petite enveloppe est attachée. Alexandrine la regarde, en tire un carton, le lit et le replace avec empressement avant de s'éloigner. Victoire se dirige vers le berceau. *À la dame qui aura le bonheur de chérir mon fils, je souhaite tout l'amour que j'ai pour lui. De toute ma pauvre vie, je ne cesserai de souffrir du vide que son absence creuse dans mon cœur. Je vous en prie, gardez-lui son prénom et suspendez cette petite chaîne à son cou en souvenir de celle qui l'aime depuis le premier instant de son existence,* lit-elle à son tour. Emmanuel porte à son cou une minuscule chaîne d'argent assortie

d'une croix délicatement ciselée. Les larmes de Victoire coulent sur la petite main qu'elle embrasse longuement. « Tant de souffrances injustifiées et stériles au nom d'une morale pharisaïque ! Si c'est une faute de concevoir un enfant hors mariage, priver cet enfant de l'amour de sa mère est bien pire, dit-elle à sa bru sur le chemin du retour.
— Ce ne sont pas tous des enfants de l'amour, rétorque Alexandrine.
— S'il ne restait que ceux-là dans nos crèches, j'ose croire qu'ils bénéficieraient de bien meilleurs traitements.
— Vous n'en êtes pas sûre ?
— Certaines religieuses les considèrent comme les fruits de la honte et du péché, et se croient autorisées à leur en faire porter le poids.
— Comment ? s'inquiète Alexandrine.
— En les privant de leur affection et de leur tendresse et, pire encore, de celles de leurs mères qui ne souhaiteraient pas mieux que de les reprendre.
— Vous voulez dire qu'elles les en empêchent ! »
Victoire acquiesce d'un signe de la tête.
« Mais elles n'ont pas le droit !
— Au nom de la morale chrétienne.
— Quelle morale ?
— Elles jugent ces jeunes femmes indignes de garder leur enfant. Sans égard aux circonstances...
— Mais qu'elles se défendent.
— Elles ne le peuvent pas.
— Je ne comprends pas, avoue Alexandrine, indignée.
— Elles leur font accroire que leur enfant est mort...
— Vous savez ça et vous ne les dénoncez pas ? »

Victoire fait prendre conscience à Alexandrine du pouvoir des autorités religieuses et de l'impuissance des laïcs, notamment en ce qui concerne les naissances illégitimes. « Que de bêtises au nom des beaux principes », laisse tomber Alexandrine, encore plus accablée d'apprendre qu'un sort plus cruel encore est réservé aux enfants qui naissent avec un handicap physique ou mental. « Leur anomalie, explique Victoire, est perçue comme la punition d'une faute grave commise par les parents... Rares sont ceux qui auront assez d'amour pour affronter dans leur vie les jugements malveillants de tous ces bien-pensants.

— Qu'est-ce qu'on peut faire ?

— Dénoncer. Dénoncer et continuer d'offrir notre aide. »

∽

« Quelle histoire sordide ! Jamais je ne me pardonnerai de lui avoir fait confiance », s'écrie Victoire en sanglots.

En cette fin d'après-midi du 27 mars 1906, Donat revient de Pointe-du-Lac où il a assisté au *Libera* chanté pour sa sœur, Délima, dont le corps n'a pas été exposé. Un cercueil fabriqué à Saint-Hyacinthe et acheminé par train a été porté au charnier après des funérailles fort simples. Quelques paroissiens assidus à toutes les cérémonies religieuses y ont assisté. Donat Dufresne, Ulric, Yvonne et Napoléon Lesieur ont écouté les propos de l'officiant avec une détresse à la mesure de leur crainte et de leur révolte à l'égard de Majorique Mailhot, absent de la cérémonie. « Les voies de Dieu sont impénétrables... Que le Christ infiniment miséricordieux, qui a donné sa vie pour racheter nos péchés, accueille notre sœur en son paradis. Qu'il lui accorde, enfin, la paix éternelle. »

Dans l'espoir de voir arriver Georges-Auguste qu'on n'a pu rejoindre avant les funérailles, Donat a passé le reste de la journée auprès de ses demi-frères et de sa demi-sœur, et n'a repris le train que le lendemain soir. « Je vous serais très reconnaissant de remettre cette lettre à mon frère de ma part, a-t-il demandé à Marie Garceau, deuxième épouse de Carolus Lesieur.

— Cette poche vient du presbytère de Saint-Hyacinthe. Elle t'est adressée, déclare-t-elle à Donat. Ce sont les objets personnels de ta sœur, j'imagine.

— Je ne comprends pas. Normalement, ça devrait aller à son mari...

— Personne, par ici, ne l'a vu depuis l'automne. Ça devait être la volonté de Délima... »

Donat s'est retenu de l'ouvrir avant de partir pour la gare, considérant qu'il valait mieux le faire chez lui, en toute discrétion. « Si quelque chose devait concerner les plus jeunes, je les mettrai au courant », a-t-il promis.

Hanté par ce sac, il l'a fouillé dès son arrivée, cherchant désespérément une enveloppe, un message. Il n'a trouvé qu'un chapelet, des photos de leurs parents, la sienne et, cauchemar, des vêtements souillés de sang.

« Je le savais, dit Victoire, en gémissant. J'aurais dû le prendre au sérieux et agir en conséquence.

— Prendre qui au sérieux, ma tante ?

— Le rêve que j'ai fait au sujet de Délima avant les fêtes. »

Cette confidence ajoute une inquiétude au chagrin que Donat éprouvait déjà. Il lui faut s'assurer que Napoléon et Yvonne sont en sécurité auprès de Marie et de Carolus.

« Iriez-vous jusqu'à penser que Majorique est responsable de la mort de Délima ?
— D'une certaine façon, oui.
— Quant à Ulric, il peut, à dix-sept ans, se protéger lui-même.
— Bien accueilli ou mal accueilli, je vais aller chez le curé Houle pas plus tard qu'après-demain, dit Thomas, en apprenant la nouvelle à l'heure du souper.
— J'irai avec vous », décide Donat.

« Comment savoir, Oscar, si c'est l'amour ou la bonté qui nous fait agir ? demande Alexandrine de retour d'une autre visite à la crèche d'Youville en compagnie de Victoire.
— Dans le cas d'une adoption ? demande-t-il.
— Oui.
— Que l'amour ne vienne qu'avec le temps et à force de soins, je n'y vois aucun mal… On peut difficilement aimer quelqu'un qu'on ne connaît pas, de toute manière. »

Chaque fois qu'elle aborde le sujet, Alexandrine a le sentiment qu'Oscar banalise ses inquiétudes. « Va en parler avec quelques femmes qui vivent cette situation, tu vas bien voir, lui conseille-t-il.
— Elles devineraient trop pourquoi je leur pose cette question. Puis, je doute qu'elles disent la vérité. »

Ainsi Oscar, sa mère et quelques proches ont échoué à libérer Alexandrine de la honte de ne pas être mère. « Demande à une bonne amie de questionner ces femmes pour toi, suggère-t-il.

– À part ta mère, je ne vois pas à qui je pourrais m'adresser, mais elle a déjà assez d'inquiétude et de peine comme ça.

– Je ne te reconnais pas, Alexandrine. Il me semblait avoir rencontré une fille audacieuse un certain soir, au jardin du Luxembourg.

– Je m'en doutais…, dit Alexandrine, atterrée.

– De quoi, au juste ?

– Tu ne m'aimes plus. »

Oscar proteste vivement, jurant de l'aimer plus encore. N'entreprend-il pas tout pour la voir heureuse ? Mais Alexandrine s'isole dans son univers chaque fois qu'elle se sent incomprise. Oscar le décèle à son silence monacal et à son empressement à se lancer dans l'époussetage des bibelots. « Ou je laisse tomber la réunion, ou je m'assure qu'elle ne passera pas la soirée seule », songe-t-il, craignant qu'elle ne cherche encore un apaisement dans l'alcool. Une fois de plus, il demande à Cécile de lui tenir compagnie. Mais combien de temps sa jeune sœur se plaira-t-elle encore en compagnie d'Alexandrine ?

Après le souper plutôt agréable qui les a réunis tous trois, Oscar monte dans sa chambre pour revêtir l'habit marine qu'il portait à l'occasion de leurs fiançailles. Devant son miroir, il est brutalement confronté au serment d'amour qu'il vient de faire à son épouse. Dans son regard ne brille plus cette flamme qui surgissait à la seule pensée d'Alexandrine Pelletier. Outrage du temps ? Déceptions répétées ? Hantise inavouée de son premier amour ? Le moment ne se prête pas à un questionnement profond. À quelques mois de ses trente et un ans, il sent peser sur ses épaules une certaine lassitude de vivre. « Raison de plus pour assister à une soirée qui s'annonce houleuse. » La question de l'électrification y sera réévaluée.

Rentrant à pied de cette assemblée, Oscar croit avoir trouvé l'idée miracle. Il remercie Cécile de sa visite, invite Alexandrine à le suivre au salon, sert deux verres de sherry, s'assoit à ses côtés et l'entoure d'une tendresse à la mesure de son espoir. « Je pense que je sais vers quoi on devrait se tourner en attendant d'avoir nos propres enfants.

– Tu espères encore, toi, s'écrie-t-elle, néanmoins heureuse que son mari prenne l'initiative d'en parler.

– Bien sûr, et il le faut. Tant que tu n'auras pas cinquante ans et que je n'aurai pas soixante-dix, tout est possible, réplique-t-il, enthousiaste. La preuve ? Si on en croit la Bible, la bonne sainte Anne a accouché après la cinquantaine... »

Oscar se rend compte, à leurs rares éclats de rire, qu'ils ont de moins en moins de plaisir ensemble, la déception ayant envahi leur vie de couple.

« Si on parlait sérieusement ? suggère Alexandrine.

– J'y arrive. Essaie d'imaginer que pour quelque raison, un ami ou une connaissance ait besoin de parents pour un de leurs enfants... »

Au bord des larmes, Alexandrine ne dit mot.

« Te sentirais-tu plus portée vers cet enfant plutôt que vers ceux de la crèche, par exemple ?

– Si les parents sont de bonnes gens, je crois que oui.

– Tu sais qu'il arrive souvent qu'un enfant de grosse famille soit confié à un couple qui ne demande pas mieux que de lui donner le meilleur... »

La tête blottie sur l'épaule de son mari, Alexandrine pleure.

« Si tu es d'accord, j'en parlerai à ma mère. Ils sont nombreux, dans sa parenté, à avoir douze à seize enfants, sans avoir les moyens de les faire vivre convenablement. »

Le mariage de Donat, annoncé pour le 26 juin, doit en offrir l'occasion. Une fois de plus, Victoire est sollicitée.

Cette espérance influence merveilleusement l'humeur d'Alexandrine : elle s'intéresse de nouveau à une dizaine de chèvres ayant mis bas, prend plaisir à donner le biberon aux petits plus capricieux. Elle se consacre aussi à différents comités de bienfaisance dont celui de l'hôpital Notre-Dame. Oscar s'en réjouit d'autant plus en cette période où la fructueuse Dufresne & Locke doit embaucher des ouvriers supplémentaires et où les heures consacrées à la formation du personnel et à l'administration se sont multipliées.

Les gages payés lors de la dernière année dépassent les cent mille dollars et les profits nets suivent la même ascension. Candide, au courant, a attendu avec impatience la réunion du mois de juin pour présenter sa requête : « Je voudrais acheter le plus de parts possible, à un prix d'ami, bien sûr. » Considérant que plusieurs privilèges lui ont déjà été accordés, Victoire s'y oppose fermement. « Quand le temps sera venu pour moi de vendre les parts de la Dufresne & Locke, je le ferai de façon à ce que tous mes enfants soient traités sur un pied d'égalité, déclare-t-elle.

– Ce qui veut dire...

– Ce qui veut dire, Candide, que même si ta sœur n'a jamais mis les pieds à la manufacture et que Romulus ne peut y travailler que quelques heures par jour, ils auront leur part. C'est pour vous tous que ton père et moi avons travaillé à bâtir quelque chose de solide.

– C'est ce que je veux faire pour les miens, aussi. »

Oscar déplore les divergences de vues qui se glissent dans chacune de leur réunion. « Tes idées sont peut-être les meilleures, concède-t-il à son frère. Mais il faut comprendre que tant que maman sera la propriétaire de l'entreprise, c'est elle qui décidera. »

Plus résigné que consentant, Candide soumet une autre proposition. Cette fois, il mérite des félicitations et un assentiment unanime. Il obtient qu'un espace de l'édifice soit aménagé en garderie afin que les parents puissent avoir quelques contacts avec leurs enfants pendant leur journée de travail. « Cela dit, je voudrais louer ce local et l'administrer moi-même et en mon nom. » Oscar s'indigne de ce manque flagrant d'esprit de famille. « Ce qui a fait notre force et notre succès, Candide, c'est qu'on a toujours mis nos idées au service de l'entreprise familiale. Tu viens de nous soumettre un projet excellent pour la renommée de la Dufresne & Locke. Pourquoi vouloir te l'approprier ?

– Je te ferai remarquer, enchaîne Thomas, que ta mère s'est battue, comme tu le fais. Mais elle n'a pas voulu placer les honneurs au-dessus de l'harmonie avec ses proches.

– C'est vrai, admet Candide. Mais ce n'est pas une raison pour ne pas essayer de concilier les deux. »

Candide quitte l'assemblée en grognant. Nativa partage sa déception mais ne baisse pas les bras : « Au lieu de se bâtir une maison, on va garder notre argent pour ouvrir notre propre commerce le plus vite possible, suggère-t-elle à son mari.

– Je ne veux pas passer ma vie à suivre les traces d'un autre, avoue-t-il.

– Même celles de ta mère ?

– Malgré toute mon admiration et tout mon amour pour elle, non. Je désapprouve trop de choses dans leur façon de gérer. »

Candide s'insurge contre l'esprit de famille exigé de chacun au détriment d'une reconnaissance personnelle. « Je ne suis pas de la trempe de ma mère qui s'est résignée à ne pas être reconnue comme créatrice de ses modèles, ni comme propriétaire de ses entreprises.

– Dis-toi qu'avant longtemps, tu mèneras ta barque à ta façon », dit Nativa.

Si Thomas trouve le courage de faire respecter la philosophie de l'entreprise, Victoire sort épuisée de ces réunions. « Je cède ma place », déclare-t-elle, au lendemain de cette dernière altercation avec Candide. Thomas proteste mais elle ne démord pas : « Je suis en parfaite confiance. Tu es là pour voir au maintien de nos objectifs et de nos valeurs. Je préfère n'entretenir que des rapports familiaux avec mes enfants et jouer pleinement mon rôle de grand-maman, dans la paix. »

L'épuisement se lit sur ses traits et dans sa voix. Thomas en prend si vivement conscience qu'il craint pour sa santé. « Tu aurais mieux fait de te retirer plus vite. On se laisse tellement prendre dans le tourbillon de la vie qu'on oublie par moments de regarder les gens autour de nous, dit-il, attristé.

– Les tiraillements qu'on vit avec Candide m'exaspèrent », révèle-t-elle.

Thomas lui promet de ne plus aborder de questions qui ne réclament pas son approbation.

À l'occasion du mariage de Donat, le bon vin aidant, Candide trouve le courage d'annoncer que, faute de temps, il se retire du conseil d'administration. « C'est la seule raison ? demande sa mère, sceptique.

– Ma petite famille et un projet qui me tient à cœur prennent tout mon temps.

– Un projet d'affaires ? s'inquiète Victoire.

– Je vous en reparlerai plus tard… quand mon futur associé m'aura donné sa réponse définitive.

– Nativa est au courant ?

– Je comprends donc, c'est elle qui me pousse à passer aux actes sans attendre…

– Attendre quoi, Candide ?

– L'approbation de tout un chacun et leur aide.

– Ta femme a raison. La vraie liberté, c'est de ne devoir rien à personne », dit-elle en évitant de lui reprocher son peu de gratitude pour ces privilèges obtenus.

Victoire souhaite qu'il ait les moyens de quitter la manufacture avant l'assemblée générale. Elle le comprend d'estimer avoir mérité les fortes commissions accordées sur les commandes de Terre-Neuve, mais Candide est le seul à réclamer des majorations sur les marchés qu'il a ouverts. Thomas, Oscar et Raphaël n'en ont pas moins reçu sans avoir à les solliciter. Victoire en vient à croire que, compte tenu de sa personnalité et de celle de Nativa, Candide serait plus heureux à la tête de son propre commerce. Elle doit se faire violence pour ne pas lui céder tout de suite une part de son héritage.

Le samedi suivant, elle se rend chez Candide avec la ferme intention de leur exprimer le fond de sa pensée. Le petit Georges, maintenant âgé de deux ans et demi, lui réserve comme d'habitude un accueil si enthousiaste qu'elle doit lui consacrer la première demi-heure de sa visite. À l'heure de sa sieste, tous trois se retrouvent autour de la table et Victoire entre dans le vif du sujet : « Je sais que vous avez de beaux projets en tête et je souhaite de tout mon cœur que vous les réalisiez. »

Candide et Nativa se regardent, étonnés.

« J'ai même envie de vous aider.

— Ce ne serait pas de refus, dit Nativa, non moins enchantée que son mari.

— Mais pas au détriment de tes frères et de ta sœur, Candide.

— Je ne voudrais surtout pas…

— Je pourrais t'avancer ta part d'héritage, mais ce ne serait pas juste si les autres doivent attendre.

— C'est leur choix de ne rien demander, rétorque Candide.

— C'est le mien aussi de préserver avant tout l'harmonie de notre famille. Par contre, je peux vous prêter une certaine somme qui m'appartient, sans intérêts. C'est un cadeau pour vos enfants.

— On va y penser, riposte Candide dont l'insatisfaction est évidente.

— Je ne vois pas en quoi c'est nécessaire de réfléchir avant d'accepter un cadeau », rétorque Nativa.

Candide insiste : « J'aime mieux qu'on s'en reparle dans une semaine ou deux. »

Ayant promis à Alexandrine de l'accompagner chez Morgan et Dupuis Frères, Victoire ne peut prolonger sa visite. « Au fait comment va-t-elle, notre petite belle-sœur ? demande Nativa.

— Le moral est à son meilleur depuis qu'elle nourrit l'espoir d'adopter un enfant né de parents connus.

— Ça ne serait pas surprenant qu'elle tombe enceinte maintenant. Je le lui souhaite tellement. Je ne peux m'habituer à la voir au bord des larmes chaque fois qu'elle voit des enfants », avoue Nativa.

Se tournant vers son mari, elle ajoute : « C'est pour ça que Candide et moi avons décidé de les nommer, elle et son mari, tuteurs de nos enfants... »

Touchée, Victoire embrasse son fils et sa bru avec une tendresse toute particulière.

Victoire et Alexandrine aiment fréquenter les grands magasins de l'ouest de la ville. À qui tente de les dissuader en faisant l'éloge de Dupuis Frères, le véritable magasin du peuple canadien-français catholique, Victoire rétorque : « Il y a plus d'un grand magasin à Montréal dont la qualité de la marchandise m'apparaît supérieure. »

Élégamment vêtues malgré cette chaleur torride de la fin juillet, elles sont conduites rue Sainte-Catherine, en haut de la côte du Beaver-Hall, où elles croisent avec aisance les dames de la noblesse anglophone. « Mon anglais est aussi acceptable que leur français », dit Victoire, empruntant l'une ou l'autre langue au gré de leurs rencontres. « J'espère bien ne pas croiser Lady Lacoste, souhaite Alexandrine.

— Pour quelle raison ? Elle est fort gentille.

— C'est vrai, mais je préfère aller là où je ne risque pas de rencontrer quelqu'un que je connais.

— Comme si tu avais mauvaise réputation...

— Je n'aime pas qu'on me pose sans cesse la même question...

— Peut-être faudrait-il leur répondre de façon à ne plus être importunée ?

— Comment ? »

Tout en parcourant les rayons d'un somptueux magasin de style néoroman, Victoire s'amuse à suggérer diverses solutions folichonnes. L'entraînant vers la voiture qui les conduira cette fois vers l'est, à l'angle de Saint-André, Victoire lui annonce : « Maintenant, on va s'exercer. »

Chez Dupuis Frères, Alexandrine contemple les vêtements et les jouets d'enfants, sans cette nostalgie malsaine que Victoire déplore. Même si l'enquête auprès de la parenté de sa belle-mère n'a rien donné pour l'instant, Alexandrine continue d'espérer.

Quand, en fin d'après-midi, le personnel annonce la fermeture imminente du magasin, Alexandrine s'étonne que Victoire n'ait rien acheté pour elle. « Le temps d'accumuler est passé pour moi », répond-elle, loin de se douter de l'inquiétude que de tels propos sèment dans l'esprit de sa bru. Elle en mesure la gravité à l'heure du souper, lorsque Oscar se présente chez elle, exigeant de lui parler seul à seule. « Alexandrine est inquiète et moi aussi. Vous me semblez fatiguée depuis quelques semaines...

— Pas besoin d'une maladie pour se sentir un brin essoufflée, quand on a quarante-six ans de travail derrière soi.

— Vous avez maigri.

— Ça en fera moins à mettre dans ma tombe, s'exclame-t-elle, rieuse.

— Je n'aime pas vous voir badiner sur ce sujet, maman, et je pense que vous devriez voir un médecin.

— Il faudrait peut-être que tu commences à te faire à l'idée que j'ai dix ans de plus que ton père...

— Ce n'est pas une raison pour parler comme s'il vous restait peu de temps à vivre. Les grands-parents Du Sault avaient plus de soixante-dix ans quand ils sont morts.

— Je tiens trop à vous pour négliger ma santé, Oscar. Ne t'inquiète pas. »

Pour mettre fin à cette conversation lugubre, Victoire suggère une sortie de famille « exceptionnelle », dit-elle.

Depuis six mois, une salle de cinéma d'une capacité de quatre cent cinquante places a été aménagée dans la salle Poiré, à l'angle de Montcalm et Sainte-Catherine. Le Ouimetoscope offre une séance d'une heure comprenant des films d'une durée de cinq à dix minutes. Un chanteur anime les entractes.

« Je paie pour tout le monde, annonce Thomas, invitant Cécile, Romulus et Laura, sa petite amie, à se joindre à eux.

— Huit fois quinze cents, ça fait une piastre et dix... Que je vous envie, papa », dit Cécile.

À quelques mois de ses dix-sept ans, elle gémit de ne pas gagner plus que les quelques sous que lui donne Candide pour son aide à Nativa.

∽

Thomas jubile. « Qui aurait cru ça il y a exactement dix ans, quand M. Chevrolet est venu manger ici avec M. Bourassa ? » Les journaux annoncent officiellement pour mars 1907 un premier salon de l'automobile à Toronto, et un mois plus tard, à Montréal. « C'est un événement que je n'ai pas l'intention de manquer », dit Thomas, calé dans un fauteuil du salon. En ce soir de janvier, les rafales fouettent les carreaux et tourbillonnent sur la crête des corniches. « On va avoir une automobile nous aussi, suppose Cécile qui, installée sur le canapé avec sa mère, a entrepris de broder la première nappe de son trousseau.

— On peut visiter le salon sans acheter, précise Victoire.

— N'empêche que ce serait très utile, lance Thomas qui en rêve depuis dix ans.

— Agréable, mais pas indispensable », corrige Victoire.

Portés par le même enthousiasme, Cécile et son père, après des considérations pragmatiques, se laissent emporter par des projections euphorisantes. « Vous pourriez m'apprendre à la conduire, propose-t-elle, évitant de croiser le regard de sa mère. »

Thomas rétorquerait bien que pas une femme n'a été vue au volant d'une voiture motorisée, mais il se ravise : « Ce n'est pas impensable…

— Pourquoi faire miroiter des châteaux en Espagne, Thomas ?

— Je ne vois pas pourquoi on ne pourrait pas s'acheter une automobile, proteste-t-il. On en a les moyens. Ça pourrait être très utile, surtout pour mon projet… »

Victoire abandonne sa broderie et attend des explications.

« Le trajet se ferait beaucoup mieux de Montréal à Acton Vale.

— Acton Vale ? »

Depuis l'automne précédent, Thomas étudie la possibilité d'ouvrir une manufacture de bottes de travailleurs, tout près de la gare d'Acton Vale. « Il y a un marché là, et comme le train passe à côté, je pourrais approvisionner toutes les campagnes du Québec et peut-être plus. »

Thomas a dû sacrifier ce rêve-là, vingt ans passés, Victoire ne souhaitant confectionner que des chaussures pour dames et enfants.

« Je m'occuperais de tout, de a à z, précise-t-il, lorsque Victoire montre des signes de lassitude. Un gars veut s'associer à moi, là-bas. C'est de lui que je louerais la bâtisse.

– Tu prévois un gros investissement ?

– Non. Je louerais la machinerie le temps de m'assurer que l'entreprise est rentable. On a déjà les matériaux au prix du gros... »

Victoire demeure pensive.

« J'ai l'intention d'offrir à Romulus de travailler avec moi, là-bas.

– À cause de l'air de la campagne ?

– Ce serait mieux pour ses poumons. »

Victoire l'approuve et Cécile profite de la pause pour aiguiller la conversation selon ses intérêts. « Je pourrais vous conduire à l'usine, emmener Marie-Ange au marché... Encore deux mois à attendre, soupire-t-elle, délaissant sa nappe pour feuilleter les journaux à la recherche du modèle idéal de voiture.

– Amusez-vous, moi je vais dormir », annonce Victoire lorsqu'elle se voit retardée par un appel téléphonique.

Au bout du fil, Raoul Normandin lui annonce la naissance de son deuxième enfant, une petite Madeleine. Une fois qu'elle a raccroché, Victoire s'exclame :

« Certains n'ont pas le temps de respirer entre deux naissances alors que d'autres les attendent encore après dix ans de mariage.

— Je vous assure que ça ferait longtemps que j'aurais adopté des enfants, si j'étais Oscar, déclare Cécile.

— Encore faut-il qu'Alexandrine soit d'accord, lui fait remarquer Thomas. C'est elle qui va passer ses journées à la maison avec eux…

— Ça prend beaucoup d'amour pour s'en occuper jour et nuit, ajoute Victoire.

— C'est impossible de ne pas aimer un enfant, rétorque Cécile. Quand j'entre à la garderie de la manufacture, je n'en sortirais plus tant j'ai du plaisir. J'ai hâte au mois de juillet ! »

Candide a offert en effet à sa sœur de travailler auprès des enfants pendant ses vacances scolaires. Se tournant vers sa mère, elle demande abruptement : « Je ne sais pas comment vous avez fait pour ne pas en mourir quand vos bébés mouraient dans vos bras. Il ne faudrait pas que ça m'arrive…

— Notre amour pour ceux qui restent nous aide à tenir le coup, puis la conviction de… de les retrouver un jour.

— Vous êtes sûre que le ciel existe ?

— Je suis sûre que tout ne s'arrête pas avec la mort. La vie continue, mais sous une forme plus merveilleuse que tout ce qu'on peut imaginer. »

Le regard lumineux, Victoire se perd dans des pensées réconfortantes. « Ne va pas trop loin. C'est ici qu'on te veut, dit Thomas, chaque fois assailli par l'angoisse lorsque Victoire fait allusion à la mort.

– Me laisserais-tu loger quelques jours dans un des meilleurs hôtels de Montréal ? demande-t-elle, sur un ton banal.

– Toi, dans un hôtel de Montréal ? Mais elle est comique, ta mère, s'exclame-t-il en se tournant vers Cécile.

– J'aurai besoin de ta signature pour ce séjour que je dois faire la semaine prochaine », précise Victoire.

À la suite d'une douleur persistante sous le bras gauche, Victoire a consulté son médecin. Aux rides qui se sont creusées sur le front du Dr Amyot et à sa façon de lisser sa moustache sans arrêt, Victoire a compris que le verdict serait accablant. « On va commencer par enlever la masse », lui a-t-il annoncé. La consternation a paralysé Victoire. Livide et muette, elle a anticipé les réactions de tout son entourage. Non, elle n'assistera pas à ce spectacle déchirant ! Le courage lui manque. « La volonté de vivre peut-elle amener une guérison ? » a-t-elle demandé au Dr Amyot avant de quitter son bureau.

Un bref historique des cas de guérison obtenus en pareils cas l'a laissée perplexe. Le Dr Amyot a alors fixé la date de l'intervention, juré de l'absence presque totale de douleurs et prévenu sa patiente des soins et du repos à prendre à sa sortie de l'hôpital. « J'aurai besoin, a-t-il précisé, de la signature de votre mari pour procéder à la biopsie. » Alléguant son statut juridique exceptionnel et sa volonté de n'inquiéter personne avant le diagnostic final, Victoire s'y est fermement opposée, mais en vain.

Cette révélation ébranle l'optimisme de Thomas. Plus Victoire s'évertue à le rassurer, plus il s'affole, ne parvenant pas à croire qu'il s'agisse d'une simple mesure préventive.

« Ils se sont peut-être trompés, papa », dit Cécile.

Thomas marche d'un bout à l'autre du salon, à la recherche d'une sérénité qui lui a rarement fait faux bond. « J'arrête tout à Acton Vale tant que le médecin ne m'aura pas garanti que tu es hors de danger », décide-t-il. Et, se tournant vers sa fille : « On n'attendra pas le salon de l'auto pour acheter notre voiture. Comme ça, si ta mère a besoin de soins, on pourra... »

Incapable de poursuivre, Thomas se couvre le visage de ses mains. Profondément bouleversée de voir son père dans un tel état, Cécile se blottit dans un fauteuil, repliée sur son chagrin. Victoire caresse sa longue chevelure bouclée. Cécile reste immobile malgré l'envie qu'elle éprouve de s'élancer au cou de sa mère, de la supplier de ne pas l'abandonner si tôt.

« Vous n'avez pas à vous en faire comme ça, déclare Victoire. Le Dr Amyot dit que mon cas est fréquent et que la majorité des femmes s'en sortent. »

Les doutes se lisent sur les visages de Cécile et de Thomas.

« Il dit aussi que les gens sont toujours plus effrayés quand il s'agit d'une personne qui n'a jamais été malade. De toute façon, je ne suis pas malade, j'ai un kyste à faire enlever, c'est tout.

— C'est sûr, maman ?

— Pourquoi as-tu tant maigri depuis l'été passé, d'abord ? demande aussitôt Thomas.

— As-tu déjà vu un Du Sault bien en chair, toi ? Ils ont tous maigri en vieillissant. »

Cécile remet les journaux dans la corbeille, range sa nappe et se retire dans sa chambre. Thomas suit son

épouse, déterminé à lui faire tout avouer de sa visite chez le médecin. « Au pire, on pourrait m'enlever le sein...
— Si ce n'était que ça, je resterais l'homme le plus heureux de la terre.
— Il faut que tu le restes, Thomas. »
Dans l'étreinte de Thomas passe la funeste impression de devoir compter les jours où il pourra encore tenir son épouse dans ses bras. De son cœur monte une détresse qui n'échappe pas à Victoire. « Tu veux m'aider à guérir, Thomas ? N'abandonne aucun de tes projets. Ne change rien à tes habitudes. Garde ta joie de vivre, ce sera mon meilleur remède. »

« Si la terre s'arrêtait de tourner, je ne serais pas plus déboussolé », constate-t-il en conduisant son épouse à l'hôpital Notre-Dame, le mercredi suivant.

En l'absence de Victoire, nombreux sont-ils, à la maison, à retourner à la cuisine leur assiette à moitié vide.

L'attente est longue. Thomas se gave d'espoir un jour et retombe le lendemain dans une insurmontable mélancolie. Sans Victoire à ses côtés, l'automobile la plus rutilante le laisse indifférent et la réussite commerciale lui semble un mirage. Seule la nécessité de se montrer confiant devant ses enfants le tire de la torpeur dans laquelle il serait tenté de sombrer en attendant les résultats de l'intervention. Marius et ses frères aînés l'exhortent à croire à un simple accident de parcours : « Une femme de sa trempe est bâtie pour vivre au moins aussi longtemps que ses parents », maintient Oscar. Alexandrine et Nativa entretiennent aussi cet espoir. Romulus se montre discret, voire distant. Persuadé que Laura est la femme de sa vie, il déplore de devoir attendre sa majorité et la guérison de Victoire avant de parler mariage. Le répit s'impose d'autant plus que le jeune homme ne dispose que de l'argent que ses parents voudront bien lui donner pour s'établir. Sur ce point, Georges-Auguste l'a devancé, se vantant par surcroît d'avoir épousé la fille du riche notaire Gélinas de Saint-Barnabé.

Lorsque le Dr Amyot annonce enfin qu'il a extirpé le kyste avec succès et que Victoire est en mesure de retourner chez elle dans sept ou huit jours, la maisonnée jubile. Thomas n'en tire qu'un réconfort passager et il se garde bien de troubler la joie de ses proches. Il lui tarde de discuter seul avec le chirurgien. « J'aimerais bien vous jurer que votre épouse est hors de danger, avoue le Dr Amyot, mais je vous mentirais. Seul le temps nous le dira. Des analyses plus poussées et des soins particuliers seraient souhaitables, mais nous ne disposons pas des équipements nécessaires.

« Il faudrait aller où ?

— À Boston, par exemple.

— On ira, jure Thomas. Vous me donnez l'adresse, docteur ?

— Il faut d'abord attendre les résultats du laboratoire et voir si on ne peut pas intervenir ici avant d'imposer à votre épouse les fatigues du voyage et les frais…

— Il n'y a pas de prix, docteur. »

En quittant le bureau du Dr Amyot, Thomas ne se précipite pas dans la chambre de Victoire. Sur la terrasse il hume l'air printanier à pleins poumons pour narguer cette crainte viscérale de voir sa bien-aimée au terme de sa dernière saison. S'il s'est déjà réjoui des talents prémonitoires de son épouse, il ne lui souhaite pas connaître ses pressentiments sur cette consultation.

Entre des draps d'une blancheur accablante, la femme que Thomas a reconduite dans cet hôpital au milieu de la semaine est méconnaissable. L'effort qu'elle fait pour soulever ses paupières et articuler deux mots l'effraie. La main refermée sur celle de son mari, elle le convie pourtant à l'espoir. Un sourire se dessine sur son visage lorsque Thomas l'embrasse en balbutiant : « Le pire est passé, ma chérie.
– C'est sûr.
– Tu ne dors pas trop mal ?
– Très bien au contraire. Trop même. Trop de calmants, dit-elle d'une voix affaiblie par l'anesthésie.
– Tu as mal ?
– Pas du tout.
– J'ai vu le Dr Amyot. Il est très content de son travail. »

Victoire sourit, retombant aussitôt dans un sommeil que Thomas ne veut pas troubler.

Dans le fauteuil près du lit, il s'assied, gardant une main posée sur celle de son épouse. L'instinct de la saisir très fort, de la garder à jamais prisonnière lui vient comme un présage... La présence de Victoire lui est pourtant indispensable, son rôle dans la famille et dans l'évolution de leurs entreprises, irremplaçable. « C'est comme si je l'avais crue éternelle », se dit-il. Contemplant le visage de la malade, il revoit celui de Domitille, mourante.

Conduit au chevet de sa mère, la veille de son décès, Thomas avait compris, brisé de chagrin, qu'elle ne serait pas là pour fêter ses dix ans. Il s'était alors réfugié chez sa voisine, Victoire Du Sault, la suppliant, la tête blottie sur sa poitrine, de ne jamais l'abandonner.

Elle lui en avait fait le serment. « Un serment que cette maladie pourrait l'amener à trahir », redoute-t-il.

« Il faut que tu gagnes la bataille, ma chérie, murmure-t-il en fixant le front de sa bien-aimée redevenue paisible. Il faut que tu gagnes parce que personne ne peut mieux que toi ramener l'harmonie dans une famille. Donner confiance en soi. Éveiller le goût de l'audace. Trouver des solutions miracle. Tu es la femme la plus complète. La plus formidable. J'aime mieux ne pas penser à ce qu'on deviendrait s'il fallait que tu nous quittes. Je t'en prie, laisse-nous au moins quelques années pour nous préparer à ton absence... si jamais on y parvient. »

Sur la main qu'il a couverte de larmes, Thomas pose de longs baisers, puis il file sur la rue Sherbrooke où Jean-Thomas l'attend.

Thomas doit avoir cinquante-deux ans dans quelques semaines. Ne pas pouvoir, pour une fois, célébrer son anniversaire avec l'être qu'il aime le plus au monde le hante jusqu'à ce que le médecin permette à Victoire de rentrer chez elle. « Votre épouse a une forte constitution. Elle a donc plus de chances de guérir », lui dit le Dr Amyot.

~

Rassemblées sur la place Jacques-Cartier, des centaines de femmes rendent hommage aux fondatrices de la Fédération nationale Saint-Jean-Baptiste : Marie Gérin-Lajoie et Caroline Béique. Accompagnée d'Alexandrine, Victoire félicite les militantes et les principaux membres de la fédération, dont Lady Jetté, présidente d'honneur, Robertine Françoise, journaliste, et Marie-Louise Lacoste, administratrice. « Comme je suis heureuse de vous revoir, ma chère amie, lui dit cette dernière. Vous avez eu des problèmes de santé, à ce qu'on m'a dit. »

Sur le point de s'offusquer qu'elle en ait été informée, Victoire corrige :

« Des ennuis passagers.

— J'ai été très inquiète pour vous quand Colombe m'a appris que vous aviez été hospitalisée.

— Il ne fallait pas », riposte Victoire en s'empressant ensuite de complimenter le travail remarquable de sa fille Marie, et de prendre des nouvelles des autres membres de sa famille.

Lady Lacoste est heureuse de l'entretenir des combats que la fédération entend mener. « Vous saviez, lui annonce-t-elle, que nous comptons enfin une femme médecin dans nos rangs ? »

Mlle Irma Levasseur, première Canadienne française admise en médecine, a terminé ses études et a rejoint la cohorte masculine. « Elle n'aura pas la tâche facile, cette pauvre femme, prévoit Marie-Louise.

— Il nous en faudrait bien plus dans nos hôpitaux, ajoute Victoire.

— Vous n'avez pas été bien traitée à Notre-Dame », suppose Marie-Louise, étonnée.

Victoire proteste, estimant cependant que la clientèle féminine serait mieux suivie par des laïques. « Dans bien des cas, les femmes seraient plus à l'aise de se confier », explique-t-elle.

Quand Lady Lacoste s'éloigne, Alexandrine se rapproche de Victoire et murmure : « Elle me semble si rigide. Je n'aurais pas aimé que cette femme soit ma mère.

— Si tu connaissais son dévouement, tu l'apprécierais davantage.

— Par contre, je trouve ses filles fort sympathiques. Pas le moindrement prétentieuses...

— Peut-être parce qu'elles n'ont pas eu, comme leur mère, l'honneur d'épouser le conseiller de Sa Majesté, remarque Victoire, un brin ironique.

— Leurs maris sont tout de même des professionnels réputés. »

Après quelques instants de silence, Alexandrine trouve le courage de poser la question qui lui brûle les lèvres : « Elles ont toutes des enfants ?

— Plusieurs, même. »

Le visage de la jeune femme s'est assombri.

« Tu es découragée de compter sur la parenté pour adopter un enfant, présume Victoire, ayant appris qu'Alexandrine a recommencé à boire en l'absence d'Oscar.

— On dirait qu'on n'est vraiment pas destinés à en avoir. Si, au moins, il existait sur cette terre quelque chose d'aussi merveilleux qu'un enfant bien à soi... »

Victoire retarde le moment d'annoncer à Alexandrine qu'en moins de trois ans, Laurette est déjà enceinte de son troisième enfant.

∽

Initiative plutôt inusitée pour un vendredi soir : Thomas a invité toute sa famille pour le souper et la veillée. Trois mois plus tôt, soupçonnant Victoire d'être atteinte du mal si redouté, tous auraient appréhendé l'annonce d'une mauvaise nouvelle. Au dire de la malade, la tumeur maligne a été complètement extirpée et aucune métastase ne s'est logée dans son corps.

Oscar et son épouse prennent place dans le jardin où les attendent déjà Thomas, Victoire, Cécile et Marie-Ange. Romulus, Laura, Marius et Jean-Thomas se présentent bientôt, et il ne manque plus que Candide et sa petite famille. Après une demi-heure d'entretiens et de taquineries, Thomas doit conclure que Candide, bien que courtois avec sa famille, brillera par son absence. Il s'en désole. « L'important est qu'il soit heureux avec sa petite famille, rétorque Victoire.

– Et qu'il oriente sa vie à son goût, ajoute Marius.

– Sans nuire aux autres, tout de même », réplique Oscar.

Lors de l'incorporation de l'entreprise, un nouveau partage des responsabilités s'est imposé. Thomas a décidé de souligner l'événement par une surprise. Sa seule complice est Cécile.

Oscar conservera son poste à la direction, Thomas demeurera président, Raphaël Locke sera nommé trésorier et, comme Candide a refusé tout poste administratif, Pierre de Grosbois, un ami d'Oscar, assumera la double tâche de secrétaire et d'agent des ventes. Candide affiche un détachement des honneurs qu'on ne lui connaissait pas. La famille est inquiète. En secret, Alexandrine se réjouit de l'absence du couple. « Pour une fois que toute l'attention de la famille ne sera pas dirigée vers leur bébé », pense-t-elle.

« On va avoir un orage, prédit Romulus, incommodé par l'humidité qui s'abat sur la ville.

— Pourvu qu'il n'éclate pas avant quelques heures », souhaite Cécile, qui ne se consolerait pas de rater le clou de la soirée.

Après avoir passé tout l'après-midi à préparer les tables dans le jardin et à cuisiner un repas approprié au plein air, Marie-Ange n'en demande pas moins. « Les nuages sont trop hauts pour que la pluie commence en soirée, soutient Victoire.

— Il faut croire maman, dit Oscar. Elle ne se trompe jamais sur le temps. »

Par prudence, les mets sont servis plus tôt.

Vers huit heures, un grondement, d'abord perçu comme celui du tonnerre, ressemble de plus en plus à celui d'un moteur. Au retentissement d'un klaxon, tous se précipitent vers la rue. Donat s'est vu confier l'honneur de livrer la Crestmobile arrivée la veille des États-Unis. Cris de joie, élans d'admiration et de jubilation fusent. De la benjamine aux aînés, l'enchantement est unanime. Ce bijou de voiture appartient à Thomas Dufresne. Son originalité n'est pas négligeable : pour cent cinquante dollars de plus, Thomas possède une voiture à double siège fabriquée par Crest Manufacturing Co. à Cambridge, dans le Massachusetts. « De quoi faire hurler d'envie notre ami Dandurand », s'exclame Oscar qui apprécie la solidité des roues et le confort des sièges de cuir capitonnés. Alexandrine s'empresse d'épousseter, de son mouchoir brodé, le nickel des phares. Le privilège de monter dans la voiture revient à Thomas, son épouse et leur benjamine. Une pétarade du tuyau d'échappement fait rigoler Cécile et enterre la voix de Romulus : « Revenez vite, on a hâte de l'essayer, nous autres aussi », réclame-t-il.

En moins de quinze minutes, la Crestmobile les conduit sur le boulevard Rosemont sous les regards ébahis des résidants qui sortent de leurs maisons pour les voir passer. « Elle va être facile à conduire, s'exclame Cécile en cédant plus tard sa place à Marius.

— Ça ne coûte rien de rêver, sœurette, lance-t-il.

— Dites-lui, papa, que vous me l'avez promis...

— Je ferai poser deux volants, un en arrière, un en avant. Comme ça, tout le monde va être content », réplique Thomas, railleur.

∼

« Comment veux-tu que je n'imagine pas le pire ? » dit Thomas en regimbant, lorsque Victoire insiste pour qu'il se rende avec elle au bureau du notaire Mackay pour homologuer leur testament.

Le rendez-vous est pris pour le 14 octobre, soit dans moins d'une semaine. « On aurait dû le faire bien avant, soutient-elle. Sinon, ce sont nos enfants qui devront débourser à notre mort. »

Thomas se serait bien satisfait des testaments qu'ils ont rédigés entre eux et amendés après l'ouverture de la Dufresne & Locke. « Ce n'est pourtant pas compliqué, le premier qui part laisse tout à l'autre, explique-t-il.

— Si on mourrait en même temps ?

— Nos enfants hériteraient de parts égales », réplique Thomas.

Victoire fait remarquer que leurs biens ne sont pas faciles à départager de façon équitable.

« Tu as peut-être raison, admet-il. Les conseils d'un expert éviteront que nos enfants se disputent.

— J'ai dû insister pour obtenir le rendez-vous ce jour-là, dit Victoire, avec un sourire amusé.

— Je ne vois pas ce que deux jours de plus ou de moins auraient changé...

— C'est notre anniversaire de mariage, le 14.

— C'est pourtant vrai !

— Ça fera trente-quatre ans. Je n'arrive pas à le croire, murmure-t-elle.

— Et Oscar qui aura trente-deux ans le lendemain, enchaîne Thomas. Le temps passe si vite qu'il faudrait vivre cent ans pour en profiter pleinement.

— Si tu commençais dès maintenant », suggère Victoire.

Le souffle coupé, Thomas fixe Victoire, affolé. « Tu ne dis pas ça parce que tu penses...

— Justement, Thomas. Il ne faut pas attendre de compter nos jours pour apprécier d'être ensemble et profiter avec reconnaissance de tout ce que la vie nous offre.

— Je sais, je sais. Mais tu me fais peur quand tu parles de même, Victoire.

— Des sages en ont fait leur devise et ça ne les a pas fait mourir plus vite. »

Thomas aimerait faire confiance à Victoire, mais ses réflexions et certains de ses comportements l'inquiètent. Le lendemain, alors qu'ils se rencontrent à la Dufresne & Locke, au moment de regarder les livres de paies du dernier semestre, Thomas s'en ouvre à Oscar. « Depuis la fin de l'été, dit-il, ta mère s'acharne à enseigner à ta sœur toutes les tâches de la maison. Quand ce n'est pas la préparation du repas avec Marie-Ange, c'est la couture, le lavage ou le repassage.

— J'ai remarqué. "Il est grand temps qu'à dix-huit ans, tu saches tenir maison. On ne sait jamais, un coup de foudre pourrait t'y forcer avant longtemps", a-t-elle dit à Cécile.

— Tu crois que c'est vraiment la raison ?

— C'en est une valable, en tout cas. Maman a toujours été une femme prévoyante. Votre peur de la perdre vous fait peut-être interpréter ces gestes-là comme de mauvais signes. »

Des larmes s'échappent des paupières de Thomas. « Ce serait trop bête, Oscar. On commence à peine à avoir du bon temps ensemble. Je peux pas croire que le bon Dieu va me faire ça… »

Oscar s'est tu, trouvant inopportun d'exprimer son propre désarroi. Lorsqu'il trouve le courage de briser ce silence, il exhorte son père à se rendre aux moindres désirs de Victoire. « Si jamais elle devait partir, vous seriez content de lui avoir fait plaisir. Par contre, si elle guérit, vous vivrez peut-être les plus belles années de votre vie.

— T'as raison, Oscar. N'empêche que j'ai bien envie d'aller voir son médecin…

— Vous imaginez le choc s'il vous apprenait qu'elle n'en a pas pour longtemps ?

— L'enfer…

— Vous voyez ? Pourquoi ne pas vous exercer à vivre au jour le jour ? »

Thomas dodeline de la tête. « Ce n'est pas facile. C'est comme si je devais me fendre le cerveau en deux…

— Il l'est déjà, papa. Farce à part, c'est une question d'habitude. Une bonne habitude que j'ai envie d'adopter, dès maintenant. Si on la pratiquait ensemble ? »

Une accolade les réunit, déjà plus aguerris.

~

Le 14 octobre, à midi, à bord de leur flamboyante Crestmobile, Thomas et son épouse se rendent chez le notaire Samuel Mackay. Les dernières ferveurs du soleil de l'été des Indiens les accompagnent, enluminant le verre et le nickel de leur voiture.

« Le même temps que le matin de notre mariage, dit Victoire, radieuse.

— Mais on était mieux disposés pour l'apprécier qu'aujourd'hui, répond Thomas, l'estomac noué.

— Au risque de te surprendre, je te dirais que je suis plus heureuse aujourd'hui que ce matin-là. »

Ébahi, Thomas ne sait quoi comprendre. Pour repousser la gravité de cet aveu, il badine : « Je n'aurais jamais pensé que tu serais plus fière de te promener dans notre Crestmobile que dans la calèche de ton grand-père...

— Ce n'est pas tant la voiture qui fait la différence que la façon d'aborder les événements. Dans ce temps-là, je n'avais pas encore perdu la mauvaise habitude de traîner des pans de mon passé avec moi. »

Thomas se demande ce qui pouvait bien alourdir l'existence de Victoire le jour de son mariage, si ce n'est d'anciennes amours. « Tu aurais aimé mieux épouser ton beau Narcisse, ou un gars plus vieux que moi », lance-t-il, redevenu hâbleur comme elle aime le voir.

Victoire plaisante avec bonheur sur Narcisse Gélinas, cet ancien soupirant, devenu propriétaire de leur maison de Yamachiche. Rares sont les moments où

Thomas et Victoire partagent les souvenirs de leurs noces ou de leurs premières années de mariage.

« Quand je pense à ma grand-mère Madeleine ! s'exclame Thomas.

– Même si elle avait été millionnaire, elle ne nous aurait jamais couchés sur son testament, celle-là.

– Je me suis toujours demandé pourquoi elle t'en voulait tant... »

Pour la deuxième fois, Victoire doit trouver une explication plausible. « Elle idéalisait tellement ta mère que toutes les femmes qui n'avaient pas son caractère méritaient son mépris.

– Elle était si méchante ?

– Méchante ? Non. Malheureuse et bigote. »

Thomas s'esclaffe en rappelant sa colère lorsqu'elle les a surpris en train de manger du dessert pendant le carême.

À deux coins de rue de l'étude des notaires Mackay et Landry, la nervosité regagne Thomas. « Ouais, c'est pas quelque chose que je ferais tous les jours, avoue-t-il, avant de descendre de sa voiture.

– Ça va bien aller, Thomas, on est bien préparés. »

Victoire sent dans la main de Thomas toute la tension qu'il s'efforce de contrôler.

« Voilà des gens d'affaires avisés », s'écrie le notaire Mackay en les accueillant dans son bureau.

Le compliment a l'heur de redonner à Thomas la prestance qu'il souhaite montrer.

« Voici ce que je voudrais faire homologuer, à peu de chose près », dit Victoire en présentant un exemplaire de son testament olographe.

Le notaire Mackay compte le nombre de feuilles et s'adresse à Thomas : « Et vous, M. Dufresne ?

– Sensiblement la même chose, mais en plus simple puisque je dispose de beaucoup moins de biens. »

Dès la lecture de la première page, le notaire s'arrête et sourcille d'étonnement. Pourquoi Victoire Du Sault, mariée en séparation de biens à Thomas Dufresne, ne signe-t-elle que de son nom de jeune fille ?

« Comme vous pourrez le constater, explique-t-elle, les raisons sociales de la manufacture, mes polices d'assurances et mes terrains sont enregistrés sous ce nom.

– Je vois, marmonne le notaire », en hochant la tête.

Avec rigueur, le notaire relit chaque phrase à voix haute pour s'assurer de bien saisir et la reformule en termes juridiques. Il survole les deux premiers articles ne traitant que des us et coutumes, et passe aussitôt au troisième : il est de nouveau abasourdi par des dispositions inusitées et contraires à la législation en cours.

« Je suis désolé, ma chère dame, mais vous devrez me laisser ces documents, pour que je prenne conseil. Je vous convoquerai avec votre mari pour vous faire part des conclusions obtenues et finaliser votre testament.

– Dans ce cas, je ne ferai le mien que lorsque celui de mon épouse sera réglé », décide Thomas.

En quittant l'étude du notaire Mackay, Thomas avoue à Victoire :

« Je m'y attendais. Tous les notaires ne sont pas au courant du nouveau traité de droit usuel de Marie Gérin-Lajoie.

– Pourtant, on m'a vanté l'ouverture d'esprit de ce notaire-là... »

À Noël, Thomas offre à Victoire deux semaines de vacances sous le ciel clément de la Floride. Un chiffre d'affaires supérieur à ceux des années précédentes le lui permet. Après avoir bien insisté, il obtient le consentement de Victoire et le départ est fixé au 3 janvier. Voyage envié des fils Dufresne. Retour ardemment souhaité par toute la famille. Le 18 janvier, en fin de soirée, Oscar, Marius et Cécile attendent avec fébrilité le train qui ramènera leurs parents. La gare Windsor, bourdonnante comme au moment de leur départ, ne les distrait pas de leur anxiété. « J'ai peur que maman s'effondre, dit Cécile.

– Laisse-moi lui en parler le premier, insiste Oscar, craignant la nervosité maladroite de sa sœur.

– Pauvre maman ! La vie ne lui donne pas grand répit, constate Marius.

– Plus l'heure approche, moins je suis sûre de pouvoir retenir mes pleurs, avoue Cécile.

– Pense à autre chose, lui recommande Marius.

– Ne t'en fais pas, dit Oscar. Si tu ne peux pas te retenir, ils croiront que c'est parce que tu es contente de les revoir. »

De sourds vrombissements, un sifflement plaintif, une lumière perçant les ténèbres du tunnel, le train en provenance des États-Unis entre en gare. Contrairement aux gens venus accueillir leurs voyageurs, les trois Dufresne ne se précipitent pas à travers la cohue.

« Que vous avez l'air reposée, maman ! s'exclame Marius, donnant le ton aux retrouvailles.

– Votre père avait raison d'insister, admet-elle. Je me sens comme une jeune femme de trente ans.

– Et vous, papa, vous vous êtes bien amusé ? » demande Oscar.

Questions et réponses fusent sans arrêt jusqu'à la sortie de la gare. Victoire se tourne vers Cécile, inquiète de sa réserve et des cernes qui ternissent sa beauté naturelle. « À ce que je vois, tu en as profité pour veiller », présume-t-elle. Les lèvres serrées, Cécile acquiesce d'un signe de tête et s'empresse de prendre place sur le siège arrière de la carriole. Son frère aîné vient l'y rejoindre et lui murmure à l'oreille : « Bravo, petite sœur, tu as bien fait ça. »

Les rues de Montréal sont encore encombrées de neige après la tempête qui a soufflé trois jours durant. « Ce ne sont pas nos hivers qui me feraient regretter de revenir chez nous, dit Victoire en rentrant chez elle. Quelle n'est pas sa surprise de voir Candide et Nativa venus les attendre avec Alexandrine, Romulus, Laura et Marie-Ange. Les manifestations de joie font vite place à une agitation étrange : « J'ai l'impression qu'il s'est passé quelque chose de spécial pendant notre absence..., de regrettable, on dirait. »

Les femmes lui confirment ses doutes en laissant couler leurs larmes.

« Venez vous asseoir, dit Oscar, en entraînant ses parents dans le grand salon avec toute la famille. Il est arrivé quelque chose de grave à Laurette.

— Elle a perdu un enfant ? demande Victoire.
— Non.
— C'est Raoul ?
— Non. Le docteur a sauvé la petite même si elle était prématurée... »

Thomas a appris la mort de Laurette dans le brouhaha de la gare. Il pose son bras sur les épaules de son épouse. « Quand ? demande-t-elle, atterrée.

– Le 8, répond Oscar.

– Quatre jours après son accouchement, précise Nativa.

– Les fièvres ? présume Victoire, sans lever les yeux de ses mains croisées sur son ventre.

– C'est ça, confirme Oscar.

– Et son mari ?

– Inquiétant...

– Les enfants ? »

Roger, âgé de deux ans, a été confié à ses grands-parents Normandin, et Madeleine se retrouve chez Éméline, sa marraine.

« Et le bébé ?

– À la crèche, maman », répond Cécile en pleurant.

Une gifle n'aurait pas mieux sorti Victoire de sa stupeur. Sa maîtrise cède la place à la révolte. Sanglots et cris d'indignation déchirent sa poitrine. Ni mots ni gestes ne peuvent l'apaiser. Tous craignaient sa réaction, mais nul ne l'avait prévue aussi vive.

Essuyant ses yeux tuméfiés, Victoire se tourne vers son mari. « Demain matin, je vais la sortir de là, déclare-t-elle, stoïque.

– Il y a un problème, dit Candide. La petite a été emmenée à Québec.

– Mais pourquoi ? » s'écrie-t-elle, de nouveau ahurie.

Connaissant l'encombrement de la crèche d'Youville, Éméline Du Sault Sauriol a préféré confier la petite à la crèche Saint-Vincent-de-Paul. « Il faut voir quelles ententes ont été prises, dit Thomas avec une infinie douceur.

– Raoul n'était vraisemblablement pas en état de se prononcer, ajoute Candide.

– Peu m'importe, je ne tolérerai pas que cette enfant soit une journée de plus à la crèche, rétorque Victoire.

– Mais tu n'as pas la santé pour t'occuper d'un bébé ! » s'exclame Thomas.

Le regard braqué sur Oscar et son épouse, elle déclare : « S'ils n'en veulent pas, moi, je vais la prendre.

– Je crains qu'on ne puisse faire ça aussi facilement, la prévient Oscar. Raoul a priorité. »

Victoire fixe alors Alexandrine qui n'a pas encore ouvert la bouche. « Je ne prendrai pas un enfant qu'on risque de m'enlever du jour au lendemain, dit cette dernière, visiblement déchirée.

– Je te comprends, déclare Nativa. C'est mieux de ne pas en avoir, à mon avis.

– Je vous aiderai, maman, promet Cécile, appuyée par Marie-Ange.

– Laura et moi, on y a pensé », déclare Romulus.

Des grimaces d'incompréhension se dessinent sur tous les visages.

« On a l'intention de se marier au mois de mai, et on accepterait de la garder le temps qu'il faut...

– Ça paraît que vous êtes jeunes, dit Alexandrine, indignée. Vous ne vous rendez pas compte à quel point ce doit être atroce de se faire enlever un enfant auquel on s'est attaché. »

Oscar l'approuve, déclarant : « Pour moi aussi, ce serait à la condition que Raoul nous promette de toujours nous la laisser.

– J'ai tellement peur que quelqu'un l'ait déjà prise à la crèche », dit Cécile en suppliant sa mère de faire vite.

Victoire n'a succombé au sommeil qu'aux petites heures du matin, puis a été réveillée tôt par un affreux cauchemar. Thomas a eu du mal à la calmer.

« Un vagabond se sauvait dans la tempête avec le bébé de Laurette caché sous ses haillons, raconte-t-elle. J'avais beau tenter de l'attraper, mes jambes refusaient d'avancer dans la neige molle. Je ne parvenais pas à crier à l'aide.

– Il fait encore mauvais, dit Thomas qui entend le vent fouetter les carreaux.

– Pas assez pour nous empêcher d'aller voir Éméline Du Sault, j'espère.

– Je vais m'arranger pour y aller. Toi, il faut que tu te reposes aujourd'hui. »

Prête à bondir de son lit, Victoire déclare sur un ton sans réplique : « Je viens de prendre deux semaines de repos, Thomas. Je ramperais s'il le fallait pour sortir cette enfant de là, tu m'entends ?

– Ce n'est pas une journée de plus qui changera grand-chose...

– Au contraire, Thomas. Qui nous dit qu'elle sera encore là demain ? Qu'un étranger n'aura pas mis la main dessus juste avant qu'on arrive ? »

Le visage entre ses mains, Victoire s'est remise à pleurer. Thomas souhaiterait bien qu'elle dorme encore un peu, mais il craint de provoquer sa colère en le lui proposant. « Tu veux que j'aille te chercher quelque chose ? offre-t-il, impuissant à la consoler.

– En attendant que tu nous ramènes la petite, balbutie-t-elle, je prendrais bien quelque chose de chaud. »

Sitôt sorti du lit, il s'étonne de voir Victoire lui emboîter le pas. « Ça va m'aider à retrouver mes esprits », explique-t-elle.

Thomas l'aide à couvrir ses épaules de son châle de laine écrue. « Ce n'est pas ma mère qui aurait laissé aller un enfant de la famille entre les mains de n'importe qui..., dit-elle en fixant les glands de ce vieux châle. Tant que j'aurai un souffle de vie, je ne la trahirai pas. Laurette était presque ma fille... Tu te souviens quand ton père nous l'a ramenée de Montréal la première fois ? On se demandait si elle allait passer l'été tant elle était affaiblie par des bronchites répétitives. Puis à force de venir passer ses vacances chez nous, elle a repris le dessus. »

Victoire se dirige vers le salon d'où elle revient avec une photo en main : Laurette à dix-huit ans. « T'as remarqué toute la lumière qu'il y avait dans ces yeux-là ? Elle semblait l'avoir perdue à l'époque où elle n'arrivait pas à se détacher d'Oscar, mais à partir du jour où elle a rencontré Raoul, elle a repris sa beauté. Qu'elle était belle ! » Des larmes d'une profonde tendresse glissent sur les joues de Victoire sans qu'elle cherche à les retenir. « J'aurais tant aimé la serrer dans mes bras une dernière fois. L'aider à partir. Lui promettre qu'on verrait à ce que ses petits soient entre bonnes mains. Pourquoi a-t-il fallu qu'on ne soit pas là ?

– Parce qu'il fallait que tu prennes un peu de bon temps et que tu retrouves tes forces pour mieux traverser cette épreuve-là.

– Peut-être bien, oui. »

Des pas se font entendre sur la galerie arrière. « À cette heure-là ? Mais qui ça peut bien être ? » se demande Thomas qui se précipite vers la porte. Victoire n'est pas surprise d'apercevoir Oscar, à bout de souffle, le chapeau,

les épaules et les sourcils couverts de givre. « J'ai pris le risque de traverser, même s'il n'est que cinq heures. Si je n'avais pas vu de lumière, je serais revenu dans une heure.
– Tu t'es couché, au moins ? s'enquiert Thomas.
– Je me suis allongé quand Alexandrine s'est enfin endormie.
– Vous n'avez pas changé d'avis ? demande Victoire.
– Moi, oui. Je considère qu'on n'a pas à exiger de connaître l'avenir de cette enfant-là. Au moins, le temps qu'on l'aura avec nous, elle ne manquera pas d'amour ni de bons soins. Si je n'ai pas eu le droit d'aimer sa mère, je veux me donner au moins celui d'aimer cette petite comme si elle était de mon sang. »

Un long silence s'installe au cœur du trio assis à la petite table de la cuisine. Victoire voit ses doutes se confirmer. La résistance d'Oscar face aux déclarations d'amour de Laurette tenait davantage de la raison que du cœur. Cet homme au début de la trentaine, à la sagesse exceptionnelle, a donc connu sa large part de crises. À quinze ans, il a été soumis à un terrible choix : suivre ses parents à Montréal ou rester avec son grand-père qui ne pouvait se résigner à quitter Yamachiche. La mort de Georges-Noël a mis fin à cette torture, mais Oscar a dû renoncer à son grand rêve de reprendre la maison et le magasin général de ses parents. Tour à tour, Florence et Laurette lui ont avoué leurs sentiments, l'obligeant à porter l'odieux du rejet. Qu'en est-il aujourd'hui de son idylle avec Colombe ? Privé de ce grand amour comme de la possibilité d'avoir des enfants, il récolte l'humiliation et le désarroi avec une femme qui, éprouvée, se réfugie dans l'alcool.

« Si Raoul décidait de reprendre sa fille ? demande Thomas, inquiet.
— C'est qu'il aurait trouvé les moyens de s'en occuper correctement.
— Ça demeurera toujours son droit, rappelle son père.
— À moins qu'il accepte de signer un papier d'adoption, tranche Oscar. C'est ce qu'Alexandrine souhaiterait. Elle est tellement tourmentée… »

Pour avoir tant de fois discuté d'adoption avec elle, Victoire croit comprendre son déchirement. Ce bébé étant la fille de son ancien amoureux, ne l'en aimerait-elle pas davantage ? « Elle ne pourrait avoir de meilleurs parents qu'Oscar et Alexandrine », pense-t-elle, supposant que l'enfant comblerait suffisamment sa bru pour la détourner de l'alcool.

« J'ai le pressentiment, déclare Oscar, que si vous preniez la petite ici les premiers jours, Alexandrine demanderait elle-même à la ramener chez nous.
— Mais on n'est pas installés pour recevoir un bébé, proteste Thomas.
— Je sais. C'est pour ça que je demanderais à ma femme de vous prêter tout ce qu'elle a préparé et acheté depuis bientôt dix ans…
— Encore faut-il réussir à sortir le bébé de la crèche… Il nous faut le consentement du père, et je doute qu'il nous le donne dans les conditions actuelles », maintient Thomas.

L'argument mérite réflexion. Tous trois conviennent de procéder par étapes : s'enquérir auprès d'Éméline des conditions du placement de l'enfant, et entreprendre les démarches auprès de Raoul et des autorités de la crèche. Après une longue discussion, Victoire consent enfin à ce que les hommes se rendent sans elle chez Éméline Du Sault.

Après leur départ, elle retourne dans sa chambre sur la pointe des pieds, espérant récupérer un peu de sommeil. Mais dès que son corps s'apaise, son esprit s'affole. Comme elle voudrait se trouver à la fois auprès de Raoul, d'Éméline et plus encore de cette enfant à qui elle donnerait tout, même les quelques mois d'espérance de vie que le médecin lui a accordés avant son départ pour la Floride. « Vous avez une petite chance de vous rendre jusqu'en 1909 si vous acceptez l'ablation de votre sein gauche, lui a-t-il annoncé, désemparé.

– Sinon ?

– Sinon, je vous conseillerais de commencer à préparer votre mari et vos enfants... »

Victoire est sortie de son bureau avec l'envie de narguer ce diagnostic. « Tant que je trouverai une bonne raison de m'accrocher à la vie, je vivrai », s'est-elle dit, plus que jamais déterminée à ne pas desserrer les dents. Ce matin, elle se demande si elle n'éprouve pas davantage l'envie de rejoindre Laurette. Reprendre à la mort cet au revoir qu'elle lui a sauvagement escroqué. Marius, Candide et Romulus n'ont pas besoin d'elle pour accomplir leur destin. Oscar et Alexandrine peuvent étreindre sans elle l'enfant qui leur reviendra. Restent les sacrifices de ne pas vieillir aux côtés de Thomas, ni d'accompagner Cécile dans sa vie de femme, ni de choyer tous ses petits-enfants.

« Vous ne dormez plus, maman ? demande Cécile par la porte entrouverte.

– Viens », dit Victoire.

La jeune fille se glisse entre les draps, sitôt enlacée par sa mère. « Pensez-vous qu'il est encore temps ? demande-t-elle, non moins hantée que la veille. J'ai rêvé qu'elle était morte parce que personne n'était venu la tourner sur le côté pour ne pas qu'elle s'étouffe.
— D'ici la fin de la journée, on sera fixés, j'espère. Ton père et Oscar sont partis chez Éméline. De chez elle, ils vont probablement téléphoner à la crèche Saint-Vincent-de-Paul pour demander aux religieuses de préparer la petite.
— Vous croyez ?
— Il faut penser ainsi tant qu'on n'en saura pas plus.
— C'est ici qu'on va l'amener ?
— Probablement. Un certain temps, en tout cas.
— Je veux m'en occuper avec vous, maman.
— Je sais que je peux compter sur toi, ma petite chérie. Essayons de dormir un peu, veux-tu ? »

Au milieu de la matinée, le téléphone sonne : ce n'est pas Thomas qu'on entend, mais Candide qui demande à parler à sa sœur. « Je vais être très, très occupé, ces semaines-ci, lui annonce-t-il.
— Pourquoi ?
— J'aimerais mieux que tu n'en parles pas tout de suite, mais j'ouvre ma manufacture de chaussures...
— Tu ne vas pas leur faire ça !
— Écoute-moi, Cécile, et essaie de parler le moins possible. Je ne nuirai aucunement à la famille, j'ouvre à l'autre bout de la rue Saint-Paul, et je me spécialise en chaussures tout confort pour dames. Ce que je voudrais, c'est que tu me promettes de t'occuper de la garderie de la Dufresne & Locke comme si c'était la tienne et que tu prépares une nouvelle employée.

– Je trouve qu'on est bien assez de deux.
– Tu ne comprends pas. Je vais avoir besoin de toi pour ouvrir celle de ma manufacture, dans quelques mois.
– Je regrette, Candide, mais je ne suis même pas certaine de retourner travailler à la Dufresne & Locke. Si le bébé de Laurette vient ici, je reste avec maman pour en prendre soin. »
Cécile raccroche le combiné. Enfreignant les recommandations de son frère, indignée, elle raconte tout à sa mère. Très attristée, Victoire conseille : « Il ne faut pas s'en faire avec ça, ma pauvre enfant. Candide a sa façon bien à lui d'assurer son avenir. Ça n'en fait pas un mauvais garçon pour autant. »
À l'heure du dîner, Oscar et son père sont de retour avec les nouvelles, dont l'une réjouit Victoire. Le bébé de Raoul Normandin se trouve toujours à la crèche Saint-Vincent-de-Paul où il demeurera pendant un certain temps, et il faut l'autorisation du père pour l'en sortir.
« C'est le principal ! » s'exclame Victoire. Ravi de la trouver plus sereine qu'à son départ, Thomas craint qu'elle ne rechute en apprenant que Raoul, qui boit depuis le décès de Laurette, a été trouvé dans un état pitoyable et conduit à l'hôpital. « Vous pourriez aller lui parler, propose Cécile.
– Éméline nous a dit qu'il est si révolté et désespéré qu'il refuse toute visite.
– Il aurait sombré dans une sorte de folie, précise Oscar.
– Fou de chagrin », dit Thomas.
Victoire se fait néanmoins conduire à la chambre de Raoul Normandin et repart, quinze minutes plus

tard, sans qu'il ait levé les yeux sur elle. À peine a-t-il sourcillé en entendant prononcer le nom d'Alexandrine. Serait-elle la seule à pouvoir le sortir de son mutisme ? Oscar hésite à confier cette tâche délicate et périlleuse à son épouse. « Elle est si fragile, dit-il à sa mère. Puis je doute qu'elle accepte d'aller le voir.
— Je serais prête à l'accompagner », offre Victoire.

Alexandrine refuse catégoriquement, répugnant à l'idée de voir Raoul dans cet état. Tant que sa décision concernant l'enfant qui a été baptisée à la crèche du prénom même de sa mère ne sera pas prise, Alexandrine ne bougera pas.

« Je ne comprends pas que tu oses me demander une chose pareille », rétorque-t-elle. En dernier recours, croyant bien faire, Oscar lui apprend que la suggestion vient de sa mère.

Par amour pour l'enfant abandonnée, Victoire rend quotidiennement visite à Raoul. « Un peu plus et je me croirais guérie », se dit-elle, tant elle se sent délivrée de l'intense fatigue qui l'accablait depuis l'automne. Et voilà qu'au bout d'une semaine de visites assidues, Raoul se montre plus accueillant. Victoire croit enfin le moment propice pour lui parler de la détresse des enfants de la crèche, allant jusqu'à laisser entendre qu'Alexandrine et Oscar prendraient la petite avec eux.

Trois jours plus tard, Raoul accepte enfin la visite d'Alexandrine. « Je veux la voir seule », exige-t-il. Cette condition ne plaît à personne. « Je vais t'attendre dans le corridor », dit Oscar le jour de cette angoissante visite.

Il arpente le corridor avec la fougue d'un animal en cage. Dès qu'une infirmière s'arrête au poste, il saisit l'occasion de prendre des nouvelles de son « beau-frère ». On lui répond immanquablement : « C'est à son médecin qu'il faudrait parler, monsieur. » Il longe alors le mur de la chambre 24 dans l'espoir de saisir quelques bribes de conversation. Tente-t-il de coller l'oreille à la porte qu'une infirmière le surprend et lui ordonne d'attendre dans le salon des visiteurs au bout du corridor. « Ma femme est avec le malade, dit-il, penaud.

— Ce n'est pas une raison pour vous montrer indiscret. »

La première demi-heure d'attente a raison de sa légendaire patience. « Si elle ne sort pas dans dix minutes, je frappe à la porte », se jure-t-il. Une voix connue l'en empêche. Éméline et son mari arrivent avec deux des enfants de Raoul : « Il a enfin demandé à les voir, explique-t-elle.

— Alexandrine est avec lui…

— Je sais. Je vais voir si on peut entrer. »

Alexandrine sort au même instant. Oscar décline l'invitation d'Éméline à les suivre. « Une prochaine fois », dit-il, anxieux que son épouse lui raconte cette visite. À l'éclat de son sourire, il reprend espoir. « Ça s'est bien passé ?

— On ne peut mieux, répond-elle, marchant d'un pas alerte vers l'ascenseur.

— Il accepte qu'on aille chercher la petite ?

— Heu…

— Il est d'accord avec l'adoption ?

— Pas nécessairement, répond-elle.

— Tu ne voulais pas t'engager sans cette condition…

— Il ne viendra pas la chercher, il me l'a promis.

— Par écrit ?
— Pas nécessaire.
— Alexandrine, tu m'énerves. Explique-toi. »

Alexandrine s'arrête devant son mari, pose ses mains sur ses épaules et le fixe droit dans les yeux : « Puisque je te dis qu'il ne viendra pas la reprendre... Il n'exige même pas qu'on lui dise un jour qu'elle n'est pas vraiment notre enfant...

— Comme si personne ne le savait, proteste Oscar.
— Éméline nous l'amène après-demain. Viens vite, il faut aller préparer sa chambre, acheter des biberons... »

Alexandrine se dirige vers la voiture, derrière l'hôpital. Il y a longtemps qu'Oscar ne l'a pas vue si euphorique sans alcool. Pourquoi faut-il que des non-dits jettent de l'ombre sur ces instants de bonheur ? Sur le chemin du retour, il tente sans succès d'interrompre l'interminable litanie de choses à ne pas oublier. Alexandrine est intarissable. Il est forcé d'attendre la fin de cette excitation avant de chercher à connaître l'essentiel de ce mystérieux entretien avec Raoul.

Dès qu'on l'appelle, Victoire se précipite chez Oscar. « Venez vite fêter avec nous. Un miracle vient d'arriver, madame Dufresne », lui annonce Alexandrine, plus fébrile que jamais.

« Tu n'aimes pas ça, hein ? demande-t-elle à son fils lorsqu'ils se retrouvent seuls.

— J'aimerais ne pas m'inquiéter, mais c'est plus fort que moi. Qu'est-ce que vous en pensez, vous ?

— Il n'y a pas qu'une hypothèse, à mon avis. Mais laquelle est la bonne ?

— Dites. »

Victoire préfère entendre parler Oscar et taire ses propres craintes quant à ce qu'elle estime être une crise d'euphorie.

« C'est le fouillis total dans ma tête : plus j'essaie de comprendre, moins je vois clair », avoue-t-il.

À l'instant, Alexandrine descend de l'étage en courant. Elle demande de tenir la maison un peu plus chaude et de faire bien attention aux courants d'air.

« Je peux t'aider ? offre Victoire.

– J'allais oublier de te faire acheter du savon à lessive, Oscar. Ça va en prendre beaucoup, dit-elle sans avoir entendu la question de Victoire et en remontant aussitôt dans la chambre de l'enfant.

– Ça frôle la folie, marmonne Oscar.

– Pourquoi n'aurait-elle pas le droit d'être folle de joie ?

– Je sais bien, mais j'ai le sentiment qu'il se passe quelque chose d'anormal.

– Tu as peur qu'elle se désillusionne ?

– Oui. Mais j'ai encore plus peur de ce que Raoul a pu lui dire. Elle est si naïve, parfois. »

Alexandrine revient. « Assieds-toi un peu, demande fermement Victoire. Tu as encore toute la journée de demain pour te préparer.

– Vous rendez-vous compte, madame Dufresne ? Tout se passe comme je le souhaitais », s'exclame-t-elle en consentant à s'arrêter quelques minutes.

Oscar reprend la tasse de thé refroidi et lui en verse une autre bien chaude. Il observe cette femme qui lui semble avoir dix ans de moins depuis quelques heures. Un sourire lumineux sur le visage, des yeux rêveurs à donner le vertige, elle pose ses mains sur sa tasse avec la fièvre d'une femme qui s'apprête à conquérir. À enfin posséder. « En arrivant comme ça, en plein hiver, il sera plus facile de laisser croire qu'elle est notre fille », balbutie-t-elle en fixant le sol. Abasourdis, Oscar et sa mère se taisent. La détermination d'Alexandrine n'a donc pas changé. Oscar se frotte le front et se mord les lèvres. Victoire devine qu'il est fort contrarié. « Vous aurez tout le temps d'en discuter, dit-elle. Je vous quitte, Cécile doit m'attendre avec impatience… Si tu as besoin d'elle, Alexandrine, ne te gêne pas. »

∼

« Quatre mois, seulement ! » répètent en s'extasiant les oncles, tantes, cousins et cousines devant l'enfant qu'Alexandrine tient dans ses bras. « Vous devez être fous de joie », disent les uns. « C'est dire qu'il ne faut jamais désespérer », concluent ceux qui ignorent que la petite Laurette n'est pas née de l'union d'Oscar et d'Alexandrine. Aux autres qui félicitent la maman et l'interrogent sur ses relevailles, Alexandrine répond sans ambages : « Ne pas avoir de nuits complètes m'a semblé très difficile. Pour le reste, ça a été un charme. »

« Elle ressemble vraiment à Victoire, chuchotent certaines invitées plus âgées. Regardez ses yeux vifs, son petit nez pointé vers le ciel… Elle est mignonne comme tout. » Flattée, Victoire ne déplore pas moins que sa bru se soit attaché ce boulet au pied qu'est son mensonge. « Pour le moment, ce n'est pas trop grave, estime Thomas.
— Pourvu qu'elle soit prête à lui dire la vérité avant de l'entrer à l'école. Plus elle va retarder le moment de lui parler, plus ça va être difficile.

– Non seulement pour la petite mais pour elle aussi. Elle finira par croire ce qu'elle veut faire croire aux autres », dit Thomas.

Du reste, les raisons de se réjouir ne manquent pas. Depuis l'arrivée de ce bébé, Alexandrine est d'une sobriété exemplaire, d'un optimisme à toute épreuve et d'une endurance qu'on ne lui connaissait pas. Quitte à décevoir Cécile, rares ont été les occasions où elle a sollicité son aide et Oscar a échoué à lui faire accepter une servante. À force d'arguments, il a obtenu qu'une femme de ménage vienne une fois par semaine. Alexandrine passe ce jour-là chez Victoire, au grand bonheur de toute la famille. Ses beaux-frères et belles-sœurs profitent de l'occasion pour cajoler la petite Laurette. « C'est important que ta fille connaisse ses cousins et cousines, lui rappelle souvent Cécile.

– Mais elle n'a pas que les Dufresne. Il y en a du côté des Pelletier, aussi, rétorque Alexandrine.

– Oui, mais nous, ce n'est pas pareil », renchérit Cécile.

Oscar apprécie de pouvoir vaquer à ses occupations sans risquer de retrouver Alexandrine ivre. Il déplore qu'elle se montre si possessive envers l'enfant mais il n'en souffle mot, comptant sur le temps pour prendre sa place de père auprès de la fillette. Hélas, depuis que Candide a ouvert Galipeau & Dufresne rue Saint-Paul, ses journées de travail se sont allongées. Quelques employés, ne résidant pas à Maisonneuve, ont décidé de suivre Candide. Convaincu par Victoire de travailler à son projet à Acton Vale, Thomas est moins disponible. Romulus, qui s'apprête à se marier, n'a ni l'ambition ni la santé pour compenser ces absences. Oscar doit de moins en moins compter sur ses frères pour garder l'entreprise dans la voie du progrès. Sollicité sur la scène municipale, engagé avec Henri Bourassa dans la fondation d'un nouveau journal, *Le Devoir*, il doit attendre la fin de la semaine pour passer du temps avec son épouse et leur enfant. Force lui est d'apprendre à déléguer.

Victoire est brutalement acculée à cette réalité à la fin du mois d'août 1908. Des douleurs diffuses se sont ajoutées à son indomptable lassitude. Thomas étant à Acton Vale, elle demande à Marius, le plus intrépide de ses fils, de l'accompagner chez son médecin. « Je peux vous soulager, mais vous savez que je ne peux pas vous guérir, lui rappelle le Dr Amyot en lui remettant un médicament. Respectez rigoureusement la posologie, recommande-t-il. Il ne vous reste peut-être que quelques semaines », ajoute-t-il. Effondrée, Victoire crie son désespoir. « Je ne peux pas croire, docteur, que je ne verrai pas ma petite-fille faire ses premiers pas, mon mari ouvrir sa nouvelle manufacture, et… » De sa gorge ne sortent plus que de longs gémissements. De l'autre côté de la porte capitonnée, Marius attend, torturé par les sons alarmants qui parviennent à ses oreilles. Se bousculent dans sa tête le regret de n'avoir pris davantage au sérieux les signes de la maladie de sa mère, les remords de ne pas lui avoir accordé plus de temps et d'attention, la douleur à la pensée de la perdre maintenant. Il voudrait avoir le temps de se reprendre, de lui prouver qu'elle a eu raison de croire en lui, il voudrait la voir chérir les nombreux enfants qu'il rêve d'avoir. Comment trouver le courage de la prier qu'elle lui livre le testament de son cœur ? Combien de fois, au cours des douze derniers mois, n'a-t-il pas eu l'impression qu'elle tentait de lui en livrer quelques bribes ? Il s'y est dérobé, par manque d'intérêt, et plus tard par appréhension. Connaît-il vraiment cette femme adulée par son père, admirée d'Oscar, si chérie par Cécile ? Cette femme qu'Alexandrine, Nativa et Laura traitent avec respect et affection ? Qui pardonne à Candide et protège Romulus ? Qu'a-t-elle été pour lui, Marius, sinon cette présence constante et discrète attisant sa confiance, son assurance et sa détermination jusqu'aux portes d'une carrière enviable ?

Lorsque Victoire sort du cabinet du Dr Amyot, son visage ne trahit aucun désarroi, à l'exception d'une rougeur aux yeux. Feindra-t-il, une fois de plus, devant tant de stoïcisme, de n'avoir rien entendu, rien vu, rien appréhendé ? Mais ces jambes vacillantes, ce bras s'accrochant au sien dans l'escalier parlent plus haut que le ton faussement jovial qu'emprunte Victoire pour s'excuser d'avoir pris de son temps. Non seulement Marius a-t-il toujours fui ces occasions, mais il avait ardemment souhaité de ne pas être là quand viendrait ce moment fatidique. Son père, ses frères et sa sœur sauraient mieux que lui trouver les mots, faire les gestes et moduler les silences. « Pourquoi ai-je accepté de l'accompagner aujourd'hui ? Il aurait été si facile de trouver un prétexte... », se dit-il. Comprend-il qu'une femme de la trempe de Victoire Du Sault ne mérite pas la moindre tricherie ? Pressentant la gravité de la situation, il opte enfin pour un ultime effort. « Tu gardes pour toi, mon grand, ce qui s'est passé cet après-midi, lui dit-elle avec douceur, avant qu'il ait ouvert la bouche.

– Ça ne va plus ?
– Je ne verrai pas la fin de cette année, Marius. »
Sa voix tremble à peine.
« Les médecins se trompent parfois...
– Ils se trompent souvent, admet-elle. Mais le mal, lui, ne trompe pas. »
Sur le chemin du retour, un silence persiste jusqu'à la montée de la rue Pie-IX, jusqu'à ce que leur voiture s'arrête devant leur domicile. « J'aimerais que tu sois l'homme fort de la situation, quand le moment sera venu... Je peux compter sur toi ? » demande Victoire, étrangement sereine. Marius aimerait répondre qu'il le lui promet, mais le courage lui manque et il s'effondre à son tour. « Ce n'est pas juste, s'écrie-t-il. Ni pour vous ni pour nous. Vous commenciez à peine à vous accorder du bon temps, et nous, à réaliser notre chance d'avoir une mère comme vous.
– Si tu savais, mon pauvre garçon, comme je me suis battue. Le mal a finalement eu le dessus...
– Papa ne s'en remettra pas. Et Cécile, donc !
– Le courage nous est donné en temps et lieu, tu verras.
– J'aimerais en être sûr...
– Je ne vous quitte qu'en apparence, tu sais. Je crois même que je serai beaucoup plus efficace... de l'autre monde.
– Vous y croyez, maman ?
– J'en ai une certaine vision... On en reparlera, si tu veux », propose-t-elle en descendant de voiture.

Soulagée de ne trouver que Marie-Ange à la maison, Victoire se dirige vers sa chambre pour s'y reposer avant le retour de Thomas et de Cécile. Marius prend enfin l'initiative de la serrer dans ses bras et de l'embrasser affectueusement. Avant de quitter la maison, il recommande à leur fidèle servante d'en prendre grand soin.

À compter de ce jour, Victoire déploie une énergie incommensurable à demeurer en présence des siens, regagnant son lit dès qu'ils ont quitté la maison. « Vous devriez les préparer, supplie Marie-Ange. Ça va être difficile de continuer sans vous... Vous avez toujours été la plus forte, madame Victoire. Et vous l'êtes encore. » Les larmes coulent sans retenue sur les joues de Victoire. « Il y a tant de gens que j'aime. À qui je dois dire au revoir. Je ne sais si j'aurai le temps de faire le tour... Mais je ne veux pas que mon mari et mes enfants le sachent trop d'avance. Ne leur en parle pas, ma bonne amie. » Jamais Victoire ne s'était adressée à Marie-Ange en ces termes. « C'est un grand cadeau que vous me faites aujourd'hui, madame. » Victoire lui sourit. « J'aimerais que tu préviennes Colombe et que tu lui demandes de me coudre une robe lilas. Tu lui diras aussi que je vais tenter de la voir, la semaine prochaine, et que je veux qu'elle garde tout secret. »

De retour d'Acton Vale après minuit, Thomas n'a vu son épouse que le temps d'un déjeuner précipité. Il repart aussitôt à la Dufresne & Locke rattraper un retard. Dans le feu de l'action, il ne trouve plus le temps, depuis quelques semaines, de dîner à la maison, préférant apporter les repas que son épouse lui prépare. Marie-Ange voudrait la libérer de cette tâche. « Il faut que j'en profite tandis que je peux encore le gâter un peu... », explique Victoire. Immanquablement, elle glisse dans la boîte à lunch de son mari un petit billet rempli de mots doux et de pensées réjouissantes.

« Tu es en train de m'enlever le goût de venir manger à la maison », déclare-t-il au bout de quelques jours, touché par de telles délicatesses. Il aspire au dimanche pour s'offrir un repos bien mérité et savourer le bonheur de se retrouver au milieu des siens.

Ce dernier dimanche d'août, heureux d'apercevoir son épouse au jardin, il s'apprête à lui servir une brioche et s'arrête dans l'escalier. Des cernes se sont creusés sous les yeux de Victoire, ses mains tremblent sur sa tasse de thé, sa respiration est saccadée. Consterné, il voudrait faire demi-tour, mais il est trop tard. Victoire lui tend les bras et l'invite à s'asseoir près d'elle. « Cette journée nous appartient, mon chéri. Depuis plus d'une heure je regarde le soleil prendre sa place dans le ciel avec l'impression qu'il ne brille que pour nous deux. » Thomas saisit la main de son épouse et y dépose un long baiser. Seul geste dont il se sent capable en reprenant le contrôle de ses émotions. Exceptionnellement, ce matin, il lui est plus facile d'admirer le soleil sans ciller des yeux que de fixer son regard sur cette femme qui s'émerveille d'un lever de soleil alors que la mort a commencé de lui labourer le corps.

« Tu devrais revoir ton médecin, supplie-t-il. Tu me sembles tellement fatiguée...

– Justement, j'ai pris rendez-vous demain. »

Thomas s'en tient donc à lui interdire tout travail. « Excepté mes lunches », précise-t-il de son air taquin.

Propos amoureux, gratitude pour les bonnes choses que la vie leur a offertes, souhaits pour l'avenir de chacun de leurs enfants meublent cette matinée riche de l'arôme des fleurs, de la tiède chaleur du soleil et du concert des hirondelles qui ont élu domicile dans leur cour.

Avant que ce jour de congé prenne fin, Candide les invite : « Une petite fille nous est arrivée ce matin. Nativa aimerait que vous veniez faire un tour. » Malgré la courte distance à parcourir, Victoire demande de s'y rendre en voiture. Thomas s'inquiète. « Je prends goût à me faire traiter en princesse, prétend-elle.

— Et à monter dans ma Crestmobile.

— On ne peut rien te cacher », réplique-t-elle, se voulant rassurante.

Victoire écourte leur visite en prétextant que l'enfant se porte à merveille et que la maman a besoin de repos. « Vous en avez besoin vous aussi, maman, fait remarquer Candide. On dirait que c'est vous qui avez passé une nuit blanche.

— Il n'y a pas que les accouchements qui peuvent tenir réveillée…

— Des inquiétudes ?

— Avec cinq enfants, trois brus et quatre petits-enfants, qui n'en aurait pas ?

— Quatre ? Ah ! J'avais oublié la fille de Raoul.

— C'est la fille d'Oscar et d'Alexandrine, maintenant, rappelle Thomas.

— Et ce serait bien que tout le monde la considère comme telle au bout de sept mois, ajoute Victoire sur un ton sec.

— Je ne savais pas qu'ils avaient pu l'adopter…

— Qu'ils l'aient légalement adoptée ou non, ça les concerne. Je compte bien que vous la traitiez comme votre nièce, au même titre que vous le ferez pour les futurs enfants de Romulus, de Cécile et de Marius.

— C'est promis, maman », répond Candide en la regardant partir avec un pincement au cœur.

Quand il retourne dans sa chambre, il ne peut cacher son inquiétude à son épouse.

« Je n'ai jamais vu ma mère dans un tel état. Je ne la reconnais pas. On dirait qu'elle a plein d'amertume tout d'un coup.

— C'est peut-être à cause de notre manufacture...

— Pourtant elle a eu l'occasion de me dire ce qu'elle en pensait. Il y a autre chose, Nativa. Je vais m'arranger pour aller la voir et lui parler seul à seule. »

Lorsqu'il frappe au 452 de la rue Pie-IX, le mercredi suivant, vers deux heures, Marie-Ange hésite à le faire entrer : « Votre mère vient juste de s'endormir sur le sofa...

— Je ne la réveillerai pas », promet Candide.

Sur la pointe des pieds, il s'avance et prend place dans un fauteuil du salon. Sa mère sommeille, la bouche crispée et le teint flétri. Il se tourne vers Marie-Ange qui lui fait signe de la suivre dans la cuisine. « Vous la trouvez changée ?

— Qu'est-ce qui se passe ?

— Elle prend des médicaments très forts... contre la douleur, parvient-elle à expliquer, au bord des larmes.

— Pourquoi ne pas nous l'avoir dit ? reproche Candide, indigné.

— Elle me l'a défendu. Mais je n'en peux plus de la voir dépérir comme ça. Y a que Marius qui semble au courant et qui vient lui parler quelques minutes, chaque jour.

— Je vous en supplie, Marie-Ange, dites-moi tout ce que vous savez. »

Marie-Ange tourne le coin de son tablier entre ses doigts, le passe sur ses joues mouillées et se retourne vers la fenêtre donnant sur le jardin pour y puiser une bouffée de courage. « J'ai bien peur qu'elle ne puisse pas célébrer son trente-cinquième anniversaire de mariage…

– Vous voulez dire qu'elle pourrait partir dans quelques semaines ? Mais qu'est-ce que son médecin fait ?

– Son possible, Candide. Tout son possible.

– Vous n'auriez pas dû nous cacher ça, Marie-Ange. On aurait peut-être pu faire quelque chose si on l'avait su.

– Pas de reproches, s'il vous plaît, Candide. C'est déjà assez pénible comme ça. »

Tous deux ont malencontreusement levé le ton. « Il faudrait bien qu'elle dorme encore un peu, dit Marie-Ange, lui faisant signe de parler moins fort.

– Je n'ai pas grand temps », dit Candide qui donnerait cher pour rattraper des pans du passé.

Il retourne au salon et approche une chaise près du sofa. Il contemple sa mère et reconnaît avoir reçu une abondance de tendresse, de nombreux encouragements, et regrette d'avoir exigé tant de privilèges. Il est disposé maintenant à lui témoigner son estime, son attachement et à lui demander pardon. Par sa grande droiture, sa mère a dû tant souffrir des initiatives qu'il a prises pour satisfaire ses ambitions. Il souhaite que le mal qui la ronge ne soit pas vorace au point que cette dernière chance de se montrer digne de ses attentes lui soit refusée. Candide caresse les doigts décharnés de sa mère, promène délicatement son pouce sur son front sillonné de rides, hésitant, devant les ravages de la maladie, à désirer un sursis. « Cette femme qui n'a jamais baissé les bras ne mérite pas qu'on lui en demande davantage. On doit lui permettre de déposer les armes », se dit Candide, étouffant un sanglot.

« J'ai bien cru entendre une voix d'homme, dit Victoire, les paupières à peine entrouvertes. Ça me fait plaisir que tu sois là, Candide. »

Ses mains enveloppant celles de sa mère suppléent aux mots qui restent dans sa gorge. Ce regard empreint d'une infinie tendresse, ces lèvres qui lui sourient avec générosité rendent mieux que toute parole les réponses qu'il attend. « Vous ne m'en voulez pas trop ?

— Pas du tout. Je te dirai même que si j'avais à citer un père de famille en exemple, je parlerais de toi. Va maintenant, tu m'as déjà donné beaucoup de ton temps. »

L'automne de 1908 s'annonce bouillonnant pour les Dufresne. Thomas met au point sa fabrique d'Acton Vale, Romulus s'initie à la comptabilité à la Galipeau & Dufresne en plus de ses heures de travail avec son père. Marius a déjà des contrats d'ingénierie pour Terrebonne et Mont-Laurier. Oscar ne sait où donner de la tête : il gère la Dufresne & Locke, administre *Le Devoir*, programme des spectacles pour l'Harmonie de Maisonneuve qu'il a fondée et fait connaître tout l'été au parc Morgan, enfin il se doit à sa fille. « J'aimerais bien connaître votre petite Laurette », avait dit Colombe, fraternisant en toute aménité avec Oscar et son épouse lors des noces de Romulus.

« Passe à la maison quand ça te conviendra. Ça nous fera grand plaisir de te la présenter », avait affirmé Oscar, arrachant à son épouse un geste d'approbation.

Depuis que la bambine se déplace à quatre pattes ou en s'agrippant aux meubles, Alexandrine préfère recevoir chez elle. « Je n'aimerais pas qu'elle casse quelque chose ailleurs », explique-t-elle.

Le ciel de ce 14 septembre est clément et le temps si délicieux que Victoire accepte d'accompagner Colombe chez Oscar.

« Vous avez meilleure mine, madame Victoire ! Dieu soit loué ! J'ai eu tellement peur de vous perdre... », s'écrie la jeune femme en s'avançant dans le jardin où sa bienfaitrice l'attend.

Depuis trois jours, en effet, Victoire ressent un regain d'énergie et retrouve l'espoir de guérir.

« S'il y en a une qui sait que la mort ne sépare qu'en apparence, c'est bien toi, Colombe, affirme-t-elle.

– Je devrais, mais depuis quelque temps j'ai remis tellement de croyances en cause que je...

– Tu te sens un peu perdue ?

– C'est ça.

– Donne-toi le temps...

– Du temps. Toujours du temps, alors qu'il y a certaines choses qui m'en ont déjà trop pris. »

Victoire attend une explication.

Visiblement intimidée, Colombe avoue : « Comme de trouver ma voie. Si je veux fonder un foyer, il serait grand temps que je rencontre un homme qui a de l'allure, vous ne pensez pas ?

– Serais-tu restée accrochée à un modèle ?

– Ce n'est pas impossible, mais je me dis que ce modèle ne doit pas être unique. »

Victoire soupçonne Colombe d'être encore amoureuse d'Oscar.

« Ce n'est pas parce que tu as vingt-huit ans que ton cas est désespéré, dit-elle.

– Vous vous souvenez de mon âge ?

– Je n'ai rien oublié », affirme Victoire en relatant plusieurs événements la concernant.

Colombe ponctue ces évocations d'éloges et de remerciements. « C'est si difficile de croire que le véritable amour puisse encore exister de nos jours, lance-t-elle, dans un soupir plaintif.

– Je peux te jurer qu'il existe, même s'il est rare.

– J'ai l'impression qu'il y a plus de servilité et de résignation que d'amour dans bien des couples, riposte Colombe, dont le regard évoque sa triste histoire d'inceste.

– Tu le verras autrement quand tu seras guérie, prédit Victoire.

– Vous croyez qu'on puisse en guérir ? » demande-t-elle, pour ne pas pleurer.

Victoire tend les bras et garde Colombe blottie contre elle, le temps d'apaiser son chagrin. « Je ne connais qu'un moyen de se remettre de ce genre de blessures, tant elles sont profondes », dit Victoire.

Colombe se redresse, le regard empreint d'espoir. « Dites, madame Victoire.

– Accorde-toi le respect et l'amour que ton père ne t'a pas donnés... »

La conversation se poursuit, suave. Les propos de Victoire ont un parfum d'adieu. Sages, sereins et solennels. « Je ne suis pas près d'oublier mon après-midi », déclare Colombe lorsque, vers trois heures, apprenant que la petite Laurette a terminé sa sieste, les deux femmes se rendent chez Oscar et Alexandrine.

Alexandrine les accueille avec fierté. Pimpante, la fillette se précipite dans les bras de sa grand-maman.

« Tu commences à être lourde, ma chérie », dit Victoire qui doit vite rendre la petite à sa belle-fille. Alexandrine ne semble pas se douter que Victoire ne peut plus porter l'enfant sur sa poitrine sans souffrir.

« Des yeux d'ange, murmure Victoire en la couvrant de baisers. Quelle chance elle a eue de vous avoir sur sa route.

– Quelle chance pour nous qu'elle ait survécu », ajoute Alexandrine.

Ses échanges avec Colombe sont brefs. La mère adoptive ne parle que des prouesses de l'enfant, de sa rapidité à se déplacer et à baragouiner ses premiers mots. « J'ai hâte qu'elle dise maman. Ça fait longtemps, pourtant, qu'elle sait dire papa et bien d'autres petits mots », raconte Alexandrine.

Les surprenant toutes, Oscar rentre au milieu de l'après-midi. « Il me semblait qu'il y avait une raison pour que je traverse plus tôt, aujourd'hui », s'exclame-t-il.

Heureux de trouver sa mère, il souhaite la bienvenue à Colombe avec une aisance étonnante.

« Comment ne pas avoir envie de venir faire un saut ici dix fois par jour, dit-il, la petite pendue à son cou.

– On dirait qu'elle le sent venir de la rue, ajoute Alexandrine, dont les battements de cils traduisent une certaine envie.

— Ça se comprend, réplique Oscar. Elle ne me voit pas aussi souvent que toi...

— Je pense à inverser les rôles pendant une semaine ou deux, annonce-t-elle.

— Elle n'y parviendrait pas plus de deux heures, dit Oscar en s'adressant aux visiteuses. Elle n'a pas assisté à la grand-messe une seule fois depuis que la petite est là.

— Vous ne sortez plus ? s'étonne Colombe.

— Seulement lorsqu'il est possible d'amener la petite avec nous, explique Oscar.

— Je vais commencer à la faire garder par Cécile, annonce Alexandrine.

— Elle ne demande pas mieux », rappelle Victoire.

La conversation étant engagée entre sa mère et son épouse, Oscar offre à Colombe de visiter la maison. Ce n'est pas sans une certaine appréhension que Victoire les regarde partir. Alexandrine dissimule à peine son agacement. Lorsqu'ils redescendent, Colombe s'excuse de devoir partir : « Je ne m'étais pas rendu compte qu'il était si tard », dit-elle, saluant ses hôtes avec empressement.

Le lendemain matin, Victoire doit se faire violence pour sortir de son lit avant que la famille se réunisse pour déjeuner. Comme à l'accoutumée, elle prépare la boîte à lunch de Thomas et y glisse un billet sur lequel elle écrit, d'un tracé irrégulier : *Je t'aime, mon chéri. Je t'aimerai toujours.*

Cécile tardant à descendre, Victoire monte à sa chambre. « Tu vas être en retard, murmure-t-elle en repoussant des boucles de cheveux sur son front.

— Je ne me sens pas bien, maman. Je ne vais pas travailler. Pas ce matin, en tout cas. »

Priée de s'expliquer, elle révèle : « J'ai fait un si mauvais rêve que je n'ai pu me rendormir avant cinq heures ce matin.
— Tu viens manger, quand même ?
— Pas maintenant.
— Je reviendrai te voir après le départ de ton père pour la manufacture. »

Thomas hésite à quitter la maison, tant Victoire, qui affirme ne pas avoir faim pour l'instant, semble mal en point. Son teint hâve, son regard terne et sa respiration saccadée l'inquiètent. « J'ai mal dormi », explique-t-elle, promettant de se recoucher en matinée. « Je viens te chercher vers deux heures », dit-il, lui rappelant, en la serrant dans ses bras jusqu'à s'en rassasier, son rendez-vous chez le médecin. « Je t'emmènerais bien au bureau ce matin, dit-il, comme au temps où on regardait les livres ensemble et qu'on n'en croyait pas nos yeux de voir grimper les chiffres.
— On pourra se reprendre un autre jour, si tu veux. »

Appuyée dans l'embrasure de la porte, Victoire regarde son mari s'éloigner. Puis, prise de vertige, elle glisse sur le sol et trouve juste assez de force pour appeler au secours. Marie-Ange n'a pas le temps d'alerter Cécile que celle-ci se précipite dans l'escalier, affolée. Transportée sur le sofa du salon, Victoire demande à boire. « Je vais lui chercher de l'eau et une serviette mouillée », dit Marie-Ange. À genoux près de sa mère haletante, Cécile refuse de croire que son cauchemar pourrait devenir réalité avant la fin de cette journée. « Vous vous êtes trop fatiguée ces jours-ci. Vous n'auriez pas dû... » Victoire proteste d'un signe de tête et, de sa main posée sur le bras de sa fille, la supplie de lui accorder un répit.

Après trente minutes de repos, Victoire réclame tout de même de l'aide pour monter les escaliers. « J'ai besoin de dormir un peu », dit-elle d'une voix sourde.

– Je serai à côté, dans ma chambre. Vous m'appelez, maman, si vous avez besoin de quelque chose. »

Victoire le lui promet d'un geste de la main.

Une extrême lassitude alourdit son corps, mais son esprit ne trouve pas de repos. Des séquences de sa petite enfance lui reviennent avec une telle clarté qu'elle doit ouvrir les yeux pour s'assurer qu'elle est bien en 1908, dans sa chambre, au 452, rue Pie-IX. « Je crois que je n'en ai plus pour très longtemps avant de rejoindre ceux que j'ai tant pleurés, songe-t-elle. Vous serez là, mes petites chéries et mon petit Napoléon ? Vous m'avez tant manqué. Et vous trois, Ferdinand, Georgiana et Délima, je vous imagine plus radieux que je ne vous ai jamais vus. Toi aussi, maman, j'espère que tu seras de ce monde avec papa. Et toi, Georges-Noël, que le ciel me pardonne d'espérer que tu m'ouvriras les bras. Que ton vœu se réalise, toi qui m'as donné ce rendez-vous ultime en espérant que je me présenterais plus belle qu'avant, parce que sans remords, sans amertume et sans peur. *Je serai le premier à t'accueillir dans cet au-delà où l'amour ne connaît ni frontières ni douleurs*, m'as-tu promis dans la seule lettre que tu m'aies écrite, mise à part une carte d'anniversaire. M'aideras-tu dans ce passage si triste pour ceux que je laisse ? Il m'est si cruel d'entendre les sanglots de ma douce Cécile. N'oublie pas que c'est auprès d'elle que je me suis consolée de ton départ. Réconforte-la. »

Une douleur aiguë à la poitrine lui fait tendre le bras vers sa table de chevet. Le flacon de comprimés qu'elle tentait d'atteindre roule sur le parquet. Cécile accourt aussitôt. Les lèvres cireuses de sa mère prononcent des mots qu'elle ne parvient pas à comprendre. « Marie-Ange ! Viens vite, crie-t-elle, affolée.

– Aide-moi, Cécile. Il faut qu'elle prenne son médicament. »

Deux oreillers placés sous sa tête, Victoire respire mieux. « Ça va passer, maman. Marie-Ange est allée appeler le docteur... »

Victoire trouve la force de caresser une dernière fois la tête de sa fille chérie blottie contre la sienne. Leurs pleurs se confondent, comme leur complicité. « Vous ne pouvez pas partir, maman. Vous ne pouvez pas m'abandonner toute seule dans la vie, je n'ai même pas vingt ans. Maman. Maman. Je vous en supplie, maman. Emmenez-moi avec vous. »

Une voix feutrée, celle de Thomas, se fait entendre : « Le médecin s'en vient, ma chérie. Accroche-toi.

– Tu es un homme courageux », parvient-elle à balbutier.

De l'autre côté du lit, Thomas laisse tomber sa tête sur l'oreiller, impuissant à retenir ses larmes. Avec la ferveur des derniers moments, il presse sur son cœur la main qu'il a été si fier d'obtenir de Rémi Du Sault, trente-cinq ans plus tôt.

« Ça a été un beau voyage », murmure Victoire en esquissant un sourire.

TESTAMENT de Dame MARIE VICTOIRE DUSSAULT, épouse de Mr THOMAS DUFRESNE

L'an mil neuf cent sept, le seizième jour du mois d'octobre Devant Me FRANÇOIS SAMUEL MACKAY et Me JOSEPH ADOLPHE LANDRY, tous deux soussignés, notaires publics pour la Province de Québec, en Canada, résidant et pratiquant en la cité de Montréal, dans la dite province.

A COMPARU :
Dame MARIE VICTOIRE DUSSAULT, demeurant en la Ville de Maisonneuve, dans la dite province, épouse séparée de biens de Monsieur THOMAS DUFRESNE, manufacturier de chaussures, du même lieu.

Laquelle étant en bonne santé et ayant toutes les qualités requises pour tester, a requis les notaires soussignés de recevoir son testament qui a été rédigé par l'un d'eux sous sa dictée et suivants ses explications comme suit, savoir :

ARTICLE 1. Je recommande mon âme à Dieu et le supplie de m'admettre au nombre des Bienheureux dans le Ciel.

ARTICLE 2. Je veux que mes dettes soient payées et que les torts par moi faits soient réparés, si aucuns se trouvent, par mon exécuteur testamentaire ci-après nommé, auquel je m'en rapporte pour mes funérailles et les messes et prières à être dites pour le repos de mon âme.

ARTICLE 3. Je donne et lègue à mon époux, THOMAS DUFRESNE, d'avec qui je suis séparée de biens, l'usufruit et jouissance, sa vie durant, de tous les biens, tant meubles qu'immeubles qui composeront ma succession à mon décès, l'exemptant de faire inventaire et de donner caution, et je donne et lègue la propriété de tous les biens qui composeront ma succession à mon décès, à mes enfants issus de mon mariage avec le dit Thomas Dufresne, savoir : Oscar ~~Dussault, Candide Dussault, Marius Dussault, Romulus Dussault et Cécile Dussault~~[1], les instituant mes légataires universels en pleine propriété, sujets à l'usufruit de leur dit père.

ARTICLE 4. Dans le cas où aucun de mes dits enfants décèderait avant moi, la part qu'il aurait eue dans ma succession retournera et appartiendra à ses propres enfants et descendants selon l'ordre des successions légitimes dans la Province de Québec, et à défaut de tels enfants ou descendants, cette part retournera et appartiendra à mes autres enfants du premier degré, ou à leur défaut à leurs propres descendants selon l'ordre des successions légitimes dans la dite province de Québec, qui se la partageront entre eux par souches.

ARTICLE 5. Je veux que le partage des biens de ma succession soit fait le plus tôt possible après l'extinction de l'usufruit de mon dit époux entre mes légataires universels, et ce, sans aucune formalité de justice, quand bien même il y aurait des mineurs et autres incapables.

ARTICLE 6. Pour assurer l'exécution de mon présent testament, je ~~nom~~[2] mon époux, le dit Thomas Dufresne, mon exécuteur testamentaire et administrateur fiduciaire des biens et affaires de ma succession, et comme telle je lui donne plein pouvoir de gérer et administrer, tant activement que passivement, tous les biens et affaires de ma succession, tant les biens et affaires qui existeront à mon décès que ceux qui pourront plus tard en dépendre à raison de ventes, acquisitions et remplois faits par lui-même. En conséquence, je lui donne plein pouvoir de louer tous biens, toucher tous

---

1. Dufresne, Candide Dufresne, Marius Dufresne, Romulus Dufresne et Cécile Dufresne.
2. nomme.

loyers, fruits et revenus, même les capitaux, faire toutes réparations, grosses ou menues, et toutes constructions et reconstructions, même vendre, céder, échanger, hypothéquer ou autrement aliéner, sans aucune formalité de justice, et aux prix, charges, clauses et conditions qu'il jugera à propos, les biens immeubles comme les biens meubles qui, en aucun temps, dépendront de ma succession; emprunter au nom de ma succession toutes sommes d'argent qu'il jugera à propos, faire tous emplois et remplois de capitaux, sans toutefois être limité aux placements de mes biens aux termes de la loi, voulant donner à mon dit exécuteur testamentaire et administrateur fiduciaire pleine liberté de faire tels emplois et remplois comme il l'entendra, sans encourir aucune responsabilité personnelle; payer toutes dettes et legs; faire, donner et accepter toutes quittances, subrogations, significations, cessions, délégations et transports; consentir toutes main-levées et décharges d'hypothèques; entendre, débattre, clore et arrêter tous comptes, traiter et transiger, compromettre, nommer tous agents, procureurs, avocats, notaires, experts, arbitres et amiables compositeurs, les révoquer et en nommer d'autres; poursuivre et être poursuivi devant tous tribunaux et cours de justice, plaider tant en demandant qu'en défendant, et généralement faire tous actes de la plus entière administration, et en tout et partout faire le nécessaire, prolongeant ses pouvoirs au-delà de l'an et jour fixés par la loi..

ARTICLE 7. Tous les biens dépendant de ma succession et les fruits et revenus de ces biens, et tous les biens acquis en remploi des biens de ma succession et leurs fruits et revenus, de même que tous les fruits et revenus des biens ainsi acquis en remploi, seront insaisissables et non compensables et inattaquables en aucune manière quelconque pour dettes contractées par mes dits légataires universels. Ces biens, fruits et revenus seront considérés leur appartenir pour leur servir de pension alimentaire.

Néanmoins, ces biens, fruits et revenus pourront être saisis pour le paiement de toutes dettes de mes légataires universels, pour le paiement desquelles en capital, intérêts, frais et accessoires, ils les auront hypothéqués par hypothèque conventionnelle.

ARTICLE 8. Je révoque tous testaments et codicilles que je puis avoir faits antérieurement à celui-ci qui, seul, contient mes dernières volontés.

DONT ACTE: Fait et passé en la dite cité de Montréal, en l'étude de Me F. SAMUEL MACKAY, l'un des notaires soussignés, à la date ci-dessus en premier lieu écrite, sous le numéro sept mille deux cent soixante-quatre du répertoire des actes du dit Me F. SAMUEL MACKAY.

Et après lecture du présent testament faite à la dite testatrice par le dit Me F. SAMUEL MACKAY, l'un des notaires soussignés, en présence de l'autre, la dite testatrice a déclaré le bien entendre et comprendre et y persister comme étant l'expression de ses dernières volontés, et l'a signé avec les dits notaires, le tout en présence les uns des autres.

Deux renvois en marge paraphés sont bons. Quatorze mots rayés sont nuls.

[Signé par:]
M. Victoire Dussault
J.A. Landry,
notaire
F.S. Mackay, notaire